D1662320

OD ISTE AUTORKE

Zaboravljeni vrt

Davni sati

Čuvar tajni

Kuća na jezeru

Časovničareva kći

KEJT MORTON

Kuća u Rivertonu

Prevela
Branislava Radević-Stojiljković

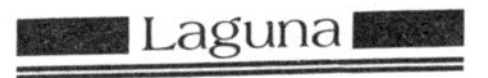

Naslov originala

Kate Morton
The House at Riverton

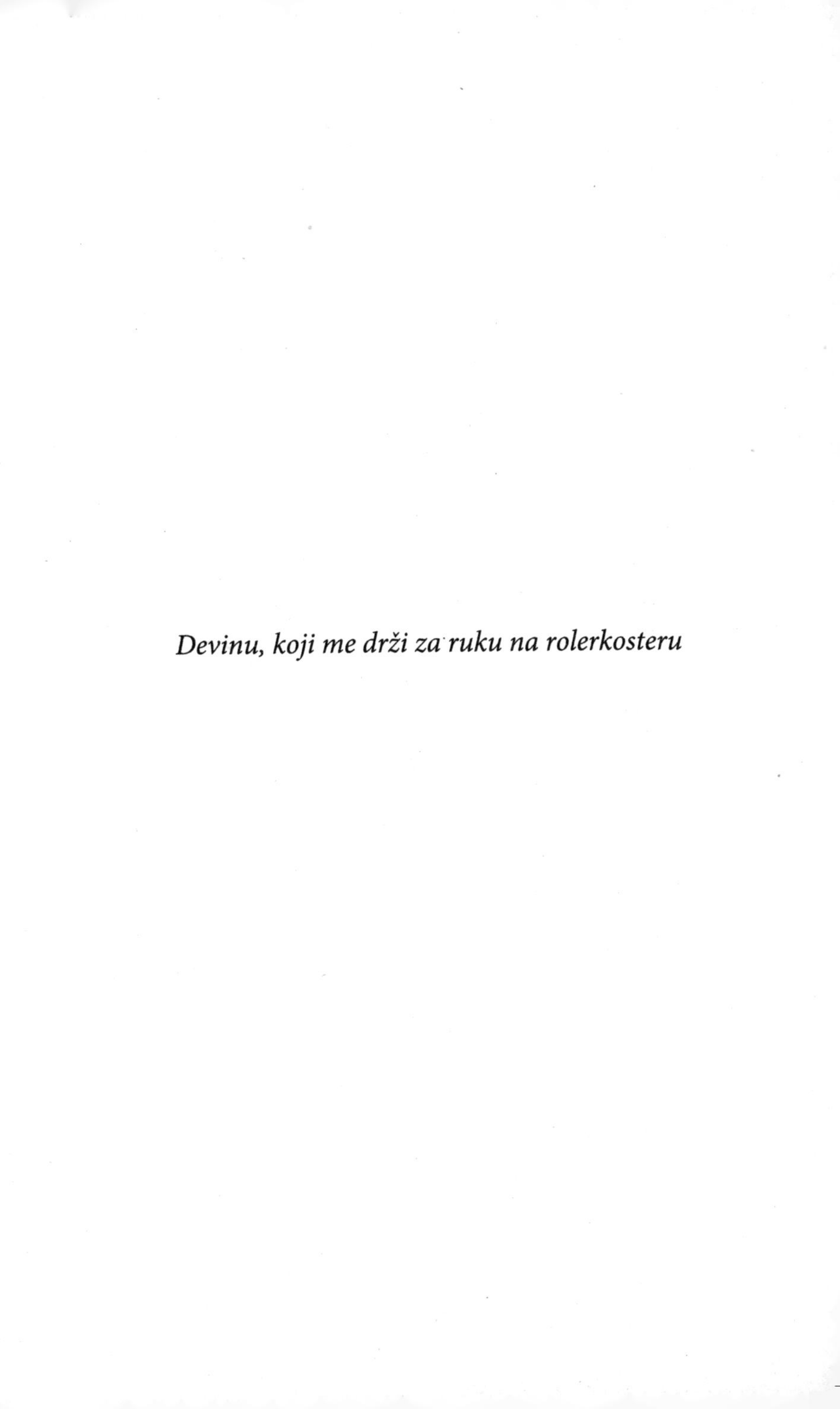

Devinu, koji me drži za ruku na rolerkosteru

SADRŽAJ

Prvi deo

Drugi deo

TREĆI DEO

ČETVRTI DEO

Prvi deo

Uskomešani duhovi

Prošlog novembra imala sam noćnu moru.

Bila je 1924. i ponovo sam bila u Rivertonu. Sva vrata su bila širom otvorena, svila se nadimala na letnjem povetarcu. Orkestar smešten visoko na brdu, ispod prastarog javora, violine su lenjo gudile na toploti. U vazduhu su odzvanjali zvonak smeh i cilik kristala, a nebo je imalo onu plavu boju za koju smo mislili da ju je rat zauvek uništio. Jedan livrejisani sluga, otmen u crnom i belom, sipao je šampanjac u čašu na vrhu piramide od čaša i svi su tapšali, oduševljeni tim raskošnim rasipanjem.

Videla sam sebe, onako kako vidimo sebe u snovima, kako se krećem među gostima. Kretala sam se sporo, mnogo sporije nego što se krećemo u stvarnom životu, i ostale videla kao izmaglicu od svile i šljokica.

Tražila sam nekoga.

A onda se slika promenila i bila sam blizu kuće, samo što to nije bio letnjikovac u Rivertonu – nikako nije mogao biti. Preda mnom nije bila blistava nova zgrada koju je Tedi projektovao, već neka stara građevina sa zidovima obraslim bršljanom koji se uvijao i prodirao kroz prozore, davio stubove.

Neko me je zvao. Neka žena čiji sam glas prepoznala, odnekud iza zgrade, sa ruba jezera. Pošla sam niz padinu, ruke mi je dodirivala najviša trska. Prilika je čučala na obali.

Bila je to Hana, u venčanici spreda isprskanoj blatom, s blatnjavim ukrasnim ružama. Podigla je pogled ka meni, s licem čije je bledilo izranjalo iz senke. Od njenog glasa sledila mi se krv u žilama. „Stigla si prekasno." Pokazala je na moje ruke. „Stigla si prekasno."

Spustila sam pogled na svoje ruke, mlade ruke prekrivene tamnim rečnim glibom, i u njima ukočeno, hladno telo mrtvog psa lisičara.

Znam, naravno, šta mi je izazvalo taj košmar. Pismo od one žene što snima filmove. Ne dobijam mnogo pisama u poslednje vreme: tek poneku razglednicu od revnosnih prijatelja na odmoru, ravnodušne izveštaje iz banke u kojoj imam račun sa ušteđevinom, pozive na krštenja dece čiji roditelji, na moje iznenađenje, više nisu deca.

Ursulino pismo je stiglo u utorak ujutru krajem novembra i Silvija ga je donela kad je ušla da mi namesti krevet. Podigla je markantne obrve i mahnula kovertom.

„Danas ima pošte. Sudeći po markici, iz Sjedinjenih Država. Možda od vašeg unuka?" Izvila je levu obrvu – kao upitnik – a glas joj je bio tek promukli šapat. „To je stvarno strašno. Strašno. A tako fin mladić."

Dok je Silvija coktala jezikom, zahvalila sam joj za pismo. Draga mi je Silvija. Ona je jedna od malobrojnih koji su u stanju da vide iza bora na mom licu, dvadesetogodišnju devojku koja živi u meni. No bez obzira na to, odbila sam da me uvuče u razgovor o Markusu.

Zamolila sam je da razmakne zavese pa je napućila usne pre nego što je prešla na drugu svoju omiljenu temu: kakvo je vreme, hoće li možda biti snega za Božić, kakvu će katastrofu to izazvati kod artritičnih stanovnika. Odgovarala sam kad je to bilo potrebno, ali u mislima sam se bavila kovertom u krilu, čudeći se energičnom rukopisu, stranim markicama, omekšalim ivicama koje su svedočile o njegovim dugim mukama.

„Nego, hoćete li da vam ga ja pročitam?“, kazala je Silvija tresući jastuk poslednji put, puna nade. „Da ne zamarate oči?“

„Ne hvala. Ali možda biste mogli da mi dodate naočari?“

Kad je otišla, pošto je obećala da će se vratiti da mi pomogne da se obučem, kada završi sa obilaskom, izvadila sam pismo iz koverta, onako drhtavim rukama, pitajući se da li konačno dolazi kući.

Ali pismo nije bilo od Markusa. Poslala ga je neka mlada žena koja snima film o prošlosti. Želela je da pogledam njene filmske setove, da se prisetim nekih davnih stvari i davnih mesta. Kao da nisam provela ceo život pretvarajući se da sam zaboravila.

Ignorisala sam pismo. Presavila sam ga mirno i pažljivo, i stavila u knjigu koju sam davno prestala da čitam. A onda sam odahnula. Nije to bio prvi put da me podsećaju na ono što se desilo u Rivertonu, na Robija i sestre Hartford. Jednom sam videla kraj nekog dokumentarca na televiziji, koji je Rut gledala, nešto o ratnim pesnicima. Kad je Robijevo lice ispunilo ekran, i njegovo ime u dnu, ispisano nekim skromnim slovima, naježila mi se koža. Ali ništa se nije dogodilo. Rut se nije lecnula, narator je nastavio, a ja sam i dalje brisala tanjire od večere.

Drugi put, dok sam čitala novine, pogled mi je privuklo poznato ime u najavi televizijskog programa, za neku emisiju u čast proslave sedamdeset godina britanskog filma. Zabeležila sam vreme emitovanja, uzbuđenog srca, pitajući se da li da se usudim da gledam. Na kraju sam zaspala pre nego što se emisija završila. U njoj je bilo vrlo malo o Emelin. Nekoliko novinskih fotografija, od kojih nijedna nije prikazala njenu pravu lepotu, i odlomak iz jednog od njenih nemih filmova, *Venerina afera*, u kojem je izgledala čudno: upalih obraza, trzavih pokreta kao u marionete. Nije bilo pominjanja drugih filmova, onih koji su pretili da dignu veliku prašinu. Valjda danas ne polažu mnogo na promiskuitet i slobodno ponašanje.

Međutim, mada sam se i prethodno susretala s takvim uspomenama, Ursulino pismo je bilo drugačije. Prvi put za sedamdeset godina neko je povezao *mene* sa tim događajima, neko se setio da je u Rivertonu toga leta bila i jedna mlada žena po imenu Grejs Rivs. Zbog toga sam se osetila nekako ranjivom, izdvojenom. Krivom.

Ne. Bila sam nepokolebljiva. Pismo će ostati bez odgovora.

Pa sam tako i postupila.

Ali počelo je da se dešava nešto čudno. Kroz pukotine su počele da se iskradaju uspomene sklonjene van domašaja, u tamne kutove moga uma. Slike su izronile same od sebe, savršene. Kao da odonda nije prošao čitav život. A onda, nakon obazrivih kapi, poplava. Čitavi razgovori, iz reči u reč, iz nijanse u nijansu, čitave scene su mi se odigravale u mislima kao da gledam film.

Iznenadila sam samu sebe. Dok su mi sećanja na skorije vreme bila sva u rupama, kao da su ih izjeli moljci, daleka prošlost mi je bila oštra i jasna. U poslednje vreme mi dolaze često, ti duhovi iz prošlosti, a ja sam iznenađena što mi ne smetaju mnogo. Ni blizu onoliko koliko sam pretpostavljala da bi mi smetali. I zaista, sablasti od kojih sam bežala celoga života gotovo da su mi postale uteha, nešto što mi je dobrodošlo, što iščekujem, poput neke od onih serija o kojima Silvija stalno priča i žuri da završi obilazak kako bi mogla da ih gleda u glavnoj dvorani. Valjda sam zaboravila da među mračnim uspomenama ima i svetlih.

Kad je, prošle nedelje, stiglo i drugo pismo, pisano istim onim energičnim rukopisom na istom mekom papiru, znala sam da ću reći „da“, da ću pogledati filmske setove. Bila sam radoznala, a već dugo nisam bila osetila znatiželju. Kad imaš devedeset osam godina, ne ostaje mnogo za radoznalost, ali želela sam da upoznam tu Ursulu Rajan, koja planira da ih sve ponovo vrati u život, koja je strasno zainteresovana za njihovu priču.

I tako, napisala sam joj pismo, dala Silviji da ga pošalje i dogovorile smo se da se sretnemo.

Salon

Moja kosa, oduvek bleda, sad je bela kao sirova svila i vrlo, vrlo duga. I fina je, čini se svakog dana sve finija. To je jedino zbog čega sam sujetna – sam bog zna da inače nemam mnogo razloga za taštinu. Više ne. Dugo imam istu frizuru, još od 1989. Zaista imam sreće što Silvija voli da me češlja, i to nežno; da mi iz dana u dan plete pletenice. To ne spada u opis njenog posla i veoma sam joj zahvalna. Moram upamtiti da joj to i kažem.

Jutros sam propustila šansu, bila sam previše uzbuđena. Kad mi je Silvija donela sok, jedva da sam ga popila. Ona nit usplahirene energije koja me je cele nedelje prožimala, preko noći se uvezala u čvor. Pomogla mi je da obučem novu haljinu boje breskve – onu koju mi je Rut kupila za Božić – a umesto papuča obula sam cipele za napolje, koje obično čame u ormaru. Koža je bila čvrsta i Silvija je morala da gura da bi me obula, ali to je cena ugleda. Suviše sam stara da bih učila nove običaje i ne mogu da prihvatim sklonost mlađih stanovnika da i napolju nose papuče.

Šminka mi je vratila malo života u obraze, ali pazila sam da Silvija ne pretera. Vodim računa o tome da ne izgledam kao pogrebnička manekenka. Nije potrebno mnogo rumenila da se poremeti ravnoteža pošto sam tako bleda i sitna.

Uz izvestan napor stavila sam oko vrata zlatni lanac s medaljonom, čija je elegancija devetnaestog veka bila u neskladu s mojom jednostavnom, praktičnom odećom. Namestila sam ga i zapitala se šta će Rut pomisliti kad bude videla.

Pogled mi je pao na mali srebrni okvir na toaletnom stolu. Fotografija s mog venčanja. Bila bih zadovoljna i da je nema tu – taj brak je bio tako davno i tako kratkog veka, s jadnim Džonom – ali to je moj ustupak Rut. Mislim da joj prija da zamišlja kako čeznem za njim.

Silvija mi je pomogla da odem u salon – i dalje ga tako neprimereno zovu – gde se služi doručak i gde treba da čekam Rut, koja je pristala (iako je smatrala da to nije razborito, tako je rekla) da me odveze u Studio Šeperton. Silvija me je ostavila samu za stolom u uglu i donela mi čašu soka, a onda sam ponovo pročitala Ursulino pismo.

Rut je stigla tačno u pola devet. Koliko god da je gajila sumnje u mudrost te ekskurzije, bila je, kao i uvek, neizlečivo tačna. Čula sam da tvrde kako deca rođena u stresna vremena nikad ne uspeju da se otresu utiska nevolje, i Rut, dete drugog rata, potvrđuje to pravilo. Toliko različita od Silvije, samo petnaest godina mlađa, stalno zabrinuta i uzbuđena, u tesnim suknjama, smeje se preglasno i menja boju kose kad god promeni „dečka“.

Toga jutra, Rut je ušla u prostoriju dobro obučena, besprekorno doterana, ali kruća od stuba ograde.

„Dobro jutro, mama“, kazala je i hladnim usnama okrznula moj obraz. „Jesi li već doručkovala?“ Pogledala je u polupraznu čašu ispred mene. „Nadam se da si uzela nešto više od toga. Najverovatnije ćemo upasti u prepodnevnu saobraćajnu gužvu pa nećemo imati vremena da se zaustavljamo da nešto uzmemo.“ Pogledala je na sat. „Hoćeš li u toalet?“

Odmahnula sam glavom i zapitala se kad sam postala dete.

„Stavila si očev medaljon; nisam ga videla već čitavu večnost.“ Pružila je ruku da ga bolje namesti, klimajući glavom sa odobravanjem. „Imao je ukusa, zar ne?“

Složila sam se, dirnuta time kako veoma mladi ljudi bespogovorno veruju u male neistine koje im kažeš. Preplavio me je talas naklonosti prema mojoj nakostrešenoj kćeri i brzo potisnuo staru roditeljsku grižu savesti koja izbije na površinu kad god vidim njeno brižno lice.

Uzela me je podruku, a u drugu ruku mi je stavila štap. Mnogi drugi radije koriste hodalice ili one motorizovane stolice, ali ja sam i dalje zadovoljna svojim štapom, držim se svojih navika i ne vidim razloga da ih menjam.

Ona je dobra devojka, moja Rut – solidna i pouzdana. Toga dana se obukla formalno, kao da ide advokatu ili lekaru. Znala sam da će se tako obući. Želela je da ostavi dobar utisak, da pokaže toj ženi što se bavi filmom kako nije važno šta je njena majka možda uradila u prošlosti, da je ona, Rut Bredli Makort, ugledna žena iz srednje klase, eto tako.

Neko vreme vozile smo se ćuteći, a onda je Rut upalila radio. Imala je prste starice, oteklih zglavaka, preko kojih je na silu navukla prstenje toga jutra. Neobično je videti kako ti ćerka stari. Onda sam pogledala u svoje ruke, sklopljene u krilu. Ruke tako zauzete u prošlosti, ruke koje su obavljale i fizičke i složene poslove, sad sive, mlitave i inertne. Rut je konačno našla program s klasičnom muzikom. Spiker je neko vreme, prilično besmisleno, govorio o tome kako je proveo vikend, a onda je počela Šopenova muzika. Pukom slučajnošću, naravno, baš toga dana je trebalo da čujem Valcer u cis-molu.

Rut je zaustavila kola ispred nekoliko ogromnih belih zgrada, četvrtastih kao avionski hangari. Ugasila je motor i za trenutak ostala da sedi gledajući pravo preda se. „Ne znam zašto moraš ovo da radiš“, kazala je tiho, stisnutih usana. „Toliko si toga uradila u životu. Putovala si, studirala, podigla dete... Zašto želiš da se podsećaš na ono što je bilo nekada davno?“

Nije očekivala odgovor pa joj nisam ni odgovorila. Najednom je uzdahnula, iskočila iz kola i izvadila moj štap iz prtljažnika. Bez reči mi je pomogla da izađem.

Čekala nas je jedna mlada žena. Tanana devojka s veoma dugom plavom kosom koja joj je, ravna, padala niz leđa, a spreda bila ošišana u guste šiške. Bila bi od onih devojaka koje nazivamo „običnim" da nije bila blagoslovena predivnim tamnim očima. Te oči su bile za portret u ulju, okrugle, duboke i izražajne, raskošne, kao naslikane vlažnom bojom.

Pritrčala nam je smešeći se i uzela me podruku od Rut. „Gospođo Bredli, tako sam srećna što ste uspeli da dođete. Ja sam Ursula."

„Grejs", kazala sam ja, pre nego što bi Rut mogla da insistira na „doktorki". „Ja se zovem Grejs."

„Grejs." Ursula se široko osmehnula. „Ne mogu vam opisati koliko sam se uzbudila kad sam dobila vaše pismo." Govorila je sa engleskim akcentom, što me je iznenadilo posle pisma sa američkom adresom. Okrenula se prema Rut. „Hvala vam što ste danas igrali ulogu vozača."

Osetila sam kako se Rut pored mene ukočila. „Teško da sam mogla pustiti mamu da dođe autobusom, zar ne?"

Ursula se nasmejala, a meni je bilo drago što su mladi spremni da neprimerenost pročitaju kao ironiju. „Dakle, uđite, napolju je ledeno. Izvinite što je ludnica i jurnjava. Počinjemo sa snimanjem sledeće nedelje i totalno smo pomahnitali da sve spremimo. Nadala sam se da ćete se upoznati s našom dizajnerkom seta, ali morala je da ode u London po neke tkanine. Možda ćete i dalje biti ovde kad se vrati... Pažljivo kroz vrata, tu je mali prag."

Rut i ona su me energično uvele u foaje pa povele polumračnim hodnikom koji je imao nizove vrata sa obe strane. Neka su bila odškrinuta pa sam zavirila unutra, uhvatila prizore nejasnih tamnih prilika pred sjajnim kompjuterskim monitorima. Ništa od toga nije ličilo na onaj drugi filmski set, na kojem sam bila sa Emelin pre mnogo godina.

„Evo nas", kazala je Ursula kad smo stigli do poslednjih vrata. „Izvolite unutra, a ja ću nam doneti po šolju čaja." Gurnula je vrata i otvorila ih, a ja sam prešla preko praga, u svoju prošlost.

* * *

Bio je to salon Rivertona. Čak su i tapete bile iste. Bordo „plamene lale“ u stilu art nuvoa, nove kao kad su tapetari bili došli iz Londona. Kožna česterfild sofa stajala je na sredini, ispred kamina, zastrta prostirkama od indijske svile baš poput onih što ih je Hanin i Emelinin deda, lord Ešberi, doneo iz inostranstva kad je bio mlad oficir. Brodski časovnik je bio tamo gde je uvek stajao, na polici iznad kamina, pored svećnjaka voterford. Neko se mnogo potrudio da sve namesti kako treba, ali scena je, svakim otkucajem časovnika, objavljivala da je lažna. Čak i sad, nekih osamdeset godina kasnije, sećam se zvuka sata u salonu. Onoga kako je tiho ali uporno označavao prolaženje vremena: strpljiv, siguran, hladan – kao da je nekako znao, čak i tada, da vreme nije prijatelj onima koji su živeli u toj kući.

Rut me je otpratila do sofe i smestila me na njen ugao. Bila sam svesna meteža i užurbanih aktivnosti iza sebe, ljudi koji su dovlačili ogromne reflektore s nogama kao kod insekata, nekog ko se, negde, smeje.

Setila sam se onoga kad sam poslednji put bila u tom salonu – u pravom, ne u ovoj fasadi – onoga dana kad sam znala da odlazim iz Rivertona i da se nikada neću vratiti.

Tedi je bio taj kome sam kazala. Nije mu bilo drago, ali do tada je bio izgubio autoritet koji je nekada imao, događaji su mu ga izbili iz ruku. Bio je bled i nekako nejasno ličio na kapetana čiji brod tone, ali on je nemoćan da to spreči. Zatražio je od mene da ostanem, molio me. Iz lojalnosti prema Hani, rekao je, ako ne prema njemu. I umalo nisam ostala. Umalo.

Rut me je munula. „Mama? Ursula ti se obraća.“

„Izvinite, nisam čula.“

„Mama je pomalo gluva“, rekla je Rut. „U njenim godinama se to može i očekivati. Pokušavam da je odvedem na proveru sluha, ali ume da bude prilično tvrdoglava.“

Tvrdoglavost priznajem. Ali nisam gluva i ne volim kad ljudi pretpostavljaju da jesam - vid mi je slab bez naočara, lako se umaram, nije mi preostao nijedan moj zub i opstajem na koktelu pilula, ali mogu da čujem kao i uvek. Samo što sam, s godinama, naučila da slušam samo ono što želim da čujem.

„Upravo sam rekla, gospođo Bredli... Grejs, da je sigurno neobičan osećaj vratiti se. Pa, barem unekoliko. Mora da je to pobudilo sve moguće uspomene?"

„Da." Nakašljala sam se. „Da, jeste."

„Mnogo mi je drago", kazala je Ursula, smešeći se. „Smatraću to znakom da smo dobro rekonstruisali."

„O da."

„Da li vam nešto izgleda kao da nije dobro? Jesmo li nešto zaboravili?"

Ponovo sam prešla pogledom po setu. Besprekorno do u detalje, sve do grbova pored vrata, od kojih je srednji imao škotski čičak, isti kao onaj ugraviran na mom medaljonu.

Pa ipak, nešto je *zaista* nedostajalo. Uprkos preciznosti, set je bio neobično lišen atmosfere. Kao eksponat u muzeju: zanimljiv ali beživotan.

To je, naravno, bilo razumljivo. Mada su hiljadu devetsto dvadesete i dalje bile žive u mom pamćenju, za filmske dizajnere su to bili „davni dani". Istorijski seting za čiju je repliku potrebno isto toliko istraživanja i napregnute pažnje, usmerene na detalje, kao i za ponovno kreiranje srednjovekovnog zamka.

Osećala sam da me Ursula gleda i zainteresovano čeka moju presudu.

„Savršeno je", kazala sam konačno. „Sve je na svom mestu."

A onda je rekla nešto što me je prenulo. „Izuzev porodice."

„Da", odgovorila sam. „Izuzev porodice." Trepnula sam i za trenutak sam mogla da ih vidim: Emelin izvaljenu na sofi, svu od nogu i trepavica, Hanu kako se mršti nad nekom knjigom iz biblioteke, Tedija kako korača tamo-amo po besarabijskom tepihu...

„Čini mi se da je Emelin bila veoma zabavna“, kazala je Ursula.

„Da.“

„O njoj je bilo lako istraživati – njeno ime se nalazi u gotovo svim trač-rubrikama štampanim u to vreme. Da ne pominjem pisma i dnevnike polovine poželjnih neženja tog vremena!“

Klimnula sam glavom. „Uvek je bila popularna.“

Ursula me je pogledala ispod šišaka. „Dočarati Hanin karakter nije bilo tako lako.“

Nakašljala sam se. „Nije?“

„Ona je tajanstvenija. Nije reč o tome da je nisu pominjali u novinama: jesu. I ona je imala mnogo obožavalaca. Samo izgleda da je nije poznavalo mnogo ljudi. Divili su joj se, čak je i obožavali sa strahopoštovanjem, ali nisu je zaista *poznavali*.“

Setila sam se Hane. Lepe, pametne, čežnjive Hane. „Ona je bila složena ličnost.“

„Da“, kazala je Ursula, „takav utisak sam i ja stekla.“

A onda se oglasila Rut, koja je slušala: „Jedna od njih se udala za Amerikanca, zar ne?“

Pogledala sam je, iznenađena. Ona se oduvek izrazito trudila da *ne* zna ništa o Hartfordovima.

Pogledala me je u oči. „Malo sam čitala.“

Kako je to bilo tipično za Rut, da se pripremi za našu posetu bez obzira na to koliko prezire temu.

Rut je ponovo obratila pažnju na Ursulu i progovorila oprezno, u strahu da ne pogreši. „Mislim da se udala posle rata. Koja je to bila od njih dve?“

„Hana.“ Eto. Uradila sam to. Izgovorila sam naglas njeno ime.

„A druga sestra?“, nastavila je Rut. „Emelin. Da li se ona ikada udala?“

„Nije“, odgovorila sam. „Ona je bila verena.“

„I to nekoliko puta“, kazala je Ursula, smešeći se. „Izgleda da nije mogla naterati sebe da se skrasi s jednim muškarcem.“

Oh, ali jeste. Na kraju jeste.

„Pretpostavljam da nikad nećemo tačno znati šta se desilo te noći." To je rekla Ursula.

„Da." Moja umorna stopala počela su da se bune protiv kožnih cipela. Biće otekle te noći i Silvija će uzviknuti, a onda će insistirati da ih potopim u vodu. „Pretpostavljam da nećemo."

Rut se uspravila na mestu gde je sedela. „Ali valjda *vi* znate šta se desilo, gospođice Rajan. Najzad, vi snimate film o tome."

„Svakako", odvratila je Ursula, „znam osnove priče. Moja prabaka je bila u Rivertonu te noći – bila je u srodstvu sa sestrama preko braka – i to je postalo neka vrsta porodične legende. Moja prabaka je ispričala mojoj baki, a moja baka je ispričala mojoj mami, a mama meni. I to nekoliko puta: na mene je to ostavilo ogroman utisak. Oduvek sam znala da ću o tome jednoga dana snimiti film." Nasmešila se i slegla ramenima. „Ali u istoriji uvek ima malih rupa, zar ne? Imam mnoštvo fascikli s dokumentima do kojih sam došla istraživanjem, ali sve je to iz druge ruke. Prilično cenzurisano, podozrevam. Nažalost, dvoje ljudi koji su prisustvovali samoubistvu umrli su pre mnogo godina."

„Moram reći kako mi se čini da je to prilično morbidna tema za film", kazala je Rut.

„O ne, fascinantno je", odvratila je Ursula. „Zvezda u usponu engleske pesničke scene ubija se pored mračnog jezera uoči velike, značajne zabave visokog društva. Jedini svedoci su mu bile dve lepe sestre koje nikada nisu govorile o tome. Jedna mu je bila verenica, a za drugu se govorkalo da mu je ljubavnica. Užasno je romantično."

Čvor u mom stomaku malo je popustio. Dakle, njihova tajna je još uvek bezbedna. Ona ne zna istinu. Zapitala sam se zašto sam uopšte pretpostavila da zna. I zapitala sam se zbog kakve je neosnovane lojalnosti mene uopšte briga za to. Zašto mi je, posle toliko godina, i dalje važno šta ljudi misle.

Ali i to sam znala. Rođena sam za to. Tako mi je rekao gospodin Hamilton onoga dana kad sam otišla, dok sam stajala na gornjem stepeniku ulaza za poslugu, s kožnom torbom u koju sam spakovala ono nekoliko stvari koje sam posedovala, i dok je gospođa Taunsend plakala u kuhinji. Rekao mi je da mi je to u krvi, baš kao što je bilo mojoj majci i njenim roditeljima pre nje, da sam luda što odlazim, što odbacujem dobro mesto u dobroj porodici. Osuđivao je opšti gubitak lojalnosti i ponosa u engleskom narodu, i kleo se da neće dozvoliti da se to infiltrira i u Riverton. Da se nismo borili u ratu i pobedili samo da bismo izgubili svoje običaje.

Tada sam ga sažaljevala: bio je tako rigidan, tako siguran da, napuštajući službu, krećem putem finansijske i moralne propasti. Tek mnogo kasnije sam počela da shvatam koliko se sigurno plašio. Koliko su mu neumoljivo morale izgledati brze društvene promene što su se kovitlale oko njega i bile mu za petama. Koliko je očajnički žudeo za tim da zadrži stare običaje i sve ono što je nekad bilo sigurno.

Ali bio je u pravu. Ne potpuno, ne u pogledu propasti – ni moje imovinsko stanje ni moj moral nisu se pogoršali odlaskom iz Rivertona – ali deo mene nikad nije otišao iz te kuće. To jest, bolje rečeno, deo te kuće nikad nije otišao iz mene. Godinama posle toga bio je dovoljan miris pčelinjeg voska marke stabins, ili zvuk pucketanja šljunka pod automobilskim gumama, ili određenog zvona, pa da ponovo budem ona četrnaestogodišnja devojčica što, umorna posle celodnevnog rada, pijucka kakao pored vatre u sobi za poslugu, dok gospodin Hamilton glasno čita odabrane odeljke iz *Tajmsa* (koje smatra pogodnim za naše povodljive uši), Nensi se mršti zbog neke Alfredove primedbe kojoj je nedostajalo poštovanja, a gospođa Taunsend tiho hrče u stolici za ljuljanje, s pletivom položenim na svoje veliko krilo...

„Evo, izvolite“, kazala je Ursula. „Hvala, Toni.“

Pored mene se pojavio mladić koji je držao improvizovani poslužavnik s različitim šoljama i teglom od džema punom šećera. Spustio ga je na stočić i Ursula nam je podelila šolje. Rut mi je dodala jednu.

„Šta je bilo, mama?" Izvadila je maramicu i prinela je mome licu. „Nije ti dobro?"

Tad sam osetila da su mi obrazi vlažni.

Miris čaja je to izazvao. I što sam se nalazila tamo, u toj sobi, sedela na česterfildu. Teret dalekih uspomena. Odavno čuvanih tajni. Sudar prošlosti i sadašnjosti.

„Grejs? Da vam donesem nešto?" Bila je to Ursula. „Hoćete li da smanjimo grejanje?"

„Moraću da je vratim kući." Ponovo Rut. „Znala sam da ovo nije dobra zamisao. Ovo je previše za nju."

Da, htela sam da idem kući. Da budem kod kuće. Osetila sam kako me podižu, neko mi je gurnuo štap u ruku. Oko mene su se kovitlali glasovi.

„Žao mi je", kazala sam nikome posebno. „Samo sam tako umorna." Tako umorna. Tako odavno.

Stopala su me bolela: bunila su se protiv svog zatvora. Neko me je pridržao, možda Ursula. Hladan vetar je ošamario moje vlažne obraze.

A onda sam bila u Rutinim kolima, pored nas su jurile kuće, drveće i saobraćajni znaci.

„Ne brini, mama, sad je sve gotovo", kazala je Rut. „Ja sam kriva. Nije trebalo da pristanem da te povezem."

Spustila sam ruku na njenu nadlakticu, osetila da je napeta.

„Trebalo je da verujem svojim instinktima", kazala je. „Baš glupo od mene."

Sklopila sam oči. Oslušnula zujanje grejanja, puls brisača po vetrobranu, brujanje saobraćaja.

„Eto tako, moraš malo da se odmoriš", kazala je Rut. „Ideš kući. Ne moraš se više nikad vratiti tamo."

Nasmešila sam se i osetila kako se udaljavam.

Prekasno je, kod kuće sam. Vratila sam se.

Dečja soba

Vreme je od jutros blago, nagoveštava proleće, a ja sedim da gvozdenoj stolici u bašti, ispod bresta. Dobro je za mene da malo budem na svežem vazduhu (tako kaže Silvija), pa tako sedim, igram se žmurke sa stidljivim zimskim suncem, obrazi su mi hladni i mlitavi kao dve breskve predugo ostavljene u frižideru.

Razmišljam o onom danu kad sam počela u Rivertonu. Jasno ga vidim. Godine u međuvremenu skupile su se kao mala ručna harmonika koncertina i jun je hiljadu devetsto četrnaeste. Ponovo imam četrnaest godina: naivna, nezgrapna, prestrašena, idem iza Nensi, sprat za spratom, niz za nizom izribanih stepenica od brestovine.

Njena suknja efikasno švićka sa svakim sledećim stepenikom, svako *švić* me optužuje da sam neiskusna. Jedva se penjem iza nje, ručka kofera mi se useca u prste. Nensi mi se izgubila iz vidnog polja kad je skrenula na novi niz stepenica, pa se oslanjam na švićkanje kao na orijentir…

Kad je stigla na poslednji sprat, Nensi je nastavila mračnim hodnikom s niskom tavanicom i konačno se zaustavila, s urednim kuckanjem peta, kod jednih malih vrata. Okrenula se i namrštila kad je videla da se teturam za njom, pogleda prodornog i crnog kao što joj je bila i kosa.

„Šta je to s tobom?", kazala je, odsečnim engleskim akcentom, nesposobna da sakrije irske samoglasnike. „Nisam znala da si spora. Gospođa Taunsend nije rekla ništa o tome, sigurna sam."

„Nisam spora. To je samo zbog kofera. Težak je."

„E pa stvarno", rekla je ona na to. „Još nisam videla da se oko toga diže prašina. Ne znam kakva ćeš to služavka biti kad ne možeš da nosiš kofer odeće a da ga ne vučeš. Nadaj se da te gospodin Hamilton neće videti da tako vučeš čistač tepiha, kao vreću brašna."

Otvorila je vrata i gurnula ih. Soba je bila mala i gola, i mirisala je, bez sumnje, na krompire. Ali jedna njena polovina – gvozdeni krevet, komoda i stolica – biće moja.

„Eto. Ono je tvoja strana", kazala je pokazavši glavom ka naspramnom krevetu. „Ja sam sa ove strane i bila bih ti zahvalna da ništa ne diraš." Prešla je prstima po svojoj komodi, pored raspeća, Biblije i četke za kosu. „Dugi prsti se ovde ne praštaju. A sad raspakuj svoje stvari, obuci uniformu i siđi u prizemlje da se prihvatiš svojih dužnosti. Upamti: nema besposličenja i, za ime boga, nikako ne izlazi iz prostorija za poslugu. Danas je ručak u podne jer stižu gospodarevi unuci, a već kasnimo sa spremanjem soba. Samo mi još treba i da pazim na tebe. Nadam se da nisi sklona besposličenju."

„Nisam, Nensi", odgovorila sam, i dalje uvređena zbog nagoveštaja da bih mogla biti kradljivica.

„Pa", rekla je, „videćemo." Odmahnula je glavom. „Ne znam. Rekla sam im da mi treba nova devojka, a šta su mi poslali? Neiskusnu, bez preporuka i, po svemu sudeći, sklonu besposličenju."

„Nisam..."

„Mah", odvratila je i trupnula uskim stopalom o pod. „Gospođa Taunsend kaže da ti je majka bila brza i sposobna, i da iver ne pada daleko od klade. Mogu samo da kažem da ti je bolje da se nadaš da je zaista tako. Gospodarica ne trpi besposličenje kod takvih kao što si ti, a ne trpim ni ja." I to rekavši, zabacivši glavu s neodobravanjem, okrenula se na peti i ostavila me samu u polumračnom sobičku na vrhu kuće. *Švić... Švić...Švić...*

Zadržala sam dah, osluškujući.

Konačno sama sa uzdasima kuće, prišla sam na vrhovima prstiju vratima i zatvorila ih, pa se okrenula da osmotrim svoj novi dom.

Nije bilo mnogo toga da se vidi. Prešla sam rukom po podnožju kreveta, sagla glavu na mestu gde se tavanica spušta ukoso, prateći liniju krova. Preko jednog kraja madraca nalazilo se sivo ćebe, veštom rukom okrpljeno na uglovima. Na zidu je visila mala, uokvirena slika, jedini nagoveštaj ukrasa u sobi: neka primitivna scena iz lova, probodeni jelen, krv što curi iz njegovog ranjenog boka. Brzo sam odvratila pogled od umiruće životinje.

Pažljivo, tiho, sela sam pazeći da ne izgužvam posteljni čaršav. Zacvileli su federi ležaja pa sam skočila, kao prekorena, i obraze mi je oblilo rumenilo.

Uzani prozor bacao je zrak prašnjave svetlosti u sobu. Kleknula sam na stolicu i pogledala napolje.

Soba je bila na zadnjoj strani kuće i veoma visoko. Mogla sam da vidim ceo ružičnjak, pa preko rešetaka sve do južne fontane. Znala sam da je iza toga jezero, a na njegovoj drugoj strani selo i seoska kućica u kojoj sam provela prvih četrnaest godina života. Zamislila sam majku kako sedi pored kuhinjskog prozora, gde je svetlo najbolje, pogrbljena nad odećom koju krpi.

Zapitala sam se kako joj je samoj. Majci se u poslednje vreme stanje bilo pogoršalo. Čula bih je kako noću ječi u krevetu dok je bole leđa. Ponekad su joj prsti ujutru bivali tako ukočeni da je morala da ih potapa u toplu vodu, pa sam joj ih i ja trljala, pa je tek onda mogla da uzme kalem konca iz svoje korpe za šivenje. Gospođa Rodžers iz sela pristala je da svrati preko dana, a torbar je prolazio dvaput nedeljno, ali opet, mnogo je ostajala sama. Bile su male šanse da bez mene održi tempo krpljenja.

Šta će onda za novac? Moja skromna plata će biti od pomoći, ali verovatno bi bilo bolje da sam ostala s njom.

A ipak, ona je zahtevala da se prijavim na taj posao. Odbijala je da čuje moje argumente protiv te ideje. Samo je odmahivala glavom i opominjala me da ona bolje zna. Čula je da traže devojku i bila sigurna da sam ja baš ono što im treba. A ni reči o tome zašto tako misli. Tipično za majku i njene tajne.

„Nije daleko“, kazala je. „Možeš dolaziti kući da mi pomogneš kad budeš imala slobodne dane.“ Mora da mi je lice odavalo nesigurnost i strah, jer je pružila ruku i dodirnula me po obrazu. Bio je to gest na kakve nisam navikla i kakav nisam očekivala. Trgla sam se, iznenađena dodirom njene grube ruke, iglom izbodenih vrhova prstiju. „De, de, devojčice. Znala si da će doći vreme kad ćeš morati da tražiš posao. Tako je najbolje: dobra prilika. Videćeš. Nema mnogo mesta gde bi uzeli tako mladu devojku. Lord Ešberi i ledi Vajolet nisu loši ljudi. A gospodin Hamilton možda izgleda strog, ali je pravedan. Gospođa Taunsend takođe. Budi marljiva, radi kako ti se kaže i nećeš imati problema.“ Onda me je uštinula za obraz drhtavim prstima. „I, Grejsi... Nemoj da zaboraviš gde ti je mesto. Mnoge mlade devojke su se tako uvalile u nevolju.“

Obećala sam joj da ću se ponašati onako kako me je uputila pa sam se sledeće subote popela uzbrdo, do velelepne vlastelinske kuće, obučena u nedeljnu odeću, da sa mnom razgovara ledi Vajolet.

Kazala mi je da je to malo i mirno domaćinstvo, da su tu samo ona i njen muž lord Ešberi, koji je uglavnom zauzet imanjem i svojim klubovima. Njihova dva sina, major Džonatan i gospodin Frederik, odrasli su i žive u svojim kućama, svaki sa svojom porodicom, mada povremeno dolaze u posetu i sigurno ću ih videti ako budem vredno radila pa me zadrže. Pošto u Rivertonu žive samo njih dvoje – rekla je – nemaju kućedomaćicu, pa vođenje domaćinstva prepuštaju sposobnim rukama gospodina Hamiltona, i uz njega gospođi Taunsend, kuvarici, koja je zadužena za kuhinjske račune. Ako njih dvoje budu zadovoljni mnome, to će biti dovoljna preporuka da me zadrže.

Onda je zastala i pogledala me pažljivije, zbog čega sam se osećala kao uhvaćena u zamku, kao miš u staklenoj tegli. Odmah sam postala svesna poruba svoje haljine, osakaćenog brojnim ponovljenim pokušajima da dužinu haljine prilagode mojoj visini, male zakrpe na čarapi koja je, od trljanja o cipelu, postajala sve tanja, svog predugačkog vrata i prevelikih ušiju.

Onda je trepnula i nasmešila se: uzdržanim osmehom od kojeg su joj oči postali ledeni polumeseci. „Pa, deluješ čisto, a gospodin Hamilton mi kaže da umeš da šiješ." Ustala je kad sam klimnula glavom, i pošla dalje od mene, prema pisaćem stolu, ovlaš dodirujući rukom vrh naslona kanabeta. „Kako ti je majka?", upitala je bez okretanja. „Znaš li da je i ona ovde služila?" Ja sam joj dogovorila da znam, da je majka dobro, i zahvalila na pitanju.

Sigurno sam rekla ono što treba jer mi je odmah nakon toga ponudila petnaest funti godišnje, kazala mi da mogu da počnem narednog dana i pozvonila Nensi da dođe po mene.

Odmakla sam lice od prozora, izbrisala sa stakla paru od svoga daha i sišla sa stolice.

Kofer je ležao tamo gde sam ga spustila, pored Nensinog kreveta, pa sam ga odvukla do komode koja je meni dodeljena. Trudila sam se da ne gledam jelena koji krvari, zamrznutog u trenutku poslednjeg užasa, dok sam stavljala odeću u gornju fioku: dve suknje, dve bluze i par crnih čarapa koje me je majka naterala da okrpim kako bih u njima pregurala predstojeću zimu. A onda, okrznuvši pogledom vrata i dok mi je srce kucalo brže, izvadila sam svoj tajni paket.

Bila su ukupno tri toma. Zelene korice presavijenih uglova, sa izbledelim slovima u zlatotisku. Gurnula sam ih sasvim pozadi u najnižu fioku i prekrila ih šalom, vodeći računa o tome da ih potpuno prekrije i da budu sasvim skriveni. Gospodin Hamilton je bio jasan. Sveta Biblija je prihvatljiva, ali svaki drugi materijal za čitanje sem nje smatran je verovatno štetnim i morao se priložiti na odobrenje, inače bi se rizikovala zaplena. Ja nisam bila buntovnica – tada sam zaista imala jako osećanje dužnosti – ali da živim bez Holmsa i Votsona bilo mi je nezamislivo.

Gurnula sam kofer pod krevet.

Uniforma je bila okačena na vratima – crna haljina, bela kecelja, kapa ukrašena karnerićem – pa sam je obukla i pritom se osećala kao dete koje je otkrilo majčin ormar. Haljina mi je bila kruta pod prstima, a okovratnik me je grebao po vratu, odavno ukrojen po meri nekog šireg od mene. Dok sam vezivala kecelju, od nje odlepršа sićušan beli moljac, u potrazi za skrovitim mestom visoko gore, u gredama, a ja sam poželela da mogu da mu se pridružim.

Kapa je bila od belog pamuka, uštirkana tako da prednji deo stoji uspravno, pa sam se pogledala u ogledalo iznad Nensine komode, da se uverim da stoji pravo, i zagladila svoju svetlu kosu preko ušiju onako kako mi je majka pokazala. Devojka u ogledalu mi je nakratko uhvatila pogled, a ja sam pomislila kako ima ozbiljno lice. Bilo je to jezovito osećanje, ona retka prilika kad spaziš sebe nespremnu. U onom trenutku kad ne misliš, kad nema ničeg izveštačenog, kad zaboraviš da zavaravaš čak i samu sebe.

Silvija mi je donela šolju toplog čaja i komad kolača od limuna. Sela je pored mene na gvozdenu klupu i bacivši pogled ka prozorima uprave, izvadila paklo cigareta. (Neobično kako se moja navodna potreba za svežim vazduhom izgleda uvek podudara s njenom potrebom da u potaji popuši cigaretu.) Ponudila mi je jednu. Odbila sam, kao i uvek, a ona je rekla, kao i uvek: „Možda je tako i najbolje u vašim godinama. Ja ću da popušim za vas, važi?“

Silvija danas lepo izgleda – uradila je nešto s kosom – pa joj to i kažem. Ona klima glavom, izbacuje dim i zabacuje glavu, a preko ramena joj je prebačen dugačak konjski rep.

„Išla sam da mi stave nadogradnju“, kaže. „Još odavno to želim, pa sam pomislila: 'Devojko, život je prekratak da ne budeš glamurozna.' Izgleda kao prava, zar ne?“

Malo kasnim sa odgovorom, što ona prihvata kao znak odobravanja.

„To je zato što i jeste prava. Prava kosa, kakvu koriste slavne ličnosti. Evo. Opipajte.“

„Gospode“, kažem milujući grubi konjski rep, „pravu kosu“.

„Danas mogu da urade sve što hoćeš.“ Mahnula je cigaretom i ja sam primetila vlažni purpurni prsten koji su na njoj ostavila njene usne. „Naravno, moraš da platiš. Srećom, imala sam nešto ostavljeno na stranu, za crne dane.“

Osmehnula se, sinula kao zrela šljiva, i ja sam uhvatila *raison d'être* za tu inovaciju. I zaista, izvadila je iz džepa bluze fotografiju.

„Entoni“, kazala je široko se osmehujući.

Namerno upadljivo, stavila sam naočari i osmotrila sliku muškarca s prosedim brkovima, u kasnoj srednjoj životnoj dobi. „Lepo izgleda.“

„Oh, Grejs“, kazala je ona i srećno uzdahnula. „Tako je. Samo smo nekoliko puta izašli na čaj, ali imam veoma dobar osećaj u vezi s njim. Znaš, on je pravi džentlmen. Ne kao neki zgubidani pre njega. On mi otvara vrata, donosi mi cveće, izmiče stolicu da sednem, kad izađemo. Pravi staromodni džentlmen.“

Shvatila sam da je ta poslednja rečenica dodata radi mene. Pretpostavlja da starije ljude mora da impresionira staromodno. „A čime se bavi?“, kažem.

„Nastavnik je u lokalnoj osnovnoj školi. Predaje istoriju i engleski. Užasno je pametan. I stalo mu je do zajednice; radi volonterski u mesnom istorijskom društvu. Kaže da mu je to hobi, sve one ledi i lordovi i vojvode i vojvotkinje. Zna sve moguće o onoj tvojoj porodici, onoj što je živela u velikoj kući na brdu..." Zaćutala je i zaškiljila ka prozoru kancelarije uprave, a onda zakolutala očima. „O bože. Eno sestre Račet. Treba da sam u obilasku i da delim čaj. Sigurno se Barti Sinkler ponovo žalio. Ako mene pitate, učinio bi sebi uslugu kad bi tu i tamo preskočio biskvit." Ugasila je cigaretu i ubacila opušak u kutiju od šibica. „Ah, dobro, nema odmora za grešne. Da vam donesem nešto, draga, pre nego krenem kod ostalih? Niste ni dirnuli čaj."

Uverila sam je da mi ništa ne treba pa je požurila preko travnjaka dok su joj se kukovi i konjski rep usklađeno ljuljali.

Lepo je kad se neko o tebi brine, kad ti neko donese čaj. Volim da mislim da sam zaslužila taj mali luksuz. Sam bog zna da sam dovoljno puta ja bila ta koja je donosila čaj drugima. Ponekad se zabavljam tako što zamišljam kako bi Silvija prošla da je služila u Rivertonu. Za nju nije ćutljiva, ponizna poslušnost kućne posluge. Ona suviše blefira, ne bi uzmakla pred čestim tvrdnjama gde joj je „mesto" i dobronamernim uputstvima da smanji očekivanja. Ne, Nensi ne bi smatrala Silviju tako pokornom učenicom kao što sam ja bila.

Znam da to poređenje nije baš fer. Stoleće nas je ostavilo s modricama i ožiljcima. Danas čak i mladi i privilegovani nose svoj cinizam kao bedž, pogled im je prazan, a um pun stvari koje nisu želeli da znaju.

To je jedan od razloga zbog kojih nikad nisam govorila o Hartfordovima i Robiju Hanteru, i o onome što se desilo među njima. Jer bilo je prilika kad sam pomišljala da sve ispričam, da se rasteretim. Da ispričam Rut. Ili radije Markusu. Ali nekako, znala sam i pre početka da neću biti u stanju da ih navedem da razumeju. Da razumeju kako se završilo tako. Zašto se završilo tako kako se završilo. Da ih navedem da vide koliko se svet promenio.

Naravno, znaci progresa su već tad bili pred nama. Prvi rat – Veliki rat – promenio je sve, i one gore i one dole. Kako smo samo šokirani bili kad je počela da dolazi nova posluga (i obično da odlazi) posle rata, puna ideja o minimalnim dnevnicama i slobodnim danima. Pre toga je svet izgledao nekako apsolutan, a razlike jednostavne i prirodne.

Mog prvog jutra u Rivertonu gospodin Hamilton me je pozvao u svoju ostavu, duboko u odajama za poslugu, gde je, pognut, peglao primerak *Tajmsa.* Uspravio se i popravio svoje fine, okrugle naočari na dugom, orlovskom nosu. Moje upućivanje u to kako „treba da se radi" bilo je toliko važno da je gospođa Taunsend napravila pauzu u pripremi ručka – što je retko činila – da bi prisustvovala. Gospodin Hamilton je pomno osmotrio moju uniformu, a onda, izgleda zadovoljan, počeo je predavanje o razlici između nas i njih.

„Nikad ne zaboravi", rekao je ozbiljno, „da zaista imaš sreće što si pozvana da služiš u velikaškoj kući kao što je ova. A uz to ide i odgovornost. Tvoje vladanje se u svemu direktno odražava na porodicu i moraš da im odaš počast: da čuvaš njihove tajne i da zaslužiš njihovo poverenje. Ne zaboravi da je gospodar uvek u pravu. Na njega i njegovu porodicu gledaj kao na uzor. Služi im ćuteći... revnosno... zahvalno. Znaćeš da si dobro obavila posao ako to prođe neprimećeno, da si *ti* uspešna onda kad si *ti* neprimećena." Podigao je pogled i zagledao se u prazan prostor iznad moje glave, a rumena koža mu se zajapurila od uzbuđenja. „I još nešto, Grejs. Upamti da ti oni čine čast time što ti dozvoljavaju da služiš u njihovoj kući."

Mogu samo da zamislim šta bi Silvija rekla na ovo. Njoj se svakako ne bi obratili tako kao meni; ne bi osetila kako joj se lice grči od zahvalnosti i nekog nejasnog, neimenovanog uzbuđenja što je uzdignuta na jedan stepenik više u svetu.

Pomerila sam se na klupi i primetila da je ostavila fotografiju: ovaj novi čovek koji joj se udvara pričom o istoriji, i koji neguje kao hobi svoju naklonost prema aristokratiji. Znam taj tip. To su oni što prave albume sa isečcima iz novina i fotografijama, što crtaju komplikovana porodična stabla o porodicama u koje nemaju pristupa.

Zvučim kao da sam puna prezira, ali nisam. Zanima me – čak me i kopka – kako to vreme briše stvarne živote i ostavlja samo nejasne otiske. Iščeznu krv i duh, a ostanu samo imena i datumi.

Opet sam sklopila oči. Sunce se pomerilo i sad su mi obrazi topli.

Ljudi iz Rivertona odavno su svi mrtvi. Dok je mene starost istrošila, oni ostaju večno mladi, večno lepi.

Eto ti ga sad. Postajem bolećiva i romantična. Jer nisu ni mladi ni lepi. Mrtvi su. Sahranjeni. Ništa su. Obične misli što lepšaju u uspomenama onih koji su ih nekada poznavali.

Ali naravno, oni što žive u uspomenama nikad nisu zaista umrli.

Kad sam prvi put videla Hanu, Emelin i njihovog brata Dejvida, diskutovali su o posledicama lepre na ljudskom licu. Tad su već bili u Rivertonu nedelju dana – dolazili su svakog leta – ali do tog trenutka samo bih povremeno uhvatila zvuk smeha, stopala u trku među škripavim kostima stare kuće.

Nensi je tvrdila da sam suviše neiskusna da bi mi se poverilo prisustvo u učtivom društvu – ma koliko bilo mlado i nezrelo – pa mi je poveravala samo one dužnosti koje su me udaljavale od posetilaca. Dok su ostale sluge pripremale kuću za dolazak odraslih gostiju na dve nedelje, ja sam bila zadužena za dečju sobu.

Već su, zapravo, bili prerasli dečju sobu – tako je kazala Nensi – i verovatno je uopšte neće koristiti, ali takva je tradicija i zato velika soba na drugom spratu, na kraju istočnog krila, mora biti provetrena i očišćena, i u njoj treba menjati cveće svakoga dana.

Mogu da opišem tu sobu, ali plašim se da nikakav opis ne bi dočarao neobičnu privlačnost koju je imala za mene. Bila je to velika, pravougaona i sumorna prostorija, i odisala je nekim bledilom zanemarenosti. Odavala je utisak napuštenosti, začaranosti kao u nekoj drevnoj bajci. Kao da je prokleta da sniva stogodišnji san. Vazduh je u njoj bio težak, zasićen i hladan i kao da je visio, okačen, a u lutkinoj kući pored kamina, trpezarijski sto je bio postavljen za zabavu na koju gosti nikad neće doći.

Zidovi su bili obloženi papirom koji je nekad možda imao plave i bele pruge, ali su ga vreme i vlaga pretvorili u mutnosiv, istačkan i mestimično oljušten. S jedne strane su visili okačeni prizori iz knjiga Hansa Kristijana Andersena: hrabri olovni vojnik, lepa devojka u crvenim cipelama, mala sirena što plače za svojom izgubljenom prošlošću. Soba je mirisala na buđ, na decu sablasti i odavno popadalu prašinu. Nekako nejasno, jedva živa.

Bili su tu i čađavi kamin i kožna fotelja s jedne strane, a na susednom zidu ogromni prozori s lukovima. Kad bih se popela na prozorsko sedište od tamnog drveta i pogledala kroz mala okna u olovnim okvirima, razabrala bih dvorište u kojem su dva bronzana lava na izlizanim postamentima držala stražu nadgledajući crkvenu portu imanja, dole u dolini.

Kraj prozora je počivao pohabani konjić za ljuljanje, sa sivim i belim pegama i dobrim crnim očima koje su izgledale kao da je zahvalan jer brišem prašinu s njega. A pored njega, u prećutnom zajedništvu, stajao je Rejverli. Crno-mrki pas lisičar koji je pripadao lordu Ešberiju kad je bio dečak i koji je uginuo pošto mu se noga zaglavila u lovačkoj zamci. Čovek koji ga je preparirao potrudio se da zakrpi štetu, ali nikakvo lepo prekrivanje nije moglo da sakrije ono što vreba unutra. Stekla sam običaj da pokrijem Rejverlija dok radim. Kad bih preko njega prebacila čaršav za nameštaj, mogla sam se pretvarati da i nije tu, da me ne gleda onim svojim mutnim, staklenim očima, s ranom što zjapi ispod zakrpe.

Ali uprkos svemu – Rejverliju, mirisu sporog raspadanja, tapetama koje se ljušte – dečja soba je postala moja omiljena prostorija. Iz dana u dan, kao što su i predvideli, nalazila sam je praznu, deca su bila zauzeta negde drugde na imanju. Počela sam da žurim sa svojim redovnim poslovima kako bih mogla da provedem sama nekoliko slobodnih minuta u toj sobi. Daleko od Nensinih neprekidnih ispravki, od sumornog neodobravanja gospodina Hamiltona, od bučnog drugarstva ostalih slugu koje me je navodilo na pomisao da još toliko toga moram da naučim. Tu bih prestala da zadržavam dah i počela sam da uzimam samoću kao nešto što se samo po sebi razume. Da mislim o njoj kao o svojoj sobi.

A onda, tu su bile i knjige, toliko mnogo knjiga, više nego što sam ikada videla na jednom mestu: avanturističke, istorijske, knjige bajki, tiskale su se zajedno na velikim policama sa obe strane kamina. Jednom sam se usudila da izvadim jednu, izabranu bez nekog posebnog razloga osim lepog hrbata. Prešla sam rukom preko plesnive korice, otvorila je i pročitala pažljivo ispisano ime i prezime: *Timoti Hartford*. A onda sam okretala debele stranice, udisala plesnivu prašinu, prebačena u neki drugi prostor i neko drugo vreme.

Naučila sam da čitam u seoskoj školi i moja učiteljica gospođica Rubi obradovala se kad se susrela s tako, pretpostavljam, neobičnim interesovanjem kod svoje učenice, pa je počela da mi pozajmljuje knjige iz sopstvene zbirke: *Džejn Ejr, Frankenštajna, Otrantski dvorac*. Kad bih vratila knjigu, diskutovale smo o omiljenim delovima. Gospođica Rubi je predložila da bih i ja možda mogla da postanem učiteljica. Majka nije nimalo bila zadovoljna time kad sam joj rekla. Kazala je kako je to vrlo lepo od gospođice Rubi što mi usađuje u glavu velike ideje, ali ideje ne donose hleb i maslac na sto. Nedugo potom poslala me je uzbrdo, u Riverton, kod Nensi i gospodina Hamiltona, i u tu dečju sobu...

I dečja soba je neko vreme bila moja soba, knjige su bile moje knjige.

Međutim, jednoga dana se navukla magla i padala je kiša. Dok sam žurila hodnikom, već obuzeta mišlju o ilustrovanoj dečjoj enciklopediji koju sam otkrila prethodnog dana, stala sam kao ukopana. Iznutra su se čuli glasovi.

Kazala sam sebi da je to samo vetar, da donosi glasove odnekud drugde iz kuće. Da je obmana. Ali kad sam odškrinula vrata i zavirila unutra, prenerazila sam se. Nekog je bilo tamo. Mladi ljudi koji su se savršeno uklapali u tu čarobnu prostoriju.

I odmah je, bez nekog znaka ili ceremonije, prestala da bude moja. Stajala sam sleđena od nesigurnosti, ne znajući je li prikladno da nastavim sa svojim poslom ili treba da se vratim kasnije. Provirila sam ponovo, bojažljiva zbog njihovog smeha. Zbog njihovih samouverenih, punih glasova. Zbog njihove sjajne kose i još sjajnijih mašni.

Cveće je odlučilo umesto mene. Venulo je u vazi na polici iznad kamina. Latice su popadale preko noći, i sad su ležale razasute, kao prekor. Nisam mogla da rizikujem da ih Nensi vidi; bila je vrlo jasna u pogledu mojih dužnosti. Postarala se da shvatim kako će moja majka saznati ako budem obmanjivala nadređene.

Setivši se instrukcija gospodina Hamiltona, stegla sam četku i metlu uz grudi i na vrhovima prstiju se prikrala kaminu, usredsređena na to da budem nevidljiva. Nisam morala da brinem. Oni su bili naviknuti da dele svoj dom s vojskom nevidljivih. Ignorisali su me dok sam se ja pretvarala da ignorišem njih.

Dve devojčice i dečak: najmlađa je imala oko deset godina, najstariji još nije imao sedamnaest. Sve troje su imali specifičnu boju Ešberijevih – zlatnu kosu i oči prefinjene plave boje cejlonskih safira – nasleđenu od majke lorda Ešberija, Dankinje koja se (po Nensinim rečima) udala iz ljubavi pa su je razbaštinili i nisu joj dali miraz. (Ali ona je bila ta koja se poslednja smejala – tako je rekla Nensi – kad je preminuo brat njenog muža, pa je ona postala ledi Ešberi Britanskog carstva.)

Viša devojčica stajala je nasred sobe i mahala svežnjem papira u ruci dok je objašnjavala najsitnije detalje leprozne infekcije. Mlađa je sedela na podu, ukrštenih nogu, i posmatrala sestru razrogačenim plavim očima, s rukama rasejano obavijenim oko Rejverlijevog vrata. Iznenadila sam se, i pomalo užasnula, kad sam videla da su ga dovukli iz njegovog ugla i da uživa u retkim trenucima uključenosti u društvo. Dečak je klečao na prozorskom sedištu i zurio kroz maglu, dole ka crkvenoj porti.

„A onda se okreneš licem prema publici, Emelin, a celo lice ti je leprozno“, razdragano je kazala viša devojčica.

„Ne vidim zašto ja moram da budem ta koja je leprozna“, kazala je Emelin.

„Žali se Bogu“, odgovorila je Hana. „On je to napisao.“

„Ali zašto ja moram da igram Mariju? Zar ne mogu da igram neku drugu ulogu?“

„Nema drugih uloga“, kazala je Hana. „Dejvid mora da bude Aron jer je najviši, a ja igram Boga.“

„Zar ne mogu ja da budem Bog?“

„Naravno da ne možeš. Mislila sam da želiš glavnu ulogu.“

„I želela sam“, odgovorila je Emelin. „Želim.“

„Pa eto onda. Bog čak ne mora ni da bude na pozornici“, kazala je Hana. „Ja moram da govorim svoj tekst iza zavese.“

„Mogla bih da igram Mojsija“, rekla je Emelin. „Rejverli može da bude Marija.“

„Nećeš igrati Mojsija“, odgovorila je Hana. „Potrebna nam je prava Marija. Ona je mnogo važnija od Mojsija. On ima samo jednu rečenicu. Zato smo ubacili Rejverlija. Ja mogu da izgovorim tekst umesto njega, iza zavese – mogu čak i da sasvim izbacim Mojsija.“

„Možda bismo mogli da spremimo neku drugu scenu umesto ove“, primetila je Emelin, puna nade. „Onu s Marijom i bebom Isusom?“

Hana je prezirno huknula.

Uvežbavali su pozorišni komad. Lakej Alfred mi je rekao da će za praznični vikend biti održan porodični resital. Bila je to tradicija: neki članovi porodice su pevali, neki su recitovali poeziju, a deca su uvek izvodila neku scenu iz omiljene knjige njihove bake.

„Izabrali smo ovu scenu zato što je važna", rekla je Hana.

„*Ti* si je izabrala zato što je važna", kazala je Emelin.

„Tačno", odgovorila je Hana. „Radi se o ocu koji ima različite nizove pravila: jedan niz za sinove, a drugi za kćeri."

„Zvuči savršeno razumno", oglasio se Dejvid ironično.

Hana ga je ignorisala. „I Marija i Aron su krivi za isto: diskutovali su o braku svog brata..."

„Šta su rekli?", upitala je Emelin.

„To nije važno, samo su..."

„Jesu li rekli nešto zlobno?"

„Ne, i nije u tome stvar. Važno je da je Bog odlučio da Marija bude kažnjena leprom, dok su Arona samo prekorili. Zar to tebi zvuči fer, Em?"

„Zar se nije Mojsije oženio Afrikankom?", kazala je Emelin.

Hana je zavrtela glavom, iznervirana. Primetila sam da je često to radila. Svaki pokret njenih dugih udova bio je prožet žestokom energijom, koja ju je lako dovodila u stanje isfrustriranosti. Emelin je, za razliku od nje, imala proračunato držanje lutke koja je oživela. Njihove crte – slične kad ih posmatraš pojedinačno – dva pravilna nosa, dva para prodornih plavih očiju, dvoja lepa usta – imale su jedinstveni izraz na licu svake devojčice ponaosob. Dok je Hana odavala utisak vilinske kraljice – strastvene, misteriozne, očaravajuće – Emelin je posedovala pristupačniju lepotu. Mada je još bila dete, bilo je nečeg u tome kako je rastvarala usne, nečeg snenog što me je podsetilo na glamuroznu fotografiju koju sam jednom videla kad je ispala iz torbarevog džepa.

„Pa? Jeste, zar nije?", rekla je Emelin.

„Jeste, Em", odgovorio je Dejvid smejući se. „Mojsije se oženio Etiopljankom. Hana se samo nervira zbog toga što ne delimo njeno strastveno interesovanje za ženski sifražetski pokret."

„Hana! Nije valjda? Nisi valjda sifražetkinja?!"

„Naravno da jesam", odgovorila je Hana. „A i ti si."

Emelin je spustila glas. „Da li tata zna? Biće strašno ljut."

„Fuj", odgovorila je Hana. „Tata je mala maca."

„Pre bih rekla da je lav", kazala je Emelin, a usne su joj zadrhtale. „Molim te, Hana, nemoj da ga ljutiš."

„Ne bih se brinuo da sam na tvom mestu, Em", rekao je Dejvid. „Sifražetski pokret je sada u velikoj modi među ženama iz visokog društva."

Emelin je izgledala kao da sumnja u to. „Fani nikad nije rekla ništa ni slično tome."

„Svaka koja drži do sebe nosiće muško večernje odelo kao debitantkinja ove sezone", rekao je Dejvid.

Emelin je razrogačila oči.

Slušala sam stojeći kraj polica za knjige i pitala se šta to znači. Nisam tačno znala šta su sifražetkinje, ali imala sam nejasnu predstavu da bi to mogla biti nekakva bolest, slična onoj koju je dobila gospođa Nemersmit iz sela kad je skinula korset na uskršnjoj paradi, pa je njen muž morao da je odvede u bolnicu u Londonu.

„Nevaljao si i zadirkuješ je", rekla je Hana. „Samo zato što tata nije fer pa ne dozvoljava Emelin i meni da idemo u školu, ne znači da treba da se trudiš da svakom prilikom praviš od nas budale."

„Ne moram da se trudim", rekao je Dejvid pa seo na kutiju za igračke i sklonio uvojak kose sa očiju. Dah mi se presekao: bio je lep i zlatan kao i njegove sestre. „A ionako ne propuštate mnogo. Škola je precenjena."

„Oh, ma nemoj?" Hana je podigla obrvu sumnjičavo. „Obično uživaš u tome da mi daješ do znanja šta propuštam. Otkud ta iznenadna promena?" Razrogačila je oči: dva ledenoplava meseca. U glasu joj se čulo uzbuđenje. „Nemoj mi reći da si uradio nešto strašno pa su te izbacili?"

„Naravno da nisam“, odgovorio je Dejvid brzo. „Samo mislim da u životu ima i nečeg više od učenja iz knjiga. Moj prijatelj Hanter kaže da je život sam po sebi najbolja škola...“

„Hanter?“

„Tek je došao na Iton ove godine. Njegov otac je nekakav naučnik. Izgleda da je izumeo nešto za šta se ispostavilo da je prilično važno kralju, pa mu je dao titulu markiza. Pomalo je lud. I Robert, takođe, ako je verovati drugim momcima, ali ja mislim da se pretvara.“

„Pa“, kazala je Hana, „tvoj ludi Robert Hanter ima sreće što ima taj luksuz da prezire svoje obrazovanje, a kako ja da postanem ugledna dramska spisateljica kad tata insistira da ostanem u neznanju?“ Hana je osujećeno uzdahnula. „Volela bih da sam dečak.“

„Ja bih mrzela da idem u školu“, rekla je Emelin. „A mrzela bih i da sam dečak. Ne bi bilo haljina, nego oni dosadni šeširi, po ceo dan razgovori o sportu i politici.“

„Ja bih volela da razgovaram o politici“, kazala je Hana. Od žestine, pramenovi kose su joj se izvukli iz pažljivo očešljanih uvojaka. „Počela bih od toga što bih naterala Herberta Askvita da ženama odobri pravo glasa. Čak i mladim ženama.“

Dejvid se osmehnuo. „Mogla bi da budeš prva dramska spisateljica premijerka Velike Britanije.“

„Da“, odgovorila je Hana.

„Mislila sam da ćeš biti arheolog“, primetila je Emelin. „Kao Gertruda Bel.“

„Političarka, arheolog. Mogla bih da budem i jedno i drugo. Ovo je dvadeseti vek.“ Namrgodila se. „Kad bi samo tata dozvolio da steknem prikladno obrazovanje.“

„Znaš šta tata kaže o školovanju devojaka“, rekao je Dejvid. A onda se Emelin zvonko oglasila istrošenom frazom: „’Klizava padina ženskog prava glasa.’“

„Bilo kako bilo, tata kaže da nam gospođica Prins pruža sve obrazovanje koje nam je potrebno“, kazala je Emelin.

„Baš tako bi rekao. On se nada da će gospođica Prins od nas stvoriti dosadne supruge za dosadne muškarce, koje prosečno govore francuski, prosečno sviraju klavir i učtivo izgube poneku partiju bridža. Tako bismo stvarale manje nevolja."

„Tata kaže da niko ne voli ženu koja suviše misli", rekla je Emelin.

Dejvid je zakolutao očima. „Poput one Kanađanke što ga je dovezla iz rudnika zlata kući pričajući o politici. Svima nam je učinila medveđu uslugu."

„Ja *ne želim* da se svima dopadam", kazala je Hana isturivši bradu svojeglavo. „Ne bih dobro mislila o sebi kad ne bi bilo nikog kome se ne sviđam."

„Onda se možeš razvedriti", rekao je Dejvid. „Pouzdano znam da ima *više* naših prijatelja kojima se ne sviđaš."

Hana se namrštila, ali taj izraz je oslabio osmeh koji se počeo javljati i protiv njene volje. „E pa, neću danas da radim njene smrdljive lekcije. Umorna sam od recitovanja *Dame od Šalota* dok ona slini u maramicu."

„Plače za svojom izgubljenom ljubavlju", kazala je na to Emelin i uzdahnula.

Hana je zakolutala očima.

„To je istina!", reče Emelin. „Čula sam kad je baka rekla ledi Klem. Pre nego što je došla kod nas, gospođica Prins je bila verena i trebalo je da se uda."

„Pretpostavljam da je on došao pameti", primetila je Hana.

„Oženio se njenom sestrom umesto njom", kazala je Emelin.

To je ućutkalo Hanu, ali samo nakratko. „Trebalo bi da ga tuži zbog prekršenog obećanja."

„To je kazala i ledi Klem – i nešto još gore – ali baka je rekla da gospođica Prins nije htela da mu stvara nevolje."

„Baš romantično", rekao je Dejvid izveštačeno. „Jadna gospođa je beznadežno zaljubljena u čoveka kog ne može imati, a ti joj zameraš što povremeno čita tužnu poeziju. Surovosti, ime ti je Hana."

Hana je isturila bradu. „Nisam surova, nego praktična. Obuzeti romansom, ljudi se zaborave, rade svakakve gluposti."
Dejvid se smešio kao da se zabavlja, smeškom starijeg brata koji je uveren da će je vreme promeniti.

„To je tačno", rekla je Hana tvrdoglavo „Gospođici Prins bi bolje bilo da prestane da cmizdri i da počne da puni sebi glavu – a i nama – zanimljivim stvarima. Kao što su izgradnja piramida, izgubljeni grad Atlantida, avanture Vikinga..."

Emelin je zevnula, a Dejvid je podigao ruke kao da se predaje.

„Uglavnom", rekla je Hana, mršteći se dok je podizala one svoje papire, „samo gubimo vreme. Idemo odande gde Marija dobija lepru."

„Izveli smo to već sto puta", kazala je Emelin. „Zar ne možemo da radimo nešto drugo?"

„Šta, na primer?"

Emelin je nesigurno slegla ramenima. „Ne znam." Prešla je pogledom s Hane na Dejvida. „Zar ne možemo da igramo Igru?"

Ne, tada to još nije bila Igra. Bila je samo igra. Igra. Koliko sam ja znala toga jutra, to što je Emelin rekla moglo se odnositi na igru s kestenjem, ili na igru žandara, ili na klikere. Neko vreme Igra nije imala veliko početno slovo u mojoj glavi. Nisam povezivala taj termin sa tajnama i maštom i nezamislivim pustolovinama. Tog turobnog, vlažnog prepodneva, dok je kiša dobovala o prozorska okna dečje sobe, nisam o tome ni razmišljala.

Skrivena iza fotelje, čistila sam razbacane suve latice i zamišljala kako li je to imati braću i sestre. Oduvek sam čeznula za bratom ili sestrom. Jednom sam to kazala majci, pitala je mogu li da dobijem sestru. Da imam sa kim da tračarim i da se urotim, da se sašaptavamo i zajedno sanjamo. Majka se nasmejala, ali ne srećno, i kazala je da joj nije dato da dvaput napravi istu grešku.

Pitala sam se kako je kad pripadaš negde, kad se suočavaš sa svetom kao član plemena, sa spremnim saveznicima? Razmišljala sam o tome rasejano brišući prašinu sa fotelje, kad se nešto ispod moje pajalice pomerilo. Ćebe se uskomešalo i zakreštao je ženski glas: „Šta? Šta je ovo? Hana? Dejvide?"

Bila je drevna kao sama starost. Prastara žena, zavučena između jastuka, skrivena od pogleda. Znala sam da to mora biti Dadilja Braun. Čula sam kako o njoj govore prigušenim tonom i sa strahopoštovanjem u glasu, kako gore u kući tako i dole: ona je odgajila lično lorda Ešberija kad je bio dete, i predstavljala je porodičnu instituciju kao i sama kuća.

Sledila sam se na mestu, s pajalicom u rukama, pod pogledom tri para svetloplavih očiju.

Starica se ponovo oglasila: „Hana? Šta se dešava?"

„Ništa, Dadiljo Braun", kazala je Hana, kojoj se konačno razvezao jezik. „Samo uvežbavamo za resital. Odsad ćemo biti tiši."

„Pazite da Rejverli ne postane suviše živahan sad kad je u kući", rekla je Dadilja Braun.

„Hoćemo, Dadiljo Braun", kazala je Hana, glasom koji je odavao osetljivost ravnu njenoj žestini. „Pazićemo da bude fin i tih." Prišla je i ponovo ušuškala sitnu staricu u ćebe. „Eto tako, draga, sad se odmorite."

„Pa", kazala je Dadilja Braun pospano, „možda još samo malo." Kapci su joj zatreperili i već sledećeg trenutka disanje joj je postalo duboko i ravnomerno.

Ja sam zadržavala dah čekajući da neko od dece progovori. I dalje su me gledali razrogačenih očiju. Sporo je prošao jedan trenutak, u kojem sam već videla kako me odvlače pred Nensi, ili još gore, pred gospodina Hamiltona; kako sam pozvana da objasnim kako se desilo da brišem prašinu s Dadilje Braun; majčino nezadovoljno lice kad se vratim kući, otpuštena bez preporuka...

Ali oni me nisu izgrdili, nisu se ni namrštili niti su me prekorili. Uradili su nešto mnogo manje očekivano. Kao po komandi. Počeli su da se smeju, grohotom, lako, padajući jedno na drugo tako da su izgledali nekako spojeno.

Ja sam stajala, gledala i čekala, a njihova reakcija me je uznemirila više od tišine koja joj je prethodila. Nisam mogla da obuzdam usnu da ne drhti.

Konačno, starija devojčica je uspela da progovori. „Ja sam Hana", rekla je brišući oči. „Jesmo li se srele?"

Odahnula sam i brzo napravila kniks. Glas mi je bio pištav. „Nismo, vaše gospodstvo. Ja sam Grejs."

Emelin se zakikotala. „Ona nije 'vaše gospodstvo'. Ona je samo 'gospođica'."

Cupnula sam ponovo. Izbegavajući njen pogled. „Ja sam Grejs, gospođice."

„Izgledaš mi poznato", kazala je Hana. „Jesi li sigurna da nisi bila ovde za Uskrs?"

„Da, gospođice. Tek sam počela. Ima mesec dana."

„Ne izgledaš kao da si dovoljno stara da budeš sluškinja", kazala je Emelin.

„Četrnaest mi je godina, gospođice."

„Eto ti", rekla je Hana. „I ja imam četrnaest. A Emelin ima deset, a Dejvid je praktično mator – šesnaest."

Onda se oglasio Dejvid. „I uvek čistiš zaspale ljude, Grejs?" Na to se Emelin ponovo zasmejala.

„O ne. Ne, gospodine. Samo ovaj put, gospodine."

„Šteta", odvratio je Dejvid. „Bilo bi baš zgodno da se nikad više ne kupamo."

To me je pogodilo; obraze mi je oblila vrelina. Nikad pre toga nisam srela pravog džentlmena. Ne moga uzrasta, ne takvog koji pominje kupanje pa mi srce zatreperi u grudima. Neobično. Sad sam starica, pa ipak, kad pomislim na Dejvida, osetim odjeke onih starih osećanja kako se prikradaju nazad. Znači da još nisam mrtva.

„Ne obraćaj pažnju na njega", rekla je Hana. „Misli da je fantastičan."

„Da, gospođice."

Pogledala me je smeteno, kao da hoće da kaže još nešto. Ali pre nego što je stigla, začuo se zvuk brzih, lakih koraka po stepeništu, a onda i hodnikom. Sve bliže. *Tap, tap, tap, tap...*

Emelin je odjurila do vrata i pogledala kroz ključaonicu.

„To je gospođica Prins“, kazala je pogledavši u Hanu. „Dolazi ovamo.“

„Brzo!“, kazala je Hana odlučnim šapatom. „Da ne umremo od Tenisona.“

Nastao je metež od koraka, uskovitlanih sukanja i pre no što sam uspela da shvatim šta se dešava, sve troje nestadoše. Vrata su se naglo otvorila i uleteo je hladan, vlažan vazduh. Na vratima je stajala uspravna, prekorna prilika. „Ti“, kazala je. „Jesi li videla decu? Kasne na časove. Čekala sam ih u biblioteci deset minuta.“

Nisam bila sklona laganju i ne mogu da kažem šta me je nateralo da to učinim. Ali u tome času, dok je gospođica Prins gledala preko naočara u mene, nisam oklevala.

„Ne, gospođice Prins“, odgovorila sam. „Nisam već neko vreme.“

„Zaista?“

„Da, gospođice.“

Gledala me je u oči. „Sigurna sam da sam čula glasove odavde.“

„Samo moj glas, gospođice. Pevala sam.“

„Pevala?“

„Da, gospođice.“

Činilo se da se tišina otegla čitavu večnost, prekinuta samo kad je gospođica Prins triput lupnula po otvorenoj šaci štapom za pokazivanje na tabli i zakoračila u sobu. Počela je da je polako obilazi. *Tap... Tap... Tap...Tap...*

Stigla je do kuće za lutke, a ja sam zapazila kako rub Emelinine mašne viri iza nje. Progutala sam knedlu. „Ja... Možda sam ih videla ranije, gospođice, kad bolje razmislim. Kroz prozor. U staroj kućici za čamce. Dole kod jezera.“

„Dole kod jezera“, ponovila je gospođica Prins. Stigla je do francuskih prozora pa stala i zagledala se u maglu, s belom svetlošću na bledom licu. „Gde vrbe blede, drhte topole, gde se vetar i sumrak mole...“

Tad nisam znala za Tenisona, samo sam pomislila kako je to prilično lep opis jezera. „Da, gospođice“, kazala sam.

Prošao je trenutak, pa se okrenula. „Poslaću baštovana po njih. Kako se zove?“

„Dadli, gospođice.“

„Poslaću Dadlija po njih. Ne smemo zaboraviti da je tačnost vrlina bez premca.“

„Ne, gospođice“, kazala sam i napravila kniks.

A ona je hladno prošla kroz sobu, izašla i zatvorila vrata za sobom.

Deca su se kao nekom magijom pojavila ispod čaršava za prekrivanje nameštaja, iza kuće za lutke, zavesa.

Hana mi se osmehnula, ali ja se nisam zadržavala. Nisam mogla da shvatim šta sam uradila. Ni zašto sam to uradila. Bila sam zbunjena, posramljena, uzbuđena.

Naklonila sam se i požurila pored nje, usplamtelih obraza dok sam jurila hodnikom, samo sa željom da se ponovo nađem na sigurnom, u odajama za poslugu, daleko od tih čudnih, egzotičnih osoba koje su ujedno i deca i odrasli, i od neobičnih osećanja koja su pobudili u meni.

U iščekivanju resitala

Čula sam kako me Nensi doziva po imenu dok sam jurila niz stepenice, u mračnu sobu za poslugu. Zastala sam u podnožju, sačekala da mi se oči prilagode na polumrak, a onda požurila u kuhinju. Nešto je ključalo u bakarnom loncu na ogromnom šporetu, a u vazduhu je bila slana para od kuvane šunke. Kejti, sudopera, stajala je uz česmu i ribala tiganje i šerpe, slepo zureći kroz paru u nagoveštaj prozora. Pretpostavila sam da je gospođa Taunsend prilegla po podne, dok gospodarica ne pozvoni za čaj. Zatekla sam Nensi za stolom u trpezariji za poslugu, okruženu vazama, svećnjacima, poslužavnicima i peharima.

„Znači tu si", kazala je i namrštila se tako da su joj oči postale dva tamna proreza. „Već sam pomislila kako treba da krenem da te tražim." Pokazala je ka stolici naspram sebe. „Pa, nemoj samo da stojiš tako, devojko. Uzmi krpu i pomozi mi u glancanju."

Sela sam i odabrala punački bokal za mleko koji nije video svetlost dana od prethodnog leta. Trljala sam mrlje i tačkice, ali u mislima sam i dalje bila gore u dečjoj sobi. Mogla sam da ih zamislim kako se smeju, kako zadirkuju jedno drugo, kako se igraju. Osećala sam se kao da sam otvorila koricu neke divne, sjajne knjige i izgubila se u čaroliji njene priče, a onda bila primorana da prerano zatvorim knjigu i odložim je. Vidite? Već sam bila potpala pod čini dece Hartfordovih.

„Polako“, rekla je Nensi i otela mi krpu iz ruke. „To je najbolje srebro njegovog gospodstva. Budi srećna što te gospodin Hamilton nije video kako ga stružeš.“ Podigla je vazu koju je čistila pa počela da je trlja pažljivim, kružnim pokretima. „Eto vidiš. Vidiš kako ja radim? Blago. I samo u jedom pravcu.“

Klimnula sam glavom i ponovo prionula na glancanje bokala. Imala sam toliko mnogo pitanja o deci Hartfordovih i bila sam uverena da Nensi može na njih da odgovori. Pa ipak, oklevala sam da pitam. Znala sam da je u njenoj moći, a podozrevala i da je u njenoj prirodi, da se postara da mi ubuduće daje poslove daleko od dečje sobe ako pretpostavi da izvlačim iz toga neko zadovoljstvo osim zadovoljstva što sam dobro obavila posao.

Pa opet, kao što zaljubljeni i najobičnijim predmetima pridaju naročito značenje, žudela sam za svakom, i najmanjom informacijom o njima. Setila sam se svojih knjiga, ušuškanih u skrovištu u potkrovlju; setila sam se kako Šerlok Holms umešnim ispitivanjem uspeva da navede ljude da kažu ono što se najmanje očekuje. Duboko sam udahnula. „Nensi…?“

„Mmm?“

„Kako izgleda sin lorda Ešberija?“

Oči su joj blesnule. „Major Džonatan? Oh, on je fin…“

„Ne“, kazala sam, „ne major Džonatan.“ Već sam znala sve o majoru Džonatanu. Nije mogao da prođe dan u Rivertonu a da ne saznaš nešto o starijem sinu lorda Ešberija, nasledniku u dugoj lozi muškaraca Hartforda koji su pohađali Iton, a onda Sandherst. Njegov portret je visio pored portreta njegovog oca (i niza očeva pre njega) na vrhu stepeništa, odakle je osmatrao predvorje ispod: podignute glave, s blistavim odlikovanjima, plavih, hladnih očiju. On je bio ponos Rivertona, kako onih gore tako i onih dole. Heroj Burskog rata. Sledeći lord Ešberi.

Ne. Mislila sam na Frederika, „tatu" kog su pominjali u dečjoj sobi i koji je, po svemu sudeći, budio u deci mešavinu ljubavi i strahopoštovanja. Drugi sin lorda Ešberija, na čiji su pomen imena prijateljice ledi Vajolet samo s naklonošću odmahivale glavom, a njegovo gospodstvo gunđalo u čašu sa šerijem.

Nensi je otvorila usta pa ih ponovo zatvorila, kao jedna od onih riba koje oluja izbaci na obalu. „Ništa ne pitaj pa neće biti ni laži", kazala je konačno, i podigla vazu na svetlo da je osmotri.

Završila sam s glancanjem bokala i prešla na jedan poslužavnik. Tako je to išlo s Nensi. Bila je ćudljiva na svoj način: ponekad neuzdržana i predusretljiva, a ponekad apsurdno tajanstvena.

Međutim, ako ni zbog čega drugog a ono pošto je časovnik na zidu kuckao pet minuta, popustila je. „Pretpostavljam da si čula lakeje kako razgovaraju? Verovatno Alfreda. Ti lakeji samo ogovaraju." Počela je da glanca drugu vazu, pa me sumnjičavo odmerila. „Majka ti nikad nije pričala o porodici, je li?"

Odmahnula sam glavom, a Nensi je s nevericom podigla tanku obrvu, kao da je gotovo nemoguće da ljudi imaju da razgovaraju i o drugim stvarima, koje se ne tiču porodice u Rivertonu.

Majka je zapravo uvek ćutala o svom poslu u kući. Kad sam bila mlađa, ispitivala sam je, žudeći za pričama o velikaškoj staroj kući na brdu. U selu je bilo već dovoljno priča o tome, pa sam želela da i ja imam neke deliće koje bih mogla da razmenjujem s drugom decom. Ali ona je samo odmahivala glavom i podsećala me da je radoznalost ubila mačku.

Konačno, Nensi je progovorila. „Gospodin Frederik... Odakle da počnem o gospodinu Frederiku?" Nastavila je da glanca i kazala kroz uzdah: „On nije loš čovek. Ali nimalo nalik bratu, nije za heroja, ali nije ni loš. Istini na volju, većina nas dole gaji naklonost prema njemu. Po pričama gospođe Taunsend, oduvek je bio vragolast dečko, pun priča i čudnih ideja. I uvek veoma ljubazan prema slugama."

„Je l' istina da kopa zlato u rudnicima?" To mi se činilo kao prigodno uzbudljiva profesija. Nekako je bilo razumljivo da deca Hartfordovih imaju interesantnog oca. Moj otac je predstavljao razočaranje: figura bez lica koja je iščezla pre nego što sam se rodila, a pojavljivala se samo u žestokom sašaptavanju majke i njene sestre.

„Neko vreme jeste", odgovorila je Nensi. „Oprobao se u toliko stvari da sam izgubila račun. Nikad da se smiri, naš gospodin Frederik. Nikad se nije ugledao na druge. Najpre je imao plantaže čaja na Cejlonu, a onda zlatne rudnike u Kanadi. Potom je odlučio da se obogati štampajući novine. Sad se bavi motornim kolima, Bog ga blagoslovio."

„Prodaje motorna kola?"

„Pravi ih, odnosno prave ih oni što rade za njega. Kupio je fabriku preko, u Ipsviču."

„U Ipsviču. Da li tamo i žive? On i njegova porodica?", kazala sam skrećući razgovor u pravcu dece.

Nije progutala mamac: usredsredila se na sopstvene misli. „Uz malo sreće, sa ovim će uspeti. Sam bog zna da će njegovom gospodstvu biti drago da mu se vrate ulaganja."

Trepnula sam, nisam razumela to što je rekla. Pre nego što sam uspela da je pitam šta pod tim podrazumeva, nastavila je. „Bilo kako bilo, ubrzo ćeš ga videti. Stiže sledećeg utorka, zajedno s majorom i ledi Džemajmom." Pa se nasmešila, što nije bio njen običaj, više smeškom odobravanja nego zadovoljstva. „Porodica se uvek okupi na svečanoj večeri na ivanjsko veče."

„Ali, Nensi", kazala sam, pošto me je to mučilo cele nedelje, „sad je avgust. Nije ivanjsko veče."

Pogledala me je kao da sam izjavila da kuvano jaje nije kockasto. „Pa naravno da je avgust. Jesi li ti malo udarena, devojko? Ivanjska svečana večera biće održana za vikend na bankarski praznik, kao i uvek. Pazi dobro da te gospodin Hamilton ne čuje kako se raspituješ o boljima od sebe."

Brzo sam zavrtela glavom.

„Danas se proslavlja skromnije – već neko vreme nije bilo ivanjskog bala – ali niko u porodici i ne pomišlja da ne bude večere. To je tradicija, uz druge proslave."

„Kao što je resital“, kazala sam odvažno, izbegavajući njen pogled.

„Znači“, Nensi je podigla obrvu, „neko ti se već izbrbljao o resitalu, zar ne?“

Ignorisala sam njenu zlovoljnu primedbu. Nensi nije bila naviknuta da je neko pretekne u glasinama. „Alfred kaže da su i sluge pozvane da gledaju resital“, kazala sam.

„Lakeji!“ Nensi je nadmeno odmahnula glavom. „Ako hoćeš da čuješ istinu, devojko, nikad ne slušaj lakeja. Pozvani, ma nemoj! Slugama je *dozvoljeno* da gledaju resital, i to je veoma ljubazno od gospodara, ja da ti kažem. On zna koliko porodica znači svima nama dole, kako uživamo da gledamo mlade kako rastu.“ Za trenutak je usmerila pažnju na vazu u svome krilu, a ja sam zadržala dah, u napregnutoj želji da nastavi. Nakon trenutka koji se činio kao večnost, nastavila je. „Ovo će biti četvrta godina kako daju pozorišnu predstavu. Još otkad je gospođica Hana imala deset godina i uvrtela sebi u glavu da će biti pozorišni reditelj.“ Nensi je klimnula glavom. „Da, da, gospođica Hana je prava mustra. Ona i njen otac liče kao jaje jajetu.“

„Po čemu?“, upitala sam.

Nensi je zastala da malo razmisli o tome. „Ima nečeg lutalačkog u njima oboma“, kazala je konačno. „Oboje su puni pametnih modernih ideja, i tvrdoglavi.“ Govorila je naglašeno, ističući svaki opis kao upozorenje da se tako nešto, prihvaćeno kao ekscentričnost onih gore, nipošto ne toleriše ovakvima kao što sam ja.

Majka mi je celoga života držala takva predavanja. Mudro sam klimnula glavom, a ona je nastavila. „Uglavnom se dobro slažu, ali kad se ne slažu, onda svi to znaju. Niko ne može da naljuti gospodina Frederika kao Hana.

Još kao sasvim mala, znala je kako da ga razbesni. Bila je žestoko dete, stalno je dobijala napade besa. Sećam se kako se jednom, ko zna zbog čega, strašno naljutila na njega i odlučila da ga gadno uplaši.“

„Šta je uradila?"

„Čekaj da se setim... Gospodar Dejvid je bio napolju, učio je da jaše. Tako je sve počelo. Gospođica Hana nije bila srećna što je izostavljena, pa je uzela gospođicu Emelin i pobegla od Dadilje Braun. Stigle su do kraja imanja, bogme jesu, sve do tamo dole gde su seljaci brali jabuke." Odmahnula je glavom. „Ubedila je gospođicu Emelin da se sakrije u ambar, to je uradila naša gospođica Hana. Pretpostavljam da to nije bilo teško, gospođica Hana ume da bude veoma ubedljiva, a osim toga, gospođica Emelin je bila zadovoljna pored toliko jabuka kojima je mogla da se sladi. Gospođica Hana se zatim vratila u kuću, hukćući i dašćući kao da je trčala da spase živu glavu, i dozivajući gospodina Frederika. Ja sam postavljala sto za ručak u trpezariji, i čula sam kako mu je gospođica Hana rekla da su na njih u voćnjaku naišla neka dva nepoznata čoveka tamne kože. Rekla je kako su prokomentarisali koliko je lepa gospođica Emelin i da su joj obećali da će je povesti na dugo putovanje preko mora. Gospođica Hana je kazala da nije sigurna, ali da misli da su to bili trgovci belim robljem."

Meni se dah presekao, toliko me je prenerazila Hanina smelost. „I šta se onda desilo?"

Nensi je volela tajne pa se zagrejala za priču. „Dakle, gospodin Frederik se uvek plašio trgovaca belim robljem, pa je najpre pobeleo, a onda pocrveneo, i zgrabio je, dok trepneš, gospođicu Hanu u naručje i pošao ka voćnjaku. Berti Timins, koji je brao jabuke toga dana, pričao je da je gospodin Frederik stigao u strašnom stanju. Počeo je da uzvikuje naređenja da se odmah krene u poteru, da su gospođicu Emelin kidnapovala dva čoveka tamne kože. Tražili su svuda, rastrčali se u svim pravcima, ali niko nije video dva tamnoputa muškarca i dete zlatne kose."

„Kako su je našli?"

„Nisu je našli. Na kraju je ona našla njih. Nakon sat-dva, gospođici Emelin je dosadilo da se krije i bilo joj je muka od jabuka, pa je izašla iz ambara pitajući se kakav je to metež napolju. Zašto gospođica Hana nije došla po nju..."

„Je li gospodin Frederik bio mnogo ljut?"

„O da", kazala je Nensi jednostavno, žustro glancajući srebro. „Mada ne dugo; nikad nije mogao dugo da se ljuti na nju. Njih dvoje su posebno povezani. Morala je da učini mnogo više da bi ga okrenula protiv sebe." Podigla je sjajnu vazu, a onda je stavila uz druge izglancane predmete. Spustila je krpu na sto i naherila glavu u stranu, pa se protrljala po tankom vratu. „U svakom slučaju, kako čujem, gospodin Frederik je samo dobio ono što je zaslužio, vratilo mu se."

„Zašto?", upitala sam. „Šta je učinio?"

Nensi je bacila pogled prema kuhinji, zadovoljna što je Kejti daleko i ne može da čuje. Među slugama u Rivertonu vladao je ustaljeni poredak, prefinjen i okamenjen stolećima službe. Koliko god da sam ja bila najniža služavka, kojoj su neprekidno upućivani prekori, vredna samo najnižih poslova, sudopera Kejti je bila čak ispod toga, na samom dnu. Volela bih da mogu reći kako me je ta neosnovana nejednakost ljutila; da sam, ako ne baš besna, bila bar svesna te nepravde. Ali kad bih tako rekla, pridavala bih sebi kao mladoj osobinu saosećanja koju nisam posedovala. Više sam se naslađivala onim neznatnim povlasticama koje mi je davao moj položaj, sam bog zna da ih je dovoljno bilo iznad mene.

„Dobro je namučio svoje roditelje kad je bio momak, stvarno jeste, naš gospodin Frederik", kazala je stisnutih usana. „Bio je tako neobuzdan da ga je lord Ešberi poslao na Redli jer nije mogao da kvari reputaciju drugog sina na Itonu. Ne bi mu dozvolio ni da pokuša da se upiše na Sandherst, iako je bilo zacrtano da treba da stupi u vojsku."

Razmišljala sam o toj informaciji, a Nensi je nastavila. „Razumljivo, naravno, pošto je majoru Džonatanu tako dobro išlo u vojsci. Ne treba mnogo da baciš ljagu na ugledno porodično ime. Nije bilo vredno rizika." Protrljala je vrat pa se mašila potamnelog srebrnog slanika. „Uglavnom, sve je dobro što se dobro svrši. Dobio je svoja motorna kola, ima troje lepe dece. Videćeš i sama kad budu predstavljali komad."

„Hoće li i deca majora Džonatana učestvovati u predstavi zajedno s decom gospodina Frederika?"

Nensi se lice smrklo i spustila je glas. „Šta je tebi, devojko?"

U vazduhu je zavladala napetost. Kazala sam nešto pogrešno. Nensi se tako namrgodila na mene da sam skrenula pogled. Glancala sam oval u svojim rukama sve dok nije zablistao i dok u njegovoj površini nisam videla kako su mi se obrazi zacrveneli.

Nensi je prošištala: „Major nema dece. Više nema." Otela mi je krpu iz ruke, dodirnuvši me svojim dugim, tankim prstima. „A sad se gubi. Dosta mi je tvoje priče."

U naredne dve nedelje izbegavala sam Nensi koliko je to moguće kad s nekim živiš i radiš. Noću, dok se spremala za krevet, ležala sam veoma mirno, licem okrenuta prema zidu, i pretvarala se da spavam. Bilo je pravo olakšanje kad bi Nensi dunula u sveću i slika umirućeg jelena utonula u mrak. Danju, kad bismo se srele u odajama za poslugu, Nensi je samo prezrivo podizala nos, a ja sam gledala u pod, prekorena.

Srećom, bilo je mnogo posla koji nas je zaokupio u pripremama za dolazak odraslih gostiju lorda Ešberija. Trebalo je otvoriti i provetriti gostinske sobe u istočnom krilu, skloniti čaršave kojima je bio prekriven nameštaj, i izglancati nameštaj. Trebalo je izvaditi najbolju posteljinu iz ogromnih škrinja u potkrovlju, pregledati je i oprati. Padala je kiša i konopci za veš iza kuće bili su beskorisni, pa mi je Nensi kazala da raširim veš po sušilicama u vešernici.

I tamo sam saznala više o Igri. Pošto je kiša neprekidno padala, a gospođica Prins bila rešena da ih uputi u nijanse Tenisonove poezije, deca Hartfordovih su tražila skrovišta sve dublje i dublje u srcu kuće. Odaja sa čistim, ispeglanim posteljinama i stolnjacima bila je najudaljenije mesto od učionice u biblioteci koje su mogli naći, pa su se tamo nastanili.

Međutim, moram reći da ih nikad nisam videla kako je igraju. Pravilo broj jedan: Igra je tajna. Ali slušala sam i kad sam dva-tri puta podlegla iskušenju i nikoga nije bilo blizu, zavirila sam u kutiju. Evo šta sam saznala.

Igra je bila stara. Igrali su je godinama. Ne, ne igrali. To je pogrešan glagol. Živeli; živeli su Igru godinama. Jer Igra je bila više od onog što je nagoveštavala svojim imenom. Bila je to složena fantazija, alternativni svet u koji su bežali.

Nije bilo kostima ni mačeva ni perjanica. Ničega po čemu bi se moglo reći da je u pitanju igra. Jer je to bilo u njenoj prirodi. Igra je bila tajna. Jedina oprema bila je kutija. Crna lakirana kutija koju je iz Kine doneo neki njihov predak; deo plena sa istraživanja ili iz pljačke. Bila je veličine četvrtaste kutije za šešire – ne prevelika, ali ne ni premala – i poklopac joj je bio ukrašen poludragim kamenjem, u obliku pejzaža: reka s mostom, mali hram na obali i žalosna vrba na strmoj obali. Na mostu su stajale tri figure, a nad njima je kružila usamljena ptica.

Ljubomorno su čuvali kutiju, punu materijala za Igru. Jer, mada je Igra zahtevala mnogo trčanja i skrivanja i rvanja, prava zadovoljstva koja je pružala počivala su negde drugde. Pravilo broj dva: sva putovanja, avanture, istraživanja i sve viđeno moralo je biti zabeleženo. Dojurili bi unutra, zajapureni od opasnosti, da zabeleže svoje najnovije pustolovine: mape i dijagrami, šifre i crteži, drame i knjige.

Knjige su bile minijaturne, uvezane koncem, s rukopisom tako sitnim da ste ih morali približiti očima da biste ga dešifrovali. Imale su naslove: *Bekstvo od Koščeja Besmrtnog*, *Susret s Balamom i Njegovim Medvedom*, *Putovanje u Zemlju Belog Robovlasnika*. Neke su bile napisane šifrom koju nisam razumela, mada je ključ šifre, da sam imala vremena da ga potražim, bez sumnje bio ispisan na pergamentu i smešten u kutiju.

Sama Igra je bila jednostavna. Zapravo, izmislili su je Hana i Dejvid, i kao stariji, bili su njeni glavni pokretači. Oni su odlučivali koja je lokacija zrela za istraživanje. Njih dvoje su sazivali veće od devet savetnika – mešovitu grupu koja se sastojala od uglednih viktorijanaca i drevnih egipatskih kraljeva. Uvek je bilo samo devet savetnika, a kad bi istorija ponudila neku novu figuru, previše privlačnu da bi joj se uskratilo uključenje, neki od prvobitnih članova bi morao da umre ili da bude smenjen. (Smrt je uvek bila na dužnosti, i bila bi svečano zabeležena u jednoj od knjižica koje su držali u kutiji.)

Pored savetnika, svako je bio neki lik. Hana je bila Nefertiti, a Dejvid Čarls Darvin. Emelin, koja je imala samo četiri godine kad su zacrtani glavni zakoni, odabrala je da bude kraljica Viktorija. Hana i Dejvid su se složili da je to dosadan izbor, razumljiv s obzirom na Emelinine ograničene godine, ali da svakako nije odgovarajući sadrug u avanturama. No bez obzira na to, Viktorija je uvrštena u Igru, najčešće kao žrtva kidnapovanja, čije je zarobljavanje iziskivalo smelo izbavljenje. Dok su drugo dvoje pisali svoje izveštaje, Emelin je bilo dozvoljeno da ukrašava dijagrame i boji mape; plavom okean, ljubičastom dubine, zelenom i žutom kopno.

Dejvid povremeno nije bio na raspolaganju – kiša bi se povukla na sat ili dva pa bi se iskrao da se igra klikerima s drugim dečacima na imanju, ili bi bio zauzet vežbanjem na klaviru. Onda bi Hana obnovila savezništvo sa Emelin. Njih dve bi se sakrile u vešernici, sa zalihom kockica šećera, pa su izmišljale naročita imena na tajnim jezicima da opišu izdajničkog beguncа. Ali ma koliko to želele, nikad nisu igrale Igru bez njega. To bi bilo nezamislivo.

Pravilo broj tri: može da igra samo troje. Ni više ni manje. Troje. Omiljeni broj kako u umetnosti tako i u nauci: tri osnovne boje, tačke potrebne za lociranje predmeta u prostoru, note koje čine muzički akord. Tri temena trougla, prve geometrijske slike. Nepobitna činjenica: dve prave linije ne mogu da obuhvate i zatvore prostor. Temena trougla mogu da se pomeraju, da menjaju savezništva, rastojanje između dva skraćuje se kad se udaljavaju od trećeg, ali zajedno uvek definišu trougao. Samodovoljan, stvaran, potpun.

Pravila Igre saznala sam tako što sam ih pročitala. Bila su ispisana urednim ali dečjim rukopisom na požutelom papiru i zataknuta ispod poklopca kutije. Upamtila sam ih zauvek. Ispod spiska pravila, svi su se potpisali. *Po opštoj saglasnosti, ovoga trećeg dana meseca aprila 1908. Dejvid Hartford, Hana Hartford,* i konačno, većim, apstraktnijim slovima, inicijali *E. H.* Pravila su nešto ozbiljno za decu, a Igra je zahtevala osećanje dužnosti kakvo odrasli ne bi razumeli. Osim, naravno, ako su sluge, koji su o dužnosti znali mnogo.

Eto tako. Bila je to samo dečja igra. I ne jedina koju su igrali. Na kraju su je prerasli, zaboravili, ostavili iza sebe. Ili su bar mislili da je tako. U vreme kad sam ih upoznala, već je bila pri kraju. Samo što nije intervenisala istorija: prave avanture, pravo bežanje i odraslo životno doba vrebali su, smejući se, iza ugla.

Samo dečja igra, a opet... Da li bi bez nje došlo ono što se desilo na kraju?

Osvanuo je dan dolaska gostiju i meni je data specijalna dozvola, pod uslovom da obavim svoje dužnosti, da posmatram s galerije na prvom spratu. Dok je napolju padalo veče, šćućurila sam se uz ogradu, pritisnula lice između dve šipke i željno očekivala pucketanje šljunka pod gumama motornih vozila na prilazu kući.

Prve su stigle ledi Klementina de Velton, porodična prijateljica, dostojanstvena i sumorna kao pokojna kraljica, i njena štićenica gospođica Frensis Dokins (opštepoznata kao Fani): mršava, pričljiva devojka čiji su roditelji potonuli s *Titanikom*, i za koju se, u njenoj sedamnaestoj godini, pričalo da je u energičnoj potrazi za mužem. Prema Nensinim rečima, ledi Vajolet je mislila da je Fani odlična prilika za njenog sina udovca gospodina Frederika, mada ovaj u to nije bio nimalo ubeđen.

Gospodin Hamilton ih je uveo u salon, gde su ih čekali lord i ledi Ešberi, i ceremonijalno je najavio njihov dolazak. Gledala sam kako nestaju u sobi – najpre ledi Klementina, a odmah za njom i Fani – što me je podsetilo na poslužavnik gospodina Hamiltona na kojem se guraju okrugle, niske čaše za brendi i visoke i uzane čaše za šampanjac.

Gospodin Hamilton se vratio u ulazno predvorje ispravljajući manžete – što mu je bio gest iz navike – kad su stigli major i njegova supruga. Ona je bila niska, punačka, smeđokosa žena čije je lice, mada ljubazno, nosilo svirepo urezanu žalost. Sad je, naravno, opisujem iz druge perspektive, mada sam čak i tada naslutila da je žrtva neke nesreće. Iako Nensi nije bila spremna da otkrije misteriju majorove dece, moja mlada mašta, hranjena gotičkim romanima, bila je plodno tle. Osim toga, tada su mi bile strane nijanse privlačnosti između muškaraca i žena, pa sam zaključila da samo neka tragedija može biti razlog da visok, zgodan muškarac kao major bude oženjen jednom tako običnom ženom. Pretpostavljala sam da je nekad sigurno bila privlačna, dok ih nije snašla neka svirepa nevolja i oduzela joj ono malo mladosti i lepote koje je posedovala.

Major, još stroži nego na onom portretu, učtivo je pitao gospodina Hamiltona za zdravlje, posednički prešao pogledom po predvorju i poveo ledi Džemajmu ka salonu. Dok su prolazili kroz vrata, videla sam njegovu ruku nežno položenu na dno njene kičme, i taj gest, koji nikad neću zaboraviti, nekako je ublažio njegovo ukrućeno fizičko držanje.

Noge su mi se počele kočiti od čučanja kad su se konačno začula kola gospodina Frederika na prilazu. Gospodin Hamilton je prekorno okrznuo pogledom časovnik u predvorju, a onda otvorio vrata.

Gospodin Frederik je bio niži nego što sam očekivala, svakako ne tako visok kao njegov brat, i nisam mogla da razaberem na njegovom licu ništa više od okvira naočara. Jer nije podigao glavu čak ni kad su mu uzeli šešir. Samo je pažljivo prešao rukom po kosi da je zagladi.

Tek kad je gospodin Hamilton otvorio vrata salona i objavio njegov dolazak, gospodin Frederik je obratio pažnju na okolinu. Brzo je prešao pogledom po prostoriji, obuhvatajući njime mermer, portrete, dom svoje mladosti, da bi se zaustavio na mojoj galeriji. I u jednom kratkom trenutku, pre nego što ga je progutala soba, lice mu je prebledelo kao da je video duha.

Nedelja je prošla brzo. Uz toliko dodatnih ljudi u kući, stalno sam bila zauzeta spremanjem soba, nošenjem poslužavnika s čajem, postavljanjem ručkova. Bila sam zadovoljna jer se nisam libila teškog posla – majka se za to postarala. A osim toga, radovala sam se vikendu i resitalu. Dok su ostali članovi posluge bili usredsređeni na svečanu večeru, ja sam mislila samo na resital. Slabo sam viđala decu otkad su stigli odrasli. Magla se razišla isto onako naglo kao što se i navukla, ostavljajući za sobom toplo, vedro nebo, previše lepo vreme da bi se boravilo unutra. Svakoga dana, dok sam išla hodnikom ka dečjoj sobi, zadržala bih dah puna nade, ali lepo vreme se zadržalo i oni više nisu koristili dečju sobu te godine. Poneli su napolje galamu, nestašluke i Igru.

A sa njima je nestalo i čarolije u sobi. Nepomičnost je postala praznina, a onaj plamičak zadovoljstva koji sam održavala bio je ugašen. Sad sam žurno obavljala posao, brisala police a da i ne pogledam njihov sadržaj, niti sam hvatala pogled konja; razmišljala sam samo o tome gde su i šta rade. A kad završim, nisam se zadržavala, nego sam brzo prelazila na drugi posao. Povremeno, kad sam iznosila poslužavnik od doručka ili noćnu posudu iz gostinske sobe na drugom spratu, udaljena cika i smeh privukli bi mi pogled ka prozoru pa bih ih ugledala, u daljini, kako idu ka jezeru, nestaju niz prilaz, mačuju se dugim, pravim štapovima.

Dole, u suterenu, gospodin Hamilton je rukovodio poslugom u pomamnoj akciji. Govorio je kako je uslužiti kuću punu gostiju test za poslugu, da ne pominjemo batlerove sposobnosti. Nikakav zahtev nije bio previše. Trebalo je da radimo kao dobro podmazana lokomotiva, spremni na svaki izazov, da premašimo gospodareva očekivanja. Trebalo je da to bude nedelja malih trijumfa, sa svečanom večerom kao vrhuncem.

Revnost gospodina Hamiltona bila je zarazna; ponela je čak i Nensi, pa je proglasila neku vrstu primirja ponudivši mi, gunđajući, da joj pomognem u čišćenju salona. To inače nije moje mesto, podsetila me je, da čistim glavne prostorije, ali pošto je gospodareva porodica u poseti, biće mi dopuštena ta privilegija – pod strogim nadzorom – da obavljam te bolje poslove. Tako je ta upitna prilika dodata mom već teškom teretu dužnosti, pa sam svakodnevno išla sa Nensi u salon, gde su odrasli pili čaj i diskutovali o stvarima koje me nisu mnogo zanimale: o seoskim vikend zabavama, o evropskoj politici i o nekom nesrećnom Austrijancu koji je ubijen negde daleko.

Dan resitala (nedelja 2. avgust 1914 – zapamtiću datum, mada ne toliko zbog resitala koliko zbog onoga što je došlo posle) poklopio se s mojim slobodnim popodnevom i prvom posetom majci otkad sam bila počela da radim u Rivertonu. Kad sam završila prepodnevne poslove, presvukla sam se u redovnu odeću, sad neobično krutu i stranu mome telu. Očešljala sam kosu – bledu i talasastu na mestima gde je bila upletena u pletenicu – pa je ponovo uplela i uvila u punđu na potiljku. Pitala sam se da li izgledam drugačije. Da li će majka misliti da izgledam drugačije? Prošlo je samo pet nedelja, a opet, osećala sam da sam neobjašnjivo promenjena.

Dok sam silazila stepeništem za poslugu kako bih ušla u kuhinju, srela me je gospođa Taunsend i gurnula mi neki zavežljaj u ruke. „Hajde, uzmi ovo. Sitnica za tvoju majku, da ima uz čaj“, kazala je tihim glasom. „Malo moje pite od limuna i nekoliko komada Viktorijinog kuglofa.“

Bacila sam pogled ka stepeništu, pa spustila glas do šapata. „Ali… Jeste li sigurni da gospodarica…"

„Ne brini ti za gospodaricu. Ona i ledi Klementina neće ostati gladne." Otresla je kecelju, uspravila okrugla ramena do svoje pune visine, tako da je izgledala još krupnije nego obično. „Samo ne zaboravi da kažeš majci da pazimo na tebe ovde." Zavrtela je glavom. „Dobra devojka, tvoja majka. Nije kriva ni za šta što se već nije radilo hiljadu puta."

A onda se okrenula i požurila nazad u kuhinju, isto tako iznenada kao što se i pojavila. Ostavila me je samu u tamnom hodniku, da se pitam šta je htela da kaže.

Premetala sam to po glavi celim putem do sela. Nije bilo prvi put da me gospođa Taunsend zbuni izrazima naklonosti prema mojoj majci. Zbunjenost je u meni budila osećanje da sam nelojalna, ali njena sećanja se nisu mnogo podudarala sa slikom majke koju sam ja poznavala. Neraspoložene i ćutljive.

Čekala me je na pragu. Ustala je kad me je videla. „Već sam počela da mislim da si me zaboravila."

„Izvini, majko", kazala sam. „Posao me je zadržao."

„Nadam se da si imala vremena za crkvu jutros."

„Jesam, majko. Posluga ide na službu u rivertonsku crkvu."

„Znam to, devojko. Išla sam na službu u tu crkvu mnogo pre nego što si se ti rodila." Pokazala je glavom na ono što sam držala u rukama. „Šta si to donela?"

Pružila sam joj zavežljaj. „Od gospođe Taunsend. Pitala je za tebe."

Majka je zavirila u paket, ugrizla se za unutrašnjost obraza. „Sigurno ću noćas imati gorušicu." Ponovo je umotala kolače pa rekla mrzovoljno: „Ipak, lepo od nje." Pomerila se u stranu i gurnula vrata da ih otvori. „Uđi, onda. Možeš da mi skuvaš čaja i da mi pričaš šta se dešava."

Ne sećam se o čemu smo razgovarale jer nisam bila mnogo usredsređena na razgovor. U mislima nisam bila s majkom u njenoj skučenoj, neveseloj kuhinji, već u balskoj dvorani na brdu, gde sam toga dana pomagala Nensi da poređa stolice u redove i okači zlatne zavese o luk proscenijuma...

Već sam kasnila kad smo se oprostile. Kad sam stigla do kapije Rivertona, sunce je bilo nisko na nebu. Koračala sam krivudavim, uskim putem prema kući. Sa obe strane puta raslo je veličanstveno drveće, ostavština dalekih predaka lorda Ešberija, čije su se najviše grane sretale u luku, isprepletene tako da je put postao taman, šaputav tunel.

Kad sam izbila na svetlost tog popodneva, sunce je već bilo zašlo iza linije krova, a kuća je bila kao pomračena dok je nebo iza nje blistalo u ružičastoljubičastim i narandžastim bojama. Presekla sam prečicom, pored fontane s Psihom i Erosom, kroz vrt ledi Vajolet, pun ružičastih provansalskih ruža, pa dole, na zadnji ulaz. Dnevna soba za poslugu bila je prazna i moje cipele su odjekivale kad sam prekršila zlatno pravilo gospodina Hamiltona i potrčala kamenim hodnikom. Prošla sam kroz kuhinju, pored radnog pulta gospođe Taunsend, prepunog obilja slatkog peciva i kolača, pa uza stepenice.

Kuća je bila sablasno tiha, svi su već bili u publici. Kad sam stigla u pozlaćenu balsku dvoranu, zagladila sam kosu, poravnala suknju i ušunjala se u mračnu prostoriju; zauzela sam mesto uz bočni zid, sa ostalima iz posluge.

Sve ono dobro

Nisam znala da će u dvorani biti tako mračno. Bio je to prvi resital kojem sam prisustvovala, mada sam jednom gledala predstavu s Pančom i Džudi, kad me je majka vodila u posetu svojoj sestri Di u Brajton. Na prozore su bile navučene crne zavese i jedino svetlo u prostoriji poticalo je od četiri starinska reflektora doneta s tavana. Reflektori su sijali žuto sa ivice pozornice, bacali zrake naviše, tako da su obasjavali izvođače treperavim, sablasnim svetlom.

Na pozornici je bila Fani i pevala završne taktove pesme *Wedding Glide*, trepćući i treperei glasnim žicama. Poslednje G otpevala je kao gromko F, pa se iz publike začuo učtivi aplauz. Nasmešila se i stidljivo se naklonila, a njenu koketnost je potkopalo uzbuđeno komešanje zavese iza nje, od laktova i rekvizita sledeće tačke.

Dok je Fani izlazila sleva, Emelin i Dejvid – obučeni u nabrane toge – ušli su na pozornicu zdesna. Sa sobom su doneli tri duge motke i čaršav, od kojih su brzo napravili upotrebljiv, mada malo nakrivljen šator. Kleknuli su ispod njega i zauzeli poze, a publika je zaćutala.

Začuo se glas iza pozornice: „Dame i gospodo. Scena iz Knjige brojeva.“

Žamor odobravanja.

Glas: „Samo zamislite jednu porodicu kako, u drevna vremena, logoruje na planinskoj padini. Sestra i brat nasamo diskutuju o nedavnom venčanju njihovog brata."

Lagani aplauz.

Onda je progovorila Emelin, pompeznim glasom. „Ali, brate, šta je to Mojsije uradio?"

„Uzeo je sebi ženu", rekao je Dejvid, pomalo šaljivo.

„Ali ona nije jedna od nas", rekla je Emelin i odmerila pogledom publiku.

„Nije", kazao je Dejvid. „U pravu si, sestro. Ona je Etiopljanka."

Emelin je zavrtela glavom, sa izrazom preterane zabrinutosti. „Oženio se van našeg klana. Šta će biti s njim?"

Najednom je odjeknuo snažan, jasan glas iza zavese, pojačan kao da putuje kroz svemir (verovatnije kroz rolnu kartona): „Arone! Marija!"

Emelin je dala sve od sebe da izgleda prestrašeno.

„Ja sam Bog. Vaš otac. Izađite na zborno mesto pastve."

Emelin i Dejvid su učinili kao što im je rečeno, izvukli se ispod šatora na prednji deo pozornice. Treperavi reflektori bacali su vojsku senki na čaršav iza njih.

Oči su mi se prilagodile na tamu pa sam mogla da odredim ko je ko u publici, po njihovim poznatim obličjima. U prednjem redu lepo obučenih dama, opuštena vilica ledi Klementine i šešir s perjem ledi Vajolet. Dva reda iza, major i njegova žena. Bliže meni, gospodin Frederik, visoko podignute glave, prekrštenih nogu, očiju prodorno usredsređenih preda se. Proučavala sam njegov profil. Izgledao mi je nekako drugačije. Treperavo polusvetlo pridavalo je njegovim visokim jagodicama mrtvački izgled, a oči su mu izgledale kao staklo. Njegove oči. Nije imao naočari. Nikad ga nisam videla bez njih.

Gospod je počeo da izriče presudu, pa sam ponovo obratila pažnju na pozornicu. „Marija i Arone. Zar se ne bojite da pominjete slugu mojega Mojsija?"

„Žao nam je, oče“, kazala je Emelin. „Samo smo...“

„Dosta! Gnev moj na vas plamti!“

Onda se začula grmljavina (bubanj, mislim) i publika se trgla. Iza zavese se podigao oblak dima i počeo se prelivati na pozornicu.

Ledi Vajolet je uzviknula, a Dejvid joj se obratio šaptačkim glasom: „U redu je, bako. To je deo predstave.“

Raširio se tihi smeh.

„Gnev moj na vas plamti!“ Hanin glas je bio ljut, pa se publika utišala. „Kćeri“, kazala je, a Emelin se okrenula od publike i zagledala u oblak koji se polako razilazio. „Ti! Si! Leprozna!“

Emelinine ruke poleteše k licu. „Ne!“, vrisnula je. Zadržala se malo u toj dramatičnoj pozi pre nego što se okrenula da otkrije publici u kakvom je stanju.

Kolektivni uzbuđeni uzdah; odlučili su da ne koriste masku već samo džem od jagoda i šlag, izmešane s jezivim efektom.

„Đavoli jedni“, začuo se uvređeni šapat gospođe Taunsend. „Rekli su mi da im džem treba za pogačice!“

„Sine“, nastavila je Hana nakon dramatične pauze, „ti si kriv za isti greh, ali ipak ne mogu da sručim gnev svoj na tebe.“

„Hvala ti, oče“, rekao je Dejvid.

„Hoćeš li zapamtiti da ne raspravljaš više o ženi svoga brata?“

„Da, Gospode.“

„Onda možeš da ideš.“

„Avaj, Gospode“, kazao je Dejvid, skrivajući osmeh dok je pružao ruke ka Emelin. „Preklinjem te, izleči sad sestru moju.“

Publika je ćutala i čekala Gospodov odgovor. „Ne“, usledio je odgovor, „mislim da neću. Biće izgnana iz logora sedam dana. Tek tad će ponovo biti primljena.“

Kad se Emelin srušila na kolena, a Dejvid spustio ruku na njeno rame, na pozornici se pojavila Hana. Publika je uzdahnula kao jedan. Bila je besprekorno obučena u mušku odeću: odelo, cilindar, štap za šetnju, džepni sat na lancu, a na nosu naočari gospodina Frederika. Došla je do centra pozornice, okrećući štap kao dendi. A onda je progovorila izvanredno imitirajući glas svoga oca. „Moja kći će naučiti da postoje pravila za devojke i pravila za momke." Duboko je uzdahnula, ispravila šešir. „Dozvoliti da bude drugačije znači krenuti nizbrdo, klizavom stazom ženskih prava."

Publika je sedela u naelektrisanoj tišini, red za redom, otvorenih usta.

Potražila sam pogledom gospodina Frederika. Dok sam ga posmatrala, ramena su počela da mu se trzaju, pa sam se uplašila da je na ivici napada besa o kakvima mi je Nensi pričala. Na pozornici, deca su stajala zamrznuta u živoj slici kao u kući za lutke, i gledala u publiku koja je gledala njih.

Hana je bila slika i prilika pribranosti, s bezazlenošću ispisanom na licu. Na trenutak je izgledalo kao da je uhvatila moj pogled i učinilo mi se da joj je usnama preleteo nagoveštaj smeška. Nisam mogla da odolim pa sam joj uzvratila osmehom, bojažljivo, uozbiljivši se kad me je Nensi pogledala iskosa u mraku i uštinula me za ruku.

Blistajući, Hana se uhvatila za ruke sa Emelin i Dejvidom, pa su se sve troje poklonili. Dok su to činili, Emelin je s nosa pala grudva džema pomešanog sa šlagom i zacvrčala na plamenu reflektora.

„Baš tako", začuo se pištavi glas iz publike – glas ledi Klementine. „Jedan moj poznanik imao je poznanika obolelog od lepre, u Indiji. Baš ovako mu je otpao nos u čanak za brijanje."

Za gospodina Frederika je to bilo previše. Pogled mu se susreo s Haninim i počeo je da se smeje. Nikad nisam bila čula takav smeh: iskren i zarazan. Jedno za drugim, svi su mu se pridružili, mada sam zapazila da ledi Vajolet nije bila među njima.

Ni ja nisam mogla da obuzdam smeh, u spontanim talasima olakšanja, sve dok mi Nensi nije prosiktala na uho: „Dosta, gospođice. Hajde da mi pomogneš s večerom."

Propustila sam preostali deo resitala, ali videla sam ono što sam želela da vidim. Kad smo izašle iz dvorane i krenule hodnikom, čula sam kako aplauz zamire i priredba se nastavila. A ja sam se osećala prožetom nekom čudnom energijom.

Do trenutka kad smo unele u salon večeru gospođe Taunsend i poslužavnike s čajem, i protresle jastučiće, resital se završio i gosti su počeli da dolaze, ruku podruku, po redosledu ranga. Prvi su ušli ledi Vajolet i major Džonatan, pa lord Ešberi i ledi Klementina, a onda gospodin Frederik sa Džemajmom i Fani. Pretpostavila sam da su deca Hartford još gore, na spratu.

Kad su zauzeli svoja mesta, Nensi je prinela poslužavnik da ledi Vajolet može da sipa čaj. Dok su gosti opušteno ćeretali oko nje, nagla se ka gospodinu Frederiku u fotelji i rekla, uz slab smešak: „Uživaš u toj deci i udovoljavaš im, Frederiče."

Gospodin Frederik je stisnuo usne. Bilo mi je jasno da ta kritika nije nova.

Pogleda uprtog u čaj koji je sipala, ledi Vajolet je kazala: „Sad su ti možda zabavne njihove vragolije, ali doći će dan kad ćeš zažaliti zbog svoje blagosti. Puštaš ih da rastu neobuzdani. Naročito Hanu. Ništa ne kvari ljupkost mlade dame kao drskost intelekta."

Pošto je iznela optužbu, ledi Vajolet se uspravila, podesila izraz srdačnosti i pružila šolju ledi Klementini.

Razgovor je, predvidljivo, skrenuo na nevolje u Evropi i mogućnost da Velika Britanija stupi u rat.

„Biće rata. Uvek bude", izjavila je ledi Klementina uzimajući ponuđenu šolju i nameštajući zadnjicu dublje u omiljenu fotelju ledi Vajolet, pa je podigla glas. „I svi ćemo patiti. Muškarci, žene i deca. Nemci nisu civilizovani kao mi. Haraće po našim selima, ubijaće našu decu u postelji i porobiti dobre engleske žene da im rađaju male Švabe. Pazite šta vam kažem, jer ja retko grešim. Bićemo u ratu pre kraja leta."

„Stvarno preteruješ, Klementina", kazala je ledi Vajolet. „Rat – ako ga bude – ne može biti baš tako strašan. Najzad, ovo su moderna vremena."

„Tako je", rekao je lord Ešberi. „Biće to rat dvadesetog veka; nešto sasvim novo. Da ne pominjemo da Švabe ne mogu da se mere sa Englezima."

„Možda je neprimereno ovo što ću reći", kazala je Fani, sedeći na drugom kraju divana, dok su joj se uvojci uzbuđeno tresli, „ali ja se nadam da će *biti* rata." Okrenula se ka ledi Klementini. „Ne mislim, naravno, na haranje i razmnožavanje, tetka; to mi se ne bi svidelo. Ali stvarno volim da vidim gospodu u uniformama." Krišom je pogledala majora Džonatana, a onda ponovo obratila pažnju na društvo. „Danas sam dobila pismo od moje prijateljice Mardžeri... Sećaš se Mardžeri, tetka...?"

Ledi Klementini su zadrhtali teški kapci. „Nažalost, da. Luckasta devojka s provincijalnim manirima." Nagla se ka ledi Vajolet. „Odrasla u Dablinu, znaš. Irkinja i katolikinja, ni više ni manje."

Pogledala sam u Nensi, koja je nudila šećer u kockicama, i primetila kako su joj se leđa ukočila. Uhvatila je moj pogled i namrgodila se.

„Dakle", nastavila je Fani, „Mardžeri je s porodicom na odmoru, na moru, i kaže kako je videla, kad je čekala majku na stanici, da su vozovi apsolutno krcati rezervistima koji žure u svoje kasarne. To je tako uzbudljivo."

„Fani, dušo", rekla je ledi Vajolet, „stvarno mislim da je neukusno želeti rat samo radi uzbuđenja. Slažeš li se, Džonatane, dragi?"

Major, koji je stajao pored ugašenog kamina, uspravio se. „Iako se ne slažem s Faninim motivima, moram reći da delim njeno uzbuđenje. I ja se nadam da ćemo ući u rat. Čitav kontinent je zapao u *prokleti* haos – izvinite na izrazu, majko, ledi Klem, ali tako je. Potrebna im je dobra stara Britanija, da dođe i sredi stvari. I da dobro protrese Švabe."

Prostorijom se razleglo opšte odobravanje, a Džemajma je uzela majora podruku i zagledala se naviše, u njega, sa obožavanjem, svojim sjajnim očima nalik na dugmad.

Stari lord Ešberi je uzbuđeno izbacivao dimove iz lule. „Malo sporta", izjavio je, zavalivši se u fotelji. „Ništa kao rat ne napravi od dečaka muškarce."

Gospodin Frederik se promeškoljio, uzeo čaj koji mu je pružila ledi Vajolet i počeo da puni lulu duvanom.

„A ti, Frederiče?", kazala je Fani stidljivo. „Šta ćeš ti raditi ako počne rat? Nećeš prestati da praviš motorna kola, zar ne? Biće velika šteta ako više ne bude divnih motornih kola samo zbog glupog rata. Ne bih se vraćala kočijama."

Gospodin Frederik, kome je bilo neprijatno zbog Faninog flertovanja, podigao je mrvicu duvana s nogavice. „Ne bih brinuo o tome. Motorna vozila su stvar budućnosti." Nabio je duvan u luli i promrmljao za sebe: „Sačuvaj bože da rat izazove neudobnost ispraznim damama koje nemaju šta da rade."

U tom trenutku otvorila su se vrata i sobu su ušli Hana, Emelin i Dejvid, još uvek uzbuđenih lica. Devojčice su presvukle kostime i ponovo su bile u sličnim belim haljinama s mornarskim okovratnicima.

„Baš dobra predstava", rekao je lord Ešberi. „Nisam čuo ni reč, ali odlična predstava."

„Bravo, deco", kazala je ledi Vajolet. „Mada biste možda pustili baku da vam pomogne u izboru sledeće godine?"

„A ti, tata?", kazala je Hana ustreptalo. „Jesi li uživao u komadu?"

Gospodin Frederik je izbegao majčin pogled. „Razgovaraćemo kasnije o kreativnijim delovima, važi?"

„A ti, Dejvide?", zapištala je Fani da nadjača ostale. „Upravo smo razgovarali o ratu. Hoćeš li ti stupiti u vojsku ako Britanija zarati? Mislim da bi bio strašan oficir."

Dejvid je prihvatio šolju od ledi Vajolet i seo. „Nisam razmišljao o tome." Nabrao je nos. „Pretpostavljam da hoću. Kažu da je to jedina šansa za veliku avanturu." Pogledao je Hanu sa sjajem u oku, uočivši priliku da je zadirkuje. „Strogo za momke, bojim se, Hana."

Fani je vrisnula od smeha, izazvavši drhtaj kapaka ledi Klementine. „Oh, Dejvide, baš šašavo, Hana ne bi ni želela da ide u rat. Baš smešno."

„Bih, i te kako", odvratila je Hana žestoko.

„Ali, dušo", kazala je ledi Vajolet, smetena, „ne bi imala odeću u kojoj bi se borila."

„Mogla bi da nosi pantalone i čizme za jahanje", kazala je Fani.

„Ili kostim", nadovezala se Emelin. „Poput onog što je nosila u predstavi. Mada možda ne i šešir."

Gospodin Frederik je uhvatio optužujući pogled svoje majke i nakašljao se. „Iako Hanina dilema izaziva blistave spekulacije, moram da vas podsetim da to nije predmet sporenja jer ni ona ni Dejvid neće ići u rat. Devojke se ne bore, a Dejvid još nije završio školovanje. On će naći neki drugi način da služi kralju i zemlji." Okrenuo se prema Dejvidu. „Kad završiš Iton i odeš na Sandherst, biće druga priča."

Dejvid je isturio bradu. „*Ako* završim Iton i *ako* odem na Sandherst."

U sobi je zavladala tišina i neko se nakašljao. Gospodin Frederik je kuckao kašičicom o šolju. Nakon produžene pauze rekao je: „Dejvid se šali. Zar ne, dečače?" Tišina se odužila. „A?"

Dejvid je polako trepnuo i ja sam zapazila da mu je vilica zadrhtala, mada jedva primetno. „Da", rekao je konačno. „Naravno da se šalim. Samo sam hteo da malo razvedrim atmosferu i priču o ratu. Samo što nije smešno, pretpostavljam. Izvinjavam se, bako. Deda." Klimnuo je glavom oboma, a ja sam primetila da mu je Hana stisnula ruku.

Ledi Vajolet se nasmešila. „Potpuno se slažem sa tobom, Dejvide. Hajde da ne pričamo o ratu koji možda neće ni izbiti. Izvoli, probaj divne male tartove gospođe Taunsend." Klimnula je glavom Nensi, koja je ponovo pošla ukrug s poslužavnikom, da ih ponudi.

Sedeli su za trenutak i grickali kolače, a časovnik na polici iznad kamina otkucavao je vreme dok neko ne dođe do teme jednako privlačne kao što je rat. Konačno, ledi Klementina je kazala: „Na stranu borba. Prave ubice u ratu su bolesti. Bojna polja su, naravno, pravo leglo raznoraznih boleština. Videćete“, kazala je sumorno. „Kad izbije, rat će doneti zarazne bolesti.“

„Ako izbije“, rekao je Dejvid.

„A kako ćemo znati ako se to desi?“, upitala je Emelin, razrogačenih plavih očiju. „Hoće li neko iz vlade doći da nam kaže?“

Lord Ešberi je pojeo ceo kolač. „U mom klubu je jedan momak rekao da je pitanje dana kad će objaviti.“

„Osećam se kao dete na Badnje veče“, kazala je Fani i ukrstila prste, „što čezne za jutrom, jedva čeka da se probudi i otvori poklone.“

„Ne bih se previše uzbuđivao“, kazao je major. „Ako Britanija uđe u rat, on će se najverovatnije završiti za nekoliko meseci. Najduže do Božića.“

„Bilo kako bilo“, kazala je ledi Klementina. „Pisaću lordu Džifordu odmah ujutro, da ga obavestim o tome kako želim da budem sahranjena. Predlažem da to učinite i vi ostali. Dok ne bude prekasno.“

Hana je podrugljivo razrogačila oči. „Nećete valjda da kažete da nemate poverenja u nas da ćemo to izvesti na najbolji mogući način umesto vas, ledi Klementina?“ Uzela je staricu za ruku i milo joj se nasmešila. „Evo, ja bih bila počastvovana da se postaram da budete ispraćeni kao što zaslužujete.“

„Zaista“, huknula je ledi Klementina. „Ako sami ne organizujete, nikad se ne zna u čije ruke može pasti taj zadatak.“ Značajno je pogledala u Fani i frknula tako da su joj velike nozdrve zatreperile. „Osim toga, ja mnogo polažem na takve događaje. Godinama sam planirala svoj.“

„Zaista?“, rekla je ledi Vajolet, iskreno zainteresovana.

„O da“, kazala je ledi Klementina. „To je jedan od najvažnijih događaja u ljudskom životu i moj će biti spektakularan.“

„Jedva čekam da vidim“, kazala je Hana ironično.

„I treba“, odvratila je ledi Klementina. „U današnje vreme ne treba dozvoliti sebi lošu predstavu. Ljudi nisu više tako skloni oproštaju kao što su nekad bili pa ne treba dozvoliti kritiku.“

„Nisam znala da odobravate prikaze u novinama, ledi Klementina?“, rekla je Hana, na šta ju je njen otac upozorio mrštenjem.

„Ne po pravilu“, odgovorila je ledi Klementina. Uperila je prst s velikim draguljem u Hanu, a onda u Emelin, pa u Fani. „Pored venčanja, nekrolog je jedina prilika da se ime jedne dame pojavi u novinama.“ Podigla je pogled ka nebesima. „I neka joj bog pomogne ako joj u novinama upropaste sahranu, jer neće imati novu šansu sledeće sezone.“

Nakon pozorišnog trijumfa bila je preostala još samo svečana večera pa da se gostovanje proglasi kao izuzetno uspešno. To je trebalo da bude vrhunac zbivanja te nedelje. Konačna ekstravagantnost pre no što gosti odu i Rivertonom ponovo zavlada mir. Goste na večeri (uključujući, kako je otkrila gospođa Taunsend, i lorda Ponsonbija, jednog od kraljevih rođaka) očekivali su čak iz Londona, pa smo Nensi i ja, pod budnim okom gospodina Hamiltona, celo popodne postavljale sto u trpezariji.

Postavile smo za dvadesetoro, i Nensi je naglašavala nazive svih predmeta dok ih je postavljala: kašika za supu, nož i viljuška za ribu, dva noža, dve velike viljuške, četiri kristalne vinske čaše različitih proporcija. Gospodin Hamilton je išao za nama oko stola, s metrom i krpom, i proveravao da li je svaki tanjir sa svime oko njega udaljen trideset centimetara od sledećeg, i da li je svaka kašika tako izglancana da u njoj vidi svoj iskrivljeni odraz. Po sredini stolnjaka od belog platna pružile smo bršljan i aranžirale crvene ruže oko kristalnih tegli sa sjajnim voćem. Svidele su mi se te dekoracije; bile su tako lepe i savršeno su odgovarale najboljem servisu za ručavanje njenog gospodstva – venčani poklon ni manje ni više nego od Čerčilovih, po Nensinim rečima.

Postavili smo kartice sa imenima, ispisane najlepšim rukopisom ledi Vajolet, prema njenom pažljivo zacrtanom rasporedu sedenja. Nensi me je uputila da se uvek mora pridavati važnost rasporedu sedenja. I zaista, po njenim rečima, uspeh ili neuspeh svečane večere u potpunosti zavisi od toga gde ko sedi. Reputacija ledi Vajolet kao „savršene" domaćice, a ne samo „dobre", očigledno je bila posledica njene umešnosti da, prvo, pozove prave ljude, a onda da ih razborito rasporedi, izmeša duhovite i zabavne sa dosadnim ali važnim.

Žao mi je što moram reći da nisam prisustvovala svečanoj večeri u leto 1914, jer ako je čišćenje salona bila privilegija, posluživanje za stolom je bilo najveća počast i svakako van mog skromnog ranga. Tom prilikom, na veliko Nensino razočaranje, čak je i njoj bilo uskraćeno to zadovoljstvo, zato što je lord Ponsonbi bio poznat po tome što se gadi ženske posluge za stolom. Malo ju je utešila odluka gospodina Hamiltona da će ipak ostati u trpezariji, samo što će biti skrivena iza zavese, gde će prihvatati tanjire koje Alfred bude sklanjao, i slagati ih u lift za posuđe. Tako će, zaključila je, bar delimično imati pristupa razgovorima na večeri. Znaće šta je rečeno, mada ne i ko je kome rekao.

Gospodin Hamilton je rekao da je moja dužnost da stojim dole, pored lifta. Tako sam i učinila, trudeći se da ne pomišljam na Alfredove šale o tom partnerstvu. On se stalno šalio: bez zle namere, i ostali su izgleda umeli da se smeju, ali ja nisam imala iskustva s takvim drugarskim zadirkivanjem, pa sam se držala povučeno. I samo bih se skupila kad usmere pažnju na mene, nisam mogla drugačije.

S divljenjem sam posmatrala kako raskošna jela, jedno za drugim, nestaju u liftu koji ih nosi gore – imitaciju supe od kornjače, ribu, brizle, prepelice, špargle, krompir, pite s kajsijama, puding od mleka – a vraćaju se prljavi tanjiri i prazni ovali.

Dok su gore gosti uživali, duboko ispod trpezarije gospođa Taunsend je poslovala po kuhinji punoj pare i zviždanja, nalik nekoj od onih novih mašina koje su počele da prolaze kroz selo. Kretala se po kuhinji između radnih pultova, pomerajući svoje krupno telo zadivljujućom brzinom, ložeći vatru u šporetu dok joj graške znoja nisu potekle niz zajapurene obraze, plješćući rukama i kudeći iz lažne skromnosti krckavu zlatnu koricu na pitama. Jedina koja je izgledala imuna na zarazno uzbuđenje bila je jadna Kejti, kojoj se na licu ogledala ojađenost; prvu polovinu večeri provela je guleći bezbroj krompira, a drugu ribajući bezbroj šerpi i plehova.

Konačno, kad su poslati gore liftom ibrici s kafom, bokalčići s pavlakom i posude s kristal-šećerom na srebrnom poslužavniku, gospođa Taunsend je odvezala kecelju, što je za nas ostale bio znak da je posao za to veče gotov. Okačila ju je na kuku pored šporeta i zatakla za uši duge sede vlasi koje su joj se izvukle iz impozantne punđe navrh glave.

„Kejti?", pozvala je brišući toplo čelo. „Kejti?" Zavrtela je glavom. „E pa stvarno! Ta devojka ti je uvek na putu i nikad ne možeš da je nađeš." Otišla je do stola za poslugu, spustila se na svoje mesto i uzdahnula.

Kejti se pojavila na vratima, stežući u rukama mokru krpu s koje je voda curila na pod. „Da, gospođo Taunsend?"

„Oh, Kejti", gospođa Taunsend se namrgodila i pokazala na pod. „Šta je s tobom, devojko, šta si mislila?"

„Ništa, gospođo Taunsend."

„Ništa zaista. Sve si pokvasila." Gospođa Taunsend je zavrtela glavom i uzdahnula. „Skloni mi se s očiju sada i nađi neku krpu da to obrišeš. Gospodin Hamilton će ti zavrnuti šiju ako vidi."

„Dobro, gospođo Taunsend."

„A kad završiš, možeš da nam napraviš bokal finog toplog kakaoa."

Kejti je krenula nazad u kuhinju, i na vratima se umalo nije sudarila sa Alfredom, koji je, onako krakat, žurio niz stepenice. „Opa, pazi, Kejti, imala si sreće što te nisam prevrnuo."

Zaokrenuo je za ugao i iscerio se, lica otvorenog i uzbuđenog kao u bebe. „Dobro veče, moje dame."

Gospođa Taunsend je skinula naočari. „Dakle? Alfrede?"

„Dakle, gospođo Taunsend?", rekao je on, široko otvorenih smeđih očiju.

„Dakle?" Kuckala je prstima. „Ne ostavljaj nas u neizvesnosti."

Ja sam sela na svoje mesto, izula cipele i mrdala nožnim prstima. Alfred je imao dvadeset godina – visok, s divnim šakama i toplim glasom – i bio je u službi lorda i ledi Ešberi celog svog radnog veka. Mislim da mu je gospođa Taunsend bila naročito naklonjena, mada svakako nikad to nije pokazala, a ja se nisam usuđivala da pitam.

„Neizvesnost?", rekao je Alfred. „Ne znam na šta mislite, gospođo Taunsend."

„Ne znaš šta mislim, malo sutra." Zavrtela je glavom. „Kako je prošlo? Jesu li rekli nešto što bi me moglo interesovati?"

„Oh, gospođo Taunsend", rekao je Alfred, „ne bi trebalo ništa da govorim dok gospodin Hamilton ne siđe dole. Ne bi bilo u redu, zar ne?"

„Slušaj me sad, dečko", rekla je gospođa Taunsend, „pitam te samo jesu li lord i ledi Ešberi i njihovi gosti uživali u jelu. Teško da je sada gospodinu Hamiltonu do toga stalo, zar ne?"

„Zaista ne mogu da kažem, gospođo Taunsend." Alfred mi je namignuo, na šta su mi obrazi buknuli. „Mada jesam primetio da je lord Ponsonbi dvaput sipao gratinirani krompir."

Gospođa Taunsend se osmehnula u svoje čvornovate ruke i klimnula glavom kao za sebe. „Čula sam od gospođe Dejvis, koja kuva za lorda i ledi Bejsingstouk, da se lordu Ponsonbiju naročito svideo gratinirani krompir."

„Svideo? Drugi su imali sreće što im je nešto ostalo."

Gospođa Taunsend je uzdahnula, ali oči su joj blistale. „Alfrede, nevaljali momče, šta to pričaš. Kad bi gospodin Hamilton čuo..."

„Kad bi gospodin Hamilton čuo šta?“ Na vratila se pojavila Nensi, a onda sela na svoje mesto i skinula kapu.

„Upravo sam pričao gospođi Taunsend kako su dame i gospoda uživali u večeri“, rekao je Alfred.

Nensi je zakolutala očima. „Nikad nisam videla da se tanjiri vraćaju tako prazni. Evo, Grejs zna.“ Ja sam klimnula glavom, a ona je nastavila. „Na gospodinu Hamiltonu je da proceni, naravno, ali ja bih rekla da ste nadmašili sebe, gospođo Taunsend.“

Gospođa Taunsend je zagladila bluzu na grudima. „Pa... Naravno“, kazala je samozadovoljno, „svi smo imali udela u tome.“ Pažnju nam je privukao zvuk kuckanja porcelana na vratima. Kejti je polako dolazila iza ugla, čvrsto stežući poslužavnik sa šoljama. Sa svakim korakom kakao se prelivao preko ivica šolja i skupljao u barice na poslužavniku.

„O, Kejti“, rekla je Nensi kad je poslužavnik spušten na sto. „Napravila si pravi nered. Pogledajte šta je uradila, gospođo Taunsend.“

Gospođa Taunsend je podigla pogled ka nebu. „Ponekad mislim da traćim vreme na tu devojku.“

„Oh, gospođo Taunsend“, zaječala je Kejti. „Dajem sve od sebe, stvarno. Nisam htela...“

„Šta nisi htela, Kejti?“, rekao je gospodin Hamilton silazeći niz stepenice pa ušao u sobu. „Šta si sad uradila?“

„Ništa, gospodine Hamiltone, samo je trebalo da donesem kakao.“

„I donela si ga, šašavice“, kazala je gospođa Taunsend. „A sad se vrati i dovrši one tanjire. Ostavila si vodu da se hladi. Videćeš da se ohladila.“

Zavrtela je glavom kad se Kejti izgubila u hodniku, a onda se okrenula gospodinu Hamiltonu i široko se nasmejala. „Pa, jesu li svi otišli, gospodine Hamiltone?“

„Jesu, gospođo Taunsend. Upravo sam ispratio poslednje goste, lorda i ledi Denis, do njihovih motornih kola.“

„A porodica?“, upitala je.

„Dame su se povukle na spavanje. Njegovo gospodstvo, major i gospodin Frederik završavaju porto u salonu pa će i on uskoro gore." Gospodin Hamilton je spustio ruke na naslon stolice i za trenutak zastao, zureći u daljinu, kao što je uvek radio kad se sprema da saopšti važnu informaciju. Mi smo sedeli i čekali.

Gospodin Hamilton se nakašljao. „Treba da se ponosite sobom. Večera je doživela veliki uspeh i gospodar i gospodarica su veoma zadovoljni." Nasmešio se uzdržano. „I zaista, gospodar lično je ljubazno odobrio da otvorimo bocu šampanjca i podelimo je. U znak zahvalnosti, tako je rekao."

Uzbuđeno smo zapljeskali pa je onda gospodin Hamilton doneo bocu iz podruma, a Nensi je donela čaše. Ja sam sedela veoma mirno, u nadi da će i meni možda dozvoliti da popijem malo. Sve to mi je bilo novo: majka i ja nikad nismo imale nikakvog razloga za slavlje.

Kad je stigao do poslednje visoke čaše, gospodin Hamilton me je pogledao preko ruba, niz dugačak nos. „Da", rekao je konačno. „Mislim da čak i ti večeras možeš da popiješ malo, mlada Grejs. Gospodar ne priređuje često tako velelepna slavlja."

Zahvalno sam prihvatila čašu, a gospodin Hamilton je svoju podigao visoko. „Nazdravimo", rekao je, „svima koji žive i služe u ovoj kući. Uzdravlje i dugo poživeli."

Kucnuli smo se čašama i ja sam se nagla nazad, na naslon stolice, pijuckajući šampanjac i naslađujući se peckanjem mehurića po usnama. Celog svog dugog života, kad god sam bila u prilici da pijem šampanjac, setila bih se te večeri u odajama za poslugu u Rivertonu. Zajednički uspeh vrca od naročite energije, mehurići lorda Ešberija delovali su na sve nas – obrazi su nam se zajapurili a srce razgalilo. Alfred mi se nasmešio preko svoje čaše, a ja sam stidljivo uzvratila smeškom. Slušala sam ostale kako prepričavaju događaje te večeri, u živopisnim detaljima: dijamante ledi Denis, moderne poglede na brak lorda Harkorta, sklonost lorda Ponsonbija prema gratiniranom krompiru.

Prodoran zvuk zvona prenuo me je iz razmišljanja. Svi za stolom su zaćutali. Zgledali smo se, zbunjeni, sve dok gospodin Hamilton nije skočio sa svoga mesta. „Bože. To je telefon", rekao je pa požurio iz sobe.

Lord Ešberi je bio među prvima u Engleskoj koji su uveli telefon u kuću, čime su se svi koji su služili u kući neizmerno ponosili. Glavni prijemnik bio je u ostavi gospodina Hamiltona, da bi, u uzbudljivim prilikama kad zazvoni, mogao da se javi i prosledi poziv gore. Uprkos tako dobro organizovanom sistemu, te prilike su bile vrlo retke jer je, nažalost, vrlo malo prijatelja lorda Ešberija imalo svoj telefon. No bez obzira na to, na telefon se gledalo gotovo s religioznim strahopoštovanjem, a posluzi u poseti uvek je pružana prilika da izbliza osmotre sveti objekat i da se, samim tim, dive superiornosti kuće Riverton.

Stoga nije bilo nikakvo čudo što nas je zvonjava telefona ostavila bez reči. A pošto je bilo vrlo kasno, zapanjenost je prešla u strepnju. Sedeli smo vrlo mirno, načuljenih ušiju, svi zadržavajući dah.

„Alo?", rekao je gospodin Hamilton u slušalicu. „Rezidencija lorda Ešberija."

U sobu je ušla Kejti. „Čula sam neki čudan zvuk. Oooh, svi pijete šampanjac..."

„Psssst", ućutkali su je. Kejti je sela i počela da gricka iskrzane nokte.

Čuli smo gospodina Hamiltona kako u ostavi govori: „Da, ovo je kuća lorda Ešberija... Majora Hartforda? Da, svakako, major Hartford je ovde, u poseti roditeljima... Da, gospodine, odmah. Šta da kažem, ko zove? ... Samo trenutak, kapetane Braune, sačekajte malo da vas povežem."

Gospođa Taunsend je znalački, glasno prošaptala: „Neko traži majora", pa smo svi nastavili da osluškujemo. S mesta gde sam sedela, mogla sam da vidim profil gospodina Hamiltona kroz otvorena vrata: ukočen vrat, opuštena usta.

„Alo, gospodine", rekao je gospodin Hamilton u slušalicu. „Molim vas izvinite što vas ometam, gospodine, ali majora traže na telefon. Zove ga kapetan Braun iz Londona, gospodine."

Gospodin Hamilton je zaćutao, ali ostao je na telefonu. Imao je naviku da zadrži malo slušalicu na uvu, kako bi se uverio da je onaj koga zovu podigao svoju, da ne bi prekinuo vezu.

Dok je čekao i slušao, primetila sam da su mu prsti čvršće stegli slušalicu. Telo mu se ukočilo i kao da mu se disanje ubrzalo.

Spustio je slušalicu tiho, pažljivo, i popravio sako. Polako se vratio do svoga mesta u čelu stola i ostao da stoji, hvatajući se rukama za naslon stolice. Prešao je pogledom po ljudima za stolom, pogledao svakog ponaosob. Konačno je rekao ozbiljnim tonom:

„Obistinili su se naši najstrašniji strahovi. Od jedanaest sati večeras Velika Britanija je u ratu. Neka nas Bog sve čuva."

Plačem. Posle svih ovih godina, počela sam da plačem za njima. Tople suze teku mi iz očiju, prate konture moga lica dok ih vazduh ne osuši, lepljive i hladne na koži.

Silvija je ponovo uz mene. Donela je papirne maramice pa mi sad njima briše lice. Za nju su te suze jednostavno stvar loših vodoinstalacija. Još jedan neizbežan, neškodljiv znak duboke starosti.

Ne zna da plačem za vremenima koja su se promenila. Kao da sam ponovo pročitala omiljene knjige i duboko u duši se ipak nadam drugačijem završetku, uhvatila sam sebe kako se, uprkos svemu, nadam da rata neće biti. Da će nas ovoga puta nekako ostaviti na miru.

Ulica Safronhaj

Kiša samo što nije. Moja krsta su osetljivija od svih meteoroloških instrumenata i sinoć sam ležala budna dok su me kosti bolele, šapćući priče o nekadašnjoj gipkosti. Izvijala sam i savijala ukočeno, staro telo: tegobe su postale frustracija, frustracija je postala dosada, a dosada je postala teror. Strah da se noć nikada neće završiti i da ću zauvek ostati uhvaćena u njenom dugom, usamljenom tunelu.

Ali dosta o tome. Odbijam da dalje naklapam o svojoj krhkosti. I mora da sam na kraju ipak zaspala jer sam se jutros probudila, a koliko ja znam, jedno bez drugog ne ide. Još sam bila u krevetu, u spavaćici uvijenoj oko struka, kad je u moju sobu žurno ušla devojka sa zavrnutim rukavima i dugom, tankom pletenicom (mada ne tako dugom kao što je moja) i razvukla zavese puštajući svetlost unutra. Ta devojka nije Silvija i po tome znam da je sigurno nedelja.

Devojka – Helen, tako piše na njenom bedžu – odvela me je pod tuš, pridržavajući me ispod ruke, a njeni nokti boje dudinja utisnuli su se u moju mlitavu belu kožu. Prebacila je pletenicu preko jednog ramena i počela da mi sapuna trup i udove, da spira zaostali sloj noći, pevušeći neku melodiju koju ne znam.

Kad sam prikladno izribana, spustila me je na plastičnu stolicu za kupanje i ostavila me samu, da se banjam pod toplim tušem. Uhvatila sam se za donju rešetku obema rukama i nagla napred, pa uzdahnula od olakšanja kad je voda potekla po mojim ukočenim leđima.

Uz Heleninu pomoć, izbrisala sam se i obukla, pa sam do pola osam, potpuno sređena, odvedena u jutarnju sobu i sela. Uspela sam da pojedem komad žilavog tosta i popijem šolju čaja pre nego što je stigla Rut da me povede u crkvu.

Nisam naročito religiozna. Zaista, bilo je trenutaka kad me je vera potpuno napuštala. Ali odavno sam se pomirila s Bogom. Starost sve ublaži. A osim toga, Rut voli da ide pa mogu da joj ukažem taj mali znak pažnje.

Korizma je, vreme za potragu u duši i pokajanje, koji uvek prethode Uskrsu, a jutros je predikaonica zaogrnuta purpurom. Propoved je prijatna, na temu krivice i oproštaja. (Prikladno, kad uzmem u obzir ono što sam naumila.) Sveštenik je čitao iz četrnaeste glave Jevanđelja po Jovanu, preklinjući okupljenu pastvu da se odupre onima što ih zastrašuju propovedajući smak sveta, i da umesto toga nađu unutarnji mir kroz Hrista. „Ja sam put, istina i život", čita. „Niko ne sedi pored oca osim mene." A onda nas moli da kao uzor uzmemo veru Hristovih apostola u praskozorje prvog milenijuma. Sa izuzetkom Jude, razume se.

Imamo naviku da posle crkve prepešačimo kratku razdaljinu do glavne ulice i odemo na čaj *Kod Megi*. Uvek idemo kod Megi, mada je sama Megi pre mnogo godina otišla iz grada, s koferom i mužem najbolje prijateljice.

Sele smo da se malo odmorimo na drvenoj klupi ispod stogodišnjeg bresta, čije se mamutsko stablo nalazi na raskrsnici ulica Čerč i Safronhaj. Zimsko sunce je prosijavalo kroz čipku golog granja i grejalo mi leđa. Čudni su ovi vedri dani krajem zime, kad može da ti bude i hladno i toplo istovremeno.

Kad sam bila devojčica, ovim ulicama su prolazili konji i kočije i zaprežni taksi. I motorna vozila, posle rata: ostin, tinlizi, s vozačima koji su nosili one naočari i trubili. Putevi su tad bili zemljani, izlokani i prekriveni konjskom balegom. Starice su gurale dečja kolica s točkovima koji su imali paoke, a dečaci s praznim pogledom u očima prodavali novine iz kutija.

Prodavačica soli uvek je sedela na uglu gde se sad nalazi benzinska stanica. Vera Pip: mršava žena s platnenom kapom i tankom glinenom lulom koja joj je stalno visila sa usne. Skrivala sam se iza majčine suknje i piljila u gospođu Pip dok je velikom kukom podizala ploče soli na ručna kolica, a onda ih testerom i nožem rezala na manje komade. Pojavljivala se u mnogim mojim košmarima, sa onom svojom glinenom lulom i sjajnom kukom.

Rut me je kucnula po podlaktici i podigla me na noge, pa smo ponovo krenule Ulicom Safronhaj, prema izbledeloj crveno-beloj tendi kafea *Kod Megi*. Naručile smo što i obično – dve šolje čaja ingliš brekfast i jednu zemičku da podelimo – pa sele za sto pored prozora.

Pijuckale smo u uobičajenoj tišini sve dok Rut konačno nije gurnula tanjir ka meni preko stola. „Pojedi i moju polovinu. Mršava si."

Pomislila sam da je podsetim na savet gospođe Simpson da žena nikad nije dovoljno bogata i nikad dovoljno mršava, ali predomislila sam se. Nikad nije imala mnogo smisla za humor, a u poslednje vreme ju je potpuno napustio.

Rut je tapkala salvetom usta, u potrazi za nevidljivom mrvicom na usnama, a onda se nakašljala, presavila salvetu napola i gurnula je ispod noža. „Treba da podignem nešto na recept u apoteci", kazala je. „Možeš li da sediš?"

„Recept?", kazala sam. „Zašto? Šta je bilo?" Rut je u šezdesetim godinama života, majka odraslog muškarca, pa ipak mi je srce preskočilo jedan otkucaj.

„Ništa", odgovorila je. „Ništa, stvarno." Ustala je ukočeno, a onda kazala tihim glasom: „Samo nešto da mi malo pomogne da zaspim."

Klimnula sam glavom. Obe znamo zašto ne može da spava. To stoji između nas, zajednička tuga, uvijena u prećutan sporazum da o njoj ne govorimo. Odnosno o njemu.

Rut je požurila da ispuni tišinu. „Ti ostani ovde, a ja ću časkom da trknem preko. Toplo je, uključeno je grejanje." Pokupila je tašnu i kaput pa ustala i načas me osmotrila. „Nemoj nikud da ideš, važi?"

Odmahnula sam glavom pa je požurila do vrata. Rut se neprekidno plaši da ne nestanem ako me ostavi samu. Pitam se kuda bih, po njenom mišljenju, tako želela da idem.

Gledala sam kroz prozor sve dok nije nestala među užurbanim prolaznicima. Svi su različitih oblika i veličina. I kakva odeća! Šta bi rekla gospođa Taunsend?

Prošlo je dete ružičastih obraza, natrontano i umotano kao balon, koje je za sobom vukao zauzeti roditelj. Dete – on ili ona, teško je bilo reći – osmotrilo me je krupnim, okruglim očima, neopterećeno društvenim osećanjem prinude da se nasmeši, poput većine odraslih. Blesnula je jedna uspomena. Ja sam nekad bila to dete, nekada davno, i majka me je tako vukla za sobom dok je žurila ulicom. Sećanje se izoštrilo. Prošle smo baš pored ove radnje, mada tad nije bila kafe, nego mesara. Redovi isečenih komada mesa na belim mermernim pločama, poređani u izlogu, i juneća trupla što se njišu iznad poda posutog piljevinom. Setila sam se kako mi je gospodin Hobins, mesar, mahnuo, i kako sam želela da se majka zaustavi, da ponesemo kući finu kolenicu i spremimo od nje čorbu.

Zadržala sam se uz izlog, puna nade, zamišljajući čorbu – meso, praziluk i krompir – kako ključa na našem šporetu na drva i ispunjava nam kuhinjicu parom i slanim mirisom. Toliko sam živo zamislila da sam mogla da osetim miris čorbe, tako da me je gotovo bolelo.

Ali majka se nije zaustavila. Nije čak ni oklevala. Dok se tapkanje njenih potpetica sve više udaljavalo, obuzela me je neodoljiva potreba da je uplašim, da je kaznim zato što smo siromašne, da je navedem na pomisao da me je izgubila. Ostala sam na tom mestu, sigurna da će uskoro shvatiti da me nema i dojuriti nazad. Možda će je, možda, preplaviti olakšanje pa će odlučiti da kupi kolenicu...

Iznenada me je nešto jako cimnulo i povuklo u pravcu odakle sam došla. Trebalo je da prođe jedan trenutak da shvatim šta se dešava, da mi je dugme kaputa uhvatila mreža za kupovinu jedne dobro obučene gospođe, pa sam žustro povučena dalje. Živo se sećam svoje male ruke, ispružene da je kucne po širokoj, užurbanoj zadnjici, samo da bih je odmah povukla, obeshrabrena, dok su sve vreme moja mala stopala brzo tapkala da održe korak s njom. Gospođa je prešla ulicu, i ja s njom, pa sam zaplakala. Izgubila sam se i to je postajalo sve jasnije iz časa u čas, sa svakim sledećim žurnim korakom. Nikad više neću videti majku. Umesto toga, ostaću na milost i nemilost ove strane gospođe u onoj njenoj luksuznoj odeći.

Iznenada, spazila sam majku na drugoj strani ulice, kako korača među prolaznicima. Olakšanje! Htela sam da je pozovem, ali toliko sam jecala da mi je zastao dah. Počela sam da mašem rukama, gušeći se od suza.

Onda se majka okrenula i videla me. Lice joj se sledilo, spustila je mršavu ruku na grudi i začas se stvorila pored mene. Ona gospođa, do tada nesvesna tereta koji je vukla za sobom, sad je osetila komešanje. Okrenula se i pogledala u nas: u moju visoku majku sa iscrpljenim licem i izbledelom suknjom, i u odrpano, uplakano dete, kako sam joj sigurno izgledala. Protresla je torbu pa je privila na grudi, užasnuta. „Odlazite! Sklonite se od mene ili ću zvati policiju.“ Nekoliko ljudi je uočilo uzbuđenje i počelo da formira krug oko nas. Majka se izvinila onoj gospođi, koja ju je pogledala kao pacova u ostavi. Majka je pokušala da objasni šta se dogodilo, ali gospođa je nastavila da se odmiče i povlači. Nisam imala drugog izbora nego da pođem sa njom, zbog čega je počela glasno da ciči. Konačno se pojavio policajac i hteo da zna šta je uzrok gužvi.

„Pokušava da mi ukrade torbu“, kazala je gospođa uperivši drhtavi prst u mene.

„Zaista?“, rekao je policajac.

Zavrtela sam glavom, i dalje bez glasa, sigurna da će me uhapsiti.

Onda je majka objasnila šta se dogodilo, rekla mu za moje dugme i mrežu, pa je policajac klimnuo glavom, a gospođa se sumnjičavo namrštila. Onda su svi spustili pogled na mrežu za kupovinu i videli da mi je dugme zaista zapelo, pa je policajac rekao majci da mi pomogne da se oslobodim.

Otpetljala je dugme, zahvalila policajcu, ponovo se izvinila onoj gospođi, a onda se zagledala u mene. Čekala sam da vidim hoće li se smejati ili će zaplakati. Ispostavilo se da je uradila i jedno i drugo, ali ne odmah. Zgrabila me je za smeđi kaput i odvela iz gomile koja se razilazila, i stala je tek kad smo skrenule za ugao Ulice Rejlvej. Dok je voz za London kretao iz stanice, okrenula se prema meni i prosiktala: „Ti, nevaljala devojčice. Mislila sam da sam te izgubila. Sahranićeš me, čuješ li? Je l' to hoćeš? Da ubiješ rođenu majku?“ A onda mi je popravila kaput, zavrtela glavom i uzela me za ruku, tako jako stežući da me je gotovo bolelo. „Ponekad poželim da su te ipak uzeli u Dom za nahočad, bože oprosti.“

Bio je to uobičajeni refren kad sam bila nestašna i bez sumnje je u njemu bilo više od zrnca istinskog osećanja. Sigurno bi se mnogi složili s tim da bi bilo bolje da me je ostavila u Domu za nahočad. Nema toga zbog čega će žena pre izgubiti službu od trudnoće, a majčin život se, otkad sam se rodila, sastojao od sastavljanja kraja s krajem i životarenja.

Toliko puta sam čula priču o tome kako sam izmakla sirotištu da sam ponekad verovala da je znam od rođenja. Majčino putovanje na Trg Rasel u Londonu, sa mnom uvijenom i ušuškanom, u njenom kaputu da mi bude toplo, postalo je neka vrsta legende. Pešačenje niz Ulicu Grenvil, pa u Ulicu Gilford, ljudi što vrte glavom jer dobro znaju kuda je krenula sa svojim sićušnim paketom. Pa kako je već izdaleka prepoznala zgradu sirotišta po gomili mladih žena poput nje, okupljenih ispred, što su se njihale, ošamućene, s rasplakanim bebama. A onda, najvažnije od svega, iznenadni glas, jasan kao dan (Bog, kazala je moja majka; glupost, kazala je moja tetka Di), koji joj govori da se okrene, da joj je dužnost da zadrži svoju malecnu bebu. Trenutak za koji, po porodičnom predanju, treba da budem zauvek zahvalna.

Toga jutra, onog dana s dugmetom i mrežom, kad je majka pomenula sirotište, ja sam zaćutala. Mada ne, kao što je ona bez sumnje mislila, zato što sam razmišljala o tome kako sam imala sreće što sam izbegla zatočeništvo. Umesto toga, odlutala sam utabanim stazama svoje dečje fantazije. Beskrajno me je veselilo da zamišljam sebe u Domu za nahočad *Korem*, kako pevam među drugom decom. Imala bih mnogo braće i sestara s kojima bih mogla da se igram, a ne samo umornu i mrzovoljnu majku čije je lice izbrazdano razočaranjima. Od kojih sam ja jedno, strahovala sam.

Neko pored mog ramena prenuo me je iz sećanja i vratio me u stvarnost ovde i sada. Okrenula sam se i ugledala pored sebe jednu mladu ženu. Nisam je odmah prepoznala kao konobaricu koja nam je donela čaj. Gledala me je sa iščekivanjem.

Zatreptala sam da se fokusiram. „Mislim da je moja kći već platila račun."

„O da", rekla je mlada devojka. Mekog glasa sa irskim akcentom. „Da, jeste. Namirila je račun još kad je naručila." Ali i dalje se nije pomerila.

„Da li je onda u pitanju nešto drugo?", kazala sam.

Progutala je knedlu. „Samo to da je Suzan u kuhinji rekla da ste vi baka... To jest, rekla je da je vaš unuk... Markus Makort, a ja sam njegova stvarno velika obožavateljka. Obožavam inspektora Adamsa. Sve sam ih pročitala, do poslednje."

Markus. Leptirica tuge zalepršala mi je u grudima. Kao što se desi uvek kad neko pomene njegovo ime. Nasmešila sam joj se. „To je veoma lepo čuti. Mom unuku će biti drago."

„Mnogo me je rastužilo kad sam pročitala za njegovu ženu."

Klimnula sam glavom.

Oklevala je, a ja sam se pripremila za pitanje za koje sam znala da će uslediti, koje uvek usledi: da li piše sledećeg *Inspektora Adamsa*? Hoće li uskoro biti objavljeno? Iznenadila sam se kad je znatiželju pobedila pristojnost, ili bojažljivost. „Pa... Drago mi je što smo se upoznale", kazala je. „Bolje da se vratim na posao, da Su ne poludi." Pošla je, a onda se okrenula. „Kazaćete mu, zar ne? Kazaćete mu koliko mi znače te knjige? Meni i svim njegovim obožavateljima."

Dala sam joj reč da hoću mada ne znam kada ću moći to da ispunim. Kao većina pripadnika njegove generacije, on putuje po svetu. Za razliku od ostalih takvih, on ne žudi za avanturom već za nečim što će mu skrenuti pažnju. Iščezao je u oblaku svoje žalosti i ne mogu ni da naslutim gde je. Poslednje vesti o njemu dobila sam pre mesec dana. Razglednicu Kipa slobode, s markicom Kalifornije, datiranu prošle godine. Sa jednostavnom porukom: *Srećan rođendan, M.*

Ne, nije tako jednostavno kao žalost. Krivica ga goni. Neopravdano osećanje krivice za Rebekinu smrt. Krivi sebe, misli da bi sve možda bilo drugačije da je nije ostavio. Zabrinuta sam za njega. Veoma dobro razumem ono naročito osećanje krivice ljudi koji su preživeli tragediju.

Kroz prozor mogu da vidim Rut na drugoj strani ulice; razgovara sa sveštenikom i njegovom ženom, još nije stigla u apoteku. S velikim naporom pomerila sam se do ivice svog sedišta, stavila tašnu preko ruke i uhvatila se za štap. Ustala sam na drhtave noge. Imala sam nešto da obavim.

Pozamanter gospodin Batler ima radnjicu u glavnoj ulici; jedva primetna prugasta tenda, sabijena u sendvič između pekare i radnje u kojoj prodaju sveće i mirisne štapiće. Ali iza crvenih drvenih vrata sa sjajnim mesinganim zvekirom i srebrnim zvonom nalazi se čitava riznica raznih stvari koja premašuje skroman ulaz. Muški šeširi i kravate, školske torbe i kožni koferi, šerpe i štapovi za hokej, tiskaju se i otimaju za prostor u dubokoj, uskoj prodavnici.

Gospodin Batler je muškarac od oko četrdeset pet godina, koji polako gubi kosu a – zapazila sam – i struk. Sećam se njegovog oca i dede, mada to nikad ne kažem. Naučila sam da je mladima neprijatno od priča o prošlosti. Sad mi se nasmešio preko naočara i rekao mi da dobro izgledam. Kad sam bila mlađa, u svojim osamdesetim, još bih i poverovala iz sujete. Sad takve komentare prepoznajem kao ljubazne izraze iznenađenja što sam još živa. Svejedno sam mu zahvalila – imao je dobre namere – i upitala ga da li ima magnetofon.

„Da slušate muziku?“, upitao je gospodin Batler.

„Hoću da govorim u njega“, odgovorila sam. „Da snimam svoje reči.“

Oklevao je, verovatno se pitao šta podrazumevam pod magnetofonom, a onda je izvadio iz vitrine mali crni predmet. „Ovaj bi trebalo da vam odgovara. Zove se diktafon.“

„Da“, kazala sam puna nade. „Izgleda kao prava stvar.“

Mora da je naslutio moje neiskustvo, jer se dao u objašnjavanje. „Lako je. Pritisnete ovde, a onda govorite ovde.“ Nagnuo se i pokazao mi metalnu mrežicu sa strane na aparatu. Gotovo sam mogla da osetim miris kamfora u njegovom odelu. „Ovo ovde je mikrofon.“

Rut se još nije vratila iz apoteke kad sam stigla *Kod Megi*. Da ne bih rizikovala da me konobarica još ispituje, ogrnula sam kaput i mlitavo se spustila na klupu autobuskog stajališta napolju. Od napora sam ostala bez daha.

Hladan povetarac doneo je razne zaboravljene stvari: omot od bombone, suvo lišće, smeđe-zeleno pačje pero. Plesali su duž ulice, pa bi se smirili, a onda se zavrteli pri svakom novom naletu vetra. U jednom trenutku pero je pojurilo napred, u zagrljaju partnera živahnijeg od prethodnog, koji ga je podigao i poslao u piruetama uvis, preko krovova prodavnica, dok se nije izgubilo s vidika.

Pomislila sam na Markusa, kako pleše po zemaljskoj kugli u stisku neke nepokorne melodije od koje ne može da umakne. Pritisnut, kao umorni letnji cvet, između slika Hane i Emelin i Rivertona: moj unuk. Van vremena i prostora. Jednog trenutka mali dečak svež kao rosa, a već sledećeg odrastao muškarac, s prazninom od ljubavi i gubitka.

Želim da ponovo vidim njegovo lice. Da ga dodirnem. Njegovo lepo, poznato lice, s borama koje su, kao na svim licima, ostavile efikasne ruke istorije. Obojeno precima i prošlošću o kojima malo zna.

Vratiće se jednog dana, u to nimalo ne sumnjam, jer dom je magnet koji namami nazad čak i najrasejaniju decu. Ali ne znam hoće li to biti sutra ili za nekoliko godina od sada. A ja nemam vremena da čekam. Nalazim se u hladnoj čekaonici vremena i drhtim dok se povlače davni duhovi i odjeci glasova.

Zato sam odlučila da mu snimim traku. Možda i više od jedne. Kazaću mu tajnu, jednu staru tajnu, dugo čuvanu.

Dok smo se vozile nazad u *Hitvju*, gledala sam kroz prozor kako prolaze ulice sa kućama od sivog kamena. U jednoj od njih, na pola puta, mirno ugnežđenoj između dve iste takve, nalazi se kuća u kojoj sam se rodila. Pogledala sam Rut, ali ako je i primetila, nije ništa rekla. A ne bi imala ni razloga, naravno. Prolazimo ovuda svake nedelje.

Dok smo vijugale uzanim putem koji nas je izveo iz sela u seoski predeo, zadržala sam dah – samo malo – kao što uvek radim.

Odmah iza Bridž rouda skrenule smo za ugao, i evo ga. Ulaz u Riverton. Dva krila kapije poput čipke, visoka kao ulične svetiljke, ulaz u šaputavi tunel prastarog drveća. Kapija je ofarbana u belo, ne više sjajnosrebrna kao nekoć. Sad je za zavijutke od kovanog gvožđa pričvršćen znak, na kojem piše *Riverton*.

Piše: *Otvoreno za javnost. Mart–oktobar 10–19. Cena ulaznice: odrasli 4 funte, deca 2 funte. Nema propusnica.*

Snimanje trake zahtevalo je malo prakse. Srećom, Silvija je bila pri ruci da pomogne. Držala je aparat pred mojim ustima, a ja sam rekla, na njenu komandu, prvo što mi je palo na pamet. „Alo... alo. Ovde je Grejs Bredli... Proba. Jedan, dva, tri."

Silvija je ispitala diktafon i iscerila se: „Vrlo profesionalno." Pritisnula je dugme i začulo se brujanje. „Samo premotavamo da preslušamo."

Onda je aparat škljocnuo kad se traka vratila na početak. Pritisnula je dugme za reprodukciju pa smo obe čekale.

Bio je to glas starosti: slab, istrošen, gotovo nevidljiv. Bleda traka, toliko izlizana da su opstale samo krhke niti. Tek puke pegice mene, mog pravog glasa, onog koji čujem u glavi i u snovima.

Silvija je pošla iz sobe, a mene je iznenada napao osećaj nervoznog iščekivanja.

„Silvija..."

Okrenula se. „Molim, mila?"

„Šta da kažem?"

„Pa ne znam ja." Nasmejala se. „Pretvaraj se da sedi ovde, s tobom. Samo mu ispričaj šta ti je na umu."

Pa sam tako i učinila, Markuse. Zamislila sam te na drugom kraju mog kreveta, ispruženog preko mojih nogu kao što si voleo da ležiš kad si bio mali, i počela sam da govorim. Ispričala sam ti nešto o tome šta radim, o filmu i Ursuli. Pažljivo sam zaobišla tvoju majku, rekavši samo da joj nedostaješ. Da čezne da te vidi.

I pričala sam ti o uspomenama koje mi se javljaju. Ne o svim; imam cilj i neću da te gnjavim pričama iz svoje prošlosti. Više sam ti pričala o neobičnom osećaju da mi sećanja postaju stvarnija od života. O tome kako samo kliznem i odem bez upozorenja, kako se razočaram kad otvorim oči i vidim da sam se vratila u 1999; o tome kako se tkanje vremena menja i kako se sve više osećam kao kod kuće u prošlosti, a kao posetilac u ovom čudnom i izbledelom iskustvu koje usaglašeno nazivamo sadašnjošću.

Čudno osećanje, sedeti sama u sobi i razgovarati s malom crnom kutijom. Isprva sam šaptala, zabrinuta da me neko ne čuje. Da će moj glas i njegove tajne odlebdeti hodnikom u jutarnju sobu, kao što brodska sirena tužno dolebdi u stranu luku. Međutim, kad je glavna sestra svratila da mi da tablete, njen iznenađen pogled me je smirio.

Sad je otišla. Pilule sam stavila na prozorsku dasku pored sebe. Uzeću ih kasnije, ali zasad moram da budem bistre glave.

Posmatram zalazak sunca nad vresištem. Volim da pratim njegovu putanju dok tiho ne zađe za daleke trake drveća. Danas sam trepnula i propustila njegov oproštaj. Kad sam otvorila oči, trenutak je prošao i treperavi polumesec je nestao, ostavljajući za sobom pusto nebo: bistro, hladnoplavo, izbrazdano trakama ledenobele. Samo vresište drhti u iznenadnoj senci, a u daljini se voz prikrada kroz maglu u dolini, električne kočnice cvile kad skreće ka selu. Pogledala sam u zidni časovnik. To je voz u šest, pun ljudi koji se vraćaju s posla u Čelmsfordu i Brentvudu, čak i u Londonu.

U mislima vidim stanicu. Možda ne takvu kakva je sad, nego onakvu kakva je nekad bila. Veliki, okrugli stanični časovnik okačen iznad perona, njegovo postojano lice i marljive skazaljke kao strogi podsetnik da ni vozovi ni vreme ne čekaju čoveka. Sad je verovatno zamenjen novim, običnim digitalnim satom što trepće. Ne znam. Prošlo je mnogo vremena otkad sam bila na stanici.

Vidim je onakvu kakva je bila onoga jutra kad smo mašući ispratili Alfreda u rat. Niske papirnih trouglova, crvenih i plavih, što očijukaju s povetarcem, deca što jure gore-dole, napolje-unutra, duvaju u pištaljke i mašu britanskim zastavicama. Mladi muškarci – tako *mladi* muškarci – uštirkani i uzbuđeni u novim uniformama i čistim čizmama. I vijugavi, blistavi voz na koloseku, nestrpljiv da krene. Da odvede putnike koji ništa ne sumnjaju u pakao blata i smrti.

Ali dosta o tome. Skočila sam previše unapred.

Na zapadu

Hiljadu devetsto četrnaesta se bližila kraju i početku hiljadu devetsto petnaeste, i sa svakim novim danom prolazila je šansa da će se rat zaista završiti do Božića. Pucanj u jednoj dalekoj zemlji odaslao je drhtaje preko ravnica Evrope i probudio se džin viševekovne mržnje i ogorčenosti. Major Hartford je pozvan u službu, zajedno sa ostalim herojima davno zaboravljenih ratnih pohoda, a lord Ešberi se preselio u svoj stan u Londonu i priključio se civilnoj gardi u Blumsberiju. Gospodin Frederik, nesposoban za vojnu službu zbog preležane upale pluća u zimu 1910, zamenio je motorna kola ratnim avionima i vlada mu je dodelila specijalno odlikovanje za dragoceni doprinos vojnoj industriji od životnog značaja. Bila je to slaba uteha – po Nensinim rečima, a ona je znala šta govori – jer je san gospodina Frederika oduvek bio da služi u vojsci.

Istorija nam govori kako se, dok se odvijala 1915, počela pomaljati prava priroda rata. Ali istorija je neverna pripovedačica jer je u Rivertonu, dok su se u Francuskoj mladi ljudi borili sa strahom o kakvom nisu ni sanjali – hiljadu devetsto petnaesta prošla uglavnom kao i hiljadu devetsto četrnaesta pre nje. Naravno, bili smo svesni toga da je na Zapadnom frontu pat-pozicija – gospodin Hamilton nas je stalno punio revnosnim deklamovanjem strahota i užasa o kojima su pisale novine – i svakako je bilo dovoljno manjih neugodnosti zbog kojih su ljudi neprestano vrteli glavom i coktali kad se pomene rat, ali sve je to bilo ublaženo velikom vrevom i osećanjem svrhe koju je rat zadao onima čija je svakodnevica pre toga bila monotona.

Ledi Vajolet se pridružila brojnim odborima, a mnoge je i osnovala: od lociranja odgovarajućeg smeštaja za izbeglice iz Belgije do organizovanja ekskurzija motornim kolima za oficire rekonvalescente. Širom Britanije, mlade žene (a i neki mlađi momci) doprinosile su nacionalnoj odbrani lativši se igala za pletenje protiv mora nevolja, da bi proizvele bujicu šalova i čarapa za momke na frontu. Fani, koja nije umela da štrika, ali je silno želela da zadivi gospodina Frederika svojim patriotizmom, bacila se na organizaciju takvih poduhvata kao što je pakovanje i slanje pletene robe u Francusku. Čak je i ledi Klementina ispoljila redak duh zajedništva tako što je primila kod sebe jednu od ledi Vajoletinih belgijskih izbeglica – stariju damu koja je loše govorila engleski, ali je imala dovoljno fine manire da to prikrije – koju je onda neprestano ispitivala o najstrašnijim detaljima invazije.

Kako se bližio decembar, ledi Džemajma, Fani i deca Hartford okupili su se u Rivertonu, gde je ledi Vajolet rešila da tradicionalno proslavi božićne praznike. Fani bi najradije ostala u Londonu – tamo je bilo mnogo uzbudljivije – ali nije mogla da odbije poziv žene za koju se nadala da će joj biti svekrva kad se bude udala za njenog sina. (Bez obzira na to što je sin odlučno boravio negde drugde i što je odlučno bio protiv nje.) Nije imala drugog izbora osim da se pripremi za duge zimske nedelje na selu u Eseksu. Uspela je da postigne da joj bude dosadno kao što je dosadno vrlo mladim ljudima, pa je provodila vreme idući iz sobe u sobu, gde je zauzimala lepe poze za slučaj da se gospodin Frederik neplanirano vrati kući.

U poređenju s njom, Džemajma je patila, još punačkija i običnija nego prethodne godine. Postojala je, međutim, jedna arena u kojoj je zasenila suprotnu stranu: ona ne samo da je bila udata nego je bila udata za heroja.

Za to vreme, gore na spratu, za Hanu i Emelin vreme se vuklo. Već su bile dve nedelje u Rivertonu i zbog lošeg vremena koje ih je primoralo da ostanu unutra (gospođica Prins je bila angažovana i ratnim aktivnostima), više nisu znale šta da rade. Igrale su se svih igara koje su znale – kolariću paniću, žandara, zlatnog rudnika (u kojoj se, koliko sam shvatila, tražilo da od dosade grebeš tačku na ruci drugog dok ne prokrvari) – pomagale su gospođi Taunsend u pečenju kolača za Božić sve dok im nije pozlilo od lisnatog testa, i namamile su Dadilju Braun da otključa skladište na tavanu da bi se mogle popeti i istražiti prašnjavo, zaboravljeno blago. Ali čeznule su za jednim: da igraju Igru. A za to im je bio potreban Dejvid, koji neće doći sa Itona još nedelju dana.

Dole, kao i uvek, naši životi su bili mutna ogledala života onih gore.

Jedne večeri, kad su se svi u kući povukli na spavanje, posluga se okupila oko razbuktale vatre u svojoj odaji. Gospodin Hamilton i gospođa Taunsend su se smestili na dva kraja, a Nensi, Kejti i ja smo se šćućurile između njih, na stolicama iz trpezarije, i škiljile na svetlosti vatre u šalove koje smo plele. Hladan vetar je šibao prozorska okna, a od buntovne promaje na kuhinjskoj polici su podrhtavale tegle gospođe Taunsend.

Gospodin Hamilton je zavrteo glavom i odložio *Tajms*. Skinuo je naočari i protrljao oči.

„Nove loše vesti?“ Gospođa Taunsend je podigla pogled s božićnog jelovnika koji je planirala, obraza crvenih od vatre.

„Najgore, gospođo Taunsend.“ Vratio je naočari na nos. „Novi gubici kod Ipra.“ Ustao je i prišao komodi, gde je bio raširio kartu Evrope i gde je držao male figurice vojnika (stari Dejvidov komplet, mislim, donet s tavana) koje su predstavljale različite vojske u različitim pohodima. Sklonio je vojvodu od Velingtona s jedne tačke u Francuskoj i na njeno mesto stavio dva nemačka husara. „Nimalo mi se ovo ne sviđa", rekao je sam za sebe.

Gospođa Taunsend je uzdahnula. „A meni se *ovo* nimalo ne sviđa." Kuckala je perom po jelovniku. „Kako da pripremim božićnu večeru za porodicu kad nemam putera, ni čaja, pa čak ni ćurku?"

„Nema ćurke, gospođo Taunsend?", zinula je Kejti.

„Ne više od jednog krila."

„Ali šta ćete poslužiti?"

Gospođa Taunsend je zavrtela glavom.

„Ništa se ti ne uzrujavaj. Usuđujem se reći da ću se snaći, devojko moja. Uvek se snađem, zar ne?"

„Da, gospođo Taunsend", kazala je Kejti ozbiljno. „Moram reći da je tako."

Gospođa Taunsend ju je pogledala ispod oka pa se, zadovoljno zaključivši da u tim rečima nije bilo ironije, vratila jelovniku.

Ja sam se trudila da se usredsredim na pletivo, ali kad sam i treći put ispustila petlju, odložila sam ga i ustala. Nešto me je mučilo cele večeri. Nešto čemu sam prisustvovala u selu i što nisam razumela.

Popravila sam kecelju i prišla gospodinu Hamiltonu, za kojeg sam mislila da zna sve.

„Gospodine Hamiltone?", rekla sam obazrivo.

Okrenuo se ka meni, pogledao me preko naočara, još uvek s vojvodom Velingtonom među dugim prstima. „Šta je bilo, Grejs?"

Bacila sam pogled nazad, prema ostalima, zaokupljenim živom diskusijom.

„Dakle, devojko?", rekao je gospodin Hamilton. „Maca ti je pojela jezik?"

Nakašljala sam se. „Ne, gospodine Hamiltone“, kazala sam. „Samo sam... Htela sam nešto da vas pitam. Nešto što sam danas videla u selu.“

„Da?“, rekao je. „Reci, devojko.“

Pogledala sam ka vratima. „Gde je Alfred, gospodine Hamiltone?“

On se namrštio. „Gore je, služi šeri. Zašto? Kakve veze ima Alfred sa svim ovim?“

„Samo sam... Videla sam danas Alfreda u selu...“

„Da“, rekao je gospodin Hamilton. „Išao je da obavi neki posao za mene.“

„Znam, gospodine Hamiltone. Videla sam ga. Kod Makvirtera. I videla sam kad je izašao iz radnje.“ Stisnula sam usne. Zbog neke neobjašnjive uzdržanosti jedva sam izgovorila ostalo. „Dali su mu belo pero, gospodine Hamiltone.“

„Belo pero?“ Gospodin Hamilton se razrogačio, a vojvoda od Velingtona je samo ispušten na sto.

Klimnula sam glavom, setivši se promene u Alfredovom ponašanju: kako je stao kao ukopan. Stajao je, ošamućen, s belim perom u ruci dok su prolaznici usporavali korak i znalački se sašaptavali. Oborio je pogled i žurno se udaljio, poguren i pognute glave.

„Belo pero?“ Na moju žalost, gospodin Hamilton je to izgovorio dovoljno glasno da privuče pažnju ostalih.

„Šta je bilo, gospodine Hamiltone?“ Gospođa Taunsend je pogledala preko naočara.

On je prešao rukom po obrazu i po usnama. S nevericom je zavrteo glavom. „Alfredu su dali belo pero.“

„Ne“, gospođi Taunsend se dah presekao, a punačka ruka poletela ka grudima. „Nije valjda. Ne belo pero. Ne našem Alfredu.“

„Otkud znate?“, upitala je Nensi.

„Grejs je videla kad se to dogodilo“, rekao je gospodin Hamilton. „Jutros u selu.“

Klimnula sam glavom, a srce mi je ubrzano zalupalo dok me je obuzimao nemir zbog toga što sam otvorila Pandorinu kutiju s tajnama nekog drugog. I više nisam mogla da je zatvorim.

„To je besmisleno“, rekao je gospodin Hamilton popravljajući prsluk. Vratio se na svoje mesto i stavio naočari. „Alfred nije kukavica. On doprinosi ratnim aktivnostima svakoga dana, tako što pomaže u vođenju ovog domaćinstva. On ima važan položaj u važnoj porodici.“

„Ali to nije isto kao i boriti se u ratu, zar ne, gospodine Hamiltone?“, rekla je Kejti.

„Svakako jeste“, dreknuo je gospodin Hamilton. „Svako od nas ima svoju ulogu u ovom ratu, Kejti. Čak i ti. Dužnost nam je da očuvamo običaje ove naše lepe zemlje da bi vojnike, kad se vrate kao pobednici, dočekalo društvo kakvo su upamtili.“

„Znači, čak i kad perem lonce, pomažem u ratnim aktivnostima?“, rekla je Kejti, začuđeno.

„Ne kad ih pereš onako kako ih pereš“, kazala je gospođa Taunsend.

„Da, Kejti“, odgovorio gospodin Hamilton. „Dok ispunjavaš svoje dužnosti i pleteš šalove, doprinosiš.“ Onda je prostrelio pogledom Nensi i mene. „Svi doprinosimo.“

„Ne izgleda mi dovoljno, ako mene pitate“, rekla je Nensi, pognute glave.

„Molim, Nensi?“, rekao je gospodin Hamilton.

Nensi je prestala da plete i spustila koščate ruke u krilo. „Pa“, kazala je obazrivo, „uzmite, na primer, Alfreda. Mlad je, krepak muškarac. Sigurno bi bio od veće koristi kad bi pomogao momcima preko, u Francuskoj? Svako može da sipa šeri.“

„Svako može da sipa…?“ Gospodin Hamilton je prebledeo. „Trebalo bi i ti pre svih da znaš da je služba u domaćinstvu veština kojoj nisu svi dorasli, Nensi.“

Nensi je pocrvenela. „Naravno, gospodine Hamiltone. Nisam htela da protivrečim tome.“ Petljala je sa zglavcima prstiju, okruglim kao klikeri. „Valjda... Valjda se osećam pomalo beskorisno u poslednje vreme."

Gospodin Hamilton je upravo bio zaustio da opovrgne takvo osećanje kad je najednom stigao Alfred, topćući niz stepenice pa ušavši u sobu. Gospodin Hamilton je naglo zaćutao i svi smo zapali u zaverenićku tišinu.

„Alfrede", konačno je kazala gospođa Taunsend, „šta ti je kad tako juriš niz stepenice?" Prešla je pogledom po sobi i našla mene. „Nasmrt si prepao jadnu Grejs. Sirota devojka umalo nije iz kože iskočila."

Slabašno sam se nasmešila Alfredu, jer se nimalo nisam uplašila. Samo sam se iznenadila, kao i svi ostali. I bilo mi je žao. Nije trebalo da kažem gospodinu Hamiltonu za pero. Postala sam privržena Alfredu: bio je dobrog srca i često se trudio da me izvuče iz moje ljušture. Pričati iza njegovih leđa o tome kako je posramljen izgledalo mi je kao da sam napravila budalu od njega.

„Izvini, Grejs", rekao je Alfred. „Samo... stigao je gospodar Dejvid."

„Da", rekao je gospodin Hamilton gledajući na sat, „kao što smo i očekivali. Trebalo je da ga Dokins dočeka na stanici, došao je onim vozom u deset. Gospođa Taunsend ima spremnu večeru za njega, možeš da je odneseš gore."

Alfred je klimnuo glavom, hvatajući dah. „Znam to, gospodine Hamiltone..." Progutao je pljuvačku. „Nego... Gospodar Dejvid. Doveo je nekog sa sobom. Iz Itona. Mislim da je sin lorda Hantera."

Odahnuću malo. Jednom si mi rekao, Markuse, da u većini priča postoji jedna tačka s koje nema povratka. Kad su se već svi glavni likovi pojavili na sceni i kad drama počinje da se odmotava. Pripovedač se odrekne kontrole i likovi počnu da se kreću po svojoj volji.

Ulazak Robija Hantera dovodi ovu priču na ivicu Rubikona. Hoću li ga preći? Možda još nije kasno da se okrenem i vratim nazad. Da ih sve nežno umotam u slojeve tananog papira i smestim u kutiju svojih uspomena?

Smešim se jer više nisam u stanju da zaustavim ovu priču, isto kao što nisam u stanju ni da zaustavim marširanje vremena. Nisam toliko romantična da bih zamišljala kako priča želi da bude ispričana. Ali sam dovoljno iskrena da priznam da ja želim da je ispričam.

Sutradan rano ujutru gospodin Hamilton me je pozvao u svoju ostavu, blago zatvorio vrata i ukazao mi sumnjivu počast. Svake zime se svaka od deset hiljada knjiga, časopisa i rukopisa rivertonske biblioteke izvadi, izbriše od prašine i vrati na policu. Taj godišnji ritual ustanovljen je 1846. Pravilo je postavila majka lorda Ešberija. Prašina ju je izluđivala – tako je kazala Nensi – a imala je i razloga za to. Zato što je jedne noći kasno u jesen mlađi brat lorda Ešberija, samo mesec dana do pune tri godine života, omiljen među svima koji su ga znali, pao u dubok san iz kojeg se nije probudio. Mada nije mogla naći nijednog lekara koji bi podržao njenu tvrdnju, njegova majka je bila ubeđena da je njen mlađi dečko umro od nečega u drevnoj prašini u vazduhu. Naročito je krivila biblioteku, jer su njena dva dečaka tamo provela sudbonosni dan – igrali su se među mapama i kartama koje opisuju putovanja njihovih predaka, zamišljajući da su i sami putnici.

S ledi Gitom Ešberi nije bilo šale. Odložila je žalost da bi posegnula u isti onaj izvor hrabrosti i odlučnosti koji joj je pomogao da zbog ljubavi napusti domovinu, porodicu i miraz. Odmah je objavila rat; okupila je svoje trupe i naredila im da proteraju podmuklog protivnika. Čistili su dan i noć punih nedelju dana i tek je onda bila zadovoljna, pošto je prašina poražena do poslednje čestice. Tek je tad plakala za svojim malenim dečakom.

I od tada, svake godine kad napolju otpada poslednje lišće, ritual se savesno ponavlja. Čak i posle njene smrti, običaj se zadržao. A 1915. godine, ja sam bila ta koju su zadužili da zadovolji uspomenu na bivšu ledi Ešberi. (Ubeđena sam da je tako bilo delimično i za kaznu što sam prethodnog dana u selu videla ono sa Alfredom. Gospodin Hamilton mi nije bio zahvalan što sam u Riverton donela sablast ratnog posramljivanja.)

„Ove nedelje ćeš privremeno biti oslobođena svojih uobičajenih dužnosti, Grejs", rekao je, smešeći se uzdržano za svojim stolom. „Svakog jutra ćeš otići pravo u biblioteku, gde ćeš početi od galerije pa sve niže, do najnižih polica u prizemlju."

Onda mi je naložio da se opremim parom pamučnih rukavica, vlažnom krpom i pokornim prihvatanjem neviđene dosade tog posla.

„Ne zaboravi, Grejs", rekao je, s rukama čvrsto položenim na sto, široko raširenih prstiju, „da je lord Ešberi veoma ozbiljan u pogledu prašine. Poverena ti je velika odgovornost, za koju treba da budeš zahvalna..."

Pridiku je prekinulo kucanje na vrata.

„Uđite", doviknuo je, mršteći se iznad svog dugog nosa.

Vrata su se otvorila i uletela je Nensi, mršave građe, poput nervoznog pauka. „Gospodine Hamiltone", kazala je. „Dođite brzo, gore je nešto što odmah treba da vidite."

Ustao je, skinuo crni kaput s vešalice na vratima i požurio uz stepenice. Nensi i ja smo išle odmah za njim.

A tamo, u glavnom ulaznom predvorju, stajao je baštovan Dadli i okretao svoju vunenu kapu u grubim, ispucalim rukama. Pred njegovim nogama tek posečena smreka, iz koje je još curio sok.

„Gospodine Dadli", rekao je gospodin Hamilton. „Šta vi radite ovde?"

„Doneo sam božićnu jelku, gospodine Hamiltone."

„To vidim. Ali šta radite *ovde*?" Obuhvatio je pokretom ruke velelepno predvorje, pa pogledao naniže, u drvo. „I što je još važnije, otkud *ovo* ovde? Ogromno je."

„Daa, prava lepotica", rekao je Dadli ozbiljno, gledajući u drvo kao što bi neko gledao ljubavnicu. „Merkao sam je godinama, i čekao pravi trenutak, puštao je da dostigne pun sjaj. I ovog Božića je odrasla." Svečano je pogledao u gospodina Hamiltona. „Malo suviše odrasla."

Gospodin Hamilton se okrenuo prema Nensi. „Šta se dešava, za ime sveta?"

Nensi su šake bile stegnute u pesnice, uz bokove, a usta stisnuta od jeda. „Ne može da stane, gospodine Hamiltone. Pokušao je da je uspravi u salonu, gde uvek stoji, ali previsoka je za trideset centimetara."

„Ali zar je niste izmerili?", rekao je gospodin Hamilton baštovanu.

„O da, jesam, gospodine", odgovorio je Dadli. „Ali matematika mi nikad nije bila jača strana."

„Onda uzmite testeru i skratite je u podnožju, čoveče."

Gospodin Dadli se tužno počešao po glavi. „Bih ja, gospodine, ali bojim se da više nije ostalo stabla u podnožju. Već je skraćeno koliko se može, a ne mogu da je skratim na vrhu, zar ne?" Pogledao nas je otvoreno. „Gde će se sad smestiti onaj lepi anđeo?"

Svi smo stajali i razmišljali o ovoj neprilici, sekunde su zevale u mermernoj dvorani. Svi smo znali da će se porodica uskoro pojaviti na doručku. Konačno, gospodin Hamilton je izjavio: „Onda se, valjda, ništa ne može učiniti. Pošto ne možemo da joj odsečemo vrh i ostavimo anđela bez potpore i bez svrhe, moraćemo da prekršimo tradiciju – ali samo ovaj put – i podignemo je u biblioteci."

„U biblioteci, gospodine Hamiltone?", rekla je Nensi.

„Da. Ispod staklene kupole." Prezirno je pogledao Dadlija. „Tamo će svakako imati šansu da se uspravi u punoj visini."

Tako je i bilo, pa je toga jutra, 1. decembra 1915, dok sam stajala visoko na galeriji biblioteke, na najudaljenijem kraju najudaljenije police, spremajući se za nedelju dana brisanja prašine, napredno drvo u punom sjaju stajalo nasred biblioteke, s najvišim granama poletno uperenim ka nebu. Nalazila sam se u nivou s njegovom krunom, a prodoran miris četinara je bio jak i prožimao je dokonu atmosferu tople prašnjavosti biblioteke.

Galerija rivertonske biblioteke protezala se celom dužinom sa obe strane, visoko iznad same prostorije, i bilo je teško zadržati pažnju da nekud ne odluta. Dovoljno je oklevanje da počneš pa da sklizneš u odugovlačenje, a pogled na prostoriju ispod bio je prekrasan. Opštepoznata je istina da je, koliko god dobro poznavali neku scenu, pravo otkriće videti je odozgo. Stajala sam uz ogradu i gledala preko, dalje od drveta.

Biblioteka – obično ogromna i impozantna – sad je imala izgled pozornice s kulisama. Obične stvari – veliki stejnvej klavir, pisaći sto od hrastovine, globus lorda Ešberija – iznenada su izgledale kao manje, veštačke verzije sebe samih, i odavale su utisak da su raspoređene s ciljem da odgovaraju ekipi glumaca koji tek treba da uđu.

Naročito je deo za sedenje odisao teatarskim duhom iščekivanja. Sofa na centru pozornice; fotelje sa obe strane, presvučene lepim navlakama Vilijama Morisa; pravougaonik zimske svetlosti na klaviru i orijentalnom tepihu. Sve je ličilo na rekvizite koji strpljivo čekaju glumce da se pojave. Pitala sam se kakvu li će to predstavu glumci igrati na takvoj sceni.

Tako sam mogla zadovoljno da dangubim celoga dana da mi u ušima nije odzvanjao uporni glas gospodina Hamiltona, da me podseti na lorda Ešberija i njegov običaj da nasumično vrši inspekciju ima li prašine. Pa sam preko volje napustila misli i izvukla prvu knjigu. Izbrisala sam prašinu s nje – spreda, pozadi i hrbat – pa je vratila i izvukla drugu.

Do sredine prepodneva završila sam pet od deset polica na galeriji i spremila se da krenem sa sledećom. Ukazala mi se mala milost: pošto sam počela od najviših polica, konačno sam stigla do nižih, pa sam mogla da sedim dok radim. Pošto sam bila izbrisala na stotine knjiga, ruke su mi se izveštile i obavljale zadatak automatski, što je bilo dobro jer mi je um otupeo.

Baš sam bila izvadila šestu knjigu sa šeste police kad je zimski mir prostorije narušio drzak ton klavira. Okrenula sam se i protiv svoje volje, i zagledala dole, iza drveta.

Pred klavirom je stajao neki mlad muškarac, kog nisam videla nikada ranije, i prstima ovlaš, bez zvuka, dodirivao površinu dirki od slonovače. Mada sam znala ko je on; čak i tada. Bio je to prijatelj gospodara Dejvida, njegov drug sa Itona. Sin lorda Hantera, koji je stigao prethodne noći.

Bio je zgodan. Ali ko nije kad je mlad? Kod njega je bilo i više od toga, lepote spokojstva. Sam u sobi, s tamnim očima ispod linije tamnih obrva, odavao je utisak tužne prošlosti, duboko bolne i slabo zaceljene. Bio je visok i vitak, ali ne toliko da izgleda krakato, a smeđa kosa mu je bila malo duža nego što je tad bilo moderno, pa su mu pramenovi padali preko okovratnika i jagodica.

Gledala sam ga kako s mesta na kojem je stajao posmatra biblioteku, polako i pažljivo. Pogled mu se, konačno, zaustavio na jednoj slici. Plavo platno s crnim linijama koje su dočaravale figuru žene što čuči leđima okrenuta umetniku. Slika je neupadljivo visila na udaljenom zidu, između dve okruglaste kineske urne u plavoj i beloj boji.

Prišao je da je prouči izbliza, pa je tamo i ostao. Očarao me je svojom krajnjom usredsređenošću, i radoznalost je u meni nadvladala svaki osećaj za ispravnost i pristojnost. Dok sam posmatrala, knjige na šestoj polici su čekale, hrbata potamnelih od godina i prašine.

Malo, gotovo neprimetno se nagnuo unazad, a onda opet napred, sa apsolutnom koncentracijom. Primetila sam njegove prste, duge i mirne uz bokove. Nepomične.

Još je stajao, glave naherene u stranu, i razmišljao o slici, kad su se vrata iza njega naglo otvorila i pojavila se Hana, stežući u rukama kinesku kutiju.

„Dejvide! Najzad! Imamo savršenu ideju. Ovoga puta možemo ići u…“

Stala je, iznenađena, kad se Robi okrenuo i pogledao je. Osmeh mu je bio spor, ali kad se ukazao na usnama, svaki utisak melanholije nestao je tako potpuno da sam se zapitala jesam li ga izmislila. Bez izraza ozbiljnosti, lice mu je bilo dečačko, glatko, gotovo lepo.

„Oprostite mi“, kazala je, obraza oblivenih rumenilom od iznenađenja, blede kose čiji su se pramenovi izvukli iz mašne. „Mislila sam da ste neko drugi.“ Spustila je kutiju na ugao sofe i, kao da se tek naknadno setila, popravila haljinu.

„Oprošteno vam je.“ Osmeh, brži nego prethodni, pa je ponovo usmerio pažnju na sliku.

Hana je zurila u njegova leđa, prstiju nervoznih od zbunjenosti. Čekala je, kao i ja, da se on okrene. Da se rukuje s njom, kaže svoje ime, kao što je jedino uljudno.

„Zamislite da saopštite toliko mnogo s toliko malo“, konačno je rekao.

Hana je pogledala ka slici, ali njegova leđa su je zaklanjala pa nije mogla da kaže svoje mišljenje. Duboko je udahnula, zbunjena.

„Neverovatno“, nastavio je. „Slažete li se?“

Njegova drskost nije joj ostavila mnogo izbora osim da mu se pridruži, pa je prišla i stala pored njega, pred slikom. „Deda je ne voli mnogo.“ Pokušaj da zvuči opušteno. „Misli da je slaba i proizvoljna. Zato je i krije ovde.“

„Da li vi mislite da je slaba i proizvoljna?“

Pogledala je u sliku kao da je vidi prvi put. „Slaba možda. Ali ne proizvoljna.“

Robi je klimnuo glavom. „Nešto tako iskreno nikada ne može biti proizvoljno.“

Hana je kradomice pogledala njegov profil, a ja sam se zapitala kad će ga pitati ko je i otkud on ovde, u biblioteci njenog dede, i divi se slikama. Otvorila je usta, ali nije našla reči.

„Zašto ju je vaš deda okačio ako misli da je proizvoljna?“, rekao je Robi.

„Zato što je to poklon“, kazala je Hana, zadovoljna što joj je postavljeno pitanje na koje može da odgovori. „Od jednog važnog španskog grofa koji je došao ovamo u lov. Naslikao ju je Španac, znate.“

„Da“, odvratio je. „Pikaso. Već sam video njegove radove.“

Hana je podigla obrvu i Robi se osmehnuo. „U knjizi koju mi je pokazala moja majka. Ona je rođena u Španiji; imala je tamo porodicu.“

„Španija“, kazala je Hana s divljenjem. „Jeste li bili u Kuenki? Sevilji? Jeste li posetili Alkazar?“

„Ne“, odgovorio je Robi. „Ali uz sve majčine priče osećam se kao da poznajem tu zemlju. Stalno sam joj obećavao da ćemo se jednog dana zajedno vratiti tamo. Da ćemo kao ptice pobeći od engleske zime.“

„Nećete ove zime?“, upitala je Hana.

On ju je zbunjeno pogledao. „Izvinite, pretpostavio sam da znate. Moja majka je umrla.“

Dah mi je zastao u gru, a vrata su se otvorila i ušao je Dejvid. „Vidim da ste se vas dvoje upoznali“, rekao je uz lenj osmeh.

Dejvid je porastao, bio je viši nego kad sam ga poslednji put videla, ili možda nije? Možda promena nije bila u nečem tako očiglednom kao što je visina. Možda je zbog toga kako je hodao, zbog svog držanja, izgledao stariji, više kao odrastao, manje poznat.

Hana je klimnula glavom, nelagodno se pomerila u stranu. Okrznula je pogledom Robija, ali ako je i nameravala da nešto kaže, da popravi situaciju među njima, taj trenutak je nastupio prerano. Vrata su se širom otvorila i Emelin je uletela u sobu.

„Dejvide!", kazala je. „Najzad. Tako smo se dosađivale. Umirale smo od želje da igramo Igru. Hana i ja smo već odlučile kuda..." Podigla je pogled, videla Robija. „Oh. Zdravo. Ko si ti?"

„Robi Hanter", rekao je Dejvid. „Hanu si već upoznao. Ovo je moja mala sestra Emelin. Robi je došao iz Itona."

„Hoćeš li ostati preko vikenda?", rekla je Emelin i pogledala u Hanu.

„Malo duže ako me primite", rekao je Robi.

„Robi nije imao nikakve planove za Božić", kazao je Dejvid. „Pa sam mislio da bi onda mogao da ga provede ovde, sa nama."

„*Ceo* božićni raspust?", upitala je Hana.

Dejvid je klimnuo glavom. „Dobro će nam doći malo društva, kad smo zaglavljeni u ovoj zabiti. Inače bismo poludeli."

S mesta gde sam sedela, osetila sam Haninu razdraženost. Spustila je ruke na kinesku kutiju. Mislila je na Igru – pravilo broj tri: može da igra samo troje. Izmišljene epizode, iščekivane avanture sve više su se udaljavale. Hana je pogledala u Dejvida, sa očiglednom optužbom u pogledu, koju se on pretvarao da ne vidi.

„Vidi koliko je ovo drvo", rekao je s prenaglašenom vedrinom. „Biće bolje da počnemo da ga ukrašavamo ako hoćemo da završimo do Božića."

Njegove sestre su ostale na svojim mestima.

„Hajde, Em", rekao je spuštajući kutiju sa ukrasima sa stola na pod i izbegavajući Hanin pogled. „Pokaži Robiju kako se to radi."

Emelin je pogledala u Hanu, rastrzana. Jasno sam videla. Bila je razočarana kao i njena sestra; i sama je čeznula da igra Igru. Ali bila je i najmlađa od njih troje, navikla da bude prišipetlja njima dvoma, starijem bratu i starijoj sestri. A sad ju je Dejvid izdvojio. Nju je odabrao da mu se pridruži. Prilika da bude deo para među njima troma bila je neodoljiva. Dejvidova naklonost, njegovo društvo, suviše dragoceno da odbije.

Krišom je pogledala u Hanu, a onda se široko osmehnula Dejvidu, uzela paket koji joj je pružio i počela da odmotava staklene ledenice i da ih podiže da ih Robi vidi.

Hana je za to vreme znala da je potučena. Dok je Emelin uzvikivala nad zaboravljenim ukrasima, Hana je ispravila ramena – s dostojanstvom u porazu – i iznela kinesku kutiju iz prostorije. Dok je gledao za njom, Dejvid se udostojio da izgleda kao da mu je nelagodno. Kad se vratila, praznih ruku, Emelin je podigla pogled ka njoj. „Hana“, kazala je, „da ne poveruješ. Robi kaže da nikad nije video drezdenskog anđela!“

Hana je kruto koračala po tepihu pa kleknula; Dejvid je seo za klavir, raširio prste dva centimetra iznad dirki. Polako ih je spustio i izmamio iz instrumenta znake života blagim skalama. Tek kad smo se uljuljkali, i klavir i mi koji smo slušali, iznenada je počeo da svira. Muzičko delo koje je, verujem, među najlepšim ikada napisanim kompozicijama. Šopenov Valcer u cis-molu.

Koliko god to danas delovalo nemoguće, toga dana u biblioteci sam prvi put čula muziku. Mislim pravu muziku. Nejasno sam se sećala kako mi je majka pevala kad sam bila vrlo mala. Pre nego što su je leđa počela boleti i pesme presušile, i kad je gospodin Koneli iz kuće preko puta imao običaj da iznese svoju sviralu i svira tugaljive irske melodije pošto se petkom uveče napije u krčmi. Ali nikad ovako nešto.

Naslonila sam se jednom stranom lica na ogradu i sklopila oči, prepustila se veličanstvenim, bolnim tonovima. Ne mogu stvarno da kažem koliko je dobro svirao; sa čim bih to uporedila? Ali za mene je besprekorno, kao sve lepe uspomene.

Dok je poslednji ton još treperio u suncem obasjanom vazduhu, čula sam kako Emelin kaže: „Pusti sad mene da nešto odsviram, Dejvide; to nije božićna muzika.“

„Umeš li ti da sviraš?“, rekao je Robi, gledajući u Hanu, koja je sedela na podu ukrštenih nogu, upadljivo mirna.

Dejvid se nasmejao. „Hana ima mnogo talenata, ali muzikalnost nije među njima." Iscerio se. „Mada, ko zna, posle svih tajnih časova na koje, kako čujem, ideš u selo..."

Hana je pogledala u Emelin, koja je skrušeno slegla ramenima. „Izletelo mi je."

„Ja više volim reči", kazala je Hana hladno. Odmotala je zavežljaj olovnih vojnika i spustila ih u krilo. „One su sklonije da rade ono što tražim od njih."

„I Robi piše", rekao je Dejvid. „On je pesnik. Prokleto dobar pesnik. Objavio je nekoliko radova u *Koledž kroniklu* ove godine." Podigao je staklenu kuglu, kroz koju se, kao kroz prizmu, prelomila svetlost i pala po podu. „Kako beše ona što mi se svidela? Ona o hramu koji se raspada?"

Tad su se otvorila vrata, prigušujući Robijev odgovor, i pojavio se Alfred s poslužavnikom prepunim medenjaka u obliku čovečuljaka, šarenih bombona i fišeka od hartije punih oraha.

„Izvinite, gospođice", rekao je Alfred spuštajući poslužavnik na sto za piće. „Gospođa Taunsend vam je poslala ovo za drvo."

„Oooh, divno", kazala je Emelin, pa prekinula sviranje usred pesme i pojurila da uzme bombonu.

Dok se okretao da izađe, Alfred je kradom pogledao prema galeriji i uhvatio moj pogled. Dok su se Hartfordovi bavili jelkom, šmugnuo je iza nje i popeo se spiralnim stepenicama do mene.

„Kako ide?"

„Dobro", prošaptala sam i sopstveni glas mi se učinio čudan od nekorišćenja. Pogledala sam s grižom savesti u knjigu na krilu, prazno mesto na polici šest knjiga dalje.

Pratio je moj pogled i podigao obrve. „Onda ću ti pomoći."

„Ali zar neće gospodin Hamilton..."

„Neću mu nedostajati bar pola sata." Osmehnuo mi se i pokazao na suprotni kraj. „Ja ću početi odande, pa ćemo se sresti na sredini."

Alfred je izvadio krpu iz džepa kaputa i knjigu s police, pa seo na pod. Posmatrala sam ga, naizgled zadubljenog u posao, kako metodično okreće knjigu, skida s nje svu prašinu, a onda je vraća na policu i izvlači sledeću. Izgledao je kao dete, nekom magijom uvećano do veličine čoveka, koje sedi ukrštenih nogu, usredsređeno na svoj zadatak, dok mu smeđa kosa, obično uredno začešljana, pada napred i njiše se u skladu s pokretima njegove ruke.

Pogledao je u stranu, uhvatio moj pogled baš dok sam okretala glavu. Izraz njegovog lica izazvao je iznenadno strujanje ispod moje kože. Pocrvenela sam i protiv svoje volje. Hoće li misliti da sam gledala u njega? Da li i dalje gleda u mene? Nisam se usuđivala da proverim za slučaj da ne protumači pogrešno moju pažnju. A ipak? Koža me je peckala pod njegovim pogledom koji sam samo zamišljala.

Tako je bilo već danima. Među nama se stvorilo nešto što nisam znala kako da nazovem. Nestala je lakoća s kojom sam se ophodila prema njemu, zamenila ju je nelagodnost, zbunjujuće skretanje u pogrešne pravce i nesporazume. Pitala sam se da li za to treba kriviti onu epizodu s belim perom. Možda me je video kako blenem na ulici; ili još gore, možda je saznao da sam ja izbrbljala gospodinu Hamiltonu i drugima dole.

Savesno sam glancala knjigu u krilu i naglašeno gledala u drugom pravcu, kroz ogradu, u pozornicu ispod nas. Možda će, ako budem ignorisala Alfreda, nelagodnost proći isto tako slepo kao što je i došla.

Posmatrajući ponovo Hartfordove, osećala sam se izdvojeno: kao gledalac koji je zadremao tokom predstave pa se probudio i zatekao promenu na sceni, i dijalog koji je odmakao. Usredsredila sam se na njihove glasove, koji su lebdeli naviše, kroz prefinjenu zimsku svetlost, stranu i udaljenu.

Emelin je pokazivala Robiju poslužavnik sa slatkišima gospođe Taunsend, dok su njeni brat i sestra razgovarali o ratu.

Hana je podigla pogled sa srebrne zvezde koju je smeštala na granu jelke, zapanjena. „Ali kad odlaziš?“

„Početkom sledeće godine", rekao je Dejvid, a uzbuđenje mu je obojilo obraze.

„Ali kad si...? Koliko već dugo...?"

Slegao je ramenima. „Razmišljam o tome već čitavu večnost. Znaš ti mene, volim dobru avanturu."

Hana je pogledala u brata; razočarala se zbog neočekivanog Robijevog prisustva i nemogućnosti da igraju Igru, ali ova nova izdaja ju je pogodila dublje. Glas joj je bio hladan. „Da li tata zna?"

„Ne baš", rekao je Dejvid.

„Neće te pustiti da ideš." Kako je samo ubeđeno zvučala i s kakvim je olakšanjem to rekla.

„Neće imati drugog izbora", odvratio je Dejvid. „Neće ni znati da sam otišao sve dok ne budem na francuskom tlu."

„A šta ako sazna?", upitala je Hana.

„Neće saznati", rekao je Dejvid, „zato što mu niko neće reći." Značajno ju je pogledao. „U svakom slučaju, može da sitničarski prigovara koliko hoće, neće me sprečiti. Neću mu dozvoliti da me spreči. Neću izostati samo zato što se on nije borio. Ja sam svoj čovek, krajnje je vreme da tata to shvati. Samo zato što je on imao jadan život..."

„Dejvide", kazala je Hana oštro.

„Tačno je", odvratio je Dejvid, „iako ti to nećeš da vidiš. Ceo život ga baka drži na uzici, oženio se ženom koja nije mogla da ga podnese, propao je u svakom poslu kojim se bavio..."

„Dejvide!", kazala je Hana, a ja sam osetila njen gnev. Okrznula je pogledom Emelin, zadovoljna što nije dovoljno blizu da može da ih čuje. „Nisi lojalan. Treba da te je sramota."

Dejvid je pogledao Hanu u oči i spustio glas. „Neću mu dozvoliti da iživljava svoju ogorčenost na meni. To je jadno."

„O čemu razgovarate vas dvoje?" Bila je to Emelin, vratila se sa šakom ušećerenih oraha. Namrštila se. „Nije valjda da se svađate?"

„Naravno da se ne svađamo“, rekao je Dejvid i uspeo nekako da se bledo nasmeši, dok je Hana bila namrgođena. „Baš sam rekao Hani da odlazim u Francusku. Idem u rat.“

„Kako je to uzbudljivo! Ideš li i ti, Robi?“

Robi je klimnuo glavom.

„Trebalo je da znam“, kazala je Hana.

Dejvid ju je ignorisao. „Neko mora da pazi na ovog momka.“ Iscerio se na Robija. „Ne mogu dozvoliti da se samo on dobro provodi.“ Dok je govorio, uhvatila sam nešto u njegovom pogledu: možda divljenje? Privrženost?

I Hana je to videla. Stisnula je usta. Odlučila je koga će da krivi za to što ih Dejvid napušta.

„Robi ide u rat da bi umakao od svog starog“, rekao je Dejvid.

„Zašto?“, upitala je Emelin uzbuđeno. „Šta je uradio?“

Robi je slegao ramenima. „Spisak je dugačak, a onaj ko ga vodi ogorčen je.“

„Daj nam bar neki nagoveštaj“, rekla je Emelin. „Molim te?“ Oči su joj se raširile. „Znam! Preti da će te lišiti nasledstva.“

Robi se nasmejao, suvim, neveselim smehom. „Teško.“ Okretao je staklenu ledenicu između dva prsta. „Upravo suprotno.“

Emelin se namrštila. „Preti da će te staviti *u* svoj testament?“

„Voleo bi da se igramo srećne porodice“, rekao je Robi.

„A ti ne želiš da budeš srećan?“, kazala je Hana hladno.

„Ja ne želim da budem porodica“, odgovorio je Robi. „Više volim da budem sam.“

Emelin se razrogačila. „Ja ne bih podnela da budem sama. Bez Hane i Dejvida. I bez tate, naravno.“

„Drugačije je za one poput vas“, rekao je Robi tiho. „Vaša porodica vama nije učinila ništa nažao.“

„A tvoja jeste?“, kazala je Hana.

Nastala je pauza u kojoj je pogled svih očiju, uključujući i moje, počivao na Robiju.

Zadržala sam dah. Već sam znala za Robijevog oca. One noći kad je Robi neočekivano stigao u Riverton, kad su gospodin

Hamilton i gospođa Taunsend pokrenuli metež da se spremi večera i smeštaj. Nensi se nagla ka meni i poverila mi ono što zna.

Robi je bio sin lorda Hejstinga Hantera, čoveka koji je tek dobio tu titulu, naučnika koji se proslavio i obogatio otkrićem neke nove vrste stakla koja se može peći u rerni. Kupio je ogromnu vlastelinsku kuću u okolini Kembridža, kako bi imao prostora za svoje eksperimente, pa su njegova žena i on vodili život seoskog plemstva. Ovaj dečko – kazala je Nensi – bio je plod ljubavne veze sa služavkom, nekom devojkom Špankinjom, koja nije znala ni reč engleskog. Lord Hanter se umorio od nje kad joj je stomak porastao, ali pristao je da je izdržava i školuje dečaka, u zamenu za ćutanje. Ali nju je ćutanje izludelo i konačno je dovelo do toga da oduzme sebi život.

Nensi je rekla, uzdišući i vrteći glavom, kako je sramota tako se loše poneti prema služavki, i kako je šteta što je dečko odrastao bez majke. Ko ne bi saosećao s njima dvoma? Bilo kako bilo, pogledala me je znalački, njeno gospodstvo se neće obradovati ovom neočekivanom gostu.

Bilo je sasvim jasno što pod tim misli: ima titula i titula, onih koje se nasleđuju krvnom linijom i onih koje blistaju, sjajne kao nova motorna kola. Robi Hanter, sin (vanbračni ili ne) novoga lorda, nije dovoljno dobro društvo za ljude poput Hartfordovih, pa samim tim nije dovoljno dobar ni za one poput nas.

„Dakle?“, rekla je Emelin. „Molim te reci nam! Moraš! Šta je tako strašno uradio tvoj otac?“

„Šta je ovo“, rekao je Dejvid osmehujući se, „inkvizicija?“ Okrenuo se ka Robiju. „Izvini, Hanteru. Obe su prava njuškala. Nemaju mnogo društva.“

Emelin se osmehnula i bacila gužvu papira na njega. Hartija je pala pre cilja i otkotrljala se nazad, na gomilu ispod jelke.

„U redu je“, rekao je Robi i uspravio se. Sklonio je pramen kose sa očiju. „Kada mi je majka umrla, otac me je priznao.“

„Priznao te je?“, rekla je Emelin i namrštila se.

„Pošto me je mirno prepustio javnoj sramoti, sad mu je potreban naslednik. Izgleda da njegova žena ne može da mu ga stvori."

Emelin je prešla pogledom s Dejvida na Hanu, tražeći prevod.

„I tako Robi odlazi u rat", rekao je Dejvid. „Da bude slobodan."

„Žao mi je zbog tvoje majke", kazala je Hana preko volje.

„O da", ubacila se Emelin, a njeno dečje lice bilo je slika i prilika saosećanja. „Sigurno ti strašno nedostaje. Meni užasno nedostaje naša majka, a nisam je čak ni poznavala; umrla je kad sam se ja rodila." Uzdahnula je. „I sad ideš u rat da bi izbegao svog okrutnog oca. Kao u romanu."

„U melodrami", rekla je Hana.

„U ljubavnom romanu", dodala je Emelin uzbuđeno. Odmotala je jedan paket i u krilo su joj pale svećice koje su zamirisale na cimet i borovinu. „Baka kaže da je dužnost svakog muškarca da ide u rat. Za one koji su ostali kod kuće kaže da su vrdalame."

Gore na galeriji meni se koža naježila. Pogledala sam u Alfreda, a onda brzo odvratila pogled videvši da i on gleda mene. Obrazi su mu goreli, a u očima se jasno video samoprekor. Baš kao i onoga dana u selu. Naglo je ustao, ispustio krpu za čišćenje, a kad sam pružila ruku da mu je vratim, odmahnuo je glavom odbijajući da me pogleda u oči, i promrmljao nešto o tome kako se gospodin Hamilton sigurno pita gde je. Bespomoćno sam ga pratila pogledom dok je žurno silazio niz stepenice, a onda šmugnuo iz biblioteke a da ga deca Hartfordovih nisu ni primetila. A ja sam opsovala sebe što ne umem da se uzdržim.

Okrenuvši se od drveta, Emelin je pogledala u Hanu. „Baka je razočarana u tatu. Misli da se lako izvukao."

„Nema razloga da bude razočarana", kazala je Hana žestoko. „A tata se svakako nije izvukao. Već bi bio tamo da može."

Prostorijom je zavladala teška tišina, a ja sam bila svesna sopstvenog disanja, i sve veće simpatije prema Hani.

„Ne ljuti se na mene“, kazala je Emelin nadureno. „To baka kaže, ne ja.“

„Matora veštica“, odvratila je Hana ljuto. „Tata čini za rat sve što može. To je sve što možemo da uradimo.“

„Hana bi volela da nam se pridruži na frontu“, rekao je Dejvid Robiju. „Tata i ona jednostavno ne shvataju da rat nije mesto za žene i starce s lošim plućima.“

„To su gluposti, Dejvide“, kazala je Hana.

„Šta?“, odvratio je on. „Ono da rat nije za žene i starce ili ono da želiš u borbu?“

„Znaš da bih bila isto tako od koristi kao i ti. Oduvek sam dobro donosila strateške odluke, rekao si...“

„Ovo je stvarno, Hana“, naglo ju je prekinuo Dejvid. „To je rat; s pravim puškama, pravim mecima i pravim neprijateljem. Nije pretvaranje; nije neka dečja igra.“

Dah mi se presekao; Hana ga je pogledala kao da ju je ošamario.

„Ne možeš živeti u svetu fantazije celoga života“, nastavio je Dejvid. „Ne možeš da izmišljaš avanture do kraja života, da pišeš o stvarima koje se nikada nisu stvarno dogodile, da igraš izmišljeni lik...“

„Dejvide!“, uzviknula je Emelin. Pogledala je u Robija, a onda u Dejvida. Donja usna joj je zadrhtala kad je rekla: „Pravilo broj jedan: Igra je tajna.“

Dejvid je pogledao u Emelin i lice mu je poprimilo izraz blagosti. „U pravu si. Izvini, Em.“

„Tajna je“, prošaptala je. „To je važno.“

„Naravno da jeste“, rekao je Dejvid. Promrsio je Emelin kosu. „Hajde, ne uzrujavaj se.“ Nagnuo se da pogleda u kutiju sa ukrasima. „Hej!“, rekao je. „Vidi šta sam našao. Mejbel!“ Visoko je podigao staklenog nirnberškog anđela, s raširenim krilima od stakla, nabranom zlatnom suknjom i pobožnog voštanog lica. „Ona ti je omiljena, zar ne? Da je stavim gore, na vrh?“

„Mogu li ja da to učinim ove godine?“, upitala je Emelin brišući oči. Koliko god da se uznemirila, nije htela da propusti priliku koja joj se ukazala.

Dejvid je pogledao u Hanu, koja se pretvarala da gleda nešto na svom dlanu. „Šta ti kažeš, Hana? Imaš li nešto protiv?“

Hana ga je pogledala pravo u oči, hladno.

„Molim te?“, rekla je Emelin, skočivši na noge u kovitlacu suknje i papira za umotavanje. „Uvek je vas dvoje stavljate gore, ja nikad nisam imala prilike. Nisam više beba.“

Dejvid se pravio kao da duboko razmišlja. „Koliko sad imaš godina?“

„Jedanaest“, kazala je Emeli.

„Jedanaest...“, ponovio je Dejvid. „Skoro dvanaest.“

Emelin je uzbuđeno klimala glavom.

„U redu“, rekao je konačno. Klimnuo je glavom Robiju, osmehnuo se. „Hoćeš da mi pomogneš?“

Zajedno su doneli merdevine za ukrašavanje do drveta, postavili ih među izgužvanim papirom razbacanim po podu.

„Oooh“, zakikotala se Emelin i počela da se penje, držeći anđela u jednoj ruci. „Sad sam kao Džek što se penje uz čarobni pasulj.“

Nastavila je sve dok nije stigla do pretposlednje grane. Ispružila je ruku u kojoj je držala anđela, u nastojanju da dohvati vrh, koji je ostao mučno daleko.

„Razbojniče“, kazala je zadihano. Pogledala je dole, u tri podignuta lica. „Zamalo. Samo još jednom.“

„Pažljivo“, rekao je Dejvid. „Možeš li da se uhvatiš za nešto?“

Emelin je pružila slobodnu ruku i uhvatila se za tanku granu, a onda je učinila isto i sa drugom. Vrlo polako, podigla je levo stopalo i pažljivo ga spustila na gornju granu.

Zadržala sam dah kad je podigla desnu. Trijumfalno se osmehnula i pružila ruku da postavi Mejbel na njen tron, kad su nam se iznenada pogledi sreli. Na njenom licu, koje je virilo iznad vrha drveta, ukazalo se iznenađenje, a onda panika kad joj je stopalo skliznulo i kad je počela da pada.

Otvorila sam usta da uzviknem i upozorim je, ali bilo je prekasno. Vrisnula je tako da mi se koža naježila i pala na pod kao krpena lutka, s gomilom belih podsuknji među tankim papirom za uvijanje.

Soba kao da se raširila. U jednom trenutku svi su stajali nepokretni, nemi. A onda neizbežno grčenje. Buka, kretanje, panika, uzbuđenje.

Dejvid je pokupio Emelin s poda i podigao je u naručje. „Em? Jesi li dobro? Em?" Pogledao je u pod, gde je ležao anđeo, sa staklenim krilom crvenim od krvi. „O bože, posekla se."

Hana je bila na kolenima. „Po ručnom zglobu." Osvrnula se tražeći nekoga i našla Robija. „Idi po pomoć!"

Smandrljala sam se niz stepenice, dok mi je srce lupalo kao ludo. „Idem ja, gospođice", kazala sam i šmugnula kroz vrata.

Trčala sam hodnikom, nesposobna da odagnam iz glave Emelinino nepokretno telo, i svakim dahom optužujući sebe. Ja sam bila kriva za to što je pala. Poslednje što je očekivala da vidi kad je posegnula za vrhom drveta bilo je moje lice.

U podnožju stepenica zavila sam u stranu i naletela na Nensi.

„Pazi", mrko me je pogledala.

„Nensi", kazala sam zadihano. „Pomozi. Ona krvari."

„Ništa te ne razumem", kazala je Nensi ljutito. „Ko krvari?"

„Gospođica Emelin", kazala sam. „Pala je... u biblioteci... s merdevina... Gospodar Dejvid i Robert Hanter..."

„Znala sam!" Nensi se okrenula na peti i požurila ka sobi za poslugu. „Taj dečko! Imala sam osećaj u vezi sa njim. Kad je stigao onako nenajavljeno. To se jednostavno ne radi."

Pokušala sam da objasnim da Robi nije igrao nikakvu ulogu u nezgodi, ali Nensi nije htela ni da čuje. Sišla je niz stepenice. Skrenula u kuhinju i izvadila iz kredenca kutiju za prvu pomoć. „Po mome iskustvu, momci koji izgledaju kao on uvek donose samo nevolje."

„Ali, Nensi, nije on kriv...“

„Šta nije kriv?“, kazala je. „Ovde je tek jednu noć a vidi šta se dogodilo.“

Odustala sam od odbrane. Još sam bila zadihana od trčanja i malo šta sam mogla reći što bi promenilo Nensino mišljenje kad ga jednom donese.

Nensi je iskopala antiseptik i zavoje i požurila gore. Ja sam jurila odmah iza njene tanane, sposobne prilike, žureći da održim korak s njenim crnim cipelama što su kuckale polumračnim, uzanim hodnikom, kao da prigovaraju. Nensi će popraviti situaciju, ona zna kako se to radi.

Međutim, kad smo stigle u biblioteku, bilo je kasno.

Nameštena na sredini sofe, s hrabrim osmehom na bledom licu, sedela je Emelin. Brat i sestra su sedeli oko nje, Dejvid ju je milovao po zdravoj ruci. Njen povređeni ručni zglob bio je čvrsto uvijen u platnenu traku – otcepljenu od njene kecelje, primetila sam – i držala je tu ruku u krilu. Robi Hanter je stajao blizu, ali izdvojen.

„Dobro sam“, kazala je Emelin, gledajući u nas. „Gospodin Hanter se za sve pobrinuo.“ Pogledala je u Robija očima s crvenim ivicama kapaka. „Zauvek sam zahvalna.“

„Svi smo zahvalni“, kazala je Hana, i dalje gledajući u Emelin.

Dejvid je klimnuo glavom. „Impresivno, Hanteru, nema šta. Treba da budeš doktor.“

„O ne“, brzo je odvratio Robi, „ne volim krv.“

Dejvid je osmotrio krpe s crvenim mrljama na podu. „Dobro si se pretvarao kao da je drugačije.“ Okrenuo se ka Emelin i pomilovao je po kosi. „Sreća tvoja što nisi kao naši rođaci, Em. Gadno si se posekla.“

Međutim, ako ga je i čula, Emelin to ničim nije pokazala. Zurila je u Robija baš kao što je gospodin Dadli zurio u svoje drvo. Kraj njenih nogu, zaboravljen, čamio je božićni anđeo stoičkog lica, slomljenog staklenog krila, zlatne suknje crvene od krvi.

Dok se ne sretnemo ponovo

Te noći, visoko gore u potkrovlju, Nensi i ja smo se šćućurile jedna uz drugu, u očajničkom nastojanju da izbegnemo ledeni vazduh. Zimsko sunce odavno je bilo zašlo. I napolju je vetar besno tresao ukrase na vrhu krova i uvlačio se revnosno kroz pukotine u zidu.

„Kažu da će padati sneg pre kraja godine", prošaptala je Nensi navlačeći ćebe do brade. „I moram reći da im verujem."

„Vetar zvuči kao bebin plač", kazala sam.

„Ne, ne zvuči", rekla je Nensi. „Zvuči kao mnogo šta, ali nikad kao to."

I te noći mi je ispričala priču o majorovoj i Džemajminoj deci. O dva mala dečaka čija je krv odbijala da se zgruša, pa su otišli u grob, jedan za drugim, i sad leže jedan uz drugoga u tvrdoj zemlji rivertonskog groblja.

Prvi, Timi, pao je s konja kad je jahao s majorom na imanju Rivertona.

Poživeo je četiri dana i četiri noći, kazala je Nensi, dok plač nije konačno prestao i mala duša našla mir. Bio je beo kao čaršav, sva krv mu se slila u oteklo rame, željna izlaza. Ja sam se setila one knjige u dečjoj sobi, s lepim hrbatom, i ispisanim imenom Timotija Hartforda.

„*Njegove* krike je bilo teško slušati“, kazala je Nensi i pomerila stopalo da zatvori džep hladnog vazduha. „Ali ni oni nisu bili ništa u poređenju s njenim plačem.“

„Čijim?“, prošaptala sam.

„Njegove majke. Džemajminim. Počeo je kad su odneli mališana, i nije prestajao nedelju dana. Da si samo čula taj zvuk. Žalost od koje ti kosa osedi. Nije ni jela ni pila, toliko izmučena da je bila bleda gotovo kao i on, duša mu počivala u miru.“

Zadrhtala sam; pokušala sam da uskladim tu sliku sa jednostavnom, punačkom ženom, koja mi je izgledala suviše obično za tako spektakularnu patnju. „Kazala si 'deca'? Šta se desilo s drugima?“

„S drugim“, rekla je Nensi. „Adamom. On je uspeo da poraste i bude stariji od Timija, pa smo svi mislili da je umakao od prokletstva. Ali nije, jadni dečko. Samo je bolje čuvan od brata. Majka mu nije dozvoljavala nikakvu aktivnost osim čitanja u biblioteci. Nije htela da napravi istu grešku dvaput.“ Nensi je uzdahnula, privukla kolena bliže grudima, da joj bude toplije. „Ah, ali nema te majke koja može sprečiti dečaka da bude nestašan kad naumi.“

„Kakav je nestašluk napravio? Šta ga je ubilo, Nensi?“

„Na kraju, dovoljan je bio silazak niz stepenice“, kazala je Nensi. „To se desilo u majorovoj kući u Bakingemširu. Nisam ja videla, ali je videla Sara, tamošnja služavka, svojim očima, jer je brisala prašinu u predvorju. Kazala je da je prebrzo trčao, sapleo se i pao. Ništa više. Sigurno se nije ozbiljno povredio jer je skočio na noge, lako, i nastavio dalje. Sara je pričala kako mu je te večeri koleno oteklo kao dinja – baš kao i Timijevo rame prethodno – i kasno noću počeo je da plače.“

„I to je trajalo danima?“, upitala sam. „Kao i ono ranije?“

„Ne, sa Adamom nije.“ Nensi je spustila glas. Sara je rekla kako je jadni dečko vrištao u agoniji veći deo noći. Dozivao majku, preklinjao je da učini nešto da ga ne boli. Te noći niko u kući nije oka sklopio, čak ni gospodin Barker, lakej, koji je gluv. Samo su ležali u svojim krevetima i slušali bol tog dečaka. Major je stajao pred vratima cele noći, čudo od hrabrosti, suzu nije pustio.

A onda, baš pred zoru, po Sarinim rečima, plač je prestao, iznenada, i u kući je zavladala mrtva tišina. Ujutru, kad je Sara unela dečaku poslužavnik s doručkom, zatekla je Džemajmu kako leži preko njegovog kreveta. A u njenom naručju, lica mirnog kao u božjih anđela, njenog dečka, kao da spava."

„Je li plakala kao prethodnog puta?"

„Nije ovog puta", kazala je Nensi. „Sara je rekla da je izgledala gotovo isto tako spokojno kao i on. Noć se završila i ona ga je ispratila na neko bolje mesto, gde ga nevolje i jadi više ne mogu naći."

Razmislila sam o tome što je ispričala. O iznenadnom prestanku dečakovog plača. O majčinom olakšanju. „Nensi", kazala sam polako, „ne misliš valjda...?"

„Mislim da je bila prava milost što je taj dečko otišao brže od svoga brata, eto šta mislim", odbrusila mi je Nensi.

Onda smo ćutale, i ja sam za trenutak pomislila da je zaspala, mada joj je disanje i dalje bilo lagano, pa sam zaključila da ne spava, nego se samo pretvara. Ušuškala sam ćebe oko vrata i sklopila oči, trudeći se da ne zamišljam dečake što vrište i očajne majke.

Samo što nisam utonula u san, kad je Nensi progovorila u hladan vazduh. „Evo sad je ponovo noseća. Termin je u avgustu." A onda je postala pobožna. „Molićeš se još jače, je l' čuješ? Naročito sad – On bolje čuje oko Božića. Molićeš se da ovoga puta rodi zdravu bebu." Okrenula se i povukla ćebe sa sobom. „Bebu koja neće iskrvariti i otići u grob pre vremena."

Božić je došao i prošao, biblioteka lorda Ešberija proglašena je čistom, bez prašine, i četvrto jutro posle Božića prkosila sam hladnoći i zaputila se u Safron Grin da obavim neki posao za gospođu Taunsend. Ledi Vajolet je planirala svečani ručak za Novu godinu, u nadi da će tom prilikom prikupiti pomoć za svoje izbeglice iz Belgije. Nensi je čula da joj se dopala i ideja da proširi pomoć na francuske i portugalske izbeglice ako bude neophodno.

Po rečima gospođe Taunsend, nije bilo sigurnijeg puta da impresioniraš nekog ručkom od onog da ga poslužiš originalnim grčkim pecivom gospodina Georgija. Nije baš bilo dostupno svima i svakome, dodala je uobraženo, naročito ne u ta teška vremena. Zaista nije. Trebalo je da uđem u radnju, priđem pultu i tražim specijalnu narudžbinu za gospođu Taunsend od Rivertona.

Uprkos ledenom vremenu, bilo mi je drago zbog izleta u grad. Prijalo mi je da za promenu izađem, da budem sama, da provedem prepodne van domašaja Nensine neprestane prismotre. Jer je, nakon više meseci relativnog mira, u poslednje vreme ponovo počela da se naročito interesuje za moje dužnosti, posmatrala me, mrgodila se i ispravljala. Imala sam neprijatan osećaj da je to zbog neke promene koja se sprema i koju ću tek videti.

Osim toga, imala sam i svoj tajni razlog da se radujem odlasku u selo. Bio je odštampan četvrti roman Artura Konana Dojla o Šerloku Holmsu i ja sam se dogovorila sa uličnim prodavcem da mi nabavi primerak. Trebalo mi je šest meseci da uštedim novac i to će biti prvi potpuno nov koji sam kupila. *Dolina straha.* Već zbog samog naslova ceptela sam od iščekivanja.

Znala sam da ulični prodavac živi sa ženom i šestoro dece u kućici od sivog kamena, u nizu istih takvih. Ulica je bila džep turobnih nastambi iza železničke stanice, a vazduh je bio zasićen smradom od loženja uglja. Kaldrma je bila crna, a ulične lampe obložene slojem čađi. Oprezno sam pokucala na vrata pa se odmakla da sačekam. Na stepeniku pored mene sedelo je dete od otprilike tri godine, u prašnjavim cipelama i pocepanom džemperu, i udaralo štapom po oluku. Gola kolena bila su mu puna krasti i modra od hladnoće.

Pokucala sam ponovo, ovoga puta jače. Konačno su se vrata otvorila i pojavila se žena mršava kao pritka, sa stomakom trudnice ispod zategnute kecelje i malim detetom crvenih kapaka na kuku. Nije rekla ništa, samo je pogledala kroz mene bezizražajnim očima dok mi se nije odvezao jezik.

„Dobar dan", kazala sam glasom koji sam naučila od Nensi. „Ja sam Grejs Rivs. Tražim gospodina Džounsa."

Nije ništa rekla.

„Ja sam mušterija." Glas mi je malo zapeo, ušunjao se neželjeni upitni ton. „Došla sam da kupim knjigu?"

Oči su joj zatreperile, kao gotovo neprimetan znak prepoznavanja. Podigla je bebu više na koščati kuk.

I pokazala glavom ka sobi iza. „Napolju je, iza kuće."

Malo se pomerila pa sam se progurala pored nje i krenula u jedinom pravcu koji je skučena kućica dozvoljavala. Ušla sam u kuhinju u kojoj se osećao jak zadah prokislog mleka. Za stolom su sedela dva mala dečaka, prljava zbog siromaštva, i kotrljala dva kamenčića po izbrazdanoj površini stola od borovine.

Krupniji dečak je bacao kamen na kamenčić svoga brata, a onda pogledao u mene, očima nalik na dva puna meseca na ispijenom licu. „Tražiš moga tatu?"

Klimnula sam glavom.

„Napolju je, podmazuje kolica."

Mora da sam izgledala izgubljeno, jer je uperio prst u mala drvena vrata pored šporeta.

Ponovo sam klimnula glavom i pokušala da se nasmešim.

„Uskoro ću početi da radim sa njim", rekao je dečak pa se vratio kamenčićima da ponovo gađa. „Kad budem imao osam godina."

Prišla sam vratima i otvorila ih.

Iza konopca za veš sa čaršavima sa žutim mrljama i košuljama, ulični prodavac je, nagnut nad kolicima, ispitivao njihove točkove. „Prokleta kolica", rekao je sebi u bradu.

Nakašljala sam se i on se okrenuo, udarivši pritom glavom o ručku kolica.

„Prokletinja." Zaškiljio je u mene, s lulom koja mu je visila s donje usne.

Pokušala sam da povratim Nensino držanje, no nisam uspela, pa sam se usredsredila samo na to da mi se vrati glas. „Ja sam Grejs. Došla sam zbog knjige?" Sačekala sam. „Ser Artura Konana Dojla?"

Naslonio se na kolica. „Znam ko si ti." Izbacio je dim i ja sam udahnula slatkasti, nagoreli miris duvana. Izbrisao je ruke od ulja o pantalone i pogledao me. „Popravljam kolica da bi dečko mogao lako da upravlja."

„Kad idete?", rekla sam.

Zagledao se preko užeta za veš, teškog od svojih žućkastih sablasti, ka nebu. „Sledećeg meseca. S Kraljevskim marincima." Prešao je prljavom rukom preko čela. „Oduvek sam želeo da vidim okean, još otkad sam bio dečak." Pogledao me je, a ja sam, zbog nečeg u njegovom izrazu, nekog osećaja pustoši, morala da odvratim pogled. Kroz kuhinjski prozor videla sam ženu, ono malo dete, dva dečaka što zure u nas. Iskrivljeno, talasasto staklo, umazano od čađi, davalo je utisak kao da su njihova lica odraz u blatnjavoj bari.

Ulični prodavac je pratio moj pogled. „Čovek može dobro da zaradi u vojsci", rekao je. „Ako ima sreće." Bacio je krpu i pošao u kuću. „Hajde onda. Knjiga je unutra."

Ušli smo u kuću i prešli u majušnu dnevnu sobu, a onda me je otpratio do vrata. Pazila sam da ne gledam oko sebe, da ne vidim mala gladna lica koja su nas, znala sam, posmatrala. Dok sam silazila niz stepenice na ulazu, čula sam kako najstariji dečak kaže: „Šta je kupila ona dama, tata? Je li kupila sapun? Ona miriše na sapun. To je baš fina dama, zar ne, tata?"

Koračala sam brzo koliko su me noge nosile a da ne potrčim. Želela sam da budem što dalje od tog domaćinstva i dece u njemu koja misle da sam ja, obična služavka, neka važna dama.

Laknulo mi je kad sam konačno zašla za ugao, u Ulicu Rejlvej, i ostavila za sobom napadni smrad uglja i siromaštva. Nisu mi bile strane životne tegobe – majka i ja smo mnogo puta jedva sastavljale kraj s krajem – ali shvatila sam da me je Riverton promenio. I ne znajući, navikla sam se na toplotu, udobnost i obilje; počela sam da očekujem takve stvari. Dok sam žurno prelazila Daun strit iza konjske zaprege, a obrazi mi goreli od hladnoće, čvrsto sam rešila da ih ne izgubim. Da nikad ne izgubim posao kao što ga je izgubila moja majka.

Neposredno pred raskrsnicom s Haj stritom, sklonila sam se ispod platnene tende, u polumračnu nišu, i šćućurila se pored sjajnih crnih vrata s mesinganom pločicom. Dah mi se na hladnoći pretvarao u belu paru dok sam nespretno vadila iz kaputa ono što sam kupila, a onda i skinula rukavice.

U kući uličnog prodavca jedva da sam i pogledala knjigu, tek toliko da proverim je li naslov pravi. Sad sam dozvolila sebi da se zagledam u koricu, da pređem prstima po kožnom povezu i kurzivnim slovima utisnutim u hrbat: *Dolina straha*. Šapatom sam pročitala te uzbudljive reči za sebe, a onda podigla knjigu do nosa i udahnula miris sa njenih stranica. Aromu mogućnosti.

Gurnula sam divni, zabranjeni predmet u postavu kaputa i prigrlila ga uz grudi. Moja prva nova knjiga. Moje prvo novo bilo šta. Sad samo treba da je prokrijumčarim u svoju fioku u potkrovlju a da pritom ne pobudim sumnjičavost gospodina Hamiltona ili Nensi. Navukla sam rukavice nazad na utrnule prste, zaškiljila u zaslepljujuću ledenu belinu ulice i zakoračila napolje, i naletela pravo na mladu damu koja je žustro ulazila u nišu.

„Oh, oprostite!“, kazala je, iznenađena. „Baš sam nespretna.“

Podigla sam pogled i obrazi su mi se zacrveneli. Bila je to Hana.

„Čekajte...“ Zbunila se za trenutak. „Poznajem te. Ti radiš za dedu.“

„Da, gospođice. Ja sam Grejs, gospođice.“

„Grejs.“ Moje ime je bilo fluidno na njenim usnama.

Klimnula sam glavom. „Da, gospođice.“ Srce mi je, ispod kaputa, udaralo kao bubanj o knjigu.

Hana je razlabavila plavi šal, boje lapis lazulija, i otkrila malu površinu kože bele kao ljiljan. „Jednom si nas spasila smrti od romantičarske poezije."

„Da, gospođice."

Bacila je pogled na ulicu, gde je ledeni vetar pretvarao vazduh u ledenu kišu, pa i protiv svoje volje zadrhtala u kaputu. „Neoprostivo je biti napolju po ovakvom jutru."

„Da, gospođice", odgovorila sam.

„Ne bih se usudila da prkosim vremenu", dodala je, okrenuvši se ka meni, obraza crvenih od hladnoće, „da nije dodatnih časova muzike koje pohađam."

„Ne bih ni ja, gospođice", kazala sam, „ali došla sam da pokupim nešto što je naručila gospođa Taunsend. Pecivo. Za novogodišnji ručak."

Pogledala je u moje prazne ruke, a onda u nišu iz koje sam izašla. „Neobično mesto za kupovinu peciva."

Pratila sam njen pogled. Na mesinganoj pločici na crnim vratima pisalo je: *Sekretarska škola gospođe Dav*. Razmišljala sam šta da odgovorim. Bilo šta što bi objasnilo moje prisustvo u tom ulazu. Bilo šta samo ne istinu. Nisam smela da rizikujem da bude otkriveno šta sam kupila. Gospodin Hamilton je jasno postavio pravila u pogledu materijala za čitanje. Ali šta drugo da kažem? Ako Hana prijavi ledi Vajolet da uzimam časove bez dozvole, rizikujem da izgubim posao.

Pre nego što sam uspela da smislim izgovor, Hana se nakašljala i počela da petlja sa paketom u smeđem papiru koji je držala u rukama. „Dakle", kazala je, i ta reč je ostala da lebdi u vazduhu između nas.

Čekala sam, ojađena. Da me optuži.

Hana se pomerila, ispravila vrat i pogledala pravo u mene. Ostala je tako za trenutak, a onda konačno progovorila. „Dakle, Grejs", kazala je odlučno. „Izgleda da obe imamo tajnu."

Toliko sam se zapanjila da nisam odmah odgovorila. Toliko sam bila nervozna da nisam shvatila da je i ona nervozna koliko i ja. Progutala sam knedlu, držeći se za rub mog skrivenog tereta. „Gospođice?“

Klimnula je glavom, a onda me je zbunila kad je pružila ruku i odlučno uzela moju šaku. „Čestitam ti, Grejs.“

„Zaista, gospođice?“

„Da“, kazala je grozničavo. „Jer znam šta je to što kriješ ispod kaputa.“

„Gospođice?“

„Znam zato što i ja radim isto.“ Pokazala je paket i obuzdala uzbuđeni osmeh. „Ovo nisu muzičke partiture, Grejs.“

„Nisu, gospođice?“

„A ni ja sasvim izvesno ne uzimam časove muzike.“ Oči su joj se raširile. „Časovi iz zadovoljstva. U ovakva vremena! Možeš li da zamisliš?“

Zavrtela sam glavom, pometena.

Nagla se napred, zaverenički. „Koji ti je predmet draži? Kucanje ili stenografija?“

„Ne bih znala reći, gospođice.“

Klimnula je glavom. „U pravu si, naravno: glupo je govoriti o tome šta ti je draže. Oba predmeta su važna.“ Zastala je pa se jedva primetno nasmejala. „Mada moram priznati da sam pristrasna kad je u pitanju stenografija. Ima u njoj nečeg uzbudljivog. Kao...“

„Kao tajna šifra?“, kazala sam, setivši se kineske kutije.

„Da.“ Oči su joj blistale. „Da, tačno tako. Tajna šifra. Misterija.“

„Da, gospođice.“

Onda se ispravila i pokazala glavom ka vratima. „Pa, bolje da uđem. Gospođica Dav me očekuje i ne usuđujem se da je pustim da čeka. Kao što znaš, kašnjenje je mnogo ljuti.“

Napravila sam kniks i izašla ispod tende.

„Grejs?“

Okrenula sam se, trepćući pod susnežicom. „Da, gospođice?“

Podigla je prst do usana. „Sad čuvamo zajedničku tajnu.“

Klimnula sam glavom, pa smo se za trenutak gledale u oči dok se, izgleda zadovoljna, nije osmehnula i nestala iza crnih vrata gospođice Dav.

Trideset prvog decembra, dok su, kao da krvare, isticali poslednji trenuci hiljadu devetsto petnaeste, posluga se okupila oko stola za ručavanje u svojim odajama da dočeka Novu godinu. Lord Ešberi nam je dozvolio bocu šampanjca i dve boce piva, a gospođa Taunsend je napravila gozbu od namirnica iz poharane ostave. Svi smo ćutali dok je časovnik marširao ka konačnom trenutku, a onda svi klicali kad je otkucao početak Nove godine. Pošto nas je gospodin Hamilton živahno predvodio u pesmi *Davno prošla vremena*, razgovor je, kao i uvek, skrenuo na planove i obećanja za Novu godinu. Kejti nas je upravo bila obavestila kako je odlučila da nikada više ne ukrade kolač iz ostave, kad je Alfred izneo svoju svečanu objavu.

„Prijavio sam se u vojsku", rekao je, gledajući pravo u gospodina Hamiltona. „Idem u rat."

Ja sam zadržala dah, a svi ostali su zaćutali, očekujući reakciju gospodina Hamiltona. Konačno se oglasio. „Pa", rekao je uz smešak stisnutih usana. „To je hvale vredno osećanje, Alfrede, i razgovaraću s gospodarom o tome u tvoje ime, ali moram reći da ne verujem da će biti voljan da se rastaneš od nas."

Alfred je progutao knedlu. „Hvala vam, gospodine Hamiltone. Ali nema potrebe za tim." Pa je udahnuo. „Lično sam razgovarao s gospodarom. Kad je došao u posetu iz Londona. Rekao je da radim pravu stvar i poželeo mi sreću."

Gospodin Hamilton je morao da svari tu informaciju. Zatreptao je pred onim što je smatrao Alfredovim lukavstvom. „Naravno. Prava stvar."

„Odlazim u martu", rekao je Alfred obazrivo. „Najpre će me poslati na obuku."

„A onda?", rekla je gospođa Taunsend, kad joj se konačno vratio glas. Čvrsto se rukama podbočila o dobro tapacirane kukove.

„A onda...", na lice mu se ušunjao uzbuđeni osmeh. „Onda u Francusku, pretpostavljam."

„Dakle", rekao je kruto gospodin Hamilton pošto se povratio. „Ovo zahteva zdravicu." Ustao je i podigao čašu, a mi ostali smo se obazrivo poveli za njegovim primerom. „Za Alfreda. Da nam se vrati živ i zdrav, kakav će i otići."

„Samo vodi računa o tome da se čuvaš, dečko moj", kazala je gospođa Taunsend, sjajnih očiju.

Alfred se okrenuo prema meni dok su drugi dosipali piće u čaše. „Da obavim svoj deo u odbrani zemlje, Grejs."

Klimnula sam glavom jer sam htela da zna da nikad nije bio kukavica. I da nikad to nisam mislila o njemu.

„Piši mi, Grejsi, hoćeš? Obećavaš?"

Ponovo sam klimnula glavom. „Hoću, naravno."

Osmehnuo mi se, a ja sam osetila kako su mi obrazi topli.

„Dok slavimo", ubacila se Nensi, pošto je kucnula svoju čašu da se utišamo, „imam i ja novosti."

Kejti je naglo udahnula vazduh. „Nije valjda da se udaješ, Nensi, a?"

„Naravno da ne", namrgodila se Nensi.

„Šta onda?", kazala je gospođa Taunsend. „Nemoj mi reći da nas i ti ostavljaš? Mislim da to ne bih mogla podneti."

„Ne baš", odgovorila je Nensi. „Prijavila sam se u čuvare železničke pruge. Dole u seoskoj stanici. Videla sam oglas kad sam poslom išla u selo prošle nedelje." Okrenula se gospodinu Hamiltonu. „Gospodarica nikad nije bila tako zadovoljna mnome. Kazala je da se na ovu kuću dobro odražava kad posluga daje svoj doprinos."

„Zaista", rekao je gospodin Hamilton i uzdahnuo. „Sve dok posluga uspeva da odradi svoj deo *u* ovoj kući." Skinuo je naočari i umorno protrljao koren nosa. Vratio ih je i strogo pogledao u mene. „Tebe mi je žao, devojko. Mnogo dužnosti će pasti na tvoja mlada pleća kad Alfred ode i kad Nensi bude radila dva posla. Nemam šanse da nađem nikog drugog da pomogne. Sada nemam. Moraćeš da preuzmeš mnogo posla gore dok se stvari ne vrate u normalu. Razumeš?"

Klimnula sam glavom ozbiljno. „Da, gospodine Hamiltone." Razumela sam i zašto je Nensi ulagala u moju delotvornost u poslednje vreme. Pripremala me je da stupim na njeno mesto kako bi lakše dobila dozvolu da radi van kuće.

Gospodin Hamilton je zavrteo glavom i protrljao slepoočnice. „Biće posluživanja za stolom, dužnosti u salonu, za popodnevni čaj. I moraćeš da pomažeš mladim damama, gospođici Hani i gospođici Emelin, u oblačenju dok su ovde..."

Nastavio je litaniju poslova, ali više ga nisam slušala. Bila sam suviše uzbuđena zbog svojih novih dužnosti oko sestara Hartford. Nakon slučajnog susreta s Hanom u selu, moja opčinjenost sestrama, naročito Hanom, postajala je sve veća. U mojoj mašti, hranjenoj petparačkim i detektivskim pričama, ona je bila heroina: lepa, pametna i hrabra.

Mada mi nije padalo na pamet da razmišljam o tome, sada zapažam prirodu te privlačnosti. Bile smo devojke istih godina, živele smo u istoj kući i u istoj zemlji, i u Hani sam videla blistave mogućnosti koje nikad nisu mogle da budu moje.

Pošto je Nensina prva smena na pruzi bila zakazana za naredni petak, bilo je malo dragocenog vremena da me poduči mojim novim dužnostima. Iz noći u noć budila me je iz sna tako što bi me munula u skočni zglob ili laktom u rebra, i ponavljala mi uputstva suviše važna da rizikuje da ih zaboravim do jutra.

Ležala sam budna dobar deo noći između četvrtka i petka, uskovitlanih misli koje su se opirale snu. U pet sati, kad sam obazrivo spustila bose noge na hladan drveni pod, upalila sveću i navukla čarape, haljinu i kecelju, stomak mi se okretao.

Prilično brzo sam obavila uobičajene poslove, pa sam se vratila u odaju za poslugu i čekala. Sedela sam za stolom, prstiju suviše nervoznih da bih mogla da pletem, i slušala kako časovnik sporo otkucava minute.

Do pola deset, kad je gospodin Hamilton uporedio svoj sat sa zidnim časovnikom i podsetio me da je vreme da pokupim poslužavnike od doručka i pomognem mladim damama da se obuku, gotovo sam ključala od iščekivanja.

Njihove sobe su bile na spratu, pored dečje sobe. Pokucala sam jednom, brzo i tiho – obična formalnost, kazala je Nensi – a onda otvorila vrata Hanine sobe. Tad sam prvi put videla „Šekspirovu sobu“. Nensi nije bilo lako da preda kontrolu pa je insistirala da ona odnese poslužavnike s doručkom pre nego što krene na stanicu.

Bila je tamna, sa izbledelim tapetima i teškim nameštajem. Nameštaj – krevet, noćni stočić i otoman – bili su od izrezbarenog mahagonija, a grimizni tepih dopirao je gotovo od zida do zida. Iznad kreveta su bile okačene tri slike po kojima je soba i dobila ime; na svim trima su bile prikazane heroine, po Nensinim rečima, iz dela najvećeg engleskog dramskog pisca svih vremena.

Kad sam stigla, Hana je već bila ustala iz kreveta, sedela je za toaletnim stolom, u beloj pamučnoj spavaćici, bledih stopala zgrčenih jedno uz drugo kao u molitvi, glave pognute nad pismom. Bila je mirna, kakvu je nikada nisam videla. Nensi je već bila razgrnula zavese i slabo, avetinjsko svetlo se prikradalo kroz prozor i uz Hanina leđa, da se poigra njenim dugim pletenicama boje lana. Nije primetila da sam ušla.

Nakašljala sam se i ona je podigla pogled.

„Grejs“, rekla je jednostavno konstatujući, „Nensi je kazala da ćeš ti preuzeti dok je ona na stanici.“

„Da, gospođice“, kazala sam.

„Nije li to previše? I Nensin posao povrh tvog?“

„O ne, gospođice“, odgovorila sam. „Uopšte nije mnogo.“

Hana se nagla napred i spustila glas: „Sigurno si veoma zauzeta – na sve još i časovi kod gospođice Dav?“

Za trenutak nisam znala o čemu govori. Ko je gospođica Dav i zašto bi mi davala časove? Onda sam se setila. Seoska škola za sekretarice. „Snalazim se, gospođice.“ Progutala sam knedlu, u želji da promenim temu. „Da počnem s vašom kosom, gospođice?“

„Da“, rekla je Hana i s razumevanjem klimnula glavom. „Da, naravno. U pravu si što ne govoriš o tome, Grejs. Treba da budem opreznija.“ Pokušala je da potisne smešak, i gotovo uspela u tome. A onda se otvoreno nasmejala. „Samo... Veliko je olakšanje imati nekoga da to podeliš.“

Klimnula sam glavom ozbiljno, dok sam u sebi treperila od oduševljenja. „Da, gospođice.“

Uz poslednji zaverenički smešak, podigla je prst na usne i vratila se pismu. Po adresi u uglu, videla sam da je od njenog oca. Pomerila se na stolici, a ja sam skrenula pogled i počela da odvezujem pletenice. Oslobodila sam ih, rasplela i počela da je češljam.

Hana je presavila pismo na pola i gurnula ga ispod kristalne bombonijere na toaletnom stolu. Pogledala je sebe u ogledalu, stisnula usne i okrenula se ka prozoru. „Moj brat odlazi u Francusku“, kazala je ogorčeno. „Da se bori u ratu.“

„Zaista, gospođice?“

„On i njegov prijatelj. Robert Hanter.“ Ime ovog poslednjeg izgovorila je s prezirom. Dotakla je rub pisma. „Siroti stari tata ne zna. A mi ne treba da mu kažemo.“

Češljala sam je ritmično, nastavila poteze četkom ćuteći. (Nensi je rekla sto puta i da će znati ako skratim.) A onda je Hana kazala: „Volela bih da i ja idem.“

„U rat, gospođice?“

„Da“, kazala je. „Svet se menja, Grejs, i ja želim to da vidim.“ Podigla je pogled ka meni u ogledalu, plave oči živahne na suncu, a onda kazala kao da recituje stih naučen napamet. „Želim da znam kako je to biti promenjena životom.“

„Promenjena, gospođice?“

„Preobražena, Grejs. Ne želim da zauvek čitam, sviram i pretvaram se. Hoću da živim.“ Ponovo me je pogledala, sjajnih očiju. „Zar se nikad tako ne osećaš? Zar nikad ne poželiš više od onog što ti je život dao?“

Za trenutak sam zurila u nju, zagrejana nejasnim osećajem da neko u mene ima poverenja; uznemirena što to, izgleda, zahteva neki znak prijateljstva, za šta ja nisam bila dovoljno kvalifikovana. Problem je bio u tome što jednostavno nisam razumela. Osećanja koja je opisivala bila su za mene strani jezik. Život je bio dobar prema meni. Kako bih mogla da sumnjam u to? Gospodin Hamilton me je stalno podsećao koliko imam sreće što imam posao, a ako nije on, onda je moja majka to obrazlagala. Nisam mogla da smislim način da odgovorim, a Hana me je gledala i čekala. Otvorila sam usta, jezik mi se odlepio od nepca uz obećavajući zvuk, ali reči mi nisu došle.

Uzdahnula je i slegla ramenima, sa slabim smeškom razočaranja na usnama. „Izvini, Grejs, uznemirila sam te.“

Odvratila je pogled, a ja sam čula sebe kako govorim: „Ponekad mislim kako bih volela da budem detektiv, gospođice.“

„Detektiv?“ Pogledi su nam se sreli u ogledalu. „Misliš kao gospodin Baket u *Sumornoj kući*?“

„Ne znam za gospodina Baketa, gospođice. Mislila sam na Šerloka Holmsa.“

„Stvarno? Detektiv?“

Klimnula sam glavom.

„Pa dobro, onda“, kazala je, nesrazmerno obradovana. „Pogrešila sam. Znaš šta mislim.“ I to rekavši, ponovo je pogledala kroz prozor, jedva primetno se smešeći.

Ne znam tačno kako se to dogodilo, zašto ju je moj impulsivni odgovor toliko obradovao, a nisam ni mnogo marila. Znala sam samo da sad uživam u toplom sjaju povezanosti koja se uspostavila.

Vratila sam četku nazad na toaletni sto, izbrisala ruke o kecelju. „Nensi je kazala da biste danas želeli da obučete kostim za šetnju, gospođice."

Podigla sam kostim iz ormara i ponela ga do toaletnog stola. Pridržavala sam suknju da bi mogla da zakorači u nju.

Baš tad, vrata obložena tapetom, odmah uz uzglavlje kreveta, širom su se otvorila i pojavila se Emelin. S mesta gde sam klečala i držala Hani suknju, posmatrala sam je kako prolazi kroz sobu. Emelin je posedovala lepotu koja je bila u suprotnosti s njenim uzrastom. Nešto u njenim širokim plavim očima, njenim punim usnama, čak i u tome kako je zevala, odavalo je utisak lenje zrelosti.

„Kako tvoja ruka?", upitala je Hana, spustivši ruku na moje rame da se osloni, pa zakoračila u suknju.

Ja sam gledala dole, u nadi da Emelin ne boli ruka, da se neće setiti moje uloge u svom padu. Ali ako me je i prepoznala, nije to pokazala. Slegla je ramenima, rasejano protrljala uvijeni ručni zglob. „Jedva nešto malo. Ostavila sam zavoj radi efekta."

Hana se okrenula licem prema zidu, a ja sam podigla spavaćicu i skinula joj je preko glave, a navukla joj gornji deo kostima za šetnju. „Znaš, verovatno će ti ostati ožiljak", zadirkivala ju je.

„Znam." Emelin je sela na kraj Haninog kreveta. „Najpre to nisam htela, ali Robi je rekao da će to biti borbena rana. Da će mi dati karakter."

„Zaista?", kazala je Hana zajedljivo.

„Rekao je da svi najbolji ljudi imaju karakter."

Zategla sam Hani gornji deo kostima i povukla prvo dugme prema njegovoj ušici.

„Poći će s nama na jahanje", kazala je Emelin, kuckajući prstima o krevet. „Zamolio je Dejvida da mu pokažemo jezero."

„Sigurna sam da ćete se lepo provesti."

„Ali zar ti ne ideš? Danas je prvi lep dan posle nekoliko nedelja. Kazala si da ćeš poludeti ako još budeš unutra."

„Predomislila sam se", odvratila je Hana nehajno.

Emelin je za trenutak ćutala, a onda je kazala: „Dejvid je bio u pravu."

Dok sam je zakopčavala, osetila sam kako je Hanino telo postalo napeto. „Kako to misliš?"

„Rekao je Robiju da si tvrdoglava, da ćeš se držati podalje cele zime da bi ga izbegla, ako tako odlučiš."

Hana je napućila usne. Za trenutak je ostala bez reči. „Pa... možeš da kažeš Dejvidu da je pogrešio. Uopšte ga ne izbegavam. Imam posla unutra. Važnih stvari koje treba da uradim. I o kojima vi ništa ne znate."

„Kao na primer da sediš u dečjoj sobi i pušiš se od besa dok ponovo razgledaš sve ono u kutiji?"

„Uhodo mala!", kazala je Hana iznervirano. „Zar je čudno što želim malo privatnosti?" Huktala je. „I da znaš da nisi u pravu. Neću preturati po kutiji. Kutija više nije ovde."

„Kako to misliš?"

„Sakrila sam je", kazala je Hana.

„Gde?"

„Reći ću ti kad se sledeći put budemo igrali."

„Ali verovatno nećemo igrati cele zime", kazala je Emelin. „Ne možemo. Ne možemo a da ne kažemo Robiju."

„Onda ću ti reći sledećeg leta", kazala je Hana. „Neće ti nedostajati. Dejvid i ti imate mnogo šta drugo da radite sad kad je taj Robert Hanter ovde."

„Zašto ti se on ne dopada?", upitala je Emelin.

Tad je nastalo neko čudno zatišje, neprirodna pauza u razgovoru. Za to vreme sam upadljivo bila svesna otkucaja svoga srca, sopstvenog daha.

„Ne znam", odgovorila je Hana konačno. „Otkad je stigao, sve je drugačije. Kao da stvari izmiču. Kao da nestaju i pre nego što saznaš šta su." Ispružila je ruku dok sam ja ispravljala čipkanu manžetu. „Zašto se tebi dopada?"

Emelin je slegla ramenima. „Zato što je duhovit i pametan. Zato što se Dejvidu toliko dopada. Zato što mi je spasao život."

„Pomalo preteruješ", frknula je Hana dok sam zakopčavala poslednje dugme njenog gornjeg dela kostima. Ponovo se okrenula licem prema Emelin.

Emelin je podigla ruku do usta i razrogačila oči, pa počela da se smeje.

„Šta je?", rekla je Hana. „Šta je tako smešno?" Pognula se da se pogleda u ogledalu. „Oh", kazala je i namrštila se.

I dalje se smejući, Emelin se srušila na Hanine jastuke. „Izgledaš kao onaj prosti dečak iz sela", kazala je. „Onaj što ga majka tera da nosi odeću koja mu je mala", kazala je.

„To je surovo, Em", rekla je Hana, ali nasmejala se i protiv svoje volje. Pogledala se u ogledalo, promeškoljila ramena u pokušaju da rastegne gornji deo kostima. „A nije ni tačno. Onaj jadni dečko nikad nije izgledao *ovako* smešno." Okrenula se da se pogleda u ogledalu sa strane. „Mora da sam porasla od prošle zime."

„Da", rekla je Emelin gledajući u Haninu odeću, zategnutu preko grudi. „*Viša* si. Srećnice."

„Pa", kazala je Hana, „ovo svakako ne mogu da nosim."

„Kad bi se tata zanimao za nas kao što se zanima za svoju fabriku", kazala je Emelin, „shvatio bi da nam povremeno treba nova odeća."

„Daje sve od sebe."

„Onda ne bih volela da vidim kako izgleda kad ne daje sve od sebe", nadovezala se Emelin. „Ako ne povedemo računa, bićemo debitantkinje u haljinama s mornarskim okovratnikom."

Hana je slegla ramenima. „Nimalo me nije briga. Budalasto, zastarelo takmičenje u lepoti." Ponovo je pogledala u svoj odraz, u sebe stisnutu u gornji deo kostima. „Svejedno, moraću da pišem tati i da pitam možemo li dobiti novu odeću."

„Da“, kazala je Emelin. „I ne kecelje. Prave haljine, kao Fanine.“

„Dakle“, rekla je Hana, „moraću danas da obučem kecelju. Ovo ne ide.“ Pogledala me je i podigla obrvu. „Pitam se šta će Nensi reći kad otkrije da su njena pravila prekršena.“

„Neće biti zadovoljna, gospođice“, kazala sam i usudila se da joj uzvratim osmeh dok sam otkopčavala kostim za šetnju.

Emelin je podigla pogled, nagla glavu u stranu i pogledala me trepćući. „Ko je to?“

„Ovo je Grejs“, kazala je Hana. „Sećaš se Grejs? Ona nas je spasla od gospođice Prins prošlog leta.“

„Nensi nije dobro?“

„Ne, gospođice“, odgovorila sam. „Ona je dole, u selu, radi na stanici. Zbog rata.“

Hana je podigla obrvu. „Žao mi je bezazlenog putnika koji negde zaturi svoju kartu.“

„Da, gospođice“, odgovorila sam.

„Grejs će nas oblačiti kad je Nensi na stanici“, kazala je Hana Emelin. „Zar neće biti lepo, za promenu, imati nekog naših godina?“

Poklonila sam se i izašla iz sobe, a srce mi je pevalo. I deo mene se nadao da se rat neće nikad završiti.

Bilo je sveže martovsko jutro kad smo ispratili Alfreda u rat. Nebo je bilo vedro, a vazduh je opojno mirisao na obećanje uzbuđenja. Dok smo pešačili iz Rivertona u grad, osećala sam se neobično prožeta osećanjem svrhe. Dok su gospodin Hamilton i gospođa Taunsend ostali kod kuće, Nensi, Kejti i ja smo dobile specijalnu dozvolu da, pod uslovom da završimo posao, otpratimo Alfreda na stanicu. Gospodin Hamilton je rekao da nam je to nacionalna dužnost, da podignemo moral sjajnim mladim Britancima koji su posvećeni svojoj zemlji.

Moral je, međutim, imao svoje granice: ni pod kakvim okolnostima nismo smele da se upuštamo u razgovor s vojnicima, za koje bi mlade dame poput nas mogle da budu lak plen.

Kako sam se samo važnom osećala dok sam koračala glavnom ulicom, u svojoj najboljoj haljini, u pratnji pripadnika Kraljeve vojske. Sigurna sam da nisam bila jedina zapljusnuta takvom navalom uzbuđenja. Zapazila sam da se Nensi naročito potrudila oko kose, njen dugi, crni konjski rep bio je smotan u otmenu punđu, sličnu gospodaričinoj. Čak je i Kejti pokušala da ukroti svoje nepokorne kovrdže.

Kad smo stigli, na stanici je sve vrvelo od vojnika i onih koji su ih dopratili. Zaljubljeni su se grlili, majke su ispravljale sjajne nove uniforme, a naduveni očevi su gutali velike knedle ponosa. Centar za regrutaciju u Safron Grinu nije hteo da zaostaje u takvim stvarima i organizovao je, mesec dana pre toga, prijavljivanje u vojsku, pa su se plakati sa uperenim prstom lorda Kičenera još mogli naći na svakoj uličnoj svetiljci. Trebalo je da oforme specijalan bataljon, tako je rekao Alfred – Safronski momci – i da svi pođu zajedno. Tako je bolje, kazao je, da ih već znaš i da su ti dragi momci s kojima ćeš živeti i boriti se.

Čekao ih je blistav voz, crn i zlatan od mesinga, i povremeno je učestvovao u zbivanju nestrpljivo i važno ispuštajući oblak pare. Alfred je nosio svoju opremu sredinom perona, a onda stao. „E pa, devojke“, rekao je, spustivši opremu na zemlju i osvrnuvši se oko sebe. „Ovo mesto je dobro kao i svako drugo.“

Mi smo klimnule glavom, upijajući atmosferu karnevala. Negde na suprotnom kraju perona, tamo gore, gde su se okupili oficiri, svirao je orkestar. Nensi je mahnula da zvanično pozdravi konduktera, a on joj je kratko klimnuo glavom u odgovor na pozdrav.

„Alfrede“, kazala je Kejti koketno stidljivo, „imam nešto za tebe.“

„Zaista, Kejti?“, odvratio je Alfred. „To je baš lepo od tebe.“ Pa joj je podmetnuo obraz.

„Oh, Alfrede“, kazala je Kejti na to, porumenevši kao zreo paradajz. „Nisam mislila na *poljubac.*“

Alfred je namignuo Nensi i meni. „E sad sam se razočarao, Kejti. Mislio sam da ćeš me ostaviti s nečim po čemu ću se sećati kuće kad budem daleko, preko mora.“

„I hoću.“ Kejti mu je pružila izgužvanu kuhinjsku krpu. „Evo.“

Alfred je podigao jednu obrvu. „Kuhinjska krpa? E pa, hvala, Kejti. To će me sigurno podsećati na kuću.“

„Nije kuhinjska krpa“, kazala je Kejti. „U stvari, jeste, ali samo omotač. Pogledaj unutra.“

Alfred je otvorio paket i otkrio tri komada Viktorijinog kuglofa koji je napravila gospođa Taunsend.

„Nema putera ni pavlake, zbog nestašice“, kazala je Kejti. „Ali nije loš.“

„A otkud ti to znaš, Kejti?“, odbrusila je Nensi. „Gospođa Taunsend neće biti srećna što si opet ulazila u ostavu.“

Kejti je isturila donju usnu. „Samo sam htela da ispratim Alfreda s nečim.“

„Da.“ Izraz Nensinog lica se ublažio. „Pa, onda je valjda u redu. Ali samo ovaj put: zbog rata.“ Pa je skrenula pažnju na Alfreda. „I Grejs i ja imamo nešto za tebe, Alfrede. Zar ne, Grejs? Grejs?“

Gore na kraju perona primetila sam dva poznata lica: Emelin, koja je stajala pored Dokinsa, vozača lorda Ešberija, u moru mladih oficira u elegantnim, novim uniformama.

„Grejs?“ Nensi me je uhvatila za ruku i prodrmala. „Upravo sam rekla Alfredu za naš poklon.“

„Oh. Da.“ Posegnula sam u torbu i pružila Alfredu paketić uvijen u smeđu hartiju.

Pažljivo ga je razmotao i osmehnuo se kad je video šta je unutra.

„Ja sam isplela čarape, a Nensi šal“, kazala sam.

„Stvarno“, rekao je Alfred razgledajući predmete. „Izgledaju prelepo.“ Sklopio je šaku oko čarapa i pogledao me. „Sigurno ću misliti na tebe – na sve tri – kad budem ušuškan, a svi ostali se budu smrzavali. Zavideće mi na moje tri devojke: najbolje od svih u Engleskoj.“

Stavio je poklon u opremu, a onda uredno presavio papir i vratio mi ga. „Izvoli, Grejs. Gospođa Taunsend će se naljutiti kad bude tražila preostali kuglof. Ne mora da ostane i bez papira za pečenje.“

Klimnula sam glavom, gurnula papir u torbu; osetila sam njegov pogled na sebi.

„Nećeš zaboraviti da mi pišeš, Grejs, zar ne?“

Odmahnula sam glavom i pogledala ga u oči. „Neću, Alfrede. Neću te zaboraviti.“

„I bolje ti je“, rekao je smešeći se. „Ili ćeš biti u nevolji kad se vratim.“ Onda se uozbiljio. „Nedostajaćeš mi.“ Pa je pogledao u Nensi i Kejti. „Sve ćete mi nedostajati.“

„Oh, Alfrede“, kazala je Kejti uzbuđeno. „Vidi one druge momke. Tako su lepi u novim uniformama. Jesu li sve to Safronski momci?“

Dok je Alfred pokazivao neke momke koje je upoznao u centru za regrutaciju, ja sam ponovo pogledala tamo dalje i videla kako je Emelin mahnula nekom i potrčala. Dva mlada oficira okrenula su se i gledala za njom, pa sam im videla lica. Dejvid i Robi Hanter. Gde je Hana? Istegla sam vrat da je vidim. Cele zime se trudila da izbegava Dejvida i Robija, ali valjda neće propustiti da isprati Dejvida u rat?

„... A ono je Rufus“, rekao je Alfred i pokazao ka mršavom vojniku s velikim zubima. „Njegov otac je torbar. Rufus mu je pomagao, ali zaključio je da u vojsci ima više šanse za redovan obrok.“

„Možda i jeste tako“, kazala je Nensi, „kad si torbar. Ali ti ne možeš da kažeš da ti loše ide u Rivertonu.“

„O ne", rekao je Alfred. „Ne žalim se u tom smislu. Gospođa Taunsend, i gospodar i gospodarica, svi nas oni dobro hrane." Osmehnuo se, a onda rekao: „Mada moram reći da mi je dosta da budem zatvoren. Radujem se što ću malo živeti na otvorenom."

Iznad njihovih glava zazujao je avion, blerio XI-2 rekao je Alfred, a gomila sveta je klicala. Peron je zahvatio talas uzbuđenja i sve nas zapljusnuo. Kondukter, daleka crno-bela tačka, dunuo je u pištaljku, a onda kroz megafon pozvao putnike da se ukrcaju.

„Dakle", rekao je Alfred, sa smeškom na usnama. „Idem onda."

Na kraju perona pojavila se jedna prilika. Hana. Prešla je pogledom po peronu, sa oklevanjem mahnula kad je videla Dejvida. Probila se kroz gomilu i stala tek kad je stigla do brata. Za trenutak je stajala bez reči, a onda je izvadila nešto iz torbe i pružila mu. Ja sam već znala šta je to. Videla sam je na njenom kanabetu toga jutra, *Putovanje preko Rubikona.* Bila je to jedna od knjižica iz Igre, jedna od njihovih najdražih avantura, pažljivo opisana, ilustrovana i uvezana koncem. Uvila ju je u koverat i vezala uzicom.

Dejvid je pogledao u paket, a onda u Hanu. Stavio je knjižicu u džep na grudima pa prešao rukom preko njega, a onda uzeo obe njene ruke u svoje i stisnuo ih; izgledao je kao da želi da je poljubi u obraze, da je zagrli, ali to nije bio njihov način. Pa zato nije. Nagnuo se bliže i nešto joj je rekao. Oboje su pogledali ka Emelin, i Hana je klimnula glavom.

Dejvid se tad okrenuo i nešto rekao Robiju. Pa je ponovo pogledao u Hanu, a ona je potražila nešto u torbi. Shvatila sam da traži nešto da mu da. Mora da je Dejvid napomenuo da je i Robiju potrebno nešto za sreću.

Pažnju mi je privukao Alfredov glas blizu moga uha. „Ćao, Grejsi", rekao je i usnama okrznuo kosu uz moj vrat. „Mnogo ti hvala za čarape."

Pošla sam rukom ka uhu, još toplom od njegovih reči, kad je Alfred prebacio opremu preko ramena i pošao prema vozu. Kad je stigao do vrata i popeo se na stepenicu vagona, iscerio nam se preko glava svojih drugova vojnika. „Poželite mi sreću“, rekao je pa nestao kad su ga gurnuli unutra drugi što su se penjali u voz.

Mahnula sam. „Srećno“, doviknula sam prema leđima nepoznatih muškaraca i iznenada osetila prazninu koju će u Rivertonu ostaviti njegov odlazak.

Gore, u prvoj klasi, Dejvid i Robi su se ukrcali u voz sa ostalim oficirima. Iza njih je išao Dokins sa Dejvidovim torbama. Oficira je bilo manje od pešadije, pa su lako našli mesto i obojica su se pojavili na prozoru dok se Alfred još gurao za mesto za stajanje u vagonu.

Voz je ponovo zazviždao, i podrignuo, ispunjavajući peron parom. Duge osovine su počele da se podižu, hvatajući zalet, i voz je polako krenuo napred.

Hana je koračala uz voz, još tražeći po torbi, činilo se uzalud. Konačno, dok je voz ubrzavao, skinula je satensku mašnu iz kose i pružila je gore, Robijevoj ruci koja je čekala.

Drugi deo

Dvanaesti jul

Biću u filmu. To jest, ne ja, nego mlada devojka koje će se pretvarati da je ja. Ma koliko bila mala nečija veza s nevoljom, izgleda da postaneš predmet interesovanja kad živiš dovoljno dugo. Pre dva dana tražili su me telefonom: Ursula, ona mlada rediteljka, mršava i s dugom pepeljastom kosom, pitala me je da li sam voljna da se upoznam sa glumicom koja ima čast da igra ulogu „služavke 1“, sad preimenovane u „Grejs“.

Doći će ovde, u *Hitvju*. Ovo nije baš atmosfera za randevu, ali nemam ni srca ni snage da putujem daleko i ni za koga ne mogu da se pretvaram da imam. I tako, sad sedim u fotelji u svojoj sobi i čekam.

Kucanje na vratima. Pogledala sam na sat – pola deset. Stigle su na vreme. Shvatila sam da zadržavam dah i zapitala se zašto.

A onda su ušle u sobu, u moju sobu. Silvija, Ursula i mlada devojka zadužena da predstavlja mene.

„Dobro jutro, Grejs“, rekla je Ursula, smešeći se ispod šišaka boje žita. Sagla se i okrznula me usnama po obrazu, što me je krajnje iznenadilo.

Glas mi je zastao u grlu.

Sela je na ćebe na kraju mog kreveta – bez dozvole, ali iznenadilo me je kad sam otkrila da mi to ne smeta – i uzela me za ruku. „Grejs", rekla je, „ovo je Kira Parker." Okrenula se i osmehnula devojci iza mene. „Ona će igrati vas u filmu."

Devojka, Kira, iskoračila je iz senke. Ima oko sedamnaest godina, i zapanjila me je njena simetrična lepota. Plava kosa do pola leđa, začešljana i vezana u konjski rep. Okruglo lice, pune usne s debelim slojem sjaja, i plave oči ispod običnog čela. Lice stvoreno da prodaje čokoladu.

Nakašljala sam se, setivši se lepog ponašanja. „Izvolite, sedite." Pa sam pokazala ka smeđoj plastičnoj stolici koju je Silvija prethodno donela iz jutarnje sobe.

Kira je graciozno sela, uvila tanke noge u džinsu jednu oko druge, i kradom pogledala ulevo, ka mom toaletnom stolu. Farmerke su joj pohabane, sa džepova vise konci. Krpe više nisu znak siromaštva, nego amblem stila. Kira se smeši bezizražajno, pušta pogled da pretura po mojim stvarima. „Hvala što ste me primili, Grejs", setila se da kaže.

Nervira me što me oslovljava ličnim imenom. Ali nerazumna sam pa sam ukorila sebe. Da me je oslovila titulom i prezimenom, zahtevala bih da odbacimo formalnosti.

Svesna sam toga da se Silvija još zadržala kraj otvorenih vrata, briše prašinu sa dovratka u predstavi dužnosti kojom prikriva znatiželju. Ona mnogo prati filmske glumce i fudbalske zvezde. „Silvija, draga", kažem, „šta misliš, možemo li dobiti malo čaja?"

Podigla je pogled, lice joj je sušta odanost bez prigovora. „Čaja?"

„Možda i malo biskvita", dodala sam.

„Naravno." Nerado stavlja krpu u džep.

Klimnula sam glavom Ursuli.

„Da, molim", kaže ona. „S mlekom i jednom kockom šećera."

Silvija se okrenula Kiri: „A vi, gospođice Parker?" Glas joj je nervozan, obraze joj je oblilo jako rumenilo, i ja sam shvatila da joj je mlada glumica sigurno poznata.

Kira je zevnula. „Zeleni čaj s limunom."

„Zeleni čaj", polako je ponovila Silvija, kao da je upravo saznala odgovor na pitanje porekla univerzuma. „Limun." Ostala je, nepokretna, na vratima.

„Hvala, Silvija", rekla sam. „Ja ću kao i obično."

„Da." Silvija je žmirnula, čarolija je prestala i ona se konačno povukla. Zatvorila je vrata za sobom, a ja sam ostala sama sa svojim dvema gošćama.

Odmah sam zažalila što sam poslala Silviju. Iznenada me je ophrvao iracionalni osećaj da me njeno prisustvo čuva od povratka prošlosti.

Ali otišla je i ostale smo nas tri, da ćutimo. Ponovo sam krišom pogledala Kiru, naročito njeno lice; pokušala sam da prepoznam sebe mladu u njenim lepim crtama. Najednom je tišinu prekinula muzika, prigušena i mehanička.

„Izvinite", kazala je Ursula i počela da pretura po torbi. „Htela sam da isključim zvuk." Izvukla je mali crni mobilni telefon, i jak zvuk se prekinuo u pola takta kad je pritisnula jedno dugme. Nasmešila se, bilo joj je nelagodno. „Izvinite molim vas." Pogledala je u ekran i na licu joj se ukazao oblak zabrinutosti. „Izvinite me za trenutak."

Kira i ja smo klimnule glavom dok je Ursula izlazila iz sobe, s telefonom na uvu.

Vrata su se uz uzdah zatvorila i ja sam se okrenula svojoj mladoj gošći. „Pa", rekla sam, „pretpostavljam da treba da počnemo."

Klimnula je glavom, gotovo neprimetno, i izvukla fasciklu iz torbe za kupovinu. Otvorila ju je i izvadila svežanj papira spojenih štipaljkom za hartiju. Već po obliku teksta videla sam da je u pitanju scenario – reči boldovane i ispisane velikim slovima, a posle njih duži delovi regularnog fonta.

Prelistala je nekoliko strana i stala, stisnula sjajne usne. „Pitala sam se", kazala je, „kakav je bio vaš odnos sa porodicom Hartford. S devojkama."

Klimnula sam glavom. Toliko sam pretpostavila.

„Moja uloga nije velika", kazala je. „Nemam mnogo rečenica, ali nalazim se u više prethodnih kadrova." Pogledala me je. „Znate već. Služim piće i takve stvari."

Opet sam klimnula glavom.

„U svakom slučaju, Ursula je mislila da bi mi koristilo da razgovaram s vama o devojkama: šta ste mislili o njima. Tako mogu dobiti neke ideje o svojoj *motivaciji.*" Poslednju reč je izgovorila naglašeno, kao da je neki strani termin koji ja možda ne znam. Ispravila se, a lice joj je postalo kao lakirano, nalik na utvrđenje. „Moja uloga nije glavna, ali je važno dobro se pokazati. Nikad se ne zna ko gleda."

Klimnula sam glavom i ona je nastavila.

„Zato mi je potrebno da mi kažete kako ste se osećali. U vezi s vašim poslom i u vezi s devojkama." Nagla se napred, plavih očiju nalik hladnom venecijanskom staklu. „Znate, to mi pruža priliku, to što ste još... Mislim, činjenica da ste...

„Živa", kažem. „Da, shvatam." Gotovo da se divim njenoj iskrenosti. „Šta biste tačno želeli da znate?"

Nasmešila se; sa olakšanjem što je njen gaf brzo progutala struja razgovora. „Pa", rekla je, prelazeći pogledom po papiru na svojim kolenima. „Prvo ću otpisati dosadna pitanja."

Srce mi se ubrzalo. Pitam se šta će me pitati.

„Jeste li uživali u tome da budete sluškinja?", kaže.

Izdahnula sam vazduh: više kao da mi je dah umakao nego da sam uzdahnula. „Da", odgovorila sam, „neko vreme."

Izgledala je sumnjičavo. „Stvarno? Ne mogu da zamislim da uživam u služenju ljudi po ceo dan svakog dana. Šta vam se sviđalo u tome?"

„Ostali su mi postali kao porodica. Uživala sam u drugarstvu."

„Ostali?" Razrogačila je oči lakomo. „Mislite Emelin i Hana?"

„Ne, mislim na druge članove posluge."

„Oh." Razočarala se. Bez sumnje je naslutila veću ulogu za sebe, neki izmenjeni scenario u kojem sluškinja Grejs više nije autsajder i posmatrač, nego tajni član kruga sestara Hartford.

Mlada je, naravno, i iz drugačijeg sveta. Ne shvata da se neke granice ne prelaze. „Lepo“, kaže. „Ali ja nemam scene s drugim glumcima koji glume poslugu, pa mi to nije od velike koristi.“ Prešla je hemijskom olovkom niz spisak pitanja. „Ima li nešto zbog čega *niste* voleli da budete sluškinja?“

Dan za danom buđenja s prvim pticama; potkrovlje, koje je leti bilo kao rerna, a zimi kao frižider; ruke crvene i upaljene od pranja veša; bolovi u leđima od čišćenja; umor do srži u kostima. „Bilo je zamorno. Dani su bili dugi i puni posla. Nisam imala mnogo vremena za sebe.“

„Da“, kaže ona, „tako ću to i da odigram. Uglavnom i ne moram da glumim. Posle celog dana proba, ruke su mi u agoniji od nošenja poslužavnika.“

„Mene su najviše bolela stopala“, odvratila sam. „Ali samo u početku, i jednom kad sam napunila šesnaest i dobila nove cipele.“

Zapisala je nešto na poleđini scenarija, okruglim pisanim slovima, pa klimnula glavom. „Dobro“, kaže. „To mogu da iskoristim.“ Nastavila je da piše i završila efektnim potezom. „A sad ono zanimljivo. Htela bih da znam nešto o Emelin. Odnosno, šta ste mislili o njoj.“

Oklevala sam, pitajući se odakle da počnem.

„Mislim, imamo nekoliko zajedničkih scena i nisam sigurna šta da mislim. Šta da dočaram.“

„Kakve scene?“, pitam, znatiželjna.

„Pa, na primer, ima jedna u kojoj prvi put sreće R. S. Hantera, dole kod jezera, pa se oklizne i umalo se ne udavi, a ja moram da...“

„Kod jezera?“ Zbunila sam se. „Ali nisu se tamo upoznali. Bilo je to u biblioteci, bila je zima, bili su...“

„U biblioteci?“, nabrala je savršeno pravilan nos. „Nije nikakvo čudo što je scenarista to promenio. Nema ničeg dinamičnog u sobi punoj knjiga. Ovako stvarno dobro izgleda, pored jezera gde se i ubio i sve to. Ono kao da se kraj nazire na početku priče. Romantično je."

Moram joj verovati na reč.

„Bilo kako bilo, moram da otrčim u kuću po pomoć, a kad se vratim, on ju je već spasao i oživeo. Glumica to igra tako da gleda samo gore, u njega, pa čak i ne primećuje da smo svi došli da joj pomognemo." Zastala je, pogledala me raširenih očiju, kao da će mi tako sve biti jasno. „Nego, šta mislite, da li treba da reagujem... Da Grejs naglo reaguje?"

Oklevam da odgovorim i ona žurno nastavlja.

„Oh, ne napadno. Samo nekom suptilnom reakcijom. Znate na šta mislim." Malo je šmrknula, nagla glavu u stranu tako da podigne malo nos, i uzdahnula. Nisam shvatila da je to improvizovano izvođenje samo za mene, sve dok nije napustila taj izraz i zagledala se u mom pravcu širom otvorenih očiju. „Vidite?"

Oklevala sam, pažljivo birala reči. „Od vas zavisi, naravno, kako ćete odigrati svoj lik. Kako ćete igrati Grejs. Ali da ste na mome mestu i da je ponovo hiljadu devetsto petnaesta, ne mogu da zamislim da bih uopšte reagovala..." Mahnula sam rukom ne znajući kako da smestim reči u njeno izvođenje.

Zuri u mene kao da mi je promakla neka važna nijansa.

„Ali zar ne mislite da je pomalo bezobzirno čak i ne zahvaliti Grejs što je odjurila po pomoć? Osećam se glupo kad otrčim, a onda se vratim samo da bih ponovo stajala tamo kao zombi."

Uzdahnula sam. „Možda ste u pravu, ali takva je bila priroda posla u to vreme. Bilo bi neobično da nije tako. Vidite?"

Gleda me sumnjičavo.

„Nisam očekivala da se bilo kako drugačije ponaša."

„Ali mora da ste *nešto* osećali?"

„Naravno da jesam." Obuzela me je neočekivana odvratnost od priče o mrtvima. „Samo to nisam pokazala."

„Nikada?" Niti želi niti čeka neki odgovor i drago mi je zbog toga, jer i ne želim da joj ga dam. Nadurila se. „Sve to na relaciji sluškinja–gospodarica jednostavno je smešno. Jedna osoba prima naredbe od druge."

„Bilo je to drugačije vreme", kažem jednostavno.

„To kaže i Ursula." Uzdahnula je. „Ali to mi ne pomaže mnogo, zar ne? Mislim, gluma se sastoji od reakcija. Pomalo je teško kreirati zanimljiv lik kad je uputstvo da 'ne reaguješ'. Osećam se kao lik od kartona, samo 'da, gospođice', ne, gospođice', 'kako vi kažete, gospođice'."

Klimam glavom. „Sigurno je teško."

„Najpre sam se prijavila za ulogu Emelin", kaže poverljivo. „E *to* je uloga snova. Tako zanimljiv lik. I tako glamurozna, i sama glumica, pa poginula u onoj saobraćajnoj nesreći."

Osećam da je razočarana i ne krivim je; usuđujem se reći da sam i sama mnogo puta želela da budem Emelin, a ne služavka.

„U svakom slučaju", kaže ona nezadovoljno, „igram Grejs i moram da izvučem najviše iz toga. Osim toga, Ursula mi je obećala da će uraditi intervju sa mnom specijalno povodom izlaska DVD-a, pošto sam ja jedina koja ima priliku da uživo upozna lik koji igra."

„Drago mi je što sam od neke koristi."

„Da", kaže, ne primećujući moju ironiju.

„Imate li još pitanja?"

„Da vidim." Okreće stranicu, i nešto joj ispada iz svog skrovišta, odlepršalo je na pod kao neki džinovski sivi moljac, i pada licem prema dole. Kad je pružila ruku da ga dohvati, vidim da je u pitanju fotografija, na kojoj su crnobeli likovi ozbiljnih lica. Čak i sa rastojanja, ta mi je slika poznata. Odmah sam je se setila, onako kako se već po samom obličju setimo filma koji smo davno gledali, sna, slike.

„Smem li da vidim?", pitam i pružam ruku.

Dala mi je fotografiju, leži preko mojih čvornovatih prstiju. Ruke su nam se za tren srele i ona je svoju brzo povukla, kao da strepi da će nešto preći na nju. Možda starost.

Fotografija je kopija. Površina joj je glatka i hladna i mat. Nakrivila sam je prema prozoru da je obasja svetlost sa vresišta. Zaškiljila sam kroz naočari.

Evo nas. Domaćinstvo Rivertona u leto 1916.

Postojala je po jedna takva za svaku godinu; ledi Vajolet je insistirala na tome. Naručivali su je jednom godišnje, doveli bi fotografa iz studija u Londonu, povoljan dan se dočekivao sa prikladnom pompom i okolnostima.

To bi urodilo fotografijom s dva reda ozbiljnih lica što zure netremice u kameru s crnim pokrivačem, koja bi onda bila uručena, pa onda neko vreme stajala izložena na polici iznad kamina u salonu, i na kraju zalepljena na odgovarajućoj stranici u albumu porodice Hartford, zajedno s pozivnicama, jelovnicima i isečcima iz novina.

Da je ovo bila fotografija iz bilo koje druge godine, možda se ne bih setila datuma kad je snimljena. Međutim, konkretno ova slika je upamćena zbog događaja kojima je neposredno prethodila.

Gospodin Frederik sedi u sredini prednjeg reda, između svoje majke i Džemajme. Ova druga je umotana, oko ramena joj je nabran crni šal kako bi prikrio njenu visoku trudnoću. Na dva kraja, kao zagrade, sede Hana i Emelin – jedna viša od druge – u sličnim crnim haljinama. U novim haljinama, ali ne onakvim kakve je zamišljala Emelin.

Iza gospodina Frederika, u sredini zadnjeg reda, stoji gospodin Hamilton, između gospođe Taunsend i Nensi. Kejti i ja stojimo iza devojaka Hartford, a na dva kraja stoje gospodin Dokins, vozač, i gospodin Dadli. Redovi su jasno razgraničeni. Samo Dadilja Braun zauzima mesto između, drema u fotelji od trske, donetoj iz staklene bašte, ni napred ni pozadi.

Gledam u svoje ozbiljno lice, u strogu frizuru zbog koje mi glava izgleda kao čioda i koja ističe moje prevelike uši. Stojim odmah iza Hane, njena bleda kosa, očešljana u talase, upadljiva je na pozadini moje crne haljine.

Svi imamo ozbiljan izraz lica, kako je tada bio običaj, a naročito prikladno za ovu fotografiju. Sluge su u crnom kao i uvek, ali u crnom je i porodica. Jer su se toga leta pridružili opštoj žalosti širom Engleske i širom sveta.

Bio je to dvanaesti dan meseca jula hiljadu devetsto šesnaeste, dan posle zajedničke posmrtne službe za lorda Ešberija i majora. Dan kad je stigla Džemajmina beba i dan kad je pitanje koje nam je svima bilo na usnama dobilo odgovor.

Bilo je užasno toplo toga leta, a ujutru toga dana kad je fotografija snimljena, probudila sam se ranije nego što je uobičajeno. Sunce je bilo iznad breza oko jezera i probijalo se kroz tavanski prozor tako da je struja tople svetlosti prelazila preko kreveta i milovala mi lice. Nije mi smetalo. Bilo je lepo, za promenu, probuditi se na svetlosti, a ne počinjati da radiš u hladnom mraku usnule kuće. Za služavku, letnje sunce je bilo postojani sadrug u dnevnim aktivnostima.

Fotograf je bio zakazao za pola deset i kad smo se okupili na prednjem travnjaku, vazduh je treperio od vreline. Laste koje su Riverton smatrale svojim pribežištem i svile gnezdo pod zabatima potkrovlja posmatrale su nas radoznalo i tiho, nesposobne da pevaju. Čak je i drveće na prilazu kući bilo tiho. Lisnate krošnje bile su nepokretne, kao da čuvaju energiju, sve dok ih lagani povetarac ne namami da se oglase nezadovoljnim šuštanjem.

Fotograf znojavog lica rasporedio nas je, jedno po jedno, porodicu da sede, ostale da stoje iza njih. I tako smo ostali, svi u crnom, očiju uprtih u kameru, s mislima u crkvenoj porti u dolini.

Posle, u srazmerno svežoj odaji za poslugu, gospodin Hamilton i Kejti su sipali limunadu dok smo mi ostali mlitavo sedeli na stolicama oko stola.

„To je kraj jedne ere, nema zbora“, kazala je gospođa Taunsend tapkajući maramicom otekle oči. Plakala je skoro ceo juli, otkad je stigla vest o majorovoj smrti u Francuskoj, zastavši samo da bi dobila novi zalet kad je lord Ešberi pretrpeo fatalni moždani udar nedelju dana posle toga.

„Kraj jedne ere“, rekao je gospodin Hamilton, koji je sedeo naspram nje. „Tako je, gospođo Taunsend.“

„Kad se setim njegovog gospodstva...“ Glas joj je zamrlo i zavrtela je glavom, oslonila se laktovima na sto i zagnjurila naduveno lice u šake.

„Udar je bio iznenadan“, rekao je gospodin Hamilton,

„Udar!“, rekla je gospođa Taunsend i podigla lice. „Nazovite vi to kako hoćete, ali on je umro od slomljenog srca. Pazite šta vam kažem. Nije mogao podneti da tako izgubi sina.“

„Usuđujem se da kažem da ste u pravu, gospođo Taunsend“, kazala je Nensi, vezujući oko vrata šal čuvara pruge. „Bili su bliski, on i major.“

„Major!“ Oči gospođe Taunsend ponovo su se napunila suzama i donja usna joj je zadrhtala. „Taj dragi dečko. Kad pomislim kako je otišao. U nekoj blatnjavoj francuskoj zabiti.“

„Soma“, kazala sam ja, ispitujući oblinu te reči, njeno zloslutno brujanje. Setila sam se poslednjeg Alfredovog pisma. Tankih listova prljave hartije koja je mirisala na nešto daleko. Stiglo mi je dva dana pre toga, poslato iz Francuske pre nedelju dana. Pismo je predstavljalo dovoljno vedru glazuru, ali bilo je nešto u njegovom tonu, nešto što nije rečeno, a što me je uznemiravalo. „Je li tamo Alfred, gospodine Hamiltone? Na Somi?“

„Rekao bih da jeste, devojčice. Po onome što sam čuo u selu, mislim da su tamo poslali Safronske momke.“

Kejti, koja je ušla s poslužavnikom limunade, ostala je bez daha. „Gospodine Hamiltone, šta ako Alfred...“

„Kejti!“, oštro ju je presekla Nensi i pogledala u mene, a gospođa Taunsend je brzo pokrila usta rukom. „Pazi gde ćeš staviti taj poslužavnik, i drži jezik za zubima.“

Gospodin Hamilton je stisnuo usne. „Ne brinite vi za Alfreda, devojke. On je u dobrom stanju duha i u dobrim rukama. Komandujući kadar će dati sve od sebe. Neće slati Alfreda i njegove momke u bitku ako nisu uvereni u njihovu sposobnost da brane kralja i domovinu."

„To ne znači da ga neće ustreliti", kazala je Kejti, dureći se. „Majora su ustrelili, a on je heroj."

„Kejti!" Lice gospodina Hamiltona poprimilo je boju kuvane rabarbare, a gospođi Taunsend se dah presekao. „Pokaži malo poštovanja." Spustio je glas do uzdrhtalog šapata. „Posle svega što je ova porodica morala da izdrži ovih nedelja." Zavrteo je glavom i popravio naočari. „Ne mogu ni da te gledam, devojko. Idi u praonicu i..." Okrenuo se gospođi Taunsend za pomoć.

Gospođa Taunsend je podigla oteklo lice od stola i rekla, između jecaja: „I operi sve moje tepsije i tiganje. Čak i one stare, što su ostavljene na stranu, za torbara."

Ostali smo da ćutimo kad se Kejti odvukla u praonicu posuđa. Blesava Kejti i njene priče o umiranju. Alfred zna kako da vodi računa o sebi. Uvek to kaže u svojim pismima, govori mi da se ne navikavam previše na njegove poslove jer će se on začas vratiti da ih ponovo preuzme. Govori mi da mu zadržim mesto. A onda sam se setila nečeg drugog što mi je Alfred rekao. Nečeg što me je zabrinulo za mesta svih nas.

„Gospodine Hamiltone", kazala sam tiho. „Uz dužno poštovanje, pitala sam se šta sve to znači za nas ostale. Ko će biti glavni sad kad je lord Ešberi...?"

„Pa valjda gospodin Frederik?", kazala je Nensi. „On je jedini preostali sin lorda Ešberija."

„Ne", kazala je gospođa Taunsend i pogledala u gospodina Hamiltona. „Biće to majorov sin, zar ne? Kad se rodi. On nasleđuje titulu."

„Rekao bih da sve zavisi", ozbiljno je kazao gospodin Hamilton.

„Od čega?“, upitala je Nensi.

Gospodin Hamilton nas je sve pogledao. „Od toga da li ledi Džemajma nosi sina ili kćer.“

Bilo je dovoljno da pomene njeno ime pa da gospođa Taunsend ponovo počne da plače. „Jadnica“, kazala je. „Da tako izgubi muža. I još treba da dobije bebicu. Jednostavno nije fer.“

„Mislim da trenutno ima žena poput nje širom Engleske“, kazala je Nensi i zavrtela glavom.

„Ali to nije isto, zar ne?“, rekla je gospođa Taunsend. „Nije isto kao kad se desi nekom tvom.“

Zazvonilo je treće zvono na tabli i gospođa Taunsend se trgla. „Oh, bože“, kazala je i prinela ruku bujnim grudima.

„Ulazna vrata.“ Gospodin Hamilton je ustao i uredno vratio stolicu uz sto. „Lord Gilford, bez sumnje. Došao je da pročita testament.“ Obukao je žaket i ispravio okovratnik, pogledao me preko naočara pa pošao uz stepenice. „Ledi Ešberi će pozvoniti za čaj svakog časa, Grejs. Kad to obaviš, postaraj se da odneseš bokal limunade napolje, gospođici Hani i gospođici Emelin.“

Dok se on udaljavao stepeništem, gospođa Taunsend se tapkala rukom po srcu. „Živci mi više nisu što su nekad bili“, kazala je tužno.

„A ni ova vrućina ne pomaže“, kazala je Nensi. Pogledala je u zidni sat. „Gledajte, tek što je prošlo pola jedanaest. Ledi Vajolet neće zvoniti za ručak još dva sata. Zašto se danas malo ranije ne odmorite? Grejs će se snaći s čajem.“

Klimnula sam glavom, zadovoljna što će mi nešto odvratiti misli od žalosti u kući.

Ponela sam poslužavnik uz mračne stepenice iz odaja za poslugu pa u glavno predvorje. Odmah su me poklopile svetlost i vrućina. Mada su sve zavese u kući bile navučene u skladu sa insistiranjem ledi Ešberi na striktnom viktorijanskom oplakivanju, ničim nije bila pokrivena eliptična staklena ploča iznad ulaznih vrata, pa je sunce prodiralo bez prepreka. To me je navelo da pomislim na kameru. Prostorija je bila blesak svetlosti usred zastrte crne kutije.

Prešla sam do salona i otvorila vrata. U sobi je atmosfera bila teška od toplog, ustajalog vazduha, koji je ušao s početkom leta, pa ga je zarobila žalost u kući. Velika francuska vrata ostala su zatvorena, a brokatne zavese i svilene podzavese navučene su visile letargično. Oklevala sam kod vrata. Zbog nečega u sobi obuzela me je želja da ne uđem, zbog nečeg što nije imalo veze ni s mrakom ni sa vrućinom.

Kad su mi se oči prilagodile, počela je da se materijalizuje sumorna slika u sobi. Lord Džiford, postariji čovek crven u licu. Sedeo je u fotelji pokojnog lorda Ešberija, sa otvorenom crnom kožnom fasciklom na krilu. Glasno je čitao, uživajući u zvučnosti svoga glasa u polumračnoj sobi. Na stolu pored njega, elegantna mesingana lampa s cvetnim abažurom bacala je uredan krug blage svetlosti.

Na kožnoj sofi naspram njega Džemajma je sedela pored ledi Vajolet. Obe udovice. Ova druga kao da se smanjila od toga jutra: sitna prilika u haljini od crnog krepdešina, lica zaklonjenog velom od tamne čipke. Džemajma je takođe bila u crnom, i s pepeljastobledim licem kao kontrastom. Njene šake, obično mesnate, sad su izgledale male i krhke dok su rasejano gladile nabrekli stomak. Ledi Klementina se povukla u svoju sobu, ali Fani, koja je još grozničavo jurila za gospodinom Frederikom ne bi li se udala, bilo je dozvoljeno da prisustvuje, pa je sedela, sva važna, s druge strane ledi Vajolet, sa uvežbanim izrazom tuge na licu.

Na obližnjem stolu, cveće koje sam toga jutra ubrala u vrtu – ružičasti cvetovi rododendrona, žućkasti klematis i grančica jasmina – sad je plakalo u vazi, potišteno. Miris jasmina ispunjavao je zatvorenu sobu tako jako da je bio zagušljiv.

Sa druge strane stola stajao je gospodin Frederik, ruke naslonjene na policu iznad kamina, onako visok i u krutom žaketu.

U polumraku mu je lice bilo kao u voštane lutke, kamenog izraza, bez treptanja. Slaba svetlost lampe bacala mu je senku preko jednog oka. Drugo je bilo tamno, fiksirano, usmereno na plen. Dok sam ga posmatrala, shvatila sam da gleda u mene.

Pozvao me je vrhovima prstiju na kaminu: tako neupadljivim gestom da ga ne bih ni primetila da mu telo nije bilo tako mirno. Želeo je da donesem čaj do njega. Pogledala sam u ledi Vajolet, uznemirena tom promenom koliko i pažnjom gospodina Frederika usmerenom na mene. Ona nije gledala u mom pravcu, pa sam učinila kao što mi je naređeno, pažljivo izbegavajući njegov pogled. Kad sam spustila poslužavnik na sto, pokretom glave mi je pokazao čajnik, naređujući mi da sipam, a onda ponovo usmerio pažnju na lorda Džiforda.

Nikada ranije nisam sipala čaj, ne u salonu. Ne za gospodaricu. Oklevala sam, nesigurna kako da nastavim, a onda sam podigla bokalčić s mlekom, srećna što je mračno, dok je lord Džiford govorio.

„... na snazi, osim izuzetaka koje smo već naveli, čitav posed lorda Ešberija. Zajedno s njegovom titulom, trebalo je da pređe na njegovog najstarijeg sina i naslednika, majora Džonatana Hartforda...“

Tu je zastao. Džemajma je prigušila jecaj, tim jadniji što je bio ugušen.

Iznad mene, Frederik je napravio neki coktavi zvuk u grlu. Nestrpljenje, zaključila sam i kradomice ga pogledala dok sam sipala mleko u poslednju šolju. Brada mu je bila ukočena, isturena od vrata u stavu strogog autoriteta. Izdahnuo je vazduh: dug i odmeren izdah. Prstima je brzo kuckao po kaminu i rekao: „Nastavite, lorde Džiforde.“

Lord Džiford se malo pomerio na mestu lorda Ešberija i koža je zaškripala, žaleći za svojim pokojnim gospodarom. Nakašljao se, podigao glas.

„... s obzirom na to da nisu unete nikakve izmene nakon vesti o smrti majora Hartforda, imanje će preći, u skladu sa drevnim zakonima o primogenituri, na najstarije muško dete majora Hartforda." Pogledao je preko okvira naočara u Džemajmin stomak pa nastavio. „Ako major Hartford nema žive muške dece, imanje i titula prelaze na drugog sina lorda Ešberija, gospodina Frederika Hartforda."

Lord Džiford je podigao pogled i svetlost lampe mu se odrazila u staklu naočara. „Izgleda da je pred nama čekanje."

Zastao je, a ja sam iskoristila priliku da dodam čaj damama. Džemajma je svoj uzela automatski, i ne gledajući me. I spustila ga u krilo. Ledi Vajolet me je pokretom ruke odbila. Samo je Fani željno uzela ponuđenu šolju i tacnicu.

„Lorde Džiforde", rekao je gospodin Frederik mirnim glasom, „kakav čaj pijete?"

„S mlekom, bez šećera", rekao je lord Džiford prelazeći prstima duž okovratnika, odvajajući pamuk od lepljivog vrata.

Pažljivo sam podigla čajnik i počela da sipam, vodeći računa o mlazu. Pružila sam mu šolju na tacni, a on ju je uzeo i ne gledajući me. „Posao ide dobro, Frederiče?", rekao je pa protrljao usne jednu o drugu pre no što je otpio gutljaj čaja.

Krajičkom oka videla sam da je gospodin Frederik klimnuo glavom. „Dovoljno dobro, lorde Džiforde", rekao je. „Moji ljudi su se prebacili s motornih kola na proizvodnju aviona i uskoro ću konkurisati na novom tenderu za ugovor s Ministarstvom rata."

Lord Džiford je podigao obrvu. „Nadajmo se da neće konkurisati i neka američka kompanija. Čujem da prave dovoljno aviona za sve muškarce, žene i decu u Britaniji!"

„Ne poričem da su proizveli mnogo aviona, lorde Džiforde, ali ne bih leteo u nekom od njih."

„Ne?"

„Masovna proizvodnja", rekao je gospodin Frederik kao da objašnjava. „Ljudi rade suviše brzo, trude se da održe ritam s pokretnim fabričkim trakama, nema vremena za proveru da li su uradili kako treba."

„Izgleda da ministarstvu to nije važno."

„Ministarstvo ne vidi dalje od konačne sume u obračunu", rekao je gospodin Frederik. „Ali videće. Kad vide kakav kvalitet mi proizvodimo, neće potpisivati ugovore za kupovinu onih konzervi." A onda se nasmejao, malo preglasno.

Podigla sam pogled i preko volje. Činilo mi se da se izuzetno dobro drži za čoveka koji je pre samo nekoliko dana izgubio i oca i jedinog brata. I previše dobro, pomislila sam, pa sam počela da sumnjam u ono kako ga je Nensi s naklonošću opisala, i kako ga je videla odana Hana, sklonija Dejvidovoj karakterizaciji oca kao sitničavog i ogorčenog čoveka.

„Ima li vesti od mladog Dejvida?", upitao je lord Džiford.

Džemajma je naglo usisala vazduh i sve oči su se okrenule ka njoj. Uspravila se, uhvatila za slabinu, prešla dlanovima preko nabreklog trbuha.

„Šta je?", kazala je ledi Vajolet ispod čipkanog vela.

Džemajma nije odgovorila, obuzeta – ili se bar tako činilo – bezglasnom komunikacijom sa svojom bebom. Zurila je bezizražajnim očima pravo preda se, i dalje ispitujući stomak.

„Džemajma?", ponovo je rekla ledi Vajolet, glasom dodatno hladnim od brige.

Džemajma je nakrivila glavu u stranu kao da osluškuje. „Prestao je da se pomera", kazala je šapatom. Disanje joj se ubrzalo. „Sve vreme je bio aktivan, ali sad je prestao."

„Moraš da ideš da se odmoriš", rekla je ledi Vajolet. „To je zbog ove proklete vrućine." Progutala je knedlu u grlu. „Ove proklete vrućine." Prešla je pogledom oko sebe, tražeći potvrdu. „Zbog toga i..." Zavrtela je glavom, stisnula usne, bez želje, a možda i nesposobna, da dovrši rečenicu. „Sve to zajedno." Skupila je svu snagu, uspravila se i odlučno kazala: „Moraš da se odmoriš."

„Ne", odvratila je Džemajma, drhtave donje usne. „Želim da budem ovde. Za Džonatana. I za vas."

Ledi Vajolet je uzela Džemajmu za obe ruke, blago ih povukla s njenog stomaka i zadržala ih u svojima. „Znam da želiš." Pružila je ruku i obazrivo pomilovala Džemajmu po mišje-smeđoj kosi. Bio je to jednostavan pokret, ali način na koji je to uradila podsetio me je da je i sama ledi Vajolet majka. Ne pomerajući se, kazala je: „Grejs. Pomozi gospođi Hartford da se popne na sprat kako bi se odmorila."

„Da, vaše gospodstvo." Poklonila sam se i prišla Džemajmi. Sagla sam se i pomogla joj da ustane, zadovoljna što imam priliku da izađem iz te sobe i njene ojađenosti.

Na izlazu, s Džemajmom pored sebe, shvatila sam šta je drugačije u sobi osim mraka i vrućine. Sat na kaminu, koji je obično, s ravnodušnom doslednošću, obeležavao svaku sekundu, ćutao je. Njegove tanane crne skazaljke behu sleđene u arabesci, po nalogu ledi Ešberi da se svi časovnici zaustave na deset minuta do pet, kad joj je muž preminuo.

Ikarov pad

Pošto sam smestila Džemajmu u njenu sobu, vratila sam se u odaje za poslugu, gde je gospodin Hamilton vršio inspekciju šerpi i lonaca koje je Kejti izribala. Podigao je pogled sa omiljene šerpe za sote gospođe Taunsend samo da bi mi rekao da su sestre Hartford dole, kod stare kućice za čamce i da treba da im odnesem osveženje. Uzela sam bokal limunade iz sobe s ledom, stavila ga na poslužavnik zajedno sa dve visoke čaše i ovalom punim sendviča gospođe Taunsend, pa izašla kroz vrata za poslugu.

Stala sam na gornjem stepeniku, trepćući na titravom, jakom svetlu dok mi se oči ne priviknu. Za mesec dana bez kiše, boje na imanju su nekako izbledele. Sunce je bilo na pola puta preko neba i njegova direktna svetlost je oblivala sve, pridajući vrtu nekakav maglovit izgled, kao na jednom od akvarela što su visili u budoaru ledi Vajolet. Iako sam imala kapu, razdeljak po sredini glave bio mi je izložen suncu i odmah je počeo da me peče.

Prešla sam Pozorišni travnjak, sveže pokošen, sa opojnim mirisom pokošenog sena. U blizini je čučao Dadli, orezivao je živicu na rubu. Oštrice njegovih makaza bile su umazane zelenim sokom. A mestimično je blistao goli metal.

Mora da me je osetio u blizini jer se okrenuo i zaškiljio. „Baš je vruće", rekao je zaklanjajući oči rukom.

„Toliko vruće da se jaje može ispeći na železničkim šinama", odvratila sam citirajući Nensi i pitajući se ima li istine u toj frazi.

Na rubu travnjaka, velelepno stepenište od sivog kamena vodilo je u ružičnjak ledi Ešberi. Ružičaste cvasti grlile su rešetke, oživljene toplim brujanjem marljivih pčela što su lebdele iznad njihovih žutih središta.

Prošla sam pored paviljona, otvorila gvozdenu kapiju i pošla Dugom stazom: dugačkom trakom sivih kamenih ploča, postavljenih u tepihu belog mednog cveta. Na pola puta živica od visokih žbunova graba ustupila je mesto minijaturnoj tisi koja je rasla na granici lavirinta egeskovskog vrta. Trepnula sam kad su dve skulpture kod žive ograde oživele, a onda sam se nasmešila sebi, i paru uznemirenih pataka koje su dolutale od jezera i sad stajale i gledale me sjajnim, crnim očima.

Na kraju egeskovskog vrta nalazila se druga gvozdena kapija, zaboravljena sestra (jer uvek postoji neka zaboravljena sestra), žrtva pipaka jasmina. Na drugoj strani počivala je fontana sa Ikarom, a dalje, na ivici jezera, kućica za čamce.

Reza na kapiji bila je zarđala, pa sam morala sa spustim svoj teret na jedno ravno mesto među jagodama kako bih prstima povukla rezu. Otvorila sam kapiju, podigla limunadu i nastavila, kroz oblak mirisa jasmina, prema fontani.

Mada su Eros i Psiha veličanstveno ukrašavali prednji travnjak, kao prolog samoj zgradi, u manjoj fontani, skrivenoj na sunčanoj čistini u dnu južnog vrta, bilo je nečeg divnog, misterioznog i melanholičnog.

Okrugli bazen od slaganog kamena bio je visok oko šezdeset centimetara, u prečniku od šest metara. Bio je obložen sitnim staklenim pločicama, azurnoplavim kao ogrlica koju je lord Ešberi doneo ledi Vajolet kad se vratio iz službe na Dalekom istoku. Iz središta se uzdizao ogroman, grubi blok od crvenkastosmeđeg mermera, visine dva muškarca, u osnovi širok, ali sve uži ka vrhu. Na pola puta naviše, u žućkastom mermeru na crvenosmeđoj pozadini, bila je isklesana u prirodnoj veličini figura palog Ikara. Mermerna krila, s linijama ugraviranim u bledi mermer da bi dočarale perje, bila su vezana remenjem za njegove raširene ruke, i pao je unatrag, na stenu. Da neguju palu figuru, iz bazena su izronile tri morske nimfe, duge kose uvijene oko anđeoskih lica: jedna drži malu harfu, druga na glavi ima venčić od lišća bršljana. A treća je posegla da uhvati Ikara ispod trupa – bele šake na žućkastoj koži – i da ga izvuče iz dubine.

Tog letnjeg dana dve purpurne šumske lastavice, nesvesne lepote skulpture, ponirale su iz visine pa sletele navrh mermerne stene, samo da bi ponovo uzletele i ovlaš dodirivale površinu vode da napune kljunove. Dok sam ih posmatrala, iznenada me je obuzela jaka želja da zamočim ruku u hladnu vodu. Bacila sam pogled na kuću u daljini, prezauzetu žalošću da bi primetila kako se služavka, čak u dnu južnog parka, za trenutak zaustavila da se ohladi.

Spustila sam poslužavnik na rub bazena i pažljivo se naslonila kolenom na pločice, čiju sam toplotu osećala kroz čarape. Nagla sam se napred, ispružila ruku pa je ponovo povukla na prvi dodir osunčane vode. Zavrnula sam rukav, ponovo pružila ruku, spremna da je uronim u vodu.

A onda se začuo smeh, kao milozvučna muzika u letnjoj nepokretnosti.

Sledila sam se, oslušnula, naherila glavu i izvirila iza statue.

Onda sam ih ugledala, Hanu i Emelin, ipak ne u kućici za čamce nego na rubu bazena s druge strane fontane. Prenerazila sam se zbog više stvari: skinule su crnu žalobnu odeću i bile samo u podsuknjama, košuljama za preko korseta i donjim gaćama do kolena, obrubljenim čipkom. I cipele su im ležale bačene na kamenu stazu oko fontane. Kosa im je blistala u saučesništvu sa suncem. Bacila sam pogled unazad, prema kući, čudeći se njihovoj smelosti. Onda sam se zapitala da li sam i ja, svojim prisustvom, u to uvučena. Pa onda, da li se plašim ili nadam da jesam.

Emelin je ležala na leđima: nogu sastavljenih, savijenih, a kolena, bela kao i njena podsuknja, pozdravljala su vedro, plavo nebo. Glavu je naslanjala na ruku. Drugu ruku – meke, blede kože kojoj je sunce bilo stranac – ispružila je preko bazena i prstima šarala osmice po površini vode. Sićušni talasići jurili su jedan drugi.

Hana je sedela pored nje, s jednom nogom podavijenom ispod sebe, a drugom savijenom tako da joj je brada počivala na kolenu, dok su joj nožni prsti bezbrižno flertovali s vodom. Rukama je obuhvatila uspravljenu nogu, a iz jedne šake joj je visilo parče papira, tako tankog da je bio gotovo providan na jarkom suncu.

Povukla sam ruku, spustila rukav, pribrala se. Poslednji put sam čežnjivo pogledala svetlucavi bazen, pa podigla poslužavnik.

Kad sam se približila, mogla sam da čujem šta govore.

„... mislim da je užasno, glupo svojeglav“, kazala je Emelin. Između njih je bila gomilica jagoda, pa je ubacila jednu u usta, a peteljku bacila u vrt.

Hana je slegla ramenima. „Tata je uvek bio tvrdoglav.“

„Svejedno“, kazala je Emelin. „Tako glatko odbiti jednostavno je glupo. Ako se Dejvid trudi da nam svima piše čak iz Francuske, najmanje što tata može da učini jeste da to pročita.“

Hana je zurila u skulpturu, glave nagnute u stranu tako da su joj odblesci sunca u talasićima igrali po licu. „Dejvid je napravio budalu od tate. Otišao je iza njegovih leđa, uradio je upravo ono što mu je tata rekao da ne radi.“

„Fuj. Prošlo je više od godinu dana.“

„Tata ne prašta lako. Dejvid to zna.“

„Ali ovo je tako *zabavno* pismo. Pročitaj ponovo onaj deo o menzi, o pudingu.“

„Neću ponovo da čitam. Nije trebalo da ga pročitam ni prva tri puta. Suviše je grubo za tvoje mlade uši." Pružila je pismo. Ono je bacilo senku na Emelinino lice. „Evo ti. Pročitaj sama. Na drugoj stranici je i prosvetljujuća ilustracija." Tad je zaduvao dašak vrelog vetra i papir je zalepršao, pa sam mogla da vidim crne linije crteža u gornjem uglu.

Začuli su se moji koraci na belim kamenčićima staze, Emelin je podigla pogled i videla me kako stojim iza Hane. „Oooh, limunada", kazala je pa povukla ruku s bazena i zaboravila na pismo. „Odlično. Umirem od žeđi."

Hana se okrenula, zatakla pismo za pojas. „Grejs", kazala je i nasmešila se.

„Krijemo se od starog Džiforda", kazala je Emelin pa se izvila da se uspravi u sedeći položaj, leđima okrenuta fontani. „Ooh, sunce je divno. Udarilo me je u glavu."

„I u obraze", kazala je Hana.

Emelin je podigla lice ka suncu, sklopila oči. „Ne marim. Volela bih da je leto cele godine."

„Je li lord Džiford bio i otišao, Grejs?", upitala je Hana.

„Ne bih znala sa sigurnošću, gospođice." Spustila sam poslužavnik na ivicu fontane. „Mislim da jeste. Bio je u salonu kad sam jutros služila čaj, a njeno gospodstvo nije pomenulo da će ostati ceo dan."

„Nadam se da neće", kazala je Hana. „Trenutno je već dovoljno neprijatno i bez njega da nalazi izgovore i ceo dan gleda niz moju haljinu."

Mali baštenski sto od kovanog gvožđa stajao je uz grm ružičastih i žutih orlovih noktiju, pa sam ga donela da na njemu poslužim osveženje. Postavila sam njegove zakrivljene nožice između kamenih ploča, pa odozgo stavila poslužavnik, i počela da sipam limunadu.

Hana je, između palca i kažiprsta, vrtela jagodu držeći je za peteljku. „Nisi čula ništa što je lord Džiford govorio, zar ne, Grejs?"

Oklevala sam. Od mene se ne očekuje da slušam dok sipam čaj.

„O dedinoj zaostavštini", nastavila je da pritiska. „O Rivertonu." Izbegavala je da me pogleda u oči, pa sam pretpostavila da je i njoj nelagodno što pita, koliko i meni da odgovorim.

Progutala sam knedlu, spustila bokal. „Ja... Nisam sigurna, gospođice..."

„Jeste, čula je!", uzviknula je Emelin. „Vidi se – pocrvenela je. Čula si, zar ne?" Nagla se napred, širom otvorenih očiju. „Pa reci nam onda. Šta će se desiti? Hoće li ga naslediti tata? Hoćemo li ostati?"

„Ne znam, gospođice", kazala sam i sva sam se skupila, kao i uvek kad bi Emelin usmerila svoju kraljevsku pažnju na mene. „Niko ne zna."

Emelin je uzela čašu s limunadom. „Neko mora da zna", kazala je nadmeno. „Mislila sam da je to lord Džiford. Zašto bi inače dolazio ovamo danas ako ne da razgovara o dedinom testamentu?"

„Htela sam da kažem da zavisi, gospođice."

„Od čega?"

Hana je ponovo progovorila. „Od bebe strine Džemajme." Pogledi su nam se sreli. „Tako je, zar ne, Grejs?"

„Da, gospođice", kazala je tiho. „Bar mislim da su tako rekli."

„Od bebe strine Džemajme?", kazala je Emelin.

„Ako bude dečak", rekla je Hana zamišljeno, „onda je sve po pravu njegovo. Ako ne bude, tata postaje lord Ešberi."

Emelin, koja je upravo bila ubacila jagodu u usta, pljesnula je rukom o usne i nasmejala se. „Zamisli. Tata, lord vlastelinske kuće. To je *stvarno* šašavo." Traka boje breskve, provučena kroz pojas njene podsuknje, zapela je za ivicu bazena i počela da se odvezuje. Duga nit u cikcak niz njenu nogu. Morala sam da upamtim da to kasnije zakrpim. „Šta misliš, da li će želeti da ovde živimo?"

O da, pomislila sam ja, puna nade. U Rivertonu je bilo tako tiho prethodne godine. Nije bilo nikakvog posla osim da se ponovo briše prašina u praznim sobama i da pokušavamo da ne brinemo previše za one koji su još u borbama.

„Ne znam", kazala je Hana. „Svakako se nadam da neće. Već je dovoljno loše biti uhvaćen ovde kao u zamku leti. Na selu su dani dvostruko duži, a samo polovina aktivnosti da se popune."

„Kladim se da hoće."

„Ne", odvratila je Hana odlučno. „Tata ne bi mogao podneti da se odvoji od svoje fabrike."

„Ne znam", rekla je Emelin. „Ako tata nešto voli više od svojih motornih kola, onda je to Riverton. To mu je najdraže mesto na celom svetu." Podigla je oči ka nebu. „Mada... Zašto bi iko želeo da bude zaglavljen u nekoj zabiti, gde nema nikoga s kim bi razgovarao..." Zaćutala je i uzdahnula. „Oh, Hana, znaš čega sam se upravo setila? Ako tata postane lord, onda ćemo mi biti uvažene gospođice, zar ne?"

„Pretpostavljam da hoćemo", odgovorila je Hana. „Ako to išta vredi."

Emelin je skočila, prevrnula očima. „Vredi, mnogo." Spustila je čašu nazad na sto i popela se na ivicu bazena. „Uvažena Emelin Hartford od Riverton menora. Baš lepo zvuči, zar ne?" Okrenula se i poklonila se svome odrazu, upadljivo zatreptala i pružila ruku. „Drago mi je što smo se upoznali, lepi gospodine. Ja sam uvažena Emelin Hartford." Nasmejala se, oduševljena svojim novim skečom, i počela da skakuće po ivici obloženoj pločicama, ruku raširenih radi ravnoteže, ponavljajući predstavljanje s titulom i smejući se.

Hana ju je posmatrala i zabavljala se. „Imaš li sestru, Grejs?"

„Ne, gospođice", odgovorila sam. „Ni braće."

„Stvarno?", kazala je, kao da je život bez braće i sestara nešto o čemu nikada nije razmišljala.

„Nemam toliko sreće, gospođice. Živimo same majka i ja."

Pogledala me je zaškiljivši na suncu. „Tvoja majka. Ona je služila ovde."

To je više bila izjava nego pitanje. „Da, gospođice. Dok se ja nisam rodila, gospođice."

„Veoma si joj slična. Mislim, po izgledu."

Začudila sam se. „Gospođice?"

„Videla sam njenu sliku. U bakinom albumu. Jednu od fotografija celog domaćinstva iz prošlog veka." Sigurno je osetila da sam zbunjena, jer je brzo nastavila. „Nisam je baš tražila, nemoj to da misliš, Grejs. Pokušavala sam da nađem neku sliku moje majke kad sam naišla na nju. Neverovatno ličite. Isto lepo lice, iste dobre oči."

Nikad nisam videla majčinu fotografiju – ne iz vremena kad je bila mlada – a Hanin opis je bio toliko u neskladu s majkom kakvu sam poznavala da me je uhvatila iznenadna i neodoljiva želja da je i sama vidim. Znala sam gde ledi Ešberi drži svoj album – u levoj fioci pisaćeg stola. A sad je bilo prilika, mnogo prilika kad je Nensi odsutna, a ja sama čistim salon. Ako budem sigurna da su ostali zauzeti negde drugde, i ako budem vrlo hitra, valjda neće biti tako teško da je i vidim?

„Zašto se nije vratila u Riverton?", kazala je Hana. „Mislim, pošto si se ti rodila."

„To nije bilo moguće, gospođice. Ne sa bebom."

„Uverena sam da je baka ranije imala porodice u sastavu posluge." Osmehnula se. „Zamisli samo: da je ostala, mogle smo se poznavati još kao deca." Skrenula je pogled na vodu i malo se namrštila. „Možda je bila nesrećna ovde kad nije htela da se vrati?"

„Ne znam, gospođice", odgovorila sam, neobjašnjivo postiđena što s Hanom diskutujem o majci. „Ne govori mnogo o tome."

„Je li u službi negde drugde?"

„Sad se bavi šivenjem, gospođice. U selu."

„Radi za sebe?"

„Da, gospođice." Nikad nisam tako razmišljala o tome.

Hana je klimnula glavom. „Mora biti nekog zadovoljstva u tome."

Pogledala sam je, nesigurna da li me zadirkuje. Ali lice joj je bilo ozbiljno. Zamišljeno.

„Ne znam, gospođice", kazala sam zamuckujući. „Ja... Videću je danas po podne, pa je mogu pitati ako hoćete."

U očima joj je bio neki zamagljen pogled, kao da je u mislima negde daleko. Pogledala me je i senke su se razbežale. „Ne. Nije važno." Opipala je ivicu Dejvidovog pisma, još uvek zataknutog za pojas.

„Imaš li vesti od Alfreda?"

„Da, gospođice", kazala sam, zadovoljna što smo promenile temu. Alfred je bio bezbednija teritorija. On je bio deo tog sveta. „Dobila sam pismo prošle nedelje. U septembru će doći kući na odsustvo."

„U septembru", kazala je. „To nije tako daleko. Biće ti drago da ga vidiš."

„O da, gospođice, svakako hoće."

Hana mi se znalački nasmešila, a ja sam pocrvenela. „Htela sam da kažem, gospođice, da će nama svima dole biti drago da ga vidimo."

„Naravno da hoće, Grejs. Alfred je fin momak."

Obrazi su mi pocrveneli i peckali me. Jer Hana je dobro pogodila. Iako su pisma od Alfreda i dalje stizala za sve nas iz posluge, sve više su se obraćala meni. I sadržaj im se menjao, takođe. Priču o bitkama zamenila je priča o domu i drugim tajnim stvarima. Koliko mu nedostajem, koliko mu je stalo do mene. O budućnosti... Zatreptala sam. „A gospodar Dejvid, gospođice?", kazala sam. „Hoće li on uskoro doći kući?"

„Misli da će doći u decembru." Prešla je prstima po izgraviranoj površini svog medaljona, pogledala u Emelin i spustila glas. „Znaš, imam jak osećaj da će to biti poslednji put da dođe kući, kod nas."

„Gospođice?"

„Sad kad je umakao, Grejs, kad je video sveta... Pa, ima novi život, zar ne? Pravi život. Rat će se završiti, on će ostati u Londonu i studiraće klavir i postaće veliki muzičar. Vodiće bogat i uzbudljiv život, ispunjen avanturama, baš kao igre koje smo nekad igrali..." Pogledala je iza mene, prema kući, i osmeh joj je iščileo. Onda je uzdahnula. Bio je to dug i postojan uzdah, od kojeg su joj se ramena spustila. „Ponekad..."

Reč je ostala da lebdi između nas: troma, teška, puna, i čekala zaključak koji nije došao. Nisam mogla da smislim ništa što bih rekla, pa sam radila ono što sam najbolje umela. Ćutala sam i sipala ostatak limunade u njenu čašu.

Onda me je pogledala. I pružila mi čašu. „Evo, izvoli, Grejs. Ti popij ovu."

„Oh ne, gospođice. Hvala vam, gospođice. Hvala, ne treba."

„Koješta", rekla je Hana. „Crvena si u obrazima skoro isto koliko i Emelin. Evo." Gurnula mi je čašu u ruke.

Pogledala sam u Emelin, koja je spuštala cvetove orlovih noktiju da plutaju po vodi na drugoj strani fontane. „Stvarno, gospođice, ja..."

„Grejs", kazala je glumeći strogost. „Vruće je i insistiram."

Uzdahnula sam, uzela čašu. Bila je hladna na dodir i njena svežina me je stavljala na Tantalove muke. Podigla sam je ka usnama, možda samo jedan mali gutljaj...

Uzbuđeni usklik iza leđa naterao je Hanu da se okrene. Ja sam podigla pogled i zaškiljila na svetlu. Sunce je pošlo silaznom linijom, ka zapadu, i vazduh je bio mutan.

Emelin je čučala do polovine visine statue na izbočini blizu Ikara. Bleda kosa joj je bila puštena i talasasta, a iza jednog uva je zatakla buketić belog klematisa. Vlažna ivica podsuknje lepila joj se za noge.

Na toploj, beloj svetlosti, izgledala je kao deo fontane. Kao četvrta, oživela morska nimfa. Mahnula nam je. Hani. „Dođi ovamo gore. Vidi se sve do jezera."

„Videla sam“, doviknula joj je Hana. „Ja sam ti to pokazala, sećaš se?“

Začulo se brujanje visoko na nebu – iznad nas je leteo avion. Nisam znala koji je tip. Alfred bi znao.

Hana je gledala za njim, ne skrećući pogled sve dok nije nestao. Kao sićušna tačkica, u sunčevom blesku. A onda je iznenada ustala, odlučno, i požurila ka baštenskoj klupi, gde joj je bila odeća. Dok je navlačila crnu haljinu, ja sam spustila limunadu i prišla da joj pomognem.

„Šta to radiš?“, upitala ju je Emelin.

„Oblačim se.“

„Zašto?“

„Moram da obavim nešto u kući.“ Hana je zastala i ispravila gornji deo haljine. „Neke francuske glagole za gospođicu Prins.“

„Otkad to?“ Emelin je sumnjičavo nabrala nos. „Raspust je.“

„Tražila sam dodatne zadatke.“

„Nisi.“

„Jesam.“

„E pa, onda idem i ja“, rekla je Emelin, ali nije se pomerila.

„Dobro“, odgovorila je Hana hladno. „A ako ti bude dosadno, možda je lord Džiford još tu da ti pravi društvo.“ Sela je na klupu i počela da vezuje pertle na cipelama.

„Hajde“, kazala je Emelin dureći se. „Reci mi šta to radiš. Znaš da umem da čuvam tajnu.“

„Hvala bogu“, odvratila je Hana, pogledavši u njene širom otvorene oči. „Ne bih želela da iko sazna da dodatno vežbam francuske glagole.“

Emelin je za trenutak sedela, gledala Hanu i lupkala nogama o mermerno krilo. Nagla je glavu u stranu. „*Daješ reč* da ćeš samo to raditi?“

„*Dajem reč*“, kazala je Hana. „Idem u kuću da radim neke prevode.“ Pogledala me je kradomice, a ja sam shvatila šta se tačno krije iza te njene poluistine. Išla je da radi na prevodima, ali oni su bili stenografski, a ne na francuskom. Oborila sam pogled, nesrazmerno zadovoljna svojom ulogom zaverenice.

Emelin je polako zavrtela glavom i zaškiljila. „Lagati je smrtni greh, znaš." Hvatala se za slamku.

„Da, o pobožna moja", odgovorila je Hana smejući se.

Emelin je prekrstila ruke na grudima. „Dobro. Čuvaj svoje glupe tajne. Baš me briga, da znaš."

„Odlično", rekla je Hana. „Sad su svi srećni." Nasmešila mi se i ja sam joj uzvratila smeškom. „Hvala za limunadu, Grejs." A onda je nestala, kroz gvozdenu kapiju pa Dugom stazom.

Moja poseta majci tog popodneva bila je kratka i ni po čemu ne bi bila vredna pamćenja da nije bilo jedne stvari.

Kad sam dolazila u posete, majka i ja smo obično sedele u kuhinji, gde je svetlo bilo najbolje za šivenje i gde smo provele najveći deo vremena zajedno pre nego što sam počela da radim u Rivertonu. Toga dana, međutim, dočekala me je na vratima i povela u malu dnevnu sobu iz koje se ulazilo u kuhinju. Iznenadila sam se i pitala koga još majka očekuje, jer je ta soba retko korišćena i uvek je bila rezervisana za posete važnih ljudi kao što su doktor Artur ili sveštenik. Sela sam na stolicu kraj prozora i čekala da donese čaj.

Majka se potrudila da soba izgleda najbolje moguće. Prepoznala sam znake. Na pomoćnom stočiću stajala je omiljena vaza, koja je nekad pripadala njenoj majci, od belog porcelana sa oslikanim lalama spreda, i ponosno držala buket umornih belih rada. A jastuk, koji bi obično urolala i podmetnula pod leđa dok radi, bio je protresen i namešten nasred sofe. Bio je to lukavi uljez, smešten tako upadljivo da celom svetu izgleda kao da nema drugu svrhu osim ukrašavanja.

Majka je donela čaj i sela naspram mene. Posmatrala sam je kako sipa. Na poslužavniku su bile samo dve šolje. Znači, ipak ćemo biti samo nas dve. Soba, sveće, jastuk… sve je to bilo za mene.

Majka je uhvatila šolju obema rukama i videla sam da su joj prsti ukočeni i iskrivljeni jedan preko drugog. Nema šanse da će moći da šije u tom stanju. Zapitala sam se koliko joj je već tako loše, kako uspeva da zaradi za život. Svake nedelje sam joj slala deo svoje zarade, ali to svakako nije bilo dovoljno. Oprezno, pokrenula sam tu temu.

„To se tebe ne tiče, rekla bih“, odgovorila je.

„Ali, majko, trebalo je da mi kažeš. Mogla sam ti poslati više. Ja ne trošim ni na šta.“

Njeno ispijeno lice kolebalo se između odbrane i poraza. Konačno je uzdahnula. „Ti si dobra devojka, Grejs. Doprinosiš koliko možeš. Nije tvoja briga to što ti majka nema sreće.“

„Naravno da jeste, majko.“

„Samo se ti pobrini da ne napraviš iste greške.“

Skupila sam hrabrost i usudila se da je blago pitam: „Kakve greške, majko?“

Odvratila je pogled, a ja sam čekala dok je grickala suvu donju usnu. Pitala sam se hoće li mi konačno ukazati poverenje tajnama koje stoje između nas otkad znam za sebe…

„Mah“, kazala je konačno, okrenuvši lice ka meni. I time su zalupljena vrata toj temi. Podigla je glavu, isturila bradu i pitala me o kući, porodici, kao i uvek.

A šta sam očekivala? Iznenadno, veličanstveno netipično kršenje navike? Izliv prošlih jada što objašnjavaju majčinu gorčinu, i omogućavaju nam da dostignemo razumevanje koje nas je do tada izbegavalo?

Znaš, mislim da jesam. Bila sam mlada i to mi je jedini izgovor.

Ali ovo je istorija, nije izmišljena priča, pa te stoga neće iznenaditi što do toga nije došlo. Umesto toga, progutala sam kiselu knedlu razočaranja i ispričala joj ko je umro, nesposobna da sprečim da mi se u priču uvuče ton važnosti dok sam pripovedala o nedavnoj nesreći u porodici. Prvo major – gospodin Hamilton kako sumorno prima telegram s crnom ivicom, Džemajmini prsti koji su toliko drhtali da nije mogla da ga otvori – a onda lord Ešberi, samo nekoliko dana posle toga.

Polako je zavrtela glavom, pokretom koji je isticao njen dugi, tanki vrat, i spustila svoj čaj. „To sam čula. Nisam znala koliko da pripišem ogovaranju. I sama znaš kako selo voli da tračari."

Klimnula sam glavom.

„Šta je, onda, odnelo lorda Ešberija?", kazala je.

„Gospodin Hamilton je rekao da je mešavina uzroka. Delimično udar, a delimično vrućina."

Majka je i dalje klimala glavom i grickala unutrašnju stranu obraza. „A šta je rekla gospođa Taunsend?"

„Ona je rekla da nije ništa od toga. Kazala je da ga je naprosto ubila žalost." Spustila sam glas i usvojila isti onaj bogobojažljivi ton koji je upotrebila i gospođa Taunsend. „Rekla je da je majorova smrt slomila srce njegovom gospodstvu. Da su, kad je major ustreljen, sve nade i snovi njegovog oca iskrvarili u francusko tlo."

Majka se nasmešila, ali to nije bio srećan smešak. Odmahnula je glavom polako, pogledala u zid pred sobom, sa slikama dalekog mora. „Jadni, jadni Frederik", kazala je. To me je iznenadilo i najpre sam pomislila da sam pogrešno čula, ili da je ona pogrešila, da je slučajno izgovorila njegovo ime, jer nije imalo smisla. Jadan lord Ešberi. Jadna ledi Vajolet. Jadna Džemajma. Ali Frederik?

„Ne treba da brineš za njega", kazala sam. „On će, izgleda, naslediti kuću."

„Ima važnijih stvari za sreću od bogatstva, devojko."

Nije mi se sviđalo kad majka govori o sreći. Sentiment je bio šupalj kad ona govori o tome. Majka, sa svojim umornim očima i svojom praznom kućom, bila je poslednja osoba pogodna da daje takve savete. Osećala sam se nekako prekoreno.

Kao da mi je prigovorila zbog neke uvrede koju nisam umela da imenujem. Odgovorila sam nabusito: „Reci to Fani."

Majka se namrštila i ja sam shvatila da joj je to ime nepoznato.

„Oh", kazala sam neobjašnjivo veselo. „Zaboravila sam. Ti je sigurno ne poznaješ. Ona je štićenica ledi Klementine. Nada se da će se udati za gospodina Frederika."

Majka me je pogledala s nevericom. „Udati se? Za Frederika?"

Klimnula sam glavom. „Fani radi na njemu cele godine."

„Ali je on nije zaprosio?"

„Nije", kazala sam. „Ali to je samo pitanje vremena."

„Ko ti je to rekao? Gospođa Taunsend?"

Odmahnula sam glavom. „Nensi."

Majka se malo oporavila, pa uspela i da se slabo nasmeši. „Onda je pogrešila, ta tvoja Nensi. Frederik se neće ponovo ženiti. Ne posle Penelopi."

„Nensi ne greši."

Majka je prekrstila ruke na grudima. „U ovome je pogrešila."

Njena sigurnost me je razdražila, kao da ona zna bolje od mene šta se dešava u toj kući. „Čak se i gospođa Taunsend slaže s tim", kazala sam. „Kaže da ledi Vajolet odobrava tu kombinaciju i da, iako možda izgleda da ne mari za mišljenje svoje majke, gospodin Frederik mu se nikad nije ni suprotstavljao."

„Nije", rekla je majka, smešak joj je zatreperio pa nestao. „Ne, mislim da zaista nije." Okrenula se i zagledala kroz otvoren prozor. U sivi kameni zid susedne kuće. „Nikad nisam ni mislila da će se ponovo oženiti."

U glasu joj je nestalo svake odlučnosti i ja sam se osećala loše. Postiđena svojom željom da joj pokažem gde joj je mesto. Majka je bila privržena toj Penelopi, Haninoj i Emelininoj majci. Sigurno jeste. Kako drugačije objasniti njen otpor pri pomisli da gospodin Frederik zameni pokojnu ženu novom? Ili njenu utučenost kad sam uporno tvrdila da je to tačno? Spustila sam ruku na njene šake. „U pravu si, majko. Pričam napamet. Ništa ne znamo zasigurno."

Nije odgovorila.

Nagla sam se bliže. „A sasvim sigurno niko ne može reći da gospodin Frederik gaji iskrena osećanja prema Fani. Srećniji je kad jaše."

Šalom sam pokušala da je namamim i bilo mi je drago kad se okrenula licem prema meni. Sem toga, iznenadilo me je što je, u tom trenutku, dok joj je popodnevno sunce milovalo obraz i izmamilo zelenu boju u njenim očima, majka bila gotovo lepa.

Setila sam se Haninih reči, njene priče o majčinoj fotografiji, pa sam još odlučnije rešila da je i sama vidim. Da vidim kakva je osoba majka mogla biti. Ta devojka koju je Hana nazvala lepom i koje se gospođa Taunsend sećala s takvom naklonošću.

„Oduvek je mnogo voleo da jaše", kazala je i stavila šolju s čajem na prozorsku dasku. A onda me je iznenadila kad je uzela moju ruku i milovala žuljeve na mome dlanu. „Pričaj mi o svojim novim dužnostima. Sudeći po ovome, stalno ti nešto zadaju tamo gore."

„Nije tako loše", kazala sam, dirnuta njenom pažnjom, koju je retko ispoljavala. „Za čišćenje i pranje veša nema se šta reći, ali ima drugih poslova koji mi nisu mučni."

„Oh?" Nagla je glavu u stranu.

„Nensi je tako zauzeta na stanici da ja mnogo više radim gore."

„To ti se sviđa, zar ne, devojčice moja?" Glas joj je bio tih. „Da budeš gore, u velikaškoj kući?"

Klimnula sam glavom.

„A šta ti se sviđa u tome?"

Da budem u finim sobama, s tananim porcelanom i slikama i tapiserijama. Da slušam Hanu i Emelin kako se šale i zadirkuju jedna drugu i sanjaju. Setila sam se majčinog malopređašnjeg osećanja i najednom sam znala kako da joj udovoljim. „To me usrećuje", kazala sam. Pa sam joj poverila nešto što nisam čak ni sebi samoj. „Nadam se da ću jednog dana postati prava sobarica za dame."

Pogledala me je, čelo joj je za trenutak zadrhtalo kao da će se namrštiti. „Ima dovoljno budućnosti u poslu lične damske sobarice, dete moje“, kazala je tankim, napetim glasom. „Ali sreća... Sreća raste uz tvoje sopstveno ognjište“, kazala je. „Ne može se ubrati u vrtu stranaca.“

Još sam razmišljala o tom majčinom komentaru dok sam koračala kući, u Riverton, kasno tog popodneva. Htela je da kaže da ne zaboravim gde mi je mesto, naravno; to predavanje mi je već održala više nego jednom. Htela je da upamtim da sreću mogu naći samo u žaru ognjišta u odajama za poslugu, a ne u nežnim biserima damskog budoara. Ali Hartfordovi nisu stranci. I ako nađem neku sreću u tome što radim u njihovoj blizini, slušam njihove razgovore, vodim računa o njihovim lepim haljinama, kakva je onda šteta u tome?

Tad me je pogodila pomisao da je ljubomorna. Zavidela mi je na mojoj službi u velikaškoj kući. Bilo joj je stalo do Penelopi, majke devojaka Hartford, sigurno jeste: zato joj je toliko odbojna bila moja priča o ponovnoj ženidbi gospodina Frederika. I sad kad je videla mene u položaju u kojem je nekad uživala, to ju je podsetilo na svet kojeg je bila primorana da se odrekne. A onda, opet, sigurno nije bila primorana, zar ne? Hana je rekla da je ledi Vajolet ranije zapošljavala porodice. A ako je majka ljubomorna što sam zauzela njeno mesto, zašto je onda bila tako uporna da odem u službu u Riverton?

Izbila sam iz drvoreda prilaznog puta, zastala na trenutak da osmotrim kuću. Sunce se pomerilo i Riverton je bio u senci. Ogromna crna buba na brdu, pognuta pod teretom vrućine i sopstvene žalosti. Pa opet, dok sam stajala tamo, ispunio me je topao osećaj sigurnosti. Prvi put u svom životu osećala sam da sam čvrsta; negde između sela i Rivertona izgubila sam osećaj da će me, ako se ne budem čvrsto držala, vetar oduvati.

Ušla sam u tamne odaje za poslugu i pošla polumračnim hodnikom. Koraci su mi odjekivali po hladnom kamenom podu. Kad sam stigla do kuhinje, sve je bilo mirno. Zaostali miris goveđeg gulaša držao se za zidove, ali nije bilo nikoga. Iza mene, u trpezariji, časovnik je glasno otkucavao. Izvirila sam iza vrata. I ta prostorija je bila prazna. Na stolu se nalazila jedna usamljena šolja od čaja, na svojoj tacni, ali onog ko je pio iz nje nigde nije bilo. Skinula sam šešir, stavila ga preko kuke na zidu i zagladila suknju. Uzdahnula sam i taj zvuk je liznuo utihle zidove. Blago sam se nasmejala. Nikada ranije nisam imala suteren samo za sebe.

Pogledala sam u sat. Još je preostalo pola sata do vremena kad me očekuju nazad. Popiću šolju čaja. Onaj u majčinoj kući ostavio mi je gorak ukus u ustima.

Čajnik na kuhinjskom pultu još je bio vruć, pokriven vunenom navlakom. Vadila sam šolju kad je Nensi uletela iza ugla i razrogačila oči kad me je videla.

„Džemajma", kazala je. „Porađa se."

„Ali termin je tek u septembru", kazala sam.

„E pa, beba to ne zna, zar ne?", odvratila je i bacila mali četvrtasti peškir na mene. „Evo, odnesi ovo i zdelu tople vode gore. Ne mogu da nađem nikog drugog, a neko mora da pozove doktora."

„Ali nisam u uniformi..."

„Mislim da ni majka ni dete neće mariti", kazala je Nensi i nestala u ostavi gospodina Hamiltona da upotrebi telefon.

„Ali šta da kažem?" Ovo je bilo upućeno praznoj sobi, samoj sebi, peškiru u mojoj ruci. „Šta da radim?"

Nensi se pojavila iza vrata. „Pa otkud ja znam? Smislićeš već nešto." Mahnula je rukom u vazduhu. „Samo joj reci da je sve u redu. I biće, s božjom pomoći."

Prebacila sam peškir preko ramena, napunila zdelu i pošla gore kao što mi je Nensi rekla. Ruke su mi zadrhtale i prosula sam malo vode na tepih u hodniku, ostavljajući za sobom tamnocrvene mrlje.

Kad sam stigla do Džemajmine sobe, oklevala sam. Jer je iza masivnih vrata doprlo prigušeno ječanje. Duboko sam udahnula, pokucala i ušla.

U sobi je bilo mračno, sa izuzetkom jednog jedinog smelog zraka sa mesta gde su zavese bile stidljivo razmaknute. Traka mutne svetlosti s česticama bezvoljne prašine. Krevet od javorovog drveta, s četiri stuba, bio je senovita masa u središtu sobe. Džemajma je ležala vrlo mirno i teško disala.

Prišunjala sam se krevetu i obazrivo čučnula pored njega. Zdelu sam spustila na mali sto za čitanje.

Džemajma je zaječala i ja sam se ugrizla za usnu, ne znajući šta dalje da radim. „U redu je", kazala sam blago, onako kako je mene mama tešila kad sam bila bolesna od šarlaha. „U redu je."

Zadrhtala je pa brzo triput udahnula vazduh. Čvrsto je stisnula kapke zatvorenih očiju.

„Sve je u redu", kazala sam. Pokvasila sam peškir pa ga presavila načetvoro i stavila joj ga na čelo.

„Džonatan...", kazala je. „Džonatan..." Njegovo ime zvučalo je divno na njenim usnama.

Nisam imala ništa da kažem pa sam zato ćutala.

Zatim je opet ječala i cvilela. Previjala se, stenjala u jastuk. Prstima je tražila nedostižnu utehu po čaršavu pored sebe.

A onda se mir vratio. Disanje joj se usporilo.

Podigla sam oblog sa čela. Ugrejao se od njene kože pa sam ga ponovo zamočila u zdelu s vodom. Iscedila sam ga, presavila i pružila ruku da joj ga opet stavim na glavu.

Otvorila je oči, zatreptala, potražila pogledom moje lice u polumraku. „Hana", kazala je kroz uzdah. Iznenadila me je njena greška. I neizmerno obradovala. Zaustila sam da je ispravim, ali sam se zaustavila kad me je uzela za ruku. „Tako mi je drago što si to ti." Stisnula mi je prste. „Tako se plašim", prošaptala je. „Ništa ne osećam."

„Sve je u redu“, kazala sam. „Beba se odmara.“

To ju je, izgleda, malo smirilo. „Da“, rekla je. „Uvek je tako pre nego što dođu. Samo ne... Prerano je.“ Okrenula je glavu. Kad je ponovo progovorila, glas joj je bio tako tih da sam morala da se napregnem da bih je čula. „Svi žele dečaka za mene, ali ja ne mogu. Ne mogu da izgubim još jednog.“

„Nećete“, kazala sam, u nadi da će zaista biti tako.

„Na mojoj porodici je prokletstvo“, kazala je, lica i dalje skrivenog. „Majka mi je tako rekla, ali ja joj nisam verovala.“

Pomislila sam da je izgubila razum. Da ju je obuzela žalost i da je podlegla sujeverju. „Prokletstva ne postoje“, kazala sam blago.

Ispustila je neki zvuk, nešto između smeha i jecaja. „O da. Isto ono što je i našoj pokojnoj kraljici otelo sina. Prokletstvo krvarenja.“ Zaćutala je, a onda prešla rukom po stomaku i pomerila se tako da bude licem okrenuta prema meni. Glas joj je bio tek nešto jači od šapata. „Ali devojčice... devojčice zaobiđe.“

Vrata su se širom otvorila i u sobu je ušla Nensi. Iza nje je bio mršav sredovečan muškarac sa stalnim kritičkim izrazom na licu, za kojeg sam pretpostavila da je doktor, mada to nije bio doktor Artur iz sela. Protreseni su jastuci, Džemajma je postavljena u željeni položaj i upalili su lampu. U jednom trenutku shvatila sam da mi je ruka ponovo slobodna i odgurnuta sam u stranu, a onda i poslata iz sobe.

Dok je popodne prelazilo u veče, a veče postajalo noć, čekala sam i pitala se i nadala. Vreme se vuklo iako je bilo mnogo poslova da se njima ispuni. Trebalo je poslužiti večeru, presvući krevete, skupiti veš za pranje narednog dana, pa ipak, sve vreme sam u mislima bila s Džemajmom.

Konačno, dok je kroz kuhinjski prozor prolazio poslednji titraj sunčeve krune koja je zalazila za nepregledno vresište, Nensi je topćući sišla niz stepenice, s peškirom i zdelom u rukama.

Upravo smo bili završili večeru i još smo sedeli za stolom.

„Dakle?“, rekla je gospođa Taunsend, nervozno stežući maramicu i pritiskajući je na srce.

„Dakle“, kazala je Nensi, „majka je rodila bebu u osam sati i dvadeset šest minuta. Sitnu ali zdravu.“

Čekala sam nervozno.

„Mada, ne mogu a da je malo ne žalim“, kazala je Nensi podižući obrve. „Devojčica je.“

Bilo je deset sati kad sam se vratila s poslužavnikom od Džemajmine večere. Zaspala je, s umotanom malom Gitom u naručju. Pre nego što sam ugasila lampu na noćnom stočiću, za trenutak sam zastala da pogledam sićušnu devojčicu: napućenih usana, s gužvicom plave kose, čvrsto zatvorenih očiju. Dakle, nije naslednik nego beba. Koja će živeti i rasti i voleti.

Izašla sam na vrhovima prstiju iz sobe, s poslužavnikom u ruci. Moja lampa je bila jedina svetlost u mračnom hodniku, i bacala je moju senku preko reda portreta okačenih duž zida. Dok je najnoviji član porodice čvrsto spavao iza zatvorenih vrata, loza Hartfordovih iz prošlosti bezvremeno je bdela zureći u ulazno predvorje koje su nekad posedovali.

Kad sam stigla u glavno predvorje, zapazila sam tanku prugu blage svetlosti ispod vrata salona. Usled celovečernje drame, gospodin Hamilton je zaboravio da isključi lampu. Zahvalila sam bogu što sam samo ja to videla. Uprkos blagoslovu novog unučeta, ledi Vajolet bi pobesnela kad bi otkrila da je otvoreno prekršeno pravilo o žalosti.

Otvorila sam vrata i stala kao ukopana.

Tamo, u fotelji svoga oca, sedeo je gospodin Frederik. Novi lord Ešberi.

Duge noge bile su mu prekrštene jedna preko druge, a glava pognuta i oslonjena na jednu ruku, tako da mu se lice nije videlo.

U levoj ruci je držao pismo od Dejvida, prepoznatljivo po onom karakterističnom crtežu. Isto ono pismo koje je Hana čitala kod fontane i zbog kojeg se Emelin onako kikotala.

Leđa gospodina Frederika su se tresla i u prvi mah sam pomislila da se i on smeje.

A onda je do mene dopro zvuk koji nikada neću zaboraviti. Uzdah. Grlen, nevoljan, šupalj. Uzdah jada i žaljenja.

Stajala sam još trenutak, nesposobna da se pokrenem, a onda sam se povukla. Zatvorila sam vrata za sobom, pa više nisam bila skriveni svedok njegove žalosti.

Neko je pokucao na vrata i vratila sam se. Godina je hiljadu devetsto devedeset deveta i ja sam u svojoj sobi u *Hitvjuu*, i dalje među prstima držim fotografiju s našim ozbiljnim, nesvesnim licima. Mlada glumica sedi na smeđoj stolici, proučava krajeve svoje duge kose. Koliko dugo sam bila odsutna? Pogledala sam na svoj sat. Malo je prošlo deset. Je li moguće? Je li moguće da su se spratovi sećanja rastvorili, da su prastare scene i duhovi oživeli, a da vreme skoro uopšte nije prošlo?

Vrata su se otvorila i Ursula se vratila u sobu, a odmah iza nje i Silvija sa tri šolje čaja na srebrnom poslužavniku. Luksuznijem od uobičajenog plastičnog.

„Molim vas izvinite", kaže Ursula i ponovo seda na kraj mog kreveta. „Obično to ne radim. Bilo je hitno."

Isprva nisam sigurna šta hoće da kaže: a onda vidim mobilni telefon u njenoj ruci.

Silvija mi je pružila šolju s čajem pa obišla oko moje fotelje da posluži Kiru šoljom iz koje se pušilo.

„Nadam se da ste počele razgovor bez mene", kaže Ursula.

Kira se smeši, sleže ramenima. „Otprilike smo i završile."

„Stvarno?", kaže Ursula, široko otvorenih očiju ispod gustih šišaka. „Ne mogu da verujem da sam sve propustila. A tako sam se radovala da čujem Grejsine uspomene."

Silvija je spustila ruku na moje čelo. „Malo ste mi bledunjavi. Treba li vam nešto protiv bolova?"

„Odlično se osećam", kažem, a glas mi je malo kreštav.

Silvija je podigla jednu obrvu.

„Dobro sam“, kažem koliko god mogu odlučno.

Silvija je malo huknula. Onda je odmahnula glavom i ja znam da pere ruke od mene. Zasad. Vidim kako misli: Neka bude po tvome. Mogu ja to da poričem koliko god hoću, ali nema sumnje da misli kako ću zvoniti i tražiti nešto protiv bolova još pre nego što moje gošće stignu do parkinga *Hitvjua*. I verovatno je u pravu.

Kira je otpila gutljaj zelenog čaja, a onda spustila šolju i tacnu na moj toaletni sto. „Gde je toalet?“

Osećam kako me prži Silvijin pogled. „Silvija“, kažem. „Da li bi pokazala Kiri gde se nalazi toalet u hodniku?“

Silvija je jedva u stanju da se uzdrži. „Svakako“, kaže i mada ne mogu da je vidim, znam da se ozarila. „Ovuda, gospođice Parker.“

Ursula mi se osmehnula dok su se vrata zatvarala. „Zahvalna sam vam što ste primili Kiru“, kaže. „Ona je kćerka prijatelja jednog od producenata, pa sam obavezna da ispoljim posebno interesovanje.“ Pogledala je ka vratima i spustila glas, pažljivo birajući reči. „Mala nije loša, ali ume da bude pomalo… netaktična.“

„Nisam primetila.“

Ursula se smeje. „Tako je to kad su roditelji iz filmske industrije“, kaže. „Ta deca gledaju roditelje kako dobijaju priznanja za to što su bogati, čuveni i lepi – ko ih može kriviti što žele isto to?“

„To je sasvim u redu.“

„Pa ipak“, kaže Ursula, „trebalo je da budem tu. Da budem pratilja…“

„Ako ne prestanete da se izvinjavate, još ćete me i ubediti da ste uradili nešto loše“, kažem. „Podsećate me na mog unuka.“ Izgleda kao da joj je neprijatno i shvatam da ima nešto novo u tim tamnim očima. Neka senka koju ranije nisam primetila. „Jeste li rešili problem?“, pitam. „Preko telefona?“

Uzdahnula je, klimnula glavom. „Da."

Zastala je, a ja sam ćutala, čekala da nastavi. Odavno sam naučila da ćutanje izaziva raznorazna poveravanja.

„Imam sina", kaže. „Zove se Fin." Ime je izazvalo žalosno-srećni osmeh na njenim usnama. „Napunio je tri godine prošle subote." Odmah je skrenula pogled s moga lica na rub svoje šolje, koju okreće u rukama. „Njegov otac... on i ja nikad..." Dvaput je kucnula noktom o šolju i ponovo me pogledala. „Živimo samo Fin i ja. Na telefonu je bila moja majka. Ona čuva Fina dok traje snimanje filma. Pao je."

„Da li je dobro?"

„Jeste. Uganuo je ručni zglob. Doktor mu ga je uvio. Dobro je." Osmehuje se, ali oči joj se pune suzama. „Izvinite... Bože... Dobro je, ne znam zašto plačem."

„Zabrinuti ste", kažem posmatrajući je. „I zbog olakšanja."

„Da", kaže ona, iznenada veoma mlada i krhka. „I zbog krivice."

„Krivice?"

„Da", odgovorila je, ali ne širi priču dalje. Uzela je papirnu maramicu iz tašne i briše oči. „Sa vama je lako razgovarati. Podsećate me na moju baku."

„Zvuči kao da je divna žena."

Ursula se smeje. „Da." Šmrknula je u maramicu. „Bože, pogledajte me. Izvinite što sam to tako istovarila na vas, Grejs."

„Opet se izvinjavate. Insistiram da prekinete."

Čuju se koraci u hodniku. Ursula baca pogled ka vratima, briše nos. „Onda mi bar dozvolite da vam zahvalim. Što ste nas primili. Što ste razgovarali s Kirom. Što ste me saslušali."

„Uživala sam u tome", kažem, iznenađena što zapravo to i mislim. „Nemam mnogo poseta u poslednje vreme."

Vrata su se otvorila i ona je ustala. Nagla se i poljubila mc u obraz. „Uskoro ću opet doći", kaže i nežno mi steže ručni zglob.

I neobjašnjivo mi je drago.

Fotografija

Lepo je martovsko jutro. Karanfil pod mojim prozorom je u cvetu, ispunjava sobu slatkim, opojnim mirisom. Kad se nagnem preko prozorske daske i izvirim dole, u baštensku leju, vidim latice s kraja, blistave na suncu. Sledeći će biti cvet breskve, a onda jasmin. Svake godine isto: i nastaviće da bude isto godinama koje slede. Još dugo, kad ja više ne budem ovde da uživam u njima. Večno sveži, večno puni nade, uvek bezazleni.

Razmišljala sam o majci. O onoj fotografiji u albumu ledi Vajolet. Jer, znaš, ja sam je videla. Nekoliko meseci pošto ju je Hana pomenula onog letnjeg dana kod fontane.

Bio je septembar 1916. Gospodin Frederik je nasledio očevo imanje, ledi Vajolet (u besprekornoj predstavi etikecije) iselila se iz Rivertona i uselila u gradsku kuću u Londonu, a Hartfordove devojke su poslate na neodređeno vreme da joj pomognu da se smesti.

Bilo nas je malo u to vreme – Nensi je bila zauzetija u selu nego ikad, a Alfred, čije sam odsustvo toliko iščekivala, na kraju nije mogao da se vrati. Tad nas je to zbunilo: bio je u Britaniji, to je bilo izvesno, njegova pisma su nas uverila da nije ranjen, pa ipak je morao da provede odsustvo u vojnoj bolnici. Čak je i gospodin Hamilton bio nesiguran šta to znači. Razmišljao je dugo i pomno, sedeo u svojoj ostavi nad Alfredovim pismom, sve dok konačno nije izašao, protrljao oči ispod naočara i dao svečanu izjavu. Jedino objašnjenje je Alfredova umešanost u neku tajnu ratnu misiju o kojoj ne može da govori. To je zvučalo razumno, jer kako drugačije objasniti da je smešten u bolnicu čovek koji nije ranjen?

I tako je ta tema zatvorena. O tome više nije rečeno mnogo, a u ranu jesen 1916, dok je lišće opadalo i zemlja postajala sve tvrđa pripremajući se za mrazeve, obrela sam se u salonu Rivertona.

Očistila sam kamin, založila vatru i završavala brisanje prašine. Prešla sam krpom preko površine pisaćeg stola, pa po ivicama, a onda počela da brišem ručke na fiokama, da glancam mesing dok ne zasija. Bila je to redovna dužnost, koju sam ispunjavala svakog drugog jutra, neumitno kao što posle noći dolazi dan, i ne mogu reći šta je izdvajalo taj dan od ostalih. Zašto sam baš tog jutra, kad su mi prsti stigli do leve fioke, usporili, stali i odbili da nastave sa brisanjem. Kao da su pre mene uočili da mi je na rubu misli zatreperila tajna namera.

Sačekala sam trenutak, smetena, nesposobna da se pokrenem. I postala sam svesna zvukova oko sebe. Vetra napolju. Lišća što udara u prozorska okna. Sata na kaminu što istrajno otkucava sekunde. Svoga daha, ubrzanog od iščekivanja.

Drhtavim prstima sam počela da izvlačim fioku. Polako, pažljivo, istovremeno delujući i motreći na samu sebe. Fioka je izašla do polovine i malo se nagla, sadržaj je skliznuo napred.

Zastala sam. Oslušnula. Uverila se da sam i dalje sama. A onda sam zavirila unutra.

Ispod pribora za pisanje i para rukavica: album ledi Vajolet.

Nije bilo vremena za oklevanje, inkriminišuća fioka je već bila otvorena, srce mi je bubnjalo u ušima, pa sam izvadila album i položila ga na pod.

Prelistala sam stranice – fotografije, pozivnice, jelovnike, dnevničke zapise – prelazila pogledom po datumima: 1896, 1897, 1898...

I evo je: fotografija celog domaćinstva iz 1899, poznatog oblika ali drugačijih proporcija. Dva dugačka reda posluge ozbiljnih lica, a ispred njih, u prednjem redu, porodica. Lord i ledi Ešberi, major u uniformi, gospodin Frederik – svi mnogo mlađi i manje istrošeni – Džemajma i neka nepoznata žena za koju sam pomislila da mora biti Penelopi, pokojna supruga gospodina Frederika, obe s velikim stomakom. U jednom je bila Hana, shvatila sam, a u drugom jedan od onih zlosrećnih dečaka koje će krv jednoga dana izneveriti. Jedno usamljeno dete stajalo je na kraju reda, uz Dadilju Braun (i tada staru). Mali plavokosi dečak: Dejvid. Pun života i svetlosti; blaženo nesvestan budućnosti koja ga čeka.

Skrenula sam pogled s njegovog lica na zadnje redove. Gospodin Hamilton, gospođa Taunsend, Dadli…

Dah mi se presekao. Zurila sam u pogled mlade sobarice. Nije bilo greške. Ne zato što je ličila na majku – daleko od toga. Više zato što je ličila na mene. Kosa i oči su joj bile tamnije, ali sličnost je bila sablasna. Isti dug vrat, okrugla brada s rupicom, obrve izvijene tako da odaju utisak stalnog razmišljanja.

Međutim, ono što me je iznenadilo više od svega, mnogo više od naše sličnosti: majka se smešila. Oh, ne tako da ti odmah bude jasno. To nije bio smešak veselja ili društvenog pozdrava. Bio je lagan, tek malo više od treptaja mišića, lako bi se dao protumačiti igrom svetlosti za one koji je ne poznaju. Ali ja sam videla. Majka se smešila sebi. Smešila se kao neko ko ima tajnu…

… Izvinjavam se, Markuse, zbog prekida, ali imala sam neočekivanu posetu. Sedela sam, divila se karanfilima, pričala ti o majci, kad je neko pokucao na vrata. Očekivala sam Silviju, da dođe da mi priča o svome prijatelju ili da se žali na nekog od stanovnika doma, ali nije bila ona. Bila je to Ursula, rediteljka. Već sam ti je valjda pominjala, zar ne?

„Nadam se da vas ne uznemiravam“, kazala je.

„Ne“, odgovorila sam i odložila diktafon.

„Neću ostati dugo. Bila sam u susedstvu i bilo mi je glupo da se vratim u London a da ne svratim.

„Bili ste u kući.“

Klimnula je glavom. „Snimali smo jednu scenu u vrtu. Svetlost je bila savršena.“

Pitala sam je za scenu, radoznala da čujem koji su deo njihove priče danas rekonstruisali.

„Scena udvaranja“, kazala je, „romantična scena. Zapravo jedna od meni omiljenih.“ Pocrvenela je, odmahnula glavom tako da su joj se šiške zaljuljale kao zavesa. „Šašavo. Ja sam napisala te reči, znam ih kad su bile obična crna slova na belom papiru – precrtavala sam ih i ponovo pisala stotinu puta – pa ipak sam bila dirnuta kad sam ih danas čula izgovorene.“

„Vi ste romantični“, kazala sam.

„Pretpostavljam da jesam.“ Nakrivila je glavu u stranu. „Smešno, zar ne? Uopšte nisam znala pravog Robija Hantera; kreirala sam verziju njega, stvorila sam ga iz njegove poezije, iz onoga što su drugi ljudi pisali o njemu. Pa opet, nalazim da...“ Zastala je, podigavši obrve kao da ne odobrava sebi. „Bojim se da sam zaljubljena u lik koji sam sama stvorila.“

„A kakav je vaš Robi?“

„Strastven je. Kreativan. Odan.“ Naslonila je bradu na ruku dok je razmišljala. „Ali mislim da je ono čemu se najviše divim u njemu nada. Tako krhka nada. Ljudi kažu da je on bio pesnik razočaranja, ali nisam tako sigurna u to. Oduvek nalazim nešto pozitivno u njegovim pesmama. U tome kako je našao mogućnosti usred užasa koje je iskusio.“ Zavrtela je glavom, skupila oči ispunjene saosećanjem. „To je sigurno bilo neizrecivo teško. Osetljivi mladić bačen u tako razoran sukob. Pravo je čudo što je bilo ko od njih ikada smogao snage da nastavi sa životom, da krene odande gde je stao. Da ponovo voli.“

„Mene je nekad voleo jedan takav mladić“, kazala sam. „Otišao je u rat i razmenjivali smo pisma. Kroz ta pisma shvatila sam šta osećam prema njemu. I on prema meni.“

„Da li je bio promenjen kad se vratio?"

„O da", kazala sam meko. „Niko se nije vratio nepromenjen."

Glas joj je bio tako nežan. „Kad ste ga izgubili? Svoga muža?"

Za trenutak nisam razumela šta hoće da kaže. „O ne", rekla sam. „On nije bio moj muž. Alfred i ja se nikad nismo venčali."

„Oh, izvinite, mislila sam..." Pokazala je pokretom ruke ka venčanoj fotografiji na mom toaletnom stolu.

Odmahnula sam glavom. „To nije Alfred, to je Džon: Rutin otac. On i ja smo zasigurno bili venčani. Sam bog zna da nije trebalo."

Upitno je podigla obrve.

„Džon je sjajno plesao valcer i bio je izvanredan ljubavnik, ali ne i neki muž. Usuđujem se reći da ni ja nisam bila neka supruga. Znate, nikad nisam nameravala da se udajem. Uopšte nisam bila pripremljena."

Ursula je ustala, podigla fotografiju. Rasejano je prešla palcem po vrhu. „Bio je zgodan."

„Da", kazala sam. „U tome je valjda bila njegova privlačnost."

„Da li je i on bio arheolog?"

„Zaboga, ne. Džon je bio državni službenik."

„Oh", spustila je fotografiju. Okrenula se ka meni. „Mislila sam da ste se možda upoznali preko posla. Ili na univerzitetu."

Odmahnula sam glavom. Godine 1938, kad smo se Džon i ja upoznali, pozvala bih doktora da pregleda svakoga ko bi rekao da ću jednoga dana studirati na univerzitetu. Da ću postati arheolog. Radila sam u restoranu – *Lajons korner haus* u Strendu – služila beskonačne porcije pržene ribe beskonačnom nizu gostiju. Gospođi Hejver, koja je vodila to mesto, svidela se ideja da zaposli nekog ko je služio u kući. Rado je govorila svakome ko je hteo da sluša kako niko ne izglanca pribor za jelo kao devojke koje su bile kućne služavke.

„Džon i ja smo se upoznali slučajno", kazala sam. „U plesnom klubu."

Bila sam pristala, preko volje, da se nađem s jednom devojkom s posla, drugom konobaricom. Peti Everidž: ime koje nikad neću zaboraviti. Čudno. Nije mi ništa značila. Bila je samo neko sa kim sam radila, izbegavala sam je kad god sam mogla, mada je to bilo lakše reći nego učiniti. Ona je bila jedna od onih žena što nikako ne mogu da budu same. Nametljivica. Morala je da zna sve o svakome. Previše spremna da se u sve meša. Peti je sigurno bila uvrtela u glavu da se ne družim dovoljno, nisam se priključivala ostalim devojkama kad su ponedeljkom ujutru kvocale o tome kako su provele vikend, pa je počela da me poziva na ples i nije odustala sve dok nisam pristala da se nađem s njom u *Klubu Maršal* u petak uveče.

Uzdahnula sam. „Devojka s kojom je trebalo da se nađem nije se pojavila."

„Ali Džon jeste?", upitala je Ursula.

„Da", odgovorila sam i setila se zadimljenog vazduha, barske stolice u uglu na kojoj sam nelagodno sedela i prelazila pogledom po gomili tražeći Peti. Oh, bila je puna izgovora i izvinjenja kad sam je sledeći put videla, ali tad je već bilo prekasno. Šta je bilo, bilo je. „Srela sam Džona umesto nje."

„I zaljubili ste se?"

„Ostala sam u drugom stanju."

Ursula je podesila usta u oblik slova O, kao znak da je shvatila.

„Shvatila sam četiri meseca pošto smo se upoznali. Venčali smo se mesec dana kasnije. Tako se to onda radilo." Pomerila sam se tako da mi krsta budu oslonjena na jastuk. „Srećom po nas, umešao se rat pa smo bili pošteđeni lakrdije."

„Otišao je u rat?"

„Oboje smo otišli u rat. Džon je stupio u vojsku, a ja sam otišla da radim u poljskoj bolnici u Francuskoj."

Delovala je zbunjeno. „A Rut?"

„Ona je evakuisana kod jednog starijeg anglikanskog sveštenika i njegove supruge. Tamo je provela ratne godine."

„Sve?", kazala je Ursula, šokirana. „Kako ste to podneli?"

„Oh, posećivala sam je na odsustvu i redovno dobijala pisma: tračeve iz sela i besmislice s propovedaonice; prilično sumorne opise dece iz mesta."

Ona je zavrtela glavom, obrva skupljenih u izrazu zaprepašćenja. „Ne mogu da zamislim... Četiri godine daleko od svoga deteta."

Nisam znala kako da odgovorim, kako da objasnim. Kako se počinje priznanje da ti majčinstvo nije prirodno došlo? Da je Rut od početka izgledala kao strana osoba? Da nikad nisam osetila onu neizbežnu povezanost i privrženost o kojima su napisane knjige i skovani mitovi?

Pretpostavljam da sam bila potrošila saosećanje. Na Hanu, na ostale iz Rivertona. Oh, bilo mi je dobro s nepoznatim ljudima, mogla sam da ih negujem, da ih tešim, čak i da ih ispratim u smrt. Samo mi je bilo teško da dozvolim sebi da se sa nekim ponovo zbližim. Više sam volela neobavezna poznanstva. Bila sam beznadežno nepripremljena za emocionalne zahteve roditeljstva.

Ursula me je spasla obaveze da odgovorim. „Valjda zato što je bio rat", kazala je tužno. „Morale su se podneti žrtve." Uhvatila me je za ruku i stisnula je.

Nasmešila sam se, pokušala da se ne osećam loše. Pitala sam se šta bi pomislila kad bi znala da ne samo što nisam zažalila zbog svoje odluke da pošaljem Rut u evakuaciju nego da sam uživala u svome bekstvu. Da sam – posle deset godina plutanja kroz dosadne, zamorne poslove i šuplje veze, nesposobna da ostavim događaje u Rivertonu iza sebe – u ratu našla svoju svrhu.

„Dakle, posle rata ste odlučili da postanete arheolog?"

„Da", odgovorila sam, promuklim glasom. „Posle rata."

„Zašto arheologija?"

Odgovor na to pitanje je tako složen da sam mogla da kažem samo: „Imala sam viziju, doživela otkrovenje."

Ursula se oduševila. „Zaista? Za vreme rata?"

„Bilo je tako mnogo smrti. Tako mnogo razaranja. Sve je postalo nekako jasnije."

„Da", kazala je, „mogu da zamislim."

„Uhvatila sam sebe kako razmišljam o prolaznosti. Razmišljala sam o tome kako će jednoga dana ljudi zaboraviti na sve to što se dogodilo. Na taj rat, na te smrti, na to uništenje. Oh, neće za neko vreme, ali na kraju će izbledeti. Zauzeće svoje mesto među slojevima prošlosti. Divljaštvo i užase zameniće popularne predstave u mašti onih koji će tek doći."

Ursula je odmahnula glavom. „Teško mi je da to zamislim."

„Ali sigurno će se desiti. Punski ratovi u Kartagini, Peloponeski rat, bitka kod Artemizija. Sve je to svedeno na poglavlja u istorijskim knjigama." Zastala sam. Žestina me je zamorila, uzela mi je dah. Nisam naviknuta da tako brzo izgovaram toliko mnogo reči jednu za drugom. Glas mi je, kad govorim, pištav. „Postala sam opsednuta otkrivanjem prošlosti. Suočavanjem s prošlošću."

Ursula se osmehnula, a tamne oči su joj blistale. „Tačno znam šta pod tim podrazumevate. Zato i ja snimam istorijske filmove. Vi otkrivate prošlost, a ja pokušavam da je ponovo stvorim."

„Da", odvratila sam. Nisam o tome razmišljala na taj način.

Ursula je odmahnula glavom. „Ja vam se divim, Grejs. Mnogo ste postigli u životu."

„Vremenska iluzija", odgovorila sam sležući ramenima. „Dajte nekom više vremena pa će izgledati kao da je postigao više."

Nasmejala se. „Skromni ste. Sigurno nije bilo lako. Žena u pedesetim godinama života – majka – upušta se u tercijarno obrazovanje. Da li vas je muž podržavao?"

„Do tada sam već bila sama."

Razrogačila je oči. „Ali kako ste uspeli?"

„Dugo sam studirala vanredno. Rut je tada išla u školu, a imala sam i veoma dobru komšinicu, gospođu Finbar, koja je imala običaj da sedi sa njom uveče dok radim." Oklevala sam. „Imala sam sreće što su mi troškovi školarine bili pokriveni."

„Stipendijom?"

„U izvesnom smislu. Došla sam do nekog novca, neočekivano."

„Vaš muž", kazala je Ursula, obrva skupljenih u izrazu saučešća. „Poginuo je u ratu?"

„Ne“, odgovorila sam. „Ne, nije. Ali naš brak jeste.“

Pogled joj je još jednom odlutao do moje venčane fotografije.

„Razveli smo se kad se vratio u London. Do tada su se vremena promenila. Svi su mnogo videli i mnogo doživeli. Bilo mi je besmisleno ostati sa supružnikom za koga ne mariš. Preselio se u Ameriku, ubrzo je poginuo u saobraćajnoj nesreći.“

Zavrtela je glavom. „Žao mi je...“

„Ne treba da vam bude. Ne zbog mene. Davno je to bilo. Znate, jedva ga se i sećam. Tek poneka uspomena, više kao san. Ali Rut nedostaje. Nikada mi nije oprostila.“

„Volela bi da ste ostali zajedno.“

Klimnula sam glavom. Sam bog zna da je moj neuspeh da joj obezbedim očinsku figuru jedna od starih uvreda koje boje naš odnos.

Ursula je uzdahnula. „Pitam se hoće li se i Fin tako osećati jednog dana.“

„Vi i njegov otac...?“

Odmahnula je glavom. „Ne bi uspelo.“ Kazala je to tako odlučno da sam znala da je bolje da ne ispitujem dalje. „Finu i meni je ovako bolje.“

„Gde je on danas? Fin?“

„Ponovo ga čuva moja majka. Kad sam se poslednji put čula s njima, bili su u parku i krenuli da kupe sladoled.“ Okrenula je sat na ruci da vidi koliko je sati. „Gospode! Nisam znala da je tako kasno. Biće bolje da krenem, da je odmenim.“

„Sigurna sam da joj ne treba da je odmenite. To je nešto naročito, bake, deke i unuci. Mnogo jednostavnije.“

Pitam se da li je uvek tako. Mislim da možda jeste. Dete ti uzme deo srca da ga upotrebljava i zloupotrebljava kako mu se prohte, a sa unučetom je drugačije. Nema obaveza, krivice i odgovornosti koje opterećuju majčinski odnos. Njih je slobodno voleti.

Kad si se ti rodio, Markuse, to me je oborilo. Kakvo su divno iznenađenje bila ta osećanja. Iznenada su se probudili delovi mene koji su se zatvorili decenijama pre toga, za koje sam navikla da živim bez njih. Bio si moje blago. Prepoznala sam te. Volela sam te snagom koja je bila gotovo bolna.

Dok si rastao, postao si moj mali prijatelj. Išao si za mnom svuda po kući, zahtevao si sopstveni prostor u mojoj radnoj sobi i istraživao mape i crteže koje sam sakupila na svojim putovanjima. Pitanja, tako mnogo pitanja, na koja se nikad nisam umorila da odgovaram. I zaista, dopuštam sebi da zamišljam da sam ja zaslužna, bar delimično, za to kakav si fin, ostvaren čovek postao...

„Mora da su ovde negde“, kazala je Ursula tražeći po tašni ključeve od kola, spremajući se da pođe.

Najednom me je obuzeo impuls da je zadržim. „Imam unuka, znate. Markusa. On je pisac trilera.“

„Znam“, odgovorila je, smešeći se, i prestala da traži. „Čitala sam njegove knjige.“

„Zaista?“ Obradovala sam se, kao i uvek.

„Da“, kazala je. „Veoma su dobre.“

„Umete li da čuvate tajnu?“, upitala sam je.

Klimnula je glavom uzbuđeno, nagla se bliže.

„Ja ih nisam pročitala“, prošaptala sam. „Bar ne do kraja.“

Nasmejala se. „Obećavam da nikom neću reći.“

„Mnogo sam ponosna na njega i pokušala sam, stvarno jesam. Svaku sam počela čvrsto rešena, ali ma koliko da sam uživala u njima, stigla bih tek do polovine. Obožavam dobar krimić – Agatu Kristi i slične – ali bojim se da imam slab želudac. Nisu za mene oni krvavi opisi kakve pišu u današnje vreme.“

„A radili ste u poljskoj bolnici!“

„Da, možda baš zato; rat je jedno, ubistvo nešto sasvim drugo.“

„Možda njegova sledeća knjiga...“

„Možda“, kazala sam. „Mada ne znam kad će to biti.“

„Ne piše?“

„Nedavno je pretrpeo gubitak.“

„Čitala sam za njegovu ženu", rekla je Ursula. „Mnogo mi je žao. Aneurizma, zar ne?"

„Da. Strašno, iznenada."

Ursula je klimnula glavom. „Moj otac je tako umro. Imala sam četrnaest godina. Bila sam u školskom kampu." Uzdahnula je. „Nisu mi rekli dok se nisam vratila u školu. Posvađala sam se s njim pre nego što sam otišla. Oko nečeg bezveznog. Ne mogu čak ni da se setim oko čega. Zalupila sam vratima kola i nisam se ni osvrnula."

„Bili ste mladi. Svi mladi su takvi."

„I dalje svakoga dana mislim na njega." Čvrsto je zatvorila oči, a onda ih opet otvorila. Odagnala je uspomene. „A Markus? Kako je on?"

„On je to primio loše", kazala sam. „Krivi sebe."

Klimnula je glavom, nije delovala iznenađeno. Izgleda da razume krivicu i njene osobenosti.

„Ne znam gde je", kazala sam onda.

Ursula me je pogledala. „Kako to mislite?"

„Nema ga. Ni Rut ni ja ne znamo gde je. Odsutan je već skoro godinu dana."

Zbunila se. „Ali... da li je dobro? Jeste li se čuli s njim?" Očima je pokušala da pročita moje. „Telefonski poziv? Pismo?"

„Razglednice", odgovorila sam. „Poslao je nekoliko razglednica. Ali bez povratne adrese. Bojim se da ne želi da bude nađen."

„Oh, Grejs", kazala je gledajući me s toplinom. „Mnogo mi je žao."

„I meni", odgovorila sam. I tada sam joj rekla za trake. I koliko mi je potrebno da te nađem. I da je to jedino što mogu da smislim.

„To je savršeno", kazala je naglašeno. „Kuda ih šaljete?"

„Imam jednu adresu u Kaliforniji. Njegovog starog prijatelja. Šaljem ih tamo, ali hoće li ih primiti..."

„Kladim se da hoće", kazala je.

Bile su to samo reči, dobronamerna uveravanja, pa ipak, trebalo mi je da čujem više. „Mislite?“, kazala sam.

„Da“, rekla je ubeđeno, puna mladalačke sigurnosti. „Mislim. I znam da će se vratiti. Samo mu treba prostora i vremena da shvati da nije on kriv. Da ništa nije mogao da uradi da bi to promenio.“ Ustala je i nagla se nad moj krevet. Podigla je diktafon i nežno ga spustila na moje krilo. „Samo vi razgovarajte s njim, Grejs“, kazala je, a onda se nagla i poljubila me u obraz. „Doći će kući. Videćete.“

Eto tako. Zaboravila sam na svoj cilj. Pričam ti ono što već znaš. Čisto udovoljavanje sebi s moje strane: sam bog zna da nemam vremena za takva skretanja. Rat je proždirao bojišta Flandrije, major i lord Ešberi se još nisu bili ohladili u svojim grobovima, a tek su predstojale još dve godine pokolja. Toliko uništenja. Mladi muškarci iz najudaljenijih krajeva zemlje plesali su krvavi valcer sa smrću. Major, a onda, oktobra 1917, u bici kod Pašendala, Dejvid...

Ne. Nemam ni stomak a ni želju da ih oživljavam. Dovoljno je reći da se dogodilo. Umesto toga, vratićemo se u Riverton. Januar 1919. Rat je gotov i Hana i Emelin, koje su prethodne dve godine provele u Londonu, u gradskoj kući ledi Vajolet, upravo su stigle da žive sa svojim ocem. Međutim, promenile su se: odrasle su otkad smo poslednji put razgovarale. Hana ima osamnaest godina, samo što nije debitovala u društvu. Emelin ima četrnaest, ljulja se na granici sveta odraslih, koji jedva čeka da prigrli. Nema više nekadašnjih igara. Od Dejvidove smrti nema ni Igre. (Pravilo broj tri: može da igra samo troje. Ni više, ni manje.)

Jedna od prvih stvari koje je Hana uradila po povratku u Riverton bila je da uzme kutiju sa tavana. Videla sam je kad je to uradila, mada ona to nije znala. Pratila sam je i videla kako ju je pažljivo stavila u platnenu torbu i odnela do jezera.

Sakrila sam se na onom mestu gde se sužava staza između Ikarove fontane i jezera, i gledala je kako nosi torbu obalom, do stare kućice za čamce. Za trenutak je stajala, osvrnula se, a ja sam čučnula iza jednog žbuna pa me nije videla.

Otišla je do ivice nasipa, stajala leđima okrenuta grebenu, a onda postavila stopala tako da su joj prsti jednog doticali petu drugog. Tako je nastavila prema jezeru, izbrojala tri koraka pa stala.

Ponovila je to tri puta, a onda je kleknula na zemlju i otvorila torbu. Izvadila je mali ašov.

Kopala je. Isprva je bilo teško, zbog kamenčića na površini tla uz obalu, ali kad je stigla do zemlje, zahvatala je više. Nije stala dok gomila pored nje nije bila visoka pola metra.

Izvalila je kinesku kutiju iz torbe i položila je duboko u rupu. Samo što je htela da sipa zemlju odozgo, zastala je. Izvadila je kutiju, otvorila je i uzela iznutra jednu od sićušnih knjižica. Zatim je otvorila medaljon koji je nosila oko vrata i sakrila je u njega, pa vratila kutiju u rupu i zakopala je.

Onda sam je ostavila, tako samu kraj jezera; gospodin Hamilton će primetiti da me nema ako budem odsutna duže, a nije u raspoloženju za šalu. Dole rivertonska kuhinja kipti od uzbuđenja. U toku su pripreme za prvu svečanu večeru otkad je izbio rat, a gospodin Hamilton nas je uverio da su gosti te večeri veoma važni za budućnost Porodice.

I jesu bili važni. Samo što nismo mogli ni da zamislimo na koji način.

Bankari

„Bankari“, kazala je gospođa Taunsend znalački, prešavši pogledom s Nensi na gospodina Hamiltona i mene. Naslanjala se uz sto od borovine i mermernom oklagijom savlađivala otpor lopte lepljivog testa. Zaustavila se i izbrisala čelo, ostavljajući trag brašna na obrvama. „A uz to još i Amerikanci“, dodala je, ne obraćajući se nikome posebno.

„Hajte, gospođo Taunsend“, rekao je gospodin Hamilton ispitujući ima li mrlja na srebrnim posudama za so i biber. „Iako je tačno da je gospođa Lakston iz njujorške porodice Stivenson, mislim da ćete otkriti da je gospodin Lakston Englez koliko vi i ja. Potiče sa severa, po napisima u *Tajmsu.*“ Gospodin Hamilton je pogledao preko svojih dopola uramljenih naočara. „Čovek koji je uspeo svojim sposobnostima, znate.“

Gospođa Taunsend je frknula. „Svojim sposobnostima... stvarno. Nije mu naškodilo da se oženi bogatstvom *njene* porodice.“

„Iako se gospodin Lakston oženio ženom iz bogate porodice“, rekao je gospodin Hamilton kruto, „svakako je i sam doprineo da uveća to bogatstvo. Bankarstvo je komplikovan biznis: treba znati kome da pozajmiš, a kome ne. Ne kažem da ne vole da pokupe kajmak, ali u tome i jeste njihov biznis.“

Gospođa Taunsend je huknula.

„Samo se nadajmo da će zaključiti da treba pozajmiti gospodaru ono što mu je potrebno“, kazala je Nensi. „Malo novca bi ovde bila dobrodošla promena, ako mene pitate.“

Gospodin Hamilton se ispravio i prostrelio me strogim pogledom, mada nisam ja to rekla. Kako je rat trajao i Nensi provodila sve više vremena radeći napolju, van kuće, i ona se promenila. U poslu je ostala delotvorna kao i uvek, ali kad smo sedeli za stolom posluge i razgovarali o svetu, bila je spremnija da izrazi suprotstavljeno mišljenje, da dovodi u pitanje stanje stvari. S druge strane, ja nisam bila korumpirana spoljašnjim silama, pa je – po načelu da je bolje odreći se jedne izgubljene ovce nego izgubiti celo stado – gospodin Hamilton odlučio da me drži na oku. „Iznenađuješ me, Nensi“, rekao je gledajući u mene. „Znaš da gospodarevi poslovi nisu tvoja stvar.“

„Izvinite, gospodine Hamiltone“, kazala je Nensi, glasom bez kajanja. „Ali znam samo da, otkad je došao u Riverton, gospodin Frederik zatvara sobe brže nego što mogu da pratim. Da ne pominjem prodati nameštaj iz zapadnog krila. Sekreter od mahagonija, krevet s četiri stuba, koji je pripadao ledi Ešberi.“ Značajno me je pogledala preko predmeta koji je glancala. „Dadli kaže da će i većina konja otići.“

„Njegovo gospodstvo je jednostavno razborito“, rekao je gospodin Hamilton okrenuvši se ka Nensi da bolje argumentuje svoju tezu. „Zapadne sobe su zatvorene zato što je njihovo čišćenje, sad kad ti radiš na železnici, a Alfred je odsutan, previše posla za mladu Grejs, da ga obavlja sama. Što se tiče štala, a šta će njegovom gospodstvu toliko konja uz sva njegova motorna kola?“

Izgovoreno pitanje ostalo je da lebdi u hladnom zimskom vazduhu. Skinuo je naočari, dunuo u stakla i izbrisao ih teatralno trijumfalno.

„Ako već moraš da znaš“, rekao je, završivši brisanje kao da je na sceni i vrativši naočari na nos, „štale će biti preuređene u potpuno novu garažu. Najveću u celom okrugu.“

Nensi se zbunila. „Svejedno", kazala je, spuštajući glas, „čula sam kako se priča u selu..."

„Gluposti", odvratio je gospodin Hamilton.

„Šta se priča?", kazala je gospođa Taunsend, čije su se grudi nadimale sa svakim valjanjem oklagije. „Nešto o gospodarevom poslu?"

Na stepeništu se uskomešala neka senka i na svetlost je stupila vitka, sredovečna žena.

„Gospođice Starling...", zamucao je gospodin Hamilton. „Nisam vas video. Izvolite, uđite, Grejs će vam spremiti šolju čaja." Okrenuo se ka meni, usana stisnutih kao zatvarač novčanika za sitninu. „Hajde, Grejs", rekao je i pokazao pokretom ruke ka šporetu. „Šolju čaja za gospođicu Starling."

Gospođica Starling se nakašljala pre no što je zakoračila od stepeništa. Prišla je, na vrhovima prstiju, najbližoj stolici, s malom kožnom torbom ispod pegave ruke.

Lusi Starling je bila sekretarica gospodina Frederika, najpre zaposlena u njegovoj fabrici u Ipsviču. Kad se rat završio i porodica se preselila za stalno u Riverton, počela je da dolazi iz sela dvaput nedeljno da radi u radnoj sobi gospodina Frederika.

Gospođica Starling je izgubila verenika na Ipru i nosila je oplakivanje, kao i odeću, istrajno obično, pa je njena žalost bila suviše razborita da bi izazivala veliko saučešće. Nensi, koja se razumela u te stvari, govorila je kako je šteta što je izgubila muškarca spremnog da se oženi njome jer munja ne udara dvaput na isto mesto, a s takvim izgledom i u tim godinama gotovo je izvesno da će završiti kao stara devojka. Štaviše – dodala je Nensi mudro – treba da obratimo naročitu pažnju na to da gore ništa ne nestane, jer se gospođica Starling jamačno neće zadržati ovde do starosti.

Nensi nije bila jedina kod koje je gospođica Starling budila podozrenje. Dolazak ove tihe, skromne i, po svemu sudeći, savesne žene, uskomešao je poslugu toliko da je to danas nezamislivo.

Tu nesigurnost izazvao je njen položaj. Nije u redu, govorila je gospođa Taunsend, da mlada žena srednje klase slobodno boravi u glavnoj kući, sedi u gospodarevoj dnevnoj sobi i šetka se okolo sva važna i nagizdana, u neskladu da svojim položajem. I mada se za gospođicu Starling, s mišjesmeđom kosom i odećom domaće izrade nije baš moglo reći da je važna i nagizdana, shvatala sam šta muči gospođu Taunsend. Crta između njih gore i nas dole nekad je bila jasno zacrtana, ali s dolaskom gospođice Starling stare izvesnosti su počele da se menjaju.

Neko vreme nije bila jedna od njih, niti je bila jedna od nas.

Njeno prisustvo u odajama za poslugu toga dana izazvalo je rumeni sjaj na obrazima gospodina Hamiltona i nervoznu živost njegovih prstiju, koji su se bavili reverima. Neobično pitanje njenog položaja gospodina Hamiltona je naročito zbunjivalo, jer je u toj jadnoj ženi koja ništa nije sumnjala video neprijatelja. Iako je, kao batler, bio stariji sluga, odgovoran za nadgledanje vođenja cele kuće, ona je, kao lična sekretarica, bila upućena u svetlucave tajne stanja porodičnih poslova.

Gospodin Hamilton je izvadio svoj zlatni sat iz džepa i izveo čitavu predstavu upoređivanja sa zidnim časovnikom. Taj sat je bio poklon od bivšeg lorda Ešberija i gospodin Hamilton se neizmerno ponosio njime. Nikad nije izneverio da mu donese mir, da mu pomogne da sačuva autoritet u slučajevima stresa i muke. Prešao je bledim, postojanim palcem preko njegovog lica. „Gde je Alfred?“, rekao je konačno.

„Postavlja sto, gospodine Hamiltone“, kazala sam, sa olakšanjem što je napeti balon tišine najzad probijen.

„Još uvek?“ Gospodin Hamilton je naglo zatvorio sat pošto je njegova nervoza našla nešto na šta će se usredsrediti. „Prošlo je skoro četvrt sata otkad sam ga poslao s čašama za brendi. E pa stvarno. Taj momak. Voleo bih da znam čemu su ga učili u vojsci. Otkad se vratio, neodgovoran je i lakomislen kao perce.“

Trgla sam se kao da je kritika upućena meni.

Gospođica Starling se nakašljala i rekla, glasom prožetim pažljivom artikulacijom: „To se zove, mislim, ’granatni šok’, kontuzija.“ Bojažljivo je prešla pogledom po prostoriji i svi su zaćutali. „Barem sam tako čitala. Mnogi borci su se vratili u tom stanju. Ne treba biti prestrog prema Alfredu."

Ruka mi se omakla i listići crnog čaja su se prosuli po stolu od borovine u kuhinji.

Gospođa Taunsend je spustila oklagiju i gurnula rukave preko lakata. Krv joj je pojurila u obraze. „Sad me dobro slušajte", kazala je s nekompetentnim autoritetom policajaca i majki. „Neću da čujem da se tako priča u mojoj kuhinji. Alfredu ne fali ništa što ne može da sredi nekoliko mojih večera."

„Naravno da mu ne fali ništa, gospođo Taunsend", kazala sam i pogledala gospođicu Starling. „Alfred će biti zdrav i prav čim bude malo na vašoj domaćoj kuhinji."

„Nisu, naravno, ni blizu mojih nekadašnjih večera, posle onih podmornica i nestašica." Gospođa Taunsend je pogledala u gospođicu Starling i glas joj je malo zadrhtao. „Ali znam šta voli mladi Alfred."

„Naravno", kazala je gospođica Starling, a izdajničke pegice su se pokazale kad su joj obrazi pobledeli. „Nisam htela da kažem ništa..." Usta su joj zanemela jer nije mogla da nađe prave reči, pa su joj se usne izvile u slabašan smešak. „Vi, naravno, najbolje znate Alfreda."

Kad se rat završio i kad su se gospodin Frederik i devojke naselili za stalno u Rivertonu, Hana i Emelin su izabrale dve sobe u istočnom krilu kuće. Sad su bile stanovnice, a ne više gošće, pa je i red, kazala je Nensi, da zauzmu nove sobe kako bi to i pokazale. Emelinina soba gledala je na fontanu Erosa i Psihe na prednjem travnjaku, dok je Hana više volela manju sobu, s pogledom na ružičnjak i jezero iza kuće. Te dve sobe bile su spojene malom dnevnom sobom, koju su uvek pominjali kao burgundsku sobu, mada nikad nisam mogla da dokučim zašto jer su joj zidovi bili svetloplavi kao pačje jaje, a zavese u plavim i ružičastim nijansama na sitne poljske cvetove.

Burgundska soba posedovala je malo dokaza o nedavnoj ponovnoj naseljenosti, zadržala je obeležja prethodnog stanara koji je nadgledao njeno prvobitno uređenje. Bila je udobno nameštena, s ružičastim divanom ispod jednog prozora i pisaćim stolom od orahovine ispod drugog. Jedna fotelja je dostojanstveno stajala kraj vrata u hodnik. Na stočiću od mahagonija nalazio se blistavi novi gramofon. Sama ta novotarija kao da je izazvala razboriti stari nameštaj da porumeni.

Dok sam koračala polumračnim hodnikom, tužni tonovi poznate pesme prolazili su ispod zatvorenih vrata i mešali se sa hladnim, ustajalim vazduhom uz zidnu oplatu. *Da si jedina devojka na svetu, a ja jedini momak...*

Bila je to trenutno omiljena Emelinina pesma i neprestano se vrtela otkad su stigle iz Londona. I mi smo je svi pevali u odajama za poslugu. Čak smo čuli i kako je gospodin Hamilton zvižduće za sebe u svojoj ostavi.

Pokucala sam jednom i ušla, prešla preko nekad dičnog tepiha i počela da sređujem hrpu svile i satena na fotelji. Bilo mi je drago što sam imala šta da radim. Iako sam, otkad su otišle, čeznula da se devojke vrate, u međuvremenu od dve godine bliskost koju sam osećala kad sam ih poslednji put služila isparila je. Dogodila se tiha revolucija i dve devojčice u keceljama i s pletenicama postale su mlade žene. Ponovo sam se stidljivo ustezala pred njima.

A bilo je tu još nečega, nečeg nejasnog i uznemiravajućeg. Sad ih više nije bilo troje, nego samo njih dve. Dejvidovom smrću raspao se trougao i obuhvaćeni prostor sad je bio otvoren. Dva temena su nepouzdana: pošto nema ničeg da ih usidri, ništa ne može ni da ih spreči da se kreću u suprotnim pravcima. Ako ih vezuje neka uzica, na kraju će se prekinuti i temena će se razdvojiti; ako je veza elastična, nastaviće da se razdvajaju i udaljavaju sve dok zategnutost ne dostigne granicu i ne povuče ih nazad takvom brzinom da ne mogu izbeći sudar razorne snage.

Hana je ležala na divanu, s knjigom u ruci, blago se mršteći u nastojanju da se skoncentriše. Slobodnom rukom je pokrila jedno uvo u uzaludnom pokušaju da blokira pucketavu grozničavost ploče.

Knjiga je bila novi Džejms Džojs: *Portret umetnika u mladosti*. Mogla sam da odredim već po hrbatu, mada nisam morala ni da gledam. Bila je zadubljena u nju otkad su stigle.

Emelin je stajala nasred prostorije, pred velikim ogledalom koje je dovukla iz jedne od spavaćih soba. Prislanjala je uza se haljinu koju još nisam videla: od ružičastog tafta, obrubljenu karnerom. Još jedan poklon od bake, nagađala sam, kupljen u sumornom uverenju da će, zbog trenutne nestašice muškaraca za brak, sve osim najprivlačnijih udavača biti suvišne.

Poslednji treptaji zimskog sunca prošli su kroz francuski prozor i ljupko lebdeli, pa duge Emelinine uvojke pretvorili u zlato i spustili se, iznemogli, u nizovima bledih kvadratića kraj njenih nogu. Emelin, koja nije primećivala takve prefinjene nijanse, njihala se napred-nazad, a ružičasti taft je šuštao dok je pevušila uz ploču lepim glasom, obojenim čežnjom njegove vlasnice za romansom. Kad je poslednja nota iščilela zajedno s poslednjom sunčevom svetlošću, ploča je nastavila da se vrti i poskakuje ispod igle. Emelin je bacila haljinu na praznu fotelju i zavrtela se po sobi. Podigla je iglu gramofona i vratila je na rub ploče.

Hana je podigla pogled s knjige. Njena duga kosa je nestala u Londonu – zajedno sa svim ostalim tragovima detinjstva – i sad joj je, u mekim, zlatnim talasima, dopirala do lopatica. „Nemoj opet, Emelin“, kazala je i namrštila se. „Pusti nešto drugo. *Bilo šta drugo*.“

„Ali ova mi je omiljena.“

„Ove nedelje“, rekla je Hana.

Emelin se teatralno nadurila. „Šta misliš, kako bi se jadni Stiven osećao kad bi znao da nećeš da slušaš njegovu ploču? To je poklon. Možeš bar da uživaš u njemu.“

„Sasvim dovoljno smo uživale", odvratila je Hana. A onda je primetila mene. „Zar se ne slažeš sa mnom, Grejs?"

Poklonila sam se i osetila kako sam pocrvenela, ne znajući šta da odgovorim. Izbegla sam paleći petrolejku.

„Da ja imam obožavaoca kao što je Stiven Hardkasl", kazala je Emelin sanjalački, „slušala bih njegovu ploču svakoga dana po sto puta."

„Stiven Hardkasl nije obožavalac", kazala je Hana, kao da ju je već sama ta tvrdnja zaprepastila. „Znamo ga oduvek. On je drugar. Kumče ledi Klem."

„Kumče ili ne, mislim da nije svakodnevno dolazio u Kensington plejs, dok je bio na odsustvu, iz morbidne želje da sluša o najnovijim bolestima ledi Klem. Zar ne?"

Hana se malo nakostrešila. „Otkud ja znam? Veoma su bliski."

„O, Hana", rekla je Emelin. „Iako toliko čitaš, ponekad umeš da budeš tako priglupa. Čak je i *Fani* primetila." Navila je ručicu gramofona i spustila iglu na ploču, koja je ponovo počela da se okreće. Kad je sentimentalna muzika navrla, okrenula se i rekla: „Stiven se nadao da ćeš mu dati *obećanje*."

Hana je presavila ugao stranice do koje je stigla, a onda ga podigla i prešla prstom preko linije prevoja.

„Ma znaš", kazala je Emelin uzbuđeno. „Obećanje da ćeš se udati za njega."

Zadržala sam dah; tad sam prvi put čula da je Hanu neko zaprosio.

„Nisam idiot", odgovorila je Hana, pogleda i dalje uprtog u trouglasto uvo ispod svog prsta. „Znam šta je hteo."

„Pa zašto onda nisi...?"

„Nisam htela da obećavam nešto što ne mogu ispuniti", odgovorila je Hana brzo.

„Umeš da budeš tako dosadna i staromodna. Kako bi ti naškodilo da se smeješ njegovim šalama, da ga pustiš da ti šapće slatke reči na uvo? Ti si ta koja je stalno drobila o tome kako moramo da doprinesemo ratnim naporima. Da nisi tako tvrdoglava, mogla si mu podariti divnu uspomenu da je ponese sa sobom na front."

Hana je položila platneni obeleživač preko stranice i spustila knjigu pored sebe na divan. „A šta bih radila kad se vrati? Kazala bih mu da nisam tako mislila?"

Emelinina ubeđenost se za trenutak pokolebala, a onda se povratila. „Ali stvar je u tome", kazala je, „što se Stiven Hardkasl nije vratio."

„Ipak bi mogao da se vrati."

Sad je na Emelin došao red da slegne ramenima. „Sve je moguće, pretpostavljam. Ali ako se i vrati, mislim da će biti previše obuzet time što je imao sreće da bi brinuo za tebe."

Zavladala je svojeglava tišina. Činilo se da je i sama soba zauzela strane: zidovi i zavese su se povukli u Hanin ugao, a gramofon je pružao poniznu podršku Emelin.

Emelin je prebacila svoj dugi konjski rep sa uvojcima preko jednog ramena i prstima ispitivala krajeve kose. Podigla je četku za kosu s poda ispod ogledala i počela da se češlja u dugim, ravnomernim potezima. Četka je upadljivo šuštala. Hana ju je za trenutak posmatrala, sa izrazom lica koji nisam mogla da protumačim – možda razdraženo, ili s nevericom – a onda se vratila Džojsu.

Podigla sam s fotelje haljinu od ružičastog tafta. „Hoćete li ovu obući večeras, gospođice?", kazala sam tiho.

Emelin se trgla. „Oh! Ne smeš da se tako prikradaš. Nasmrt si me prepala."

„Izvinite, gospođice." Osetila sam kako mi obrazi postaju vreli i kako me peckaju. Pogledala sam u Hanu, koja je izgledala kao da nije čula. „Hoćete li ovu haljinu, gospođice?"

„Da, tu." Emelin je blago grickala donju usnu. „Barem mislim da hoću." Razmatrala je haljinu, pružila ruku i razbarušila karner na rubu. „Hana, šta ti misliš, koju? Plavu ili ružičastu?"

„Plavu."

„Stvarno?“ Emelin se okrenula prema Hani, iznenađena. „Mislila sam ružičastu.“

„Onda ružičastu.“

„Nisi čak ni pogledala.“

Hana je preko volje podigla pogled. „Bilo koju. Nijednu.“ Razdraženi uzdah. „Obe su lepe.“

Emelin je zlovoljno uzdahnula. „Donesi plavu haljinu. Moram da pogledam još jednom.“

Poklonila sam se i nestala iza ugla, u spavaću sobu. Kad sam stigla do ormara, čula sam Emelin kako kaže: „Važno je, Hana. Večeras je moja prva prava svečana večera i želim da izgledam prefinjeno. Trebalo bi i ti tako da izgledaš. Lakstonovi su Amerikanci.“

„Pa?“

„Nećeš valjda da misle da smo proste.“

„Nije me mnogo briga šta će misliti.“

„Trebalo bi da te bude briga. Oni su veoma važni za tatin posao.“ Emelin je spustila glas i ja sam morala da stojim vrlo mirno, obraza primaknutog uz haljine, da bih razabrala šta govori. „Čula sam kako tata razgovara s bakom...“

„Bolje reći prisluškivala“, kazala je Hana. „A baka misli da sam ja ona nevaljala!“

„Dobro onda“, rekla je Emelin, i u glasu sam joj čula nehajno sleganje ramenima. „Zadržaću to za sebe.“

„Ne bi mogla i kad bi pokušala. Na licu ti vidim da pucaš od želje da mi kažeš šta si čula.“

Emelin je zastala za trenutak, naslađujući se svojim ilegalnim sredstvima. „Oh... u redu“, kazala je uzbuđeno, „reći ću ti ako navaljuješ.“ Nakašljala se važno. „Sve je počelo bakinom izjavom kako je rat doneo tragediju u ovu porodicu. Da su Nemci oteli lozi Ešberija njenu budućnost i da bi se deda prevrtao u grobu kad bi znao kakvo je stanje stvari. Tata je pokušao da joj kaže da nije baš tako strašno, ali baka nije htela ni da čuje. Kazala je da je dovoljno stara da jasno sagledava stvari i kako drugačije da opiše situaciju nego kao očajnu kad je tata poslednji u lozi i nema naslednika? Baka je rekla da je šteta što tata nije postupio kako treba i venčao se s Fani dok je imao priliku za to!

Tata je onda postao nabusit i rekao da, iako je izgubio naslednika, i dalje ima svoju fabriku i da baka može prestati da brine jer će se on postarati za sve. Ali baka nije prestala da brine. Kazala je da banka počinje da postavlja pitanja.

Onda je tata malo ćutao, pa sam *ja* počela da brinem jer sam mislila da je ustao i pošao prema vratima, i da ću biti otkrivena. Umalo se nisam nasmejala od olakšanja kad je ponovo progovorio i kad sam čula da je još u svojoj fotelji."

„Da, da, i šta je rekao?"

Emelin je nastavila, u obazrivo optimističnom maniru glumca koji se bliži kraju komplikovanog pasusa. „Tata je rekao da je istina da je situacija bila malo zategnuta za vreme rata, ali da je sad odustao od aviona i da se vratio na proizvodnju motornih kola. I da će *prokleta* banka – to su njegove reči, ne moje – da će *prokleta* banka dobiti svoj novac. Rekao je da je u svome klubu upoznao nekog čoveka. Finansijera. Taj tip, gospodin Simion Lakston, ima veze u biznisu *i* u vladi, rekao je tata." Emelin je trijumfalno uzdahnula kad je uspešno okončala monolog. „I to je bio kraj, ili skoro kraj. Tata je zvučao postiđeno kad je baka pomenula banku. Tad sam, na licu mesta, odlučila da učinim sve što mogu kako bih mu pomogla da ostavi dobar utisak na gospodina Lakstona, pa da pomogne tati u poslu."

„Nisam znala da te to toliko interesuje."

„Naravno da me interesuje", kazala je Emelin uštogljeno. „I ne treba da se ljutiš na mene zato što ovoga puta znam više nego ti."

Pauza, a onda Hana: „Nije valjda da tvoja iznenadna, žarka odanost tatinom biznisu ima neke veze s onim momkom, sinom, čiju je fotografiju u novinama Fani zaneseno gledala?"

„S *Teodorom* Lakstonom? Hoće li i on biti na večeri? Nisam imala pojma", kazala je Emelin, ali osmeh joj se prišunjao na lice.

„Previše si mlada. On ima najmanje trideset godina."

„Imam skoro petnaest, i svi kažu da izgledam zrelo za svoje godine."

Hana je zakolutala očima.

„Nisam suviše mlada da se zaljubim, znaš", kazala je Emelin. „Julija je imala samo četrnaest."

„I vidiš šta se s njom desilo."

„To je bio samo nesporazum. Da su se ona i Romeo venčali i da su njihovi roditelji prestali da im prave probleme, sigurna sam da bi živeli srećno do kraja života." Uzdahnula je. „Jedva čekam da se udam."

„Brak nije samo imati zgodnog muža s kojim ćeš plesati", kazala je Hana. „Brak je mnogo više od toga."

Gramofon je prestao da svira, ali ploča se još okretala ispod igle.

„Kao na primer šta?"

Uz hladnu svilu Emelininih haljina, moj obraz se užario.

„Privatne stvari", odgovorila je Hana. „*Intimnosti.*"

„Oh", kazala je Emelin, gotovo nečujno. „*Intimnosti.* Jadna Fani."

Onda je nastala tišina u kojoj smo sve tri zamišljale nevolje jadne Fani. Tek udata i uhvaćena u zamku, na medenom mesecu, s Nepoznatim Muškarcem.

„Hana", kazala je Emelin. „Šta su *tačno* te intimnosti?"

„Ja... Pa... To su izrazi ljubavi", kazala je Hana bezbrižno. „Prilično prijatni, mislim, s muškarcem u kog si strasno zaljubljena; nezamislivo odvratni sa svakim drugim."

„Da, da. Ali šta je to? Šta *tačno*?"

Ponovo tišina.

„Ni ti ne znaš", rekla je Emelin. „Vidim ti na licu."

„Pa ne tačno..."

„Pitaću Fani kad se vrati", rekla je Emelin. „Do tada će valjda znati."

Prešla sam vrhovima prstiju po redu lepih tkanina u Emelininom ormaru, tražeći plavu haljinu, pitajući se da li ono što je Hana rekla tačno. Setila sam se onoga kako je Alfred nekoliko puta stajao blizu mene u odajama za poslugu, onog neobičnog ali ne i neprijatnog osećanja koje me je tad obuzelo...

„Bilo kako bilo, nisam rekla da želim da se udam *odmah.*" To je bila Emelin. „Samo sam htela da kažem da je Teodor Lakston veoma zgodan."

„Misliš veoma bogat", kazala je Hana.

„Što je jedno te isto, zaista."

„Stvarno imaš sreće što je tata odlučio da ti dozvoli da uopšte večeraš sa nama", kazala je Hana. „Meni ne bi dozvolili kad sam imala četrnaest godina."

„Skoro petnaest."

„Pretpostavljam da je morao da nekako popuni broj."

„Da. Hvala bogu što je Fani pristala da se uda za onog strašnog gnjavatora, i hvala bogu što je on odlučio da idu na bračno putovanje u Italiju. Da su kod kuće, sigurna sam da bi me ostavio da večeram s Dadiljom Braun u dečjoj sobi."

„Ja bih uvek radije bila u društvu s Dadiljom Braun nego s tim tatinim Amerikancima."

„Koješta", odvratila je Emelin.

„Bila bih sasvim zadovoljna da čitam svoju knjigu."

„Lažljivice", rekla je Emelin. „Izdvojila si satensku haljinu boje slonovače, onu za koju je Fani uporno zahtevala da je ne obučeš kad smo upoznale njenog starog gnjavatora. Ne bi obukla tu haljinu da nisi uzbuđena isto koliko i ja."

Nastupila je tišina.

„Ha!", kazala je Emelin. „U pravu sam! Smeješ se!"

„U redu, jedva čekam", rekla je Hana. „Ali ne zato", brzo je dodala, „što želim da o meni imaju dobro mišljenje neki bogati Amerikanci koje nikad nisam videla."

„Oh, ne?"

„Ne."

Zaškripale su daske patosa kad je jedna od njih dve prošla kroz sobu, i zaustavljen je zapostavljeni gramofon na kojem se i dalje bila vrtela ploča.

„Dakle?" Ovo je bila Emelin. „Sigurno nisi uzbuđena zbog večere od sledovanja koju je spremila gospođa Taunsend."

Nastala je pauza i ja sam se držala vrlo mirno, čekala i osluškivala. Hanin glas, kad je konačno progovorila, bio je miran ali s tankom niti uzbuđenja. „Večeras", kazala je, „večeras ću pitati tatu mogu li da se vratim u London."

Duboko u ormaru, dah mi se presekao. Tek što su bili stigli; bilo je nezamislivo da Hana ponovo ode tako brzo.

„Kod bake?", upitala je Emelin.

„Ne. Da živim sama. U stanu."

„U *stanu*? Zašto bi, za ime sveta, želela da živiš u stanu?"

„Smejaćeš se… Želim da radim u nekoj kancelariji."

Emelin se nije smejala. „Kakav posao?"

„Kancelarijski posao. Kucanje, zavođenje dokumenata, stenografiju."

„Ali ti ne znaš steno…" Emelin je zaćutala pa uzdahnula shvativši. „*Znaš* stenografiju. Oni papiri koje sam našla prošle nedelje – nisu zaista bili egipatski hijeroglifi…"

„Nisu."

„Učila si stenografiju. Tajno." Emelinin glas je poprimio ton ljutnje. „Od gospođice Prins?"

„Gospode, ne. Da gospođica Prins podučava nečemu tako korisnom? Nikad."

„Pa gde onda?"

„U školi za sekretarice, u selu."

„Kada?"

„Počela sam davno, odmah pošto je izbio rat. Osećala sam se tako beskorisno i činilo mi se da je i to dobar način, kao i svaki drugi, da pomognem u ratnim naporima. Mislila sam da ću, kad odemo da živimo s bakom, moći da nađem posao

– ima mnogo kancelarija u Londonu – ali... nije išlo lako. Kad sam konačno umakla baki dovoljno dugo da se raspitam, nisu me primili. Kazali su da sam suviše mlada. Ali sad kad mi je osamnaest godina, treba da nađem posao. Mnogo sam vežbala i zaista imam veliku brzinu."

„Ko još zna za to?"

„Niko. Osim tebe."

Zaklonjena haljinama, dok je Hana nastavila da izlaže prednosti svoje obuke, ja sam nešto izgubila. Nestalo je jedno malo samopouzdanje, dugo negovano. Osetila sam kako je iskliznulo, odlebdelo među svilu i saten, sve dok nije sletelo među čestice ćutljive prašine na podu tamnog ormara, i više ga nisam videla.

„Pa?", rekla je Hana. „Zar ne misliš da je to uzbudljivo?"

Emelin je huknula. „Mislim da je prepredeno. Eto šta mislim. I blesavo. A tako će misliti i tata. Raditi u ratu je jedno, ali ovo... Ovi je *smešno*, i slobodno možeš da izbiješ to sebi iz glave. Tata ti nikada neće dozvoliti."

„Zato ću mu i reći za večerom. To je savršena prilika. Moraće da kaže 'da' ako su prisutni i drugi ljudi. A naročito Amerikanci s onim njihovim modernim idejama."

„Ne verujem da bi čak i ti to uradila." Emelinin glas je postajao sve bešnji.

„Ne znam zašto si se toliko uzrujala."

„Zato što... nije... ne..." Emelin je tražila odgovarajuću odbranu. „Zato što večeras treba da budeš domaćica, a ti ćeš, umesto da se staraš o tome da sve prođe glatko, ti ćeš da osramotiš tatu. Napravićeš scenu pred Lakstonovima."

„Neću napraviti scenu."

„Uvek to kažeš i uvek je napraviš. Zašto jednostavno ne možeš da budeš..."

„Normalna?"

„Potpuno si poludela. Ko želi da radi u kancelariji?"

„Želim da vidim sveta. Da putujem."

„U London?“

„To je prvi korak“, kazala je Hana. „Želim da budem samostalna. Da upoznam zanimljive ljude.“

„Misliš zanimljivije od mene.“

„Ne budi šašava“, odvratila je Hana. „Mislim da nove ljude koji imaju šta pametno da kažu. Nešto što nisam već čula. Želim da budem slobodna, Emelin. Spremna za avanture, da dođu i obore me s nogu.“

Pogledala sam na zidni sat u Emelininoj sobi. Četiri sata. Gospodin Hamilton će se razbesneti ako uskoro ne siđem dole. A opet, morala sam da čujem više, da saznam kakve to tačno avanture Hana ima u vidu. Razdirana, odlučila sam se za kompromis. Zatvorila sam ormar, prebacila plavu haljinu preko ruke i oklevala kod vrata.

Emelin je i dalje sedela na podu, s četkom u ruci. „Zašto ne odeš da boraviš kod nekih tatinih prijatelja? I ja bih mogla da pođem“, kazala je. „Kod Rotermirovih, gore u Edinburg…“

„I da ledi Rotermir prati svaki moj korak? Ili još gore, da mi natovari one svoje grozne kćeri?“ Hanino lice bilo je slika i prilika prezira. „Teško da je to nezavisnost.“

„Nije ni rad u kancelariji.“

„Možda nije, ali trebaće mi novca odnekud. Neću valjda da prosim ili da kradem, a ne znam nikoga od kog bih mogla da ga pozajmim.“

„A tata?“

„Čula si baku. Neki ljudi su možda zaradili u ratu, ali tata nije među njima.“

„E pa, ja mislim da je to užasna ideja“, kazala je Emelin. „To… to jednostavno nije prikladno. Tata to nikad ne bi dozvolio… a baka…“ Emelin je duboko udahnula, pa je izdahnula sav vazduh tako da su joj se ramena spustila. Kad je ponovo progovorila, glas joj je bio mlad i slab. „Ne želim da me ostaviš.“ Potražila je pogledom Hanine oči. „Prvo Dejvid, a sad i ti.“

Bratovo ime je delovalo na Hanu kao udarac. Nije bila tajna da je ona naročito oplakivala njegovu smrt. Porodica je još bila u Londonu kad je stigao jezivi telegram s crnom ivicom, ali vesti su tih dana putovale i među poslugom, pa smo svi saznali za strašni slom gospođice Hane. Njeno odbijanje da jede izazvalo je mnogo brige, i podstaklo je gospođu Taunsend da ispeče pitice s malinama, Hanin omiljeni slatkiš još od detinjstva, i da ih pošalje u London.

Bilo da nije primetila efekat koji je proizvelo pominjanje Dejvidovog imena, ili da je bila potpuno svesna toga, Emelin je nastavila. „Šta ću ja, sama u ovoj velikoj kući?"

„Nećeš biti sama", odgovorila je Hana tiho. „Tata će biti ovde da ti pravi društvo."

„Slaba mi je to uteha. Znaš da tata ne mari za mene."

„Tata mnogo mari za tebe, Em", kazala je Hana odlučno. „Za sve nas."

Emelin je pogledala preko ramena, a ja sam se pribila uz dovratak. „Ali ja mu se *zaista* ne dopadam", kazala je. „Ne kao osoba. Ne kao ti."

Hana je zaustila da se usprotivi, ali Emelin ju je preduhitrila.

„Ne moraš da se pretvaraš. Videla sam kako me gleda kad misli da ne gledam. Kao da je zbunjen, kao da ne zna tačno ko sam ja." Oči su joj postale sjajne, ali nije zaplakala. Glas joj je prešao u šapat. „To je zato što me krivi za majku."

„To nije tačno." Hani su obrazi postali ružičasti. „Nemoj ni da govoriš takve stvari. Niko te ne krivi za majku."

„Tata me krivi."

„Ne krivi te."

„Čula sam kad je baka rekla ledi Klem da tata više nikad nije bio onaj isti nakon te strahote s majkom." A onda je Emelin nastavila sa odlučnošću koja me je iznenadila. „Ne želim da me ostaviš." Ustala je s poda i sela pored Hane, uzela je za ruku. Bio je to netipičan gest, koji je izgleda zaprepastio Hanu isto koliko i mene. „Molim te." A onda je počela da plače.

Sedele su jedna pored druge na divanu, Emelin je jecala, a njene poslednje reči lebdele su među njima. Hanino lice poprimilo je svojeglavi izraz, koji je bio tako jedinstveno njen, ali iza istaknutih jagodica i energičnih usta zapazila sam još nešto. Neki novi aspekt, ne tako lako artikulisan kao prirodna posledica odrastanja...

A onda sam shvatila. Ona je sad bila najstarija i nasledila je onu nejasnu, neumornu, netraženu i neželjenu odgovornost koju je zahtevao položaj u porodici.

Hana se okrenula prema Emelin, hotimično vedra. „Razvedri se", kazala je i potapšala je po ruci, „nećeš valjda da ti oči budu crvene za večerom."

Ponovo sam pogledala u sat. Četiri i petnaest. Gospodin Hamilton će se pušiti od besa. Tu se ništa nije moglo...

Ušla sam u sobu, s plavom haljinom preko ruke. „Vaša haljina, gospođice?", kazala sam Emelin.

Nije mi odgovorila. Pretvarala sam se da ne primećujem da su joj obrazi vlažni od suza. Usredsređena na haljinu umesto toga, otresla sam ravan deo čipkanog ruba.

„Obuci ružičastu, Em", kazala je Hana nežno. „Ona ti najlepše stoji."

Emelin se nije ni pomerila.

Pogledala sam u Hanu da mi razjasni. Klimnula je glavom. „Ružičastu."

„A vi, gospođice?", upitala sam.

Ona je odabrala satensku u boji slonovače, baš kao što je Emelin i kazala.

„Hoćeš li ti biti tamo večeras, Grejs?", kazala je Hana kad sam donela iz ormara divnu satensku haljinu i korset.

„Ne verujem, gospođice", odgovorila sam. „Alfred je demobilisan. On će pomagati gospodinu Hamiltonu i Nensi oko stola."

„Oh", kazala je Hana. „Da." Podigla je knjigu, otvorila je, zatvorila je, ovlaš prešla prstima po hrbatu. Glas joj je, kad je progovorila, bio oprezan. „Baš sam htela da pitam Grejs. Kako je Alfred?"

„Dobro je, gospođice. Bio je malo prehlađen kad se vratio, ali gospođa Taunsend ga je oporavila limunom i ječmom pa je od tada dobro."

„Ona ne misli kako je *fizički*", kazala je Emelin neočekivano. „Misli kako je u glavi."

„U glavi, gospođice?" Pogledala sam u Hanu, koja se malo namrštila na Emelin.

„Pa jesi, to si mislila." Emelin se okrenula ka meni, crvenih kapaka. „Kad je juče po podne služio čaj, ponašao se izuzetno čudno. Nudio je slatkiše s poslužavnika, kao i obično, a onda je poslužavnik počeo da podrhtava." Nasmejala se: šupljim, neprirodnim zvukom. „Cela ruka mu se tresla, i ja sam čekala da je smiri pa da uzmem pitu od limuna, ali on *nije mogao* da je smiri. A onda mu je poslužavnik ispao i zasuo mi moju lepu haljinu lavinom komada Viktorijinog kuglofa. Najpre sam bila prilično ljuta – to je stvarno bilo veoma nepažljivo; haljina je mogla da bude upropašćena – ali onda, dok je samo stajao tamo, s neobičnim izrazom lica, onda sam se uplašila. Bila sam sigurna da je poludeo." Slegla je ramenima. „Na kraju se trgao iz tog stanja i počistio nered. Ali svejedno, šteta je načinjena. Imao je sreće što sam jedino ja pretrpela posledice. Tata ne bi bio tako sklon da oprosti. Mnogo bi se smrknuo kad bi se to dogodilo večeras." Pogledala je pravo u mene, hladnim plavim očima. „Misliš da to nije verovatno, zar ne?"

„Ne bih znala, gospođice." Bila sam zaprepašćena. Prvi put sam čula za to što se dogodilo. „Hoću reći, mislim da ne bi trebalo, gospođice. Sigurna sam da je Alfred dobro."

„Naravno da jeste", kazala je Hana brzo. „To je bila nezgoda, ništa više. Posle povratka kući mora uslediti neko prilagođavanje nakon tako dugog odsustva. A ti poslužavnici izgledaju strašno teški, naročito kad ih gospođa Taunsend natovari.

Ubeđena sam da je rešila da nas sve ugoji." Osmehnula se, ali odjek mrštenja još joj je nabirao obrve.

„Da, gospođice", kazala sam.

Hana je klimnula glavom, tema je zatvorena. „A sad, hajde da obučemo ove haljine pa da možemo da izigravamo poslušne kćeri pred tatinim Amerikancima i da završimo s tim."

Večera

Duž celog hodnika i niz stepenice prisećala sam se Emelininog izveštaja. Međutim, kako god ga iskrivila, doveo bi do istog zaključka. Da nešto nije kako treba. Nije ličilo na Alfreda da bude tako nespretan.

Pa opet, epizoda sigurno nije izmišljena – najzad, kakav razlog bi imala Emelin da izmisli nešto tako? Ne, mora da se dogodilo, i razlog mora biti ono što je Hana pretpostavila. Nezgoda: trenutak rasejanosti dok je umiruće sunce uhvatilo prozorsko okno, lagani grč u ručnom zglobu, klizav poslužavnik. Niko nije imun na takve događaje, a naročito ne – kao što je Hana istakla – neko ko je bio odsutan s posla više godina.

Međutim, iako sam želela da verujem u tako jednostavno objašnjenje, nisam mogla. Jer mi se u malenom kutku uma stvarala zbirka raznoraznih incidenata – ne, ne baš to, nego zbirka raznoraznih opservacija. Pogrešno tumačenje dobronamernih raspitivanja o njegovom zdravlju, preteranih reakcija na doživljene kritike, mrštenja tamo gde bi se nekada smejao. I zaista, na sve što je radio moglo bi se primeniti raspoloženje zbunjene razdraženosti.

Iskreno, zapazila sam to od one večeri kad je stigao. Planirali smo malu zabavu: gospođa Taunsend je spremila naročitu večeru, a gospodin Hamilton je dobio dozvolu da otvori bocu gospodarevog vina. Veliki deo popodneva proveli smo postavljajući sto u trpezariji za poslugu, raspoređivali smo i preraspoređivali stvari smejući se, kako bi sve bilo najlepše za Alfreda. Svi smo bili pomalo opijeni, mislim, od te radosne prilike, a ja najviše.

Kad je očekivani čas stigao, svi smo se postavili u sliku nehajnih uobičajenih aktivnosti. Pogledali smo se sa iščekivanjem dok smo nastavljali da čekamo, ušiju načuljenih za svaki zvuk napolju. Konačno, krckanje šljunka, duboki glasovi, zatvaranje vrata kola. Koraci što se približavaju. Gospodin Hamilton je ustao, popravio svoj žaket i zauzeo poziciju pored vrata. Trenutak željne tišine dok smo očekivali da Alfred pokuca, pa da se vrata otvore i da svi pojurimo ka njemu.

Ali nije bilo tako dramatično: Alfred nije drobio naširoko, nije brbljao kao pomahnitao, niti je zazirao od svega. Pustio je da uzmem šešir od njega i onda je stajao, nelagodno, u dovratku, kao da se plaši da uđe. Namestio je usne u osmeh. Gospođa Taunsend ga je zagrlila i povukla preko praga kao što bi neko povukao tešku rolnu tepiha. Povela ga je do njegovog mesta počasnog gosta, s desne strane gospodina Hamiltona, pa smo svi počeli da govorimo u isto vreme, smejući se, uzvikujući, prisećajući se događaja iz protekle dve godine. Svi izuzev Alfreda. Oh, učestvovao je tu i tamo na trenutak. Klimao je glavom kad se to zahtevalo, davao odgovore na pitanja, čak uspevao da iscedi poneki uzdržani smešak. Ali to su bili odgovori nekoga spolja, nekog od ledi Vajoletinih Belgijanaca što udovoljavaju publici jer ih je prihvatila.

Nisam samo ja to primetila. Videla sam kako čelom gospodina Hamiltona preleće drhtaj nemira, nemilo saznanje na Nensinom licu. Ali nikad nismo razgovarali o tome, nikada bliže nego onog dana kad su Lakstonovi došli na večeru i kad je gospođica Starling ponudila svoje mišljenje, koje nije bilo dobro prihvaćeno. To veče, kao i druga moja opažanja otkad je stigao, bili su zanemareni, uspavani. Svi smo nastavili po starom i zaverili se u prećutnom paktu da ne primećujemo ono što se promenilo. A vremena su se promenila i Alfred se promenio.

U odsustvu pogodne domaćice, Hani je, na veliko njeno nezadovoljstvo, dodeljena dužnost da napravi raspored sedenja. Njen plan je bio na brzinu skiciran na listu papira s linijama, iskrzanog po ivici gde je otcepljen iz sveske.

Same kartice na stolu bile su ispisane običnim slovima: crno na belom, sa grbom Ešberijevih utisnutim u gornjem levom uglu papira. Nedostajao im je originalni stil i sjaj kartica bivše ledi Ešberi, ali bile su dovoljno dobre da posluže svrsi, i u skladu sa srazmerno strogo aranžiranim stolom, kakav je gospodin Frederik više voleo. I zaista, na večnu žalost gospodina Hamiltona, gospodin Frederik je izabrao da večeraju *en famille** (radije nego u zvaničnom *à la Russe* stilu na koji smo bili navikli) i da sam seče fazana za večerom. Mada je gospođa Taunsend bila zgrožena, Nensi je, pod uticajem iskustva rada van kuće, u sebi odobravala taj izbor, primetivši da je gospodar tako odlučio jer je uzeo u obzir ukus svojih gostiju iz Amerike.

Nije bilo na meni da procenjujem, ali meni se više sviđao sto u modernijem maniru. Bez stonih aranžmana nalik drvetu, bremenitih prenatrpanim pladnjevima sa slatkišima i složenim voćnim aranžmanima, sto je posedovao jednostavnu prefinjenost koja me je radovala. Besprekorno beo stolnjak, uštirkan na svim uglovima, poređani srebrni pribor za jelo i blistave čaše na nožicama.

Pogledala sam izbliza. Veliki otisak palca na rubu visoke čaše za šampanjac gospodina Frederika. Dunula sam u inkriminisani pečat i brzo ga protrljala krajem kecelje.

Toliko sam se unela u zadatak da sam se trgla kad su se vrata iz hodnika silovito otvorila.

---

* Franc.: u porodičnom stilu. (Prim. prev.)

„Alfrede!“, kazala sam. „Uplašio si me! Zamalo da ispustim čašu!“

„Ne treba to da diraš“, rekao je Alfred uz već poznato mrštenje. „ja sam zadužen za čaše.“

„Bio je otisak prsta“, kazala sam. „Znaš kakav je gospodin Hamilton. Upotrebio bi tvoja creva kao haltere za čarape. A ne bih volela da vidim gospodina Hamiltona s halterima.“

Pokušaj da se našalim bio je osuđen na propast pre nego što je i učinjen. Alfredov smeh je umro negde u rovovima Francuske i sad je mogao samo da pravi grimase. „Ja bih ih kasnije izglancao.“

„Pa“, odvratila sam, „sad ne moraš.“

„Ne moraš to stalno da radiš.“ Ton mu je bio odmeren.

„Šta to?“

„Da me proveravaš. Da me pratiš kao senka.“

„Ne pratim te. Samo sam stavljala kartice i videla otisak prsta.“

„A ja sam ti rekao, kasnije bih ga ja izbrisao.“

„U redu“, odgovorila sam tiho i vratila čašu na mesto. „Ostaviću je.“

Još malo sam se zadržala oko kartica iako su već bile postavljene kako treba, i pravila se da ga ne gledam.

Ramena su mu bila pogrbljena. Desno kruto podignuto kako bi mu telo bilo okrenuto od mene. Bio je to zahtev za samoćom, pa ipak su mi zvona o dobrim namerama bučno odzvanjala u ušima. Možda, ako ga izvučem iz ljušture, možda ću saznati šta ga muči i možda ću moći da mu pomognem? Ko bi to bolje mogao od mene? Jer nisam valjda umislila bliskost koja je porasla među nama dok je bio odsutan? Znala sam da nisam: to mi je pisao u pismima. Nakašljala sam se pa tiho rekla: „Znam šta se juče dogodilo.“

Ničim nije odavao da me je čuo, ostao je usredsređen na čašu koju je brisao.

Malo glasnije: „Znam šta se dogodilo juče. U salonu.“

Zaustavio se, s čašom u ruci. „Znači, mala gospođica priča priče, je li?"

„Ne..."

„Ali se lepo nasmejala tome."

„O ne", brzo sam rekla. „Nije bilo tako. Brinula je za tebe." Progutala sam knedlu pa se usudila da kažem: „*Ja* sam zabrinuta za tebe."

Oštro je pogledao ispod uvojka kose, koji mu se oslobodio od poliranja čaše. Usta su mu bila besno stisnuta u crtu. „Brineš se za mene?"

Njegov čudan, bridak ton pobudio je u meni oprez, ali obuzela me je i nesavladiva potreba da ispravim stvari. „Nije problem što si ispustio poslužavnik, nego što nisi to pomenuo... Mislila sam da se možda plašiš da ne sazna gospodin Hamilton. Ali on se ne bi ljutio, Alfrede. Sigurna sam u to. Svi ponekad pogreše na poslu."

Pogledao me je i za trenutak sam pomislila da će se nasmejati. Umesto toga, crte lica su mu se podrugljivo iskrivile. „Blesava devojčice", rekao je. „Misliš da me je briga što je nekoliko kolača završilo na podu?"

„Alfrede..."

„Misliš da ne znam šta je dužnost? Posle onoga gde sam bio?"

„Nisam to rekla..."

„Ali to misliš, zar ne? Vidim da svi gledate u mene, motrite na mene, čekate da pogrešim. E pa, možete prestati da čekate i možete da zadržite brigu za sebe. Meni ništa ne fali, čuješ? Ništa!"

Oči su me pekle, koža mi se naježila od njegovog ogorčenog tona. Prošaptala sam: „Samo sam htela da pomognem..."

„Da pomogneš?" Gorko se nasmejao. „A šta te navodi na pomisao da možeš da mi pomogneš?"

„Pa, Alfrede", kazala sam obazrivo, pitajući se šta je hteo time da kaže. „Ti i ja... Mi smo... Kao što si rekao... u svojim pismima..."

„Zaboravi šta sam rekao."

„Ali, Alfrede…“

„Kloni me se, Grejs“, kazao je hladno i vratio se čašama. „Nisam tražio tvoju pomoć. Ne treba mi i ne želim je. Hajde, izlazi odavde i ostavi me da radim svoj posao.“

Obrazi su mi goreli: od razočaranja, od grozničavog rumenila zbog sukoba, ali najviše od stida. Videla sam bliskost tamo gde je nije bilo. Tako mi bog pomogao, u najprivatnijim trenucima čak sam počela da zamišljam budućnost za Alfreda i sebe. Udvaranje, brak, možda čak i našu sopstvenu porodicu. I sad kad sam shvatila da sam umislila neka veća osećanja…

Predveče sam provela u suterenu. Ako se gospođa Taunsend i pitala otkud moja iznenadna posvećenost finesama u pečenju fazana, ništa nije kazala. Premazivala sam i vezivala, pa čak i pomogla pri punjenju. Sve samo da izbegnem da me pošalju nazad gore, gde Alfred služi.

I uspevala sam u tome sve dok mi gospodin Hamilton nije stavio u ruke poslužavnik s koktelima.

„Ali, gospodine Hamiltone“, kazala sam snuždeno. „Pomažem gospođi Taunsend oko hrane.“

Gospodinu Hamiltonu su, na taj izazov, sevnule očne jabučice iza naočara, i odgovorio je: „A ja ti kažem da uzmeš koktele.“

„Ali Alfred…“

„Alfred je zauzet pripremanjem trpezarije“, odgovorio je gospodin Hamilton. „Hajde, požuri, devojko. Ne puštaj gospodara da čeka.“

Društvo je bilo malo, ukupno njih šestoro, a ipak je soba odavala utisak da je prepuna, zasićena bučnim glasovima i razuzdanom vrućinom. U želji da ostavi dobar utisak, gospodin Frederik je insistirao na dodatnom grejanju, a gospodin Hamilton je na taj izazov odgovorio tako što je nabavio dve peći na naftu. U tim uslovima staklene bašte jako se osećao prodoran ženski parfem i pretio da preplavi i sobu i one koji su bili u njoj.

Prvo sam ugledala gospodina Frederika, obučenog u crno večernje odelo. Izgledao je gotovo isto onako lepo kao što je nekada izgledao major, samo mršaviji i nekako manje uštirkan. Stajao je pored pisaćeg stola od mahagonija i razgovarao s punačkim muškarcem s vencem prosede kose oko ćelavog temena.

Punački muškarac je pokazao ka jednoj porcelanskoj vazi na pisaćem stolu. „Video sam jednu takvu kod *Sadebija*", rekao je s mešavinom akcenta iz severne Engleske i još nečeg. „Potpuno istu." Nagnuo se bliže. „Prilično je vredela, stari moj."

Gospodin Frederik je odgovorio nejasno. „Ne bih znao, deda ju je doneo s Dalekog istoka. I od tada stoji tu."

„Čuješ, Estela?", doviknuo je Sajmon Lakston preko sobe svojoj bledoj i punoj ženi, koja je sedela između Emelin i Hane, na sofi. „Frederik kaže da je u porodici generacijama. Koristi je kao pritiskivač za hartiju."

Estela Lakston se tolerantno nasmešila mužu, i između njih prostruja prećutno sporazumevanje, proisteklo iz mnogo godina zajedničkog života. U tom trenutku uvida videla sam njihov brak kao zajednicu praktične izdržljivosti. Kao simbiozu čija je korisnost odavno nadživela strast.

Pošto je ispunila dužnost prema mužu, Estela je obratila pažnju na Emelin, u kojoj je otkrila srodnu dušu u oduševljenosti visokim društvom. Nedostatak kose kod svog muža Estela je i više nego nadoknadila. Njena je bila boje kalaja, uvijena u glatku i impresivnu punđu, po konstrukciji neobično američku. Podsetila me je na fotografiju koju je gospodin Hamilton prikačio na oglasnu tablu u suterenu, sliku njujorškog solitera prekrivenog skelama: složenu i impresivnu, ali nimalo privlačnu. Osmehnula se nečemu što je rekla Emelin, a mene su zaprepastili njeni neobično beli zubi.

Obišla sam sobu uza zid, položila poslužavnik sa koktelima na pokretni stočić ispod prozora i rutinski se poklonila. Mladi gospodin Lakston je sedeo u fotelji i samo upola slušao kako Emelin i Estela ushićeno diskutuju o predstojećoj seoskoj društvenoj sezoni.

Teodor – Tedi, kako smo svi naučili da ga zovemo – bio je zgodan onako kao što su tada bili zgodni svi bogati muškarci. Osnovni dobar izgled naglašen samopouzdanjem kreirao je fasadu duha i šarma, znalački sjaj u očima.

Imao je tamnu kosu, gotovo isto tako crnu kao njegovo večernje odelo iz Savil roua, i nosio je naočite brkove, koji su mu davali izgled filmskog glumca. Kao Daglas Ferbanks, pomislila sam iznenada i osetila kako su mi se obrazi zajapurili. Osmehivao se široko i slobodno, a zubi su mu bili još belji nego u njegove majke. Zaključila sam da mora biti nečega u američkoj vodi, jer su svi imali zube bele kao biseri koje je Hana imala oko vrata, preko zlatnog lanca s medaljonom s fotografijom.

Dok je Estela izlagala detaljan opis poslednjeg bala kod ledi Belmont, nekim metalnim akcentom koji nikada ranije nisam čula, Tedi je prelazio pogledom po sobi. Primetivši da njegov gost nema čime da se zanima, gospodin Frederik je napeto dao znak rukom Hani, koja se onda nakašljala i rekla preko volje: „Pretpostavljam da vam je plovidba bila prijatna."

„Veoma prijatna", rekao je on uz opušten osmeh. „Mada bi, siguran sam, majka i otac odgovorili drugačije. Oboje teško podnose more. Bili su bolesni od trenutka kad smo isplovili iz Njujorka pa dok nismo stigli u Bristol."

Hana je otpila gutljaj koktela, pa krenula dalje u krutu, učtivu konverzaciju. „Koliko ćete ostati u Engleskoj?"

„Ja ću kratko, bojim se. Već sledeće nedelje krećem na Kontinent. Onda ću u Egipat."

„Egipat", kazala je Hana i razrogačila oči.

Tedi se nasmejao. „Da. Imam posla tamo."

„Ići ćete da vidite egipatske piramide?"

„Bojim se da ovoga puta neću. Biću samo nekoliko dana u Kairu, a onda idem u Firencu."

„Grozno mesto", glasno je dobacio Simion sa svog mesta u drugoj fotelji. „Puno golubova i stranaca. Meni je dovoljna i dobra stara Engleska."

Gospodin Hamilton je pokazao rukom ka čaši gospodina Simiona, gotovo praznoj iako je nedavno bila dopunjena. Prinela sam bocu s koktelom.

Osetila sam Simionov pogled na sebi dok sam mu sipala piće u čašu. „Ima određenih zadovoljstava", rekao je, „koja su jedinstvena u ovoj zemlji." Malo se nagnuo i toplom rukom očešao moju butinu. „Koliko god da sam se trudio, nisam ih našao nigde drugde."

Morala sam da se usredsredim da bih zadržala bezizražajno lice dok čaša konačno nije bila puna i dok nisam mogla da se odmaknem od njega. Dok sam obilazila oko sofe, videla sam kako Hana gleda u ono mesto gde sam bila i mršti se.

„Moj muž stvarno voli Englesku", kazala je Estela bez potrebe.

„Lov, gađanje i golf", rekao je Simion. „Niko to ne radi bolje od Britanaca." Otpio je gutljaj koktela i zavalio se na naslon fotelje. „A najbolji od svega jeste britanski način mišljenja", rekao je Simion. „Postoje dva tipa ljudi u Engleskoj. Oni rođeni da izdaju naređenja." Očima me je potražio na drugom kraju sobe. „I oni rođeni da ih primaju."

Hanino mrštenje se produbilo.

„I zato sve teče kako treba", nastavio je Simion. „U Americi nije tako, bojim se. Momak što ti čisti cipele na uglu ulice sanja o tome da ima svoju kompaniju. Malo toga može tako prokleto da unervozi čoveka kao što je radnička populacija naduvena nerazumnim..." – za trenutak je zadržao tu neukusnu reč u ustima, a onda je ispljunuo – *„ambicijama."*

„Zamislite", kazala je Hana, „radnik koji očekuje od života više nego što je smrad stopala drugog čoveka."

„Odvratno!", rekao je Simion, slep za Haninu ironiju.

„Čovek bi očekivao da shvate", nastavila je, glasa podignutog za poluton, „da samo oni što imaju sreće imaju i pravo da se zanimaju ambicijama."

Gospodin Frederik joj je dobacio upozoravajući pogled.

„Sve bi nas spasli muke kad bi shvatili“, odvratio je Simion uz klimanje glavom. „Dovoljno je da pogledate boljševike da biste shvatili koliko opasni mogu biti ti ljudi kad se bave idejama iznad svoj položaja.“

„Čovek ne bi trebalo da teži poboljšanju?“, kazala je Hana.

Mladi gospodin Lakston, Tedi, i dalje je gledao u Hanu, s blagim smeškom ispod brkova. „Oh, otac odobrava samorazvoj i napredovanje, zar ne, oče? Kao dečak, samo sam o tome slušao.“

„Moj deda se izvukao iz rudnika čistom odlučnošću“, rekao je Simion. „A vidite sad porodicu Lakston.“

„Zadivljujući preobražaj.“ Hana se nasmešila. „Samo ne treba svako to da pokušava, gospodine Lakstone?“

„Upravo tako“, odgovorio je. „Upravo tako.“

Gospodin Frederik, u želji da napusti opasne vode, nestrpljivo se nakašljao i pogledao u gospodina Hamiltona.

Gospodin Hamilton je jedva primetno klimnuo glavom i nagnuo se ka Hani. „Večera je poslužena, gospođice.“ Pogledao je u mene i dao mi znak da se vratim dole.

„Dakle“, rekla je Hana kad sam ja šmugnula iz sobe. „Hoćemo li da večeramo?“

Posle zelene supe od graška usledila je riba, pa fazan i, po svemu sudeći, veče je proticalo dobro. Nensi je povremeno silazila dole da nas izvesti kako veče napreduje. Mada je radila mahnitim tempom, gospođa Taunsend nikad nije bila suviše zauzeta da ne čuje izveštaj kako se Hana drži kao domaćica. Klimnula je glavom kad je Nensi izjavila da iako se gospođica Hana drži dobro, maniri joj ipak nisu tako ljupki kao njene bake.

„Naravno da nisu“, kazala je gospođa Taunsend dok su joj graške znoja izbijale uz ivicu vlasišta. „Kod ledi Vajolet to je *prirodno*. Ona ne bi mogla da priredi nesavršenu zabavu ni kad bi htela. Gospođica Hana će se popraviti vežbom. Možda nikad neće biti *savršena* domaćica, ali će svakako biti dobra. To joj je u krvi.“

„Verovatno ste u pravu, gospođo Taunsend“, rekla je Nensi.

„Naravno da jesam. Ta će devojka ispasti odlično, samo da je ne ponesu... *moderna shvatanja.*“

„Kakva moderna shvatanja?“

„Ali brak će je izlečiti. Pazite šta vam kažem“, rekla je gospođa Taunsend Nensi.

„Sigurna sam da ste u pravu, gospođo Taunsend.“

„Kakva moderna shvatanja?“, kazala sam ja nestrpljivo.

„Ima mladih dama koje jednostavno ne znaju šta im je potrebno sve dok ne nađu sebi odgovarajućeg muža“, kazala je gospođa Taunsend.

Nisam to više mogla da podnesem. „Gospođica Hana se neće udavati“, kazala sam. „Nikada. Čula sam kad je to sama kazala. Putovaće po svetu i živeće život ispunjen avanturama.“

Nensi se dah presekao, a gospođa Taunsend se zagledala u mene. „Šta to pričaš, šašava devojko?“, rekla je gospođa Taunsend, pa spustila ruku na moje čelo. „Poludela si kad govoriš takve stvari. Zvučiš kao Kejti. Naravno da će se gospođica Hana udati. To je želja svake debitantkinje: da se uda brzo i briljantno. Štaviše, to je njena dužnost sad kad je siroti gospodar Dejvid...“

„Nensi“, rekao je gospodin Hamilton, žurno silazeći niz stepenice. „Gde je šampanjac?“

„Evo ga, gospodine Hamiltone.“ Kejtin glas je prethodio njenoj skakutavoj prilici. Pojavila se iz komore s ledom, pažljivo noseći dve boce ispod pazuha i široko se osmehujući. „Ostali su bili prezauzeti raspravom pa sam ga ja donela.“

„E pa, onda požuri, devojko“, odvratio je gospodin Hamilton. „Gospodarevi gosti će ožedneti.“ Okrenuo se prema kuhinji i pogledao s visine. „Moram reći da ne liči na tebe da odugovlačiš s poslom, Nensi.“

„Evo, izvolite, gospodine Hamiltone“, rekla je Kejti.

„Pohitaj gore, Nensi“, rekao je on omalovažavajućim tonom. „Sad kad sam ovde, mogu i sam da ih ponesem.“

Nensi me je prostrelila pogledom i pojurila uz stepenice.

Kejti je spustila boce na kuhinjski sto.

Gospodina Hamiltona je to podsetilo na zadatak pa je počeo da otvara prvu bocu. Uprkos njegovoj stručnosti, čep je bio tvrdoglav, odbijao je da izađe sve dok onaj ko je rukovao njime nije to najmanje očekivao, a onda…

Beng!

Izleteo je iz boce, udario o kuglu lampe i razbio je u stotinu komada, i pao u šerpu sa sosom od karamela. Oslobođeni šampanjac istuširao je lice i kosu gospodina Hamiltona, trijumfalno penušavo.

„Kejti, blesava devojko!“, uzviknula je gospođa Taunsend. „Tresla si boce!“

„Izvinite, gospođo Taunsend“, rekla je Kejti i počela da se kikoće, što joj se dešavalo u trenucima zbunjenosti. „Samo sam se trudila da požurim, kao što mi je gospodin Hamilton rekao.“

„Što manje žuriš, brže ćeš stići, Kejti“, rekao je gospodin Hamilton, sa šampanjcem na licu, što je ublažavalo ozbiljnost njegovog prekora.

„Evo, gospodine Hamiltone.“ Gospođa Taunsend je podigla ugao kecelje da mu izbriše nos. „Dajte da vas izbrišem.“

„Oh, gospođo Taunsend“, zakikotala se Kejti. „Imate brašna svud po licu!“

„Kejti!“, odbrusio je gospodin Hamilton brišući lice maramicom koja se odnekud stvorila usred opšte konfuzije. „Ti, *blesava* devojko. Ni grama mozga nisi pokazala za sve ove godine ovde. Ponekad se stvarno pitam zašto te držimo…“

Čula sam Alfreda pre nego što sam ga videla.

Metež od grdnje gospodina Hamiltona, primedbi gospođe Taunsend i Kejtinih protesta nadjačalo je promuklo udisanje i izdisanje vazduha.

Kasnije mi je rekao da je sišao dole da otkrije zašto se gospodin Hamilton zadržao, ali sad je stajao u dnu stepeništa, nepomičan i bled kao mermerna statua sebe samog, ili kao duh...

Kad su nam se pogledi sreli, magija je prekinuta i on se okrenuo na peti, nestao niz hodnik, dok su mu koraci odjekivali po kamenu, a onda kroz zadnja vrata napolje, u mrak.

Svi su gledali i ćutali. Telo gospodina Hamiltona se trznulo kao da će poći za njim, ali njegova dužnost je pre svega bio njegov gospodar. Izbrisao je lice maramicom još jednom, poslednji put, pa se okrenuo prema nama, usana stisnutih u bledu liniju poslušne rezignacije.

„Grejs", rekao je dok sam se ja spremala da pojurim za Alfredom. „Stavi lepu kecelju. Potrebna si gore."

U trpezariji sam zauzela svoje mesto između kredenca i stolice u stilu Luja Četrnaestog. Nensi je, uz naspramni zid, podigla obrve. Nemoćna da dokučim šta se desilo u suterenu, nesigurna i šta bi moglo biti objašnjenje za to, malo sam podigla ramena i skrenula pogled. Pitala sam se gde je Alfred i da li će ikada više biti onaj stari.

Završavali su s fazanom i vazduh je treperio od učtivog zveckanja pribora za jelo o porcelan.

„Dakle", kazala je Estela, „ovo je bilo..." – kratka pauza – „zaista fino." Raščistila je dolinu između preostalih hrpica fazana i spustila svoj pribor. Ostavila je kao trešnja crvene poljupce na beloj platnenoj salveti koju ću ja posle ribati, a onda se osmehnula gospodinu Frederiku. „Mora da je teško uz ove nestašice."

Nensi je podigla obrve. Bilo je gotovo nečuveno da gost otvoreno komentariše hranu. Moraćemo da pazimo kad budemo pričale gospođi Taunsend.

Gospodin Frederik, zapanjen isto koliko i mi, upustio se u nespokojni govor o neuporedivim veštinama gospođe

Taunsend kao kuvarice što se snalazi sa sledovanjima, a za to vreme je Estela iskoristila priliku da osmotri sobu. Najpre je osmotrila ukrase od gipsa na tavanici, pa prešla pogledom na jug, do friza Vilijama Morisa na zidnoj oplati, da bi se konačno zaustavila na grbu Ešberijevih, okačenom na zidu. Sve vreme joj se jezik metodično kretao ispod obraza, tragajući za nekim tvrdoglavim komadićem hrane između blistavih zuba.

Gospodin Frederik nije bio naročito vičan neobaveznim razgovorima u društvu, pa je kad bi jednom počeo, njegovo pripovedanje postalo pusto ostrvo s kog, činilo se, nema izlaza. Počeo je da se koprca. Prelazio je pogledom po prisutnima, ali Estela, Simion, Tedi i Emelin su, izgleda, svi našli neku drugu, diskretnu zanimaciju. Konačno je našao saveznika u Hani. Razmenili su poglede i dok je zamirao njegov mlaki opis zemički bez putera gospođe Taunsend, ona se nakašljala.

„Pomenuli ste kćer, gospođo Lakston", kazala je Hana. „Nije sa vama na ovom putovanju?"

„Ne", odgovorila je Estela brzo, ponovo obrativši pažnju na ostale za stolom. „Ne, nije."

Simion je podigao pogled sa fazana i progunđao: „Debora već neko vreme ne ide sa nama", kazao je. „Ima obaveze kod kuće. *Radne* obaveze", rekao je zloslutno.

Hana je na to pokazala iskreno interesovanje. „Radi?"

„Nešto u izdavaštvu." Simion je progutao zalogaj fazana. „Ne znam detalje."

„Debora je modna kolumnistkinja u časopisu *Vimins stajl*", kazala je Estela. „Piše po jedan mali izveštaj svakog meseca."

„Besmisleno..." Simionu se potreslo celo telo kad je zadržao štucanje i kašalj da ne podrigne. „Neke budalaštine o cipelama i haljinama i ostalim ekstravagancijama."

„Hajde, tata", rekao je Tedi uz spor osmeh. „Debina kolumna je veoma popularna. Ona utiče na to kako se oblače dame u njujorškom visokom društvu."

„Koješta! Imate sreće što vam vaše kćeri ne priređuju takve stvari, Frederiče." Simion je gurnuo u stranu tanjir umrljan sosom od pečenja. „Posao. E stvarno. Vi britanske devojke mnogo ste razumnije."

Bila je to savršena prilika i Hana je znala da jeste. Zadržala sam dah i zapitala se hoće li pobediti njena želja za pustolovinom. Nadala sam se da neće. Da će uvažiti Emelininu molbu i ostati ovde, u Rivertonu. S obzirom na Alfredovo stanje, ne bih podnela da još i Hana nestane.

Ona i Emelin su razmenile poglede, i pre no što je Hana imala priliku da nešto kaže, Emelin se brzo umešala onim čistim, muzikalnim glasom kakav su savetovali mladim damama da ga neguju i koriste u društvu. „*Ja* sasvim sigurno nikada ne bih. Raditi nije baš ugledno, zar ne, tata?"

„Radije bih iščupao sebi srce nego da vidim da bilo koja od mojih kćeri radi", rekao je gospodin Frederik otvoreno.

Hana je stisnula usne.

„Umalo mi nije prokleto slomila srce", rekao je Simion. Pogledao je u Emelin. „Kad bi samo moja Debora imala vaš razum."

Emelin se osmehnula, a lice joj se rascvetalo u prevremeno zreloj lepoti, toliko da me je gotovo bilo stid da gledam.

„Hajde, Simione", rekla je Estela pomirljivo. „Znaš da Debora ne bi prihvatila to nameštenje da nisi dao dozvolu." Osmehnula se, preterano široko, ostalima. „Ne može ništa da joj odbije."

Simion je huknuo, ali nije je osporio.

„Majka je u pravu, oče", rekao je Tedi. „Imati neki mali posao sad je veoma moderno među njujorškom pametnom elitom. Debora je mlada i još nije udata. Skrasiće se kad dođe vreme."

„Oduvek sam više cenio korektnost od pameti", rekao je Simion. „Ali to vam je moderno društvo. Svi žele da ih smatraju pametnim. Za to krivim rat." Zatakao je palce za tesan pojas pantalona, što je bilo skriveno od pogleda svih osim mog, i omogućio stomaku malo prostora da diše. „Jedina uteha mi je što zarađuje dosta novca." Pošto se prisetio svoje omiljene teme, malo se razvedrio. „Nego, Frederiče, šta kažete na kazne što nameravaju da primene na dobru staru Nemačku, kako se priča?"

Dok je razgovor tekao dalje, Emelin je, iskosa i ispod trepavica, pogledala u Hanu. Hana je, isturene brade, očima pratila razgovor, a lice joj je bilo slika i prilika pribranosti i mira. Pitala sam hoće li uopšte pitati. Možda se, zbog Emelinine molbe, predomislila. Možda sam umislila da je lako zadrhtala kad je prilika iščezla u iznenadnom naletu promaje iz dimnjaka.

„Da ti prosto dođe žao Nemaca", rekao je Simion. „Ima mnogo toga za divljenje kod tog naroda. Odlični radnici, a, Frederiče?"

„Ja ne zapošljavam Nemce u svojoj fabrici", odgovorio je Frederik.

„To vam je prva greška. Nećete naći marljiviju rasu. Bez smisla za humor, to vam garantujem, ali besprekorno pedantni."

„Ja sam zadovoljan i svojim ovdašnjim ljudstvom."

„Vaš nacionalizam je za divljenje, Frederiče. Ali nije, nadam se, nauštrb posla?"

„Mog sina je ubio nemački metak", rekao je gospodin Frederik, lagano raširenim prstima stežući ivicu stola.

Ta primedba je izazvala vakuum, koji je usisao svu srdačnost. Gospodin Hamilton je uhvatio moj pogled i dao znak Nensi i meni da napravimo diverziju tako što ćemo početi da skupljamo tanjire. Bile smo na pola puta oko stola kad se Tedi nakašljao i rekao: „Primite naše najdublje saučešće, lorde Ešberi. Čuli smo za vašeg sina. Za Dejvida. Svi za njega kažu da je bio dobar čovek."

„Dečko."

„Molim?"

„Moj sin je bio mladić."

Estela je pružila punačku ruku preko stola i mlitavo je spustila na ručni zglob gospodina Frederika. „Ne znam kako to podnosite, Frederiče. Ne znam šta bih radila kad bih izgubila svog Tedija. Svakoga dana zahvaljujem Bogu što je odlučio da se bori u ratu od kuće. On i njegovi politički prijatelji."

Brzo je dobacila mužu bespomoćan pogled, a on se udostojio da bar malo izgleda kao da mu je nelagodno. „Mi im dugujemo", rekao je. „Mladim ljudima kao što je vaš Dejvid, koji su podneli najveću žrtvu. Na nama je da dokažemo da nisu umrli uzalud. Da razvijemo biznis i vratimo ovu veliku zemlju na mesto koje joj pripada."

Blede oči gospodina Frederika bile su uprte u Simiona i ja sam prvi put u njima primetila treptaj prezira. „Zaista."

Utovarila sam tanjire u lift i povukla konopac da ih pošaljem dole, a onda sam se nagla u šupljinu i oslušnula je li Alfredov glas među udaljenim zvucima dole, u nadi da se vratio odande kud je otišao u onakvoj žurbi. Kroz prazan prostor doprlo je zveckanje sklanjanja posuđa, Kejtino brbljanje i prekor gospođe Taunsend. Konačno, uz trzaj, konopci su počeli da se kreću i lift se vratio, natovaren voćem, belim mlečnim pudingom i karamel-sosom.

„Danas je u biznisu najvažnije", rekao je Simion i autoritativno se uspravio, „postići smanjenje troškova povećanom proizvodnjom. Što više proizvedeš, možeš da priuštiš više proizvodnje."

Gospodin Frederik je klimnuo glavom. „Imam dobre radnike. To su stvarno dobri ljudi. Ako obučimo druge..."

„Gubljenje vremena. Traćenje novca." Simion je lupio otvorenom šakom po stolu sa žestinom od koje sam se trgla i umalo nisam prosula karamel-sos koji sam sipala u njegovu zdelu. „Mehanizacija! U tome je budućnost."

„Pokretne proizvodne trake?"

Simion je namignuo. „Ubrzaju spore ljude, a uspore brze."

„Bojim se da ne prodajem dovoljno da bih kupio pokretne trake", rekao je gospodin Frederik. „Ne može mnogo ljudi u Britaniji da sebi priušti moje automobile."

„Upravo to i hoću da kažem", rekao je Simion. Od kombinacije entuzijazma i pića, lice mu je postalo grimizno. „Pokretne fabričke trake smanjuju cene. Prodavaćete više."

„Pokretne trake neće smanjiti cene delova", rekao je gospodin Frederik.

„Koristite drugačije delove."

„Koristim najbolje."

Gospodin Lakston je tada prasnuo u smeh, koji je izgledao kao da nikada neće prestati. „Sviđate mi se, Frederiče", konačno je rekao. „Vi ste idealista. *Perfekcionista.*" Ovo poslednje izgovorio je sa oduševljenjem i samozadovoljstvom stranca koji je iz pamćenja izabrao tačnu reč. „Ali, Frederiče" – nagnuo se napred, ozbiljan, laktovima oslonjen na sto, i uperio debeli prst u svog domaćina – „želite li da pravite kola ili da pravite novac?"

Gospodin Frederik je zatreptao. „Nisam siguran da sam..."

„Mislim da moj otac hoće da kaže da imate izbor", odmereno se umešao Tedi. On je do tada pratio razgovor sa uzdržanim zanimanjem, ali sad je rekao, gotovo pomirljivo: „Postoje dva tržišta za vaše automobile. Izbirljiva nekolicina koja može sebi da priušti najbolje..."

„Ili grozničavo mnoštvo ambicioznih potrošača iz srednje klase", upao je Simion. „Vaša fabrika, vaša odluka. Ali sa stanovišta bankara..." Ponovo se zavalio na naslon, otkopčao dugme svog večernjeg sakoa i zadovoljno odahnuo. „Ja znam na koga bih ciljao."

„Srednja klasa", rekao je gospodin Frederik i malo se namrštio, kao da prvi put shvata da takva grupa zaista postoji van teorija o društvu.

„Srednja klasa", rekao je Simion. „Još neiskorišćena, a bogami raste. Ako ne nađemo načina da im uzmemo novca, oni će naći načina da uzmu novac od nas." Zavrteo je glavom. „Kao da radnici već nisu dovoljan problem."

Frederik se namrštio, nesiguran.

„Sindikati“, zarežao je Simion podrugljivo. „Ubice biznisa. Neće se smiriti dok ne ugrabe sredstva za proizvodnju i ne izbace ljude poput vas iz posla.“

„Otac slika živopisnu sliku“, rekao je Tedi i skromno se nasmešio.

„Govorim o stvarima onako kako ih vidim“, rekao je Simion.

„A vi?“, kazao je Frederik Tediju. „Vi ne vidite sindikate kao pretnju?“

„Ja verujem da se oni mogu umiriti.“

„Koješta.“ Simion je zadovoljno otpio gutljaj desertnog vina, zadržao ga malo u ustima pa progutao. „Tedi je umeren“, rekao je odbojno.

„Oče, molim te, ja sam torijevac...“

„S čudnim idejama.“

„Samo predlažem da saslušamo sve strane...“

„Naučiće s vremenom“, rekao je Simion i, vrteći glavom, pogledao u gospodina Frederika. „Kad mu jednom ujedu ruku oni koje je tako lud da hrani.“

Spustio je čašu i nastavio predavanje. „Mislim da ne shvatate koliko ste ranjivi, Frederiče. Ako se dogodi nešto nepredviđeno. Razgovarao sam s Fordom pre neki dan, s Henrijem Fordom...“ Prekinuo je, nisam mogla da odredim da li iz etičkih ili govorničkih razloga, i pokretom mi dao znak da mu donesem pepeljaru. „Hajde da kažemo da je u ovoj ekonomskoj klimi potrebno da usmerite svoj biznis u profitabilne vode. I to brzo.“ Oči su mu blesnule. „Ako stvari krenu kao u Rusiji – a ima određenih pokazatelja za to – samo zdrav profit će vas održati u dobrim odnosima s vašim bankarom. Koliko god da je on prijateljski nastrojen, kad se povuče crta, račun ne sme da bude u minusu.“ Uzeo je cigaru iz srebrne kutije koju mu je ponudio gospodin Hamilton. „I morate sebe da zaštitite, zar ne? Sebe i svoje divne devojke. Ako vi ne budete mislili na njih, ko će?“ Osmehnuo se Hani i Emelin, a onda dodao, kao da se toga naknadno setio: „Da ne pominjemo ovu vašu velelepnu kuću. Šta ste rekli, koliko dugo je u vašoj porodici?"

„Nisam rekao", odgovorio je gospodin Frederik, a ako je u njegovom glasu i bilo nepoverljivosti, uspeo je da je brzo potisne. „Tri stotine godina."

„E pa stvarno", zaprela je Estela na to, „zar to nije nešto? *Obožavam* istoriju u Engleskoj. Tako ste zanimljivi, vi stare porodice. To mi je jedna od najdražih razonoda, da čitam o svima vama."

Simion je nestrpljivo izbacio dim, željan da se vrati biznisu. Uvežbana posle toliko godina braka, Estela je shvatila nagoveštaj. „Možda bismo mi devojke mogle da se povučemo u salon, dok muškarci razgovaraju", kazala je. „Možete mi pričati o svojoj lozi Ešberijevih."

Hana je namestila izraz učtivog pristanka, ali ne pre no što sam opazila nestrpljenje. Razdirale su je, s jedne strane, žudnja da ostane i čuje još, a s druge njena dužnost domaćice, koja joj je nalagala da se povuče s damama u salon i sačeka muškarce.

„Da", kazala je, „naravno. Mada se bojim da nema mnogo toga da ispričamo a što nećete saznati u *Debretu**."

Muškarci su ustali. Simion je uzeo Haninu ruku dok je Frederik pomagao Esteli. Simion je zapazio Hanin mladalački stas i nije mogao da sakrije prostačko odobravanje na licu. Poljubio ju je u ruku vlažnim usnama. Njoj se moralo odati priznanje da je uspešno sakrila odvratnost. Pošla je za Estelom i Emelin, i dok se približavala vratima, pogled joj je kliznuo u stranu i potražio moj. U trenutku je nestala fasada odrasle osobe kad je izbacila jezik ka meni i zakolutala očima. A onda nestala iz sobe.

Kad su se muškarci vratili na svoja mesta i nastavili razgovor o poslu, kraj mog ramena se pojavio gospodin Hamilton.

„Sad možeš da ideš, Grejs", šapnuo je. „Nensi i ja ćemo završiti ovde gore." Pogledao je u mene. „I molim te nađi Alfreda.

---

* Izdanja o britanskim titulama, protokolima i etikeciji. (Prim. prev.)

Ne možemo dozvoliti da neko od gospodarovih gostiju pogleda kroz prozor i vidi nekog slugu kako tumara imanjem."

Stajala sam na kamenoj platformi na vrhu zadnjih stepenica i pogledom pretraživala tamu. Mesec je bacao belu svetlost, bojio travu u srebrno i pridavao izgled kostura ružama puzavicama koje su se držale za senicu. Raštrkani žbunovi ruže, danju prekrasni, noću su se pokazivali kao neprijatna skupina usamljenih, koščatih starih gospođa.

Konačno, na udaljenom naspramnom kamenom stepeništu, ugledala sam mračan oblik koji se nije mogao pripisati baštenskom rastinju.

Prikupila sam hrabrost i šmugnula u noć.

Sa svakim korakom duvao je hladniji, opakiji vetar.

Stigla sam do gornjeg stepenika i za trenutak stajala pored njega, ali Alfred nije davao znake da je svestan mog prisustva.

„Gospodin Hamilton me je poslao", kazala sam obazrivo. „Nemoj da misliš da te pratim."

Nije bilo odgovora.

„I ne moraš da me ignorišeš. Ako ne želiš da uđeš, samo mi reci i ja ću otići."

Nastavio je da zuri u visoko drveće Duge staze.

„Alfrede!" Glas mi je bio napukao od hladnoće.

„Ti misliš da sam isti onaj Alfred koji je otišao u Francusku", rekao je tiho. „Izgleda da me ljudi prepoznaju, pa mora da izgledam skoro isto, ali ja sam drugi čovek, Grejsi."

Zaprepastila sam se. Bila sam spremna za novi napad, za ljutite zahteve da ga ostavim na miru. Glas mu se spustio do šapata pa sam morala da čučnem odmah pored njega da bih ga čula. Donja usna mu je drhtala, nisam bila sigurna da li od hladnoće ili zbog nečeg drugog. „Vidim ih, Grejs. Danju nije tako strašno, ali noću, noću ih vidim i čujem. U salonu, u kuhinji, na ulici u selu. Dozivaju me po imenu. Ali kad se okrenem... nisu... svi su..."

Sela sam. Noć je bila ledena i mraz je sive kamene stepenice pretvorio u led, pa sam ispod suknje i dugih gaća osećala kako mi noge trnu.

„Mnogo je hladno", kazala sam. „Uđi pa ću ti spremiti kakao."

Nije dao do znanja da me je čuo. Samo je i dalje zurio u tamu.

„Alfrede?" Vrhovima prstiju sam okrznula njegovu ruku i impulsivno raširila prste preko njegovih.

„Nemoj." Ustuknuo je kao da ga je neko udario i ja sam skupila ruke u krilu. Hladni obrazi su mi goreli kao da su išamarani.

„Nemoj", prošaptao je.

Oči su mu bile zatvorene, kapci čvrsto stisnuti i ja sam posmatrala njegovo lice, pitala se šta to vidi zatvorenim očima, zbog čega se tako brzo kreću ispod kapaka izbeljenih mesečinom.

Onda se okrenuo ka meni i dah mi se presekao. Mora da je to bio neki trik noći, ali njegove oči su izgledale kao nešto što nikada ranije nisam videla. Duboke, mračne rupe, nekako prazne. Zurio je u mene tim očima što ne vide, i činilo se da nešto traži. Glas mu je bio dubok. „Mislio sam da ću, kad se vratim..." Reči su ostale da lebde u noći, nedovršene. „Toliko sam želeo da te vidim... Doktori su rekli da ako stalno budem nečim zauzet..." Iz grla mu je dopro neki čudan zvuk. Kao škljocanje.

Spao mu je oklop s lica, skliznuo kao papirna kesa, i on je zaplakao. Obema rukama je brzo pokrio lice, u uzaludnom pokušaju da to sakrije. „Ne, oh ne... Ne gledaj... Molim te, Grejsi, molim te..." Plakao je u šake. „Ja sam takva kukavica..."

„Nisi kukavica", odvratila sam odlučno.

„Zašto ne mogu da izbacim to iz glave? Samo želim da izbacim to iz glave." Udario se dlanovima o slepoočnice, sa žestinom koja me je uplašila.

„Alfrede! Prekini." Pokušala sam da ga uhvatim za ruke, ali nije dozvolio da mu skinem šake s lica. Čekala sam, gledala kako se trese celim telom, i proklinjala svoju nesposobnost. Konačno se činilo da se malo smirio. „Reci mi šta je to što vidiš", kazala sam.

Okrenuo se prema meni, ali nije govorio, i za trenutak sam shvatila kako mu sigurno izgledam. Koliki je ponor što zjapi između njegovog iskustva i mog. I tad sam znala da mi neće reći šta vidi. Nekako sam shvatila da se izvesne slike, izvesni zvuci, ni sa kim ne mogu podeliti i da nikada ne mogu biti izgubljeni.

Zato nisam ponovo zatražila. Spustila sam ruku na drugu stranu njegovog lica i blago primakla njegovu glavu ka svome ramenu. Sedela sam vrlo mirno dok je njegovo telo drhtalo uz mene.

I tako smo, zajedno, sedeli na stepenicama.

Odgovarajući muž

Hana i Tedi su se venčali prve subote u maju 1919. Bilo je to lepo venčanje u maloj crkvi na imanju Riverton. Lakstonovi bi više voleli da je održano u Londonu, kako bi mogli da dođu svi važni ljudi koje poznaju, ali gospodin Frederik je bio uporan, a toliko je udaraca pretrpeo prethodnih meseci da niko nije imao srca da se s njim spori, pa je tako bilo. Venčala se u crkvici u dolini, baš kao njeni baba i deda i njeni roditelji pre nje.

Padala je kiša – biće mnogo dece, rekla je gospođa Taunsend; plaču nekadašnji ljubavnici, šapnula je Nensi – pa su fotografije s venčanja pune kišobrana – crnih mrlja. Kasnije, kad su Hana i Tedi živeli u gradskoj kući na Grovenor skveru, na pisaćem stolu u jutarnjoj sobi stajala je jedna fotografija. Njih šestoro u redu: Hana i Tedi u sredini, nasmejani Simion i Estela s jedne strane, gospodin Frederik i Emelin, smrknutih lica, s druge.

Iznenađen si. Kako se moglo dogoditi tako nešto? Hana se toliko protivila braku, imala je toliko drugih ambicija. I Tedi: razborit, čak dobar i ljubazan, ali svakako ne muškarac koji bi oborio s nogu ženu kao što je Hana…

Ali, u stvari, to i nije bilo toliko komplikovano. Takve stvari obično nisu komplikovane. Jednostavno su se zvezde složile, barem one koje nije trebalo malo pogurati.

* * *

Ujutru posle svečane večere Lakstonovi su otišli u London. Imali su zakazane poslovne obaveze, i svi smo pretpostavljali – ako smo uopšte i mislili na njih – da ih više nikad nećemo videti.

Već smo se, znaš, bili usredsredili na sledeći veliki događaj, pošto je već sledeće nedelje u Riverton stigla družina nepobedivih žena čija je teška dužnost bila da nadgledaju Hanin izlazak u društvo. U januaru su balovi na selu bili u zenitu, a bila bi nezamisliva bruka da zakasne i budu primorane da dele datum s nekim drugim, većim balom. I tako je datum odabran – dvadeseti januar – i pozivnice poslate.

Jednog jutra početkom nove godine služila sam čaj ledi Klementini i udovi ledi Ešberi. Bile su u salonu, sedele jedna pored druge na sofi, svaka sa otvorenim rokovnikom na krilu.

„Pedeset bi trebalo da bude dovoljno“, rekla je ledi Vajolet. „Ništa gore od skoro praznog plesnog podijuma.“

„Osim prepunog“, dodala je ledi Klementina s gađenjem. „No teško da to danas može biti problem.“

Ledi Vajolet je pregledala spisak i usta su joj se nezadovoljno napućila. „Draga moja“, kazala je, „šta ćemo, zaboga, s nestašicom?“

„Gospođa Taunsend je dorasla izazovu“, odgovorila je ledi Klementina. „Uvek se snađe.“

„Nisam mislila na hranu, Klem, nego na muškarce. Gde ćemo naći još muškaraca?“

Ledi Klementina se nagla da osmotri spisak gostiju. Ljutito je zavrtela glavom. „To je apsolutno zločin. Eto šta je. Strašna poteškoća. Najbolji izdanci Engleske su ostavljeni da trunu na nekim zabačenim francuskim poljima, a njene mlade dame su ostavljene na cedilu, bez plesnih partnera. To je zavera, da ti ja kažem. *Nemačka* zavera.“ Raširila je oči na tu mogućnost. „Da spreče englesku elitu da se razmnožava!“

„Ali sigurno znaš još nekog koga bismo mogli pozvati, Klem? Ti si se do sada pokazala kao prilično dobra provodadžika.“

„Računam da sam imala sreće što sam našla onu Faninu budalu“, rekla je ledi Klementina i protrljala napuderisane podvaljke ispod brade. „Šteta što Frederik nikad nije ispoljio interesovanje. Sve bi bilo mnogo jednostavnije. Onda sam, umesto toga, morala da grebem po dnu kace.“

„Moja unuka neće imati muža sa dna kace“, odvratila je ledi Vajolet. „Budućnost ove porodice zavisi od toga za koga će se udati.“ Uzrujana, uzdahnula je, što je onda prešlo u kašalj, od kojeg joj se zatreslo celo sitno telo.

„Hana će proći bolje od jadne, jednostavne Fani“, samouvereno je kazala ledi Klementina. „Za razliku od moje štićenice, tvoja unuka je obdarena duhom, pameću, lepotom i šarmom.“

„I bez sklonosti da ih koristi“, rekla je na to ledi Vajolet. „Frederik je razmazio tu decu. Dao im je suviše slobode, a nedovoljno instrukcija. Naročito Hani. Ta devojka je puna nečuvenih stavova o samostalnosti.“

„Samostalnost...“, kazala je ledi Klementina s gađenjem.

„Oh, ne žuri ona da se uda. Rekla mi je to kad je bila u Londonu.“

„E stvarno.“

„Pogledala me je pravo u oči, izluđujuće učtivo, i rekla mi da joj nije nimalo važno ako bude teško izvesti je u društvo.“

„Kakva drskost!“

„Kazala je da će bal biti protraćen na nju jer nije imala nameru da izlazi u društvo ni kad dostigne godine za to. Rekla je da društvo smatra...“ Ledi Vajolet je sklopila oči. „Da nalazi da je visoko društvo dosadno i besmisleno.“

Ledi Klementina je ostala bez daha. „Nije valjda.“

„Jeste.“

„Ali šta predlaže umesto toga? Da ostane ovde, u očevom domu, i postane usedelica?“

Da možda postoji i neka druga opcija, bilo je van njihove moći poimanja. Ledi Vajolet je odmahnula glavom i pogrbila se od očajanja.

Ledi Klementina je primetila da je potrebno nešto za podizanje raspoloženja pa se uspravila i potapšala ledi Vajolet po ruci. „De, de“, kazala je. „Unuka ti je još mlada, draga moja Vajolet. Ima vremena da promeni mišljenje.“ Nagla je glavu u stranu. „Mislim da se sećam kad je i tebe dotakao slobodni duh u tim godinama, pa si to prerasla. I Hana će tako.“

„Mora“, kazala je sumorno ledi Vajolet.

Ledi Klementina je uhvatila dašak očajanja. „Nema nikakvog *naročitog* razloga zbog kojeg bi morala da nađe priliku za udaju tako brzo...“ Pa je zaškiljila. „Ili ima?“

Ledi Vajolet je uzdahnula.

„Ima!“, kazala je ledi Klementina i razrogačila se.

„U pitanju je Frederik. I njegova prokleta motorna kola. Banka mi je ove nedelje poslala pismo. Propustio je da isplati još rata.“

„I tad si prvi put saznala?“, kazala je ledi Klementina gladno. „Bože, bože.“

„Mislim da se plašio da mi kaže“, odgovorila je ledi Vajolet. „On zna šta ja mislim. Založio je čitavu našu budućnost za tu svoju fabriku. Čak je i prodao imanje u Jorkširu da bi platio naslednu taksu.“

Ledi Klementina je samo coktala jezikom.

„Umesto da proda tu fabriku. Ne može se reći da nije imao ponuda, znaš.“

„Nedavno?“

„Nažalost, ne.“ Ledi Vajolet je uzdahnula. „Frederik je divan sin, ali biznismen nije. I sad, koliko sam shvatila, sve nade polaže u kredit od nekog koncerna u koji je umešan i gospodin Lakston.“ Zavrtela je glavom. „Upada iz katastrofe u katastrofu, Klem. I ne pomišlja na dužnosti svog položaja.“ Spustila je vrhove prstiju na slepoočnice, i ponovo uzdahnula. „Ne mogu ni da ga krivim. Taj položaj nikad nije ni trebalo da bude njegov.“ A onda je usledila poznata jadikovka. „Kad bi samo Džonatan bio ovde.“

„De, de“, kazala je ledi Klem. „Frederik će sigurno imati uspeha. Motorna kola su tražena. Svako ih danas vozi. Umalo su me jedna zgazila danas kad sam prelazila ulicu kod Kensington plejsa.“

„Klem...! Jesi li bila povređena?“

„Nisam *ovoga puta*“, kazala je ledi Klementina jednostavno. „Sigurna sam da sledeći put neću biti te sreće.“ Podigla je obrvu. „Jeziva smrt, uveravam te. Razgovarala sam opširno s doktorom Karmajklom o tipovima povreda koje se mogu zadobiti.“

„Strašno“, rekla je ledi Vajolet i rasejano zavrtela glavom. Uzdahnula je. „Ne bih se toliko brinula za Hanu kad bi se Frederik ponovo oženio.“

„Da li je to verovatno?“, rekla je ledi Klementina.

„Teško da jeste. Kao što znaš, pokazao je malo interesovanja da nađe drugu ženu. Nije pokazivao ni blizu dovoljno interesovanja ni za prvu, ako mene pitaš. Previše je bio zaokupljen...“ – pogledala me je, a ja sam se usredsredila na to da popravim stolnjak – „onom drugom, odvratnom aferom.“ Zavrtela je glavom i stisnula usne. „Ne. Neće više biti sinova i nema svrhe nadati se da hoće.“

„Što nas ostavlja s Hanom.“ Ledi Klementina je otpila gutljaj čaja.

„Da.“ Ledi Vajolet je razdraženo uzdahnula i poravnala zeleni saten svoje suknje. „Izvini, Klem. To je od ove prehlade što me je snašla. Zbog toga sam neraspoložena.“ Odmahnula je glavom. „Jednostavno ne mogu da se otresem zle slutnje koja me muči u poslednje vreme. Nisam sujeverna – znaš da nisam – ali imam neki čudan osećaj...“ Pogledala je u ledi Klementinu. „Smejaćeš se, ali imam neobičan osećaj neke predstojeće propasti.“

„Oh?“ To je bila omiljena tema ledi Klementine.

„Ništa određeno. Samo osećanje.“ Skupila je šal oko ramena i ja sam zapazila koliko je krhka postala. „Ali svejedno, neću sedeti i gledati kako se ova porodica raspada. Doživeću da se

Hana veri – i to da se veri dobro – makar mi to bilo poslednje. Po mogućstvu pre nego što pođem s Džemajmom u Ameriku."

„Njujork. Zaboravila sam da ideš. Baš lepo od Džemajminog brata što ih je primio."

„Da", odgovorila je ledi Vajolet. „Mada će mi nedostajati. Mala Gita toliko liči na Džonatana."

„Nikad nisam mnogo marila za bebe", frknula je ledi Klementina. „Samo mjauču i povraćaju." Zadrhtala je tako da su joj se druga i treća brada zatresle, a onda prešla rukom preko stranice rokovnika i kucnula perom po praznoj površini. „Koliko vremena onda imamo da nađemo odgovarajućeg muža?"

„Mesec dana. Isplovljavamo četvrtog februara."

Ledi Klementina je napisala datum na stranici notesa, a onda se iznenada uspravila. „Oh...! Oh, Vajolet. Imam prilično dobru ideju", kazala je. „Kažeš da je Hana rešena da bude samostalna?"

Već sama ta reč izazvala je ledi Vajolet da zatrepće. „Da."

„Znači, kad bi joj neko dao malo ljubazno uputstvo...? Kad bi je naveo da sagleda brak kao put ka samostalnosti...?"

„Tvrdoglava je kao i njen otac", odvratila je ledi Vajolet. „Bojim se da ne bi slušala."

„Možda ne bi tebe ili mene. Ali znam nekog koga možda bi." Napućila je usne. „Da... Uz malo poduke, čak bi i *ona* to mogla da izvede."

Nekoliko dana kasnije, pošto joj je muž bio srećno zauzet obilaskom garaže gospodina Frederika, Fani se pridružila Hani i Emelin u burgundskoj sobi. U vihoru uzbuđenja zbog predstojećeg bala, Emelin je ubedila Fani da joj pomogne da vežba ples. S gramofona je svirao valcer i njih dve su uvežbavale korake po sobi, smejući se i zadirkujući pritom. Morala sam da pazim da ih mimoiđem dok sam čistila i spremala sobe.

Hana je sedela za pisaćim stolom i pisala nešto u svesku, nesvesna veselja iza sebe. Posle večere s Lakstonovima, kad je postalo jasno da njeni snovi o tome da nađe posao zavise od očeve dozvole koju on nikad neće dati, zapala je u neko stanje tihe zaokupljenosti. Dok su oko nje uzbuđeno tekle struje priprema za bal, ona je ostala van tog toka.

Posle nedelju dana nevesele zamišljenosti ušla je u suprotnu fazu. Vratila se vežbanju stenografije, mahnito je prepisivala svaku knjigu koja joj dođe do ruku, zaklanjajući šta radi kad bi se neko približio dovoljno da može da vidi. Ta razdoblja zaokupljenosti, suviše žestoka da bi potrajala, uvek je smenjivalo zapadanje u apatiju. Bacila bi nalivpero u stranu, sa uzdahom odgurnula knjigu i sedela nepokretno, čekajući vreme za jelo, ili da stigne neko pismo, ili da ponovo dođe čas da se obuče.

Naravno, um joj nije bio nepokretan dok je sedela. Izgledala je kao da pokušava da reši zagonetku svog života. Čeznula je za nezavisnošću i avanturom, a bila je zatvorenica – u udobnom zatvoru i dobro negovana, ali svejedno zatvorenica. Nezavisnost je zahtevala novac. Otac nije imao novca da joj da, a nije joj bilo dozvoljeno da radi.

Toga jutra, u burgundskoj sobi, sedela je za pisaćim stolom, leđima okrenuta Fani i Emelin, i stenografski prepisivala *Enciklopediju Britaniku*. Toliko je bila usredsređena na taj zadatak da se nije ni trgla kad je Fani vrisnula: „Jao! Pravi si slon!"

Fani je othramala do fotelje, a Emelin se srušila od smeha na divan. Izula je cipelu i nagla se da pogleda palac u čarapi. „Izgleda da će oteći", kazala je mrzovoljno.

Emelin se i dalje smejala.

„Verovatno neću moći da obujem nijedne od mojih najlepših cipela za bal!"

Svaki novi protest je samo bacao Emelin u novi napad smeha.

„Stvarno", kazala je Fani ogorčeno. „Upropastila si mi prst na nozi. Možeš bar da se izviniš."

Emelin je pokušala da obuzda veselje. „Ja... Izvini", kazala je. Ugrizla se za usnu pod ponovnom pretnjom smeha. „Ali nisam ja kriva što mi stavljaš stopala na put. Možda da nisu toliko velika...“ Pa se ponovo srušila.

„Samo da znaš“, kazala je Fani dok joj je brada drhtala, „gospodin Kolijer u *Herodsu* kaže da imam lepa stopala.“

„Kako i ne bi. Verovatno ti naplaćuje dvostruko više nego drugim damama.“

„Oh! Ti nezahvalna, mala...“

„Ma hajde, Fani“, kazala je Emelin uozbiljivši se. „Samo sam se šalila. Naravno da mi je žao što sam te nagazila po prstu.“

Fani je huknula.

„Hajde da ponovo probamo valcer. Obećavam ti da ću ovoga puta više paziti.“

„Mislim da neću“, kazala je Fani dureći se. „Moram da odmorim prst. Ne bi me iznenadilo da je slomljen.“

„Sigurno nije tako ozbiljno. Tek sam ga malo nagazila. Evo. Daj da pogledam.“

Fani je podavila nogu ispod sebe na sofi, sklanjajući stopalo od Emelin. „Mislim da si već dovoljno učinila.“

Emelin je udarala prstima po rukonaslonu stolice. „Pa kako ću onda vežbati plesne korake?“

„Ne moraš se mučiti; deda-ujak Bernard je poluslep pa neće ni primetiti, a rođak Džeremi će biti previše zauzet time što će te gnjaviti beskonačnim pričama o ratu, pa neće mariti.“

„Fuj. Ne nameravam da plešem s deda-ujacima“, kazala je Emelin.

„Bojim se da ćeš imati malo izbora“, odgovorila je Fani.

Emelin je lukavo podigla obrvu. „Videćemo.“

„Zašto?“, kazala je Fani i zaškiljila. „Šta hoćeš time da kažeš?“

Emelin se široko osmehnula. „Baka je ubedila tatu da pozove Lakstonove...“

„Teodora Lakstona?“ Fani se zajapurila.

„Zar nije uzbudljivo?“ Emelin je zgrabila Fani za ruke. „Tata je mislio da nije prikladno zvati poslovne poznanike na Hanin bal, ali baka je insistirala.“

„Bože", kazala je Fani, ružičasta i usplahirena. „E to je uzbudljivo. Malo prefinjenog društva za promenu." Zakikotala se i potapšala po jednom pa po drugom obrazu. „Teodor Lakston. E stvarno."

„Sad vidiš zašto moram naučiti da plešem."

„Trebalo je da misliš na to pre nego što si mi smrskala nogu."

Emelin se namrštila. „Da nas je samo tata pustio da uzimamo *prave* časove u školi *Vakani*. Niko neće plesati sa mnom ako ne znam korake."

Fani su se usne stanjile u gotovo osmeh. „Svakako nisi neka plesačica, Emelin", kazala je. „Ali ne treba da brineš. Neće ti nedostajati partnera na balu."

„Oh?", kazala je Emelin, sa izveštačenošću nekog naviknutog na komplimente.

Fani je protrljala prst u čarapi. „Od *svih* prisutnih džentlmena očekuje se da pozovu kćeri kuće na ples. Čak i slonice."

Emelin se namrgodila.

Razgaljena svojom malom pobedom, Fani je nastavila: „Sećam se svog debitantskog plesa kao da je juče bilo", kazala je, s nostalgijom kao da ima dvostruko više godina.

„Pretpostavljam da si, sa svojom ljupkošću i šarmom", kazala je Emelin i prevrnula očima, „imala više od jednog zgodnog džentlmena u redu onih koji su čekali da plešu s tobom."

„I ne baš. Nikad nisam videla toliko staraca što čekaju da te izgaze po prstima pa da mogu da se vrate svojim starim ženama i ponovo dremaju. Bila sam strašno razočarana. Svi najbolji muškarci bili su zauzeti ratom. Hvala bogu da je Godfrija bronhitis zadržao kod kuće, inače se nikada ne bismo upoznali."

„Je li to bila ljubav na prvi pogled?"

Fani je nabrala nos. „Nije! Godfriju je strašno pozlilo i najveći deo večeri je proveo u toaletu. Plesali smo samo jednom, koliko se sećam, i to kadril; sa svakim okretom postajao je sve zeleniji i zeleniji, sve dok na pola plesa nije prekinuo i nestao. Stvarno sam se naljutila tada. Bila sam potpuno bespomoćna i veoma postiđena. Nisam ga ponovo videla mesecima. Pa i onda nam je trebalo godinu dana da se venčamo." Uzdahnula je i zavrtela glavom. „Najduža godina mog života."

„Zašto?"

Fani je malo razmislila. „Nekako, zamišljala sam da će mi život posle debitantskog bala biti drugačiji."

„Zar nije bio?", upitala je Emelin.

„Jeste, ali ne onako kako sam mislila. Bilo je grozno. Zvanično, bila sam odrasla, pa ipak i dalje nisam mogla nikuda da idem i ništa da radim bez ledi Klementine ili neke druge prašnjave stare ledi koja je gurala nos u moje stvari. Nikad u životu nisam bila tako srećna kao kad me je Godfri zaprosio. To je bio odgovor na moje molitve."

Emelin je bilo teško da zamisli Godfrija Vikersa – podnadulog, ćelavog i obično bolesnog – kao odgovor na bilo čije molitve pa je nabrala nos. „Stvarno?"

Fani je značajno pogledala u Hanina leđa. „Ljudi se drugačije ponašaju prema tebi kad si udata. Dovoljno je da me predstave kao 'gospođu Vikers' pa da ljudi shvate da nisam šašava devojka, već udata žena kadra da razmišljam kao odrasli."

Hana, očigledno nedirnuta, nastavila je energično da piše.

„Jesam li ti pričala o svom medenom mesecu?", kazala je Fani, ponovo obraćajući pažnju na Emelin.

„Samo hiljadu puta."

Fani se nije dala odvratiti. „Firenca je najromantičniji strani grad koji sam ikada videla."

„To je jedini strani grad koji si videla."

„Svake noći, posle večere, Godfri i ja smo šetali uz reku Arno. Kupio mi je predivnu ogrlicu u jednoj elegantnoj maloj radnji na Ponte Vekiju. U Italiji sam se osećala kao sasvim druga osoba. Preobražena. Jednog dana sam se popela na tvrđavu Belveder i uživala u pogledu na celu Toskanu. Bilo je tako lepo da mi se plakalo. A umetničke galerije! Bilo je jednostavno *previše* da se vidi. Godfri je obećao da će me uskoro ponovo odvesti tamo." Brzo je bacila pogled ka pisaćem stolu, gde je Hana i dalje pisala. „I *ljudi* koje srećeš kad putuješ; zaista fascinantno. Imali smo jednog saputnika u vozu za Kairo. Nikad ne bi pogodila zašto je išao tamo. Da iskopava zakopana blaga! Nisam mogla da verujem kad nam je pričao. Izgleda da su se ljudi u drevna vremena sahranjivali sa svojim draguljima. Ne mogu da zamislim zašto. Deluje mi kao strašno neukusno. Doktor Hamfriz je rekao da to ima neke veze s religijom. Pričao nam je neverovatno zanimljive priče, čak nas je i pozvao da posetimo iskopine ako nam to bude usput!" Hana je prestala da piše. Fani je obuzdala trijumfalni osmejak. „Godfri je bio malo sumnjičav – mislio je da nas taj čovek zavitlava – ali meni je bio strašno zanimljiv."

„Je li bio zgodan?", upitala je Emelin.

„O da", poletno je kazala Fani, „on..." Zastala je, dozvala k sebi i vratila se na scenario. „Doživela sam više uzbuđenja za dva meseca braka nego u celom svom životu." Pogledala je u Hanu ispod trepavica i izbacila adut. „Čudno. Pre nego što sam se udala, zamišljala sam da kad imaš muža, izgubiš sebe. A sad znam da je sasvim suprotno. Nikad se nisam osećala tako... tako samostalno. Pripisuju ti mnogo više razuma. Niko ni okom ne trepne kad odlučim da izađem u šetnju. I zaista, verovatno će tražiti od mene da budem pratilja tebi i Hani dok ne dođe vreme da se i same udate." Šmrknula je, sva važna. „Sva sreća da imate nekog poput mene, inače bi vam natovarili neku dosadnu staricu."

Emelin je podigla obrve, ali Fani to nije videla. Ona je posmatrala Hanu, čije je nalivpero sada ležalo pored knjige.

Fani su oči samozadovoljno blesnule. „Dakle", kazala je, navlačeći cipelu na povređeni prst, „iako sam uživala u vašem živahnom društvu, sad moram da idem. Muž mi se do sada već vratio iz šetnje i željna sam malo... *odraslog* razgovora."

Milo se nasmešila i izašla iz sobe, visoko podignute glave, držanja pomalo narušenog blagim hramanjem.

Emelin je pustila novu ploču i dok je plesala po sobi, Hana je ostala da sedi za stolom, i dalje okrenuta leđima. Ruke su joj bile sklopljene u most na kojem joj je počivala brada, i zurila je kroz prozor napolje, preko beskrajnih polja. Dok sam pajalicom čistila ukrasni venac od gipsa na zidu iza nje, po njenom slabom odrazu u staklu videla sam da je duboko zamišljena.

Sledeće nedelje u kuću su stigli gosti. Kao što je bilo uobičajeno, odmah su se dali na uživanje u raznim aktivnostima koje su im obezbedili domaćini. Neki su tumarali imanjem, drugi igrali bridž u biblioteci, a oni energičniji su se mačevali u gimnastičkoj dvorani.

Nakon herkulovskih napora organizacije, ledi Vajolet se zdravlje naglo pogoršalo pa je bila primorana da leži. Ledi Klementina je potražila društvo negde drugde. Primamilo ju je sevanje sečiva pa je zauzela veliku kožnu fotelju da gleda mačevanje. Kad sam donela da poslužim čaj, bila je zadubljena u udoban razgovor *tête-à-tête* sa Simionom Lakstonom.

„Sin vam se dobro mačuje", kazala je ledi Klementina i pokazala ka jednom od dvojice maskiranih mačevalaca. „Za jednog Amerikanca."

„Možda govori kao Amerikanac, ledi Klementina, ali uveravam vas da je skroz-naskroz Englez."

„Zaista", odvratila je ledi Klementina.

„Mačuje se kao Englez", dodao je Simion glasno. „Prividno jednostavno. U istom stilu koji će ga dovesti u parlament na narednim izborima."

„Da. Čula sam za njegovu nominaciju", odgovorila je ledi Klementina. „Sigurno ste veoma zadovoljni."

Simion se još više naduvao nego obično. „Moj sin ima odličnu budućnost."

„Svakako predstavlja gotovo sve što mi konzervativci tražimo kod člana parlamenta. Kad sam poslednji put organizovala čaj za Konzervativne žene, baš smo razgovarale o tome kako nedostaje solidnih muškaraca da se izbore s ljudima poput Lojda Džordža." Pa je onda ponovo, procenjivački, pogledala u Tedija. „Vaš sin bi mogao biti baš ono što tražimo i biće mi više nego drago da ga podržim ako se ispostavi da je zaista tako." Otpila je gutljaj čaja. „Naravno, supruga je mala smetnja."

„To nije problem", Simion je nehajno odbacio tu primedbu. „Tedi nema suprugu."

„Upravo to sam i htela da kažem, gospodine Lakstone."

Simion se namrštio.

„Neke gospođe nisu tako liberalne kao ja", nastavila je ledi Klementina. „Kažu da je to obeležje slabog karaktera. Porodične vrednosti su nam mnogo važne. Muškarac određenih godina bez supruge... ljudi počnu da se pitaju."

„Samo još nije sreo pravu devojku."

„Naravno, gospodine Lakstone. To znamo vi i ja. Ali ostale dame... One gledaju u vašeg sina i vide zgodnog mladića koji ima mnogo da ponudi, a opet ne pokazuje želju za suprugom. Ne možete ih kriviti ako počnu da se pitaju zašto." Značajno je podigla obrve.

Simionu su obrazi pocrveneli. „Moj sin nije... Još nijedan muškarac iz porodice Lakston nije optužen za..."

„Naravno da nije, gospodine Lakstone", odgovorila je ledi Klementina glatko, „i razumećete da to nije moje mišljenje. Samo prenosim mišljenje nekih naših dama. One vole da znaju kako je muškarac – muškarac. A ne esteta." Nasmešila se jedva primetno i popravila naočari. „Šta god da je posredi, to je sitnica i ima vremena. Još je mlad. Koliko ima godina? Dvadeset pet?"

„Trideset jednu", odgovorio je Simion.

„Oh", kazala je. „Onda i nije baš tako mlad." Ledi Klementina je znala kad treba da pusti tišinu da govori umesto nje.

„Možete biti mirni, ledi Klementina. S Tedijem je sve u redu", rekao je Simion. „Veoma je popularan među damama. Odabraće sebi nevestu kad bude spreman."

„Drago mi je što to čujem, gospodine Lakstone." Ledi Klementina je nastavila da gleda mačevanje. Popila je gutljaj čaja. „Samo se, za njegovo dobro, nadam da će to biti uskoro. I da će odabrati pravu *vrstu* devojke."

Simion je upitno podigao obrve.

„Mi Englezi smo narod koji drži do nacije. Vaš sin ima mnogo toga što ga preporučuje, ali neki ljudi, naročito u Konzervativnoj partiji, mogu da ga smatraju pomalo *novim*. Zaista se nadam da će uzeti suprugu koja će u brak doneti više od časne sebe."

„Šta može biti važnije od nevestine časti, ledi Klementina?"

„Njeno ime, njena porodica, njeno vaspitanje i njena loza." Ledi Klementina je pogledala kad je Tedijev protivnik zadao udarac i dobio meč. „Možda se u novom svetu na to ne gleda, ali ovde u Engleskoj takve stvari su veoma važne."

„Uz devojčinu čistotu, naravno", rekao je Simion.

„Naravno."

„I krotkost."

„Svakako", odgovorila je ledi Klementina, manje ubeđeno.

„Nisu ove moderne žene za moga sina, ledi Klementina", kazao je Simion i oblizao usne. „Mi Lakstonovi muškarci volimo da naše gospođe znaju ko je gazda."

„Shvatam, gospodine Lakstone", odvratila je ledi Klementina.

Simion je aplaudirao završetku meča. „Kad bi čovek samo znao gde da nađe tako pogodnu mladu damu."

Ledi Klementina nije odvojila pogled od mačevalaca. „Zar ne mislite, gospodine Lakstone, da nam je ono što tražimo često baš ispred nosa?"

„Mislim, ledi Klementina", rekao je Simion smeškajući se stisnutim usnama. „Mislim, svakako."

Nisam bila potrebna za večerom pa nisam videla ni Tedija ni njegovog oca do kraja petka. Nensi je izvestila da su njih dvojica bili zadubljeni u živ razgovor u hodniku na spratu, u petak na noć, ali ne mogu da kažem o čemu su razgovarali. U subotu ujutru, kad sam došla da proverim vatru u salonu, Tedi je bio simpatičan i raspoložen kao i obično. Sedeo je u fotelji i čitao jutarnje novine, iza kojih je skrivao koliko ga zabavlja jadikovanje ledi Klementine zbog cvetnih aranžmana. Cveće je upravo bilo stiglo iz Brejntrija, prekrasne ruže, a obećali su ledi Klementini dalije. Nije bila srećna.

„Ti“, obratila se meni mahnuvši stabljikom ruže, „nađi gospođicu Hartford. Mora da ih vidi lično.“

„Mislim da se gospođica Hartford sprema za jutarnje jahanje, ledi Klementina“, odgovorila sam.

„Baš me briga i ako se sprema za trku Grand nacional. Cvetni aranžmani zahtevaju njenu pažnju.“

I tako, dok su ostale mlade dame doručkovale u krevetu i razmišljale o večeri i noći koja je pred njima, Hana je pozvana u salon. Pola sata pre toga pomogla sam joj da obuče kostim za jahanje, i sad je izgledala kao lisica priterana u ćošak, željna da umakne. Dok je ledi Klementina besnela, Hana nije imala nikakvo mišljenje o tome da li su dalije pogodnije od ruža i mogla je samo da klima glavom i povremeno kradomice, s čežnjom gleda u sat na kaminu.

„Ali šta da radimo?“ Ledi Klementina je stigla do kraja argumentacije. „Kasno je da naručimo još.“

Hana je protrljala usne jednu o drugu, trepnula i vratila se u situaciju. „Pretpostavljam da ćemo morati da se snađemo sa ovim što imamo“, kazala je pomalo podrugljivo hrabro.

„Ali možeš li to da podneseš?“

Hana je odglumila mirenje sa sudbinom. „Ako moram, podneću.“ Sačekala je nekoliko sekundi, a onda vedro kazala: „Dakle, ako je to sve...“

„Hajdemo gore“, prekinula ju je ledi Klementina. „Da ti pokažem kako užasno izgledaju u balskoj dvorani. Nećeš verovati...“

Ledi Klementina je nastavila da sipa prezir prema cvetnim aranžmanima od ruža, a onda se Tedi nakašljao. Presavio je novine i spustio ih na sto pored sebe. „Kako je divan zimski dan“, rekao je, nikome posebno. „Rado bih izašao na jahanje. Da vidim više imanja.“

Ledi Klementina je usisala dah usred rečenice i u očima joj je blesnula svetlost višeg cilja. „Jahanje“, kazala je bez pauze. „Kakva divna ideja, gospodine Lakstone. Zar nije divna ideja, Hana?“

Hana je iznenađeno podigla pogled, a Tedi joj se zaverenički nasmešio. „Izvolite, pridružite mi se.“

Pre nego što je uspela da odgovori, ledi Klementina je rekla: „Da... sjajno. Biće nam drago da vam se pridružimo, gospodine Lakstone. Ako nemate ništa protiv, naravno?“

Ledi Klementina se okrenula ka meni, sa izrazom strepnje na licu. „Ti, devojko, reci gospođi Taunsend da nam spakuje čaj.“ Pa se okrenula nazad ka Tediju i rekla, sa osmehom na tankim usnama: „Stvarno volim da jašem.“

Bili su neobična povorka kad su krenuli ka štalama – a još čudnija, rekao je Dadli, kad su uzjahali konje. Rekao je kako se umalo nije srušio od smeha gledajući kako prelaze zapadni proplanak, ledi Klementina na najstarijoj kobili gospodina Frederika, čiji je obim premašivao čak i obim njene jahačice.

Bili su odsutni dva sata, a kad su se vratili na ručak, Tedi je bio mokar do gole kože, Hana veoma tiha, a ledi Klementina samozadovoljna kao mačka pred zdelom pavlake. Šta se desilo na jahanju, Hana će mi sama ispričati, ali tek posle mnogo meseci.

Neko vreme su jahali u tišini: Hana napred, Tedi odmah iza nje, ledi Klementina na začelju. Zimske grančice su pucale pod konjskim kopitima, a reka se, hladna, valjala da se pridruži Temzi.

Konačno, Tedi je poterao konja uz bok Haninog i rekao, veselim glasom: „Zaista je zadovoljstvo biti ovde, gospođice Hartford. Moram da vam zahvalim na vašem ljubaznom pozivu.“

Iako je uživala u tišini, Hana je odgovorila: „Mojoj baki treba da zahvalite, gospodine Lakstone. Ja imam malo veze s tim."

„Ah...", kazao je Tedi. „Shvatam. Moram upamtiti da joj zahvalim."

Hani je bilo žao Tedija, koji je, najzad, samo pokušavao da razgovara, pa je kazala: „Čime se vi bavite, gospodine Lakstone?"

Brzo je odgovorio, verovatno jer mu je laknulo. „Ja sam kolekcionar."

„A šta sakupljate?"

„Lepe predmete."

„Mislila sam da možda radite sa svojim ocem."

Tedi je otresao list breze koji mu je bio pao na rame. „Moj otac i ja se ne slažemo sasvim u pitanjima biznisa, gospođice Hartford", rekao je. „On ne vidi mnogo vrednosti osim onoga što je direktno povezano sa sticanjem bogatstva."

„A vi, gospodine Lakstone?"

„Ja tragam za bogatstvom druge vrste. Za bogatstvom novih iskustava. Stoleće je mlado, i ja sam mlad. Ima previše toga da se vidi da bih se zaglibio u biznis."

Hana ga je pogledala. „Tata je rekao da ulazite u politiku. To će vam svakako ograničiti planove?"

On je odmahnuo glavom. „Politika mi pruža još više razloga da proširim svoje horizonte. Najbolji lideri su oni koji na položaj donose novu perspektivu, zar ne?"

Nastavili su da jašu, sve do zadnjih livada, često zastajući da bi jahačica iza njih mogla da ih stigne. Kad su konačno našli utočište u jednoj staroj mermernoj ukrasnoj kuli, i ledi Klementini i njenoj kobili u jednakoj meri je laknulo što će moći da odmore nažuljane bokove. Tedi joj je pomogao da uđe unutra dok je Hana vadila i aranžirala plen iz korpe za piknik gospođe Taunsend.

Kad su završili s termosom vrućeg čaja i komadima voćnog kolača, Hana je rekla: „Mislim da ću prošetati do mosta."

„Mosta?", upitao je Tedi.

„Odmah tamo, iza drveća“, kazala je ustajući, „tamo gde se jezero sužava i spaja s potokom.

„Imate li nešto protiv da vam pravim društvo?“, upitao je Tedi.

„Ne, nimalo“, odgovorila je Hana, mada je imala.

Ledi Klementina, razdirana između dužnosti pratilje i bolne zadnjice, konačno je rekla: „Ja ću ostati ovde, da čuvam konje. Ali nemojte dugo. Počeću da brinem. Znate, u šumi ima mnogo opasnosti.“

Hana se blago nasmešila Tediju i pošla prema mostu. Tedi je išao za njom, stigao je i koračao pored nje, na učtivom rastojanju.

„Izvinite, gospodine Lakstone, što vam je ledi Klementina nametnula naše društvo.“

„Nikako“, odgovorio je Tedi. „Uživam u društvu.“ Pogledao ju je. „U jednom više, u drugom manje.“

Hana je nastavila da gleda pravo preda se. „Kad sam bila mala“, kazala je brzo, „moji brat i sestra i ja smo dolazili dole na jezero da se igramo. U kućici za čamce i na mostu.“ Pogledala ga je krišom iskosa. „To je, znate, magični most.“

„Magični most?“ Tedi je podigao jednu obrvu.

„Shvatićete kad vidite“, odgovorila je Hana.

„A kako ste se igrali na tom svom magičnom mostu?“

„Imali smo običaj da ga naizmenično pretrčavamo.“ Pogledala ga je. „Znam, zvuči jednostavno. Ali to nije bilo koji magičan most. Ovim vlada naročito gadan i osvetoljubiv jezerski demon.“

„Ma nije valjda“, odvratio je Tedi smešeći se.

„Uglavnom smo uspevali da pređemo preko, ali povremeno bi se desilo da ga neko od nas probudi.“

„I šta bi se onda dogodilo?“

„E onda bi nastao dvoboj do smrti.“ Osmehnula se. „Do njegove smrti, naravno. Svi smo bili izvrsni mačevaoci. Srećom, besmrtan je, inače ne bi bilo mnogo igre.“

Skrenuli su i pred njima se ukazao rasklimani most, podignut preko uskog potoka. Iako je bilo hladno, voda se još nije bila zamrzla.

„Eto“, kazala je Hana zadihano.

Most, odavno van upotrebe zbog većeg, podignutog bliže gradu kako bi mogla da prelaze motorna kola, izgubio je svu boju osim nekoliko ljuspica, i bio je obrastao mahovinom. Rečne obale zarasle u trsku blago su se spuštale ka rubu vode, gde je leti cvetalo poljsko cveće.

„Pitam se da li je jezerski demon danas tu“, rekao je Tedi.

Hana se osmehnula. „Ne brinite. Ako se pojavi, ja ću mu pokazati.“

„Borili ste se s njim mnogo puta?“

„Borila se i pobeđivala“, odgovorila je Hana. „Imali smo običaj da se igramo ovde kad god smo mogli. Mada se nismo *uvek* borili s jezerskim demonom. Ponekad smo pisali pisma. Onda smo ih stavljali u boce i bacali preko ograde mosta.“

„Zašto?“

„Da reka odnese naše želje u London.“

„Naravno.“ Tedi se osmehnuo. „Kome ste pisali?“

Hana je zagladila stopalom travu. „Mislićete da je glupo.“

„Iskušajte me.“

Podigla je pogled ka njemu, obuzdala osmeh. „Ja sam pisala Džejn Digbi. Svaki put.“

Tedi se namrštio.

„Pa znate“, kazala je Hana. „Ledi Džejn, koja je pobegla u Arabiju i živela život ispunjen istraživanjima i osvajanjima.“

„Ah“, rekao je Tedi kad mu je sinulo u pamćenju. „Zloglasna pobegulja. A šta ste, zaboga, imali da joj kažete?“

„Obično sam je molila da dođe i da me izbavi. Nudila sam joj svoje usluge odane robinje pod uslovom da me povede u svoju sledeću avanturu.“

„Ali kad ste vi bili mali, zar ona nije već...“

„Umrla? Da. Jeste, naravno. Odavno je već bila mrtva. Ja tada to nisam znala." Hana ga je pogledala iskosa. „Da je bila živa, naravno, plan bi bio bez mane."

„Bez sumnje", odgovorio je on s velikom ozbiljnošću. „Odmah bi došla i povela bi vas sa sobom u Arabiju."

„Prerušena u beduinskog šeika, tako sam uvek mislila."

„I vaš otac ne bi imao ništa protiv."

Hana se nasmejala. „Bojim se da bi. I imao je."

Tedi je podigao jednu obrvu. „Imao?"

„Neki farmer zakupac našao je jednom pismo i vratio ga tati. Farmer nije umeo da čita, ali ja sam bila nacrtala porodični grb pa je mislio da je sigurno nešto važno. Mislim da je očekivao nagradu za svoj trud."

„Nagađam da je nije dobio."

„Bogami nije. Tata je bio pomodreo od besa. Nisam sigurna šta mu je više smetalo: moja želja da se pridružim tako skandaloznom društvu ili drskost pisma. Mislim da ga je najviše brinulo da baka ne sazna. Ona je oduvek mislila da sam drsko, besramno dete."

„Ono što bi neko nazvao drskim i besramnim", kazao je Tedi, „drugi bi možda nazvali punim duha." Pogledao je u nju ozbiljno. S nekom namerom, pomislila je Hana, mada nije znala kakvom. Osetila je da je porumenela, pa je okrenula glavu. Prstima je prolazila kroz dugu, tanku trsku kojom je obilovala rečna obala. Izvukla je jednu i, iznenada obuzeta neobičnom energijom, potrčala na most. Bacila je trsku preko ograde, u brzu rečnu vodu ispod, a onda požurila na drugu stranu, da vidi kako se ponovo pomalja.

„Odnesi moje želje u London", viknula je za njom kad se pojavila iza okuke.

„Šta ste poželeli?", upitao je Tedi.

Osmehnula mu se i nagla se napred, i u tom trenutku se umešala sudbina. Kopča na njenom lancu, slaba od stalnog korišćenja, popustila je pa joj je medaljon skliznuo s belog vrata i sunovratio se dole. Hana je osetila gubitak težine predmeta, ali shvatila je prekasno. Kad ga je ugledala, medaljon je bio tek odsjaj što nestaje ispod vodene površine.

Dah joj se presekao, pretrčala je preko mosta nazad na obalu i počela da se probija kroz trsku, do ivice vode.

„Šta je bilo?", upitao je Tedi, zbunjen.

„Moj medaljon", odgovorila je Hana. „Ispao je..." Počela je da odvezuje pertle na cipelama. „Moj brat..."

„Jeste li videli gde je upao?"

„Odmah ispod sredine mosta", kazala je Hana. Pošla je preko klizave mahovine ka vodi, a rub suknje joj je već bio vlažan i blatnjav.

„Čekajte", rekao je Tedi, skinuo jaknu i bacio je na rečnu obalu, a onda je izuo i čizme. Mada na tom mestu uska, reka je bila duboka i ubrzo mu je voda dopirala do bedara.

Hana je, u panici, ponovo otrčala na most i očajnički pokušavala da vidi medaljon kako bi mogla da navodi Tedija.

Izranjao je i zaranjao, i izranjao i zaranjao dok je ona piljila u vodu, i baš kad je izgubila svaku nadu da će se ponovo pojaviti, medaljon je blesnuo među njegovim stegnutim prstima.

Kakav fin herojski podvig. Tako netipičan za Tedija, muškarca sklonijeg razboritosti nego odvažnosti, uprkos njegovim najboljim namerama. Tokom godina, kad je prepričavana na društvenim okupljanjima, priča o njihovoj veridbi je poprimila svojstva mita, čak i kad ju je pričao sam Tedi. Kao da ni on, kao ni njegovi nasmejani gosti, nije bio sasvim u stanju da poveruje da se to zaista dogodilo. Ali jeste se dogodilo. I tačno u tom trenutku, i pred tačno određenom osobom, na koju će imati sudbonosno dejstvo.

Kada mi je pričala o tome, Hana je rekla da je – dok je stajao pred njom tresući se i s njega se slivala voda, a u krupnoj šaci držao njen medaljon – iznenada postala svesna njegove fizičke pojave. Njegove mokre kože, košulje koja mu se pripijala uz ruke, njegovih tamnih očiju trijumfalno usredsređenih na njene. Nikada se ranije nije tako osećala – a i kako bi, prema kome? Žudela je da je zgrabi u naručje i stegne čvrsto, kao što je držao njen medaljon.

On, naravno, nije učinio ništa ni slično tome; samo se ponosno osmehnuo i onda joj pružio medaljon. Ona ga je zahvalno uzela i okrenula se kad se latio nezahvalnog zadatka da obuče suvu preko mokre odeće.

Ali do tada je seme već bilo posejano.

Bal i posle bala

Hanin bal je prošao sjajno. Stigli su naručeni muzičari i šampanjac, a Dadli je poharao staklenik na imanju kako bi obogatio nezadovoljavajuće cvetne aranžmane. Na svim krajevima prostorije naložene su vatre i ispunile očekivanje toplote u zimu.

Sama prostorija je bila sva u blesku i sjaju. Kristalni lusteri su sijali, crne i bele pločice se presijavale, gosti blistali. U sredini je bilo okupljeno dvadeset pet mladih dama koje su se kikotale, samosvesne u prefinjenim haljinama i s belim rukavicama od jareće kože, važne s porodičnim starim i kitnjastim nakitom. U njihovom središtu bila je Emelin. Mada je, s petnaest godina, bila mlađa od većine prisutnih mladih ljudi, ledi Klementina joj je dodelila specijalnu dozvolu da prisustvuje, shvativši da neće monopolisati muškarce za ženidbu i tako pokvariti šanse starijim devojkama. Uza zid se poređao bataljon pratilja umotanih u krzno, na pozlaćenim stolicama, s termoforima ispod pokrivača na krilu. Veteranke su bile prepoznatljive po knjigama za čitanje i pletivu koje su razborito donele sa sobom da prekrate sate.

Muškarci su bili prilično raznolika zbirka, domaća garda iz pouzdanih izvora, koja se poslušno odazvala pozivu na dužnost. Šačica onih koji bi se s pravom mogli označiti kao „mladi" sastojala se od kompleta rumene braće Velšana, koje je regrutovala druga rođaka ledi Vajolet, i prerano oćelavelog sina ovdašnjeg lorda. U poređenju s tom skupinom nezgrapnog provincijskog plemstva, Tedi, sa onom svojom crnom kosom, brkovima filmske zvezde i američkim odelom, izgledao je neizmerno elegantan i šarmantan.

Dok je prostoriju ispunjavao miris rasplamsalih vatri i irski ples ustupio mesto bečkom valceru, stariji muškarci su se dali u pratnju mladih dama po dvorani. Neki okretno, drugi sa uživanjem, većina ni jedno ni drugo. Pošto je ledi Vajolet groznica oborila u krevet, ledi Klementina je preuzela upravu nad pratiljama i nadgledala kad je jedan bubuljičav mladić požurio da Hanu pozove na ples.

Tedi, koji je takođe imao tu nameru, skrenuo je svoj široki, beli osmeh na Emelin. Lice joj je sinulo i prihvatila je. Ignorišući ledi Klementinu, koja se namrštila s neodobravanjem, poklonila se, pustila da joj kapci za trenutak zatrepere i sklope se, a onda je širom otvorila oči – i previše široko – dok se podizala i uspravljala do pune visine. Da pleše nije umela, ali novac koji je gospodin Frederik potrošio na privatne časove lepog ponašanja isplatio se. Dok su plesali, primetila sam da se drži vrlo blizu Tediju, da upija svaku njegovu reč i suviše se široko osmehuje kad god se šalio.

Noć je prolazila u kovitlacu i, ples za plesom, dvorana je postajala sve toplija. Slab miris znoja mešao se s mirisom dima od vlažnih cepanica, i kad me je gospođa Taunsend poslala gore sa šoljama bistre supe, elegantne frizure su počele da se osipaju, a svi obrazi su bili rumeni i zajapureni. Po svemu sudeći, gosti su uživali i dobro su se provodili, sa upadljivim izuzetkom Faninog muža, za koga je to bilo preterano pa se povukao na spavanje pod izgovorom da ima migrenu.

Kad me je Nensi zamolila da kažem Dadliju kako nam treba još cepanica, laknulo mi je što mogu da pobegnem iz balske dvorane od vrućine koja je izazivala mučninu. Duž hodnika i niz stepenice, grupice devojaka su se kikotale i sašaptavale preko šolja sa supom. Izašla sam na zadnja vrata i već bila na pola puta baštenske staze kad sam primetila usamljenu priliku kako stoji u mraku.

Bila je to Hana, nepomična kao statua, i zurila u noćno nebo. Njena gola ramena, fina i bleda na mesečini, nisu se razlikovala od belog, glatkog satena njene haljine i nabrane svile ogrtača. Plava kosa, u tom trenutku gotovo srebrna, krasila joj je glavu kao kruna, a neke kovrdže su se izvukle i padale joj po potiljku i vratu. Ruke u belim rukavicama od jareće kože držala je uz bokove.

Pomislila sam kako joj je sigurno hladno kad stoji tako, usred zimske noći, samo sa svilenim ogrtačem. I da joj je potreban žaket ili bar šolja supe. Rešila sam da joj donesem i jedno i drugo, ali pre nego što sam uspela i da mrdnem, pored nje se, iz mraka, pojavila druga prilika. Najpre sam pomislila da je to gospodin Frederik, ali kad je izašao iz senke, videla sam da je Tedi. Stao je pored nje i rekao joj nešto što nisam mogla da čujem. Ona se okrenula. Mesečina joj je svetlila lice, milovala joj usne opušteno rastavljene.

Blago je zadrhtala i za trenutak sam pomislila da će Tedi skinuti sako i ogrnuti je njime onako kako to rade junaci ljubavnih romana koje je Emelin volela da čita. Nije to uradio, već joj je rekao još nešto, zbog čega je ponovo podigla pogled ka nebu. Nežno ju je uzeo za ruku, spuštenu uz bok, i ona se malo ukočila kad je prstima pomilovao njene. Okrenula je ruku tako da je mogao preći pogledom po njenoj bledoj podlaktici, a onda je podići, polako, ka usnama, sagnuti glavu i poljubiti je u onu hladnu površinu kože između rukavice i ogrtača.

Ona je gledala njegovu tamnu glavu, pognutu da bi je poljubio, ali nije povukla ruku. Videla sam kako joj se grudi podižu i spuštaju dok joj se disanje ubrzavalo.

Onda sam i ja zadrhtala, pitajući se da li su mu usne tople i da li brkovi bockaju.

Nakon jednog dugog trenutka uspravio se i pogledao je, i dalje je držeći za ruku. Rekao joj je nešto na šta je ona jedva primetno klimnula glavom.

A onda je otišao.

U sitne jutarnje sate bal se zvanično završio i pomagala sam Hani da se spremi za krevet. Emelin je već spavala i sanjala o svilenom i satenskom vrtlogu plesača, ali Hana je sedela i ćutala za toaletnim stolom dok sam joj skidala rukavice, otkopčavala dugme za dugmetom. Kad sam stigla do bisera oko njenog ručnog zgloba, povukla je ruku i rekla: „Hoću da ti kažem nešto, Grejs."

„Da, gospođice?"

„Nisam nikome rekla." Oklevala je, pogledala u zatvorena vrata i spustila glas: „Moraš obećati da nećeš reći. Ni Nensi, ni Alfredu, nikome."

„Umem da čuvam tajnu, gospođice."

„Naravno da umeš. Već si i ranije čuvala moje tajne." Duboko je udahnula. „Gospodin Lakston me je pitao da se udam za njega." Pogledala me je nesigurno. „Kaže da je zaljubljen u mene."

Nisam znala kako da odgovorim. Da glumim iznenađenje bilo bi nepošteno. Ponovo sam uzela njenu ruku u svoje. „Vrlo dobro, gospođice."

„Da", kazala je, grickajući unutrašnju stranu obraza. „Pretpostavljam da jeste."

Pogledi su nam se sreli i ja sam imala nejasan osećaj da nisam prošla nekakvu probu. Odvratila sam pogled, skinula joj prvu rukavicu s ruke, kao odbačenu drugu kožu, i počela da skidam drugu. Ćutala je i posmatrala moje prste. Ispod kože ručnog zgloba zatreperilo joj je bilo. „Još mu nisam odgovorila."

* * *

Dok je Hana sedela za toaletnim stolom i razmišljala o čudnom i neočekivanom obrtu događaja, gospodin Frederik se u radnoj sobi u prizemlju suočavao s drugačijom vrstom šoka. Simion Lakston je pokazao zaprepašćujuću neosetljivost na izbor trenutka kad će mu zadati udarac. (Točkovi biznisa ne mogu stati samo zato što mlade dame izlaze u društvo, zar ne?)

Dok je u balskoj dvorani ples bio u punom zamahu, on je rekao gospodinu Frederiku da je koncern odbio da refinansira njegovu fabriku u krizi. Da smatraju to opasnim rizikom. Međutim, Simion ga je uveravao da je to i dalje vredan komad zemlje, za koji bi mogao brzo da nađe kupca i da dobro prođe ako želi da se spase sramote javnog stečaja. (I eto, već samo ovako, iz glave, zna jednog Amerikanca koji traži zemljište u toj oblasti da bi izgradio kopiju versajskog vrta za svoju novu suprugu.)

To nam je posle malo više brendija ispričao Simionov sobar u odajama za poslugu. Međutim, mada smo se iznenadili i zabrinuli, nismo mogli da preduzmemo bogzna šta osim da nastavimo kao i obično. Kuća je bila puna gostiju koji su prevalili dugačak put usred zime i bili rešeni da se dobro provedu. Tako smo nastavili da ispunjavamo svoje dužnosti, da poslužujemo čaj, sređujemo sobe i služimo obroke.

Gospodin Frederik, međutim, nije osećao toliko obzira da nastavi kao i obično, pa je, dok su se njegovi gosti osećali kao kod svoje kuće, jeli njegovu hranu, čitali njegove knjige i uživali u njegovoj velikodušnosti, ostao skriven i izolovan u svojoj radnoj sobi. Tek kad su poslednja kola otišla, pojavio se i počeo da tumara po kući i imanju, što mu je ostalo u navici do kraja života: bezglasan, kao duh, dok su mu se facijalni nervi zatezali i grčili od suma i scenarija koji su ga sigurno mučili.

Lord Džiford je počeo da dolazi u redovne posete, a gospođica Starling je pozvana iz sela da nađe i izvadi određena zvanična pisma iz kartoteke. Iz dana u dan, pozivana je u radnu sobu gospodina Frederika, i izlazila satima kasnije, u tamnoj odeći, bledog lica, da ruča dole s nama. Bili smo jednako ljuti i zadivljeni time kako je bila uzdržana i nikad nije kazala ni reč o onome što se odigravalo iza zatvorenih vrata.

Ledi Vajolet, još bolesna u krevetu, bila je pošteđena tih vesti. Doktor je rekao da ništa ne može učiniti za nju, i da se mi držimo podalje ako nam je život mio. Jer to što ju je uhvatilo nije bila obična prehlada, nego naročito zarazna influenca za koju se govorilo da je došla čak iz Španije. Doktor je smatrao da je to okrutna božja predstava da milione dobrih ljudi koji su preživeli četiri godine rata smrt snađe kad je svanuo mir.

Pošto je ledi Klementina bila suočena s teškim prijateljičinim stanjem, njena sablasna sklonost da razmišlja o smrti i katastrofi bila je time ponešto ublažena, kao i njen strah. Oglušila se o doktorovo upozorenje, namestila sebi fotelju pored ledi Vajolet i blaženo ćeretala s njom o životu izvan te tople, mračne spavaće sobe. Pričala joj je o tome kako je bal uspešno prošao, kako je ružnu haljinu imala ledi Pamela Rot, a onda je izjavila kako ima mnogo razloga da veruje kako će se Hana uskoro veriti s gospodinom Teodorom Lakstonom, naslednikom velikog porodičnog bogatstva.

Bilo da je znala više nego što je rekla, ili je samo htela da ulije prijateljici nadu u trenucima kad joj je to bilo potrebno, ledi Klementina je pokazala proročki dar. Jer je veridba bila obznanjena sutradan ujutru. I kad je ledi Vajolet podlegla gripu, otišla je u naručje smrti kao srećna žena.

Jednog jutra u februaru, dok sam pomagala Hani da pregleda venčanicu svoje majke, u vešernici se pojavila Emelin. Prišla je, bez reči stala pored Hane i posmatrala kako odmotavamo tanki beli papir da bismo otkrile saten i čipku u njemu.

„Staromodna je“, kazala je Emelin. „Mene ne biste videle da nosim nešto tako.“

„Srećom pa nećeš ni morati“, kazala je Hana i nasmešila mi se iskosa.

Emelin je huknula.

„Gledaj, Grejs“, rekla je Hana, „mislim da je ovde pozadi veo.“ Nagla se u veliki ormar od kedrovine. „Vidiš? Tamo, skroz pozadi.“

„Da, gospođice“, odgovorila sam.

Hana ga je uhvatila s druge strane pa smo ga raširile. „To je ličilo na majku, da ima najduži i najteži veo.“

Bio je divan: od fine briselske čipke, sa sićušnim biserima uz ivicu. Podigla sam ga da ga bolje vidimo i divimo se.

„Bićeš srećna ako uspeš da prođeš između klupa, do oltara u crkvi, a da se ne sapleteš.“

„Sigurna sam da ću uspeti nekako“, odvratila je Hana pa pružila ruku i stisnula Emelin za ručni zglob. „S tobom kao deverušom.“

Uklonila je Emelininu žaoku. Emelin je uzdahnula. „Volela bih da ne radiš ovo. Sve će biti drugačije.“

„Znam“, odgovorila je Hana. „Moći ćeš da puštaš na gramofonu koju god hoćeš pesmu a da ti niko ne govori da to ne radiš.“

„Nemoj da se šališ.“ Emelin se napućila. „Obećala si da nećeš otići.“

Stavila sam veo Hani na glavu, pažljivo da joj ne počupa kosu.

„Kazala sam da se neću zaposliti i nisam se zaposlila“, rekla je Hana. „Nikada nisam rekla da se neću udati.“

„Da, jesi.“

„Kada?“

„Stalno, stalno si govorila da se nećeš udavati.“

„To je bilo pre.“

„Pre čega?“

Hana nije odgovorila. „Em“, kazala je, „hoćeš li, molim te, da mi skineš lanac s medaljonom? Ne bih da kopča zapne za čipku.“

Emelin je otkopčala lanac i skinula ga. „Zašto Tedi?“, kazala je. „Zašto moraš da se udaš za Tedija?“

„*Ne moram* da se udam za Tedija, *želim* da se udam za Tedija."

„Ne voliš ga", kazala je Emelin.

Oklevanje je bilo kratko, odgovor nehajan. „Naravno da ga volim."

„Kao Romeo i Julija?"

„Ne, ali..."

„Onda ne treba da se udaš za njega. Treba da ga ostaviš nekoj koja će ga tako voleti."

„Niko ne voli kao Romeo i Julija", odvratila je Hana. „Oni su izmišljeni likovi."

Emelin je prešla vrhom prsta po izgraviranoj površini medaljona. „Ja bih", kazala je.

„Onda mi te je žao", rekla je Hana, pokušavajući da zvuči bezbrižno. „Vidiš šta im se dogodilo!"

Zakoračila sam u stranu da bih mogla da namestim veo. „Divno izgleda, gospođice", rekla sam.

„Dejvid ne bi odobrio", iznenada je kazala Emelin, ljuljajući medaljon kao klatno. „Mislim da mu se Tedi ne bi svideo."

Hana se ukočila na pomen bratovljevog imena. „Ne budi takvo dete, Emelin." Ispružila je ruku da uhvati medaljon i promašila. „O ne budi tako gruba, pokidaćeš ga."

„Ti bežiš." Emelinin glas je poprimio prizvuk oštrine.

„Ne bežim."

„Dejvid bi tako mislio. Rekao bi da me napuštaš."

Hana je spustila glas. „I bilo bi lepo razgovarati s njim." Pošto sam stajala blizu, nameštala joj čipku oko lica, videla sam da su joj oči postale staklaste.

Emelin nije ništa rekla, već nastavila da ljulja medaljon, natmureno, ispisujući njime osmice.

Nastala je napeta tišina za vreme koje sam ispravljala veo sa obe strane i pritom zapazila da ga je na jednom mestu potrebno okrpiti.

„U pravu si", rekla je Hana konačno. „Bežim. Baš kao što ćeš i ti čim budeš mogla. Ponekad, kad šetam po imanju, gotovo mogu da osetim kako mi korenje raste iz stopala i vezuje me ovde. Ako uskoro ne pobegnem, život će mi biti gotov i biću samo još jedno porodično ime na nadgrobnom spomeniku." Takvi sentimenti su bili neuobičajeno gotički za Hanu, pa sam shvatila dubinu njene melanholije. „Tedi je moja prilika", nastavila je. „Da vidim sveta, da putujem. Da upoznam interesantne ljude."

Emelin su se oči napunile suzama. „Znala sam da ga ne voliš."

„Ali mi se sviđa; zavoleću ga."

„*Sviđa* ti se?"

„To je dovoljno", kazala je Hana, „za mene. Ja sam drugačija od tebe, Em. Meni ne ide smejanje i osmehivanje s ljudima u kojima ne uživam. Većinu ljudi iz visokog društva smatram napornim. Ako se ne udam, život će mi biti jedno od ovo dvoje: večni samotni dani u tatinoj kući ili neprekidan niz dosadnih zabava s dosadnim pratiljama dok ne ostarim dovoljno da i sama budem pratilja. Kao što je rekla Fani..."

„Fani izmišlja."

„Ovo nije izmislila." Hana je bila nepokolebljiva. „Brak će biti početak moje avanture."

Emelin je spustila pogled, lenjo ljuljajući Hanin medaljon. Počela je da ga otvara.

Hana je posegnula za njim u trenutku kad mu je ispao sadržaj. Sve tri smo se sledile kad je na pod pala sićušna knjižica, rukom ušivena, sa izbledelom naslovnom stranom. *Bitka s Džekobajtima.*

Zavladala je tišina. A onda Emelinin glas. Gotovo šapat. „Rekla si da su sve otišle."

Bacila je medaljon na zemlju i istrčala iz sobe zalupivši vrata za sobom. Hana, i dalje s majčinim velom na glavi, podigla je medaljon. Uzela je majušnu knjigu, okrenula je i zagladila njenu površinu. Onda ju je vratila u šupljinu medaljona, pa ga pažljivo pritisnula i zatvorila. Ali nije hteo da se zakopča. Šarka se slomila.

Emelin nije bila jedina iz porodice Hartford koju ta veridba nije silno obradovala. Dok su pripreme za venčanje uveliko napredovale, u kući stalno bile u toku krojačke probe, ukrašavanje i pečenje kolača, gospodin Frederik je bio veoma tih i sedeo je sam u radnoj sobi, s neprekidnim oblakom uznemirenosti na licu. Činilo se da je i on omršavio. Gubitak fabrike i gubitak majke uzeli su danak. Kao i Hanina odluka da se uda za Tedija.

U noći pre venčanja, dok sam skupljala na poslužavnik posuđe od Hanine večere, došao je u njenu sobu. Seo je na stolicu uz toaletni sto, a onda ustao i gotovo odmah pošao ka prozoru, te pogledao napolje, preko zadnjeg travnjaka. Hana je bila u krevetu, u besprekornoj beloj spavaćici, puštene kose kao svila. Posmatrala je oca i lice joj je poprimalo sve ozbiljniji izraz dok je gledala njegovu koščatu priliku, pogrbljena ramena, kako mu je kosa za nekoliko meseci od zlatne postala srebrna.

„Ne bi me čudilo da sutra padne kiša“, rekao je konačno, i dalje gledajući kroz prozor.

„Oduvek sam volela kišu.“

Gospodin Frederik ništa nije rekao na to.

Ja sam naslagala posuđe na poslužavnik. „Je li to sve, gospođice?“

Zaboravila je da sam tu. Okrenula se. „Da. Hvala, Grejs.“ A onda je iznenada pružila ruku i uzela moju. „Nedostajaćeš mi, Grejs, kad odem.“

„Da, gospođice.“ Poklonila sam se, obraza zajapurenih od osećanja. „I vi ćete meni nedostajati.“ Poklonila sam se leđima gospodina Frederika. „Laku noć, vaše gospodstvo.“

Izgledao je kao da me nije čuo.

Pitala sam se šta ga je dovelo u Haninu sobu. Šta to ima da kaže uoči njenog venčanja, a što nije mogao reći za večerom ili posle, u salonu. Izašla sam iz sobe, povukla vrata za sobom, a onda sam, sramota me da kažem, spustila poslužavnik na pod hodnika i nagla se bliže.

Usledila je duga tišina pa sam se počela pribojavati da su vrata predebela, a glas gospodina Frederika suviše tih. A onda sam ga čula kako se nakašljava.

Govorio je brzo, spuštenim tonom. „Očekivao sam da ću izgubiti Emelin čim dospe u doba za udaju, ali tebe?"

„Ne gubiš me, tata."

„Gubim", rekao je oštro podižući glas. „Dejvida, moju fabriku, a sad i tebe. Sve najdraže…" Obuzdao se i kad je progovorio ponovo, glas mu je bio tako napet da se činilo da će pući. „Nisam slep da ne vidim svoju ulogu u svemu ovome."

„Tata?"

Nastala je pauza i čulo se škripanje krevetskih opruga. Kad je progovorio, glas gospodina Frederika je promenio položaj, pa sam pretpostavila da sad sedi na Haninom krevetu, u podnožju. „Nećeš to uraditi", rekao je brzo. *Škrip.* Ponovo je bio na nogama. „Sama pomisao da živiš među tim ljudima. Prodali su mi fabriku pred nosom…"

„Tata, nije bilo drugih kupaca. Oni što ti ih je Simion našao platili su dobro za nju. Zamisli poniženje da je banka proglasila stečaj. Spasli su te toga."

„Spasli me? Opljačkali su me. Mogli su da mi pomognu. Još sam mogao da poslujem. A sad im se ti pridružuješ. Od toga mi se krv… Ne, ne dolazi u obzir. Trebalo je da zabranim ranije, pre nego što se izmaklo kontroli."

„Tata…"

„Nisam sprečio Dejvida na vreme, ali neka sam proklet ako napravim istu grešku dvaput."

„Tata…"

„Neću ti dopustiti…"

„Tata", kazala je Hana, a u glasu joj se osećala čvrstina kakve nije bilo pre toga. „Donela sam odluku."

„Promeni je“, zaurlao je.

„Ne.“

Uplašila sam se za nju. Bes gospodina Frederika bio je legendaran u Rivertonu. Odbio je svaki dalji kontakt s Dejvidom pošto ga je ovaj obmanuo. Šta će uraditi sad, suočen s Haninim otvorenim prkosom?

Glas mu je drhtao od besa dovedenog do belog usijanja. „Ocu odgovaraš ’ne’?“

„Ako mislim da nije u pravu.“

„Ti si tvrdoglava luda.“

„Na tebe sam.“

„Na svoju štetu, devojko“, rekao je. „Zbog tvoje snage volje uvek sam bio sklon popustljivosti prema tebi, ali ovo neću tolerisati.“

„To nije na tebi da odlučiš, tata.“

„Ti si moje dete i radićeš ono što ti kažem.“ Zastao je i bes mu je obojila neželjena nijansa očajanja. „Naređujem ti da se ne udaš za njega.“

„Tata...“

„Udaš li se za njega“, kazao je jačim glasom, „neće biti dobrodošla ovde.“

Ja sam se, s druge strane vrata, užasnula. Jer, mada sam razumela kako se gospodin Frederik oseća, i premda sam želela koliko i on da zadržim Hanu u Rivertonu, znala sam da pretnje nikad nisu bile način da se predomisli.

I zaista, glas joj je, kad je progovorila, bio čelično odlučan. „Laku noć, tata.“

„Ludo“, rekao joj je zbunjenim tonom nekog ko još ne može da veruje da je igra odigrana i da je izgubio. „Svojeglavo ludo dete.“

Koraci su mu bili sve bliži i ja sam požurila da podignem poslužavnik. Dok sam se udaljavala od vrata, čula sam Hanu kako kaže: „Idem i povešću sa sobom svoju sobaricu kad odem.“

Srce mi je poskočilo kad je nastavila. „Nensi može da se brine o Emelin."

Toliko sam bila iznenađena i radosna da sam jedva čula odgovor gospodina Frederika. „Samo je vodi. Sam bog zna da mi ne treba ovde."

Zašto se Hana udala za Tedija? Ne zato što ga je volela nego zato što je bila spremna da ga voli. Bila je mlada i neiskusna – sa čime je mogla da poredi svoja osećanja?

Venčali su se jednog kišnog dana u maju 1919, a nedelju dana kasnije otišli smo u London. Hana i Tedi u prvim kolima, a ja, Tedijev sobar i Hanini putni kovčezi u drugim.

Gospodin Frederik je stajao na stepenicama, krut i bled. S mesta gde sam sedela u drugim kolima, gde me nije video, prvi put sam mogla da mu dobro osmotrim lice. Bilo je to lepo, patricijsko lice, mada bezizražajno zbog patnje.

S njegove leve strane poređala se posluga, po rangu. Čak su i Dadilju Braun iskopali iz dečjih odaja, pa je stajala pored gospodina Hamiltona, upola niža od njega, i tiho lila suze u belu maramicu.

Samo je Emelin bila odsutna; odbila je da gleda kako odlaze. Ali videla sam je, neposredno pre nego što smo krenuli. Njeno bledo lice uokvireno reljefnim gotskim prozorom dečje sobe. Ili mi se učinilo da sam je videla. Možda je u pitanju bila igra svetlosti. Neki od duhova dečaka što provode večnost u dečjim odajama.

Ja sam se već bila oprostila od ostale posluge, i od Alfreda. Od one noći na stepenicama u vrtu bojažljivo smo se pomirili. Bili smo sad obazrivi, Alfred se prema meni ponašao uljudno i obzirno, što je bilo gotovo isto toliko otuđujuće kao i njegova prethodna razdražljivost. Ali bez obzira na to, obećala sam da ću mu pisati. I izvukla sam od njega pristanak da i on piše meni.

Majku sam videla za vikend uoči venčanja. Dala mi je mali paket: šal koji je isplela prethodne godine i teglu sa iglama i koncima da mogu nastaviti da šijem. Kad sam joj zahvalila, slegla je ramenima i kazala da njoj više nisu od koristi; ionako ih ne bi koristila pošto su joj prsti bili ukočeni i iskrivljeni. Prilikom te poslednje posete ispitivala me je o venčanju i o fabrici gospodina Frederika i o smrti ledi Vajolet. Iznenadilo me je što je smrt svoje bivše gospodarice primila tako mirno. U poslednje vreme sam bila saznala da je majka uživala u svojim godinama službe, pa ipak, kad sam joj ispričala o poslednjim danima ledi Vajolet, nije izrazila žaljenje niti je pomenula neka lepa sećanja. Samo je polako klimnula glavom i pustila da joj se lice opusti u izuzetno bezličan izraz.

Ali tada se nisam pitala o tome jer mi je glava bila puna Londona.

Tupi udarci dalekih bubnjeva. Čuješ li ih, pitam se, ili sam to samo ja?

Bio si strpljiv. I nema još mnogo da se čeka. Jer, Robi Hanter samo što se nije vratio u Hanin svet. Znao si da će se to desiti, naravno, zbog njegove poslednje uloge u svemu. Ovo nije bajka, niti romantična ljubavna priča. Venčanje ne označava srećan završetak ove priče. To je jednostavno samo još jedan početak, uvod u novo poglavlje.

U jednom udaljenom uglu Londona, Robi Hanter se budi. Otresa košmare i izvlači paketić iz džepa. Paketić što je čuvao u džepu na grudima od poslednjih dana rata, za koji je obećao prijatelju na umoru da će ga bezbedno isporučiti.

Treći deo

Hvatanje leptira

Dovezli su nas minibusom na prolećni vašar. Ukupno nas osmoro: šestoro stanovnika doma, Silviju i bolničarku čijeg imena ne mogu da se setim – mladu devojku s tankom pletenicom niz leđa koja joj dopire do pojasa. Pretpostavljam da misle da će nam prijati da provedemo dan napolju. Mada, šta se može dobiti kad udobno okruženje zameniš krugom blatnjavih šatora u kojima se prodaju kolači i igračke i sapuni i šta ja znam šta sve ne.

Iza gradske većnice podignuta je improvizovana pozornica, kao i svake godine, s redovima belih plastičnih stolica nameštenih ispred, ali meni se više sviđa ovde, na maloj gvozdenoj klupi kod spomenika. Čudno se osećam danas. Sigurno zbog vrućine. Kad sam se probudila, jastuk mi je bio vlažan i celo prepodne nisam bila u stanju da se otresem nekog osećaja magle. Misli su mi bežale. Dođu hitro, potpuno oformljene, a onda umaknu pre nego što ih uhvatim kako treba. Kao da hvatam leptire. To je uznemirujuće i razdražena sam.

Sve će biti u redu kad popijem šolju čaja.

Kuda je otišla Silvija? Da li mi je rekla? Maločas je bila ovde, da popuši cigaretu. I da opet priča o onom svom muškom prijatelju i njihovim planovima da stanuju zajedno.

Izložena koža na risovima mojih stopala kuva se od vrućine. Pomišljam da ih pomerim u hlad, ali neka neodoljiva mazohistička bezvolja navodi me da ih ne pomeram. Posle će Silvija videti crvene mrlje i shvatiti koliko me je dugo ostavila samu.

S mesta gde sedim, vidim groblje. Na istočnoj strani drvored jablanova, mlado lišće što podrhtava na nagoveštaj povetarca. Iza jablanova, s druge strane grebena, nalaze se nadgrobni spomenici, među njima i nadgrobni kamen moje majke.

Prošla je čitava večnost otkad smo je sahranili. Jednog zimskog dana 1922, kad je zemlja bila smrznuta i tvrda, a ledeni vetar pripijao suknju uz moje noge u čarapama, i kad je jedan muškarac stajao na brdu, jedva prepoznatljiv. Odnela je svoje tajne sa sobom, u hladnu, tvrdu zemlju, ali ja sam ih na kraju saznala. Znam mnogo o tajnama; život sam im posvetila.

Vruće mi je. Previše je vruće za april. Nema sumnje da za to treba kriviti globalno otopljavanje. Globalno otopljavanje, topljenje polarnih ledenih kapa, ozonske rupe, genetski modifikovanu hranu. Neke nove bolesti devedesetih godina dvadesetog veka. Svet je postao neprijateljsko mesto. Čak ni kišnica nije bezbedna u današnje vreme.

Eto šta izjeda ratni spomenik. Jedna strana vojnikovog kamenog lica je izrovašena, obraz u rupicama, nos nagrizen vremenom. Kao plod voća koji su predugo ostavili u jarku pa su ga iskljuvali lešinari.

On zna šta je dužnost. Uprkos svojim ranama stoji i skreće pažnju na kenotafu, kao što je radio i proteklih osamdeset godina, osmatra ravnicu oko grada, šupljim pogledom preko Bridž strita ka parkingu novog tržnog centra, zemlju pogodnu za heroje. Star je gotovo kao i ja. Da li je umoran?

I on i njegov stub obrasli su mahovinom, mikroskopskim biljkama što rastu i napreduju u ugraviranim imenima mrtvih. Tu je i Dejvid, u vrhu, sa ostalim oficirima; i Rufus Smit, torbarev sin, koji se ugušio u Belgiji, kad se urušio krov. Malo niže, Rejmond Džouns, seoski ulični trgovac kad sam ja bila devojčica. Oni njegovi mali dečaci danas su muškarci. Starci, mada mlađi od mene. Moguće je i da su mrtvi.

Nije ni čudo što se kruni. Mnogo je to tražiti od jednog čoveka da nosi breme bezbroj tragedija, da svedoči beskonačnim odjecima smrti.

Ali nije sam: postoji po jedan poput njega u svakom engleskom gradu. Oni su nacionalni ožiljci; osip galantnih krasta koji se raširio zemljom 1919, bujica rešenosti da rane zacele. Takvu smo ekstravagantnu veru gajili tada: u Ligu naroda, u mogućnost civilizovanog sveta. Protiv tako odlučne nade pesnici razočaranja nisu imali šanse. Na svakog T. S. Eliota, na svakog R. S. Hantera, bilo je po pedeset pametnih, veselih mladih ljudi koji su u srcu gajili Tenisonove snove o parlamentu čoveka, o svetskoj federaciji.

Naravno, nije potrajalo. Nije moglo potrajati. Razočaranje je bilo neizbežno; nakon dvadesetih došla je ekonomska kriza tridesetih, a onda još jedan rat. A posle tog rata, stvari su bile drugačije. Iz oblaka-pečurke Drugog svetskog rata nisu trijumfalno, prkosno i s nadom nicali novi spomenici. Nada je umrla u gasnim komorama Poljske. Nova generacija bitkom oštećenih ljudi poslata je kući i drugi niz imena uklesan je u osnove postojećih statua, sinovi ispod očeva. I svima je u mislima bilo klonulo saznanje da će jednoga dana mladi ljudi ponovo padati.

Ratovi čine da istorija izgleda varljivo jednostavna. Oni pružaju kasne preokrete, lako razlikovanje: pre i posle, pobednik i gubitnik, ispravno i pogrešno. Prava istorija, prošlost, nije takva. Nije ni ravna ni linearna. Nema strukturu. Klizava je kao tečnost; beskrajna i nedokučiva kao svemir. I promenljiva je: baš kad pomislimo da smo videli neki obrazac, perspektiva se promeni, pojavi se alternativna verzija, izrone davno zaboravljena sećanja.

Trudim se da se držim fiksiranih tačaka preokreta u Haninoj i Tedijevoj priči; u poslednje vreme sve misli vode Hani. Gledajući unazad, izgleda jasno: određeni događaji iz prve godine njihovog braka položili su temelje onome što će uslediti. Tada ih nisam mogla videti. U stvarnom životu tačke preokreta su podmukle. Prođu neobeležene i neprimećene. Propustiš prilike, beslovesno slaviš katastrofe. Tačke preokreta otkriju se tek kasnije, otkriju ih istoričari koji teže da unesu poredak u životni vek, klupko umršenih, zapetljanih trenutaka.

Pitam se kako će prikazati njihov brak u filmu. Šta je Ursula odlučila, šta će ih odvesti u nesreću? Deborin dolazak iz Njujorka? Tedijevi izgubljeni izbori? Nedostatak naslednika? Hoće li se složiti da su se znaci javili već na medenom mesecu – buduće naprsline vidljive na maglovitoj svetlosti Pariza, kao sitni nedostaci u tananim, prozirnim tkaninama dvadesetih: divnim, frivolnim tkaninama tako svilastim da nije bilo nade da bi mogle potrajati?

U leto 1919. Pariz je uživao u toplom optimizmu mira sklopljenog na Versajskoj konferenciji. Uveče sam pomagala Hani da se skine, svlačila s nje još jednu novu, tananu svetlozelenu ili ružičastu ili belu haljinu (Tedi je bio muškarac koji voli brendi bez leda i čiste žene) dok mi je pričala o mestima koja su posetili, stvarima koje su videli. Penjali su se na Ajfelovu kulu, šetali Jelisejskim poljima, večerali u čuvenim restoranima. Ali bilo je i još nečega što je privlačilo Hanu.

„Crteži, Grejs“, kazala je jedne noći dok sam je razmotavala. „Ko bi pomislio da ću tako obožavati crteže?“

Crteži, umetnički predmeti, ljudi, mirisi. Bila je gladna svakog novog iskustva. Morala je da nadoknadi godine, godine koje je smatrala protraćenim, kad je, stvarajući uspomene, čekala da joj život počne. Bilo je toliko mnogo ljudi s kojima je mogla da razgovara: bogataša s kojima se sastajala u restoranima, političara koji samo što su sklopili mirovni sporazum, uličnih zabavljača.

Tediju nisu promakle njene reakcije, njena sklonost ka preterivanju, podložnost neobuzdanom poletu, ali sve je to pripisivao njenoj mladosti. Smatrao je to stanjem, opčinjenošću i zbunjenošću u jednakoj meri, koje će s vremenom prerasti. Mada se ne može reći da je to želeo, bar ne tada: u toj fazi je još bio u ljubavnom zanosu. Obećao joj je putovanje u Italiju sledeće godine, da vidi Pompeje, *Ufici*, Koloseum; malo je bilo toga što tad ne bi obećao. Jer ona je bila ogledalo u kojem je video sebe, ne više sina svoga oca – solidnog, konvencionalnog, dosadnog – nego muža ljupke, nepredvidive žene.

Hana pak nije mnogo govorila o Tediju. On je bio dodatak. Asesoar čije prisustvo omogućava avanturu u kojoj uživa. Oh, dopadao joj se i bio joj je drag. Smatrala ga je zabavnim ponekad (mada često onda kad je on to najmanje nameravao), dobronamernim i ne neprijatnim društvom. Njegova interesovanja su bila manje raznovrsna od njenih, njegov intelekt manje oštar, ali naučila je da mu gladi ego kad je to potrebno, a da intelektualne podsticaje traži negde drugde. I zar je važno ako i nije zaljubljena? Nije osećala nikakav nedostatak, tada još ne. Kome je potrebna ljubav kad ima toliko svega drugog u ponudi?

Jednoga jutra, pri kraju njihovog medenog meseca, Tedi se probudio s migrenom. Imao ih je povremeno za ono vreme koliko sam ga poznavala; nisu nailazile često, ali su bile jake kad bi nastupile, posledice neke dečje bolesti. Nije mogao ništa osim da vrlo mirno leži u zamračenoj, tihoj sobi i pije male količine vode. Hana se tog prvog puta uznemirila; do tada je uglavnom bila zaklonjena, zaštićena od neprijatnosti bolesti.

Nesigurno je ponudila da sedi uz njega, ali Tedi je bio razuman čovek, nije izvlačio utehu iz neudobnosti drugih. Rekao je da ona tu ne može ništa da učini, da bi bio zločin da ne uživa u poslednjim danima u Parizu.

Ja sam bila obavezna kao pratilja; Tedi je smatrao nepristojnim da jedna dama bude viđena sama na ulici, bez obzira na to što je udata. Hana nije imala želje da ide u kupovinu, i bila je umorna od boravka unutra, u zatvorenom. Želela je da istražuje, da iskopa samo svoj Pariz. Izašle smo napolje i pošle u šetnju. Nije koristila mapu, samo je skrenula u pravcu koji joj se svideo.

„Hajde, Grejs", govorila je svaki čas. „Hajde da vidimo šta je tamo."

Na kraju smo stigle u jednu sporednu uličicu, tamniju i užu od one iz koje smo došle. Uska staza između zgrada koje su se naginjale jedna ka drugoj, kao da će vrhovima zatvoriti one ispod. Duž staze je lebdela muzika, dopirala je sa skvera. Osećao se miris, nejasno poznat, nečeg jestivog, ili možda nečeg mrtvog. A onda i pokreti. Ljudi. Glasovi. Hana je stala na početku, a onda pošla ulicom. Nisam imala drugog izbora nego da idem za njom.

Neki čovek je sedeo na crvenim i zlatnim jastučićima i svirao klarinet, mada ja tad nisam znala kako se zove taj dugi, crni štap sa sjajnim prstenovima i klapnama. U mislima sam ga nazvala zmijom. Proizvodio je muziku dok je onaj čovek pritiskao prstima svuda po njemu: muziku koju nisam mogla da odredim, koja je u meni budila nejasnu nelagodnost jer se činilo kao da nekako opisuje nešto intimno, nešto opasno. Ispostavilo se da je to bio džez i da ću ga još mnogo više slušati pre isteka te decenije.

Duž uličice su bili postavljeni stolovi i ljudi su sedeli i čitali, ili razgovarali, ili raspravljali. Pili su kafu i neka tajanstvena pića u boji – žestoka, bila sam sigurna u to – iz neobičnih boca. Gledali su nas dok smo prolazile, zainteresovano, nezainteresovano, teško je bilo odrediti. Trudila sam se da ih ne gledam u oči; nemo sam u sebi molila Hanu da se predomisli, okrene i povede nas nazad na svetlost i bezbednost. Međutim, dok su se moje nozdrve punile neželjenim stranim dimom, a moje uši stranom muzikom, Hana kao da je lebdela. Njena pažnja je bila negde drugde. Na zidovima duž ulice visile su slike, ali ne kao one u Rivertonu. Bili su to crteži izrađeni ugljenom. Ljudska lica, ruke i noge, oči, zurili su u nas sa cigle.

Hana se zaustavila pred jednom slikom. Bila je velika, jedina na kojoj je bila cela ljudska figura. Žena što sedi na stolici. Ne u fotelji, ni na kanabetu, ni na umetnikovom kauču. Na običnoj, drvenoj stolici s masivnim nogama. Kolena su joj bila rastavljena i bila je okrenuta licem pravo napred. Bila je gola i bila je crna, sva sjajna od ugljena. Njeno lice je zurilo sa slike. Široko razmaknute oči, oštro isklesane jagodice, nabrane usne. Kosa joj je bila uvijena pozadi u čvor. Kao ratnička kraljica.

Crtež me je šokirao, očekivala sam da Hana reaguje slično. Ali ona je osećala nešto drugo. Pružila je ruku i dotakla ga; pomilovala je zakrivljenu liniju ženinog obraza. Nagla je glavu u stranu.

Pored nje se stvorio neki čovek. „Sviđa vam se?“, rekao je s teškim akcentom i još težim kapcima. Nije mi se svidelo kako gleda u Hanu. Znao je da ima novca. Mogao je da pogodi već po njenoj odeći.

Hana je trepnula, kao oslobođena od dejstva čini. „O da“, kazala je tiho.

„Možda ’oćeš da kupiš?“

Hana je stisnula usne i ja sam znala da razmišlja. Iako je tvrdio da voli umetnost, Tedi ne bi odobrio. I bila je u pravu. Bilo je nečega u toj ženi, u toj slici, nečeg opasnog. Subverzivnog. Pa ipak, Hana ju je želela. Podsećala ju je, naravno, na prošlost. Na Igru. Na Nefertiti. Na ulogu koju je igrala u neopterećenoj živosti detinjstva. Klimnula je glavom. O da, htela je.

Koža mi se naježila od strepnje. Lice onog čoveka ostalo je bezizražajno. Pozvao je nekoga. Kad nije dobio odgovor, pozvao je Hanu pokretom ruke da pođe sa njim. Činilo se da su zaboravili na moje prisustvo, pa sam ostala uz nju dok je išla za njim ka malim crvenim vratima. Gurnuo ih je i otvorio. Bio je to slikarski atelje, tek nešto malo veći od rupe u zidu. Zidovi su bili izbledelo zeleni, tapete su se ljuštile u dugim trakama. Pod

– ono što se od njega moglo videti ispod stotina listova papira izbrazdanih ugljenom – bio je od kamena. U uglu se nalazio madrac, prekriven izbledelim jastučićima i prekrivačem; oko njega su bile razbacane boce od pića.

Unutra je bila žena sa slike. Na moj užas, bila je gola. Pogledala nas je sa interesovanjem koje je brzo uminulo, ali ništa nije rekla. Ustala je, viša od nas, viša od onog čoveka, i pošla ka stolu. Bilo je nečega u njenom kretanju što me je uznemiravalo, neke slobode, neobraćanja pažnje na činjenicu da je posmatramo, da možemo da vidimo njene grudi, jednu dojku veću od druge. To nisu bili ljudi poput nas. Poput mene. Pripalila je cigaretu i pušila dok smo mi čekale. Odvratila sam pogled. Hana nije.

„Madam želi da kupi tvoj portret“, rekao je muškarac na neprirodnom engleskom.

Crna žena je zurila u Hanu, a onda je rekla nešto na jeziku koji nisam znala. Ne na francuskom. Na nekom jeziku koji je zvučao mnogo više strano.

Muškarac se nasmejao i rekao Hani: „Nije na prodaju.“ Onda je pružio ruku i uhvatio je za bradu. U ušima mi je zazvonilo na uzbunu. Čak se i Hana trgla dok ju je čvrsto držao i okretao joj lice na jednu pa na drugu stranu, a onda je pustio. „Samo zamena.“

„Zamena?“, kazala je Hana.

„Za tvoja slika“, rekao je sa onim svojim teškim akcentom. Slegao je ramenima. „Ti uzmeš njenu, njoj ostaviš tvoju.“

Kakva pomisao! Hanin portret – u bogzna kakvom stanju razodenutosti – da ostane da visi ovde, u ovoj sumornoj francuskoj uličici i da ga gleda ko god hoće! Bilo je to nezamislivo.

„Moramo da idemo, gospođo“, kazala sam sa čvrstinom koja me je iznenadila. „Gospodin Lakston nas očekuje.“

Mora da je moj ton iznenadio i Hanu jer je, na moje olakšanje, klimnula glavom. „Da. U pravu si, Grejs.“

Pošla je sa mnom do vrata, ali dok sam čekala da prođe kroz njih, okrenula se onom ugljen-čoveku. „Sutra", kazala je slabim glasom. „Doći ću sutra."

U povratku nismo razgovarale. Hana je koračala brzo, ne menjajući izraz lica. Te noći sam ležala budna, uzrujana i uplašena, pitala se kako da je sprečim, sigurna u to da moram. Na onom crtežu je bilo nečeg što me je uznemirilo; nečeg što sam videla i u Haninom izrazu dok ga je gledala. Neki ponovo upaljen sjaj.

Dok sam ležala u krevetu te noći, zvuci sa ulice bili su zlokobni kako ranije nisu bili. Strani zvuci, strana muzika, ženski smeh iz obližnjeg stana. Čeznula sam da se vratim u Englesku, tamo gde su pravila jasna i gde svako zna svoje mesto. Ta Engleska, naravno, nije postojala, ali noć ume da dozove krajnosti.

Desilo se, međutim, da su se stvari sutradan ujutru sredile same od sebe. Kad sam otišla da obučem Hanu, Tedi je već bio budan i sedeo je u fotelji. Rekao je da ga glava još boli, ali kakav bi on muž bio kad bi ostavio svoju lepu ženu samu poslednjeg dana njihovog medenog meseca? Predložio je da idu u kupovinu. „Ovo nam je poslednji dan. Voleo bih da te izvedem napolje, da izabereš neke suvenire. Nešto što će te podsećati na Pariz."

Kad su se vratili, primetila sam da onaj crtež nije među stvarima koje mi je Hana dala da ih spakujem za Englesku. Nisam sigurna je li Tedi odbio a ona se povinovala, ili se nije ni usudila da pita, ali bilo mi je drago. Tedi joj je umesto toga kupio krzneni okovratnik: od nerca, s krhkim malim šapama i tupim crnim očima.

I tako smo se vratili u Englesku.

Stigli smo u London 19. jula 1919, onoga dana kad se održavala Parada mira. Vozač nas je provlačio između kola i omnibusa i kočija s konjskom zapregom, ulicama sa obe strane punim sveta koji se okupio i tiskao da maše zastavama i baca ukrasne trake od papira. Mastilo na mirovnom sporazumu još je bilo vlažno, sa uslovima koji će dovesti do ogorčenosti i podele odgovornih za sledeći svetski rat, ali narod kod kuće nije znao ništa o tome. Tada još ne. Samo im je bilo drago što južni vetar više ne donosi zvuke topovske paljbe preko Kanala. Što mladići više neće ginuti od ruku drugih mladića na ravnicama Francuske.

Kola su dovezla mene i torbe do londonske gradske kuće i nastavila dalje. Simion i Estela su čekali mladence da dođu na popodnevni čaj. Hana bi više volela da ide pravo kući, ali Tedi je bio uporan. Skrivao je osmeh. Nešto je tajio.

Na prednjem ulazu pojavio se lakej, uzeo kofere u obe ruke i nestao nazad u kući. Hanina lična torba je ostala kraj mojih nogu. Iznenadila sam se. Nisam očekivala drugu poslugu, još ne, i pitala sam se ko ga je angažovao.

Stajala sam i udisala atmosferu skvera. Miris benzina mešao se sa zadahom tople balege. Istegla sam vrat da obuhvatim pogledom svih šest spratova te velelepne kuće. Bila je od mrke cigle s belim stubovima sa obe strane glavnog ulaza, i stajala je u nizu istih takvih. Na jednom belom stubu nalazio se crni broj: 17. Broj sedamnaest, Grovenor skver. Moj novi dom, gde ću biti prava damska sobarica.

Do ulaza za poslugu dolazilo se stepeništem paralelnim sa ulicom, od pločnika do suterena, i bio je ograđen ogradom od crnog kovanog gvožđa. Podigla sam torbu s Haninim ličnim stvarima i pošla dole.

Vrata su bila zatvorena, ali iznutra su dopirali prigušeni glasovi, bez sumnje ljutiti. Kroz prozor sam videla devojku čije je držanje („razvratno", rekla bi gospođa Taunsend), zajedno s gustom crvenom kosom kovrdža što su bežale ispod šešira, odavalo utisak mladosti. Raspravljala se s niskim, debelim muškarcem čiji je vrat nestajao pod gnevno crvenim licem.

Poslednju, trijumfalnu izjavu naglasila je tako što je zabacila torbu na rame i odlučnim korakom krenula prema vratima. Pre nego što sam uspela da se pokrenem, otvorila ih je i našle smo se, iznenađene, licem u lice, kao izobličeni odrazi u cirkuskom ogledalu. Ona je reagovala prva: veselim smehom zbog kojeg mi je pljuvačkom poprskala vrat. „A ja sam mislila da je na kućne služavke teško naići!", kazala je. „E pa, dobro došla. Nema šanse da ću da prosjačim u prljavim kućama drugih ljudi za minimalnu zaradu!"

Progurala se pored mene i odvukla svoj kofer uz stepenice. Na vrhu se okrenula i viknula: „Zbogom, Izi Baterfild. *Bonjour, Mademoiselle Isabella!*" I s poslednjim grohotom smeha, teatralno zabacivši suknju, nestala je. Pre nego što sam uspela da odgovorim da nisam kućna služavka. Ni u kom slučaju.

Pokucala sam na vrata, još uvek odškrinuta. Nije bilo odgovora, pa sam ušla. Kuća je nepogrešivo mirisala na pčelinji vosak (mada ne marke stabins) i krompir, ali i na još nešto, nešto ispod toga, mada ne neprijatno, zbog čega je sve bilo nepoznato.

Onaj čovek je bio za stolom, a neka mršava žena je stajala iza njega, s rukama oko njegovih ramena, čvornovatih šaka, kože crvene i iskidane oko noktiju. Okrenuli su se ka meni u isti mah. Žena je imala veliki crni mladež ispod levog oka.

„Dobar dan", kazala sam. „Ja..."

„Dobar, je li?", odvratio je muškarac. „Upravo sam izgubio treću služavku za isto toliko nedelja, za dva sata imamo zakazanu zabavu, a vi hoćete da poverujem da je dan dobar?"

„De, de", kazala je žena i napućila usne. „Ono je obična kurvica, ona Izi. Da radi kao proročica, e pa stvarno. Ako ona ima taj dar, ja sam kraljica od Sabe. Završiće od ruke neke nezadovoljne mušterije. Pazi šta ti kažem!"

Zadrhtala sam zbog načina na koji je to rekla, sa svirepim smeškom na usnama i sjajem potisnute radosti u glasu. Obuzela me je želja da se okrenem i odem istim putem kojim sam i došla, ali setila sam se saveta gospodina Hamiltona da moram početi ako želim da nastavim. Nakašljala sam se i rekla, koliko sam god mogla pribrano: „Zovem se Grejs Rivs."

Gledali su u mene, oboje zbunjeni.

„Gospodaričina lična sobarica?"

Žena se uspravila u svojoj punoj visini, zaškiljila i rekla: „Gospodarica nikad nije pomenula novu ličnu sobaricu."

Iznenadila sam se. „Zar nije?", zamucala sam i protiv svoje volje. „Ja... Sigurna sam da je poslala pismo sa instrukcijama iz Pariza. Lično sam ga poslala."

„Iz Pariza?" Pogledali su se.

A onda se, izgleda, on nečeg setio. Brzo je nekoliko puta klimnuo glavom pa otresao ženine ruke sa svojih ramena. „Naravno", rekao je. „Očekivali smo vas. Ja sam gospodin Bojl, batler ovde, u broju sedamnaest, a ovo je gospođa Tibit."

Klimnula sam glavom, i dalje zbunjena. „Drago mi je što smo se upoznali." Nastavili su da zure u mene tako da sam pomislila da su možda oboje poremećeni. „Prilično sam umorna od puta", kazala sam, izgovarajući to polako. „Možda biste bili tako ljubazni da pozovete kućnu služavku da mi pokaže moju sobu?"

Gospođa Tibit je šmrknula, tako da joj je koža oko mladeža zadrhtala pa se smirila. „Nema više kućnih služavki", kazala je. „Ne još. Gospodarica... odnosno gospođa *Estela* Lakston nije mogla da je nađe, barem da se zadrži."

„Da", kazao je gospodin Bojl, stisnutih usana, bled u licu. „A imamo zabavu zakazanu za večeras. Imaću pune ruke posla na palubi. Gospođica Debora ne podnosi nesavršenost."

Gospođica Debora? Ko je gospođica Debora? Namrštila sam se. „*Moja* gospodarica, *nova* gospođa Lakston, nije pominjala nikakvu zabavu."

„Nije", odgovorila je gospođa Tibit, „pa nije ni mogla, zar ne? To je iznenađenje, dobrodošlica gospodinu i gospođi

Lakston po povratku s medenog meseca. Gospođica Debora i njena majka su je planirale nedeljama."

Zabava je bila u punom zamahu kad su stigla kola s Tedijem i Hanom. Gospodin Bojl mi je izdao uputstva da ih dočekam na vratima i da im pokažem balsku dvoranu. To bi, u uobičajenim okolnostima, bila batlerova dužnost, tako je rekao, ali gospođica Debora mu je naredila da je potreban negde drugde.

Otvorila sam vrata i oni su ušli unutra, Tedi sa širokim osmehom na licu, a Hana umorna, kao što se moglo i očekivati nakon posete Esteli i Simionu. „Ubila bih za šolju čaja", kazala je.

„Ne tako brzo, draga", rekao je Tedi. Pružio mi je svoj kaput i brzo poljubio Hanu u obraz. Ona se malo trgla, kao i uvek. „Prvo imam malo iznenađenje", kazao je i hitro se udaljio, osmehujući se i trljajući ruke. Hana je gledala za njim, a onda podigla pogled da osmotri ulazno predvorje: sveže okrečene žute zidove, prilično ružan moderan luster koji je visio iznad stepeništa, palme u saksijama, povijene pod niskama raznobojnih lampica. „Grejs", kazala je, podigavši obrvu, „šta se dešava, za ime sveta?"

Slegla sam ramenima pomirljivo, i upravo htela da objasnim kad se ponovo pojavio Tedi i uzeo je za ruku. „Ovamo, dušo", rekao je i poveo je u pravcu balske dvorane.

Vrata su se otvorila i Hana se razrogačila kad je videla da je sala puna ljudi koje ne poznaje. A onda blesak svetlosti i dok sam skretala pogled ka blistavom lusteru, osetila sam neki pokret na stepeništu iza. Začuli su se uzdasi divljenja; na pola puta niz stepenice stajala je vitka žena tamne kose, ukovrdžane oko mirnog, koščatog lica. To nije bilo lepo lice, ali bilo je nečeg upečatljivog u njemu; iluzije lepote koju ću tek naučiti da prepoznajem kao hronično šik. Bila je visoka i mršava i stajala je u položaju koji još nisam bila videla: malo pognuta napred tako da se činilo da joj svilena haljina gotovo pada s ramena, kao da se prosipa niz njenu izvijenu kičmu. To držanje je bilo istovremeno majstorsko i bez napora, opušteno i neprirodno. Preko ruku je nosila bledo krzno, za koje sam najpre pomislila da je nešto što treba da je zagreje, sve dok nije zalajalo pa sam shvatila da je to čupavi mali pas, beo kao najbolja kecelja gospođe Taunsend.

Nisam prepoznala tu ženu, ali odmah sam znala ko to mora biti. Za trenutak je zastala pa prešla preostale stepenice i preko poda, dok se more gostiju pred njom razmicalo kao po nekoj koreografiji.

„Deb!“, kazao je Tedi, sa širokim osmehom i jamicama na njegovom opuštenom, lepom licu, kad im je prišla. Uzeo ju je za ruke, nagnuo se napred i poljubio je u ponuđeni obraz.

Žena je razvukla usne u osmeh. „Dobro došao kući, Tidlse.“ Reči su joj bile bezbrižne, njujorški izgovor ravan i glasan. Govorila je izbegavajući intonaciju. Bio je to ton izjednačavanja, od kojeg je sve obično izgledalo izuzetno, i obratno. „Kakva prekrasna kuća! A ja sam okupila nešto od najveselije londonske omladine da vam pomognu da je zagrejete.“ Mahnula je dugim prstima jednoj lepo obučenoj ženi preko Haninog ramena.

„Jesi li iznenađena, draga?“, rekao je Tedi okrenuvši se Hani. „To smo majka i ja smislili među nama, a draga Deb prosto živi da bi organizovala zabave.“

„Iznenađena“, odgovorila je Hana i za trenutak me pogledala. „To ni blizu nije dovoljan opis.“

Debora se osmehnula onim vučjim osmehom, tako tipično njenim, i spustila ruku na Hanin ručni zglob. Duga bleda šaka je odavala utisak voska što se ohladio. „Konačno smo se upoznale“, rekla je. „Jednostavno znam da ćemo biti najbolje prijateljice.“

Hiljadu devetsto dvadeseta je počela loše; Tedi je izgubio na izborima. Nije on bio kriv za to, trenutak je bio pogrešan.

Situacija je loše procenjena i nije se u njoj dobro snašao. Kriva je bila radnička klasa i njihove zlobne male novine. Vodili su prljavu kampanju protiv boljih od sebe. Podbunjeni su posle rata, suviše su očekivali. Mogli bi da postanu kao Irci ako ne pripaze, ili kao Rusi. Nije važno. Biće druge prilike; naći će mu bezbednije mesto. U ovo doba sledeće godine, obećao je Simion, ako se mane onih šašavih ideja koje zbunjuju konzervativne glasače, Tedi će biti u parlamentu.

Estela je mislila da bi trebalo da Hana dobije bebu. To bi bilo dobro za Tedija. Bilo bi dobro da ga njegova buduća izborna jedinica vidi kao porodičnog čoveka. Venčani su – rado je govorila – i u svakom braku dođe vreme kad muškarac zasluži naslednika.

Tedi je počeo da radi sa ocem. Svi su se složili da je tako najbolje. Posle poraza na izborima poprimio je izgled nekoga ko je pretrpeo traumu, šok; isto kako je i Alfred izgledao u vreme posle rata.

Muškarci kao Tedi nisu naviknuti da gube, ali potištenost nije bila svojstvena Lakstonovima; Tedijevi roditelji su počeli da provode mnogo vremena u broju sedamnaest, gde je Simion često pričao priče o svome ocu, o tome kako putovanje na vrh nije za slabiće i gubitnike. Tedijevo i Hanino putovanje u Italiju je odloženo; ne bi dobro izgledalo da Tedi beži iz zemlje, rekao je Simion. Utisak uspeha i donosi uspeh. Osim toga, Pompeji nikuda neće pobeći.

Ja sam za to vreme davala sve od sebe da se priviknem na život u Londonu. Brzo sam naučila svoje nove dužnosti. Gospodin Hamilton mi je dao bezbroj uputstava pre nego što sam otišla iz Rivertona – od jednostavnih poslova kao što je održavanje Hanine garderobe do onih zahtevnijih, kao što je održavanje njenog dobrog karaktera – i u to sam bila sigurna. U sferi novog domaćinstva, međutim, bila sam pomalo zbunjena. Kao bačena u more nepoznatog. Jer, ako nisu bili baš podmukli, gospođa Tibit i gospodin Bojl sasvim sigurno nisu bili ni iskreni. Imali su naviku da se drže zajedno, da intenzivno i očigledno uživaju u društvu jedno drugoga, što je bilo krajnje ekskluzivno. Štaviše, činilo se da naročito gospođa Tibit izvlači veliku utehu iz takve isključivosti. Njena se sreća hranila nezadovoljstvom drugih, a kad toga nije bilo na pomolu, nije se libila ni da izazove nesreću nekoj nesvesnoj sirotoj duši. Brzo sam naučila da opstati u broju sedamnaest znači držati se za sebe i čuvati leđa.

Jednog kišovitog jutra zatekla sam Hanu kako stoji sama u salonu. Tedi je upravo bio otišao u kancelariju u Sitiju, a ona je posmatrala ulicu. Motorna kola, bicikle, zauzete ljude koji koračaju tamo-amo, ovuda-onuda.

„Da li biste voleli da vam donesem čaj, gospođo?“, upitala sam.

Nije mi odgovorila.

„Ili, možda, da šofer doveze kola?“

Prišla sam bliže i shvatila da me Hana nije čula. Bila je u društvu sa svojim mislima, i ja sam mogla da ih pogodim bez mnogo muke. Dosađivala se, imala je onaj izraz lica koji sam poznavala još od dugih dana u Rivertonu, kad bi stajala na prozoru dečjih odaja, s kineskom kutijom u rukama, i čekala da Dejvid stigne, u očajničkoj želji da igra Igru.

Nakašljala sam se i ona se prenula. Kad je videla mene, malo se razvedrila. „Zdravo, Grejs“, kazala je.

Onda sam ponovila pitanje da li bi želela čaj.

„Čitaću, Grejs“, kazala je. „Imam knjigu kod sebe“, pa je podigla dobro pohabani primerak *Džejn Ejr*.

„Opet, gospođo?“

Slegla je ramenima, nasmešila se. „Opet.“

Ne znam zašto me je to toliko mučilo, ali jeste. Negde u meni zvonilo je malo zvono upozorenja o kojem nisam znala šta da mislim.

Tedi je naporno radio i Hana se trudila. Išla je na njegove zabave, ćaskala sa suprugama poslovnih prijatelja i majkama političara. Muškarci su vodili uvek isti razgovor – o novcu, biznisu, pretnji koju predstavljaju niže klase. Simion, kao svi muškarci njegovog tipa, bio je krajnje podozriv prema onima koje su nazivali „boemima". U takve je, i pored svojih najboljih namera, spadao i Tedi.

Hana bi više volela da razgovara o pravoj politici, s muškarcima. Ponekad, kad bi se Tedi i ona povukli na spavanje u svoje spojene apartmane, dok bi se češljala, Hana bi ga pitala šta je taj i taj rekao o objavi vojnog puča u Irskoj, a Tedi bi je pogledao sa umornim izrazom i kao da ga to zabavlja, pa bi joj rekao da ne muči svoju lepu glavu. Za to je on tu.

„Ali želim da znam", kazala bi Hana. „Zanima me."

A Tedi bi odmahnuo glavom. „Politika je muška igra."

„Dozvoli mi da igram", rekla bi Hana.

„Pa igraš", odgovorio bi on. „Mi smo u istom timu, ti i ja. Tvoj posao je da se staraš o suprugama."

„Ali to je dosadno. One su dosadne. Želim da razgovaram o važnim stvarima. Ne vidim zašto ne mogu."

„Oh, draga", jednostavno bi kazao Tedi. „zato što su takva pravila. Nisam ih ja postavio, ali moram da se pridržavam." Onda bi se osmehnuo i štipnuo je za rame. „Nije tako loše, a? Bar imaš majku da ti pomogne, i Deb. Ona je baš sposobna, zar ne?"

Hana nije imala drugog izbora nego da preko volje klimne glavom. To je bilo tačno: Debora je uvek bila pri ruci da pomogne. I nastaviće da bude, sad kad je odlučila da se ne vraća u Njujork. Jedan londonski časopis joj je ponudio mesto, da u društvenoj hronici piše o modi, i kako je mogla da odbije? Čitav jedan novi grad pun gospođa koje treba da ukrasi i kojima treba da dominira? Trebalo je da ostane s Hanom i Tedijem dok ne nađe sebi odgovarajući stan. Najzad, kako je istakla Estela, nije bilo razloga da žuri. Broj sedamnaest je velika kuća s mnogo slobodnih soba. Naročito pošto nema dece.

* * *

U novembru te godine Emelin je došla u London za svoj šesnaesti rođendan. Bila je to njena prva poseta otkad su se Hana i Tedi venčali, i Hana je jedva čekala da dođe. Celo prepodne je čekala u salonu, požurila bi do prozora svaki put kad napolju uspore neka kola, da bi se onda vratila, razočarana, na sofu pošto bi se pokazalo da je bila lažna uzbuna.

Na kraju se toliko obeshrabrila da je propustila sestrin dolazak. Nije shvatila da je Emelin stigla sve dok Bojl nije pokucao na vrata i najavio je.

„Gospođica Emelin kod vas, gospođo."

Hana je ciknula i skočila na noge kad je Bojl uveo Emelin u sobu. „Konačno!", kazala je i čvrsto zagrlila sestru. „Mislila sam da nikad nećeš doći." Povukla se korak nazad i okrenula se ka meni. „Vidi, Grejs, zar ne izgleda divno?"

Emelin joj se napola nasmešila, a onda je brzo vratila usne u izraz natmurenog durenja. Uprkos njenom izrazu, ili možda baš zbog toga, bila je prelepa. Porasla je, bila je viša i mršavija, a lice joj je dobilo nove uglove koji su isticali njene pune usne i krupne, okrugle oči. Usavršila je držanje umornog prezira, koje je savršeno odgovaralo njenim godinama i tome dobu.

„Dođi, sedi", kazala je Hana i povela Emelin do sofe. „Pozvaću da nam donesu čaj."

Emelin se skljokala u ugao sofe i kad se Hana okrenula od nje, poravnala suknju. Bila je to obična haljina iz prethodne sezone; neko je pokušao da je prepravi u noviji, opušteniji stil, ali i dalje je nosila rečita obeležja prvobitnog kroja. Kad se Hana okrenula od zvona za poslugu, Emelin je prestala da petlja oko haljine i prenaglašeno nehajnim pogledom prešla po prostoriji.

Hana se nasmejala. „Oh, sve je po najnovijoj modi; Elsi Vučica je sve odabrala. Odvratno je, zar ne?"

Emelin je podigla obrve i polako klimnula glavom.

Hana je sela pored nje. „Tako sam srećna što te vidim", kazala je. „Možemo da radimo ove nedelje šta god poželiš. Čaj i kolač od oraha kod *Gantera*, možemo da vidimo neku predstavu."

Emelin je slegla ramenima, ali videla sam da joj se prsti opet igraju suknjom.

„Možemo ići u muzej", kazala je Hana. „Ili u *Selfridžis...*" Oklevala je. Emelin je bezvoljno klimala glavom. Hana se nesigurno nasmejala. „Slušaj me samo kako brbljam", kazala je. „Tek što si stigla, a ja već planiram nedelju. Nisam te pustila da kažeš ni reč. Nisam te čak pitala ni kako si."

Emelin je pogledala u Hanu. „Sviđa mi se tvoja haljina", kazala je konačno, a onda stisnula usne, kao da je prekršila neku svoju odluku.

Sad je na Hanu došao red da slegne ramenima. „Oh, imam ih pun ormar", rekla je. „Tedi mi ih donosi svaki put kad ide u inostranstvo. Veruje da nova haljina može da nadoknadi propušteno putovanje. Zašto bi žene uopšte išle u inostranstvo osim da kupuju haljine? I tako imam pun ormar i nikuda ne..." Prekinula je, obuzdala se i ponovo nasmešila. „Previše haljina, nikad ih neću iznositi." Ležerno je pogledala Emelin. „Možda bi mogla da pogledaš? Da vidiš ima li nešto što će ti se svideti? Učinila bi mi uslugu, pomogla bi mi da raščistim malo prostora."

Emelin je brzo podigla pogled, nesposobna da prikrije uzbuđenje. „Pretpostavljam da bih mogla. Ako bi bilo od pomoći."

Hana je pustila Emelin da stavi deset pariskih haljina u svoj prtljag, a ja sam se dala na posao da poboljšam izmene na haljinama koje je donela sa sobom. Preplavio me je talas nostalgije za Rivertonom dok sam parala Nensine aljkave bodove. Nadala sam se da moje popravke neće smatrati ličnom uvredom.

Situacija između sestara se posle toga popravila: nestalo je Emelinine utonulosti u nezadovoljstvo i do kraja nedelje je sve bilo kao i uvek. Opustile su se i vratile u svoje staro prijateljstvo, i obema je laknulo zbog povratka u status kvo. I meni je laknulo: Hana je u poslednje vreme bila previše sumorna. Nadala sam se da će joj bolje raspoloženje potrajati i posle sestrine posete.

Poslednjeg dana Emelininog boravka Hana i ona su sedele na dva kraja sofe u jutarnjoj sobi i čekale kola iz Rivertona, Debora je, pred sastanak uredništva, bila za pisaćim stolom, leđima okrenuta njima, i u žurbi skicirala poruku sa izjavom saučešća ožalošćenoj prijateljici.

Emelin se udobno zavalila i zamišljeno uzdahnula. „Mogla bih svakog dana da idem kod *Gantera* na čaj i da mi nikad ne dosadi kolač od oraha."

„Dosadio bi ti kad bi izgubila taj svoj tanki mali struk", kazala je Debora povlačeći perom po papiru za pisanje. „Treba zašiti usta jer začas... Znaš kako se kaže."

Emelin je zatreptala kapcima na Hanu, koja je pokušala da se ne smeje.

„Jesi li sigurna da ne želiš da ostanem?", kazala je Emelin. „To mi zaista ne bi teško palo."

„Sumnjam da bi se tata složio."

„Uf", rekla je Emelin. „Nimalo ne bi mario." Nagla je glavu u stranu. „Mogla bih sasvim udobno da živim u ormaru s kaputima, znaš. Ne bi čak ni znala da sam ovde."

Hana se pravila da to ozbiljno razmatra.

„Biće ti dosadno bez mene, znaš", kazala je Emelin.

„Znam", rekla je Hana glumeći da pada u nesvest. „Kako ću uopšte preživeti?"

Emelin se nasmejala i bacila jastučić na nju.

Hana ga je uhvatila i za trenutak sedela i nameštala kićanke na njemu. Pogleda i dalje prikovanog na jastučić, kazala je: „A tata, Em... Da li... *Kako* je on?"

Znala sam da su joj njeni zategnuti odnosi s gospodinom Frederikom neprekidan izvor kajanja. Više nego jednom našla sam započeto pismo u njenom sekreteru, ali nikad nijedno nije poslato.

„Tata kao tata“, kazala je Emelin sležući ramenima. „Isti kao i uvek.“

„Oh“, rekla je Hana neutešno. „Dobro. Nisam imala vesti od njega.“

„Da“, odvratila je Emelin i zevnula. „Pa ipak, mislim da...“ Glas joj je zamro i na trenutak je među njima vladala tišina. Iako im je Debora bila okrenuta leđima, videla sam da je načuljila uši na nagoveštaj trača, gladna kao nemački ovčar. Mora da je i Hana to videla, jer se uspravila i promenila temu sa usiljenom vedrinom. „Ne znam jesam li to pomenula, Em... Mislila sam da nađem neki posao kad ti odeš.“

„Posao?“, odvratila je Emelin. „U prodavnici haljina?“

Sad se Debora nasmejala. Zalepila je koverat i okrenula se na stolici. Prestala je da se smeje kad je videla Hanino lice. „Ozbiljna si?“

„Oh, Hana je obično ozbiljna“, kazala je Emelin.

„Kad smo bile na Oksford stritu pre neki dan“, kazala je Hana Emelin, „i dok si ti bila kod frizera, videla sam neku malu izdavačku kuću, *Blakslend*, sa oglasom u prozoru. Tražili su redaktore.“ Podigla je ramena. „Obožavam da čitam, zanima me politika, moja pismenost i poznavanje gramatike su bolji od proseka...“

„Ali ne budi smešna, draga“, kazala je Debora pružajući mi pismo. „Postarajte se da ode s jutarnjom poštom.“ Okrenula se prema Hani. „Nikad te ne bi primili.“

„Već jesu“, odgovorila je Hana. „Prijavila sam se na licu mesta. Vlasnik mi je rekao da mu je neko hitno potreban.“

Debora je oštro udahnula vazduh, namestila usne u razvodnjen osmeh. „Ali valjda znaš da to ne dolazi u obzir.“

„Kakav obzir?“, upitala je Emelin pretvarajući se da je zainteresovana.

„Obzir u pogledu ispravnosti“, odgovorila je Debora.

„Nisam znala da postoji neki obzir ispravnosti“, rekla je Emelin. Počela je da se smeje. „Šta je u pitanju?“

Debora je udahnula vazduh, nozdrve su joj se skupile. „*Blakslend*?“, kazala je slabim glasom Hani. „Zar nije to izdavač odgovoran za sve one male gadne pamflete koje vojnici dele po uličnim uglovima?“ Zaškiljila je. „Moj brat bi dobio napad.“

„Ne verujem“, odgovorila je Hana. „Tedi je često izražavao simpatije prema nezaposlenima.“

Debori su oči sevnule i raširile se: iznenađenje predatora nakratko zainteresovanog za svoj plen. „Pogrešno si čula, draga“, kazala je. „Tidls se ne usuđuje da otuđi svoju buduću glasačku jedinicu. Osim toga...“ – trijumfalno je stala pred ogledalo na kaminu i zabola iglu u šešir – saosećajan ili ne, ne verujem da bi bio zadovoljan kad bi saznao da si se udružila sa ljudima koji su štampali one prljave članke zbog kojih je izgubio izbore.“

Hanino lice poprimilo je izraz pokunjenosti – nije znala. Pogledala je u Emelin, koja je saosećajno slegla ramenima. Posmatrajući njihove reakcije u ogledalu, Debora je obuzdala osmeh i okrenula se prema Hani, cokćući razočarano. „Kako je to užasno nelojalno, draga! To će ubiti jadnog starog Tidlsa kad sazna. Ubiće ga.“

„Onda mu nemoj reći“, kazala je Hana.

„Znaš me, ja sam *sušta* diskrecija“, rekla je. „Ali zaboravljaš na stotine drugih ljudi koji nemaju moje skrupule. Jedva bi dočekali da prijave da su videli tvoje prezime, *njegovo* prezime na takvoj propagandi.“

„Reći ću im da ne mogu da prihvatim posao“, kazala je Hana tiho. Sklonila je jastučić u stranu. „Ali nameravam da potražim nešto drugo. Nešto odgovarajuće.“

„Drago dete“, kazala je Debora smejući se. „Izbaci to iz glave. Za tebe nema odgovarajućih poslova. Mislim, kako bi to izgledalo? Da Tedijeva žena radi? Šta bi ljudi rekli?“

„Ti radiš“, kazala je Emelin, lukavo spuštajući kapke.

„Oh, ali to je nešto drugo, draga“, odgovorila je Debora bez pauze. „Ja još nisam upoznala svog Tedija. Odmah bih se toga odrekla zbog pravog muškarca.“

„Moram nešto da radim", kazala je Hana. „A ne samo da sedim ovde po ceo dan i čekam da neko dođe u posetu."

„Pa naravno", kazala je Debora i uzela tašnu s pisaćeg stola. „Niko ne želi da bude dokon." Podigla je jednu obrvu. „Mada mislim da ovde ima mnogo više posla od sedenja i čekanja. Znaš, domaćinstvo se ne vodi samo."

„Ne", odgovorila je Hana, „i rado bih preuzela nešto od vođenja..."

„Najbolje je da se držiš onoga što radiš dobro", kazala je Debora, mirno koračajući ka vratima. „To uvek kažem." Zastala je, držeći vrata otvorena, a onda se okrenula, dok joj se licem širio spori osmeh. „Znam", rekla je. „Pravo je čudo što se ranije nisam setila toga." Napućila je usta. „Razgovaraću s majkom. Možeš da se priključiš grupi Konzervativnih žena. Baš traže dobrovoljke za predstojeći bal. Mogla bi da pomogneš da pišeš kartice za mesta za stolom i slikaš ukrase – istraži svoju umetničku stranu."

Hana i Emelin su se pogledale, a u sobu je ušao Bojl.

„Stigla su kola po gospođicu Emelin", kazao je. „Mogu li da vam pozovem taksi, gospođice Debora?"

„Ne mučite se, Bojle", zacvrkutala je Debora. „Treba mi malo svežeg vazduha."

Bojl je klimnuo glavom i otišao da nadgleda utovaranje Emelininih torbi u kola.

„Kakav genijalan potez!", kazala je Debora široko se osmehujući Hani. „Tediju će biti mnogo drago da majka i ti provodite toliko vremena zajedno!" Nagla je glavu u stranu i spustila glas. „I tako nikad neće saznati za onu drugu, nesrećnu nameru."

Niz zečju rupu

Neću čekati Silviju. Završila sam s čekanjem. Sama ću naći sebi šolju čaja. Iz zvučnika na improvizovanoj pozornici dopire glasna, metalna, ritmična muzika, a grupa od šest mladih devojaka pleše. Obučene su u crnu i crvenu likru – tek nešto više od kupaćeg kostima – i crne čizme koje im dosežu sve do kolena. Potpetice su visoke i ja se pitam kako uopšte uspevaju da igraju u njima, a onda sam se setila plesačica moje mladosti, *Hamersmit palasa,* Original diksilend džez benda, Emelin kako pleše čarlston.

Obavila sam prste kao kandže oko naslona za ruke, nagla se tako da su mi laktovi pritisnuli rebra i odgurnula se naviše, hvatajući se za ogradu. Za trenutak sam se tako držala, a onda sam prebacila težinu na štap, sačekala da se pejzaž umiri. Blažena vrućina. Obazrivo sam se oslonila štapom na zemlju. Meka je od nedavne kiše pa pazim da se ne zaglavim. Koristim udubljenja koja su napravili koraci drugih ljudi. Spor je to proces, ali napredujem.

„Saznajte svoju budućnost… Gledam u dlan…"

Ne mogu da podnesem one što proriču budućnost. Jednom mi je rečeno da imam kratku liniju života i nisam se potpuno otresla nejasne zle slutnje sve dok nisam prešla šezdesetu.

Guram napred, neću da gledam. Pomirila sam se sa svojom budućnošću. Prošlost je ono što me muči.

Hana je 1921. išla da joj proriču budućnost. Bilo je to jedne srede pre podne; Hana je uvek „primala" sredom pre podne. Debora je bila na sastanku s ledi Lusi Daf-Gordon u *Savoj grilu*, a Tedi je bio na poslu sa ocem. Do tada se Tedi već bio oporavio od traume; izgledao je kao neko ko se probudio iz neobičnog sna i preplavilo ga je olakšanje što je i dalje onakav kakav je i bio. Jednom je rekao Hani za večerom kako je iznenađen time koliko prilika nudi bankarski svet. Ne samo za bogaćenje – brzo je pojasnio – nego i da čovek gaji svoja kulturna interesovanja. Obećao je da će ubrzo, kad bude pravi trenutak, pitati oca da li bi mogao da vodi fondaciju koja pomaže mladim slikarima. Ili skulptorima. Ili nekoj drugoj umetnosti. Hana je odgovorila kako to zvuči divno i vratila se jelu dok je on govorio o svom novom klijentu proizvođaču. Počinjala je da se navikava na jaz između Tedijevih namera i njegovih postupaka.

Parada moderno obučenih žena izlazila je iz broja sedamnaest u poslednjih pet minuta, a ja sam počela da sklanjam posuđe od čaja. (Upravo smo bili izgubili našu petu kućnu služavku i još nismo našli zamenu.) Samo su Hana, Fani i ledi Klementina ostale da sede na sofama i dovršavaju čaj. Hana je tiho i rasejano kuckala kašičicom o tanjirić. Bila je nestrpljiva da odu, mada nisam znala zašto.

„Stvarno, draga", kazala je ledi Klementina osmotrivši Hanu preko svoje prazne šolje, „stvarno treba da razmisliš o osnivanju porodice." Pogledala je u Fani, koja se ponosno pomerila, onako velika i teška. Čekala je drugo dete. „Deca su dobra za brak. Zar ne, Fani?"

Fani je klimnula glavom, ali nije mogla ništa da kaže jer su joj usta bila puna kuglofa.

„Kad je udata žena predugo bez dece", kazala je ledi Klementina ozbiljno, „ljudi počnu da pričaju."

„Sigurna sam da ste u pravu", kazala je Hana, „ali zaista nema o čemu da se priča." Kazala je to tako bezbrižno da sam zadrhtala. Neko bi morao mnogo da se napregne da bi uočio nagoveštaj uznemirenosti ispod površine. Ogorčene rasprave kao posledice Haninog neuspeha.

Ledi Klementina i Fani su se ponovo pogledale i Fani je podigla obrvu. „Nije valjda da nešto nije u redu? Tamo dole?"

Prva pomisao mi je bila da se to odnosi na naš nedostatak kućnih služavki; shvatila sam pravo značenje tek kad je Fani progutala kolač i revnosno dodala: „Postoje lekari kod kojih možeš da odeš. Doktori *za dame*."

Hana nije imala bogzna šta da kaže na to. Pa, imala je, naravno. Mogla je da im kaže da gledaju svoja posla, i svojevremeno bi im verovatno to i rekla, ali vreme joj je otupilo oštricu. Tako nije rekla ništa. Samo se nasmejala i u sebi se molila da odu.

Kad su konačno otišle, srušila se nazad na sofu. „Najzad", kazala je. „Mislila sam da nikad neće otići." Posmatrala me je kako stavljam poslednje šolje na poslužavnik. „Žao mi je što moraš to da radiš, Grejs."

„U redu je, gospođo", odgovorila sam. „Sigurna sam da neću još dugo."

„Svejedno", odvratila je. „Ti si lična damska sobarica. Razgovaraću s Bojlom o nalaženju zamene."

Nastavila sam da slažem kašičice.

Hana me je i dalje gledala. „Umeš li da čuvaš tajnu, Grejs?"

„Znate da umem, gospođo."

Izvadila je nešto ispod pojasa suknje, parče novinskog papira, i razmotala ga. „Našla sam ovo na zadnjoj strani Bojlovih novina." Pružila mi ga je.

Predskazujem sudbinu, pisalo je. *Ugledna spiritistkinja. Komuniciram s mrtvima. Saznajte svoju budućnost.*

Brzo sam joj ga vratila i izbrisala ruke o kecelju. Čula sam kako se među poslugom priča o takvim stvarima. Bila je to najnovija pomama, rođena iz žalosti i patnje širom Engleske. Širom sveta.

„Imam zakazano danas po podne", rekla je Hana.

Nisam mogla da smislim šta da kažem. Volela bih da mi nije rekla. Uzdahnula sam. „Ako smem da kažem, gospođo, ne držim mnogo do tih seansi i sličnog."

„Stvarno, Grejs", rekla je Hana, iznenađena, „pomislila bih da si ti od svih ljudi otvorenijeg uma. Ser Artur Konan Dojl veruje u to, znaš. Redovno komunicira sa svojim sinom Kingslijem. Čak i priređuje seanse u svome domu."

Nije mogla znati da više nisam posvećena Šerloku Holmsu, da sam u Londonu otkrila Agatu Kristi.

„Nije to u pitanju, gospođo", brzo sam kazala. „Nije reč o tome da ne verujem."

„Ne?"

„Ne, gospođo. Verujem, naravno. U tome i jeste problem. To nije prirodno. Mrtvi. Opasno je mešati se u to."

Podigla je obrve, razmatrajući moje reči. „Opasno..."

Pristup mi je bio pogrešan. Pomenuti da je nešto opasno značilo je samo da će postati još privlačnije.

„Poći ću s vama, gospođo", kazala sam.

Nije to očekivala, nije znala da li da se ljuti ili da bude dirnuta. Na kraju je bilo oboje. „Ne", kazala je prilično strogo. „To neće biti potrebno. Biću sasvim dobro i sama." A onda joj je glas poprimio blaži ton. „To je tvoje slobodno popodne, zar ne? Sigurno si isplanirala nešto lepo? Nešto privlačnije nego da ideš sa mnom."

Nisam odgovorila. Moji planovi su bili tajni. Nakon brojnih pisama koje smo razmenili, Alfred je konačno predložio da me poseti u Londonu. Mesecima daleko od Rivertona, bila sam usamljenija nego što sam očekivala. Uprkos opsežnim podukama gospodina Hamiltona, otkrila sam da posao lične sobarice ima određenih mana, naročito pošto Hana nije bila tako srećna mlada nevesta kao što bi trebalo da bude. A i zbog sklonosti gospođe Tibit da stvara nevolje čim bi neko od posluge uživao u drugarstvu dovoljno dugo da spusti gard. Prvi put u životu patila sam zbog izolovanosti. I mada sam pazila da ne učitam pogrešne sentimente u Alfredovu pažnju (to sam već jednom bila učinila), uhvatila sam sebe kako čeznem da ga vidim.

Međutim, ipak sam pratila Hanu tog popodneva. Trebalo je da sastanak sa Alfredom bude tek kasnije te večeri; ako budem brza, imaću vremena da se postaram da stigne, a onda ponovo da krenem, krepka i orna. Čula sam dovoljno priča o spiritistima da me uvere da je tako najpametnije. Gospođa Tibit je pričala kako su njenu rođaku napali, a gospodin Bojl je znao nekog čoveka čiju su ženu opelješili i prerezali joj grlo.

Štaviše, iako nisam bila sigurna šta da mislim o spiritistima, dovoljno sam znala o tome kakve ljude oni privlače. Samo nesrećni ljudi žele da znaju budućnost.

Napolju je bila gusta magla: siva i teška. Išla sam Oldvičem za Hanom kao detektiv na tragu, pazeći da ne zaostanem mnogo za njom, pazeći da ona ne odmakne toliko da je sakrije oblak magle. Na uglu, neki čovek u mantilu je svirao usnu harmoniku, *Keep the Home Fires Burning*. Svuda ih je bilo, tih pogubljenih vojnika, u svakoj uličici, ispod svakog mosta, ispred svake železničke stanice. Hana je potražila novčić u tašni i ispustila ga u kapu tog čoveka pa nastavila dalje.

Skrenule smo u Kingstrit i Hana se zaustavila ispred jedne elegantne edvardijanske vile. Izgledala je dovoljno ugledno, ali kao što bi moja majka rekla, izgled može da vara. Posmatrala sam je kako ponovo gleda u onaj oglas, a onda je prstom pritisnula zvono pod jednim brojem. Vrata su se brzo otvorila i ona je, bez osvrtanja, nestala unutra.

Stajala sam napolju i pitala se na koji su je sprat odveli. Bila sam sigurna da je treći. Bilo je nečega u žutoj svetlosti lampe iza iskrzanih rubova navučene zavese. Sedela sam i čekala blizu nekog čoveka s jednom nogom koji je prodavao limene majmune što se penju i silaze komadom uzice.

Čekala sam više od jednog sata. Kad se ponovo pojavila, od sedenja na betonskom stepeniku noge su mi se tako smrzle da nisam uspela da ustanem dovoljno brzo. Čučnula sam, molila se da me ne vidi. Nije me videla; nije gledala. Stajala je na gornjem stepeniku, ošamućena. Lice joj je bilo bezizražajno, čak začuđeno, i činilo se kao da je zalepljena za mesto gde je stajala. Prva pomisao bila mi je da ju je spiritistkinja zamađijala, da je držala pred njom jedan od onih satova na lancu kao što su prikazivali na fotografijama, i hipnotisala je. Stopalo mi je bilo utrnulo pa nisam mogla da joj pritrčim. Upravo sam htela da je glasno pozovem kad je duboko udahnula, stresla se i brzo pošla u pravcu kuće.

Kasnila sam na sastanak sa Alfredom te maglovite večeri. Ne mnogo, ali dovoljno da izgleda zabrinuto dok me nije video, a uvređeno kad me je video.

„Grejs." Pozdravili smo se nespretno. Pružio mi je ruku u isto vreme kad sam i ja to učinila. U nezgrapnom pokretu sreli su nam se ručni zglobovi, a onda me je on greškom uhvatio za lakat. Smešila sam se nervozno, povukla ruku i gurnula je pod šal. „Izvini što kasnim, Alfrede", kazala sam. „Obavljala sam neki posao za gospodaricu."

„Zar ne zna da imaš slobodno popodne?", rekao je Alfred. Bio je viši nego što sam upamtila, i lice mu je imalo više bora, ali ipak, mislila sam da je vrlo prijatno gledati ga.

„Da, ali..."

„Trebalo je da joj kažeš šta da uradi s tim svojim poslom."

Nije me iznenadio njegov prezir. Alfreda je sve više nervirala služba. U pismima iz Rivertona razdaljina je pokazala nešto što ranije nisam videla: kroz njegove opise svakodnevnog života provlačila se nit nezadovoljstva. A kasnije, njegova raspitivanja o Londonu bila su začinjena citatima iz knjiga koje je čitao, o staležima i radnicima i sindikatima.

„Ti nisi rob", rekao je. „Mogla si da joj kažeš 'ne'."

„Znam. Nisam mislila da će... Posao je uzeo više vremena nego što sam mislila."

„Oh, pa dobro", rekao je, a izraz mu se ublažio, pa je ponovo izgledao kao onaj stari Alfred. „Nisi ti kriva. Hajde da izvučemo najviše iz ovog sastanka dok se ne vratimo u rudnike soli, a? Šta misliš, da pojedemo nešto pre filma?"

Preplavila me je sreća dok smo koračali jedno pored drugog.

„Obišao sam tvoju mamu", rekao je i prekinuo me u mislima. „Kao što si me zamolila."

„Oh, Alfrede", kazala sam. „Hvala ti. Nije valjda mnogo loše?"

„Nije, Grejs." Za trenutak je oklevao i odvratio pogled. „Ali nije ni mnogo dobro, da budem iskren. Gadan kašalj. I leđa joj zadaju muke, kaže." Zavukao je ruke u džepove. „Artritis, zar ne?"

Klimnula sam glavom. „Nastupilo je iznenada, kad sam bila devojčica. I brzo se pogoršalo. Najgora je zima."

„Imao sam jednu takvu tetku. Ostarila pre vremena zbog toga." Zavrteo je glavom. „Težak baksuz."

Neko vreme smo hodali ćuteći. „Alfrede", kazala sam, „majka... Da li je izgledala... Kako ti se čini, da li ima dovoljno, Alfrede? Mislim uglja i tako to?"

„O da", rekao je. „Tu nema problema. Fina gomila uglja." Nagnuo se i gurnuo me u rame. „A gospođa Taunsend se stara da tu i tamo dobije lep paket slatkiša."

„Bog je blagoslovio", kazala sam, a oči su mi se napunile suzama zahvalnosti. „I tebe, Alfrede. Što si otišao da je vidiš. Znam da je zahvalna iako to ne bi rekla."

Slegao je ramenima i samo rekao: „Ne radim to radi zahvalnosti tvoje majke, Grejsi. Radim to zbog tebe."

Obraze mi je zapljusnuo talas prijatnosti. Stavila sam na lice ruku u rukavici i blago pritisnula da upijem toplotu. „A kako su svi ostali?", upitala sam stidljivo. „U Safronu? Jesu li svi dobro?"

Nastala je pauza dok je razmišljao o mojoj promeni teme. „Dobro koliko se može očekivati", odgovorio je. „Mislim dole, u suterenu. Gore je već drugačije."

„Gospodin Frederik?" Nensi je u poslednjem pismu nagovestila da s njim nije sve u redu.

Alfred je odmahnuo glavom. „Postao je sumoran otkad ste otišle. Mora da si mu ti slaba tačka, a?" Munuo me je laktom, a ja nisam odolela da se ne osmehnem.

„Nedostaje mu Hana", kazala sam.

„Ali to ne priznaje."

„I njoj je isto tako loše." Kazala sam mu za ona pisma koja sam našla. Razne verzije ostavljene na stranu, ali nikad poslate.

Zviznuo je i zavrteo glavom. „Pa kažu da treba da učimo od boljih od nas. Ako mene pitaš, oni bi mogli da nauče ponešto od nas."

Nastavila sam da koračam razmišljajući o seti gospodina Frederika. „Šta misliš, da li će se Hana i on pomiriti…?"

Alfred je slegao ramenima. „Iskreno, ne znam da li je tako jednostavno. O da, nedostaje mu gospođica Hana, u redu. U to nema sumnje. Ali ima i više od toga."

Pogledala sam ga.

„I njegova motorna kola. Kao da je izgubio svrhu sad kad je otišla njegova fabrika. Sve vreme luta imanjem. Uzme pušku i kaže da ide da traži lovokradice. Dadli kaže da je sve to samo u njegovoj glavi, da u stvari nema lovokradica, ali on ipak ide da ih traži.“ Zaškiljio je u maglu. „Mogu to dobro da razumem. Čovek mora da oseća da je koristan.“

„Da li mu je Emelin bar neka uteha?“

Alfred je slegao ramenima. „Izrasla je u pravu malu gospođicu, ako mene pitaš. Preuzela je upravu nad imanjem pošto je gospodar takav kakav je. Izgleda da ga nije briga šta ona radi. Uglavnom jedva primećuje i da je tu.“ Šutnuo je kamenčić i posmatrao kako leti i odskakuje, pa nestaje u slivniku. „Ne. To više nije isto mesto. Ne otkad ste otišle.“

Naslađivala sam se tim komentarom kad je rekao: „Oh“, i zavukao ruku u džep. „Kad je reč o Rivertonu, nikad nećeš pogoditi koga sam upravo video. Baš sad dok sam te čekao.“

„Koga?“

„Gospođicu Starling. Lusi Starling. Što je bila sekretarica gospodina Frederika.“

Bocnula me je zavist zbog toga što je upotrebio njeno lično ime. Lusi. Klizavo, tajanstveno ime što šušti kao svila. „Gospođicu Starling? Ovde u Londonu?“

„Kaže da sad živi ovde. U stanu u Ulici Hartli, odmah iza ugla.“

„Ali šta radi ovde?“

„Radi. Kad su zatvorili fabriku gospodina Frederika, morala je da nađe drugi posao, a posla ima mnogo više u Londonu.“ Pružio mi je parče papira. Belo, toplo, presavijenog ugla od stajanja u njegovom džepu. „Uzeo sam njenu adresu, rekao sam joj da ću ti je dati.“ Pogledao me je, nasmešio se tako da su mi se obrazi opet zarumeneli. „Lakše ću spavati“, rekao je, „kad znam da imaš prijateljicu u Londonu.“

Hvata me nesvestica, Misli mi se razlivaju. Nazad, napred, unutra i napolje, u plimi i oseci istorije.

Dom kulture. Možda je tu Silvija. Tu će biti čaja. Sigurno je postavljena neka kuhinjica, prodaju kolače i uštipke, i vodenasti čaj sa štapićima umesto kašičica. Prišla sam malom betonskom stepeništu. Polako ali sigurno.

Zakoračila sam, pogrešno procenila, ivica betonskog stepenika mi se jako usekla u članak. Neko me je uhvatio za ruku kad sam posrnula. Neki mladić tamne kože, zelene kose i sa alkom u nozdrvi.

„Jeste li dobro?“, kaže, glas mu je blag, nežan.

Ne mogu da odvojim pogled od alke u njegovom nosu, ne mogu da nađem reči.

„Bledi ste kao krpa, draga. Jeste li sami ovde? Imate nekog kog bih mogao da pozovem?“

„Tu ste!“ To je žena. Neko kog poznajem. „Da mi tako odlutate! Mislila sam da sam vas izgubila.“ Kvoca kao stara kokoš, stavila je pesnice uz pojas, samo malo više, pa izgleda kao da maše mesnatim krilima. „Šta ste, za ime sveta, mislili?“

„Našao sam je ovde“, kaže Zelena Kosa. „Umalo nije pala dok se penjala stepenicama.“

„Znači tako, nevaljalice“, kaže Silvija. „Čim okrenem leđa! Dobiću infarkt zbog vas ako ne pripazite. Ne znam šta ste mislili.“

Zaustila sam da joj kažem, a onda stala. Shvatila sam da ne mogu da se setim. Imam jak osećaj da sam nešto tražila, da sam nešto htela.

„Hajde“, kaže, sa obe ruke na mojim ramenima, i usmerava me dalje od Doma kulture. „Entoni umire od želje da vas upozna.“

Šator je velik i beo, s jednim krilom podignutim da omogući ulaz. Iznad ulaza je okačen baner od platna s natpisom: *Istorijsko društvo Safron Grina*. Silvija me uvodi unutra. Vruće je i miriše na sveže pokošenu travu. Na konstrukciju tavanice pričvršćena je cev neonske lampe, bruji dok baca anestetički sjaj na plastične stolice i stolove.

„Eno ga tamo“, šapće Silvija i pokazuje na čoveka koji se zbog običnih crta čini poznat. Proseda smeđa kosa, isti takvi brkovi, crveni obrazi. Zadubljen je u razgovor s nekom ženom što izgleda kao matrona, u konzervativnoj haljini. Silvija se naginje bliže meni. „Rekla sam vam da je od onih što valjaju, zar ne?"

Vruće mi je i boli me stopalo. Zbunjena sam. Niotkud mi je došlo da uživam u durenju. „Hoću šolju čaja."

Silvija me je pogledala i brzo prikrila iznenađenje. „Naravno, patkice. Doneću vam ga, a onda imam za vas poslasticu. Hajde, sedite ovde." Smestila me je da sednem pored table prekrivene jutom, na kojoj su fotografije, a onda nestala.

Fotografija je okrutna, ironična umetnost. Vuče uhvaćene trenutke u budućnost; trenutke koje bi trebalo pustiti da ishlape zajedno s prošlošću, koji bi trebalo da postoje samo u sećanjima, da bi se mogli sagledati kroz maglu događaja što su došli posle. Fotografije nas primoravaju da vidimo ljude pre nego što se na njih spustio teret budućnosti, pre nego što su znali kraj.

Na prvi pogled je to samo pena belih lica i sukanja u moru boje sepije, ali prepoznavanje izvlači neka u oštar fokus dok se druga povlače. Na prvoj je letnjikovac, onaj koji je Tedi dizajnirao i izgradio kad su se nastanili 1924. Fotografija je snimljena te godine, sudeći po ljudima u prednjem planu. Tedi stoji pored nedovršenih stepenica, naslanja se na jedan od belih mermernih stubova na ulazu. Nedaleko odatle, na travi, prostrto je ćebe za piknik. Na njemu sede Hana i Emelin, jedna pored druge. Obe sa istim odsutnim pogledom u očima. Debora stoji u prvom planu, visoko telo joj je pomodno opušteno, tamna kosa joj pada preko jednog oka. U jednoj ruci drži cigaretu. Dim stvara utisak izmaglice na fotografiji. Da ne znam, pomislila bih da je na snimku peta osoba, skrivena iza te izmaglice. Ali nije, naravno. Nema snimaka Robija u Rivertonu. Došao je samo dva puta.

Na drugoj fotografiji nema ljudi. To je slika samog Rivertona, ili onoga što je od njega ostalo posle požara koji ga je poharao pre Drugog rata. Celo zapadno krilo nestalo je kao da se s neba spustio neki moćni ašov i pokupio dečje odaje, trpezariju, salon, porodične spavaće sobe. Preostali prostor je ugljenisan, crn. Kažu da se dimilo nedeljama. Miris čađi zadržao se u selu mesecima. Ne znam. Tada je rat bio na pomolu, rodila se Rut, a ja sam bila na pragu nove egzistencije.

Treću fotografiju izbegavam da prepoznam, izbegavam da joj dodelim mesto u istoriji. Ljude identifikujem lako; činjenica je da su obučeni za zabavu. Bilo je tako mnogo zabava u to vreme, ljudi su se stalno svečano oblačili i pozirali za fotografisanje. Moglo bi biti da idu bilo kuda. Ali ne idu. Znam gde su i znam šta će uslediti. Dobro se sećam kako su bili obučeni. Sećam se krvi, šare koju je napravila kad je prsnula po njenoj svetloj haljini, kao da je bočica crvenog mastila ispuštena s velike visine. Nikad nisam uspela da je potpuno skinem, mada ne bi bilo važno i da jesam. Trebalo je da je jednostavno bacim. Nikad je više nije ni pogledala, a kamoli obukla.

Na ovoj fotografiji oni ne znaju, osmehuju se. Hana i Emelin i Tedi. Smeše se u kameru. To je Pre. Gledam Hanino lice, tražim neki nagoveštaj, neko znanje o predstojećoj propasti. Naravno, ne nalazim ga. Ako išta vidim u njenim očima, to je iščekivanje. Mada je moguće da to samo umišljam zato što znam da je bilo tamo.

Neko je iza mene. Neka žena. Nagla se napred da osmotri istu tu fotografiju.

„Neprocenjivo, zar ne", kaže. „Ta šašava odeća koju su nosili. Drugi svet."

Samo ja zapažam senku preko njihovih lica. Od znanja šta sledi, hladnoća mi se širi po koži. Ne, nije znanje to što osećam, noga me tišti tamo gde sam je udarila, lepljiva tečnost curi ka mojoj cipeli.

Neko me je kucnuo po ramenu. „Doktorko Bredli?" Muškarac se saginje ka meni, njegovo nasmejano lice je blizu moga. Uzima me za ruku. „Grejs? Smem li da vas tako zovem? Zadovoljstvo mi je što smo se upoznali. Silvija mi je mnogo pričala o vama. Stvarno mi je mnogo drago."

Ko je ovaj čovek što govori tako glasno, tako polako? Što mi tako grozničavo trese ruku? Šta mu je Silvija pričala o meni? I zašto?

„... Zarađujem za život tako što predajem engleski, ali istorija je moja strast. Volim da mislim o sebi kao o mesnom istoričaru amateru."

Na ulazu u šator pojavljuje se Silvija, sa plastičnom šoljom u ruci. „Evo, izvolite."

Čaj. Baš mi se pio čaj. Otpijam gutljaj. Mlak je; više mi se ne mogu poveriti vruće tečnosti. Prečesto neočekivano zadremam.

Silvija je sela na drugu stolicu. „Da li vam je Entoni pričao o svedočenjima?"

„Nisam još stigao dotle", kaže on.

„Entoni snima zbirku video-traka s ličnim pričama ljudi iz mesta, o istoriji Safron Grina. Za Istorijsko društvo." Gleda u mene, široko se osmehuje. „Dobio je sredstva i sve. Upravo snima gospođu Bejker, eno je tamo."

Nekada davno ljudi su svoje priče zadržavali za sebe. Nije im padalo na pamet da bi ih narod smatrao zanimljivim. Sad svi pišu memoare, takmiče se čije je detinjstvo najgore, čiji je otac najnasilniji.

Pretpostavljam da bi trebalo da mi bude drago. U mom drugom životu, pošto se sve u Rivertonu okončalo, posle Drugog rata, mnogo svog vremena posvetila sam kopanju i otkrivanju ljudskih priča. Nalaženju dokaza, sastavljajući gole kosti. Koliko bi samo bilo lakše kad bi uz svakog išla i gomila njegove lične istorije. Ali jedino što mogu da zamislim jesu milion traka staraca što se prisećaju beznačajnih stvari trideset godina unazad. Jesu li sve one negde, u nekoj prostoriji, u velikom podzemnom bunkeru, na policama od poda do plafona, poređane trake, zidovi što odjekuju od trivijalnih sećanja koje niko nema vremena da čuje?

Želim da samo jedna osoba čuje moju priču. Jedna osoba za koju je smeštam na traku. Nadam se samo da će biti vredna toga. Da je Ursula u pravu: da će Markus slušati i razumeti. Da će ga moja sopstvena krivica i priča o njoj nekako osloboditi.

Svetlost je jaka. Osećam se kao ptica u rerni. Ptica kojoj je vrelo, koju čerupaju i posmatraju. Zašto sam uopšte pristala na ovo? Jesam li pristala na ovo?

„Možete li da kažete nešto da isprobamo zvuk?" Entoni je čučnuo iza nečeg crnog. Pretpostavljam da je to video-kamera.

„Šta da kažem?" Glas nije moj.

„Još jednom."

„Bojim se da zaista ne znam šta da kažem."

„Dobro", Entoni se povukao od kamere. „To je to."

Osećam miris šatorskog platna kako se peče na podnevnom suncu.

„Jedva sam čekao da razgovaram s vama", kaže smešeći se. „Silvija mi kaže da ste nekad radili u velikoj kući."

„Da."

„Nema potrebe da se naginjete prema mikrofonu. Uhvatiću vas sasvim lepo i tu gde ste."

Nisam shvatila da se naginjem pa sam se povukla malo nazad, u oblinu naslona stolice, sa osećanjem da sam ukorena.

„Radili ste u Rivertonu." To je izjava, ne traži se odgovor, pa ipak ne mogu da obuzdam potrebu da se povinujem, da podrobnije objasnim.

„Počela sam hiljadu devetsto četrnaeste kao kućna služavka."

Nelagodno mu je, ne znam da li zbog mene ili zbog sebe. „Da, pa..." Brzo nastavlja. „Radili ste za Teodora Lakstona?" Izgovorio je to ime sa izvesnom strepnjom, kao da bi prizivanje Tedijeve sablasti moglo da ga ukalja svojom sramotom.

„Da."

„Odlično! Jeste li ga često viđali?"

Misli da li sam mnogo šta čula? Mogu li da mu kažem šta se odvijalo iza zatvorenih vrata? Bojim se da ću ga razočarati. „Ne mnogo. Bila sam lična sobarica njegove supruge u to vreme."

„Morali ste često imati posla s njim u tom slučaju."

„Ne. Ne baš."

„Ali čitao sam da su odaje za poslugu bile mesto tračeva u domaćinstvu. Sigurno ste bili svesni svega što se dešava?"

„Ne." Mnogo toga došlo je kasnije, naravno. Čitala sam o tome u novinama, kao i svi ostali. O posetama Nemačkoj, sastancima s Hitlerom. Nikad nisam verovala u najgore optužbe. Nisu bili krivi ni za šta drugo osim za divljenje tome kako je Hitler naelektrisao radničku klasu, prema njegovoj sposobnosti da razvije industriju. Bez obzira na to što je počivala na ropskom radu. Malo ljudi je to tada znalo. Istorija će tek pokazati da je bio ludak.

„Sastanka s nemačkim ambasadorom trideset šeste?"

„Tad više nisam radila u Rivertonu. Otišla sam deset godina pre toga."

Stao je; razočaran je, kao što sam znala da će biti. Redosled pitanja mu je prekinut. A onda se vratilo malo od početnog uzbuđenja. „Hiljadu devetsto dvadeset šeste?"

„Dvadeset pete."

„Onda ste sigurno bili tamo kad se ubio onaj momak, onaj pesnik, kako se zvaše…"

Od svetla mi je vruće. Umorna sam. Srce mi malo leprša. Ili leprša nešto u mome srcu; neka arterija tako izlizana i tanka da se zalistak razlabavio i maše tamo-amo, izgubljen, u struji moje krvi.

„Da", čujem sebe kako kažem.

I to je neka uteha. „U redu. Možemo li onda da razgovaramo o tome?"

Sad čujem svoje srce. Pumpa vlažno, nerado.

„Grejs?"

„Veoma je bleda."

Vrti mi se u glavi. Mnogo sam umorna.

„Doktorko Bredli?"

„Grejs? Grejs!"

Hujanje poput vetra kroz tunel, gnevnog vetra što dovlači za sobom letnju oluju, juri ka meni, sve brže i brže. To je moja prošlost, dolazi po mene. Svuda je – u mojim ušima, iza mojih očiju, gura mi rebra...

„Ima li negde lekara? Neka neko pozove hitnu pomoć!"

Prepuštanje. Raspad. Milion sićušnih čestica pada kroz tunel vremena.

„Grejs? Dobro je. Bićete dobro, Grejs, čujete li?"

Konjska kopita po kaldrmisanim putevima, motorna kola stranih naziva, dečaci na biciklima isporučuju robu, dadilje paradiraju s dečjim kolicima, preskakanje konopca, školice, Greta Garbo, Original diksilend džez bend, Bi Džekson, čarlston, Kanal broj pet, *Tajanstvena događanja u Stajlsu*, F. Skot Ficdžerald...

„Grejs!"

Moje ime?

„Grejs?"

Silvija? Hana?

„Samo je kolabirala. Sedela je ovde i..."

„Sklonite se sada, gospođo. Pustite nas da je unesemo." Novi glas.

Zvuk vrata koja su se zalupila.

Sirena.

Kretanje.

„Grejs... Silvija je. Držite se, čujete? Ja sam uz vas... vodim vas kući... samo se držite..."

Da se držim? Za šta? Ah... za pismo, naravno. U ruci mi je. Hana čeka da joj donesem pismo. Ulica je ledena i upravo je počeo sneg...

U dubinama

Zima je, hladno je i trčim. Osećam svoju krv, gustu i toplu u venama, kako mi brzo pulsira ispod hladnog lica. Zbog ledenog vetra, koža mi se zategla preko jagodica, kao da se skupila pa je manja od svog okvira, rastegnuta. Kao na iglama, što bi rekla Nensi.

Prstima čvrsto držim pismo. Malo je, koverat je malo zamrljan tamo gde je palac pošiljaoca razmazao još vlažno mastilo.

Pismo je od privatnog istražitelja. Od pravog detektiva sa agencijom u Ulici Sari, sekretaricom na ulazu i pisaćom mašinom na radnom stolu. Poslata sam da ga preuzmem lično, jer sadrži – uz malo sreće – informaciju koja je suviše zapaljiva da bi se rizikovalo slanje poštom ili da bi je saopštio preko telefona. Nadamo se da pismo sadrži podatak o tome gde se nalazi Emelin, koja je nestala. Situacija preti da postane skandal; ja sam među malobrojnima u koje se ima poverenja.

Pre tri dana su se javili telefonom iz Rivertona. Emelin je za vikend bila kod porodičnih prijatelja na jednom imanju u Oksfordširu. Pobegla im je kad su išli u grad u crkvu. Čekala su je kola. Sve je bilo isplanirano. Govorkalo se da je umešan i neki muškarac.

Drago mi je zbog pisma – znam koliko je važno da nađemo Emelin – ali uzbuđena sam i iz drugog razloga. Večeras ću se videti sa Alfredom. Prvi put od one maglovite večeri pre mnogo meseci. Kad mi je dao adresu Lusi Starling, rekao mi da mu je stalo do mene i otpratio me do vrata kasnije te noći. Dopisivali smo se mesecima posle toga, sa sve većim poverenjem (i sve većom privrženošću), a sad ćemo se konačno i opet videti. Biće to pravi izlazak. Alfred dolazi u London. Štedeo je od svojih dnevnica i kupio karte za *Princezu Ajdu*. To je pozorišna predstava. Prvi put ću gledati pozorišnu predstavu. Videla sam plakate koji oglašavaju pozorišne predstave kad sam išla Hej marketom nekim poslom za Hanu, a i jednom prilikom kad sam imala slobodno popodne, ali nikad nisam bila ni na jednoj.

To je moja tajna. Nisam rekla Hani – ima ona suviše toga na umu – a ne govorim ni ostalima od posluge u broju sedamnaest. Gospođa Tibit je svojom neljubaznošću stvorila atmosferu u kojoj se samo zadirkuju, okrutno zbijaju šalu i iz najmanjih razloga. Jednom, kad me je gospođa Tibit videla kako čitam pismo (od gospođe Taunsend, hvala bogu, a ne od Alfreda!), insistirala je da ga i ona pogleda. Kazala je da joj je dužnost da obezbedi da se niži članovi posluge (niži članovi posluge!) ne ponašaju neprikladno, da spreči nepristojne veze. Gospodar to ne bi odobrio.

U jednom je u pravu. Tedi je odnedavno postao striktan u pogledu posluge. Ima problema na poslu i mada nije po prirodi zlovoljan, izgleda da je čak i najblaži čovek kadar za neraspoloženje kad ga pritisnu. Postao je previše zaokupljen bacilima i higijenom, počeo da deli posluzi bočice s vodom za ispiranje usta i insistirao da je koristimo; to je jedna od navika koje je usvojio od oca.

Zato se ostalim slugama ne sme reći za Emelin. Neko bi sigurno odao, da bi profitirao od toga što je prvi obavestio.

Kad sam stigla do broja sedamnaest, ušla sam preko stepenica za poslugu, požurila kroz suteren, strepeći da ne privučem neželjenu pažnju gospođe Tibit.

Hana je u svojoj spavaćoj sobi, čeka me. Bleda je, bleda je otkad ju je pozvao gospodin Hamilton prošle nedelje. Pružila sam joj pismo i ona ga je odmah otvorila. Preletela je pogledom po napisanom. Brzo izdahnula vazduh. „Našli su je“, kaže ne podižući pogled. „Hvala bogu. Dobro je.“

Nastavlja da čita a onda vrti glavom. „Oh, Emelin“, kaže bez daha. „Emelin.“

Stigla je do kraja, spušta pismo uz bok i gleda me. Stiska usne i klima glavom za sebe. „Moramo je odmah dovesti, dok ne bude kasno.“ Vraća pismo u koverat. Radi to uznemireno, prebrzo gura papir. Takva je u poslednje vreme, otkad je bila kod spiritistkinje: nervozna i zaokupljena.

„Sad odmah, gospođo?“

„Odmah. Već su prošla tri dana.“

„Hoćete li da pozovem šofera da doveze kola?“

„Ne“, brzo kaže Hana. „Ne. Ne mogu da rizikujem da iko sazna.“ Misli na Tedija i njegovu porodicu. „Ja ću voziti.“

„Gospođo?“

„Pa ne gledaj me tako iznenađeno, Grejs. Moj otac je proizvodio motorna kola. Nije to ništa.“

„Da vam donesem rukavice i šal, gospođo?“

Klima glavom. „I sebi takođe.“

„Sebi, gospođo?“

„Pa i ti ideš, zar ne?“, kaže Hana i gleda me širom otvorenim očima. „Tako imamo više šanse da je izbavimo.“

Mi. Jedna od najslađih reči. Naravno da idem s njom. Potrebna joj je moja pomoć. Stići ću da se vratim na vreme za Alfreda.

On je neki filmadžija, Francuz, i dvostruko stariji od nje. A što je još gore, već je oženjen. To mi je rekla Hana dok smo se vozile. I da idemo u njegov filmski studio u severnom Londonu. Onaj istražitelj tvrdi da je Emelin tamo.

Kad smo stigle na adresu, Hana je zaustavila kola pa sedimo za trenutak i gledamo kroz prozor. To je deo Londona koji nijedna od nas ranije nije videla. Kuće su niske i uzane, i sagrađene od tamne cigle. Na ulici ima ljudi, ispostavilo se da se kockaju. Tedijev rols-rojs je sumnjivo sjajan. Hana je izvadila istražiteljevo pismo i proverila adresu. Okrenula se ka meni i podigla obrve, klimnula glavom.

To je nešto više od kuće. Hana je pokucala na vrata i otvorila joj je neka žena. Ima plavu kosu uvijenu u viklere i obučena je u svileni ogrtač, žućkaste boje, ali prljav.

„Dobro jutro", kaže Hana. „Ja sam Hana Lakston. *Gospođa* Hana Lakston."

Žena je prebacila težinu na drugu nogu pa joj se ukazalo koleno kroz prorez na kućnoj haljini. Raširila je oči. „Naravno, srce", kaže, sa akcentom sličnim izgovoru Deborine prijateljice iz Teksasa. „Kako god se tebi sviđa. Došla si na audiciju?"

Hana je trepnula. „Ovde sam zbog svoje sestre. Emelin Hartford?"

Žena se namrštila.

„Malo niža od mene", kaže Hana, „Svetle kose, plavih očiju?" Izvadila je fotografiju iz tašne i pružila je ženi.

„Oh, da, da", kaže ova i vraća fotografiju. „To je ta mala, da."

Hana je odahnula od olakšanja. „Je li ovde? Da li je dobro?"

„Naravno", kaže žena.

„Hvala bogu", odvratila je Hana. „Dobro onda. Volela bih da je vidim."

„Žao mi je, mače. Niko ne može. Mala je usred snimanja."

„Snimanja?"

„Snima scenu. Filip ne voli da ga ometaju kad počne da snima." Žena je prebacila težinu na drugu nogu pa se umesto desnog pojavilo levo koleno, izvirilo kroz delove haljine. Nagla je glavu u stranu. „Možete da sačekate unutra ako hoćete."

Hana me je pogledala. Ja sam bespomoćno podigla ramena pa smo pošle za ženom u kuću.

Provela nas je kroz predvorje pa uz stepenice i u malu sobu s razmeštenim bračnim krevetom na sredini. Zavese u sobici su navučene i nema prirodnog svetla. Umesto njega, upaljene su tri lampe sa abažurima zaklonjenim crvenim svilenim šalom. Uz jedan zid je stolica, a na stolici prtljag koji smo prepoznale kao Emelinin. Na jednom od noćnih stočića uz krevet nalazi se muški pribor za pušenje lule.

„Oh, Emelin...", kaže Hana i nije u stanju da nastavi.

„Hoćete li čašu vode, gospođo?", pitam.

Klima glavom, automatski. „Da..."

Ne bih da se vraćam u prizemlje da bih našla kuhinju. Žena koja nas je uvela nestala je i ne znam šta može vrebati iza zatvorenih vrata. Našla sam malo kupatilo na kraju hodnika. Polica je prekrivena četkama i olovkama za šminkanje, puderima i veštačkim trepavicama. Jedino što vidim za piće jeste teška šolja sa zbirkom prljavih koncentričnih krugova unutra. Pokušala sam da je operem, ali mrlje su otporne. Vraćam se Hani praznih ruku. „Žao mi je, gospođo..."

Pogledala me je. Uzdahnula. „Grejs", kaže, „ne želim da te šokiram, ali mislim da Emelin možda živi s nekim muškarcem."

„Da, gospođo", odgovaram, vodeći računa da ne pokažem svoj užas kako ga ne bih pobudila i u njoj. „Izgleda da je tako."

Vrata su se naglo i širom otvorila. Na ulazu stoji Emelin. Zaprepašćena sam. Plava kosa joj je ukovrdžana i podignuta navrh glave otkrivajući obraze, a od dugih crnih trepavica oči joj izgledaju nemoguće krupne. Usne su joj obojene u jarkocrveno, a na sebi ima svilenu haljinu sličnu onoj koju nosi i ona žena u prizemlju. Sva u afektaciji odrasle žene, a opet nekako izgleda mlađa. Shvatam da je to zbog njenog lica, zbog izraza na njemu. Nedostaje joj izveštačenost odrasle osobe: iskreno je šokirana što nas vidi i ne može to da sakrije. „Šta vi ovde radite?", kaže.

„Hvala bogu", Hana je uzdahnula od olakšanja i pojurila ka Emelin.

„Otkud vi ovde?“, ponovo će Emelin. Povratila je pozu, oči joj više nisu razrogačene, sad su joj kapci poluspušteni, a usne napućene.

„Došle smo po tebe“, kaže Hana. „Požuri, obuci se pa da krenemo.“

Emelin je prišla toaletnom stolu i spustila se na stolicu bez naslona. Istresla je cigaretu iz zgužvane pakle, stavila je u napućena usta i pripalila. Pošto je izbacila dim, kaže: „Ne idem ja nikuda. Ne možete me naterati.“

Hana ju je zgrabila za ruku i povukla je na noge. „Ideš i mogu. Idemo kući.“

„*Ovo* je sad moja kuća“, kaže Emelin. Otrgla je ruku. „Ja sam glumica. Biću filmska zvezda. Filip kaže da tako izgledam.“

„Sigurna sam da kaže“, odvratila je Hana sumorno. „Grejs, pokupi Emelinine torbe dok joj ja pomognem da se obuče.“

Hana je skinula ogrtač sa Emelin i obema nam se dah presekao. Ispod je bila u negližeu, potpuno providnom. Ispod crne čipke videle su se ružičaste bradavice. „Emelin!“, uzviknula je Hana, a ja sam se brzo okrenula prema koferu. „Kakav to film snimaš?“

„Ljubavnu priču“, odgovorila je Emelin i ponovo zategla ogrtač oko pasa, pa povukla dim iz cigarete.

Hana je pokrila usta rukom i pogledala u mene – s mešavinom užasa, brige i besa u okruglim plavim očima. Mnogo je gore nego što smo pomišljale. Obe smo ostale bez reči. Pružila sam jednu od Emelininih haljina. Hana ju je pružila Emelin. „Obuci se“, uspela je da izgovori. „Samo se obuci.“

Napolju se začula neka buka, teški koraci na stepenicama i najednom se na vratima pojavio muškarac. Nizak muškarac s brkovima, zdepast i crnomanjast, s nekom sporom nadmenošću u držanju.

„Filip“, kaže Emelin trijumfalno i oslobađa se Hane.

„Šta je ofo?“, pita on s jakim francuskim naglaskom. „Šta to radite?“, pita Hanu, prišavši Emelin i posednički spustivši ruku na njenu.

„Vodim je kući", kaže Hana.

„A ko ste vi?", pita Filip i odmerava Hanu od glave do pete.

„Njena sestra."

Izgleda da ga je to obradovalo. Seo je na kraj kreveta i privukao Emelin pored sebe, ne skidajući pogled s Hane. „Čemu žurba?", pita. „Možda bi se starija seka pridružila maloj u nekim scenama, a?"

Hana je brzo udahnula vazduh, a onda povratila pribranost. „Svakako ne. Obe odmah odlazimo."

„Ja ne idem", kaže Emelin.

Filip je slegao ramenima onako kako to samo Francuzi rade. „Izgleda da ne želi da ide."

„Nema izbora", odvratila je Hana. Pogledala me je. „Jesi li završila s pakovanjem, Grejs?"

„Skoro, gospođo."

Filip me je tek tad spazio. „Treća sestra?" Zadivljeno je podigao obrvu, a ja sam se zgrčila pred neželjenim pogledom, neprijatno mi je kao da sam gola.

Emelin se nasmejala. „Oh, Filipe. Ne zadirkuj. To je samo Grejs, Hanina sobarica."

Iako sam polaskana njegovom greškom, zahvalna sam što ga je Emelin povukla za rukav pa je skrenuo pogled.

„Reci joj", Emelin se obraća Filipu. „Reci joj za nas." Osmehnula se Hani s nesputanim oduševljenjem sedamnaestogodišnjakinje. „Pobegli smo zajedno, venčaćemo se."

„A šta vaša supruga misli o tome, gospodine?", pita Hana.

„On nema suprugu", odgovorila je Emelin. „Ne još."

„Sram vas bilo, gospodine", nastavlja Hana, drhtavim glasom. „Moja sestra ima samo sedamnaest godina."

Kao da ima oprugu u sebi, Filipova ruka se povukla sa Emelininih ramena.

„Sedamnaest godina je dovoljno da budeš zaljubljena", kaže Emelin. „Venčaćemo se kad napunim osamnaest, zar ne, Fili?"

Filip se nasmešio nelagodnim osmehom, izbrisao ruke o nogavice i ustao.

„Zar ne?“, ponovila je Emelin podigavši glas. „Kao što smo se dogovorili? Reci joj.“

Hana je bacila haljinu Emelin u krilo. „Da, gospodine, svakako, recite.“

Jedna lampa je zatreperila i svetlo se ugasilo. Filip je slegao ramenima. „Ja. Ah... Ja...“

„Prekini, Hana“, kaže Emelin, a glas joj drhti. „Sve ćeš upropastiti.“

„Vodim sestru kući“, kaže Hana. „A ako mi budete ovo još više otežavali, moj muž će se postarati da više nikad ne snimite nijedan film. On ima prijatelje u policiji i u vladi. Sigurna sam da bi bili veoma zainteresovani da saznaju kakve to filmove snimate.“

Filip je posle toga veoma predusretljiv; pokupio je još neke Emelinine stvari iz kupatila i spakovao ih u njenu torbu, mada ne onako brižljivo kako bih volela. Odneo je njen prtljag do kola i dok je Emelin plakala i govorila mu koliko ga voli i preklinjala ga da kaže Hani da će se venčati, sve vreme je bio vrlo tih. Konačno je pogledao u Hanu i – uplašen zbog onoga što Emelin govori i time kakve bi nevolje mogao da mu napravi Hanin muž – rekao: „Ne znam o čemu ona to govori. Luda je. Kazala mi je da ima dvadeset jednu godinu.“

Emelin plače celim putem kući, lije vrele suze besa. Sumnjam da je čula i reč od Haninog predavanja o odgovornosti i ugledu i kako bekstvo nije rešenje ni za šta.

„On me voli“, rekla je Emelin kad je Hana stigla do kraja. „Zašto si morala da dođeš i da sve upropastiš?“

„Da sve upropastim?“, pita Hana. „Spasla sam te. Imaš sreće što smo stigle dok se nisi uvalila u još veću nevolju. On je već oženjen. Lagao te je da bi snimala one odvratne filmove.“

Emelin zuri u Hanu, donja usna joj drhti. „Ti jednostavno ne možeš da podneseš što sam ja srećna“, kaže, „što sam zaljubljena. Što mi se konačno desilo nešto divno. Što neko najviše voli *mene.*“

Hana nije odgovorila. Stigli smo do broja sedamnaest i šofer je izašao da parkira kola.

Dok su Hana i Emelin nestajale u kući, ja sam požurila niz stepenice za poslugu. Nemam ručni sat, ali sigurna sam da se bliži pet. Pozorišna predstava počinje za pola sata. Ušla sam kroz vrata i zatekla gospođu Tibit kako me čeka, ne Alfreda.

„Alfred?“, kažem, zadihana.

„Fin dečko“, odgovorila je, a lukav osmeh joj je povukao mladež. „Šteta što je morao da ide tako brzo.“

Srce mi je potonulo i pogledala sam na sat. „Pre koliko je otišao?“

„Oh, ima već neko vreme“, odgovorila je i okrenula se da pođe nazad, u kuhinju. „Sedeo je ovde malo, gledao kako vreme prolazi. Sve dok ga nisam spasla jada.“

„Spasla jada?“

„Kazala sam mu da gubi vreme. Da si izašla nekim od onih tvojih *tajnih* poslova za gospodaricu i da niko ne zna kad ćeš se vratiti.“

Ponovo trčim. Niz Ulicu Ridžent ka Pikadiliju. Ako požurim, možda ću ga i stići. I usput proklinjem onu nametljivu vešticu, gospođu Tibit. Šta ima ona da se meša i da govori Alfredu da se neću vratiti? I da mu odaje da sam otišla da obavim nešto za Hanu, kad mi je slobodan dan! Kao da zna najbolji način da nanese najveću povredu.

Kad sam izašla iz Ulice Ridžent na Pikadili, veća je buka i veća je gužva. Satovi u juvelirnici *Saki i Lorens* podešeni su na pola šest – kraj radnog vremena – i saobraćaj na trgu je zakrčen: pešaci i motorna vozila. Gospoda i biznismeni, dame i dečaci poslati da nešto obave, tiskaju se da prođu. Prošla sam između autobusa i motornog taksija koji je stajao, i umalo me nisu pregazila kola s konjskom zapregom, natovarena punim džakovima od jute.

Sad žurim niz Hej market, preskačem pruženi štap i izazivam gnev njegovog vlasnika s monoklom. Držim se uza zgrade, gde je pločnik slobodniji, sve dok, zadihana, nisam stigla do Pozorišta Njenog veličanstva. Naslonila sam se na kameni zid odmah ispod biletarnice, prelazim pogledom po licima u prolazu što se smeju, mršte, govore, klimaju glavom, ne bi li mi pogled zapeo za jedno, poznato. Neki mršav gospodin i još mršavija gospođa jure uz stepenice pozorišta. On pokazuje dve karte i puštaju ih unutra. Časovnik u daljini – Big Ben? – otkucava četvrt sata. Možda će Alfred tek doći? Da se nije predomislio? Ili sam ja stigla prekasno i on je već zauzeo svoje mesto?

Sačekala sam da čujem kako Big Ben otkucava pun sat, a onda još četvrt sata, za svaki slučaj. Niko nije ni ušao u pozorište ni izašao iz njega od ono dvoje lepo obučenih ljudi nalik hrtovima. Sad sedim na stepenicama. Povratila sam dah i pomirila se sa sudbinom. Večeras neću videti Alfreda.

Kad se ulični čistač usudio da mi se požudno osmehne, konačno je bilo vreme da pođem. Skupila sam šal oko ramena, popravila šešir i krenula u broj sedamnaest. Pisaću Alfredu. Objasniću mu šta se dogodilo. Kazaću mu za Hanu i gospođu Tibit; možda ću mu čak reći i celu istinu, o Emelin i Filipu i tome kako samo što nije bio izbio skandal. I pored svih onih ideja o eksploataciji i feudalnim društvima, valjda će Alfred razumeti? Valjda hoće.

Hana je ispričala Tediju za Emelin i on je poludeo od besa. Kaže da je trenutak ne može biti gori, da su otac i on na ivici da se spoje sa bankom *Brigs*. Da će to biti jedan od najvećih koncerna u Londonu. U svetu. Ako se pročuje za tu prljavštinu, to će ga upropastiti, upropastiće sve njih.

Hana klima glavom i ponovo se izvinjava, podseća Tedija da je Emelin mlada i naivna i lakoverna. Da će to prerasti.

Tedi gunđa. Mnogo gunđa u poslednje vreme. Prošao je rukom kroz tamnu kosu, koja postaje proseda. Emelin nema ko da vaspitava, kaže; to je problem. Stvorenja koja rastu u divljini postaju divlja.

Hana ga podseća da Emelin raste na istom mestu gde je i ona odrasla, ali Tedi je samo podigao obrvu.

Hukće. Nema vremena da dalje raspravlja o tome; mora da stigne u svoj klub. Traži od Hane da mu napiše adresu tog filmadžije i kaže joj da ubuduće više ništa ne taji od njega. Da nema mesta tajnama među ljudima koji su u braku.

Sutradan ujutru, dok spremam Hanin toaletni sto, nalazim ceduljicu s mojim imenom. Ostavila mi je pisamce; mora da ga je stavila tamo pošto sam joj pomogla da se obuče. Razmotala sam ga, drhtavim prstima. Zašto? Ne od straha ni od strepnje niti od drugih osećanja koja obično nateraju ljude da drhte. Nego od iščekivanja, uzbuđenja, neočekivanosti.

Kad sam ga otvorila, međutim, vidim da nije napisano na engleskom. Niz vijuga i linija i tačkica, pažljivo ispisanih po stranici. To je stenografija, shvatila sam zureći u papir. Prepoznala sam je iz knjiga koje sam pre mnogo godina našla u Rivertonu kad sam sređivala Haninu sobu. Ostavila mi je pisamce na našem tajnom jeziku, na jeziku koji ja nisam umela da čitam.

Držim ga uz sebe celoga dana, dok čistim, šijem i krpim. Ali premda uspevam da obavim poslove, nisam u stanju da se usredsredim. Misli su mi zaokupljene drugim, pitam se šta tamo piše, kako to da saznam. Tražim knjige pomoću kojih bih možda mogla da ga dešifrujem – da li ih je Hana donela ovamo iz Rivertona? – ali ne nalazim nijednu.

Nekoliko dana kasnije, dok sklanjam posuđe posle čaja. Hana se naginje ka meni i kaže: „Jesi li dobila moje pisamce?“

Odgovaram joj da jesam i stomak mi se skupio u čvor kad je rekla. „To je naša tajna“, i nasmešila se. Bio je to njen prvi smešak koji sam videla posle nekog vremena.

Sad znam da je važno, da je tajna, i da sam ja jedina osoba u koju ima poverenja. Moram ili da priznam ili da nađem načina da ga pročitam.

Nekoliko dana kasnije sine mi. Izvadim *Povratak Šerloka Holmsa* ispod kreveta i pustim da se knjiga sama otvori na određenoj strani. I tamo, između dve omiljene priče, nalazi se moje specijalno tajno mesto. Između Alfredovih pisama vadim malo parče papira koje čuvam duže od godinu dana. Srećom, još ga imam; čuvala sam ga ne zato što je na njemu njena adresa nego zato što je ispisana njegovom rukom. Stekla sam naviku da redovno vadim tu ceduljicu: da je gledam, da je mirišem, da u sećanju oživljavam onaj dan kad mi ju je dao, ali ne radim to već mesecima, ne otkad mi redovno piše toplija pisma. Izvadila sam je iz skrovišta: adresu Lusi Starling.

Nikada je ranije nisam posetila, nisam imala potrebe. Bila sam zauzeta na poslu, a ono malo slobodnog vremena provodila sam čitajući ili pišući Alfredu. Osim toga, još nešto me je sprečilo da stupim s njom u vezu. Plamičak zavisti, smešne ali moćne, koji se upalio kad je Alfred prvi put izgovorio njeno ime onako opušteno one večeri u magli.

Stigla sam do stana i razdire me sumnja. Da li postupam ispravno? Da li ona još uvek živi ovde? Je li trebalo da obučem drugu, bolju haljinu? Pozvonila sam na vrata i otvorila mi je neka starica. I laknulo mi je i razočarana sam u isto vreme.

„Izvinite“, kažem, „tražim nekog drugog.“

„Da?“, pita starica.

„Jednu staru prijateljicu.“

„Ime?“

„Gospođica Starling“, odgovorila sam mada je se to ne tiče. „Lusi Starling.“

Klimnula sam glavom u znak pozdrava i spremila se da pođem, kad je rekla, pomalo prepredeno: „Prvi sprat. Druga vrata levo.“

Pažljivo koračam hodnikom. Mračno je. Jedini prozor, iznad stepeništa, prljav je od prašine sa ulice. Druga sleva. Kucam na vrata. Iza njih se čuje šuštanje i znam da je kod kuće. Zaustavljam dah.

Vrata se otvaraju. To je ona. Ista onakva kakvu sam je i upamtila.

Za trenutak me samo gleda. „Da?“ Trepnula je. „Da li se poznajemo?“

Stanodavka još posmatra. Popela se prvih nekoliko stepenica, da me drži na oku. Brzo sam je okrznula pogledom, a onda ponovo pogledala gospođicu Starling.

„Zovem se Grejs. Grejs Rivs. Znamo se iz Riverton menora?“

Lice joj je osvetlilo prepoznavanje. „Grejs. Naravno. Baš lepo što vas vidim.“ Izgovoreno onim međutonom koji je koristila da se izdvoji od posluge u Rivertonu. Nasmešila se, stala u stranu i pozvala me pokretom ruke da uđem.

Nisam smišljala susret dalje od ovoga. Već sama pomisao da je posetim došla mi je iznenada.

Gospođica Starling stoji u maloj dnevnoj sobi, čeka da sednem pa da može sesti i ona.

Ponudila mi je šolju čaja i čini mi se neučtivo da odbijem. Kad je nestala u prostoriji za koju sam pretpostavila da je čajna kuhinja, dopustila sam svom pogledu da obazrivo pređe po sobi, kao na vrhovima prstiju. Svetlije je nego u hodniku, i primećujem da su njeni prozori, kao i sam stan, besprekorno čisti. Izvukla je sve što je mogla iz skromnog okruženja.

Vratila se s poslužavnikom. Čajnik, posuda za šećer, dve šolje.

„Kakvo prijatno iznenađenje“, kaže. U pogledu joj je pitanje koje ne postavlja jer je uljudna.

„Došla sam da vas nešto zamolim“, kažem.

Klima glavom. „Šta?“

„Znate stenografiju?“

„Naravno“, kaže i malo se mršti. „Pitmenovu i Gregovu.“

Ovo mi je poslednja prilika da se izvučem i odem. Mogla bih da joj kažem da sam pogrešila, da spustim šolju i krenem prema vratima. Da požurim niz stepenice pa na ulicu i više se nikad ne vratim. Ali onda nikad neću saznati. A moram. „Da li biste mi nešto pročitali?“, čujem sebe kako pitam. „Da mi kažete šta piše?“

„Naravno.“

Pružila sam joj pisamce, Zadržala sam dah, u nadi da sam donela ispravnu odluku.

Njene blede oči prelaze red po red, čini mi se razdiruće sporo. Najzad, nakašljala se. „Kaže: *Hvala ti za pomoć u onoj nesrećnoj filmskoj aferi. Šta bih radila da nije bilo tebe? Taunsend, blago rečeno, nije zadovoljan... Sigurna sam da možeš da zamisliš. Nisam mu sve rekla, svakako ne za našu posetu onom groznom mestu. Ne reaguje dobro na tajne. Znam da mogu da računam na tebe, verna moja Grejs, više kao na sestru nego kao na sobaricu.*“ Pogledala me je. Da li vam to ima nekog smisla?“

Klimnula sam glavom, nesposobna da govorim. Više kao sestra. Sestra. Najednom sam se obrela na dva mesta u isto vreme: ovde, u Lusinoj skromnoj dnevnoj sobi, i daleko i davno u dečjoj sobi u Rivertonu, kako s čežnjom gledam, s mesta uz policu za knjige, u dve devojčice sa istom kosom i istim mašnama. I istim tajnama.

Gospođica Starling mi je vratila pisamce i više nije komentarisala njegov sadržaj. Shvatila sam, iznenada, da je možda pobudilo u njoj neku sumnju, jer se u njemu pominju nesrećne afere i čuvanje tajni.

„To je deo igre“, rekla sam brzo, a onda sporije, uživajući u toj neistini. „Igre koju ponekad igramo.“

„Baš lepo", kaže gospođica Starling, smešeći se nezainteresovano. Ona je sekretarica i navikla je da saznaje i zaboravlja tuđe tajne.

Završavamo čaj i ćaskamo o Londonu i nekadašnjim danima u Rivertonu. Iznenadila sam se kad sam čula da je gospođica Starling uvek bila nervozna kad je dolazila u suteren. Da joj je gospodin Hamilton bio impozantniji od gospodina Frederika. Obe smo se nasmejale kad sam joj rekla da smo i mi bili nervozni kao i ona.

„Zbog mene?", kaže, tapkajući uglove očiju maramicom. „Stvarno smešno."

Kad sam ustala da krenem, pozvala me je da dođem opet i ja sam joj rekla da hoću. To i mislim. Pitam se zašto to nisam uradila ranije: ljubazna je i nijedna od nas nema drugih kontakata u Londonu. Otpratila me je do vrata i oprostile smo se.

Dok sam se spremala da pođem, videla sam nešto na njenom stočiću za čitanje. Nagla sam se bliže da vidim šta je.

Pozorišni program.

Ništa mi posebno to ne znači, osim što mi je naziv poznat.

„*Princeza Ajda?*", kažem.

„Da." Spustila je pogled na sto. „Išla sam prošle nedelje."

„Oh?"

„Bilo je silno zabavno", kaže. „Zaista treba da odete ako budete imali priliku."

„Da", kažem. „Planirala sam."

„Kad bolje razmislim", kaže ona, „čudno se podudarilo da baš danas dođete."

„Podudarnost?" Ohladila sam se.

„Nikad nećete pogoditi sa kim sam išla u pozorište."

Oh. Bojim se da pogađam.

„Sa Alfredom Stiplom. Sećate se Alfreda? Iz Rivertona?"

„Da", izgleda da sam rekla.

„Bilo je zaista prilično neočekivano. Imao je kartu viška. Neko mu je otkazao u poslednjem trenutku. Rekao je da je bio spreman da ide sam, a onda se setio da sam ja u Londonu. Slučajno smo naleteli jedno na drugo pre više od godinu dana i još se sećao moje adrese. Pa smo otišli zajedno; šteta da propadne karta, znate koliko koštaju danas."

Da li umišljam da se rumenilo razliva po njenim bledim, pegavim obrazima, pa zato izgleda neiskusno i devojački, iako je bar deset godina starija od mene?

Nekako sam uspela da klimnem glavom i zatvorila je vrata za mnom. U daljini se čuju sirene kola.

Alfred, moj Alfred, odveo je u pozorište drugu ženu. Smejao se s njom, platio joj večeru, otpratio je kući.

Pošla sam niz stepenice.

Dok sam ga ja tražila, tragala za njim po ulicama, on je bio ovde, došao je da pozove gospođicu Starling da pođe s njim umesto mene. Dao joj je kartu koja je bila namenjena meni.

Stala sam, naslonila se na zid. Sklopila sam oči i stisnula pesnice. Ne mogu da izbacim iz misli ovu sliku: njih dvoje, ruku podruku, smešeći se pričaju o večeri koju su proveli zajedno. Baš kao što sam sanjala da ćemo raditi Alfred i ja. Nepodnošljivo je.

Neki zvuk blizu mene. Otvaram oči. Stanodavka stoji u dnu stepenica, s čvornovatom šakom na rukohvatu i očima iza naočara uperenim u mene. A na njenom neljubaznom licu je izraz neobjašnjivog zadovoljstva. Naravno da je otišao s njom, kaže njen izraz, zašto bi želeo da ide s nekim poput tebe kad je mogao s nekim poput Lusi Starling? Malo si se suviše uzdigla, ciljaš previsoko. Trebalo je da slušaš majku i gledaš gde ti je mesto.

Želim da je ošamarim po tom svirepom licu.

Požurila sam niz preostale stepenice, prošla pored starice i izašla na ulicu.

I zaklela se da se više nikad neću videti s Lusi Starling.

Hana i Tedi raspravljaju o ratu. Izgleda da danas svi u Londonu raspravljaju o ratu. Prošlo je dovoljno vremena i mada žalost nije nestala, i nikad neće, distanca dozvoljava ljudima da kritičkije gledaju na stvar.

Hana pravi bulke od crvenog krep-papira i crne žice, a ja joj pomažem. Ali misli mi nisu usmerene na posao. Još me pogađa pomisao na Alfreda i Lusi Starling. Zbunjena sam i ljuta, ali najviše povređena što je tako lako mogao da prenese svoju naklonost na drugu. Napisala sam mu drugo pismo, ali još čekam odgovor. Za to vreme osećam se neobično prazno; noću, u mračnoj sobi, imam poriv da plačem, svrbe me suze. Lakše je danju, bolje mi polazi za rukom da odagnam takva osećanja, stavim masku sluškinje i trudim se da budem što bolja damska sobarica. Moram. Jer bez Alfreda, imam samo Hanu.

Bulke su nova Hanina svrha. Kaže da to ima veze s poljima Flandrije. Bulke u pesmi jednog kanadskog sanitetskog oficira koji nije preživeo rat. Tako ćemo se ove godine sećati poginulih.

Tedi misli da je to nepotrebno. Veruje da su oni koji su poginuli u ratu podneli vrednu žrtvu, ali da je vreme da se krene dalje.

„To nije bila žrtva", kaže Hana dok završava još jednu bulku, „to je bilo traćenje. Njihovi životi su protraćeni. I onih koji su poginuli i onih koji su se vratili, živi mrtvaci što sede po uličnim uglovima s bocama žestokog pića i prosjačkim šeširima."

„Žrtva, traćenje, na isto izađe", kaže Tedi. „Sitničava si."

Hana kaže da je on tup. I ne podiže pogled kad je dodala da bi mu bilo bolje da i sam stavi bulku i nosi je. Da bi to možda pomoglo da spreči nevolje tamo dole.

U poslednje vreme ima poteškoća. Počele su kad je Lojd Džordž dodelio Simionu plemićku titulu za njegov doprinos tokom rata. Neki od posluge su i sami bili u ratu, ili su izgubili očeve i braću, pa ne cene mnogo Simionov doprinos zemlji u ratu. Nema mnogo simpatija prema ljudima kao što su Simion i Tedi, smatraju ih ratnim profiterima, ljudima koji su zaradili na pogibiji drugih ljudi.

Tedi nije odgovorio Hani, bar ne u potpunosti. Promrmljao je nešto o tome kako su ljudi nezahvalni i kako bi trebalo da budu srećni što imaju posao u ovakva vremena, ali uzeo je jednu bulku i vrteo njenu crnu stabljiku između prstiju. Neko vreme ćuti, pretvara se da je obuzet novinama. Hana i ja nastavljamo da uvijamo crveni krep-papir, da pričvršćujemo latice na stabljike.

Tedi je presavio novine i bacio ih na sto pored sebe. Ustao je i ispravio jaknu. Kaže da ide u klub. Prišao je Hani i lagano joj upleo bulku u kosu. Kaže kako ona može da je nosi umesto njega, da njoj stoji lepše nego njemu. Sagnuo se i poljubio je u obraz, a onda prošao kroz sobu. Stigao je do vrata i okleva kao da se setio nečega, a onda se okrenuo.

„Postoji jedan siguran način da se rat ostavi da počiva u prošlosti", kaže, „a to je da se izgubljeni životi nadoknade novim."

Sad je na Hanu red da ne odgovori. Ukočila se, ali ne tako da bi mogao to da primeti neko ko ne obraća pažnju na reakciju. Ne gleda u mene. Podigla je ruku i izvadila Tedijevu bulku iz kose.

U jesen 1921. prišli su mi sa ponudom. Estelina prijateljica ledi Pemberton-Braun uhvatila me je nasamo za vreme jednog vikenda na selu i ponudila mi posao. Počela je tako što se divila mojoj veštini sa iglom, a onda mi je rekla kako je u današnje vreme teško naći ličnu damsku sobaricu i da bi mnogo volela da dođem da radim za nju.

Polaskana sam: to je prvi put da neko traži moje usluge. Pemberton-Braunovi žive u Glenfild holu, to je jedna od najstarijih i najvažnijih velikaških porodica u Engleskoj. Gospodin Hamilton je imao običaj da nam priča o Glenfildu, domaćinstvu s kojim je svaki batler u Engleskoj poredio svoje.

Zahvalila sam joj se na lepim rečima, ali i kazala da nikako ne bih mogla da napustim svoj trenutni posao. Rekla sam joj da znam svoje mesto i da znam gde pripadam. Uz koga, kome.

Nedeljama kasnije, kad smo se već vratili u broj sedamnaest, Hana je saznala za ledi Pemberton-Braun. Pozvala me je jednog jutra u salon i čim sam ušla, znala sam da nije zadovoljna, mada još ne i zašto. Korača tamo-amo po sobi.

„Možeš li da zamisliš, Grejs, kako je to kad usred ručka sa sedam drugih žena saznaš da je neko nudio posao tvojoj ličnoj sobarici?"

Udahnula sam; uhvaćena sam nespremna.

„Sedeti u grupi žena i čuti kako počinju da pričaju o tome, kako se smeju i prave se da su iznenađene što ne znam. Što se tako nešto može dogoditi meni ispred nosa. Zašto mi nisi rekla?"

„Izvinite, gospođo..."

„Trebalo je da pretpostavim. Moram imati poverenja u tebe, Grejs. Mislila sam da mogu, posle ovoliko vremena, posle svega kroz šta smo zajedno prošle..."

Još nemam vesti od Alfreda. Od umora i brige, glas mi je zadobio oštrinu. „Rekla sam 'ne' ledi Pemberton-Braun, gospođo. Mislila sam da ne treba da pominjem zato što ni pomislila nisam da prihvatim."

Hana je stala, pogledala u mene, izdahnula vazduh. Sela je na ivicu sofe i zavrtela glavom. Slabo se nasmešila. „Oh, Grejs. Izvini. Baš sam užasna. Ne znam šta me je uhvatilo da se tako ponašam." Izgleda bleđa nego obično.

Naslonila je ovlaš čelo na ruku i ništa nije govorila ceo minut. Kad je podigla glavu, pogledala je pravo u mene i progovorila tihim, drhtavim glasom: „Samo je sve toliko različito od onoga kako sam mislila da će biti, Grejs."

Toliko je ojađena da sam odmah zažalila što sam joj se tako strogo obratila. „Šta je drugačije, gospođo?"

„Sve." Bezvoljno je mahnula rukom pokazujući okruženje. „Ovo. Ova soba. Ova kuća. London. Moj život." Pogledala me je. „Osećam da sam tako slabo opremljena. Ponekad pokušavam da se u mislima vratim nazad, da vidim gde je donela prvu pogrešnu odluku." Pogled joj je odlutao ka prozoru. „Osećam se kao da je Hana Hartford, ona prava Hana Hartford, nekuda pobegla da živi svoj život, a mene ostavila ovde, da popunim njeno mesto." Nakon jednog trenutka ponovo se okrenula ka meni. „Sećaš se kad sam, ranije ove godine, išla kod spiritistkinje?"

„Da, gospođo." Drhtaj strepnje.

„Na kraju mi nije ni gledala u budućnost."

Olakšanje, kratkotrajno kad je nastavila.

„Nije mogla. Nije htela. Nameravala je; rekla mi je da sednem, da izvučem kartu. Međutim, kad sam joj je dala, gurnula ju je nazad u špil, ponovo promešala i dala mi da izvlačim ponovo. Videla sam po njenom licu da je opet ista karta i znala sam koja. Karta smrti." Ustala je i počela da korača po sobi. „Nije htela da mi kaže, ne u prvo vreme. Umesto toga pokušala je da mi gleda u dlan, pa ni to nije htela da kaže. Rekla je da ne zna šta znači, da je zamagljeno, da joj je vizija maglovita, ali rekla je da je jedno sigurno." Hana se okrenula licem prema meni. „Rekla je da je smrt svuda oko mene i da pazim na svaki korak. Da ne može reći je li smrt u prošlosti ili smrt u budućnosti, ali da je svuda tama."

Smogla sam ubedljivosti koliko je moguće da joj kažem da ne dopusti da je to uznemirava, da je najverovatnije posredi lukavstvo kako bi izvukla od nje više novca, da obezbedi da dođe ponovo. Najzad, vrlo je verovatno da su danas svi u Londonu izgubili nekog koga vole, a naročito oni koji traže usluge spiritista. Ali Hana je nestrpljivo zavrtela glavom.

„Znam šta je to značilo. Sama sam dokučila. Čitala sam o tome. To je metaforička smrt. Ponekad karte govore u metaforama. To sam ja. Ja sam mrtva iznutra; već dugo to osećam. Kao da sam umrla i da je sve što se dešava čudan i grozan san nekog drugog."

Ne znam šta da kažem. Uveravam je da nije mrtva. Da je sve stvarno.

Ona se tužno smeši. „Ah dobro. To je onda još gore. Ako je ovo stvaran život, nemam ništa."

Jednom sam i ja znala šta tačno treba da kažem. *Više kao sestra nego kao sobarica.* „Imate mene, gospođo."

Srela je moj pogled i uzela me za ruku. Stisnula ju je, gotovo grubo. „Ne ostavljaj me, Grejs, molim te, ne ostavljaj me."

„Neću, gospođo", kažem, dirnuta njenom ozbiljnošću.

„Obećavaš?"

„Obećavam."

I održala sam reč. I u dobru i u zlu.

Uskrsnuće

Mrak. Nepomičnost. Senke prilika. Ovo nije London, ovo nije jutarnja soba u broju sedamnaest na Grovenor skveru. Hana je nestala. Zasad.

„Dobro došla kući." Glas u tami, neko se naginje nad mene.

Trepćem. Pa opet, polako.

Znam taj glas. To je Silvija, i ja sam odjednom stara i umorna.

„Dugo ste spavali. Prilično ste nas uplašili. Kako se osećate?"

Izmešteno. Ostavljeno. Van vremena.

„Hoćete čašu vode?"

Mora da sam klimnula glavom jer osećam slamku u ustima. Popila sam gutljaj. Mlaka voda. Poznato.

Neobjašnjivo sam tužna. Ne, ne neobjašnjivo. Tužna sam zato što se ravnoteža na vagi poremetila, jedan tas je prevagnuo i znam šta sledi.

Ponovo je subota. Prošlo je nedelju dana od prolećnog vašara. Od one moje epizode, kako je sad zovu. U svojoj sam sobi, u svome krevetu. Zavese su razmaknute i treperi sunce sa vresišta. Silvija je već bila i spremila me. Nameštena sam kao neka lutka, poduprta jastucima. Gornji posteljni čaršav je uredno presavijen u široku, glatku traku pod mojim rukama. Rešila je da lepo izgledam. Bog je blagoslovio, čak mi je i očetkala kosu. I ovoga puta sam se setila da joj zahvalim.

Kucanje na vratima.

Ursula je promolila glavu iza vrata, proverava da li sam budna, osmehuje se. Kosa joj je danas vezana pozadi i otkriva joj lice. Te krupne, tamne oči: oči sa uljane slike.

„Kako ste?", pita, kao što svi pitaju.

„Mnogo bolje. Hvala vam što ste došli."

Brzo je odmahnula glavom, taj gest kaže: ne budite šašavi. „Došla bih i ranije. Nisam znala do juče, kad sam pozvala telefonom."

„I dobro je što niste. Bila sam prilično tražena. Moja kći je sedela ovde otkad se to dogodilo. Prepala sam je."

„Znam. Videla sam je u predvorju." Nasmešila se zaverenički. „Kazala mi je da vas ne uzbuđujem."

„Bože sakloni."

Sela je na stolicu uz moje jastuke, tašnu spustila na pod pored sebe.

„Film", kažem. „Pričajte mi kako napreduje vaš film."

„Gotovo je spreman", odgovorila je. „Završili smo montažu i još malo pa su gotovi i zvučni efekti i muzika."

„Muzika", kažem. Naravno da moraju imati muziku. Tragedija uvek mora da se odvija na muzičkoj pozadini. „Kakva je?"

„Ima nekoliko pesama iz dvadesetih", kaže, „uglavnom pesme za ples, i malo klavirske muzike. Tužne, lepe, romantične klavirske muzike, u stilu Tori Ejmos."

Mora da sam je tupo pogledala, jer nastavlja, traži muzičare koji više odgovaraju mom vremenu.

„Ima nešto Debisija, Prokofjeva."

„Šopen?"

Podigla je obrve. „Šopen? Ne. Da li bi trebalo da bude?" Lice joj se pokunjilo. „Nećete valjda da mi kažete da je jedna od njih dve bila luda za Šopenom?"

„Ne“, odgovorila sam. „Njihov brat Dejvid je svirao Šopena.“

„O, hvala bogu. On zapravo i nije među glavnim likovima. Poginuo je rano i nije uticao na događaje.“

O tome bi se moglo raspravljati, ali ne raspravljam.

„Kakav je?“, pitam. „Je li dobar film?“

Ugrizla se za usnu, uzdahnula. „Mislim da jeste. Nadam se da jeste. Teško je to objasniti.“ Opet je uzdahnula. „Pre nego što sam počela, dok je sve još bilo samo u mojoj glavi, projekat je bio pun neograničenih potencijala. Sad kad je na filmu, ograničen je.“

„Pretpostavljam da je tako sa svim postignućima.“

Klimnula je glavom. „Ali osećam veliku odgovornost pred njima, pred njihovom pričom. Želela sam da bude savršeno.“

„Ništa nikad nije savršeno.“

„Nije.“ Nasmešila se. „Ponekad brinem da nisam prava osoba koja treba da ispriča njihovu priču. Šta ako sam je shvatila pogrešno? Šta ja uopšte znam?“

„Liton Strejči je imao običaj da kaže da je neznanje prvi rekvizit istoričara.“

Namrštila se.

„Neznanje razjašnjava“, kažem. „Ono bira i izostavlja sa pribranim savršenstvom.“

„Previše istine stoji na putu dobroj priči? To hoćete da kažete?“

„Nešto tako.“

„Ali valjda je istina najvažnija? Naročito za biografski film.“

„Šta je istina?“, kažem i slegla bih ramenima kad bih imala snage.

„To je ono što se zaista dogodilo.“ Pogledala me je kao da sam izgubila pamet. „Znate i sami. Proveli ste godine iskopavajući prošlost. Tragajući za istinom.“

„Jesam. I pitam se da li sam je našla.“ Klizim niz jastuke. Ursula je to primetila, pa me je uhvatila ispod pazuha i nežno podigla. Nastavila sam pre nego što krene dalje u značenje reči. „Želela sam da budem detektiv“, kažem, „kad sam bila mlada.“

„Zaista? Policijski detektiv? Zašto ste se predomislili?"

„Policajci unose u mene nervozu."

Iscerila se. „To bi onda stvarno bio problem."

„Postala sam arheolog umesto toga. Ne razlikuje se mnogo kad bolje razmislite."

„Samo što su žrtve duže mrtve."

„Da", uzvraćam. „Tu ideju mi je prva dala Agata Kristi. To jest, jedan od njenih likova. Rekao je Herkulu Poarou: 'Bili biste dobar arheolog, gospodine Poaro. Imate dar da rekonstruišete prošlost.' To sam pročitala za vreme rata. Drugog rata. Do tada sam se bila zarekla da više neću čitati detektivske romane, ali imala ga je jedna druga bolničarka, a stare navike ne umiru lako."

Ursula se smeši, a onda se iznenada trgla. „Oh! To me je podsetilo. Nešto sam vam donela." Posegnula je u tašnu i izvadila malu pravougaonu kutiju.

Ima veličinu knjige, ali u njoj nešto klopara. „To je komplet kaseta", kaže. „Agata Kristi." Slegla je ramenima nesigurno. „Nisam znala da ste se zarekli da nećete čitati detektivske romane."

„Ne brinite. To je bilo samo privremeno, pogrešan pokušaj da zaštitim svoje mlado biće. Čim se rat završio, nastavila sam gde sam stala."

Pokazala je prema kasetofonu na mom noćnom stočiću. „Da stavim unutra kasetu pre nego što pođem?"

„Da", kažem. „Stavite."

Pocepala je i skinula plastični omotač, izvadila prvu kasetu i otvorila moj diktafon. „Već imate jednu unutra." Podigla je kasetu da mi pokaže. To je traka koju trenutno snimam za Markusa. „Je li to za njega? Za vašeg unuka?"

Klimam glavom. „Samo je ostavite na stočiću, molim vas. Trebaće mi kasnije." I hoće. Vreme se sklapa nada mnom, osećam to i rešena sam da završim pre nego što se desi.

„Da li se javio?", pita.

„Još nije."

„Hoće", kaže uvereno. „Sigurna sam u to."

Ja sam suviše umorna za veru, ali svejedno klimam glavom; njena vera je tako grozničava.

Ursula stavlja Agatu u aparat i vraća diktafon na stočić. „Eto." Stavlja tašnu preko ramena. Odlazi.

Pružila sam ruku ka njenoj dok kreće i uhvatila je. Tako je glatka. „Želim da vas nešto zamolim", kažem. „Za jednu uslugu, pre nego što Rut..."

„Naravno", odgovorila je. „Bilo šta." Zbunjena je, zapazila je hitnost u mome glasu. „Šta je posredi?"

„Riverton. Želim da vidim Riverton. Hoću da me odvedete."

Stisnula je usne, namrštila se. Uhvatila sam je nespremnu.

„Molim vas."

„Ne znam, Grejs. Šta bi Rut rekla?"

„Rekla bi 'ne'. Zato i molim vas."

Pogledala je prema zidu. Uznemirila sam je. „Možda bih mogla da vam umesto toga donesem ono što smo snimili? Mogla bih da stavim na video..."

„Ne", kažem odlučno. „Moram da se vratim." Odvraća pogled. „Ubrzo", dodajem. „Moram da odem ubrzo."

Ponovo me je pogledala i znam da će reći „da" i pre nego što je klimnula glavom.

Uzvratila sam klimanjem glavom, zahvalila joj, a onda pokazala ka Ursulinim kasetama. „Znate, srela sam je jednom. Agatu Kristi."

Bilo je to krajem 1922. Tedi i Hana su priredili svečanu večeru u broju sedamnaest. Tedi i njegov otac su imali nekog zajedničkog posla sa Arčibaldom Kristijem, nešto u vezi sa izumom koji je on hteo da razvije.

Često su imali goste prvih godina te decenije. Ali sećam se te večere posebno, iz nekoliko razloga. Jedan je bio prisustvo

Agate Kristi. Tad je objavila samo jednu knjigu, *Tajanstveni događaj u Stajlsu*, ali Herkul Poaro je već bio zamenio Šerloka Holmsa u mojoj mašti.

I Emelin je bila tu. Bila je u Londonu već mesec dana. Imala je osamnaest godina i debitovala je u društvu u broju sedamnaest. Nije bilo priče o tome da joj se nađe muž kao što je bio slučaj s Hanom. Prošle su samo četiri godine od bala u Rivertonu, ali vremena su se ipak promenila. Devojke su se promenile. Oslobodile su se korseta, ali su se zato bacile u tiraniju „plana dijete". Sve su bile energične i graciozne, sa razigranim nogama, povezanih grudi i glatkih glava. Nisu se više sašaptavale zaklanjajući usta rukom niti su se krile iza stidljivih pogleda. Šalile su se i pile, pušile i psovale kao mladići. Linija struka se spustila, tkanine su bile tanke, a moral još tanji.

Možda se zbog toga vodio neobičan razgovor te noći, ili možda zbog same gospođe Kristi. Da ne pominjem najnovije zajedljive novinske članke na tu temu.

„Oboje će biti obešeni", rekao je Tedi vedro. „Idit Tompson i Fredi Bajvoters. Baš kao i onaj drugi momak, onaj što je ubio svoju ženu. Početkom ove godine, u Velsu. Kako mu beše ime? Tip iz vojske, zar ne, pukovniče?"

„Major Herbert Rouz Armstrong", odgovorio je pukovnik Kristi.

Emelin je teatralno zadrhtala. „Zamislite samo, da ubijete sopstvenu ženu, nekog kog bi trebalo da volite."

„Većinu ubistava počine ljudi koji tvrde da vole jedno drugo", primetila je gospođa Kristi sažeto.

„Ljudi su, uopšte uzev, postali nasilniji", rekao je Tedi pripaljujući cigaru. „Dovoljno je da otvorite novine pa da to vidite. Uprkos zabrani nošenja vatrenog oružja."

„Ovo je Engleska, gospodine Lakstone", rekao je pukovnik Kristi. „Postojbina lova na lisice. Nije teško doći do vatrenog oružja."

„Imam prijateljicu koja uvek sa sobom nosi pištolj“, izjavila je Emelin bezbrižno.

„Nemaš“, kazala je Hana i zavrtela glavom. Pogledala je u gospođu Kristi. „Bojim se da moja sestra suviše gleda američke filmove.“

„Imam“, insistirala je Emelin. „A jedan drugar sa kojim izlazim – i koji će ostati bez imena – kaže da ga je lako kupiti, kao paklu cigareta. Ponudio se da mi nabavi jedan kad god budem htela.“

„Kladim se da je Hari Bentli“, rekao je Tedi.

„Hari?“, kazala je Emelin, i sevnula očima uokvirenim crnim trepavicama. „Hari ni mrava ne bi zgazio! Njegov brat Tom, možda.“

„Poznaješ previše pogrešnih ljudi“, rekao je Tedi. „Da li je potrebno da te podsećam da je ručno oružje nezakonito, da ne pominjem koliko je opasno.“

Emelin je slegla ramenima. „Umem da pucam, naučila sam još kao devojčica. Sve dame u našoj porodici umeju da pucaju. Baka bi nas se odrekla da nismo umele. Evo, pitajte Hanu: jedne godine je pokušala da izbegne lov, kazala je baki da misli kako nije u redu ubijati bespomoćne životinje. Baka je imala šta da kaže na to, zar ne, Hana?“

Hana je podigla obrve i popila gutljaj vina, a Emelin je nastavila. „Rekla je: ’Koješta. Ti si Hartfordova. Pucanje ti je u krvi.’“

„Bilo kako bilo“, rekao je Tedi, „u ovoj kući neće biti vatrenog oružja. Mogu da zamislim šta bi rekli moji birači kad bih posedovao ilegalno oružje!“

Emelin je zakolutala očima, a Hana kazala: „Budući birači.“

„Opusti se, Tedi“, kazala je Emelin. „Ne moraš brinuti zbog oružja ako tako nastaviš. Sam ćeš sebi izazvati infarkt. Nisam rekla da ću nabaviti pištolj. Samo kažem da devojka ne može biti dovoljno oprezna u današnje vreme. Šta reći kad muževi ubijaju supruge i žene ubijaju muževe. Slažete li se sa mnom, gospođo Kristi?"

Agata Kristi je slušala razgovor i uzdržano se zabavljala. „Bojim se da ne marim mnogo za vatreno oružje", kazala je. „Više sam za otrove."

Kasno te večeri pošto su Kristijevi otišli, izvadila sam ispod kreveta svoj primerak *Tajanstvenog događaja u Stajlsu.* Bio je to poklon od Alfreda, i toliko sam se zanela u ponovno čitanje njegove posvete da sam jedva registrovala da zvoni telefon. Mora da se javio gospodin Bojl i prebacio poziv gore, Hani. Nisam se obazirala na to. Zabrinula sam se tek kad je gospodin Bojl zakucao na moja vrata i izjavio da gospodarica hoće da me vidi.

Hana je još imala na sebi svilenu haljinu boje ostrige. Nalik tečnosti. Svetla kosa joj je u talasima bila priljubljena uz lice, a oko glave joj je šnalama bila pričvršćena niska dijamanata. Stajala je leđima prema vratima i okrenula se kad sam ušla u sobu.

„Grejs", kazala je i uzela obe moje ruke u svoje. Taj gest me je zabrinuo. Bio je suviše ličan. Nešto se dogodilo.

„Gospođo?"

„Sedi, molim te." Povela me je da sednem pored nje na sofu, a onda me je pogledala plavim očima okruglim od brige.

„Gospođo?"

„To je tvoja tetka zvala telefonom."

I onda sam znala.

„Mnogo mi je žao, Grejs." Blago je zavrtela glavom. „Tvoja majka je pala. Doktor ništa nije mogao da uradi."

Hana je organizovala moje putovanje nazad u Safron Grin. Stigla su kola i spakovali su me na zadnje sedište. To je bilo veoma ljubazno od nje, mnogo više nego što sam očekivala; bila sam spremna da idem vozom. Hana je rekla da je to besmislica i da joj je žao što na večeru dolazi Tedijev budući klijent, inače bi i ona pošla sa mnom.

Gledala sam kroz prozor kola dok je vozač skretao u jednu ulicu, pa u drugu, a onda u treću, i London je postajao sve manje raskošan, sa sve više niskih i oronulih kuća, da bi na kraju nestao iza nas. Prolazili smo kroz seoske predele i što smo išli severnije, postajalo je sve hladnije. Susnežica je istačkala prozore i zamutila pejzaž; zima je izbledela svet vitalnosti. Snegom zaprašene livade ulivale su se u ljubičasto nebo, postepeno ustupajući mesto starim šumama Eseksa, sivosmeđim i zelenim kao mahovina.

Sišli smo s glavnog puta i pošli seoskim drumom ka Safronu, kroz hladnu i samotnu močvaru. Srebrne trske podrhtavale su u zaleđenim potocima i lišajevi su se kao čipka držali za golo drveće. Brojala sam krivine i shvatila da iz nekog razloga zadržavam dah tek kad smo prošli skretanje za Riverton. Vozač je nastavio u selo i dovezao me do sive kamene kućice u Market stritu, tiho uglavljene, kao i uvek, između svoje dve sestre. Vozač mi je otvorio vrata i izneo moj mali kofer na mokri pločnik.

„Eto, stigli ste“, rekao je.

Zahvalila sam mu i on je klimnuo glavom.

„Doći ću po vas za pet dana“, kazao je, „kao što mi je rekla gospodarica.“

Gledala sam kako se kola udaljavaju niz ulicu, skreću u safronsku glavnu ulicu, i osetila neodoljivu potrebu da ga zovem da se vrati, da ga preklinjem da me ne ostavlja ovde. Ali bilo je prekasno za to. Stajala sam u sumraku i gledala u kuću u kojoj sam provela prvih četrnaest godina života, mesto gde je majka živela i gde je umrla. I nisam osećala ništa.

Nisam ništa osećala još otkad mi je Hana rekla. Sve vreme tokom puta nazad u Safron pokušavala sam da se setim. Svoje majke, svoje prošlosti, sebe same. Kuda odlaze uspomene na detinjstvo?

Upalile su se ulične svetiljke – žuta izmaglica u hladnom vazduhu – i ponovo je počela susnežica. Obrazi su mi već bili utrnuli, pa sam videla pahuljice na svetlosti ulične lampe više nego što sam ih osetila.

Podigla sam kofer, izvadila ključ i krenula uz stepenice kad su se vrata širom otvorila. Na pragu je stajala tetka Di, majčina sestra. Držala je lampu, koja joj je bacala senke po licu, starije i svakako više izvitopereno nego što je zaista bilo. „Stigla si", kazala je. „Uđi unutra onda."

Uvela me je prvo u dnevnu sobu. Kazala je da je ona na mom bivšem krevetu, pa ću ja onda morati da spavam na sofi. Spustila sam kofer uza zid, a ona je odbrambeno huktala.

„Spremila sam supu za večeru. Možda nije ono na šta si navikla u toj tvojoj velikaškoj kući u Londonu, ali uvek je bila dobra za mene i one slične meni."

„Supa sasvim odgovara", kazala sam.

Jele smo u tišini, za majčinim stolom. Tetka je sedela u čelu, s peći koja joj je grejala leđa iza sebe, a ja sam sedela na majčinom mestu uz prozor. Susnežica je prešla u sneg, koji je tiho kuckao po staklenim oknima. Osim toga, čulo se jedino grebanje naših kašika i povremeno pucketanje vatre u peći.

„Pretpostavljam da bi volela da vidiš majku", kazala je tetka kad smo završile.

Bila je položena na svom madracu, s puštenom smeđom kosom. Navikla sam da je vidim vezanu pozadi; bila je veoma duga i mnogo finija od moje. Neko – tetka? – navukao joj je tanko ćebe do brade, kao da spava. Izgledala je sivlje, starije, ispijenije nego što sam je se sećala. Bilo je teško razabrati oblik njenog tela. Neko bi gotovo mogao da zamisli da ga i nema, da se raspala, komad po komad.

Sišle smo u prizemlje i tetka je spremila čaj. Pile smo ga u dnevnoj sobi i govorile vrlo malo. Posle sam rekla nešto o tome kako sam umorna od puta, pa sam počela da nameštam sofu. Raširila sam čaršav i ćebe koje mi je tetka ostavila, ali kad sam posegnula da uzmem majčin jastučić, on nije bio na svom mestu. Tetka me je posmatrala.

„Ako tražiš onaj jastuk", kazala je, „sklonila sam ga. Bio je prljav. Pohaban. Našla sam veliku rupu u dnu. A ona švalja!" Zacoktala je. „Volela bih da znam šta je radila s novcem koji sam joj slala!"

I onda je otišla. Popela se da legne u sobi pored sobe svoje mrtve sestre. Škripale su podne daske iznad mene, uzdisale krevetske opruge, a onda je zavladala tišina.

Ležala sam u mraku, ali nisam mogla da spavam. Zamišljala sam kako tetka kritičkim okom gleda majčine stvari; majka je bila uhvaćena naprečac, nije mogla da se pripremi, da pokaže najbolje lice. Trebalo je da ja prva dođem. Ja bih sve sredila, sve bih doterala u majčino ime. I konačno, zaplakala sam.

Sahranili smo je u crkvenoj porti blizu sajmišta. Vikar je brzo čitao iz Biblije, krajičkom oka motreći nebo – da li zbog Gospoda ili zbog vremena, nisam mogla da odredim. Govorio je o dužnosti i posvećenosti i pravcu u koji skreću životno putovanje.

U lice mi je duvao leden vetar i priljubio mi skute uz noge u čarapama. Podigla sam pogled ka sve mračnijem nebu i opazila jednu priliku na brdu, pored stabla starog hrasta. Bio je to muškarac, džentlmen, to sam dobro videla. Bio je u dugom crnom kaputu. Sa sjajnim, krutim cilindrom na glavi. Nosio je štap, ili je to možda bio kišobran, čvrsto uvijen. Najpre nisam tome poklanjala mnogo pažnje; pretpostavila sam da je to neki ožalošćeni koji je došao da poseti neki drugi grob. Tad nisam pomišljala da je neobično da jedan džentlmen, koji sigurno ima svoj posed, svoje porodično groblje, oplakuje nekog među gradskim grobovima.

Dok je vikar posipao prvom pregršti zemlje majčin sanduk, ja sam ponovo podigla pogled ka hrastu. Onaj džentlmen je i dalje bio tamo. Shvatila sam da nas gleda. Onda je počeo sneg i on je pogledao u nebo, pa mu je lice bilo na punom svetlu.

Bio je to gospodin Frederik. Ali promenio se. Izgledao je kao žrtva nekog prokletstva iz bajke, iznenada star.

Vikar je žurno završio, a pogrebnik je izdao naredbe da se grob zakopa brzo, zbog nevremena.

Tetka je stajala pored mene. „Baš je drzak", kazala je, a ja sam najpre pomislila da misli na pogrebnika, ili na vikara. Međutim, kad sam ustanovila kud gleda, shvatila sam da misli na gospodina Frederika. Pitala sam se kako zna ko je on. Pretpostavila sam da ga joj je majka pokazala kad je dolazila u posetu. „Kakva drskost. Da se pojavi ovde." Zavrtela je glavom, stisnutih usana.

Njene reči za mene nisu imale nikakvog smisla, ali kad sam se okrenula da je pitam šta hoće da kaže, ona se već udaljila, smešila se vikaru i zahvaljivala mu za njegovu obzirnu službu. Pretpostavljam da je za majčine zdravstvene probleme krivila porodicu Hartford, ali ta optužba nije bila poštena. Jer, mada je tačno da su godine u službi oslabile majčina leđa, tačno je i to da su je artritis i trudnoća dokrajčili.

Iznenada, iščilele su mi iz glave sve misli na tetku. S crnim šeširom u rukama, pored vikara je stajao Alfred.

Pogledi su nam se sreli preko groba i on je podigao ruku.

Oklevala sam, pa klimnula glavom trzavim pokretima, tako da su mi zubi zacvokotali.

Krenuo je. Prišao mi. Gledala sam ga kao da bi skrenuti pogled značilo izazvati da nestane. A onda je bio pored mene. „Kako se držiš?"

Ponovo sam klimnula glavom. Izgleda da sam mogla samo to. U glavi su mi se reči kovitlale suviše brzo pa nisam mogla da ih pohvatam. Nedelje čekanja na njegovo pismo; povređenosti, zbunjenosti, tuge; ležanja dok sam, budna, sastavljala imaginarna objašnjenja i zamišljala naš ponovni susret. I sad, konačno...

„Jesi li dobro?“, rekao je kruto pa obazrivo pružio ruku ka mojoj, a onda se predomislio i povukao je nazad, na rub svog šešira.

„Da“, uspela sam da kažem, a ruka mi je otežala jer je nije dodirnuo. „Hvala ti što si došao.“

„Naravno da sam došao.“

„Nisi morao da se mučiš.“

„Nije mučenje, Grejs“, rekao je, provlačeći rub šešira između prstiju.

Te poslednje reči ostale su da, usamljene, lebde između nas. Moje ime, poznato i lomljivo, na njegovim usnama. Pustila sam da mi pažnja odluta na majčin grob, gledala sam kako grobar žurno radi. Alfred je pratio moj pogled.

„Žao mi je zbog tvoje mame“, rekao je.

„Znam“, odgovorila sam brzo. „Znam da jeste.“

„Bila je vredna radnica.“

„Da“, kazala sam.

„Video sam je pre samo nedelju dana...“

Pogledala sam ga. „Zaista?“

„Doneo sam joj nešto uglja za koji je gospodin Hamilton rekao da je višak.“

„Stvarno, Alfrede?“, kazala sam sa zahvalnošću.

„Bila je baš hladna noć. Nije mi se sviđala pomisao da je tvojoj mami hladno.“

Ispunila me je zahvalnost; mučili su me osećanje krivice i strah da je majka preminula zbog nebrige.

Neko me je čvrsto uhvatio za ručni zglob. Pored mene je bila tetka. „Dakle, gotovo je“, kazala je. „I lepo opelo. Mislim da ne bi imala na šta da se požali.“

Alfred nas je posmatrao.

„Alfrede“, kazala sam, „ovo je moja tetka Di, majčina sestra.“

Tetka je zaškiljila kad su im se pogledi sreli; s neosnovanom sumnjičavošću, tako tipičnom za nju. „Drago mi je.“ Ponovo se okrenula ka meni. „Hajde, onda, gospođice“, kazala je nameštajući šešir i pritežući šal. „Kućevlasnik dolazi sutra rano ujutru i ona kuća mora da blista.“

Pogledala sam u Alfreda, proklinjući što je među nama i dalje zid neizvesnosti. „Pa“, kazala sam, „biće bolje da...“

„U stvari“, rekao je Alfred brzo, „nadao sam se... To jest, gospođa Taunsend je mislila da bi možda volela da dođeš gore u kuću na čaj.“

Alfred i ja smo koračali kroz selo, jedno pored drugoga; nežne pahulje snega, suviše lagane da bi padale, kao da su visile na povetarcu. Neko vreme smo hodali bez reči. Korake je prigušio vlažan zemljani put. Zvonca su zvonila dok su mušterije ulazile u prodavnice ili izlazile iz njih. Povremeno bi neki automobil zabrujao ulicom.

Dok smo se približavali Bridž roudu, počeli smo razgovor o majci: ja sam se prisetila onoga dana kad mi je dugme zapelo za tuđu mrežu, one davne ulične predstave lutkarskog pozorišta s Pančom i Džudi, ispričala sam mu kako sam zamalo izbegla Dom za nahočad.

Alfred je klimao glavom. „Hrabra ti je bila mama, ako mene pitaš. Sigurno joj nije bilo lako, sasvim samoj.“

„Nikad se nije potrudila da mi to kaže“, odvratila sam, sa više žestine nego što sam nameravala.

„Šteta za tvoga tatu“, rekao je kad smo prošli majčinu ulicu i kad je selo naglo ustupilo mesto seoskom predelu. „Što je morao da je tako ostavi.“

U prvi mah mi se učinilo da sam pogrešno čula. „Morao šta?“

„Tvoga tatu. Šteta što nisu imali sreće, njih dvoje.“

Glas mi je drhtao uprkos svim pokušajima da ga smirim. „Šta ti znaš o mome ocu?“

Slegao je ramenima bezazleno. „Samo ono što mi je ispričala tvoja mama. Kazala je da je bila mlada i da ga je volela, ali da je na kraju bilo nemoguće. Bilo je nešto u vezi s njegovom porodicom, njegovim obavezama. Nije bila potpuno jasna."

„Kad ti je to rekla?" Glas mi je bio tanak kao lebdeći sneg.

„Šta?"

„To o njemu. O mome ocu." Zadrhtala sam ispod šala i pritegla ga čvršće oko ramena.

„Posećivao sam je u poslednje vreme", rekao je. „Bila je sasvim sama, pošto si ti u Londonu. Nije mi bilo teško da joj povremeno pravim društvo. Da tu i tamo pročavrljamo."

„Da li ti je rekla još nešto?" Da li je moguće da se, pošto je celoga života krila tajne, majka tako lako otvori na kraju?

„Nije", odgovorio je Alfred. „Ne mnogo. O tvome tati više ništa. Da budem iskren, najviše sam ja pričao, ona je više slušala, znaš."

Nisam znala šta da mislim. Ceo taj dan je bio duboko uznemirujući. Majčina sahrana, Alfredov dolazak, saznanje da su se majka i on redovno sastajali, da su razgovarali o mome ocu. O temi koja je za mene bila zatvorena još pre nego što sam i pomislila da pitam. Pošla sam brže kad smo prošli kroz kapiju Rivertona, kao da ću se hodom osloboditi dana.

Čula sam Alfreda iza sebe, kako žuri da me stigne. Obradovala sam se vlažnom, lepljivom, dugačkom i tamnom prilazu kući. Predala sam se sili koja me je, izgleda, vukla neumoljivo.

„Mislio sam da ti pišem, Grejsi", rekao je brzo. Sitne grančice su pucketale pod nogama, drveće kao da je prisluškivalo. „Da ti odgovorim na pisma." Koračao je pored mene. „Pokušao sam mnogo puta."

„Zašto nisi?", kazala sam koračajući.

„Nisam mogao da nađem prave reči. Znaš kako mi je u glavi. Od rata..." Podigao je ruku i lagano se udario po čelu. „Izgleda da neke stvari više jednostavno ne umem da radim. Ne kao pre. Reči i pisma su jedna od njih." Požurio je da me stigne. „Osim toga", rekao je, zadihano, „ima stvari koje moram da kažem a koje se mogu reći samo lično."

Vazduh je bio leden na mojim obrazima. Usporila sam. „Zašto me nisi sačekao?", upitala sam blago. „Onoga dana kad je bila pozorišna predstava?"

„Jesam, Grejsi."

„Ali kad sam se vratila – tek je bilo prošlo pet."

Uzdahnuo je. „Otišao sam deset minuta pre toga. Mimoišli smo se zamalo." Zavrteo je glavom. „Čekao bih te duže, Grejsi, ali ona gospođa Tibit je rekla da si sigurno zaboravila. Da si otišla nekim poslom i da se nećeš vraćati satima."

„Ali to nije bilo tačno!"

„Zašto bi izmislila tako nešto?", rekao je Alfred, zbunjen.

Podigla sam ramena i bespomoćno ih pustila da padnu. „Zato što je takva."

Stigli smo do vrha prilaza. Na grebenu je stajao Riverton, veliki i taman, a veče se sklapalo nad njim. I nesvesno smo zastali, stajali za trenutak, a onda nastavili pored fontane i oko kuće, do ulaza za poslugu.

„Išla sam za tobom", kazala sam kad smo ušli u ružičnjak.

„Nisi valjda", rekao je i pogledao me. „Stvarno jesi?"

Klimnula sam glavom. „Čekala sam te ispred pozorišta do poslednjeg trenutka. Mislila sam da mogu da te stignem."

„Oh, Grejsi", kazao je Alfred i zastao kod stepeništa. „Mnogo mi je žao."

Zastala sam i ja.

„Nije trebalo da slušam onu gospođu Tibit", rekao je.

„Nisi mogao da znaš."

„Ali trebalo je da imam poverenja u tebe da ćeš se vratiti. Samo..." Bacio je pogled na zatvorena vrata za poslugu, stisnuo usne, izdahnuo vazduh. „Nešto mi je bilo na umu, Grejs. Hteo sam da razgovaram s tobom o nečemu važnom. Da te nešto pitam. Bio sam toga dana napet kao bubanj. Na ivici živaca." Zavrteo je glavom. „Kad sam pomislio da si me odbacila, toliko sam se uznemirio da više nisam mogao da ostanem. Izašao sam iz te kuće što sam brže mogao. Pošao ulicom kojom sam i stigao, i nastavio da hodam."

„Ali Lusi...", rekla sam tiho, pogleda prikovanog za prste u rukavicama, gledajući kako pahuljice nestaju čim slete. „Lusi Starling..."

Uzdahnuo je, pogledao preko mog ramena. „Poveo sam Lusi Starling da te napravim ljubomornom, Grejsi. To priznajem." Odmahnuo je glavom. „Znam, to nije bilo fer od mene, nije bilo fer ni prema tebi ni prema Lusi." Pružio je ruku i prstom u rukavici pažljivo mi podigao bradu, da me pogleda u oči. „Uradio sam to zato što sam se razočarao, Grejs. Došao sam čak iz Safrona, zamišljao da ću te videti, uvežbavao šta ću reći kad se vidimo."

Njegove oči boje lešnika bile su iskrene. Zaigrao mu je nerv u vilici.

„Šta si hteo da kažeš?", upitala sam.

Osmehnuo se nervozno.

Začulo se škripanje šarki i vrata za poslugu su se širom otvorila. Gospođa Taunsend, krupna silueta osvetljena s leđa, punačkih obraza rumenih od sedenja uz vatru.

„Evo ih!", glasno se nasmejala. „Šta vas dvoje radite tamo na hladnoći?" Okrenula se ka onima iza sebe. „Napolju su, na hladnom! Zar vam nisam rekla da su oni?" Pa je ponovo obratila pažnju na nas. „Rekla sam gospodinu Hamiltonu: 'Gospodine Hamiltone, nek sam prokleta ako ne čujem njihove glasove napolju.' 'Umišljate, gospođo Taunsend', rekao je on. 'Zašto bi stajali napolju, na hladnoći, kad bi mogli da budu ovde, gde je lepo i toplo?' 'Ne bi' znala, gospodine Hamiltone', rekla sam ja, 'ali ako me uši ne varaju, tamo su.' I bila sam u pravu." Doviknula je unutra: „Bila sam u pravu, gospodine Hamiltone." Pružila je ruku i mahnula njome da uđemo. „Pa hajde, ulazite, nasmrt ćete se prehladiti tamo napolju, vas dvoje."

Izbor

Bila sam zaboravila koliko je mračno u suterenu Rivertona. Koliko su nisko grede na tavanici i kako je hladan mermerni pod. Zaboravila sam i kako zimski vetar duva s vresišta, zviždi kroz malter što se kruni s kamenih zidova. Ne kao u broju sedamnaest, gde smo imali najmoderniju izolaciju i grejanje.

„Jadnice moja“, rekla je gospođa Taunsend privlačeći me k sebi, pritisnuvši mi glavu uz svoje od vatre zagrejane grudi. (Kakav gubitak za neko nikad rođeno dete, propuštena prilika za takvu utehu. Ali tako je bilo u to vreme, što je moja majka najbolje znala: porodica je žrtvovana poslu sluge.) „Dođi, sedi“, kazala je. „Nensi? Šolju čaja za Grejs.“

Iznenadila sam se. „Gde je Kejti?“

Svi su se pogledali.

„Šta je?“, rekla sam. Valjda nije ništa strašno, Alfred bi rekao…

„Nadigla se i udala, eto šta je“, kazala je Nensi i šmrknula, pa besno odjurila u kuhinju.

Zinula sam od iznenađenja.

Gospođa Taunsend je spustila glas i brzo progovorila: „Neki momak sa severa, što radi u rudnicima. Srela ga je u gradu kad je trebalo da obavi neki posao za mene, šašava devojka. Sve se dogodilo jako brzo. Ne bi me iznenadilo da čujem da je beba na putu." Popravila je kecelju, zadovoljna efektom koji su njene novosti imale na mene, i pogledala prema kuhinji. „Mada, trudi se da to ne pominješ Nensi. Zelena je od zavisti kao baštovanov palac, koliko god tvrdila da nije!"

Klimnula sam glavom, zapanjena. Mala Kejti se udala? I biće majka?

Dok sam pokušavala da nađem nekog smisla u tim neverovatnim novostima, gospođa Taunsend je nastavila da se uzbuđuje oko mene: zahtevala je da sednem na mesto najbliže vatri, komentarisala da sam suviše mršava i suviše bleda i da mi treba njenog božićnog pudinga da me dovede u red. Kad je nestala da mi donese tanjir, osetila sam težinu pažnje koja mi je ukazana. Izbacila sam Kejti iz glave i pitala za situaciju u Rivertonu.

Svi su ućutali, zgledali se, a onda je gospodin Hamilton konačno rekao: „Pa, mlada Grejs, stvari nisu baš onakve kako si ih možda upamtila iz vremena kad si bila ovde."

Upitala sam ga šta time hoće da kaže, a on je ispravio sako. „Sada je mnogo mirnije. I sporijeg tempa."

„Više kao grad duhova", rekao je Alfred, koji se majao kod vrata. Izgledao je uzrujano otkad smo ušli unutra. „On odozgo tumara po imanju kao živi mrtvac."

„Alfrede!", prekorio ga je gospodin Hamilton, mada s mnogo manje živosti nego što bih očekivala. „Preteruješ."

„Ne preterujem", rekao je Alfred. „Ma hajte, gospodine Hamiltone, Grejs je jedna od nas. Može da čuje istinu." Pogledao je u mene. „Situacija je kao što sam ti rekao onda u Londonu. Otkad je gospođica Hana onako otišla, njegovo gospodstvo više nije isti onaj čovek koji je bio."

„Dobro, bio je uzrujan, ali ne samo zbog odlaska gospođice Hane i što su se zamerili", rekla je Nensi. „Nego i to što je onako izgubio fabriku. I majku." Nagla se ka meni. „Da samo vidiš kako je gore. Svi mi radimo najbolje što možemo, ali nije lako. Neće da nam dozvoli da dovedemo zanatlije zbog popravki – kaže da ga izluđuje zvuk udaranja čekićem i povlačenja merdevina po podu. Morali smo da zatvorimo još soba. Rekao je da više neće biti gostiju i da je gubljenje vremena i energije održavati ih. Jednom me je uhvatio kako pokušavam da brišem prašinu u biblioteci i samo što mi nije šiju zavrnuo." Pogledala je u gospodina Hamiltona i nastavila: „Više čak i ne brišemo prašinu s knjiga."

„To je zato što nema gospodarice da vodi kuću", rekla je gospođa Taunsend vraćajući se s tanjirom pudinga i liznula krem s prsta. „Uvek je tako kad nema gospodarice."

„Najveći deo vremena provodi tako što tumara po imanju, jureći zamišljene lovokradice", nastavila je Nensi, „a kad je unutra, onda je dole, u oružarnici, čisti svoje puške. Ako mene pitaš, to je zastrašujuće."

„Hajde, Nensi", rekao je gospodin Hamilton, pomalo poraženo. „Nije na nama da sudimo gospodaru." Skinuo je naočari da protrlja oči.

„Da, gospodine Hamiltone", rekla je. Onda je pogledala u mene i brzo rekla: „Ali trebalo bi da ga vidiš, Grejs. Ne bi ga prepoznala. Mnogo je ostario."

„Videla sam ga", rekla sam tada.

„Gde?", upitao je gospodin Hamilton, malo uznemiren. Vratio je naočari na glavu. „Nadam se da nisi tu negde, oko kuće? Nije valjda lutao preblizu jezeru?"

„O ne, gospodine Hamiltone", odgovorila sam. „Ništa slično tome. Videla sam ga u selu. Na groblju. Na majčinoj sahrani."

„Bio je na sahrani?", upitala je Nensi, razrogačenih očiju.

„Bio je blizu, gore, na brdu", kazala sam, „ali je posmatrao."

Gospodin Hamilton je potražio potvrdu mojih reči. Alfred je podigao ramena, odmahnuo glavom. „Nisam primetio."

„E pa, bio je tamo", kazala sam odlučno. „Znam šta sam videla."

„Možda je samo otišao u šetnju", rekao je gospodin Hamilton, ne mnogo ubeđeno. „Da udahne malo vazduha."

„Nije hodao", kazala sam sumnjičavo. „Samo je stajao tamo, nekako izgubljeno, i gledao dole, u grob."

Gospodin Hamilton i gospođa Taunsend su se pogledali, pa on reče: „Ah, pa dobro, oduvek je bio privržen tvojoj majci, još otkad je radila ovde."

„Privržen", ponovila je gospođa Taunsend i podigla obrve. „Vi to tako zovete?"

Gledala sam ih, jedno pa drugo. U njihovom izrazu je bilo nečega što nisam mogla da razumem. Znanja o nečemu u šta ja nisam bila upućena.

„A ti, Grejs?", iznenada je upitao gospodin Hamilton. „Dosta o nama. Pričaj nam o Londonu. Kako je mlada gospođa Lakston?"

Samo sam letimično čula ovo pitanje. Nešto mi se formiralo na rubovima svesti. Sašaptavanja, pogledi i nagoveštaji koji su dugo lepršali pojedinačno sad su se skupljali. Oblikovali sliku. Gotovo oblikovali.

„Pa, Grejs?", kazala je gospođa Taunsend nestrpljivo. „Maca ti je pojela jezik? Šta je s gospođicom Hanom?"

„Izvinite, gospođo Taunsend", odgovorila sam. „Mora da su me vile otele."

Svi su me nestrpljivo gledali, pa sam im rekla da je Hana dobro. Tako mi se činilo prikladno. Odakle bih inače počela da im pričam? Da im pričam o svađama s Tedijem, odlasku kod spiritistkinje, kako zastrašujuće govori da je već mrtva? Umesto toga, pričala sam o divnoj kući, i o Haninoj odeći, i o blistavim gostima koji im dolaze.

„A tvoje dužnosti?" upitao je gospodin Hamilton uspravivši se. „U Londonu je sasvim drugačiji tempo? Pretpostavljam da ima mnogo posluge?"

Rekla sam im da posluge ima mnogo, ali da nisu tako delotvorni kao ovde, u Rivertonu, i činilo se da je zadovoljan.

A ispričala sam im i za pokušaj ledi Pemberton-Braun da me zavrbuje.

„Verujem da si joj odgovorila kako treba“, rekao je gospodin Hamilton. „Učtivo ali odlučno, kao što sam te uvek poučavao?“

„Da, gospodine Hamiltone“, odgovorila sam. „Jesam, naravno.“

„To je dobra devojka“, odvratio je on i sav sijao, kao ponosni otac. „Glenfild hol, a? Sigurno si se prilično dobro pokazala kad su pokušali da te ukradu za Glenfild hol. Ipak, uradila si pravu stvar. Šta imamo od svog posla ako nemamo odanosti?“

Svi smo klimnuli glavom u znak slaganja. Svi izuzev Alfreda, primetila sam.

Primetio je i gospodin Hamilton. „Pretpostavljam da ti je Alfred ispričao za svoje planove?“, rekao je i podigao prosedu obrvu.

„Kakve planove?“ Pogledala sam u Alfreda.

„Baš sam hteo da ti kažem“, rekao je on, obuzdavajući smešak kad je prišao da sedne pored mene. „Odlazim, Grejs. Za mene više nema ’da, gospodine’.“

Prva pomisao bila mi je da ponovo odlazi iz Engleske. Baš kad smo se pomirili.

Nasmejao se mom izrazu. „Ne idem daleko. Samo napuštam službu. Jedan moj drugar iz rata i ja započinjemo zajednički posao.“

„Alfrede...“ Nisam znala šta da kažem. Laknulo mi je, ali sam se, isto tako, i zabrinula za njega. Da ostavi službu? I bezbednost Rivertona? „Kakav posao?“

„Električarski. Moj drugar je užasno spretan. Naučiće me kako da instaliram zvona i slično. U međuvremenu ću voditi radnju. Radiću naporno i štedeću, Grejsi – već sam nešto ostavio na stranu. Jednoga dana ću imati svoj biznis, biću samostalan. Videćeš.“

Posle me je Alfred otpratio nazad u selo. Hladna noć je padala brzo pa smo koračali hitro, da se ne smrznemo. Mada mi je bilo prijatno u Alfredovom društvu i mada mi je laknulo što smo izgladili nesuglasice, malo sam govorila.

Razmišljala sam o majci. O ogorčenosti koja je uvek ključala ispod površine; o njenoj ubeđenosti, gotovo očekivanjima, da je njen život bio zla sudbina. To je bila majka koju sam ja upamtila. A ipak, već neko vreme sam bila počela da shvatam da nije uvek bilo tako. Gospođa Taunsend se nje sećala s ljubavlju; gospodin Frederik, kom je beskrajno teško udovoljiti, bio joj je privržen.

Ali šta se to dogodilo što je preobrazilo onu mladu služavku s tajanstvenim smeškom? Počela sam da slutim kako je odgovor na to ključ koji bi otključao sve majčine misterije. A rešenje je bilo blizu. Vrebalo je kao neuhvatljiva riba među trskom moga uma. Znala sam da je tu, mogla sam da ga osetim, da načas ugledam njegov nejasni oblik, ali svaki put kad bih se približila, kad bih posegnula da uhvatim tu senku, iskliznula bi i umakla.

Bilo je sigurno da ima neke veze s mojim rođenjem: majka je u tom pogledu bila otvorena. A bila sam sigurna i da je duh moga oca tu negde: čoveka o kom je razgovarala sa Alfredom, ali nikada sa mnom. Čovek kog je volela ali s kojim nije mogla da bude. Kakav razlog je dala Alfredu? Njegovu porodicu? Njegove obaveze?

„Grejs."

Tetka je znala ko je on, ali usta su joj bila zapečaćena kao i majčina. Ali bez obzira na to, vrlo dobro sam znala šta misli o njemu. Moje detinjstvo je bilo ispunjeno njihovim sašaptavanjima: tetka Di je prekorevala majku zbog njenih loših izbora, govorila joj da nema drugog izbora nego da žanje ono što je sama posejala; majka je plakala dok ju je tetka Di tapšala po ramenu i odrešito je tešila: „I bolje ti je tako", „Bilo je neizvodljivo", „Dobro je da si se rešila tog mesta". Još kao devojčica znala sam da je „to mesto" velikaška kuća na brdu. A znala sam i da se s prezirom moje tetke Di prema mome ocu može meriti još samo njen prezir prema Rivertonu. Volela je da kaže da su to dve katastrofe u majčinom životu.

„Grejs."

Prezir koji se, izgleda, protezao i na gospodina Frederika. „Baš je drzak", kazala je kad ga je videla na sahrani, „da se sad pojavi ovde." Zapitala sam se otkud tetka zna da je to on i šta je gospodin Frederik mogao uraditi pa da ga ona tako mrko gleda?

Pitala sam se i zašto je on tu. Privrženost posluzi je jedno, ali da se njegovo gospodstvo pojavi na gradskom groblju... Da gleda kako sahranjuju jednu od njegovih davnih služavki...

„Grejs." Iz daljine, kroz zamršeno klupko misli, čula sam kako Alfred govori. Pogledala sam ga rasejano. „Ima nešto što sam hteo da te pitam celog dana", rekao je. „Bojim se da ću izgubiti hrabrost ako te ne pitam sada."

I majka je bila privržena gospodinu Frederiku. „Jadni, jadni Frederik", kazala je kad su mu preminuli otac i brat. Ne jadna ledi Vajolet, ni jadna Džemajma. Njeno saosećanje ticalo se isključivo Frederika.

Ali to je razumljivo, zar ne? Gospodin Frederik je bio mladić kad je majka radila u njegovoj kući; prirodno je da saoseća s članom porodice koji joj je najbliži po godinama. Baš kao što ja saosećam s Hanom. Osim toga, činilo se da je majka isto tako privržena i Frederikovoj ženi Penelopi. „Frederik se neće ponovo ženiti", kazala je kad sam joj rekla da ga Fani juri. Njena ubeđenost, njena utučenost kad sam uporno tvrdila da hoće – valjda bi se to moglo objasniti njenom bliskošću s bivšom gospodaricom?

„Ne umem s rečima, Grejsi, znaš to isto tako dobro kao i ja", rekao je Alfred. „Pa ću pitati direktno. Znaš da ću uskoro započeti samostalni posao...?"

Klimnula sam glavom, nekako sam klimnula glavom, ali misli su mi bile drugde. Ona neuhvatljiva riba bila je tako blizu. Mogla sam da vidim kako joj se presijava klizava krljušt, kako se provlači između trski, izlazi iz senke...

„Ali to je samo prvi korak. Štedeću i štedeću, i jednoga dana, koji nije tako daleko, imaću radnju s natpisom *Alfredov toranj* na vratima, videćeš."

... I na svetlost. Da li je moguće da se majka nije uznemirila zbog bivše gospodarice? Već zato što muškarac do kog joj je nekad bilo stalo – do kog joj je i dalje bilo stalo – možda planira da se ponovo oženi? Da su majka i gospodin Frederik...? Da su, pre mnogo godina, kad je bila u službi u Rivertonu...?

„Čekao sam i čekao, Grejs, zato što sam želeo da imam nešto da ti ponudim. Nešto više od onoga što sam sada..."

Nije valjda. To bi bio skandal. Ljudi bi znali. Ja bih znala. Da li bih znala?

Doplovila su sećanja, delići razgovora. Da li je ledi Vajolet na to mislila kad je pomenula „onu groznu situaciju"? Da li su ljudi znali? Da li je u Safronu izbio skandal pre dvadeset i dve godine, kad su meštanku isterali iz vlastelinske kuće, osramoćenu i trudnu sa sinom svoje gospodarice?

Ali ako je tako, zašto me je ledi Vajolet primila u svoju poslugu? Zar ne bih bila neprijatni podsetnik na ono što se dogodilo?

Osim ako moje zaposlenje nije bilo neka vrsta nadoknade. Cena za majčino ćutanje. Da li je zato majka bila onako sigurna, onako uverena da će se za mene naći mesta u Rivertonu?

A onda, sasvim jednostavno... onda sam znala. Riba je isplivala na punu sunčevu svetlost, krljušt joj se jarko presijavala. Kako to nisam ranije videla? Majčina ogorčenost, odbijanje gospodina Frederika da se ikada više oženi. Sve je imalo smisla. I on je voleo majku. Zato je i došao na sahranu. Zato me je onako čudno gledao: kao da vidi duha. Bilo mu je drago da odem iz Rivertona, rekao je Hani da mu ne trebam ovde.

„Grejsi, pitam se..." Alfred me je uzeo za ruku.

Hana. Pogodilo me je saznanje.

Ostala sam bez daha. To objašnjava mnogo šta: osećanje solidarnosti – valjda sestrinske? – koje smo delile.

Alfredove ruke su uhvatile moju, sprečio me je da padnem. „Ma hajde, Grejs", rekao je, smešeći se nervozno. „Nemoj da mi se onesvestiš."

Noge su mi klecnule: osećala sam se kao da sam se razbila na milion sićušnih čestica, da padam kao pesak iz kante.

Da li Hana zna? Da li je zato zahtevala da pođem s njom u London? Da li se zato obratila meni kad se osetila napuštenom na svim drugim poljima? Da li me je zato preklinjala da je ne ostavljam? I naterala me da joj obećam da je nikad neću ostaviti?

„Grejs?", rekao je Alfred pridržavajući me. „Jesi li dobro?"

Klimnula sam glavom, pokušala da nešto kažem. Nisam mogla.

„Dobro", rekao je Alfred. „Zato što ti još nisam rekao sve što sam hteo. Mada imam osećaj da već nagađaš."

Nagađam? Za majku i Frederika? Za Hanu? Ne: to Alfred nešto govori. Šta? O svom novom poslu, o prijatelju iz rata...

„Grejsi", rekao je Alfred i uzeo me za obe ruke. Osmehnuo mi se i progutao knedlu. „Hoćeš li mi učiniti tu čast da budeš moja žena?"

Blesak svesti. Zatreptala sam. Nisam mogla da odgovorim. Misli, osećanja. Kroz mene je jurnula navala misli, osećanja. Alfred me je pitao hoću li da se udam za njega. Alfred, kog obožavam, stoji preda mnom, lica zamrznutog u prethodnom trenutku, čeka da odgovorim. Jezik mi je oformio reči, ali usne odbijaju da me slušaju.

„Grejs?", rekao je Alfred, očiju širom otvorenih od usplahirenosti.

Osetila sam kako se osmehujem, čula sam sebe kako počinjem da se smejem. Nisam mogla da prestanem. I plakala sam, hladnim, mokrim suzama na obrazima. Pretpostavljam da je to bila histerija: toliko se toga dogodilo u prethodnih nekoliko trenutaka, previše da podnesem. Šok od saznanja da sam u srodstvu s gospodinom Frederikom, sa Hanom. Iznenađenje i oduševljenje zbog Alfredove prosidbe.

„Grejsi?" Alfred me je nesigurno gledao. „Da li to znači da bi volela? Mislim, da se udaš za mene?"

Da se udam za njega. Ja. To je bio moj tajni san, a sad se dešava, sad kad sam potpuno nespremna. Odavno sam ta maštanja pripisala mladosti. I prestala da maštam da bi se zaista ikada moglo dogoditi. Da će me iko prositi. Da će me Alfred zaprositi.

Nekako sam uspela da klimnem glavom i prestanem da se smejem. Čula sam sebe kako kažem: „Da." Malo jače od šapata. Zatvorila sam oči, zavrtelo mi se u glavi. Pa onda, malo glasnije: „Da."

Alfred je uskliknuo i ja sam otvorila oči. Široko se osmehivao, sa olakšanjem. Muškarac i žena koji su koračali drugom stranom ulice okrenuli su se da nas pogledaju, a Alfred je uzviknuo: „Rekla je 'da'!" A onda se ponovo okrenuo ka meni, protrljao usne jednu o drugu, pokušao da prestane da se osmehuje kako bi mogao da govori. Uhvatio me je za nadlaktice. Tresao se. „Nadao sam se da ćeš to reći."

Ponovo sam klimnula glavom, nasmešila se. Toliko toga se dešavalo.

„Grejs", rekao je blago. „Pitam se... Da li bi bilo u redu da te poljubim?"

Mora da sam rekla „da" jer je odmah podigao ruku, spustio je na moj obraz i sagnuo se ka meni.

Vreme kao da se usporilo.

Onda me je uhvatio podruku, prvi put je to tad učinio, pa smo krenuli ulicom. Nismo govorili, samo smo koračali i ćutali, zajedno. Tamo gde je njegova ruka bila uz moju, pritiskala mi pamučnu košulju uz kožu, drhtala sam. Od njene toplote, težine, obećanja.

Alfred mi je milovao ručni zglob prstima u rukavici i ja sam sva ustreptala. Čula su mi bila probuđena: kao da je neko uklonio sloj kože, osposobio me da osećam dublje, slobodnije. Nagla sam se malo bliže. Kad pomislim da se u jednom danu promenilo toliko mnogo toga. Sagledala sam majčinu tajnu, shvatila sam prirodu svoje vezanosti za Hanu, Alfred me je pitao da se udam za njega. Umalo mu nisam rekla za svoje zaključke o majci i gospodinu Frederiku, ali reči su mi zamrle na usnama. Biće mnogo vremena kasnije. Sama ta pomisao bila je još toliko nova: želela sam da se naslađujem majčinom tajnom još malo. I želela sam da se naslađujem svojom srećom. Pa sam tako ćutala i nastavili smo da hodamo, ruku podruku, majčinom ulicom.

Dragoceni, savršeni trenuci koje sam oživljavala bezbroj puta u životu. Ponekad smo, u mojoj mašti, stigli do kuće. Ušli smo i popili u naše zdravlje, ubrzo potom se venčali.

I bili srećni do kraja života, dok oboje nismo dostigli duboku starost.

Ali to se nije dogodilo, kao što znaš.

Premotavam. Ponovo puštam. Na polovini ulice smo, pred kućom gospodina Konolija – iz svirale tugaljiva irska muzika na povetarcu – kad je Alfred rekao: „Možeš da daš otkaz čim se vratiš u London."

Oštro sam ga pogledala. „Otkaz?"

„Gospođi Lakston." Nasmešio mi se. „Kad se venčamo, više nećeš morati da je oblačiš. Odmah posle venčanja preselićemo se u Ipsvič. Možeš da radiš sa mnom ako želiš. Da vodiš knjige. Ili možeš da se baviš šivenjem, ako ti je to draže?"

Da dam otkaz? Da ostavim Hanu? „Ali, Alfrede", rekla sam jednostavno, „ne mogu da ostavim službu."

„Naravno da možeš", odvratio je on. Nasmešio se kao da mu je zabavno. „Ja ostavljam."

„Ali to je drugo…" Tražila sam reči objašnjenja, reči koje bi ga navele da razume. „Ja sam lična damska sobarica. Potrebna sam Hani."

„Nisi joj potrebna *ti*, potrebna joj je robinja da se stara o njenim rukavicama." A onda blažim glasom: „Ti si previše sposobna da bi to radila, Grejs. Zaslužuješ bolje. Da budeš svoja."

Htela sam da mu objasnim. Da bi Hana svakako našla novu sobaricu, ali da sam ja više od sobarice. Da smo povezane. Vezane. Od onog dana u dečjoj sobi kad smo obe imale četrnaest godina, kad sam se pitala kako je to imati sestru. Kad sam slagala gospođicu Prins zbog Hane, tako instinktivno da me je to uplašilo.

Da sam joj obećala. Kad me je preklinjala da je ne ostavim, dala sam joj reč.

Da smo sestre. Tajne sestre.

„Osim toga", rekao je, „mi ćemo živeti u Ipsviču. Teško da možeš nastaviti da radiš u Londonu, zar ne?" Potapšao me je dobroćudno po ruci.

Pogledala sam ga iskosa u lice. Tako iskreno. Tako sigurno. Tako bez ikakve sumnje. I osetila sam kako se moji argumenti raspadaju, otpadaju, iako sam ih uokvirila. Nije bilo reči koje bi ga navele da uvidi, da razume u trenutku ono za šta su meni bile potrebne godine da shvatim.

I tad sam znala da nikad neću moći da ih imam oboje, Alfreda i Hanu. Da ću morati da izaberem.

Izvukla sam ruku ispod njegove, kazala sam mu da mi je žao. Rekla sam da sam pogrešila. Da sam napravila strašnu grešku.

A onda sam otrčala od njega. Nisam se okrenula, mada sam nekako znala da je ostao tamo, nepokretan, ispod hladnog žutog uličnog svetla. Da me posmatra dok nestajem u tamnoj uličici, dok ojađena čekam da me tetka pusti unutra i da šmugnem, izbezumljena, u kuću. Dok sam zatvarala vrata onome što je moglo biti.

Povratak u London je bio razdiruće mučan. Putovanje je bilo dugo, bilo je hladno i putevi su bili klizavi zbog snega. Bila sam uhvaćena u zamku sama sa sobom u kolima, obuzeta uzaludnom raspravom. Sve vreme sam govorila sebi da sam izabrala ispravno, da je to jedini izbor, da ostanem uz Hanu kao što sam i obećala. I kad se automobil zaustavio pred brojem sedamnaest, ubedila sam sebe.

Isto tako, bila sam ubeđena i da Hana već zna za našu povezanost. Da je pogodila, prisluškujući govorkanja, da joj je možda čak i rečeno. Jer to je valjda objašnjenje zašto se uvek okretala ka meni, ponašala se prema meni kao prema osobi od poverenja. Još od onog jutra kad sam slučajno naletela na nju u hladnoj uličici u kojoj se nalazila sekretarska škola gospođe Dav.

Dakle, sad znamo obe.

I tajna će ostati, neizgovorena, između nas.

Prećutna veza posvećenosti i odanosti.

Laknulo mi je što nisam rekla Alfredu. On ne bi razumeo moju odluku da to zadržim za sebe. Insistirao bi da kažem Hani: možda bi čak zahtevao i neku vrstu nadoknade. Iako dobar i brižan, ne bi uvideo koliko je važno da sve ostane onako kako jeste. Ne bi uvideo da niko drugi ne sme da sazna. Jer šta bi bilo kad bi Tedi to otkrio? Ili njegova porodica? Hana bi patila, a ja bih bila otpuštena.

Ne, bolje je ovako. Nema drugog izbora.

Četvrti deo

Hanina priča

Sad je vreme da ispričam ono što nisam videla. Da sklonim u stranu Grejs i njene brige, a da u prvi plan stavim Hanu. Zato što se, dok sam bila odsutna, nešto dogodilo. Shvatila sam to čim su je moje oči videle. Situacija se promenila. Hana se promenila. Bila je vedrija. Tajnovitija. Zadovoljnija sobom.

Sve što se izdešavalo u broju sedamnaest saznala sam postepeno, kao i mnogo šta drugo što se događalo te poslednje godine. Mnogo toga sam podozrevala, naravno, ali nisam sve ni videla ni čula. Samo je Hana znala šta se tačno dogodilo, a ona nikad nije bila sklona grozničavom ispovedanju. To nije bio njen stil: oduvek je više volela tajne. Ali nakon užasnih događaja 1924, kad smo svi bili zatvoreni u Rivertonu, postala je predusretljivija. A ja sam bila dobar slušalac. Ovo mi je ona ispričala.

– I –

Bilo je to onog ponedeljka posle smrti moje majke. Ja sam bila otišla u Safron Grin, Tedi i Debora su bili na poslu, a Emelin na ručku s prijateljima. Hana je bila sama u salonu. Nameravala je da se pozabavi korespondencijom, ali njena kutija za pisma čamila je na sofi. Nije imala mnogo volje da piše beskrajna pisma zahvalnosti ženama Tedijevih klijenata, pa je umesto toga gledala napolje, na ulicu, i nagađala kakav je život raznih prolaznika. Toliko se bila unela u igru da ga nije ni videla kako dolazi do ulaznih vrata. Nije ga ni čula kako zvoni. Saznala je tek kad se Bojl pojavio na vratima jutarnje sobe.

„Jedan gospodin je došao kod vas, gospođo."

„Gospodin, Bojle?", kazala je rasejano, posmatrajući kako se mala devojčica otrgla od svoje dadilje i potrčala u smrznuti park. Kad je ona poslednji put trčala? Kad je trčala tako brzo da oseća vetar na licu, kako joj srce tutnji u grudima, tako brzo da gotovo ne može da diše?

„Kaže da ima nešto što pripada vama i što bi voleo da vam vrati, gospođo."

Kako je sve to zamorno. „Zar nije mogao da to ostavi kod vas, Bojle?"

„Kaže da ne može, gospođo. Kaže da mora da vam preda lično."

„Stvarno ne mogu da se setim da mi išta nedostaje." Hana je nerado odvojila pogled od one devojčice i okrenula se od prozora. „Pretpostavljam da je onda bolje da ga uvedete."

Gospodin Bojl je oklevao. Kao da je na ivici da nešto kaže.

„Ima li još nešto?", upitala je Hana.

„Samo to da ne izgleda baš potpuno kao ugledan gospodin."

Hana je podigla obrve. „Nije valjda razodeven?"

„Ne, gospođo, odeven je, nema sumnje."

„Ne govori prostote?"

„Ne, gospođo", odgovorio je Bojl. „Sasvim je pristojan."

Hani se presekao dah. „Nije valjda Francuz; nizak, s brkovima?"

„O ne, gospođo."

„Onda mi recite, Bojle, kakav oblik ima daj nedostatak ugleda?"

Bojl se namrštio. „Ne bih umeo da kažem, gospođo. Samo imam takav utisak."

Hana se pretvarala kako razmišlja o Bojlovom osećaju, ali sad je u njoj pobudio zanimanje. „Ako taj gospodin kaže da ima nešto što pripada meni, onda je najbolje da mi to bude i vraćeno. Ako bude davao znake da mu je potreban ugled, odmah ću vas pozvati, Bojle."

Najpre ga nije prepoznala. Najzad, poznavala ga je kratko; jednu zimu, gotovo deceniju pre toga. A on se promenio. Bio je momčić kad ga je upoznala u Rivertonu. S glatkom, čistom kožom, krupnim smeđim očima i finim manirima. I bio je miran, sećala se. To je bila jedna od stvari koje su je izluđivale. Njegova pribranost i samopouzdanje. Način na koji je ušao u njihov život bez upozorenja, navodio je da kaže reči koje nije trebalo da kaže, i s lakoćom odvojio njihovog brata od njih.

Čovek koji je stajao pred njom u jutarnjoj sobi bio je visok, obučen u crno odelo i belu košulju. Bio je obučen uobičajeno, ali nosio je odelo drugačije od Tedija i drugih poslovnih ljudi koje je Hana poznavala. Lice mu je bilo markantno ali mršavo: sa udubljenjima ispod jagodica i senkama ispod tamnih očiju. Videla je na šta je Bojl mislio kad je rekao da mu nedostaje ugleda, ali ni ona, isto tako, nije bila u stanju to da artikuliše.

„Dobar dan", rekla je.

On ju je pogledao; činilo se da gleda pravo u njenu dušu. I ranije su muškarci zurili u nju, ali nešto u usredsređenosti njegovog pogleda nateralo ju je da pocrveni. A kad je pocrvenela, on se nasmešio. „Niste se promenili."

Onda ga je prepoznala. Prepoznala mu je glas. „Robi Hanter", kazala je s nevericom. Ponovo ga je osmotrila, ovoga puta znajući ko je. Ista tamna kosa, iste tamne oči. Ista senzualna usta, uvek pomalo izvijena kao da se zabavlja. Čudila se kako to odmah nije videla. Uspravila se, umirila se. „Lepo od vas što ste došli.“ Istoga časa kad je izgovorila te reči, zažalila je zbog njihove običnosti i poželela da ih povuče.

On se osmehnuo; prilično ironično, činilo joj se.

„Izvolite, sedite.“ Pokazala je na Tedijevu fotelju i Robi je nehajno seo, kao đak koji se povinuje dosadnom uputstvu koje nije vredno prkosa. I nju je ponovo obuzeo razdražujući osećaj sopstvene trivijalnosti.

I dalje je gledao u nju.

Popravila je kosu obema rukama, da se uveri da su sve ukosnice na mestu, zagladila blede krajeve uz vrat. Učtivo se nasmešila. „Nešto nije u redu, gospodine Hanteru? Nešto što treba da popravim?“

„Ne“, odgovorio je. „Nosio sam sliku u glavi, sve ovo vreme... Još ste isti.“

„Uveravam vas da nisam ista, gospodine Hanteru“, odvratila je, što je bezbrižnije mogla. „Imala sam petnaest godina kad smo se videli poslednji put.“

„Zar ste bili toliko mladi?“

I opet taj nedostatak uglednosti. Oh, ne toliko u onome što je rekao – to je, najzad, bilo savršeno obično pitanje – već u onome kako je to rekao. Kao da krije neko dvostruko značenje koje ona ne može da dokuči. „Pozvoniću da nam donesu čaj, u redu?“, kazala je i odmah zažalila. Sad će ostati.

Ustala je i pritisnula dugme za zvono, a onda se zadržala kod kamina, popravljajući stvari na polici ne bi li se pribrala, sve dok se na vratima nije pojavio Bojl.

„Gospodin Hanter će mi se pridružiti na čaju“, kazala je Hana.

Bojl je podozrivo pogledao u Robija.

„Bio je prijatelj moga brata“, dodala je Hana. „U ratu.“

„Ah“, rekao je Bojl. „Da, gospođo. Reći ću gospođi Tibit da spremi čaj za dvoje.“

Kako je samo pun poštovanja. Kako je njegovo poštovanje čini konvencionalnom.

Robi je prešao pogledom oko sebe, posmatrajući jutarnju sobu. Nameštaj u stilu art dekoa, koji je odabrala Vučica Elsi („najnovija moda“) i koji je Hana tolerisala. Pogled mu je prešao sa osmougaonog ogledala iznad kamina na zavese sa štampanim dezenom zlatnih i smeđih romboida.

„Moderno, zar ne?“, kazala je Hana bezbrižno. „Nisam sasvim sigurna da mi se sviđa, ali mislim da u tome i jeste suština modernosti.“

Robi kao da je nije čuo. „Dejvid je često govorio o vama“, rekao je. „Osećam se kao da vas poznajem. Vas i Emelin i Riverton.“

Hana se spustila na ivicu stolice na pomen Dejvida. Naučila se da ne misli na njega, da ne otvara kutiju nežnih uspomena. I evo, sad sedi s jedinom osobom s kojom bi mogla da razgovara o njemu. „Da“, kazala je, „pričajte mi o Dejvidu, gospodine Hanteru.“ Pripremila se. „Da li je... da li je...“ Stisnula je usne, pogledala u Robija. „Često sam se nadala da mi je oprostio.“

„Da vam je oprostio?“

„Bila sam tako uštogljena te poslednje zime, pre nego što je otišao. Nismo vas očekivale. Bile smo naviknute da imamo Dejvida samo za sebe. Bila sam prilično svojeglava, bojim se. Sve vreme sam vas ignorisala, u želji da niste tu.“

Slegao je ramenima. „Nisam primetio.“

Vrata su se otvorila i pojavio se Bojl s poslužavnikom na kom je bio čaj. Spustio ga je na sto pored Hane, odmakao se korak nazad i tu stajao.

„Gospodine Hanteru“, kazala je Hana, svesna da se Bojl zadržao i da odmerava Robija. „Bojl mi kaže da imate nešto da mi vratite.“

„Da“, odgovorio je Robi i zavukao ruku u džep. Hana je klimnula glavom Bojlu, njegovo prisustvo više nije bilo potrebno. Dok su se vrata zatvarala, Robi je izvadio parče tkanine. Bila je pohabana, s nje su visili konci, i Hana se zapitala šta bi to moglo biti, za ime sveta, što pripada njoj. Gledala je i shvatila da je u pitanju parče trake, nekad bele, sada smeđe. Odmotao je traku, drhtavim prstima, i pružio joj.

Dah joj je zastao u grlu. Unutra je bila zamotana sićušna knjižica.

Pružila je ruku i obazrivo je uzela iz njenog pokrova. Okrenula ju je u rukama, da vidi naslovnu stranicu, mada je već dobro znala šta na njoj piše. *Putovanje preko Rubikona.*

„Ovo sam dala Dejvidu. Za sreću."

Klimnuo je glavom.

Pogledi su im se sreli. „Zašto ste je uzeli?"

„Nisam je uzeo."

„Dejvid se nikad ne bi rastao od nje."

„Ne, ne bi, i nije, ja sam samo prenosilac poruke. Želeo je da je vratim. Poslednje što je rekao bilo je: 'Odnesi ovo Nefertiti.' I doneo sam."

Hana nije gledala u njega. To ime. Njeno vlastito tajno ime. On je ne poznaje dovoljno. Sklopila je prste oko knjižice, spustila poklopac na uspomene kad je bila hrabra i neukroćena i kad su pred njom bili izgledi, pa podigla glavu da ga pogleda u oči. „Hajde da razgovaramo o nečem drugom."

Robi je jedva primetno klimnuo glavom i gurnuo traku nazad u džep. „O čemu ljudi razgovaraju kad se ovako sretnu?"

„Pitaju jedno drugo kako su", kazala je Hana i smestila knjižicu u svoj sekreter. „Kuda ih je život odveo."

„Dobro, onda", rekao je Robi. „Šta ste vi radili, Hana? Dovoljno dobro vidim kuda vas je život odveo."

Hana se ispravila, sipala šolju čaja i pružila mu je. Šolja je podrhtavala na tacni u njenoj ruci. „Udala sam se. Za džentlmena po imenu Teodor Lakston, možda ste čuli za njega. On i njegov otac su bankari. Rade u Sitiju."

Robi ju je posmatrao, ali ničim nije pokazao da mu je Tedijevo ime poznato.

„Živim u Londonu, kao što znate", nastavila je, pokušavajući da se nasmeši. „Tako divan grad, zar ne? Toliko toga ima da se vidi i radi. Toliko zanimljivih ljudi..." Glas joj je zamro. Robi ju je ometao posmatrajući je sa istim onim uznemirujućim intenzitetom kakvim ju je gledao i onda, pre mnogo godina, u biblioteci. „Gospodine Hanteru", kazala je sa izvesnim nestrpljenjem. „Stvarno. Moram vas zamoliti da prekinete. Prilično je nemoguće..."

„U pravu ste", rekao je blago. „Promenili ste se. Lice vam je tužno."

Želela je da odgovori, da mu kaže da nije u pravu. Da je tuga koju primećuje direktna posledica toga što joj je probudio uspomenu na brata. Ali sprečilo ju je nešto u njegovom glasu. Nešto zbog čega se osećala kao da je providna, nešto zbog čega je bila nesigurna, ranjiva. Kao da je poznaje bolje nego što poznaje sebe samu. Nije joj se to svidelo, ali nekako je znala da nije dobro prepirati se.

„Dakle, gospodine Hanteru", kazala je, kruto ustajući. „Moram vam zahvaliti što ste došli. Što ste me našli, vratili knjigu."

Robi je takođe ustao. „Rekao sam da ću to učiniti."

„Pozvoniću Bojlu da vas isprati."

„Ne deranžirajte ga", odvratio je Robi. „Znam i sam kako da izađem."

Otvorio je vrata i unutra je uletela Emelin, vihor ružičaste svile i s kratkom, talasastom plavom kosom. Obrazi su joj sijali od radosti što je mlada i sa mnogo poznanstava u gradu i vremenu koje pripada mladima s mnogo poznanstava. Srušila se na sofu i prekrstila nogu preko noge. Hana se iznenada osetila staro i neobično izbledelo.

„Uf. Gotova sam", rekla je Emelin. „Pretpostavljam da nije ostalo čaja?"

Podigla je pogled i ugledala Robija.

„Sećaš se gospodina Hantera, zar ne, Emelin?", kazala je Hana.

Emelin se za trenutak zbunila. Nagla se napred i spustila bradu na dlan, trepćući krupnim plavim očima dok je zurila u njegovo lice.

„Dejvidov prijatelj?“, rekla je Hana. „Iz Rivertona?“

„Robi Hanter“, kazala je Emelin i osmehnula se sporo, oduševljeno, pa spustila ruku u krilo. „Naravno da se sećam. Po mome računu, dugujete mi haljinu.“

Na Emelinino insistiranje, Robi je ostao na večeri. Kazala je da je nezamislivo da mu dozvole da ode pošto je tek stigao. I tako se Robi pridružio Debori, Tediju, Emelin i Hani te noći na večeri u broju sedamnaest.

Hana je sedela sa jedne strane stola, Debora i Emelin sa druge, Robi sučelice Tediju. Hana je pomislila kako izgledaju kao zabavni držači za knjige: Robi mladi boem, a Tedi, pošto već godinama radi sa ocem, karikatura bogatstva i uticaja. I dalje je bio zgodan čovek – Hana je primećivala kako neke mlade žene njegovih kolega očijukaju s njim, mada uzalud – ali lice mu je bilo punije i kosa protkana s više sedih. I obrazi su mu se zarumeneli od života u izobilju. Zavalio se na naslon stolice.

„Dakle. Čime se vi bavite, gospodine Hanteru? Supruga mi kaže da niste u poslovnom svetu.“ Više mu nije padalo na pamet da postoji i nešto drugo.

„Ja sam pisac“, odgovorio je Robi.

„Pisac, eh?“, rekao je Tedi. „Pišete za *Tajms*, zar ne?“

„Pisao sam“, odvratio je Robi, „između ostalog. Sad pišem za sebe.“ Nasmešio se. „Ludo, ali mislio sam da ću lakše zadovoljiti sebe.“

„Kakva je to sreća“, kazala je Debora bezbrižno, „imati vremena da se posvetiš sopstvenoj dokolici. Ja ne bih preponala sebe kad ne bih jurila kao muva bez glave.“ Započela je monolog o tome kako je organizovala nedavnu modnu reviju i osmehivala se Robiju vučjim osmehom.

Hana je shvatila da Debora flertuje. Pogledala je u Robija. Da, zgodan je, na neki opušten, senzualan način: ni po čemu Deborin tip.

„Knjige, je li?", upitao je Tedi.

„Poeziju", odgovorio je Robi.

Tedi je dramatično podigao obrve. „'Kako je dosadno stati, tavoriti neoprljen radije nego varničiti korisno.'"

Hana se trgla na pogrešno citirane Tenisonove stihove.

Robi ju je pogledao i iscerio se. „'Kao da disati znači i živeti.'"

„Oduvek sam voleo Šekspira", rekao je Tedi. „Da li vaše rime nalikuju njegovim?"

„Bojim se da sam bled u poređenju s njim", odgovorio je Robi. „Ali svejedno istrajavam. Bolje je izgubiti sebe u akciji nego venuti u očajanju.*"

„Baš tako", rekao je Tedi.

Dok je Hana posmatrala Robija, nešto joj je blesnulo u mislima. Iznenada je znala ko je on. Udahnula je. „Vi ste R. S. Hanter."

„Ko?", rekao je Tedi. Prelazio je pogledom s Hane na Robija i nazad, a onda je pogledao u Deboru da mu razjasni. Debora je afektirano slegla ramenima.

„R. S. Hanter", kazala je Hana, očima i dalje istražujući Robijeve oči. Nasmejala se. Nije mogla da odoli. „Imam vašu zbirku pesama."

„Prvu ili drugu knjigu?", rekao je Robi.

„*Napredak i raspad*", odgovorila je Hana. Nije ni znala da postoji druga knjiga.

„Ah", kazala je Debora i oči su joj se raširile. „Da, videla sam kritiku u novinama. Dobili ste onu nagradu."

„*Napredak* mi je druga knjiga", rekao je Robi, gledajući u Hanu.

„Volela bih da pročitam prvu", kazala je Hana. „Kažite mi naslov, gospodine Hanteru, da mogu da je kupim."

„Možete dobiti moj primerak", odgovorio je Robi. „Već sam ga pročitao. Među nama, mislim da autor prilično gnjavi."

---

* Reči Alfreda Lorda Tenisona. (Prim. prev.)

Debori su se usne izvile u osmeh, a u očima joj se pojavio poznat sjaj. Procenjivala je koliko Robi vredi, popisivala u glavi ljude koje bi mogla da impresionira ako ga odvede na neko od svojih večernjih okupljanja. Po tome kako je protrljala sjajne, crvene usne jednu o drugu, dalo se zaključiti da mu je vrednost visoka. Hana je tad osetila iznenađujući ubod posesivnosti.

„*Napredak i raspad*?", rekao je Tedi i namignuo Robiju. „Niste valjda socijalista, gospodine Hanteru?"

Robi se osmehnuo. „Ne, gospodine. Nemam nikakvih poseda da ih razdelim, niti želju da ih steknem."

Tedi se nasmejao.

„Ma hajte, gospodine Hanteru", kazala je Debora. „Podozrevam da zbijate šalu na naš račun."

Debora se osmehnula na način za koji je mislila da je očaravajući. „Ptičica mi kaže da niste baš toliko odlutali koliko želite da mislimo."

Hana je pogledala u Emelin, koja se smejuljila iza šaka na licu; nije bilo teško odrediti identitet Deborine ptičice.

„Šta hoćeš da kažeš, Deb?", rekao je Tedi. „Hajde, reci."

„Naš gost nas zadirkuje", odgovorila je Debora, trijumfalno podižući glas. „Jer on uopšte nije gospodin Hanter, on je *lord* Hanter."

Tedi je podigao obrve. „Eh? Je li?"

Robi je vrteo nožicu čaše među prstima. „Tačno je da je moj otac lord Hanter. Ali ja nemam tu titulu."

Tedi je osmotrio Robija preko svog tanjira s pečenjem. Poricanje titule je bilo nešto što on nije mogao da razume. Njegov otac i on su vodili dugu i napornu kampanju da bi im Lojd Džordž dodelio plemićku titulu. „Sigurni ste da niste socijalista?", rekao je.

„Dosta o politici", kazala je Emelin iznenada i zakolutala očima. „Naravno da nije socijalista. Robi je jedan od nas i nismo ga pozvali da bismo mu nasmrt dosađivali." Uperila je pogled u njega, brade oslonjene na dlan. „Pričaj nam gde si bio, Robi."

„Nedavno?", kazao je Robi. „U Španiji."

Španija. Hana je ponovila u sebi. Kako je to divno.

„Kako je to primitivno", rekla je Debora i nasmejala se. „Šta ste radili tamo, za ime sveta?"

„Ispunjavao davno dato obećanje."

„U Madridu?", upitao je Tedi.

„Neko vreme", odgovorio je Robi. „Na putu u Segoviju."

Tedi se namrštio. „Šta bi čovek radio u Segoviji?"

„Išao sam u Alkazar."

Hana je osetila kako joj se koža ježi.

„U onu prašnjavu staru tvrđavu?", rekla je Debora, široko se osmehujući. „Ne mogu da smislim ništa gore od toga."

„O ne", odvratio je Robi. „Bilo je izuzetno. Magično. Kao da sam zakoračio u neki drugi svet."

„Molim te pričaj."

Robi je oklevao, tražeći prave reči. „Ponekad bih osetio da mogu da zavirim u prošlost. Kad bi palo veče, a ja bio sasvim sam, gotovo da sam mogao da čujem šapat mrtvih. Vihor drevnih tajni."

„Baš jezovito", rekla je Debora.

„Kako uopšte otići odande?", kazala je Hana.

„Da", odgovorio je Tedi. „Šta vas je dovelo nazad u London?"

Robi je sreo Hanin pogled. Nasmešio se pa se okrenuo ka Tediju. „Proviđenje, mislim."

„Toliko putovati", kazala je Debora, vraćajući se flertovanju. „Mora da imate nečeg ciganskog u sebi."

Robi se nasmešio, ali nije odgovorio.

„Ili to ili naš gost ima neku krivicu na savesti", kazala je Debora, pa se nagla ka Robiju i šaljivo spustila glas. „Je li tako, gospodine Hanteru? Jeste li u bekstvu?"

„Samo od sebe, gospođice Lakston", odgovorio je.

„Skrasićete se", kazao je Tedi, „kad budete stariji. I ja sam nekad malo putovao. Zabavljao se mislima o tome da vidim sveta, da skupim umetničkih dela i iskustava." Po tome kako je prešao dlanovima po stolnjaku sa obe strane tanjira, Hana je znala da se sprema da održi predavanje. „Čoveku se nagomila odgovornosti kad postane stariji. Skrasi se. Različitosti koje su ga uzbuđivale kad je bio mlađi počnu da ga iritiraju. Uzmimo Pariz, na primer; nedavno sam bio tamo. Nekad sam obožavao Pariz, ali sad je taj grad degenerisan. Nema poštovanja prema tradiciji. Kako se samo žene oblače!"

„Dragi Tidlse", nasmejala se Debora. „Nisi šik."

„Znam da voliš Francuze i njihove tkanine, Deb", rekao je Tedi, „i za vas neudate žene to je sve zabava. Ali nema šanse da mojoj ženi bude dopušteno da tako skita!"

Hana nije mogla da pogleda Robija. Usredsredila se na svoj tanjir, premeštala hranu po njemu, pa spustila viljušku.

„Putovanje svakako otvara vidike pred drugim kulturama", rekao je Robi. „Na Dalekom istoku naišao sam na jedno pleme u kojem ljudi urezuju šaru na lica svojih žena."

Emelin se dah presekao. „Nožem?"

Tedi je progutao zalogaj upola sažvakanog pečenja, opčinjen. „Zašto, zaboga?"

„Žene smatraju običnim predmetima za uživanje i pokazivanje", rekao je Robi. „Muževi smatraju da imaju od boga dato pravo da ih ukrase kako oni smatraju za shodno."

„Varvari", rekao je Tedi, vrteći glavom, i dao znak Bojlu da mu dospe vina. „I onda se pitaju zašto smo im potrebni mi da ih civilizujemo."

Hana nije videla Robija nedeljama posle toga. Mislila je da je zaboravio obećanje da će joj pozajmiti svoju knjigu poezije. Podozrevala je da to i liči na njega, da šarmom obezbedi sebi poziv na večeru, da pokloni prazno obećanje, a onda nestane bez traga ne ispunivši ga. Nije se uvredila, samo se razočarala što ju je privukao. I više nije mislila o tome.

Međutim, dve nedelje kasnije, kad se obrela pred policama pod slovom H u jednoj maloj knjižari u Druri lejnu, desilo se da joj pogled padne na primerak njegove prve zbirke poezije pa ju je kupila. Najzad, cenila je njegovu poeziju mnogo pre nego što je shvatila da je on čovek koji ne ispunjava obećanja.

Onda je umro tata i odagnala je svaku preostalu misao o ponovnom dolasku Robija Hantera. Posle vesti o očevoj iznenadnoj smrti, Hana je osetila kao da joj je neko odsekao sidro, otrgao je iz sigurnih voda i prepustio strujama koje nije poznavala i kojima nije verovala. Naravno, smatrala je da je to besmisleno. Nije videla tatu tako dugo: odbijao je da je vidi otkad se udala, a ona nije bila u stanju da nađe prave reči da ga ubedi u suprotno. Pa ipak, uprkos svemu tome, dok je bio živ, bila je vezana za nešto. Za nekoga velikog i postojanog. A sad više nije. Osećala se kao da ju je napustio: često su se svađali, to je bilo sastavni deo njihovog naročitog odnosa, ali oduvek je znala da nju posebno voli. A sada je otišao bez reči. Počela je noću da sanja tamnu vodu, brodove u koje prodire voda, neumorne okeanske talase. A danju je počela ponovo da razmišlja o viziji mraka i smrti koju je imala ona spiritistkinja.

Govorila je sebi da će možda biti bolje kad joj se sestra doseli za stalno u broj sedamnaest. Jer je posle tatine smrti odlučeno da Hana bude neka vrsta Emelinine starateljke. Tedi je rekao da će je tako držati na oku, posle nesrećne epizode sa onim filmadžijom. Što je više razmišljala o tome, Hana se sve više radovala. Imaće saveznicu u kući. Nekoga ko je razume. Sedeće uveče dokasno, razgovaraće i smejaće se, poveravaće tajne jedna drugoj kao kad su bile male.

Međutim, kad je stigla u London, Emelin je imala drugačije zamisli. London se oduvek slagao sa Emelin i ona se bacila u društveni život koji je obožavala. Svake noći je išla na neki maskenbal – „bele zabave“, „cirkuske zabave“, „zabave podmorja“

– Hana nije mogla ni da ih popamti. Previše je pila i previše pušila, i smatrala je da je noć bila neuspešna ako sutradan nije videla svoju fotografiju u društvenoj hronici.

Hana je jednog dana zatekla Emelin kako zabavlja goste u jutarnjoj sobi. Sklonili su nameštaj do rubova prostorije, uza zidove, a skupi berlinski tepih uvijen je u rolnu i opasno ostavljen pored vatre. Devojka u tananom šifonu boje žada, koju Hana nikada ranije nije videla, sedela je na rolni tepiha i dokono pušila, dok je pepeo padao s cigarete, i posmatrala Em kako pokušava da nauči fokstrot mladića s detinjim licem i dve leve noge.

„Ne, ne“, kazala je Emelin smejući se. „Broj do četiri, Hari, dragi. Ne do tri. Evo, uzmi me za ruke pa ću ti pokazati.“ Ponovo je pustila ploču na gramofonu. „Spreman?“

Hana je prošla okolo, uza zid. Bila je toliko rastrojena zbog lakoće sa kojom su Emelin i njeni prijatelji zauzeli to mesto (najzad, njenu sobu) da je potpuno zaboravila zašto je došla. Pretvarala se da nešto traži u pisaćem stolu, a Hari se srušio na sofu rekavši: „Dosta. Ubićeš me, Em.“

Emelin je pala pored njega i zagrlila ga rukom oko ramena. „Neka bude po tvome, Hari, dragi, ali teško da možeš očekivati od mene da plešem s tobom na Klarisinoj zabavi ako ne znaš korake. Svi su ludi za fokstrotom i nameravam da igram cele noći!“

I biće cele noći, pomislila je Hana. Emelinine noći dokasno sve više su postajale rana jutra. Nije joj bilo dovoljno da celu noć pleše u *Kleridžisu* i pije neku mešavinu brendija i koantroa, koju zovu „sajdkar“, pa je sa prijateljima nastavljala zabavu u kući nekog od njih. Često je to bio neko kog ne poznaju. To su zvali „upadanje“: turneja po Mejferu, u večernjoj odeći sve dok u nečijoj kući ne nađu zabavu na koju će ući. Čak su i sluge već bile počele da govore o tome. Nova služavka je čistila ulazno predvorje kad je Emelin ušla u kuću, u pola pet toga jutra. Imala je sreće što Tobi nije saznao. Što se Hana postarala da ne sazna.

„Džejn kaže da je Klarisa ovoga puta ozbiljna“, rekla je devojka u šifonu boje žada.

„Misliš da će zaista to sprovesti?“, rekao je Hari.

„Videćemo noćas“, odgovorila je Emelin. „Klarisa mesecima preti da će se ošišati u paž.“ Nasmejala se. „Luda je ako to uradi: sa onako koščatim licem, izgledaće kao nemački narednik na obuci.“

„Hoćeš li odneti džin?“, upitao je Hari.

Emelin je slegla ramenima. „Ili vino. Svejedno. Klarisa planira da sve sipa u jedan sud pa da ljudi zahvataju šoljama.“

Boca-zabava, pomislila je Hana. Čula je za njih. Tedi je voleo da joj čita izveštaje iz novina dok doručkuju. Spustio bi novine da privuče njenu pažnju, pa bi s neodobravanjem zavrteo glavom i rekao: „Slušaj ovo. Još jedna od onih zabava. U Mejferu ovoga puta.“ A onda bi joj pročitao članak, reč po reč, s velikim uživanjem, činilo joj se, u opisima nepozvanih gostiju, nepristojnih ukrasa, policijske racije. Pa bi se pitao zašto mladi ljudi ne mogu da se ponašaju kao oni kad su bili mladi. Na balovima uz večeru, s plesnim kartama, dok sluge sipaju vino.

Hanu je toliko užasavala Tedijeva insinuacija da ona više nije mlada da nikad nije prigovarala Emelin, mada je mislila da je njeno ponašanje pomalo poput igranja na grobovima. Hana se naročito starala o tome da Tedi ne sazna kako Emelin odlazi na takve zabave. A naročito ne da ih još i organizuje. Postala je vrlo vešta u iznalaženju izgovora za Emelinine noćne aktivnosti.

Ali te noći, kad se popela stepenicama u Tedijevu radnu sobu, naoružana domišljatom poluistinom o Emelininoj odanosti njenoj drugarici ledi Klarisi, on nije bio sam. Kad se približila zatvorenim vratima, Hana je čula glasove. Tedijev i Simionov. Baš je htela da se okrene i dođe kasnije, kad je čula ime svoga oca. Zadržala je dah i prišunjala se vratima.

„Mada mora da ti ga bude žao“, rekao je Tedi. „Šta god mislio o tom čoveku. Da umre tako, u nezgodi u lovu, čovek sa sela poput njega.“

Simion se nakašljao. „Pa sad, Tedi, među nama, izgleda da je bilo nešto više od toga.“ Značajna pauza. Spušten glas, reči koje Hana nije mogla razabrati.

Tedi je brzo udahnuo vazduh. „Samoubistvo?“

Laži, pomislila je Hana, a dah joj je postao vreo. Strašne laži.

„Izgleda da jeste“, kazao je Simion. „Lord Džiford mi kaže da ga je neko od posluge – onaj stariji momak, Hamilton – našao na imanju. Sluge su učinile sve što mogu da prikriju detalje – već sam ti rekao: nema sluge koji se može porediti s britanskim slugom kad je reč o diskreciji – ali lord Džiford ih je podsetio da je njegov posao da štiti porodični ugled i da su mu potrebne činjenice da bi to učinio.“

Hana je čula grebanje stakla o staklo, klokotanje pri sipanju šerija.

„I šta je Džiford rekao?“, pitao je Tedi. „Šta ga je navelo na pomisao da je to bilo… namerno?“

Simion je filozofski uzdahnuo. „Tom čoveku već neko vreme nije bilo dobro. Nisu svi ljudi sposobni da podnesu nevolje u biznisu. Postao je mrzovoljan, lak na obaraču. Sluge su ga pratile kad izađe iz kuće, samo da se uvere…“ Kresnuo je šibicu i do Hane je dopro pramen dima od cigare. „Recimo samo da je, ako sam dobro razumeo, ova ’nesreća’ već neko vreme naslućivana.“

Nastala je pauza u razgovoru dok su obojica razmišljali o rečenom. Hana je zadržala dah, osluškivala korake.

Pošto je ispoštovao obavezan trenutak ćutanja, Simion je nastavio sa obnovljenom energijom. „Ali lord Džiford je izveo svoju magiju – niko nikad neće saznati – pa nema razloga da ne sagledamo sreću u nesreći.“ Začulo se škripanje kože kad se pomerio u fotelji. „Razmišljao sam: vreme je da preduzmeš novi pokušaj u politici. Posao nije išao nikad bolje, održao si dobar glas, stekao ugled među konzervativcima kao razborit čovek. Zašto se ne bi kandidovao iz Safrona?“

Tediju je glas bio sjajan od nade. „Misliš da se odselimo u Riverton?"

„Sad je tvoj, a ljudi na selu vole svog lorda iz vlastelinske kuće."

„Oče", rekao je Tedi bez daha, „ti si genije. Odmah ću pozvati lorda Džiforda. Da vidim hoće li kazati neku lepu reč za mene." Kuckanje slušalice na telefonu. „Nije suviše kasno, zar ne?"

„Nikad nije suviše kasno za biznis", odgovorio je Simion. „Ni za politiku."

– II –

Robi se vratio. Nije objašnjavao svoje odsustvo, jednostavno je seo u Tedijevu fotelju kao da uopšte nije prošlo vreme, i poklonio Hani svoju prvu zbirku pesama. Upravo je htela da mu kaže kako već ima jedan primerak, kad je izvadio još jednu knjigu iz džepa kaputa.

„Za vas", rekao je i pružio joj.

Hani je srce preskočilo kad je videla naslov. Bio je to *Ulis* Džejmsa Džojsa, knjiga koja je svuda bila zabranjena.

„Ali gde ste..."

„Jedan prijatelj iz Pariza."

Hana je prešla vrhovima prstiju preko reči *Ulis*. Znala je da je knjiga o jednom bračnom paru i njihovom fizičkom odnosu na samrti. Pročitala je – zapravo, Tedi joj je pročitao – odlomke iz novina. On ih je nazvao prljavim i ona je klimnula glavom u znak slaganja. A zapravo su joj bili neobično dirljivi. Zamišljala je šta bi Tedi rekao kad bi mu to kazala. Mislio bi da je bolesna, preporučio bi joj da ode kod doktora. A možda i jeste.

Ipak, mada uzbuđena što ima priliku da pročita taj roman, nije bila sigurna kako se oseća zbog toga što joj ga je Robi doneo. Da li o njoj misli da je tip žene za koju su takve stvari nešto obično? Ili još gore: da li se šali? Da li misli da je uštogljena puritanka? Upravo se spremala da ga pita kad je rekao, veoma jednostavno i vrlo blago: „Žao mi je zbog vašeg oca."

I pre nego što je mogla da kaže bilo šta o *Ulisu*, shvatila je da plače.

Niko nije razmišljao o Robijevim posetama. Ne u prvo vreme. Svakako nije bilo nagoveštaja da ima ičeg neprimerenog između njega i Hane. Da je bilo, Hana bi prva to porekla. Svi su znali da je Robi bio prijatelj njenog brata, da je bio uz njega na kraju. Ako je izgledao pomalo nepravilno, manje od uglednog, kao što je Bojl – znala je – i dalje je mislio, to se lako moglo pripisati strašnoj bedi rata.

Robijeve posete nisu imale obrazac, njegov dolazak nikad nije bio planiran, ali Hana je počela da im se raduje, da ih očekuje. Ponekad je bila sama, ponekad su sa njom bile Emelin i Debora; nije bilo važno. Za Hanu je Robi postao spas. Razgovarali su o knjigama i putovanjima. O neverovatnim idejama i dalekim mestima. Činilo se da on već zna mnogo o njoj. Bilo je gotovo kao da joj se Dejvid vratio.

Da je bila manje zaokupljena, Hana bi možda primetila da nije jedina kojoj su Robijeve posete privlačne. Možda bi primetila da Debora provodi više vremena kod kuće. Ali nije.

Bilo je to potpuno iznenađenje kad je, jednog jutra u salonu, Debora odložila ukrštene reči i kazala: „Znate li, gospodine Hanteru, da sledeće nedelje priređujem mali soare povodom izlaska novog parfema *Šanel*? Bila sam toliko zauzeta organizacijom da nisam imala vremena ni da mislim o tome da nađem sebi pratioca." Osmehnula se, svim belim zubima i crvenim usnama.

„Sumnjam da ćete imati poteškoća", odvratio je Robi. „Sigurno stotine momaka čekaju priliku da zajašu zlatni talas visokog društva."

„Naravno“, kazala je Debora, pogrešno shvativši Robijevu ironiju. „Pa ipak, poslednji je trenutak.“

„Lord Vudal bi sigurno bio presrećan“, rekla je Hana.

„Lord Vudal je u inostranstvu“, brzo je odgovorila Debora, i osmehnula se Robiju. „A nikako ne mogu ići sama.“

„Ići bez pratioca najnovija je moda, tako kaže Emelin“, rekla je Hana.

Debora se napravila da nije čula. Treptala je i gledala u Robija. „Osim ako...“ Odmahnula je glavom, sa stidljivošću koja joj nije pristajala. „Ne, naravno.“

Robi ništa nije rekao.

Debora je napućila usne. „Osim ako me vi ne biste otpratili, gospodine Hanteru?“

Hana je zadržala dah.

„Ja?“, rekao je Robi smejući se. „Mislim da ne.“

„Zašto ne?“, kazala je Debora. „Lepo bismo se proveli.“

„Ne znam ništa o modi“, odvratio je Robi. „Bio bih kao riba na suvom.“

„Ja sam vrlo snažna plivačica“, rekla je Debora. „Ja ću vas održavati na površini.“

„Svejedno“, odgovorio je Robi, „ne.“

Ne prvi put, Hani je dah zastao u grlu. Kod njega je nedostatak uljudnosti bio sasvim različit od afektirane vulgarnosti Emelininih prijatelja. Bio je iskren i neverovatan, pomislila je.

Prikladno prekorena, Debora je protresla novine u krilu i pretvarala se da je nastavila da rešava ukrštene reči.

Robi se nasmešio Hani, osmehom zbog kojeg se nekako osećala krivom, saučesnicom u nekom prestupu. I sjajno. Nije mogla da se obuzda, uzvratila je osmeh.

Debora ih je oštro pogledala. Hana je prepoznala taj izraz: Debora ga je, zajedno sa žudnjom za osvajanjem, nasledila od Simiona. Usne su joj se utanjile zbog gorkog ukusa poraza. „Vi ste kovač reči, gospodine Hanteru“, rekla je hladno. „Koja je reč od tri slova, prvo slovo 'g' a treće 'f' za 'pogrešnu procenu'?“

* * *

Nekoliko noći kasnije, za večerom, Debora se osvetila za Robijev gaf.

„Primetila sam da je gospodin Hanter i danas bio u poseti", kazala je i nabola pogačicu od lisnatog testa.

„Doneo je knjigu za koju misli da bi me interesovala", kazala je Hana.

Debora je okrznula pogledom Tedija, koji je sedeo u čelu i secirao ribu. „Pitam se samo da posete gospodina Hantera možda ne uznemiravaju poslugu."

Hana je spustila pribor za jelo. „Ne vidim zašto bi posete gospodina Hantera uznemiravale poslugu."

„Da", odvratila je Debora i uspravila se. „I mislila sam da ne bi videla. Nikad nisi bila od onih što preuzimaju odgovornost kad je reč o domaćinstvu." Govorila je polako, naglašavajući svaku reč. „Sluge su kao deca, Hana, draga. Vole uspostavljenu rutinu, gotovo da im je nemoguće da funkcionišu bez nje. Na nama je, boljima od njih, da im je obezbedimo." Nagla je glavu u stranu. „A kao što znaš, posete gospodina Hantera su nepredvidive. Sam je priznao da ne zna ništa o društvenoj učtivosti. Čak i ne telefonira unapred da se najavi. Gospođa Tibit padne u priličnu histeriju kad treba da posluži prepodnevni čaj za dvoje, a spremila je samo za jednu osobu. To stvarno nije fer. Zar ne, Tedi?"

„Šta?" Tedi je podigao pogled sa ribe.

„Baš sam kazala", rekla je Debora, „kako je šteta što je posluga u poslednje vreme uznemirena."

„Posluga je uznemirena?", upitao je Tedi. To mu je, naravno, bio omiljeni strah, nasleđen od oca, da će se klasa služinčadi jednog dana pobuniti.

„Razgovaraću s gospodinom Hanterom", odvratila je Hana hitro. „Zamoliću ga da ubuduće telefonira i najavi se."

Debora se pravila da razmatra njene reči. „Ne", kazala je i zavrtela glavom. „Bojim se da je malo prekasno. Mislim da bi možda bilo najbolje da sasvim prestane da dolazi."

„Zar to nije malo ekstremno, Deb?", rekao je Tedi i Hana je osetila talas topline prema njemu. „Mislim da je gospodin Hanter bezazlen. Boem, da, ali bezazlen. Ako se bude najavio, valjda će posluga..."

„Ima tu i drugih stvari o kojima treba razmisliti", odbrusila je Debora. „Nećemo valjda da neko dođe na pogrešnu pomisao, zar ne, Tedi?"

„Pogrešnu pomisao?", ponovio je Tedi mršteći se, pa je počeo da se smeje. „Oh, Deb, ne misliš valjda da bi iko pomislio da Hana i gospodin Hanter... Da moja žena i čovek poput njega...?"

Hana je čvrsto zatvorila oči.

„Naravno da ne mislim", odvratila je Debora oštro. „Ali ljudi vole da ogovaraju, a ogovaranja nisu dobra za biznis. Ni za politiku."

„Politiku?", rekao je Tedi.

„Majka kaže da ćeš ponovo pokušati", rekla je Debora. „Kako će ti ljudi verovati da možeš da držiš na uzdi biračko telo ako podozrevaju da ne možeš da zauzdaš sopstvenu *ženu*?" Trijumfalno je stavila u usta punu viljušku hrane, izbegavši da dodirne namazane usne.

Tedi se uznemirio. „Nisam o tome tako razmišljao."

„A i ne treba", kazala je Hana tiho. „Gospodin Hanter je bio dobar prijatelj moga brata. Posećuje me da bismo razgovarali o Dejvidu."

„Znam to, draga moja", odvratio je Tedi sa osmehom odobravanja. A onda je bespomoćno slegao ramenima. „Ali svejedno, Deb ima pravo. Sigurno razumeš, zar ne? Ne smemo dozvoliti da ljudi pogrešno shvate."

Debora se posle toga zalepila za Hanu. Pošto je propatila zbog Robijevog odbacivanja, htela je da se uveri da je dobio direktivu; a što je još važnije, da je shvatio od koga je došla. Tako je, kad je došao sledeći put, Robi ponovo zatekao Deboru s Hanom u salonu.

„Dobar dan, gospodine Hanteru“, kazala je i široko se osmehnula čupkajući čvorove iz krzna svog maltezera Bantija. „Baš se radujem što vas vidim. Jeste li dobro?“

Robi je klimnuo glavom. „A vi?“

„Oh, zdrava kao dren“, odgovorila je Debora.

Robi se nasmešio Hani. „Šta mislite?“

Hana je stisnula usne. Pored nje je bio primerak *Puste zemlje*. Pružila mu je knjigu. „Mnogo mi se svidelo, gospodine Hanteru. Dirnulo me je neizmerno.“

On se osmehnuo. „Znao sam.“

Hana je okrznula pogledom Deboru, koja je raširila oči. „Gospodine Hanteru“, rekla je, stisnutih usana, „moram nešto da vam kažem.“ Pokazala je na Tedijevu fotelju.

Robi je seo i pogledao je onim svojim tamnim očima.

„Moj muž“, započela je Hana, ali nije znala kako da dovrši. „Moj muž...“

Pogledala je u Deboru, koja se nakašljala i pravila se da je usredsređena na Bantijevu svilenu glavu. Hana ju je za trenutak posmatrala, opčinjena Deborinim dugim, tankim prstima, njenim ušiljenim noktima...

Robi je pratio njen pogled. „Vaš muž, gospođo Lakston?“

Hana je govorila blago. „Moj muž bi voleo da više ne dolazite ako nemate nekog naročitog razloga.“

Debora je gurnula Bantija s krila, otresla haljinu. „Shvatate, zar ne, gospodine Hanteru?“

Utom je ušao Bojl noseći poslužavnik s čajem. Spustio ga je na sto, klimnuo glavom Debori, a onda izašao.

„Ostaćete na čaju, zar ne?“, rekla je Debora, slatkim glasom od kojeg je Hanu podišla jeza. „Još jednom, poslednji put?“

S Deborom kao dirigentom, uspeli su da vode usiljen razgovor o kolapsu koalicione vlade i o ubistvu Majkla Kolinsa. Hana je jedva slušala. Želela je samo nekoliko minuta nasamo s Robijem, da mu objasni. Isto tako, znala je da joj Debora to nikako neće dopustiti.

Razmišljala je o tome, pitala se da li će više ikada imati priliku da ponovo s njim razgovara, i shvatila koliko je postala zavisna od njegovog društva, kad su se otvorila vrata i u salon je ušla Emelin, koja je stigla s ručka s prijateljima.

Emelin je toga dana bila naročito lepa: plava kosa joj je bila očešljana u talase i nosila je novu ešarpu u novoj boji – pečena sijena – uz koju joj je koža sijala. Uletela je kroz vrata kao što je bio njen običaj, zbog čega je Banti pobegao pod fotelju, i opušteno utonula u jedan ugao sofe, pa dramatično spustila ruke na stomak.

„Uf", kazala je, nesvesna napetosti u sobi. „Puna sam kao guska za Božić. Zaista ne verujem da ću više ikada jesti." Nagla je glavu u stranu. „Kako je, Robi?" Nije sačekala odgovor. Naglo se uspravila u sedeći položaj, razrogačenih očiju. „Oh! Nikad nećete pogoditi koga sam srela pre neko veče na zabavi ledi Sibil Kolfaks. Sedela sam tamo, razgovarala s dragim lordom Bernersom – pričao mi je o slatkom malom klaviru koji je instalirao u svom rols-rojsu – kad su stigli glavom i bradom Sitvelsi! Sve troje. Mnogo su zabavniji uživo. Dragi Sači sa onim njegovim pametnim šalama, i Ozbert sa onim pesmicama sa smešnim završetkom..."

„Epigrami", promrmljao je Robi.

„Duhovit je isto kao i Oskar Vajld", nastavila je Emelin. „Ali Idit ostavlja najjači utisak. Recitovala je jednu od svojih pesama i sve nas dovela do suza. Dakle, znate kakva je ledi Kolfaks – totalni snob za pametno društvo – nisam mogla da odolim, Robi, dragi, pa sam joj pomenula da te poznajem i oni samo što nisu umrli. Usuđujem se da kažem da mi nisu poverovali, svi misle da sam talentovana za izmišljanje – ne znam zašto – ali vidiš? Moraš da pođeš sa mnom večeras na zabavu, da im dokažem da nisu u pravu."

Udahnula je vazduh i jednih hitrim pokretom izvadila cigaretu iz tašne i pripalila je. Izbacila je pramen dima. „Kaži da ćeš poći, Robi. Jedno je da ljudi sumnjaju kad lažeš, a nešto sasvim drugo kad govoriš istinu."

Robi je za trenutak zastao i razmotrio ponudu. „U koje vreme da dođem po tebe?“, rekao je.

Hana trepnu. Očekivala je da odbije, kao i uvek kad bi mu Emelin dobacila neku od svojih pozivnica. Bila je uverena da Robi misli o Emelininim prijateljima isto što i ona. Možda njegov prezir nije išao tako daleko da obuhvati lorda Bernersa i ledi Sibil. Možda su Sitvelsi bili previše primamljivi da bi odoleo.

Neko vreme se tako nastavilo: Hana bi viđala Robija kad je dolazio po Emelin, i tu Debora nije mogla ništa da učini. Jednom, kad je poslednji put pokušala da ga protera iz kuće, Tedi je slegao ramenima i rekao da je jedino pristojno da goste koji su došli u posetu njenoj mlađoj sestri gospodarica kuće primi. Da li bi ona ostavila čoveka da sedi sam u salonu?

Hana je pokušala da se zadovolji dragocenim ukradenim trenucima, ali uhvatila je sebe kako misli na Robija između viđanja. Nikad nije bio otvoren u pogledu toga šta radi kad nisu zajedno. Nije znala čak ni gde živi. Zato je počela da zamišlja; oduvek je bila vična igrama mašte.

Uspela je, prigodno, da ignoriše činjenicu da on provodi vreme sa Emelin. Zar je to uopšte važno? Emelin je imala bezbroj prijatelja. Robi je bio samo jedan više.

A onda, jednog jutra, dok je s Tedijem sedela za doručkom, on je brzo kucnuo prstima po otvorenim novinama i rekao: „Vidi ti ovu tvoju sestru!“

Hana se pripremila, pitajući se kako se Emelin ovoga puta obrukala. Uzela je novine kad joj ih je Tedi pružio preko stola.

Bila je to samo mala fotografija. Robi i Emelin kako izlaze iz nekog noćnog kluba. Dobar snimak Emelin, morala je da prizna: podignute brade, nasmejana, vuče Robija za ruku. Njegovo lice se nije videlo tako jasno. On je bio u senci i gledao je u stranu u tom trenutku.

Tedi je uzeo novine nazad i glasno pročitao tekst uz sliku: „*Uvažena gospođica Hartford, jedna od najglamuroznijih mladih dama visokog društva, slikana s tamnokosim strancem. Za misterioznog muškarca kažu da je to pesnik R. S. Hanter. Jedan izvor kaže da je gospođica Hartford nagovestila kako objava veridbe nije daleko.*" Spustio je novine i uzeo zalogaj punjenog jajeta. „Puna je iznenađenja, zar ne? Nisam mislio da je Emelin od onih što umeju da čuvaju tajnu", rekao je. „Moglo je biti i gore, pretpostavljam. Mogla je odabrati Harija Bentlija." Palcem je obrisao mrvicu jajeta sa ugla brkova. „Ali razgovaraćeš sa njim, zar ne? Da se uveriš da je sve kako treba. Ne treba mi skandal."

Kad je Robi došao po Emelin sutradan uveče, Hana ga je primila kao i obično. Neko vreme su razgovarali, kao i uvek, dok Hana više nije mogla da izdrži.

„Gospodine Hanteru", rekla je prilazeći kaminu. „Moram da pitam. Imate li nešto o čemu želite da razgovarate sa mnom?"

On se zavalio na naslon stolice i osmehnuo. „Imam. Mislio sam da s vama i razgovaram."

„Možda nešto drugo, gospodine Hanteru?"

Osmeh mu je postao nesiguran. „Mislim da ne razumem."

„Nešto ste možda hteli da me pitate?"

„Možda ako mi kažete šta je to što mislite da bi trebalo da kažem", odgovorio je Robi.

Hana je uzdahnula. Uzela je novine s pisaćeg stola i pružila mu ih.

Preleteo je pogledom i vratio joj ih nazad. „Pa?"

„Gospodine Hanteru", kazala je Hana tihim glasom. Nije želela da sluge čuju ako se zateknu u hodniku. „Ja sam starateljka svoje sestre. Ako želite da se verite, zaista bi bilo uljudno da najpre razgovarate sa mnom o svojim namerama."

Robi se osmehnuo, video da Hani nije zabavno pa se uozbiljio. „Upamtiću to, gospođo Lakston."

Trepnula je gledajući ga. „Dakle, gospodine Hanteru?"

„Dakle, gospođo Lakston?“

„Da li želite nešto da me pitate?“

„Ne“, odgovorio je Robi smejući se. „Nemam nameru da se oženim Emelin. Ne sada. Niti ikada. Ali hvala što pitate.“

„Moja sestra je romantična“, odvratila je Hana. „Lako se vezuje.“

„Onda treba da se odveže.“

Hana je tad osetila sažaljenje prema Emelin, ali i još nešto. Mrzela je sebe kad je shvatila da je to olakšanje.

„Šta je?“, rekao je Robi. Bio je veoma blizu. Začudila se kad je uspeo da ustane i priđe tako blizu.

„Zabrinuta sam za Emelin“, rekla je Hana i malo odstupila, zakačivši pritom sofu. „Ona zamišlja da osećate prema njoj više nego što je to zaista slučaj.“

„Šta da radim?“, kazao je Robi. „Već sam joj rekao da nije tako.“

„Morate prestati da se viđate s njom“, kazala je Hana tiho. „Da joj kažete da vas ne zanimaju njene zabave. Sigurna sam da vam to neće mnogo teško pasti. I sami ste kazali da nemate o čemu da razgovarate s njenim prijateljima.“

„Nemam.“

„Ako ne osećate ništa prema Emelin, onda budite iskreni prema njoj. Molim vas, gospodine Hanteru. Prekinite to. Inače će biti povređena, a ja to ne mogu da dozvolim.“

Robi ju je pogledao. Pružio je ruku i, veoma nežno, popravio joj uvojak kose koji se pomerio. Ona se sledila, ali nije bila svesna ničega drugog sem njega. Njegovih tamnih očiju, toplote koja je zračila iz njegove kože, njegovih mekih usana. „Učinio bih to“, rekao je. „Ovoga časa.“ Sad je bio veoma blizu. Bila je svesna njegovog daha, mogla je da ga čuje, da ga oseti na svom vratu. Tiho je kazao: „Ali kako bih onda mogao da viđam vas?“

Situacija se posle toga promenila. Naravno da se promenila. Moralo se tako desiti. Nešto implicitno postalo je eksplicitno.

Za Hanu je tama počela da se povlači. Naravno, zaljubila se u njega, mada to isprva nije shvatila. Nikada ranije nije bila zaljubljena, nije imala sa čim to da uporedi. Privlačili su je ljudi, iznenada bi osetila da je nešto vuče, kao što je osetila nekada s Tedijem. Ali postoji razlika između toga da uživaš u nečijem društvu i misliš da je privlačan, i beznadežno, bespomoćno se zaljubiti.

Povremeni sastanci kojima se ranije radovala, ukradeni dok Robi čeka Emelin, više joj nisu bili dovoljni. Hana je žudela da se vidi sa njim negde drugde, nasamo, negde gde bi mogli slobodno da razgovaraju. Gde nema neprekidne opasnosti da će im se neko pridružiti.

Prilika se ukazala jedna večeri početkom 1923. Tedi je bio poslovno u Americi, Debora je provodila vikend u nekoj kući na selu, a Emelin je izašla s prijateljima na jednu od Robijevih književnih večeri. Hana je donela odluku.

Večerala je sama u trpezariji, posle je sedela u jutarnjoj sobi i pila kafu, a onda se povukla u svoju spavaću sobu. Kad sam došla da je spremim za krevet, bila je u kupatilu, sedela je na ivici elegantne kade s lavljim šapama. Imala je na sebi nežni satenski kombinezon s bretelama; Tedi joj ga je doneo s jednog putovanja na Kontinent. U rukama joj je bilo nešto crno.

„Da li biste voleli da se okupate, gospođo?“, upitala sam. Bilo je neuobičajeno, ali ne i nečuveno da se kupa posle večere.

„Ne“, odgovorila je.

„Da vam donesem spavaćicu?“

„Ne“, rekla je opet. „Ne idem u krevet, Grejs. Izlazim.“

Zbunila sam se. „Gospođo?“

„Izlazim iz kuće. I treba mi tvoja pomoć.“

Nije htela da sazna niko od ostale posluge. Otvoreno je rekla da su špijuni, a nije želela da ni Tobi ni Debora – a ni Emelin – saznaju da je cele večeri bila bilo gde drugde osim kod kuće.

Zabrinula sam se pri pomisli da bude noću sama van kuće i da to taji od Tedija. I pitala sam se kuda ide, hoće li mi reći.

Uprkos mojim bojaznima, međutim, pristala sam da joj pomognem. Naravno da sam pristala. To je tražila od mene.

Nismo ništa govorile dok sam joj pomagala da obuče haljinu koju je već bila odabrala: od svetloplave svile, sa resama koje su joj padale po golim kolenima. Sedela je pred ogledalom i gledala kako joj nameštam kosu ukosnicama, da bude priljubljena uz glavu. Čupkala je rese haljine, vrtela lanac s medaljonom, grickala usnu. A onda mi je pružila periku: crnu, glatku i kratku, koju je Emelin nosila na nekoj luksuznoj zabavi nekoliko meseci pre toga. Iznenadila sam se – nije imala naviku da nosi perike – ali namestila sam je, a onda sam se odmakla da pogledam. Izgledala je kao sasvim druga osoba. Kao Luiz Bruks.

Podigla je bočicu s parfemom – još jedan od Tedijevih poklona – *Šanel 5*, donet prethodne godine iz Pariza, a onda se predomislila. Vratila je bočicu na mesto i pogledala se u ogledalu. Tada sam spazila ceduljicu na njenom pisaćem stolu: *Robijevo književno veče*, pisalo je. *Strejket, Soho, subota, deset uveče.* Zgrabila je papir, gurnula ga u pismo-tašnicu i zatvorila je. A onda su nam se pogledi sreli u ogledalu. Ništa nije rekla; nije morala. Zapitala sam se kako to da nisam pogodila. Zbog koga drugog bi bila ovako uzbuđena? Ovako sva kao na iglama? Ovako puna očekivanja?

Ja sam išla prva, da se uverim da su sve sluge u suterenu. A onda sam kazala gospodinu Bojlu kako sam primetila mrlju na staklu antrea na ulazu. Nisam, ali nisam htela da neko od posluge čuje kako se ulazna vrata otvaraju bez razloga.

Vratila sam se gore i dala znak Hani, koja je stajala na zavoju stepeništa, da je put slobodan. Otvorila sam ulazna vrata i ona je izašla. S druge strane vrata smo zastale. Okrenula se ka meni, osmehnula se.

„Pazite se, gospođo“, kazala sam prigušujući zle slutnje.

Klimnula je glavom. „Hvala ti, Grejs. Za sve.“

I nestala je u noći, tiho, s cipelama u ruci da ne pravi ni najmanju buku.

* * *

Hana je našla taksi u ulici iza ugla i dala vozaču adresu kluba u kojem će Robi čitati svoju poeziju. Bila je toliko uzbuđena da je jedva disala. Morala je da kucka potpeticama o pod taksija kako bi se uverila da se to stvarno događa.

Adresu je bilo lako dobiti. Emelin je vodila dnevnik u koji je lepila pamflete i isečke reklama i pozivnice, a Hani nije trebalo mnogo da ga nađe. Ispostavilo se da ne mora da brine. Čim je rekla taksisti naziv kluba, više mu ništa nije trebalo. *Strejket* je bio jedan od poznatijih klubova u Sohou, stecište umetnika, dilera droge, poslovnih tajkuna i vesele mlade aristokratije koja je bila dokona i kojoj je bilo dosadno, spremne da se otrese okova svog rođenja.

Zaustavio je kola pred klubom i rekao joj da bude oprezna, vrteći glavom dok mu je plaćala. Okrenula se da mu zahvali i gledala kako se svetleći natpis kluba odražava na zadnjem staklu taksija dok je nestajao u noći.

Hana nikada ranije nije bila na nekom takvom mestu. Stajala je i posmatrala običan eksterijer od cigle, svetleći natpis i gomilu ljudi koji su, smejući se, izlazili napolje, na ulicu. Znači, Emelin je na ovo mislila kad je pričala o klubovima. Ovamo su njeni prijatelji i ona dolazili da provode večeri. Hana je drhtala ispod šala i pognute glave ušla unutra, odbijajući da joj lakej uzme ogrtač.

Bilo je skučeno, tek nešto više od jedne sobe, i bilo je toplo, krcato telima koja su se tiskala. Bilo je zadimljeno i mirisalo je slatkasto, na džin. Stajala je kod ulaza, blizu jednog stuba, i pogledom prelazila po prostoriji, tražeći Robija.

On je već bio na pozornici, ako se to uopšte moglo nazvati pozornicom. Mala površina praznog prostora između klavira i šanka. Sedeo je na barskoj stolici, s cigaretom među usnama, i lenjo pušio. Sako mu je visio na naslonu obližnje stolice, a on je bio samo u crnim pantalonama od odela i beloj košulji. Okovratnik mu je bio otkopčan, kosa u neredu. Prelistavao je svesku. Publika pred njim sedela je za malim okruglim stolovima. Drugi su se okupili oko barskih stolica ili uza zidove prostorije.

Onda je Hana spazila Emelin; sedela je u centru društva za stolom. S njom je bila Fani, najstarija u grupi. (Bračni život se Fani pokazao kao izvesno razočaranje. Pošto su joj decu prisvojili prilično naporna dadilja i muž, koji je provodio vreme smišljajući nove bolesti od kojih će patiti, malo toga ju je kod kuće zanimalo. Ko bi je mogao kriviti što je tražila avanturu uz svoje mlade prijatelje?) Emelin je kazala Hani da je oni tolerišu zato što tako iskreno želi da se provede, a osim toga i starija je, pa može da ih izvuče iz raznih nevolja. Naročito je bila uspešna da slatkorečivo obrlati policiju kad ih uhvati u racijama posle ponoći. Svi su pili koktele iz čaša za martini, i na stolu ispred jednog od njih bila je crta belog praha. Hana bi se inače zabrinula za Emelin, ali te večeri je bila u ljubavi sa svetom.

Prišla je još bliže stubu, ali nije se morala truditi. Toliko su bili obuzeti jedni drugima da nisu imalo vremena da gledaju iza sebe. Onaj momak s belim prahom šapnuo je nešto na uvo Emelin i ona se zasmejala neobuzdano, slobodno, izloženog bledog vrata.

Robiju su ruke drhtale. Hana je mogla da vidi kako sveska podrhtava. Spustio je cigaretu u pepeljaru na šanku pored sebe i počeo, bez uvoda. Pesma o istoriji, i misteriji, i memoriji: *Promenljiva magla*. Bila je to jedna od njegovih omiljenih.

Hana ga je posmatrala. Tad je prvi put mogla slobodno da pilji u njega, da mu pogledom prelazi preko lica, preko tela, a da on to ne zna. I slušala je. Reči su je bile dirnule kad ih je sama čitala, ali slušati njega kako ih izgovara bilo je gledati pravo u njegovo srce.

Završio je, publika je tapšala, neko je nešto doviknuo, smeh, i on je podigao pogled. Na nju. Lice ga nije odalo, ali znala je da ju je video, da ju je prepoznao iako se prerušila.

Za trenutak su bili sami.

Pogledao je nazad u svesku, okrenuo nekoliko stranica, malo se zadržao, odabrao sledeću pesmu.

A onda se obraćao njoj. Pesmu za pesmom. O saznanju i neznanju, istini i patnji, ljubavi i požudi. Sklopila je oči i, sa svakom rečju, osećala kako tama nestaje.

Onda je završio i publika je tapšala. Šankeri su se dali na posao mešanja američkih koktela i sipanja žestokog pića u čašice, muzičari su zauzeli svoja mesta i zasvirali džez. Neki od pijanih, nasmejanih ljudi improvizovali su ples između stolova. Hana je videla kako Emelin maše Robiju, kako ga rukom poziva da im se pridruži. I Robi je njoj mahnuo i pokazao na sat. Emelin je isturila donju usnu u preteranom izrazu durenja, a onda je uskliknula i mahnula kad ju je jedan njen prijatelj povukao da plešu.

Robi je pripalio novu cigaretu, navukao sako i gurnuo svesku u unutrašnji džep. Nešto je rekao muškarcu za šankom i pošao kroz prostoriju, prema Hani.

U tom trenutku se vreme usporilo i dok ga je gledala kako korača, kako je sve bliže, osetila je nesvesticu. Uhvatila ju je vrtoglavica. Kao da stoji na vrhu ogromne litice, na jakom vetru, nesposobna za bilo šta drugo osim da padne.

Bez reči, on ju je uzeo za ruku i poveo napolje.

Bilo je tri ujutru kad se Hana ušunjala stepeništem za poslugu broja sedamnaest. Ja sam je čekala kao što sam i obećala, stomaka zgrčenog od nervoze. Vratila se kasnije nego što sam očekivala, a mrak i uznemirenost su se zaverili da mi pune glavu strašnim scenama.

„Hvala bogu“, kazala je kad je šmugnula kroz vrata koja sam joj otvorila. „Brinula sam se da ne zaboraviš.“

„Naravno da ne bih, gospođo“, odvratila sam, uvređena.

Hana je otplovila kroz trpezariju za poslugu, pa na vrhovima prstiju ušla gore u kuću, s cipelama u ruci. Pošla je uz stepenice na sprat kad je shvatila da još idem za njom. „Ne moraš da me smeštaš u krevet, Grejs. Mnogo je kasno. Osim toga, volela bih da budem sama."

Klimnula sam glavom, zaustavila se na mestu, na donjem stepeniku, u beloj spavaćici kao zaboravljeno dete.

„Gospođo", kazala sam brzo.

Hana se okrenula. „Da?"

„Jeste li se lepo proveli, gospođo?"

Osmehnula se. „Oh, Grejs", kazala je. „Večeras sam počela da živim."

– III –

Uvek su se sastajali kod njega. Često se pitala gde živi, ali sve što je zamišljala nije bilo ni blizu stvarnosti. Imao je malu baržu koja se zvala *Slatka Dulsi* i bila usidrena uz obalu Temze, obično u blizini mosta Čelsi. Kupio ju je od jednog dragog prijatelja, tako joj je rekao, u Francuskoj posle rata, i doplovio njome nazad u London. Bio je to jak i solidno građen brodić, uprkos svome izgledu sasvim sposoban za plovidbu na otvorenom moru.

Unutrašnjost je bila iznenađujuće dobro nameštena: drveni paneli, sićušna kuhinjica s bakarnim loncima, i prostor za sedenje, s krevetom što se izvlačio iz klupe ispod reda prozora sa zavesama. Imala je čak i tuš i toalet sa odvodom. To što je živeo na tako neobičnom mestu, tako različitom od svega što je ranije videla, samo je povećavalo pustolovinu. Mislila je kako ima nečeg izvrsnog u trenucima intime na tako jednom tajnom mestu.

Bilo je lako dogovoriti se. Robi bi došao po Emelin i, dok čeka, ćušnuo bi Hani pisamce s vremenom i datumom i nazivom mosta pored kojeg je usidren. Hana bi preletela pogledom po napisanom, klimnula glavom u znak slaganja, i onda bi se našli. Ponekad nije bilo moguće – Tedi bi tražio od nje da prisustvuje nekom događaju, ili bi je Estela prijavila da volontira s njom u nekoj komisiji ili odboru. U takvim prilikama nije imala načina da mu javi. Bolelo ju je da ga zamišlja kako uzaludno čeka.

Ali najčešće bi uspela. Kazala bi drugima kako ide na ručak s prijateljicom, ili u kupovinu, i nestala bi. Sve što nije bilo pre podne ili posle podne pobudilo bi sumnju. U tajnoj ljubavi ljudi postaju lukavi i ona se ubrzo izveštila: brzo bi smislila izgovor, na licu mesta, kad bi je neko kog nije očekivala video na nekom neočekivanom mestu. Jednoga dana je naletela na ledi Klementinu na Oksford serkasu. Ledi Klementina ju je pitala gde joj je vozač. Hana joj je rekla da je izašla pešice. Da je vreme toliko lepo da je poželela da prošeta. Ali ledi Klementina nije bila od juče. Samo je zaškiljila i klimnula glavom, pa kazala Hani da bude oprezna i da se čuva. Da ulica ima oči i uši.

Možda ih ima ulica, ali ne i reka. Bar ne one oči i uši kojih je Hana morala da se plaši. Temza je u ono vreme bila drugačija. Radnički vodeni put, pun gužve i trgovačkog saobraćaja: teretni brodovi sa ugljem na putu do fabrika, barže što prenose robu, ribarski brodovi što nose teret na pijacu; duž tegljačkih staza uz kanale, krupni, dobroćudni konji vukli su obojene brodice i trudili se da ignorišu drske galebove koji su se obrušavali.

Hana je volela da bude na reci. Nije mogla da veruje kako je godinama živela u Londonu a da nije otkrila srce grada. Naravno, prelazila je pešice preko mostova, bar preko nekih; vozač ju je vozio preko njih mnogo puta. Ali nije poklanjala pažnju vrevi života ispod njih.

I tako su se sastajali. Ona bi izašla iz broja sedamnaest i krenula ka mostu čiji joj je naziv napisao na ceduljici. Ponekad bi to bila oblast koju je poznavala, ponekad bi je put odveo u neki strani deo Londona. Našla bi most, spustila bi se na obalu i pogledom tražila po reci njegov plavi brodić.

Uvek ju je čekao. Kad bi stigla, pružao je ruke i pomogao joj da se ukrca. Sišli bi u kabinu, daleko od prometnog, bučnog sveta, u svoj.

Ponekad su, posle, ležali uljuljkani blagim ljuljanjem broda. Pričali su jedno drugome o svom životu. Pričali su, kao što to ljubavnici čine, o poeziji, i muzici, i mestima na kojima je Robi bio, a koja je ona čeznula da vidi.

Jednog zimskog popodneva, kad je sunce bilo nisko na nebu, popeli su se uzanim stepenicama na gornju palubu, pa u kabinu za kormilarenje. Spustila se magla, dar privatnosti. U daljini, na drugoj obali reke, nešto je gorelo. Mogli su da osete dim na mestu gde su sedeli i dok su posmatrali, plamen je bio sve viši i sve jači.

„Mora da je neka barža“, rekao je Robi. Dok je to govorio, nešto je eksplodiralo i ona se trgla. Vazduh je ispunila kiša jarkih varnica.

Hana je gledala kako oblak zlatne svetlosti proždire maglu. „Strašno“, rekla je. „Ali i lepo.“ Pomislila je kako prizor liči na neku od Tarnerovih slika.

Robi kao da joj je čitao misli. „Vistler je živeo na Temzi“, rekao je. „Voleo je da slika promenljivu maglu, svetlosne efekte. I Mone, i on je bio ovde neko vreme.“

„Onda si u dobrom društvu“, kazala je Hana smešeći se.

„*Dulsi* je pre mene bila slikarska“, rekao je Robi.

„Stvarno? Kako se slikar zove? Da li poznajem njegov rad?“

„Ona se zove Mari Sera.“

Hanu je pecnula zavist kad je zamislila tu fantomsku ženu koja je živela na sopstvenom brodu, zarađivala za život slikanjem i poznavala Robija kad ga ona nije poznavala.

„Jesi li je voleo?“, upitala je i pripremila se za njegov odgovor.

„Bila mi je veoma draga“, rekao je, „ali avaj, bila je u vezi sa svojom ljubavnicom Žoržetom.“ Nasmejao se videvši Hanino lice. „Pariz se veoma razlikuje od ovog ovde.“

„Volela bih da ponovo odem tamo“, kazala je Hana.

„Otići ćemo“, rekao je Robi i uzeo je za ruku. „Hoćemo, jednoga dana.“

Jednog kišnog dana u aprilu ležali su i slušali kako voda tiho zapljuskuje korito broda. Hana je gledala u sat na zidu i odbrojavala minute dok ne bude morala da pođe. Konačno, kad je otkucao izdajnički čas, podigla se i sela. Uzela je čarape s kraja kreveta i počela jednu da navlači. Robi joj je vrhovima prstiju prelazio po dnu kičme.

„Nemoj da ideš“, rekao je.

Skupila je u rukama desnu čarapu i navukla je na stopalo.

„Ostani.“

Sad je stajala. Obukla je kombinezon preko glave i namestila ga oko kukova. „Znaš da bih. Da mogu, ostala bih zauvek.“

„U našem tajnom svetu.“

„Da“, nasmešila se, kleknula na ivicu kreveta i pružila ruku da ga pomiluje po licu. „To mi se sviđa. Samo naš svet. Tajni svet. Obožavam tajne.“ Uzdahnula je, razmišljala je o tome već neko vreme. Nije znala zašto toliko želi to s njim da podeli. „Kad smo bili deca“, kazala je, „igrali smo jednu igru.“

„Znam“, rekao je Robi. „Dejvid mi je pričao o Igri.“

„Zaista?“

Robi je klimnuo glavom.

„Ali Igra je tajna“, kazala je Hana automatski. „Zašto ti je rekao?“

„Pa i sama si sad htela da mi kažeš.“

„Da, ali to je nešto drugo. Ti i ja... mi smo nešto drugo.“

„Pričaj mi onda o Igri“, rekao je. „Zaboravi da već znam.“

Pogledala je na sat. „Stvarno bi trebalo da krenem.“

„Samo mi brzo ispričaj“, rekao je on.

„U redu. Ali brzo.“

I ispričala je. Ispričala mu je za Nefertiti i za Čarlsa Darvina i za Emelininu kraljicu Viktoriju, i avanture koje su preživeli, jednu neobičniju od druge.

„Trebalo bi da budeš pisac", kazao je milujući je po podlaktici.

„Da", odvratila je ozbiljno. „Mogla bih da izvedem bekstva i pustolovine potezima pera."

„Još nije kasno", odvratio je on. „Mogla bi sad početi da pišeš."

Ona se osmehnula. „Sad mi to nije potrebno. Bežim kod tebe."

Ponekad bi on kupio bocu vina pa bi ga pili iz starih staklenih čaša. Jeli bi sir i hleb i slušali romantičnu muziku s malog gramofona koji ga je pratio još iz Francuske. Ponekad bi i plesali, kad bi čipkane zavese bile navučene, nesvesni ograničenog prostora u brodiću.

Jednog takvog popodneva on je zaspao. Ona je popila svoje preostalo vino, a onda neko vreme ležala pored njega i pokušavala da usaglasi svoje disanje s njegovim, pa konačno uspela da uhvati ritam. Ali nije mogla da spava; ta novina ležanja uz njega bila je predivna. Kleknula je na pod i posmatrala njegovo lice. Nikada ga ranije nije videla da spava.

Sanjao je. Videla je kako mu se zatežu mišići oko očiju pred onim što se odigravalo ispod sklopljenih kapaka. Dok ga je gledala, trzanje je postajalo sve žešće. Pomislila je da treba da ga probudi. Nije joj se sviđalo da ga vidi takvog, njegovo lepo lice tako zgrčeno.

A onda je počeo da viče i ona se zabrinula da će ga čuti neko na obali. I možda dotrčati u pomoć. Možda pozvati nekoga. Policiju ili nešto još gore.

Spustila je ruku na njegovu podlakticu, prstima blago prešla po poznatom ožiljku. On je nastavio da spava, nastavio da viče. Blago ga je prodrmala, izgovorila njegovo ime. „Robi? Sanjaš nešto, ljubavi."

Naglo je otvorio oči, okrugle i tamne, i pre nego što je uspela da shvati šta se dešava, već je ležala na podu, on je bio na joj i stezao je rukama oko vrata. Davio ju je, jedva je disala. Pokušala je da izgovori njegovo ime, da mu kaže da prestane, ali nije mogla. Trajalo je samo trenutak, a onda je nešto u njemu kliknulo i shvatio je ko je ona. Shvatio je šta radi. Uzmakao. Odskočio.

Ona je onda sela i odmakla se unazad dok nije leđima udarila u zid. Gledala je u njega, šokirana, pitala se šta mu je. Za koga ju je zamenio.

On je stajao uz naspramni zid, s rukama na licu, pognut. „Jesi li dobro?“, rekao je ne gledajući je.

Klimnula je glavom pa se zapitala da li je zaista tako. „Da“, konačno je rekla.

Onda joj je prišao, kleknuo pored nje. Mora da se trgla jer je on odmah podigao ruke uz ramena i kazao: „Neću te povrediti.“ Zatim je pružio ruku i podigao joj bradu, da joj vidi grlo. „Isuse“, rekao je.

„U redu je“, kazala je, ovoga puta odlučnije. „Jesi li...“

On je podigao ruku i stavio prst na njene usne. Još je brzo disao. Zavrteo je glavom rasejano i ona je znala da želi da objasni. Ali da ne može.

Obuhvatio joj je lice rukama. Ona se nagla ka njemu, gledajući ga u oči. Tako tamne oči, pune tajni koje neće podeliti s njom. Čeznula je za tim da ih sve sazna, rešena da ih zasluži. A kad ju je poljubio u vrat, oh, tako nežno, to ju je ophrvalo, kao i uvek.

Nedelju dana je posle toga morala da nosi ešarpe. Ali nije marila. U izvesnom smislu bilo joj je drago što je ostavio traga na njoj. Tako je vreme između susreta bilo podnošljivije. Tako je imala tajni podsetnik na to da on stvarno postoji, da njih dvoje stvarno postoje. I njihov tajni svet. Ponekad bi gledala masnice u ogledalu, onako kao što nevesta svaki čas gleda u svoju burmu. Da se podseti. Znala je da bi se užasnuo kad bi mu to rekla.

* * *

U ljubavnim aferama u početku sve ima veze sa sadašnjošću. Ali u svemu ima nečeg – u događaju, razgovoru, nekom drugom, neprimećenom okidaču – što vraća u fokus prošlost i budućnost. Za Hanu je to bila masnica. Postoje i druge strane njegove ličnosti. Nešto za šta ranije nije znala. Previše je bila ispunjena divnim iznenađenjem bliskosti s njim da bi gledala van granica trenutne sreće. Što je više razmišljala o tom aspektu njegove ličnosti, o kojem je znala tako malo, to ju je više uznemiravalo. I bila je sve odlučnija u nameri da sazna sve.

Jednog hladnog poslepodneva u septembru sedeli su na krevetu i gledali obalu kroz prozor. Ljudi su prolazili tamo-amo, a oni su im davali imena i zamišljeni život. Bili su mirni neko vreme, zadovoljni samo time da posmatraju prolaznike tako sedeći, kad je Robi skočio sa kreveta.

Ona je ostala na svom mestu, samo se okrenula na stranu, da ga gleda dok je sedeo na kuhinjskoj stolici, s jednom nogom podavijenom ispod sebe, nagnut nad sveskom. Pokušavao je da napiše pesmu. Pokušavao je celog dana. Bio je rasejan dok je sedeo uz nju. Nije mogao da igra igru sa oduševljenjem. Nije marila. Na neki način koji nije umela da objasni, zbog te odsutnosti bio joj je još privlačniji.

Ležala je na krevetu, posmatrala olovku između njegovih prstiju, u kruženju i petljama po papiru, da bi onda stala. Oklevala, pa se vratila sa žestinom na staru stazu. Bacio je svesku i olovku na sto i protrljao oči rukom.

Ona ništa nije rekla. Nije se usudila. Ovo nije bilo prvi put da ga vidi takvog. Znala je da ga u očaj baca neuspeh da nađe prave reči. I još gore, da je uplašen. Nije joj rekao, ali ona je znala. Posmatrala ga je, a i čitala je o tome u biblioteci i u novinama i časopisima. Bilo je to stanje koje su doktori nazvali „granatnim šokom“. Sve veća nepouzdanost pamćenja, otupelost mozga, usled traumatičnog iskustva.

Sklonio je ruku sa očiju i opet posegao za olovkom i hartijom. Ponovo je počeo da piše, pa stao, pa precrtao napisano.

Čeznula je da pomogne da mu bude bolje, da mu pomogne da zaboravi. Sve bi dala da može to zaustaviti, njegov neumorni strah da gubi razum.

A onda je ponovo došla zima. Instalirao je u brod malu peć, uz kuhinjski zid. Sedeli su na podu i posmatrali kako plamen poigrava i šišti u ognjištu. Koža im je bila topla i bili su pospani od crvenog vina, toplote, jedno od drugog.

Hana je otpila gutljaj vina i rekla: „Zašto nećeš da pričaš o ratu?"

Nije odgovorio; umesto toga, pripalio je cigaretu.

Čitala je Frojda, o potiskivanju, i došla je na ideju da bi, kad bi ga navela da priča o tome, Robi možda mogao da se izleči. Zadržala je dah, nesigurna da li da se usudi da pita. „Je li to zato što si ubio nekoga?"

On je pogledao u njen profil, povukao dim iz cigarete, izbacio ga i odmahnuo glavom. A onda je počeo tiho da se smeje, bez radosti. Pružio je ruku i nežno je položio na njen obraz.

„Je li to?", prošaptala je i dalje ga ne gledajući.

Nije odgovorio i ona je pokušala iz drugog pravca.

„O kome to sanjaš?"

Povukao je ruku. „Znaš odgovor na to", rekao je. „Uvek sanjam samo o tebi."

„Nadam se da nije tako", rekla je. „To nisu lepi snovi."

On je povukao još jedan dim, izbacio ga. „Ne pitaj me", rekao je.

„Je li to 'granatni šok'? Je li?", kazala je okrenuvši se ka njemu. „Čitala sam o tome."

Pogledi su im se sreli. Tako tamne oči. Kao vlažna boja; pune tajni.

„Granatni šok", ponovio je. „Pitam se ko je to izmislio. Pretpostavljam da im je trebao lep naziv da opišu nešto neizrecivo finim gospođama kod kuće."

„Misliš finim gospođama kao što sam ja", rekla je Hana. Naljutila se. Nije bila raspoložena za takvo izvrdavanje. Podigla se u sedeći položaj i navukla podsuknju preko glave. A onda počela da obuva čarape.

Uzdahnuo je. Znala je da ne želi da se okonča tako, da bude ljuta na njega.

„Čitala si Darvina?", rekao je.

„Čarlsa Darvina?", kazala je i okrenula se prema njemu. „Naravno. Ali kakve veze ima Čarls Darvin sa..."

„Prilagođavanje. Opstanak je stvar uspešnog prilagođavanja. Nekima od nas to bolje polazi za rukom nego drugima."

„Prilagođavanje čemu?"

„Ratu. Životu u kojem moraš da se snalaziš. Novim pravilima igre."

Hana je razmislila o ovome. Pored je pošao veliki brod i zaljuljao baržu.

„Živ sam", rekao je Robi jednostavno, svetlost plamena mu je poigravala na licu, „zato što neki gad nije."

I sad je znala.

Pitala se kako se oseća zbog toga. „Drago mi je što si živ", kazala je, ali duboko u sebi osetila je drhtaj. A kad ju je prstima pomilovao po ručnom zglobu, povukla je ruku uprkos svojoj volji.

„Zato niko ne priča o tome", rekao je. „Znaju da će, ako to budu činili, ljudi videti u njima ono što stvarno jesu. Članovi đavolje družine koja se kreće među normalnim ljudima kao da i dalje spadaju među njih. Kao da nisu čudovišta koja su se vratila iz ubilačkog divljanja."

„Ne govori tako", rekla je Hana oštro. „Ti nisi zločinac."

„Ja sam ubica."

„To je nešto drugo. Bio je rat. To je bila samoodbrana. Odbrana drugih."

Slegao je ramenima. „I dalje je metak u mozak nekog momka."

„Prekini", prošaptala je. „Ne sviđa mi se kad tako govoriš."

„Onda nije trebalo da pitaš."

Nije joj se svidelo. Nije joj se sviđalo ni da misli tako o njemu, a ipak nije mogla da prestane. Da je neko kog poznaje – neko kog intimno poznaje, čije su ruke nežno, lagano prelazile preko njenog tela, kome je prećutno verovala – mogao da ubija... Pa, to menja stvari. Menja njega. Ne nagore. Nije ga volela ništa manje. Ali je gledala na njega drugačije. Ubio je čoveka. Ljude. Bezbroj bezimenih ljudi.

Razmišljala je o tome jednog poslepodneva, dok ga je gledala kako se nemirno kreće po barži. Imao je na sebi pantalone, ali košulja mu je ostala na naslonu stolice. Posmatrala je njegove vitke, mišićave ruke, njegova gola ramena, lepe, brutalne šake, kad se to dogodilo.

Koraci na palubi iznad njih.

Oboje su se sledili, zurili jedno u drugo; Robi je podigao ramena.

Začulo se kucanje. A onda glas: „Hej, Robi? Otvori. To sam samo ja."

Emelinin glas.

Hana je ustala iz kreveta i brzo pokupila svoju odeću.

Robi je držao prst na usnama i prišao na prstima vratima.

„Znam da si unutra", rekla je Emelin „Jedan fini stariji gospodin na tegljačkoj stazi rekao mi je da te je video kako ulaziš i da nisi izlazio celo popodne. Pusti me da uđem, napolju je strašno hladno."

Robi je dao znak Hani da se sakrije u toalet.

Hana je klimnula glavom, na vrhovima prstiju prošla kroz kabinu i hitro zaključala vrata za sobom. Srce joj je lupalo iza rebara. Petljala je s haljinom, navukla je na glavu i kleknula da viri kroz ključaonicu.

Robi je otvorio vrata. „Kako si znala gde da me nađeš?“

„Sigurno si očaran“, rekla je Emelin, sagla glavu i polako ušla u kabinu. Hana je primetila da ima na sebi novu žutu haljinu. „Dezmond je rekao Frediju, Fredi je rekao Džejn. Znaš kakvi su ti klinci.“ Zastala je i prešla pogledom po svemu. „Kako je ovo božanstveno, Robi, dragi! Kakvo divno sklonište. Sigurno si imao zabavu... Vrlo *privatnu* zabavu.“ Podigla je obrvu kad je videla izgužvane posteljne čaršave, pa se okrenula ka Robiju i, smešeći se, odmerila njegovu neodevenost. „Nisam ništa prekinula?“

Hana je udahnula vazduh.

„Spavao sam“, odgovorio je Robi.

„U petnaest do četiri?“

Slegao je ramenima, našao košulju i obukao je.

„Pitam se šta si radio celoga dana. A ja sam mislila da si zauzet pisanjem poezije.“

„I bio sam. Jesam.“ Protrljao se po vratu, ljutito uzdahnuo. „Šta hoćeš?“

Hana se trgla na grubost njegovog glasa. Takav je zato što je Emelin pomenula poeziju: Robi nije pisao nedeljama. Emelin kao da nije primetila nikakvu neljubaznost. „Htela sam da znam da li dolaziš večeras. Kod Dezmonda.“

„Rekao sam ti da neću doći.“

„Znam šta si rekao, ali pomislila sam da si se možda predomislio.“

„Nisam.“

Zavladala je tišina kad je Robi pogledao nazad, prema vratima, a Emelin s čežnjom prešla pogledom po kabini. „Možda bih mogla...“

„Moraš da ideš“, rekao je Robi brzo. „Radim.“

„Ali mogla bih da ti pomognem.“ Tašnom je podigla ivicu prljavog tanjira. „Da pospremim, ili...“

„Rekao sam ne." Robi je otvorio vrata.

Hana je gledala kako se Emelin osmehnula usiljeno bezbrižno. „Šalila sam se, dušo. Nisi valjda stvarno pomislio da nemam šta pametnije da radim po lepom danu nego da čistim kuću?"

Robi ništa nije rekao.

Emelin je opušteno prišla vratima. Popravila je okovratnik. „Ali doći ćeš kod Fredija sutra?"

Klimnuo je glavom.

„Pokupićeš me u šest?"

„Aha", rekao je Robi i zatvorio vrata za njom.

Hana je onda izašla iz toaleta. Osećala se prljavo. Kao pacov koji je izmileo iz svoje rupe.

„Možda bismo mogli da se ne viđamo neko vreme?", rekla je. „Nedelju dana, tako nešto?"

„Ne", rekao je Robi. „Kazao sam Emelin da ne dolazi. I reći ću joj ponovo. Postaraću se da razume."

Hana je klimnula glavom, pitajući se zašto oseća toliku krivicu. Podsetila je sebe, kao što je uvek činila, da mora da bude ovako. Da Emelin neće ništa faliti. Da joj je Robi odavno objasnio da ne gaji romantična osećanja prema njoj. Rekao joj je da se smejala i da se čudila odakle mu uopšte pomisao da ona misli drugačije. Pa ipak. Nešto u Emelininom glasu, neka napetost ispod uvežbane frivolnosti. I ta žuta haljina. Emelinina omiljena...

Hana je pogledala u časovnik na zidu. Preostalo je još pola sata do trenutka kad je morala da krene. „Mogla bih da pođem", rekla je.

„Ne", odvratio je. „Ostani."

„Stvarno..."

„Bar još nekoliko minuta. Daj vremena Emelin da ode."

Hana je klimnula glavom i Robi joj je prišao. Prešao je rukom preko jednog pa preko drugog obraza, te je uhvatio za potiljak i privukao njene usne svojima.

Iznenadni, snažni poljubac izbacio ju je iz ravnoteže i ućutkao, potpuno, glasove straha koji su je izjedali.

* * *

Vlažno popodne u decembru; sedeli su u krmanoškoj kabini. Brodić je bio usidren kod mosta Batersi, gde su vrbe plakale u Temzu.

Hana je polako uzdahnula. Čekala je odgovarajući trenutak da mu kaže. „Neću moći da dolazim dve nedelje", kazala je. „Zbog Tedija. Narednih četrnaest dana ima goste iz Amerike i od mene se očekuje da izigravam dobru suprugu. Da ih gostim i zabavljam."

„Mrzim da mislim o tebi takvoj", rekao je on. „Da tako oblećeš oko njega."

„Sasvim sigurno ne oblećem oko njega. Čak i kad bih to radila, Tedi ne bi znao šta se dešava."

„Znaš šta hoću da kažem", rekao je Robi.

Klimnula je glavom. Naravno da je znala šta hoće da kaže. „I ja to mrzim. Sve bih uradila da te nikad ne ostavim."

„Sve?"

„Skoro sve." Zadrhtala je kad je nalet kiše prodro u kabinu. „Sredi da se vidiš sa Emelin neki dan sledeće nedelje; obavesti me kad i gde se možemo sastati posle Nove godine."

Robi je pružio ruku preko kabine, da zatvori prozor. „Želim da raskinem sa Emelin."

„Ne", rekla je Hana iznenada. „Ne još. Kako ćemo se viđati? Kako ću znati gde da te nađem?"

„To ne bi bio problem kad bi živela sa mnom. Uvek bismo mogli da nađemo jedno drugo. Ne bismo mogli da izgubimo jedno drugo."

„Znam, znam", uhvatila ga je za ruku. „Ali do tada... Kako možeš i pomisliti da raskineš?"

Povukao je ruku, prozor se zaglavio, nije hteo da popusti. „Bila si u pravu", rekao je. „Postaje suviše vezana za mene."

„Pusti to", kazala je Hana. „Pokvasićeš se."

Konačno je prozor popustio i s treskom se zatvorio. Robi je ponovo seo, a s kose mu je kapala voda. „Suviše se vezala."

„Emelin je vesela i puna energije", odvratila je Hana vadeći peškir iz plakara iza sebe i pružajući ruku da mu izbriše lice. „Ona je naprosto takva. Zašto? Šta te navodi da to kažeš?"

Robi je nestrpljivo odmahnuo glavom.

„Šta je?", kazala je Hana.

„Ništa", odgovorio je. „U pravu si. Verovatno nije ništa."

„Znam da nije ništa", kazala je Hana odlučno. I u tome času je i verovala u to. A rekla bi i da nije verovala. Takva je ljubav: uporna, samouverena, ubedljiva. Lako ućutka šapat bojazni.

Kiša je sad pljuštala. „Hladno ti je", kazala je Hana i ogrnula ga peškirom oko ramena. Kleknula je ispred njega i trljala mu gole ruke. „Prehladićeš se." Nije ga gledala u oči kad je rekla: „Tedi hoće da se preselimo u Riverton."

„Kada?"

„U martu. Obnoviće kuću, sazidaće letnjikovac. Samo na to misli već četiri nedelje." Govorila je suvo. „Zamišlja sebe kao seoskog vlastelina."

„Zašto mi nisi ranije rekla?"

„Nisam htela da mislim na to", odgovorila je bespomoćno. „Nadala sam se da će se predomisliti." Naglo ga je zagrlila sa iznenadnom žestinom. „Moraš da ostaneš u kontaktu sa Emelin. Ja ne mogu da te pozovem da dođeš, ali ona može. Namerava da poziva prijatelje vikendom, na zabave na selu."

Klimnuo je glavom ne gledajući je.

„Molim te", rekla je Hana. „Zbog mene. Moram znati da ćeš doći."

„Pa ćemo postati jedni od onih seoskih ljubavnika?"

„Da", odgovorila je.

„Igraćemo iste igre kao bezbroj parova pre nas. Noću ćemo se šunjati, a danju pretvarati da se jedva poznajemo?"

„Da", odgovorila je tiho.

„To nije naša igra."

„Znam."

„To nije dovoljno", kazao je.

„Znam", ponovila je ona.

Prošla je 1923. i došla 1924, i jedne večeri, dok je Tedi bio na poslovnom putu, a Debora i Emelin svaka sa svojim prijateljima, dogovorili su se da se vide. Brodić je bio usidren u delu Londona u koji Hana nikad nije kročila. Dok je taksi vijugao sve dublje u zamršene ulice Ist enda, ona je gledala kroz prozore. Pala je noć i uglavnom nije bilo bogzna šta da se vidi: sive zgrade, kola s konjskom zapregom i fenjerom okačenim na vrhu, tu i tamo su se deca u vunenim džemperima i rumenih obraza igrala klikera ili bacala potkovice ili pokazivala prstom taksi. A onda, malo dalje niz ulicu šok – raznobojna svetla, gomila ljudi, muzika.

Hana se nagla napred i upitala taksistu: „Šta je ovo? Šta se ovde dešava?"

„Novogodišnja svetkovina", odgovorio je on s jakim kokni naglaskom. „Prokleti glupaci, svi zajedno. Usred zime. Treba da budu unutra."

Hana je gledala, fascinirana, dok je taksi mileo ulicom ka reci. Preko ulice su bile okačene svetiljke, u cikcak, celim putem. Grupa muzičara s violinama i malom harmonikom okupila je poprilično gomilu ljudi koji su tapšali i smejali se. Deca su se provlačila između odraslih, vukla ukrasne trake od papira i duvala u pištaljke; muškarci i žene su prolazili oko velike metalne buradi na kojoj se peklo kestenje i pili pivo iz velikih šolja. Taksista je morao da trubi i da im dovikuje da se sklone s puta. „Ludaci, svi odreda", rekao je kad je taksi izbio na drugi kraj ulice pa skrenuo iza ugla, u mračnu ulicu. „Potpuno ludi."

Hana se osećala kao da je prošla kroz nekakvu vilinsku zemlju. Kad je taksista konačno zaustavio kola kod dokova, potrčala je bez daha da nađe Robija, koji ju je čekao.

Robi se opirao, ali Hana ga je molila i konačno ubedila da pođe s njom nazad na svetkovinu. Tako malo izlaze, rekla je, a i kad će imati priliku da zajedno odu na zabavu? Tamo ih niko ne poznaje. Bezbedno je.

Povela ga je putem po sećanju, gotovo ubeđena da ne bi umela ponovo da dođe, gotovo ubeđena i u to da će svetkovina nestati kao vilinski prsten u dečjoj bajci. Ali ubrzo su čuli grozničavu svirku violina, dečje zvižduke, vesele uzvike... i znala je šta je pred njima.

Za nekoliko trenutaka skrenuli su iza ugla i obreli se u zemlji čuda, pa pošli ulicom. Hladni povetarac doneo je mirise pečenog kestenja, znoja i veselja. Ljudi su se naginjali s prozora, dozivali one ispod, pevali, nazdravljali novoj godini, opraštali se od stare. Hana je sve gledala širom otvorenih očiju, čvrsto držala Robija za ruku, pokazivala čas ovo čas ono, oduševljeno se smejala ljudima koji su počeli da igraju na improvizovanom podijumu.

Stali su da gledaju, pridružili se sve većoj gomili sveta, našli mesto da sednu na dasci postavljenoj preko gajbi. Krupna žena crvenih obraza i guste, tamne kovrdžave kose, popela se na hoklicu pored ljudi koji su svirali violine i pevala udarajući dairama o puno bedro. Klicanje publike, uzvici ohrabrivanja, suknje koje vijore.

Hana je bila očarana. Nikada nije videla takvu terevenku. O da, išla je na vašare i zabave, ali sve su izgledale izveštačeno u poređenju sa ovim. Krotko. Pljeskala je rukama, smejala se, čvrsto stezala Robiju ruku. „Divni su", kazala je, nesposobna da odvoji pogled od parova. Muškarci i žene svih oblika i veličina, hvatali su se podruku i vrteli se i toptali nogama i tapšali. „Zar nisu divni?"

Muzika je bila zarazna. Brza, bučna, prodirala je u sve pore, ulivala joj se u krv, od nje joj se koža ježila. Ritam je dopirao do srži njenog bića.

A onda Robijev glas u njenom uvu. „Žedan sam. Hajdemo da nađemo nešto da popijemo."

Jedva ga je čula, odmahnula je glavom. Shvatila je da je zadržavala dah. „Ne. Ne, ti samo idi. Hoću da gledam."

On je oklevao. „Ne želim da te ostavim samu."

„Biću dobro." Nejasno svesna da ju je njegova ruka jednog trenutka čvrsto držala, a onda se odvojila od njene. Nije bilo vremena da ga gleda kako odlazi, bilo je previše toga da se vidi. I čuje. I oseti.

Kasnije se pitala je li trebalo da primeti nešto u njegovom glasu. Da li je trebalo da shvati da ga buka, vreva, gužva pritiskaju toliko da jedva diše. Ali nije primetila. Bila je opčinjena.

Robijevo mesto je ubrzo popunjeno, toplo bedro nekog drugog pritiskalo je njeno. Pogledala je u stranu. Nizak, zdepast muškarac s riđim brkovima i smeđim filcanim šeširom. Uhvatio je njen pogled, nagnuo se bliže, pokazao palcem prema plesnom podijumu. „Da se provrtimo?"

Dah mu je mirisao na duvam. Oči su mu bile bledoplave, uperene u nju.

„Oh… Ne", nasmešila mu se. „Hvala. Ja sam s nekim." Pogledala je preko ramena, potražila pogledom Robija. Učinilo joj se da ga je videla u mraku preko puta, kako stoji i puši pored jednog bureta. „Neće on dugo."

Čovek je naherio glavu. „Ma hajde. Samo jedan krug. Da se oboje zagrejemo."

Hana je ponovo pogledala iza sebe. Ni traga od Robija. Šta je rekao, kuda ide? Koliko će se zadržati?

„Dakle?" Onaj čovek. Okrenula se nazad ka njemu. Muzika je bila svuda. To ju je podsetilo na onu ulicu koju je videla u Parizu pre nekoliko godina. Na medenom mesecu. Ugrizla se za usnu. Šta mari, samo malo plesa? Kakvu svrhu ima život ako ne da se ugrabi prilika? „U redu", kazala je i prihvatila njegovu ruku, smešeći se nervozno. „Mada nisam sigurna da umem."

Čovek se iscerio. Povukao ju je da ustane i odvukao u središte razigrane gomile.

I zaigrala je. Nekako, u njegovom čvrstom stisku, znala je korake. Skakutali su i vrteli se, poneti strujom drugih parova. Violine su svirale, čizme toptale, ruke tapšale. On ju je uhvatio podruku, lakat uz lakat, pa su se zavrteli. Smejala se, nije mogla da odoli. Nikada nije osetila takvu navalu slobode. Podigla je lice ka noćnom nebu, sklopila oči, osećala poljubac hladnog vazduha na toplim kapcima, toplim obrazima. Ponovo je otvorila oči, potražila u pokretu Robija. Žudela je da igra s njim. Da je on drži. Gledala je u more lica – zar ih je bilo toliko ranije? – ali prebrzo se vrtela. Bili su samo izmaglica očiju i usta i reči.

„Ja..." Ostala je bez daha, spustila ruku na goli vrat. „Sad moram da prekinem. Moj prijatelj će se vratiti." Kucnula je čoveka po ramenu dok ju je on i dalje držao, i dalje je vrteo. Kazala mu je, pravo na uvo: „Sad je dosta. Hvala."

Za trenutak je pomislila da se neće zaustaviti, da će nastaviti, ukrug i ukrug, da je nikad neće pustiti. Ali onda je osetila da inercija jenjava, pa navalu ošamućenosti i ponovo su bili kod klupe.

Sad je bilo mnogo drugih posmatrača. I dalje nije bilo Robija.

„Gde ti je prijatelj?", rekao je čovek. Izgubio je šešir u igri, pa prošao rukom kroz riđu kosu.

„Sad će on", kazala je Hana prelazeći pogledom po nepoznatim licima. Zatreptala je da odagna ošamućenost. „Samo što nije."

„Nema smisla da sediš za to vreme", rekao je čovek. „Prehladićeš se."

„Ne", kazala je Hana. „Hvala, ali sačekaću ovde." Zgrabio ju je za ručni zglob. „Hajde. Pravi momku društvo."

„Ne", odvratila je Hana, ovoga puta odlučno. „Dosta mi je."

Popustio je stisak. Slegao ramenima, pogladio prstima brkove i vrat. Okrenuo se da pođe.

Iznenada, iz mraka, neki pokret. Senka. Na njemu.

Robi.

Neko ju je udario laktom u rame i počela je da pada.

Uzvik. Njegov? Onog čoveka? Njen?

Hana se srušila na zid posmatrača.

Svirači su nastavili da sviraju, nastavilo se i tapšanje i toptanje.

Podigla je pogled s mesta gde je pala. Robi je bio na onom čoveku. Udarao ga je pesnicama. Udarao i udarao. I udarao.

Panika. Vrućina. Strah.

„Robi!“, viknula je. „Robi, prekini!“

Progurala se između brojnih ljudi, hvatajući se za šta je stigla.

Muzika je prestala i ljudi su se okupili da gledaju okršaj. Nekako se probila između njih i izašla napred. Zgrabila je Robija za košulju. Oči su mu bile bezizražajne, nisu srele njene. Nije ih ni video.

Onaj čovek ga je tresnuo pesnicom u lice, pa je sad on bio odozgo.

Krv.

Hana je vrisnula. „Ne! Pustite ga. Molim vas pustite ga.“ Sad je plakala. „Ljudi, pomozite.“

Nikad nije tačno znala kako se završilo. Nije saznala ime čoveka koji joj je pritekao u pomoć, Robiju u pomoć. Povukao je onog brkatog čoveka i odvojio ga; odvukao je Robija do zida. Doneo im čaše vode, a onda viski. Rekao joj da odvede svog čoveka kući i da ga smesti u krevet.

Ko god da je on bio, nisu ga iznenadili događaji te večeri. Nasmejao se i rekao im da nema subotnje noći – ili petkom, ili pak četvrtkom uveče – a da se neka dva momka ne pobiju. Onda ih je poslao kući, i Robi se pri hodu naslanjao na Hanu.

Gotovo da ih niko nije ni pogledao dok su napredovali ulicom, ostavljajući iza sebe ples, veselje, pljeskanje ruku.

Kasnije, po povratku na baržu, oprala mu je lice. Sedeo je na niskoj hoklici, a ona je klečala pred njim. Govorio je malo otkad su bili napustili slavlje, a ona nije htela ništa da pita. Šta ga je to spopalo, zašto ga je udarao, gde je bio. Nagađala je da i sam sebe pita to isto, i bila je u pravu.

„Šta se to dogodilo?", rekao je konačno. „Šta se dogodilo?"

„Psssst", kazala je pritiskajući mu mokrom krpom jagodicu. „Gotovo je."

Robi je odmahnuo glavom. Sklopio oči. Pod njegovim tankim kapcima treperile su misli. „Ubio bih ga", šaptao je. „Bože pomozi, ubio bih ga."

Više nisu izlazili. Ne posle toga. Hana je krivila sebe, prekorevala je sebe što se nije obazirala na njegovo negodovanje, što je uporno tražila da idu. Svetlost, buka, gužva. Čitala je o granatnom šoku: trebalo je da pretpostavi. Rešila je da ubuduće bolje pazi na njega. Da se ponaša nežno prema njemu. I da više nikad to ne pominje. Bilo je gotovo. I neće se više ponoviti. Ona će se postarati za to.

Nekih nedelju dana kasnije, dok su ležali zajedno i igrali onu svoju igru, zamišljali da žive u malom, izolovanom selu na vrhu Himalaja, Robi se podigao u sedeći položaj i rekao: „Umoran sam od ovoga."

Hana se pridigla na lakat. „Šta bi želeo da radiš?"

„Želim da to bude stvarnost."

„Želim i ja", odvratila je Hana. „Zamisli kad bi..."

„Ne", rekao je Robi. „Zašto ne možemo to da ostvarimo?"

„Dragi", kazala je Hana blago, prelazeći prstom po njegovoj jagodici i ožiljku koji je nedavno zadobio. „Ne znam da li si do sada primetio, ali ja sam već udata." Pokušala je da bude vedra i bezbrižna. Da ga navede da se nasmeje, ali on se nije nasmejao.

„Ljudi se razvode."

Ona se zapitala ko su ti ljudi. „Da, ali..."

„Mogli bismo da otplovimo nekuda drugde, daleko odavde, daleko od svih koje poznajemo. Zar ne želiš to?"

„Znaš da želim", odgovorila je Hana.

„Po novom zakonu samo treba da dokažeš preljubu."

Hana je klimnula glavom. „Ali Tedi nije preljubnik."

„Pa valjda je", rekao je Robi, „za sve ovo vreme dok mi..."

„On nije takav", kazala je Hana. „Nikad nije bio naročito zainteresovan." Prešla je prstom preko njegovih usana. „Čak ni odmah pošto smo se venčali. Tek kad sam tebe srela, shvatila sam..." Zastala je, nagla se da ga poljubi. „Shvatila sam."

„On je budala", rekao je Robi. Gledao ju je prodorno i prešao šakom po njenoj ruci, od ramena do ručnog zgloba. „Ostavi ga."

„Molim?"

„Nemoj da ideš u Riverton", rekao je. Sad je sedeo i držao je za zapešća. Bože, što je lep. „Pobegni sa mnom."

„Ne misliš valjda ozbiljno.", odvratila je nesigurno. „Zadirkuješ me."

„Nikad nisam bio ozbiljniji."

„Samo da nestanemo?"

„Samo da nestanemo."

Ćutala je, razmišljala.

„Ne bih mogla", odgovorila je. „Znaš i sam."

„Zašto?" Pustio joj je ruke grubo, ustao iz kreveta i pripalio cigaretu.

„Iz mnogo razloga..." Razmislila je. „Emelin..."

„Jebeš Emelin."

Hana se trgla. „Potrebna sam joj."

„Meni si potrebna."

I zaista mu je bila potrebna. Znala je da jeste. I da je ta potreba ujedno zastrašujuća i opojna.

„Biće ona dobro", kazao je Robi. „Žilavija je nego što misliš."

Sad je sedeo za stolom i pušio. Izgledao je mršaviji nego što ga je upamtila. Zaista je bio mršaviji. Pitala se zašto to ranije nije primetila.

„Tedi bi me pronašao", kazala je. „Njegova porodica bi me pronašla."

„Ne bih im to dozvolio."

„Ne znaš ti njih. Ne bi mogli da podnesu skandal."

„Otišli bismo negde gde se oni ne bi setili da traže. Svet je velik."

Izgledao je lomno dok je tako sedeo. Sam. Ima samo nju. Stala je pored njega, privila ga u zagrljaj tako da mu je glava počivala na njenom stomaku.

„Ne mogu da živim bez tebe", rekao je. „Radije bih umro." Rekao je to tako jednostavno da je zadrhtala, zgađena nad samom sobom što je osetila zadovoljstvo zbog tih njegovih reči.

„Ne govori tako", kazala je.

„Potrebno mi je da budem s tobom", kazao je jednostavno.

I tako mu je dozvolila da to isplanira. Njihovo veliko bekstvo. Prestao je da piše poeziju, svesku je sad vadio samo da skicira ideje za bekstvo. Čak mu je ponekad i pomagala u tome. Govorila je sebi da je to igra, kao i ostale koje su stalno igrali. To ga je usrećivalo, a osim toga, često bi se i sama zanela u planiranje. U kojim bi sve dalekim mestima mogli da žive, šta bi sve mogli da vide, kakve bi sve avanture mogli da dožive. Igra. Samo njihova igra u samo njihovom tajnom svetu.

Nije znala, nije mogla znati kuda sve to vodi.

Da jeste, kazala mi je kasnije, poljubila bi ga poslednji put, okrenula se i otrčala što brže i što dalje.

Početak kraja

Nepotrebno je reći: pre ili kasnije, tajne nađu načina da se razotkriju. Hana i Robi su uspeli da svoju čuvaju dosta dugo: cele 1923. i početak 1924. Međutim, kao što to biva s nemogućim ljubavnim aferama, bilo joj je suđeno da se završi.

Počele su priče dole među slugama. Prva je počela Kerolajn, Deborina nova sobarica. Pravo njuškalo od male gospođice, došla je iz službe u kući ozloglašene ledi Pentrop (o kojoj se pričalo da se spetljala s polovinom prihvatljivih lordova u Londonu). Otpustili su je s blistavim preporukama i prilično izdašnom sumom pošto je uhvatila svoju gospodaricu u više kompromitujućih situacija. Ironijom sudbine, nije morala da brine: nisu joj bile potrebne preporuke da bi se zaposlila kod nas. Njena reputacija je stigla pre nje i Debora ju je i zaposlila više zbog njuškanja nego zbog čišćenja.

Uvek ima znakova ako znaš gde da ih tražiš, a ona je to znala. Komadići papira s neobičnim adresama izvađeni iz vatre pre nego što izgore, otisci grozničavih zabeležaka na bloku za pisanje, kese iz prodavnica, u kojima nije bilo mnogo više od odsečaka starih karata. A i nije bilo teško navesti druge sluge da govore. Kad je prizvala sablast razvoda i podsetila ih da će, ako izbije skandal, ostati bez posla, bili su prilično predusretljivi.

Nije se usuđivala mene da pita, ali na koncu nije ni morala. Dovoljno je znala o Haninoj tajni. Za to krivim sebe: trebalo je da budem više na oprezu. Da nisam na umu imala druge stvari, primetila bih šta smera Kerolajn, mogla bih da upozorim Hanu. Ali bojim se da tada nisam bila dobra sobarica, žalosno sam bila zanemarila svoje dužnosti prema Hani. Znaš, bila sam rasejana; i ja sam patila, zbog svog razočaranja. Iz Rivertona su stigle vesti o Alfredu.

I tako, saznale smo prvi put jedne večeri kad je Hana išla u operu i Debora joj došla u sobu. Obukla sam Hanu u kombinezon od svetle francuske svile, ni beo ni ružičast, i upravo sam joj nameštala uvojke oko lica kad je neko pokucao na vrata.

„Skoro sam spremna, Tedi“, rekla je Hana i prevrnula očima gledajući me u ogledalu. Tedi je bio religiozno tačan. Stavila sam ukosnicu u jedan naročito neposlušan uvojak.

Vrata su se otvorila i u sobu je uplovila Debora, dramatična u crvenoj haljini. Sela je na kraj Haninog kreveta i prekrstila nogu preko noge, vihor crvene svile.

Hana me je pogledala. Deborina poseta bila je neuobičajena. „Raduješ li se *Toski*?“, upitala je Hana.

„Neizmerno“, odgovorila je Debora. „Obožavam Pučinija.“ Izvadila je pudrijeru iz tašne i otvorila je, namestila usne tako da tapkanjem maramice ukloni mrlje od ruža. „Mada je tužna, tako razdvojeni ljubavnici.“

„Nema mnogo srećnih završetaka u operama“, kazala je Hana.

„Nema“, odvratila je Debora. „A ni u životu, bojim se.“

Hana je stisnula usne i čekala.

„Shvataš, zar ne“, kazala je Debora popravljajući obrve i gledajući se u malom ogledalu, „da me nije briga s kim spavaš iza leđa onoj budali od mog brata.“

Hana me je opet pogledala. Ja sam od šoka počela da petljam sa ukosnicom i ispustila je na pod.

„Briga me je za posao moga oca."

„Nisam znala da ja imam neke veze s poslom", odgovorila je Hana. Uprkos nehajnom glasu, čula sam da joj je dah postao plitak i da se ubrzao.

„Ne pravi se blesava", rekla je Debora i naglo zatvorila pudrijeru. „Znaš kakva je tvoja uloga u svemu ovome. Ljudi nam veruju zato što predstavljamo najbolje od oba sveta. Pristup modernog biznisa, uz starinsko obezbeđenje tvog porodičnog nasleđa. Progres i tradicija, rame uz rame."

„Progresivna tradicija? Oduvek sam mislila da smo Tedi i ja jedna oksimoronska kombinacija", kazala je Hana.

„Ne mudruj", odvratila je Debora. „I ti i tvoji imate koristi iz vašeg braka koliko i mi. Posle onog haosa koji je tvoj otac napravio sa svojim nasleđem..."

„Moj otac je dao sve od sebe." Hani su se obrazi zajapurili.

Debora je podigla obrve. „Ti to tako zoveš? Kad sravniš svoj biznis do temelja?"

„Tata je izgubio biznis zbog rata. Nije imao sreće."

„Naravno", rekla je Debora, „ratovi su strašni. Tako mnogo ljudi nije imalo sreće. A tvoj otac je bio tako čestit čovek. Tako rešen da istraje, da nastavi s poslom. On je bio sanjar. Nije bio realan kao ti." Nasmejala se vedro, prišla i stala iza Hane, primoravši me da se sklonim u stranu. Nagla se preko Haninog ramena i obratila se njenom odrazu u ogledalu. „Nije tajna da nije želeo da se udaš za Tedija. Znaš li da je jedne noći došao kod moga oca? O da. Rekao mu je da zna šta smera i da može da zaboravi na to, da ti nikada nećeš pristati." Uspravila se i slavodobitno osmehnula kad je Hana odvratila pogled. „Ali ti si pristala. Zato što si pametna devojka. Slomila si srce svome jadnom ocu, ali dobro si znala, kao i on, da nemaš mnogo izbora. I bila si u pravu. Gde bi sad bila da se nisi udala za moga brata?" Zastala je, podigla previše očupanu obrvu. „Sa onim svojim pesnikom?"

Dok sam stajala uz ormar i nisam mogla da pređem do vrata, poželela sam da budem bilo gde samo ne tu. Videla sam da Hana više nije rumena. Telo joj se ukočilo, kao da se sprema da primi udarac.

„I šta s tvojom sestrom?", rekla je Debora. „S malom Emelin?"

„Emelin nema nikakve veze sa ovim", kazala je Hana uzbuđenim glasom.

„Ne slažem se", kazala je Debora. „Gde bi ona bila da nije moje porodice? Malo siroče čiji je tata izgubio porodično bogatstvo i prosvirao sebi metak u glavu. Čija sestra se petlja s jednim od njenih momaka. Pa stvarno, bilo bi gore još samo kad bi oni gadni mali filmovi izašli u javnost!"

Hani su se leđa ukočila.

„O da", kazala je Debora. „Znam sve o tome. Nisi valjda mislila da moj brat krije nešto od mene?" Osmehnula se i nozdrve su joj zadrhtale. „Ne bi on to nikad radio. Mi smo porodica."

„Šta hoćeš, Debora?"

Debora se opako nasmešila. „Hoću samo da uvidiš, da shvatiš koliko bismo svi izgubili već i pri nagoveštaju skandala. Zašto to mora da prestane."

„A šta ako ne bude tako?"

Debora je uzdahnula, uzela Haninu tašnu s kraja kreveta. „Ako svojom voljom ne budeš prestala da se viđaš s njim, ja ću se za to postarati." Zatvorila je tašnu i pružila je Hani. „Muškarci kao on – oštećeni u ratu, umetnički tipovi – stalno nestaju, jadnici. Niko se na to i ne obazire." Popravila je haljinu i pošla ka vratima. „Reši ga se. Ili ću to ja učiniti."

I posle toga *Slatka Dulsi* više nije bila bezbedna. Robi, naravno, nije imao pojma o tome sve dok me Hana nije poslala s pismom, objašnjenjem i naznakom mesta gde se mogu sastati poslednji put.

Zaprepastio se kad je video mene umesto Hane, i nije bio zadovoljan zbog toga. Uzeo je pismo oprezno, prešao pogledom po keju da proveri jesam li sama, a onda počeo da čita. Kosa mu je bila raščupana i nije se brijao. Obrazi su mu bili pod senkom brade, kao i koža oko glatkih usana koje su se blago micale bezglasno izgovarajući Hanine reči. Mirisao je na neopranog čoveka.

Nikada nisam videla muškarca u tako prirodnom stanju, nisam znala kud da gledam. Zato sam se, umesto na njega, usredsredila na reku iza njega. Kad je stigao do kraja pisma, pogledao me je i videla sam kako su mu oči tamne i koliko su očajne. Trepnula sam, odvratila pogled i otišla čim je rekao da će biti tamo.

Sreli su se poslednji put te zime u Egipatskoj sobi u Britanskom muzeju. Bilo je to jednog kišovitog prepodneva u martu 1924. I dok sam se ja pretvarala da čitam članke o Hauardu Karteru, Hana i Robi su sedeli na dva kraja klupe ispred izložbe o Tutankamonu. Povremeno bi nešto rekli – mada sam reči koje su izgovorili saznala tek kasnije – i za ceo svet izgledali kao stranci koji nemaju ništa zajedničko osim interesovanja za egiptologiju.

Nekoliko dana kasnije, na Hanin zahtev, pomagala sam Emelin da se spakuje kako bi prešla u Faninu kuću. Emelin je zauzimala dve sobe dok je boravila u broju sedamnaest i nije bilo sumnje u to da se sama nikako ne može spakovati da bude spremna na vreme. I tako, skidala sam Emelinine zimske stvari s polica punih plišanih igračaka koje je dobila od obožavalaca, kad je Hana ušla da vidi kako napredujemo.

„Treba da pomažeš, Emelin“, rekla je Hana. „A ne da Grejs sve radi.“

Rekla je to napetim tonom; bila je takva od onog dana u Britanskom muzeju, ali Emelin to nije primetila. Bila je prezauzeta prelistavanjem časopisa. Bavila se time celo popodne, sedeći ukrštenih nogu na podu, pregledajući odsečke starih karata i crteže, fotografije i vesele mladalačke škrabotine. „Slušaj ovo“, kazala je, „od Harija. *Molim te dođi kod Dezmonda, inače će nas biti samo trojica: Dezi, ja i Klarisa.* Zar nije lud? Jadna Klarisa, stvarno nije trebalo da se ošiša na kratko.“

Hana je sela na kraj kreveta. „Nedostajaćeš mi.“

„Znam“, rekla je Emelin ispravljajući izgužvanu stranicu dnevnika. „Ali sigurno shvataš da ne mogu da pođem u Riverton s vama svima. Naprosto bih umrla od dosade.“

„Znam.“

„Mada tebi neće biti dosadno“, kazala je Emelin iznenada, shvativši da ju je možda uvredila. „Znaš da nisam tako mislila.“ Osmehnula se. „Čudno je, zar ne, kako je sve ispalo?“

Hana je podigla obrve.

„Mislim, kad smo bile male, ti si uvek čeznula da odeš. Sećaš se? Čak si pričala i da ćeš se zaposliti u kancelariji?“ Emelin se nasmejala. „Zaboravila sam, jesi li ikada otišla tako daleko da pitaš tatu za dozvolu?“

Hana je odmahnula glavom.

„Pitam se šta bi rekao“, kazala je Emelin. „Jadni stari tata. Mislim da se sećam da je bio strašno besan kad si se udala za Tedija i ostavila me s njim. Ne mogu da se setim zašto tačno.“ Uzdahnula je zadovoljno. „Sve se preokrenulo, zar ne?“

Hana je stisnula usne, tražeći prave reči. „Srećna si u Londonu, zar ne?“

„Još pitaš!“, odvratila je Emelin. „Blaženstvo.“

„Dobro.“ Hana je ustala da krene, a onda oklevala, pa ponovo sela. „I znaš da, ako mi se išta desi…“

„Ako te otmu Marsovci s crvene planete?“, rekla je Emelin.

„Ne šalim se, Em.“

Emelin je podigla oči ka nebu. „Kao da ne znam! Bićeš zlovoljna cele nedelje."

„Ledi Klementina i Fani će ti uvek pomoći. Znaš to, zar ne?"

„Da, da", odgovorila je Emelin. „Veći si mi rekla."

„Znam. Samo, da te ostavim samu u Londonu..."

„Ne ostavljaš me", kazala je Emelin. „Ja ostajem. I neću biti sama, biću s Fani." Mahnula je rukom. „Biću dobro."

„Znam", kazala je Hana. Pogledala me je u oči pa brzo odvratila pogled. „Ostaviću vas sad, važi?"

Hana je već bila skoro kod vrata kad je Emelin rekla: „Ne viđam Robija u poslednje vreme."

Hana se ukočila, ali nije se okrenula. „Da", odgovorila je, „sad kad si pomenula, stvarno ga nema danima."

„Išla sam da ga potražim, ali njegov brodić nije bio tamo. Debora je rekla da je otišao."

„Zaista?", kazala je Hana ukočenih leđa. „Šta je rekla? Kuda je otišao?"

„Nije rekla." Emelin se namrštila. „Kazala je da možda ti znaš."

„Kako bih ja znala?", kazala je Hana i okrenula se. Izbegla je moj pogled. „Ja ne bih brinula da sam na tvom mestu. Verovatno negde piše poeziju."

„Ne bi otišao tek tako. Rekao bi mi."

„Ne mora da znači", odvratila je Hana. „On je takav, zar ne? Nepredvidiv. Nepouzdan." Podigla je ramena pa ih opet spustila. „Bilo kako bilo, zašto je to važno?"

„Možda tebi nije važno, ali meni jeste. Ja ga volim."

„Oh, Em, ne", kazala je Hana blago. „Ne, ne voliš ga."

„Volim", odvratila je Emelin, „uvek sam ga volela. Još otkad je prvi put došao u Riverton i previo mi ruku."

„Imala si jedanaest godina", rekla je Hana.

„Naravno, i to je tada bila dečja ljubav", odgovorila je Emelin. „Ali bio je to početak. Od onda, svakog muškarca kog upoznam poredila sam s Robijem."

Hana je stisnula usne. „A onaj filmadžija? A Hari Bentli, ili još pet-šest mladića u koje si bila zaljubljena samo ove godine? Bila si verena s najmanje dvojicom od njih."

„Robi je nešto drugo", tiho je rekla Emelin.

„A šta on oseća?", upitala je Hana, ne usuđujući se da pogleda u sestru. „Da li ti je ikada dao povoda da veruješ da možda i on oseća isto?"

„Sigurna sam da oseća", odgovorila je Emelin. „Nijednom nije propustio priliku da izađe sa mnom. Znam da to nije zato što mu se sviđaju moji prijatelji. Ne krije da misli kako su gomila razmažene i dokone dece." Klimnula je glavom odlučno. „Sigurna sam da oseća isto. I volim ga."

„Ne", kazala je Hana tako odlučno da se Emelin iznenadila. „On nije za tebe."

„Otkud znaš?", rekla je Emelin. „Jedva ga poznaješ."

„Znam njegov tip ljudi", odgovorila je Hana. „Kriv je rat. Uzeo je savršeno normalne mladiće i vratio ih promenjene. Slomljene." Ja sam se setila Alfreda one noći na stepenicama u Rivertonu kad su njegovi duhovi došli po njega, a onda sam ga silom izbacila iz misli.

„Ne marim", odvratila je Emelin svojeglavo. „Mislim da je to romantično. Volela bih da se staram o njemu. Da ga popravim."

„Muškarci kao Robi su opasni", kazala je Hana. „Njih ne možeš popraviti. Takvi su kakvi su." Uzdahnula je, isfrustrirana. „Imaš toliko drugih obožavalaca. Zar ne možeš da nađeš mesta u svom srcu da voliš nekog od njih?"

Emelin je tvrdoglavo zavrtela glavom.

„Znam da možeš. Obećaj da ćeš pokušati, važi?"

„Ne želim da pokušam."

„Moraš."

Emelin je tad odvratila pogled od Hane i videla sam u njenom izrazu nešto novo: nešto tvrđe, nepokretnije. „To zaista nije tvoja stvar, Hana", kazala je glatko. „Nisi mi potrebna da donosim svoje odluke. Ti si u mojim godinama bila udata i sam bog zna da nikoga nisi konsultovala kad si o tome odlučivala."

„To baš nije isto..."

„Ne treba mi starija sestra da motri sve što radim. Više ne." Emelin je uzdahnula i ponovo se okrenula licem prema Hani. Glas joj je bio veseliji. „Hajde da se dogovorimo da ćemo od ove tačke pustiti jedna drugu da živimo život kakav smo odabrale? Šta kažeš?"

Ispostavilo se da Hana nema šta da kaže. Klimnula je glavom u znak da se slaže i zatvorila vrata za sobom.

Veče uoči našeg polaska u Riverton, pakovala sam poslednje Hanine haljine. Ona je sedela na prozorskoj dasci i gledala preko, u park, u smiraj dana. Ulične svetiljke su se upravo upalile kad se okrenula i kazala mi: „Jesi li ikada bila zaljubljena, Grejs?"

Njeno pitanje me je iznenadilo. Iznenadilo me je što ga je baš tad postavila. „Ja... Ne bih znala reći, gospođo." Položila sam njenu bundu od lisičjih repova na dno kovčega za putovanje brodom.

„Oh, znala bi da jesi", kazala je.

Izbegavala sam njen pogled. Pokušala sam da zvučim ravnodušno; nadala sam se da ću je navesti da promeni temu. „U tom slučaju, moram reći da nisam, gospođo."

„Imaš sreće onda." Okrenula se nazad prema prozoru. „Prava ljubav, to je kao bolest."

„Bolest, gospođo?" Sasvim sigurno sam se osećala bolesno u tom trenutku.

„Ranije to nisam shvatala. U knjigama i dramama. U pesmama. Nikad nisam razumela šta navodi inače inteligentne, razborite ljude na tako ekstravagantno, iracionalno ponašanje."

„A sad, gospođo?"

„Da", kazala je tiho. „Sad razumem. To je bolest. Dobiješ je kad najmanje očekuješ. I nema poznatog leka. A ponekad, u ekstremnim slučajevima, bude i fatalna."

Sklopila sam oči nakratko. Ravnoteža mi se poremetila. „Nije valjda fatalno, gospođo?"

„Ne. Verovatno si u pravu, Grejs. Preterujem." Okrenula se ka meni i nasmešila se. „Vidiš? Ja sam takav slučaj. Ponašam se kao junakinja nekog groznog jeftinog romančića." Onda je zaćutala, ali mora da je nastavila da misli o tome, jer je malo zatim šaljivo nakrivila glavu u stranu i rekla: „Znaš, Grejs, oduvek sam mislila da ti i Alfred...?"

„O ne, gospođo", odgovorila sam brzo. Prebrzo. „Alfred i ja nikad nismo bili ništa više od prijatelja." Osetila sam vrućinu i kao da me hiljadu iglica bocka po koži.

„Stvarno?" Razmislila je malo o tome. „Pitam se zašto sam mislila drugačije."

„Ne bih znala reći, gospođo."

Posmatrala me je kako petljam s njenim svilenim haljinama, i nasmešila se. „Postidela sam te."

„Ne, nikako, gospođo", odgovorila sam. „Samo..." Uhvatila sam se za temu. „Baš sam razmišljala o pismu koje sam nedavno primila. Vesti iz Rivertona. Čudno je što ste baš sad pitali za Alfreda."

„Oh?"

„Da, gospođo." Nisam mogla da se zaustavim. „Sećate se gospođice Starling koja je nekad radila za vašeg oca?"

Hana se namrštila. „Ona mršava gospođa, s mišjesivom kosom? Što je imala običaj da se s kožnom torbom šunja po kući?"

„Da, gospođo, ona." Tad sam već bila van sebe, kao da samo gledam i slušam sebe, naoko bezbrižna. „Ona i Alfred su se venčali, gospođo. Baš prošlog meseca. Sad žive u Ipsviču, vode njegovu električarsku radnju." Zatvorila sam kovčeg i klimnula glavom, i dalje oborenog pogleda. „A sad me izvinite, gospođo, mislim da sam potrebna gospodinu Bojlu dole."

Zatvorila sam vrata za sobom i ostala sama. Poklopila sam usta rukom. Zatvorila oči. Osetila sam kako mi se ramena tresu, kako mi se steže grlo.

Srozala sam se niza zid, žudeći da nestanem u podu, zidu, vazduhu. I ništa nisam osećala. Ni stid. Ni dužnost. Jer čemu? Zar je išta od toga više i dalje važno?

A onda, negde dole, tresak. Tanjiri i pribor za jelo.

Dah mi je zastao u grlu. Otvorila sam oči. Sadašnjost me je zapljusnula, ponovo ispunila.

Naravno da je važno. Hana je važna. Sad sam joj potrebnija nego ikad. Seli se nazad u Riverton, da živi bez Robija.

Odgurnula sam se od zida, poravnala suknju i popravila manžete. Izbrisala oči.

Ja sam damska sobarica. Nisam obična služavka. Uzdaju se u mene. Ne smem postati sklona takvim nastupima bezumlja.

Udahnula sam. Duboko. Odlučno. Klimnula sam sama za sebe i pošla dugačkim, energičnim koracima.

I dok sam se penjala stepenicama u svoju sobu, silom sam zatvorila ona užasna vrata u svojoj glavi, kroz koja sam nakratko videla muža, ognjište, decu koju sam mogla imati.

Ponovo u Rivertonu

Ursula je došla kao što je i obećala. Vozimo se zavojitim seoskim putem ka selu Safron Grin. Samo što nismo naišle na krivinu i turističku tablu na kojoj piše: „Dobro došli u Riverton". Okrznula sam pogledom Ursulino lice dok vozi. Nasmešila mi se, a onda ponovo usmerila pažnju na put. Odagnala je sve bojazni koje je možda imala u vezi s tim je li pametno da preduzimamo ovaj izlet. Silvija nije bila zadovoljna, ali pristala je da ne kaže glavnoj sestri, da zadržava Rut ako bude potrebno. Pretpostavljam da širim oko sebe zadah poslednjih trenutaka.

Gvozdena kapija je otvorena. Ursula ulazi i vozi prilazom prema kući. Mračno je, tunel od drveća je neobično miran, neobično tih, kao što je uvek bio, kao da nešto osluškuje. Skrenuli smo poslednji put i pred nama se ukazala kuća. Kao i toliko puta pre toga: mog prvog dana službe u Rivertonu, kad sam imala četrnaest godina i bila zelena kao baštovanov palac; onoga dana kad je održan resital i kad sam žurila od majke, puna očekivanja; one večeri kad me je Alfred zaprosio; onoga jutra 1924, kad smo se vratili u Riverton iz Londona. Danas se vraćam kući u izvesnom smislu.

Danas se na kraju prilaza nalazi betonski parking, pre fontane sa Erosom i Psihom. Ursula je spustila svoj prozor kad smo se približile kućici na parkingu. Nešto je rekla čuvaru i on nas je propustio. Zbog moje očigledne krhkosti, dobila je specijalnu dozvolu da me odbaci do kuće pre nego što se parkira. Obišla je oko fontane – sad po bitumenu, nema više šljunka – i zaustavila kola pred ulazom. Pored ulaza pod stubovima nalazi se mala baštenska klupa i Ursula me je povela do nje, pomogla mi da sednem, a onda se vratila na parking.

Sedim i mislim na gospodina Hamiltona, pitam se koliko puta je otvorio ulazna vrata Rivertona pre srčanog udara 1934, kad se to desilo.

„Drago mi je što vidim da si se vratila, mlada Grejs."

Zaškiljila sam u vodenasto sunce (ili su to moje oči vodenaste?) i eno ga, stoji na vrhu stepenica.

„Gospodine Hamiltone", kažem. Priviđa mi se, naravno, ali nekako je nepristojno ignorisati starog druga, bez obzira na to što je mrtav šezdeset godina.

„Pitali smo se kad ćemo te ponovo videti. Gospođa Taunsend i ja."

„Zaista?" Gospođa Taunsend je preminula ubrzo posle njega: od moždane kapi u snu.

„Oh, da. Uvek nam je drago kad se mladi vrate. Pomalo smo usamljeni, nas dvoje. Nema porodice da je služimo. Samo gomila grubih, blatnjavih cipela što prave buku." Zavrteo je glavom i pogledao naviše, prema luku zasvođenog ulaza. „Da, stara kuća je prošla kroz mnogo promena. Čekaj samo da vidiš šta su uradili s mojom ostavom." Nasmešio mi se i pogledao me niz onaj svoj dugi nos. „A reci mi, Grejs", kazao je blago. „Kako je kod tebe?"

„Umorna sam", kažem. „Umorna sam, gospodine Hamiltone."

„Znam da jesi, devojko", kaže on. „Nema još dugo."

„Šta je?" Pored mene je Ursula, gura u tašnu karticu za parking. „Jeste li umorni?" Namrštila se od brige. „Videću da unajmim invalidska kolica. Ugradili su liftove u okviru renoviranja."

Kažem joj da bi to možda bilo najbolje i onda kradom gledam nazad, ka gospodinu Hamiltonu. Nije više tamo.

U ulaznom predvorju dočekuje nas jedna živahna žena, obučena kao supruga nekog seoskog vlastelina iz četrdesetih godina dvadesetog veka, i kaže da je u našu ulaznicu uključen i obilazak koji upravo treba da počne. Pre nego što smo uspele da odbijemo, povela nas je u grupu od sedmoro drugih beslovesnih posetilaca: par na jednodnevnom izletu iz Londona, učenik koji je došao zbog zadatka iz lokalne istorije, i porodica od četvoro američkih turista – odrasli i sin u istim patikama i majicama s natpisom *Pobegao sam iz kule!*, tinejdžerka, visoka, bleda i stroga, sva u crnom. Naša predvodnica – Beril, kazala je i kucnula se po bedžu sa imenom, da potvrdi tu činjenicu – živi u Safron Grinu ceo život i možemo da je pitamo šta god želimo da znamo.

Obilazak počinje od suterena. Središte svake engleske kuće, kazala je Beril sa uvežbanim osmehom i namignula. Ursula i ja idemo liftom, ugrađenim na mestu gde je nekada bio plakar s kaputima. Dok smo mi stigle dole, grupa se već okupila oko kuhinjskog stola gospođe Taunsend, smeju se dok im Beril čita komični spisak tradicionalnih engleskih jela u devetnaestom veku.

Trpezarija za poslugu izgleda uglavnom kao i onda, pa ipak je neobjašnjivo drugačija. Zbog svetla, shvatila sam. Električna struja ućutkala je treperava, šaputava mesta. Dugo smo bili bez struje u Rivertonu. Čak i kad je Tedi uveo struju u kuću, sredinom dvadesetih, nije bilo ni blizu ovako. Nedostaje mi polumrak, mada pretpostavljam da ne ide zadržati takvo svetlo čak ni radi istorijskog efekta. Sad postoje zakoni protiv takvih stvari. Propisi o zdravlju i bezbednosti. O javnoj odgovornosti. Niko ne želi da ga tuže zato što je izletnik slučajno promašio stepenik na loše osvetljenom stepeništu.

„Pođite za mnom“, zacvrkutala je Beril. „Izaći ćemo na zadnju terasu kroz izlaz za poslugu, ali ne brinite, neću vas obući u uniformu!“

Sad smo na travnjaku iznad ružičnjaka ledi Ešberi. Izgleda, začudo, kao i uvek, mada su izgrađene rampe između stubova. Sad imaju tim baštovana, kaže Beril, zaposlenih da neprekidno održavaju park oko kuće. Ima mnogo toga o čemu se treba starati: sami vrtovi, travnjaci, fontane, razne druge zgrade na imanju. Letnjikovac.

Letnjikovac je bio jedna od prvih promena koje je Tedi sproveo kad mu je pripao Riverton, 1923. Rekao je da je zločin da tako lepo jezero, dragulj poseda, ne bude u upotrebi. Zamislio je letnje zabave s veslanjem, večernje zabave s posmatranjem planeta. Odmah je dao da se nacrtaju planovi i kad smo stigli iz Londona, u aprilu 1924, bila je već gotovo završena, ne sasvim samo zbog kašnjenja isporuke italijanskog krečnjaka i prolećne kiše.

Padala je kiša onog prepodneva kad smo stigli. Neumorna, jaka kiša koja je počela dok smo se vozili kroz prva sela u Eseksu, i nije prestajala. Močvare su bile pune, šuma natopljena, a kad su kola sporo krenula uz blatnjavi rivertonski prilaz, kuće nije bilo tamo. Ne na prvi pogled. Toliko je bila zaklonjena niskom maglom da se pojavila postepeno, kao neka prikaza. Kad smo se dovoljno približili, dlanom sam izbrisala zamagljeni prozor kola i nazrela, kroz oblak magle, šlifovano staklo prozora dečje sobe. Obuzeo me je osećaj da je negde u velikoj tamnoj kući ona Grejs od pre pet godina, zauzeta pripremom trpezarije, oblačenjem Hane i Emelin, slušanjem Nensinih najnovijih mudrosti. I ovde i tamo, i onda i sada, simultano, zahvaljujući hiru ćudljivog vremena.

Prva motorna kola su stala i gospodin Hamilton se stvorio na zasvođenom glavnom ulazu, s crnim kišobranom u ruci, da pomogne Hani i Tediju da izađu. Druga kola nastavila su do zadnjeg ulaza i stala. Pričvrstila sam kabanicu za šešir, klimnula glavom vozaču i potrčala ka ulazu u predvorje za poslugu.

Možda je bilo do kiše. Da je bio vedar dan, da je svetlelo plavo nebo i sunčeva svetlost se osmehivala kroz prozore, možda oronulost kuće ne bila tako šokantna. Jer, mada su se gospodin Hamilton i ostali trudili najviše što su mogli – sve su redovno čistili, rekla je Nensi – kuća je bila u jadnom stanju. Bilo je preko potrebno odmah nadoknaditi godine, koliko ju je odlučno zanemarivao gospodin Frederik.

Najviše je bila pogođena Hana. Što je, pretpostavljam, bilo prirodno. To što je videla kuću u tako demorališućem stanju donelo joj je saznanje o očevoj usamljenosti na kraju. Donelo joj je i osećanje krivice takođe: neuspeh da popravi mostove među njima.

„Kad pomislim da je živeo ovako“, kazala mi je prve večeri, dok sam je spremala za spavanje. „A ja sam sve vreme bila u Londonu i nisam znala. Oh, Emelin je povremeno zbijala šale s tim. Ali nikad, ni za sekundu nisam pretpostavljala...“ Zavrtela je glavom. „Kad pomislim, Grejs... Kad pomislim da je jadni stari tata bio tako nesrećan.“ Za trenutak je ćutala, a onda rekla: „To je dokaz, zar ne, šta se dešava s nekim ko nije veran svojoj prirodi?“

„Da, gospođo“, odgovorila sam, nesvesna toga da više ne govorimo o tati.

Premda iznenađen razmerama propadanja Rivertona, Tedi nije bio uznemiren. Planirao je potpuno renoviranje bez obzira na to.

„I da ujedno uvedem staru kuću u dvadeseti vek, a?“, rekao je dobroćudno se osmehujući Hani.

Tad su već bili nedelju dana u Rivertonu. Kiša je prestala i on je stajao na jednom kraju svoje spavaće sobe i osmotrio suncem okupanu prostoriju. Hana i ja smo sedele na divanu i razvrstavale njene haljine.

„Kako hoćeš“, glasio je njen uzdržan odgovor.

Tedi ju je pogledao, sa izrazom zbunjenosti na licu: zar nije uzbuđena što će obnoviti svoj porodični dom? Zar ne uživaju sve žene u tome da ostave svoj ženski pečat na domaćinstvu? „Neću žaliti novca“, rekao je.

Hana ga je pogledala i strpljivo se nasmešila, kao što ljudi postupaju s previše revnosnim prodavcem. „Šta god misliš da je najbolje.“

Sigurna sam da bi Tedi voleo da i ona bude oduševljena projektom renoviranja kuće: sastancima s dizajnerima, raspravama o prednosti jedne tkanine nad drugom, uživanjem u nabavci verne replike kraljeve komode sa ogledalom u ulaznom predvorju. Do tada je već bio navikao na to da ne razume svoju suprugu. Samo je odmahnuo glavom, pomilovao je po kosi i ostavio se te teme.

Mada nije bila zainteresovana za renoviranje, Hana je ispoljila iznenađujuće bolje raspoloženje kad smo se vratili u Riverton. Očekivala sam da će biti skrhana zbog toga što je ostavila London, ostavila Robija, i bila sam spremna na najgore. Ali pogrešila sam. Ako ništa drugo, bila je vedrija nego obično. Dok se odvijalo renoviranje, provodila je mnogo vremena napolju. Išla je u duge šetnje po imanju, lutajući čak do zadnjih livada i vraćajući se na ručak sjajnih obraza i suknje umrljane travom.

Mislila sam da je odustala od Robija. Da je, iako to možda jeste ljubav, odlučila da živi bez nje. Pomislićeš da sam bila naivna. I jesam bila naivna. Imala sam samo sopstveno iskustvo da me vodi. Odustala sam od Alfreda, vratila sam se u Riverton i prilagodila se tome što njega tamo nema, pa sam pretpostavila da je to uradila i Hana. Da je i ona zaključila da joj je dužnost negde drugde.

Jednoga dana sam izašla da je potražim; Tedi je bio dobio kandidaturu za izbore iz izborne jedinice Safron, pa je spremljen ručak s lordom Džifordom. Trebalo je da stigne za trideset minuta, a Hana je još bila u jednoj od onih njenih šetnji. Konačno sam je našla u ružičnjaku. Sedela je na kamenim stepenicama ispod paviljona – istim onim na kojima je sedeo i Alfred one noći mnogo godina pre toga.

„Hvala bogu, gospođo", kazala sam, zadihana, prilazeći joj. „Lord Džiford samo što nije došao, a vi još niste obučeni."

Hana mi se osmehnula preko ramena. „Mogla bih se zakleti da sam u zelenoj haljini."

„Znate šta sam htela da kažem, gospođo. Niste obučeni za ručak."

„Znam", odgovorila je. Protegla je ruke i uvijala šakama iz ručnog zgloba. „Tako je lep dan. Izgleda šteta sedeti unutra. Pitam se da li bih mogla da ubedim Tedija da obedujemo na terasi."

„Ne znam, gospođo", odgovorila sam. „Mislim da se gospodinu Lakstonu to ne bi svidelo. Znate kako mu smetaju insekti."

Nasmejala se. „U pravu si, naravno. Ah, pa dobro, samo sam pomislila." Ustala je, pokupila notes za pisanje i pero. Odozgo je bio koverat bez markice.

„Hoćete li da vam gospodin Hamilton pošalje to pismo, gospođo?"

„Ne", odgovorila je smešeći se i privijajući blok za pisanje na grudi. „Ne, hvala, Grejs. Ja ću otići u grad danas po podne i sama ću ga poslati."

Eto vidiš zašto sam pretpostavljala da je srećna. I bila je srećna. Bila je. Ali ne zato što je odustala od Robija. Tu sam pogrešila. Svakako ne ni zato što je otkrila plamen strasti prema Tediju. A ni zato što se vratila u porodični dom. Ne. Bila je srećna iz drugog razloga. Hana je imala tajnu.

Beril nas sad vodi Dugom stazom. Vožnja u invalidskim kolicima je truckava, ali Ursula vodi računa. Kad smo stigle do druge gvozdene kapije, na nju je pričvršćen znak. Beril nam objašnjava da je podnožje drugog vrta zatvoreno zbog renoviranja. Izvode se radovi na letnjikovcu, pa danas nećemo moći da ga pogledamo izbliza. Možemo prići samo do Ikarove fontane, ali ne dalje. Otvorila je kapiju i pošli smo kroz nju u koloni.

Prijem je bio Deborina ideja. Da bi podsetili ljude kako, samo zato što više nisu u Londonu, Tedi i Hana nisu nestali sa društvene scene. Tedi je mislio da je to sjajan predlog. Glavno renoviranje bilo je gotovo dovršeno i to je bila odlična prilika da se pokažu. Hana je bila iznenađujuće pokorna. I više od toga: preuzela je organizaciju u svoje ruke. Iznenađen ali obradovan, Tedi se nije usudio da postavlja pitanja. Debora, nenaviknuta na to da s nekim deli planiranje, bila je manje impresionirana.

„Ali sigurno nećeš da se zamajavaš svim tim detaljima“, kazala je dok su, jednog jutra, sedele i pile čaj.

Hana se nasmešila. „Naprotiv. Imam mnogo ideja. Šta misliš o kineskim lampionima?“

Upravo na Hanino navaljivanje, prijem se pretvorio od privatnog prijema s nekoliko odabranih gostiju u veliku, ekstravagantnu zabavu kakvu su održali. Sastavila je spisak gostiju i predložila da za tu priliku postave podijum za ples. Kazala je Tediju da je letnji prijem nekada bio u tradiciji Rivertona – zašto ga onda ne bi obnovili?

Tedi je bio oduševljen. Gledati suprugu i sestru kako rade zajedno bio je njegov najdraži san. Dao je Hani odrešene ruke i ona je to prihvatila. Imala je svoje razloge. Sad to znam. Mnogo je lakše kretati se neprimećena u velikoj i živahnoj gomili sveta nego u malom skupu.

Ursula me je polako vozila oko Ikarove fontane. Fontana je bila očišćena. Plave pločice su se presijavale, a mermer je blistao kao nikada ranije, ali Ikar i njegove tri morske nimfe i dalje su bili zamrznuti u sceni spasavanja iz vode. Trepnula sam i dve sablasne prilike u belim podsuknjama, koje su se odmarale na rubu obloženom pločicama, nestadoše.

„Ja sam kralj sveta!" Dečak Amerikanac se popeo na glavu nimfe sa harfom i stao raširenih ruku.

Beril je sakrila mrštenje i osmehnula se, rešena da bude prijatna. „Siđi sad, momče. Fontana je sagrađena da se u nju gleda, a ne da se na nju penje." Pokazala je prstom ka maloj stazi što vodi do jezera. „Prošetaj onuda. Ne možeš proći dalje od barijere, ali moći ćeš da vidiš čuveno jezero."

Momčić je skočio s ruba fontane i trupnuo pravo pred moje noge. Dobacio mi je prkosno prezrivi pogled i naglo se udaljio. Njegovi roditelji i sestra pošli su za njim stazom.

Suviše je usko za invalidska kolica, ali moram da vidim. To je ista staza kojom sam išla one noći. Zamolila sam Ursulu da mi pomogne. Pogledala me je nesigurno.

„Jeste li sigurni?"

Klimnula sam glavom.

Odgurala me je do početka staze i ja sam se naslonila na nju da me podigne. Malo smo stajale, dok Ursula nije povratila ravnotežu, pa smo polako pošle. Kamenčići pod mojim nogama, duga trava mi je dodirivala suknju, vilini konjici su lebdeli, a onda uranjanje u vruć vazduh.

Zastale smo dok se porodica Amerikanaca vraćala ka fontani. Glasno su se žalili na renoviranje.

„Sve u Evropi je prekriveno skelama", kazala je majka.

„Treba da nam vrate novac", rekao je otac.

„Pošla sam na ovaj put samo zato da vidim gde je on umro", rekla je devojka u teškim crnim čizmama.

Ursula mi se suvo nasmešila pa smo nastavile. Dok smo koračale, zvuk udaraca čekićem postajao je sve glasniji. Konačno, posle brojnih stanki, stigle smo do barijere gde staza prestaje. Na istom tom mestu je stajala ona druga barijera, pre mnogo godina.

Uhvatila sam se za nju i pogledala ka jezeru. Eno ga, mreška se u daljini. Letnjikovac je sakriven, ali zvuci građevinskih radova su jasni. To me podseća na 1924, kad su radnici žurili da je završe do prijema. Uzalud, ispostavilo se. Krečnjak je zadržan u nekom lučkom sporu u Kaleu i, na Tedijevu žalost, nije stigao na vreme. Nadao se da će njegov novi teleskop biti na svom mestu kako bi gosti mogli sa siđu do jezera i gledaju noćno nebo. Hana ga je utešila.

„Nije važno", kazala je. „Bolje je sačekati dok ne bude završeno. Onda možeš prirediti drugu zabavu. Pravu zabavu gledanja u zvezde." Zapažaš da je rekla „ti", a ne „mi". Već više nije videla sebe u Tedijevoj budućnosti.

„Verovatno je tako najbolje", nastavila je Hana. Nagla je glavu u stranu. „U stvari, možda nije loša ideja da stavimo barijere na stazu do jezera. Da sprečimo ljude da prilaze previše blizu. Moglo bi da bude opasno."

Tedi se namrštio. „Opasno?"

„Pa znaš kakvi su građevinski radnici", rekla je Hana. „Verovatno su ostavili neki deo nedovršen. Najbolje je sačekati dok ne bude sve kako treba."

O da, u ljubavi ljudi postaju lukavi. Lako je ubedila Tedija. Prizvala je sablast tužbe i duhove javnosti. Tedi i gospodin Bojl su rasporedili znakove i barijere da zadrže goste dalje od jezera. Prirediće drugu zabavu u avgustu, za svoj rođendan. Svečani ručak u letnjikovcu, s čamcima i igrama i platnenim prugastim šatorima. Baš kao na slici onog Francuza, rekao je – kako mu ono beše ime?

Nikada nije priredio tu zabavu, naravno. Do avgusta 1924, nikome osim Emelin ni na pamet nije padalo da priređuje prijeme. Ali i za Emelin je to bila naročita društvena pomama, više reakcija na užas i krv nego aktivnost uprkos tome.

Krv. Tako mnogo krvi. Ko bi mogao i da zamisli da je može biti toliko? Odavde mogu da vidim tu tačku na obali jezera. Gde su stajali. Gde je on stajao neposredno pre nego što je…

Zavrtelo mi se u glavi, osetila sam slabost u nogama. Ursula me je uhvatila da me pridrži.

„Jeste li dobro?", kazala je, a tamne oči su joj bile zabrinute. „Veoma ste bledi."

U glavi mi se misli razlivaju. Vruće mi je. Ošamućena sam.

„Da li biste voleli da malo uđemo unutra?"

Klimam glavom.

Ursula me vodi nazad stazom, smešta me u invalidska kolica i objašnjava Beril da mora da me odveze u kuću.

To je zbog vrućine, kaže Beril znalački, isto je i s njenom majkom. Takva vrućina kad joj vreme nije. Nagla se ka meni i osmehnula se tako da su joj oči nestale. „To je to, zar ne, draga? Vrućina."

Klimam glavom. Nema svrhe raspravljati se. Gde uopšte početi sa objašnjavanjem da me ne pritiska vrućina, nego teret prastare krivice?

Ursula me vodi do salona. Ne idemo do kraja, ne ulazimo. Stavili su crveni gajtan preko ulaza da ne može svako da tumara i prelazi prljavim prstima po naslonu sofe. Ursula me je parkirala uza zid i sela pored mene, na klupu postavljenu za posmatrače.

Turisti se tiskaju okolo, pokazuju prstom na bogato ukrašen sto, uzdišu „oh" i „ah" pred tigrovom kožom na poleđini česterfild kauča. Izgleda da niko do njih ne primećuje da je prostorija krcata duhovima.

Upravo u salonu je policija obavljala razgovore sa svedocima. Jadni Tedi. Bio je tako zbunjen. „Bio je pesnik", rekao je policiji, stežući ćebe oko ramena, još uvek u večernjem odelu. „Poznavao je moju ženu kad su bili mlađi. Inače fin momak: umetnički tip ali bezopasan. Uglavnom je izlazio s mojom svastikom i njenim prijateljima."

Policija je razgovarala sa svima te noći. Sa svima osim sa Hanom i Emelin. Tedi se za to postarao. Dovoljno je već što su prisustvovale tako nečemu, rekao je policajcima; ne moraju još i da sve ponovo oživljavaju. Pretpostavljam da je uticaj porodice Lakston bio toliki da su se policajci povukli.

Do sada je, bar što se njih tiče, bilo malo neželjenih posledica. Bilo je veoma kasno i žurili su da se vrate svojim ženama i toplim krevetima. Čuli su sve što im je bilo potrebno da čuju. Priča nije bila toliko neobična. Kao što je i sama Debora rekla, bilo je takvih mladih ljudi širom Londona, i širom sveta, koji nisu mogli da se prilagode običnom životu posle svega što su videli i radili u ratu.

Naša grupa turista nas je pronašla. Beril nas poziva da im se priključimo i vodi nas u biblioteku.

„Jedna od nekoliko prostorija koje nisu uništene u požaru 1938", kaže, odrešito koračajući kroz predvorje. „Pravi blagoslov, verujte mi. Porodica Hartford je posedovala neprocenjivu zbirku starih izdanja. Više od devet hiljada knjiga."

To mogu da garantujem.

Naša raznolika grupa je pošla za Beril, ušla u sobu i raštrkala se. Neki istežu vrat da osmotre staklenu kupolu na tavanici i police s knjigama do tavanice. Robijevog Pikasa više nema. U nekoj je galeriji, pretpostavljam. Nema više ni onih dana kad je svaka engleska kuća slobodno držala radove velikih majstora na zidovima.

Upravo ovde je Hana provodila najviše vremena posle Robijeve smrti: po ceo dan sklupčana u fotelji u utihloj sobi. Oživljavajući nedavnu prošlost. Ja sam neko vreme bila jedina koju je pristajala da vidi. Govorila je opsesivno, kompulzivno, o Robiju, iznosila mi detalje njihove veze. I svaka priča se završavala istom jadikovkom.

„Volela sam ga, znaš, Grejs", govorila je. Glas joj je bio tako tih da je gotovo nisam čula.

„Znam da jeste, gospođo."

„Samo nisam mogla..." Onda bi me pogledala, staklastim očima. „Jednostavno, nije bilo dovoljno tiho."

Tedi je u početku prihvatio to njeno povlačenje – izgledalo je kao prirodna posledica onoga što je videla – ali kako je vreme prolazilo, zbunjivala ga je njena nesposobnost da se pridigne i ponaša kao da se ništa nije dogodilo. Jedne noći, posle večere, diskutovalo se o tome za stolom.

„Treba joj novi hobi", kazala je Debora pripaljujući cigaretu. „Ne sumnjam da je za nju bio šok da vidi kako se čovek ubija, ali život teče dalje."

„Kakav hobi?", upitao je Tobi i namrštio se.

„Mislila sam na ma-džong", odvratila je Debora i otresla pepeo u jednu zdelu. „Dobra partija ma-džonga može da skrene misli s gotovo svega."

Estela, koja je boravila u Rivertonu „da im se nađe", složila se s tim da je Hani potrebno nešto da joj skrene pažnju, ali ona je imala svoju zamisao u tom pogledu: treba joj beba. Kojoj ženi ne treba? Zar ne može Tedi da se postara da joj obezbedi bebu?

Tedi je rekao da će učiniti sve što može. I pogrešno shvatajući Haninu pokornost kao dozvolu, tako je i postupio.

Na Estelino oduševljenje, posle tri meseca doktor je izjavio da je Hana trudna. Međutim, umesto da joj to skrene misli, kao da se još više uhvatila za njih. Sve manje i manje mi je pričala o svojoj vezi s Robijem, i konačno je prestala da me poziva u biblioteku. Bila sam razočarana, ali još više od toga, zabrinuta: nadala sam se da će je ispovedanje nekako osloboditi tog samoizgnanstva. Da će, pričajući mi o njihovoj ljubavi, možda naći put nazad do nas. Ali to nije bilo suđeno.

Naprotiv, još se više povukla od mene; počela je sama da se oblači, gledala me je čudno, gotovo gnevno, kad bih joj ponudila da joj pomognem. Pokušavala sam da je utešim, podsećala sam je da nije ona kriva, da nije mogla da ga spase, ali ona me je samo gledala, sa izrazom lica kao da je to zabavlja. Kao da ne znam šta govorim ili, još gore, kao da sumnja u moje razloge da to kažem.

Tumarala je po kući tih poslednjih meseci kao duh. Nensi je rekla da je isto kao da nam se vratio gospodin Frederik. Tedi se još više zabrinuo. Najzad, sad nije pod rizikom bila samo Hana. Njegova beba, njegov sin, naslednik Lakstona, zaslužuje bolje. Zvao je sve moguće lekare i svi su, prisećajući se rata, postavili dijagnozu šoka i kazali da je to prirodno posle onoga što je videla.

Jedan od njih je odveo Tedija u stranu posle konsultacije i rekao mu: „Svakako šok. Veoma zanimljiv slučaj; potpuno bez dodira sa svojim okruženjem."

„Kako to da popravimo?", upitao je Tedi.

Doktor se namrštio. „Je li bilo još svedoka?"

„Sestra moje supruge", odgovorio je Tedi.

„Sestra", ponovio je doktor, zapisujući to u beležnicu. „Dobro. Jesu li bliske?"

„Veoma", rekao je Tedi.

Doktor je uperio prst u Tedija. „Dovedite je ovamo. Razgovor, priča: to je put iz ove histerije. Supruga treba da provede izvesno vreme s nekim ko je iskusio isti šok."

Tedi je prihvatio doktorov savet i neprekidno pozivao Emelin, ali ona nije htela da dođe. Nije mogla. Bila je suviše zauzeta.

To je bilo tačno: Emelin se bacila nazad u vrtlog društvenog života u Londonu. Postala je središte zabave, igrala u nekoliko filmova – ljubavnih filmova, filmova strave i užasa; našla je svoju nišu u ulogama zlostavljane fatalne žene.

U visokom društvu se šaputalo da je šteta što Hana ne može da se isto tako vrati u stvarnost. I da je čudno što je ona to podnela toliko teže od svoje sestre. Najzad, Emelin je izlazila s tim čovekom.

* * *

Mada je i Emelin sve primila i te kako teško. Ona se samo drugačije nosila s tim. Smejala se glasnije i pila više. Pričalo se da je, onoga dana kad je poginula na Brejntri roudu, policija našla boce brendija u kolima. Lakstonovi su to zataškali. Ako je novac išta mogao da kupi u to vreme, onda je to bio zakon. Možda može i dalje, ne znam.

Hani isprva nisu rekli. Estela je mislila da je suviše rizično i Tedi se složio s njom, pošto je porođaj bio tako blizu. Lord Džiford je dao izjave u Tedijevo i u Hanino ime.

Tedi je sišao u suteren one noći posle nesreće. Njegova pojava odudarala je od bezlične odaje za poslugu, kao da je glumac koji je izašao na pogrešnu pozornicu. Bio je toliko visok da se morao sagnuti da bi izbegao da udari glavom o gredu na tavanici iznad poslednjeg stepenika.

„Gospodine Lakstone", rekao je gospodin Hamilton. „Nismo očekivali..." Glas mu je zamro i skočio je u akciju, okrenuo se ka nama, bezglasno pljesnuo, a onda podigao ruke i napravio pokret kao da diriguje orkestrom u vrlo brzom muzičkom delu. Nekako smo stali u vrstu, s rukama iza leđa, i čekali da čujemo šta će Tedi reći.

Ono što je rekao bilo je jednostavno. Emelin se našla u teškoj saobraćajnoj nesreći, u kojoj je izgubila život. Nensi me je zgrabila za ruku iza leđa.

Gospođa Taunsend je vrisnula i srušila se na stolicu, s rukom na srcu. „Jadna mala, draga", kazala je. „Sva se tresem."

„To je užasan šok za sve nas, gospođo Taunsend", rekao je Tedi, prelazeći pogledom po nama. „Moram, međutim, da vas nešto zamolim."

„Ako mogu da kažem, u ime posluge", rekao je gospodin Hamilton, pepeljastog lica, „veoma rado ćemo vam pomoći kako god možemo u ovom teškom času."

„Hvala vam, gospodine Hamiltone“, rekao je Tedi, sumorno klimajući glavom. „Kao što znate, gospođa Lakston je mnogo pretrpela zbog onoga što se dogodilo na jezeru. Mislim da bi bilo najbolje da je neko vreme ne upućujemo u ovu najnoviju tragediju. Nema svrhe da se još više uzrujava. Ne dok je u drugom stanju. Ubeđen sam da se svi slažete sa mnom.“

Posluga je stajala i ćutala, a Tedi je nastavio.

„I stoga vas molim da se uzdržite i da ne pominjete ni gospođicu Emelin ni nesreću. Da se posebno potrudite da nema novina u blizini, na mestima gde bi mogla da ih vidi.“

Zastao je, pogledao nas svakog ponaosob.

„Je li jasno?“

Gospodin Hamilton je tad zatreptao i prenuo se. „Ah, da. Da, gospodine.“

„Dobro“, rekao je Tedi. Brzo je klimnuo glavom nekoliko puta, shvatio da više ništa nema da kaže i otišao, sa sumornim smeškom.

Pošto je Tedi nestao, gospođa Taunsend se okrenula, okruglih očiju, gospodinu Hamiltonu. „Ali... da li on misli da uopšte ne kaže gospođici Hani?“

„Izgleda da je tako, gospođo Taunsend“, odgovorio je gospodin Hamilton. „Bar za neko vreme.“

„Ali umrla joj je rođena sestra...“

„Takva su njegova uputstva, gospođo Taunsend.“ Gospodin Hamilton je uzdahnuo i uhvatio palcem i kažiprstom koren nosa. „Gospodin Lakston je gospodar ove kuće isto kao što je to pre njega bio gospodin Frederik.“

Gospođa Taunsend je zaustila da debatuje o tome, ali gospodin Hamilton ju je presekao. „Znate isto tako dobro kao i ja da se gospodarova uputstva moraju poštovati.“ Skinuo je naočari i izbrisao ih sa žestinom. „Nije važno šta mi mislimo o njima. Ili o njemu.“

Kasnije, kad je gospodin Hamilton gore služio večeru, prišle su mi gospođa Taunsend i Nensi u trpezariji za poslugu. Sedela sam za stolom i krpila Haninu srebrnu haljinu. Gospođa Taunsend je sela s jedne moje strane, Nensi s druge. Kao dva čuvara koja su stigla da me odvedu na vešala.

Bacivši pogled ka stepenicama, Nensi je rekla: „Moraš da joj kažeš."

Gospođa Taunsend je zavrtela glavom. „Nije u redu. Rođena sestra. Treba da zna."

Zadenula sam iglu u kalem srebrnog konca i spustila šiće.

„Ti si njena sobarica", kazala je Nensi. „Naklonjena ti je. Moraš joj reći."

„Znam", odvratila sam tiho. „Hoću."

Sutradan ujutru zatekla sam je, kao što sam i očekivala, u biblioteci. U fotelji na drugom kraju prostorije, kako gleda kroz ogromna staklena vrata ka crkvenoj porti. Bila je usredsređena na nešto u daljini i nije me čula da prilazim. Prišla sam blizu i mirno stala pored iste takve fotelje. Rana sunčeva svetlost je uplovljavala kroz staklo i obasjavala joj profil, zbog čega je izgledala gotovo eterično.

„Gospođo?", kazala sam blago.

Ne pomerajući pogled, kazala je: „Došla si da mi kažeš za Emelin."

Zastala sam, iznenađena, zapitala se otkud zna. „Da, gospođo."

„Znala sam da ćeš doći. Iako ti je rečeno da to ne radiš. Dobro te poznajem posle toliko vremena, Grejs." Bilo je teško protumačiti njen ton.

„Žao mi je, gospođo. Zbog gospođice Emelin."

Klimnula je glavom jedva primetno, ali nije odvajala pogled od one udaljene tačke u crkvenoj porti. Neko vreme sam čekala, a kad je postalo jasno da neće odgovoriti, pitala sam je da li da joj donesem nešto. Možda čaj? Knjigu? Najpre nije odgovorila, činilo se da me nije čula. A onda, iznebuha, kazala je: „Ti ne umeš da čitaš stenografiju."

Bila je to izjava, ne pitanje.

Kasnije sam saznala šta je pod tim mislila, zašto mi je tada rekla to o stenografiji. Ali tek posle mnogo godina. Toga jutra još sam bila nevina, nisam znala za svoju ulogu u svemu.

Malo se pomerila, povukla duge gole noge bliže stolici. I dalje me nije gledala u oči. „Možeš da ideš, Grejs", kazala je, glasom toliko hladnim da su me oči pekle od suza.

Beril nas na kraju uvodi u sobu koja je bila Hanina. Najpre sam se zapitala hoću li biti u stanju da nastavim. Ali sad je drugačija. Okrečena je i ponovo nameštena viktorijanskim nameštajem koji nije bio među originalnim nameštajem u Rivertonu. To nije isti onaj krevet u kojem se rodila Hanina beba.

Većina ljudi je smatrala da ju je beba ubila. Kao što je Emelinino rođenje ubilo njihovu majku. Tako iznenada, govorili su i vrteli glavom. Tako tužno. Ali ja sam znala istinu. To je bio samo zgodan izgovor. Prilika. Istina, porođaj nije bio lak, ali u njoj više nije ostalo nimalo volje. Ono što se desilo na jezeru, Robijeva smrt i Emelinina pogibija uskoro potom, ubili su je mnogo pre no što joj se beba zaglavila u karlici.

Isprva sam bila uz nju u sobi, ali kako su trudovi postajali jači i češći, i beba počela silom da izlazi, sve se više predavala i sve joj se više priviđalo. Zurila je u mene, sa strahom i gnevom na licu, vikala da odem, da sam ja za sve kriva. Nije bilo neobično za žene na porođaju da se tako izgube, da se odaju fantazijama, objasnio je doktor kad me je zamolio da učinim kao što traži od mene.

Ali nisam mogla da je ostavim, ne tako. Povukla sam se od njenog kreveta, ali ne i iz sobe. Dok je ležala na krevetu i doktor počeo da seče, gledala sam s vrata i videla sam joj lice. Spustila je glavu nazad na jastuk, sa uzdahom koji je veoma ličio na olakšanje. Otpuštanje. Znala je da, ako se ne bude borila, može da ode. Da će sve biti gotovo.

Ne, to nije bila iznenadna smrt; umirala je mesecima.

* * *

Nakon toga, bila sam slomljena. Lišena. Na neki čudan način, bila sam izgubila sebe. Eto šta se dešava kad posvetiš život služenju nekog drugog. Vežeš se za tog nekog. Bez Hane, bila sam bez funkcije.

Nisam mogla ništa da osećam. Bila sam prazna, kao da me je neko isekao i otvorio kao umiruću ribu, i izgrebao sve iz mene. Obavljala sam poslove površno, mada ih je, bez Hane, bilo malo. Ostala sam tako mesec dana, usmeravajući sebe s jednog na drugo mesto. Sve dok jednog dana nisam kazala Tediju da odlazim.

On je želeo da ostanem; kad sam odbila, molio me je da razmislim, radi Hane ako ne radi njega, zbog uspomene na nju. Zar nisam znala da sam joj bila draga? Da bi želela da budem deo života njene kćeri Florens.

Ali nisam mogla. Nisam imala srca za to. Nisam imala srce. Nisam se obazirala na neodobravanje gospodina Hamiltona, na suze gospođe Taunsend. Nisam imala ni neki koncept za svoju budućnost, osim što sam znala da ona sasvim sigurno nije u Rivertonu. Kako bi samo bilo neopisivo zastrašujuće ostaviti Riverton, napustiti službu, da mi je preostalo ikakvih osećaja. I bolje za mene što nije: strah bi mogao da trijumfuje nad žalošću i da me zauvek veže za kuću na brdu. Jer nisam znala ni za šta van službe. Hvatala me je panika od samostalnosti. Zazirala sam od toga da idem nekuda, da radim i najjednostavnije stvari, da donosim sopstvene odluke.

Ipak, našla sam stančić u Marbl arču i nastavila da živim. Prihvatala sam poslove koje sam našla – da čistim, da poslužujem za stolom, da šijem – opirala se svakoj bliskosti, odlazila kad ljudi počnu da postavljaju previše pitanja, da žele od mene više nego što sam u stanju da pružim. I u tome mi je prošla decenija. Čekala sam, mada to nisam znala, sledeći rat. I na Markusa, čije će mi rođenje doneti ono što mi nije donelo rođenje sopstvene kćeri. Što će mi ispuniti prazninu koja je ostala posle Hanine smrti.

U međuvremenu, malo sam mislila na Riverton. Na sve što sam izgubila.

Dozvoli mi da preformulišem: odbijala sam da mislim na Riverton. Kad bih, u mirnim trenucima neaktivnosti, hvatala sebe da sam u mislima zalutala u dečju sobu, da stojim na stepeništu u ružičnjaku ledi Ešberi, kako balansiram na rubu Ikarove fontane, brzo bih potražila neku zanimaciju.

Ali pitala sam se, jesam, kako je beba Florens. Moja polusestričina, pretpostavljam. Bila je slatka malena. Hanina plava kosa, ali ne i njene oči. Krupne, smeđe oči, nalik očima njenog oca. Posle neuspelih pokušaja da ostane trudna s Tedijem za sve te godine, ostala je u drugom stanju brzo i neočekivano 1924. Dešavaju se i čudnije stvari. Ali, opet, zar nije to zgodno objašnjenje? Tedi i Hana su retko delili krevet poslednjih godina svoga braka, ali Tedi je na početku želeo dete. Ali Hana nije ničim nagovestila da jedno od njih ima problema, zar ne? A s Florens se pokazalo da Hana može da začne.

Zar nije verovatnije da Florensin otac nije Tedi? Da su se, nakon višemesečne razdvojenosti, Robi i Hana sastali te noći, u skoro dovršenom letnjikovcu, i da nisu mogli da odole? Najzad, termin se poklapa. Barem je Debora tako mislila. Bilo je dovoljno da pogleda u te tamne oči pa da stisne usne. Ona je znala.

Ne znam da li je ona kazala Tediju. Možda je sam shvatio. Kako god, Florens nije ostala dugo u Rivertonu. Od Tedija se nije moglo očekivati da je zadrži, da ga stalno podseća da je rogonja. Lakstonovi su se složili da je najbolje da sve to ostave iza sebe. Da se skrase u Riverton menoru i osmisle Tedijev povratak u politiku.

Čula sam da su poslali Florens u Ameriku, da je Džemajma pristala da je uzme kao sestru za Gitu. Oduvek je čeznula da ima više od jednog deteta. Mislim da bi Hana bila zadovoljna time; da bi više volela da joj kći raste kao Hartfordova nego kao Lakstonova.

* * *

Obilazak se završio i stigli smo u ulazni hol. Uprkos tome što nas je Beril svesrdno podsticala da posetimo radnju sa suvenirima, zaobišle smo je.

Opet je čekam na gvozdenoj klupi dok je Ursula otišla po kola. „Neću dugo“, obećala je. Kazala sam joj da ne brine, da će mi moje uspomene praviti društvo.

„Uskoro ćeš nam ponovo doći?“, kaže gospodin Hamilton sa ulaza.

„Ne“, odgovorila sam. „Mislim da neću, gospodine Hamiltone.“

Izgleda da shvata, kratko se nasmešio. „Kazaću gospođi Taunsend da si se oprostila.“

Klimnula sam glavom i on je nestao, rastvorio se kao vodena boja u prašnjavom zraku sunčeve svetlosti.

Ursula mi je pomogla da uđem u kola. Kupila je bocu vode i otvorila mi je kad sam sela i zakopčala sigurnosni pojas. „Izvolite“, kaže, stavljajući slamku u grlić, pa obavija hladnu bocu mojim rukama.

Upalila je motor i polako se vozimo. Svesna sam, nejasno, dok ulazimo u mračni, lisnati tunel prilaza, da je ovo poslednji put da prolazim ovuda, ali ne osvrćem se.

Neko vreme se vozimo u tišini, a onda Ursula kaže: „Znate, nešto me je oduvek kopkalo.“

„Mmmm?“

„Sestre Hartford su videle kad se ubio, zar ne?“ Kradomice me je pogledala iskosa. „Ali šta su uopšte radile dole kod jezera kad je trebalo da budu na zabavi?“

Nisam odgovorila i ona me je ponovo pogledala, misleći da je možda nisam čula.

„Šta ste vi zaključili?“, pitam. „Šta se dešava na filmu?“

„Videle su da je iščezao, pratile ga do jezera i pokušale da ga spreče.“ Slegla je ramenima. „Svuda sam tražila, ali nisam mogla da nađem policijske razgovore ni sa Hanom ni sa Emelin, pa sam morala da nagađam. To mi je imalo najviše smisla."

Klimnula sam glavom.

„Osim toga, producenti su mislili da je napetije tako nego da su slučajno naišle na njega tamo."

Klimam glavom.

„Možete sami prosuditi", kaže ona. „Kad budete videli film."

Ranije sam mislila da ću prisustvovati premijeri, ali nekako znam da je to sad van mojih moći.

„Doneću vam snimak čim budem mogla", kaže.

„Volela bih."

Ulazi kolima u dvorište *Hitvjua*. „Uh", kaže, širom otvorenih očiju. Spušta ruku na moju. „Jeste li spremni da se suočite s posledicama?"

Tamo stoji Rut, i čeka. Očekujem da vidim kako je skupila usta od neodobravanja. Ali nije tako. Osmehuje se. Nestaje pedeset godina i ja je vidim kao devojčicu. Pre nego što je život dobio priliku da je razočara. Drži nešto, maše time. Pismo, shvatam. I znam od koga je.

Iskliznuće iz vremena

On je ovde. Markus je došao kući. U poslednjih nedelju dana dolazio je da me vidi svaki dan. Ponekad Rut dolazi s njim; ponekad smo samo nas dvoje. Ne razgovaramo uvek. Često samo sedi pored mene i drži me za ruku dok dremam. Volim da me drži za ruku. To je najtopliji od svih gestova: uteha od ranog detinjstva do starosti.

Počinjem da umirem. Niko mi to nije rekao, ali vidim na njihovim licima. Prijatni, blagi izrazi, tužne, nasmešene oči, srdačan šapat i pogledi među njima. A i sama to osećam.

Ubrzanje.

Klizim iz vremena. Razgraničenja koja sam poštovala celog života iznenada su beznačajna: sekunde, minute, sati, dani. Obične reči. Sve što imam su trenuci.

Markus mi je doneo neku fotografiju. Pruža mi je i ja znam koja je, još pre nego što su mi se oči na nju usredsredile. Bila mi je omiljena, omiljena mi je, snimljena na arheološkom iskopavanju pre mnogo godina. „Gde si ovo našao?“, pitam.

„Nosio sam je uza se", kaže snebivljivo, prelazi rukom po dužoj, od sunca posvetleloj kosi. „Sve vreme dok sam bio odsutan. Nadam se da nemaš ništa protiv."

„Drago mi je", odgovaram.

„Želeo sam neku tvoju sliku", nastavlja. „Ovu sam oduvek voleo, još otkad sam bio klinac. Izgledaš tako srećna."

„I bila sam. Najsrećnija." Još malo gledam u sliku, a onda mu je vraćam. On je namešta na moj noćni stočić, da mogu da je gledam kad god mi je do toga.

Budim se iz dremanja i Markus je kraj prozora, gleda napolje, u vresište. Isprva mislim da je i Rut sa nama u sobi, ali nije. To je neko drugi. Nešto drugo. Pojavila se nedavno. I od tada je ovde. Niko drugi je ne vidi. Čeka me, znam, i gotovo sam spremna. Jutros rano snimala sam poslednju traku za Markusa. Sad je sve obavljeno, sve je rečeno. Obećanje koje sam dala prekršeno je i on će saznati moju tajnu.

Markus oseća da sam se probudila. Okreće se. Osmehuje se. Onim svojim prekrasnim širokim osmehom. „Grejs." Odmiče se od prozora, prilazi, stoji pored mene. „Želiš li nešto? Čašu vode?"

„Da", kažem.

Posmatram ga: njegovu vitku priliku u komotnoj odeći. Farmerke i majica, uniforma današnjih mladih. Na licu mu vidim dečaka kakav je bio, dete koje je išlo za mnom iz sobe u sobu, zahtevajući priče: o mestima na kojima sam bila, o artefaktima koje sam iskopala, o velikoj kući na brdu i onoj deci i njihovoj igri. Vidim mladića koji me je oduševio kad je rekao da želi da bude pisac. Kad me je zamolio da pročitam neku od njegovih knjiga, da mu kažem šta mislim. Vidim odraslog čoveka, uhvaćenog u mrežu žalosti, bespomoćnog. Nevoljnog da mu se pomogne.

Malo sam se pomerila, nakašljala se. Želim nešto da ga pitam. „Markuse“, kažem.

Pogledao me je iskosa, ispod uvojka smeđe kose. „Grejs?“

Proučavam njegove oči, valjda u nadi da ću naći istinu. „Kako si?“

Odajem mu priznanje da nije to olako odbacio. Seda, podiže me na jastuke, zagladio mi je kosu i pruža mi šolju vode. „Mislim da ću biti dobro“, kaže.

Došla je Ursula. Poljubila me je u obraz. Želim da otvorim oči, da joj zahvalim što joj je stalo do Hartfordovih, do sećanja na njih, ali ne mogu. Markus se stara o svemu. Čujem ga kako prihvata video-kasetu, kako joj zahvaljuje, uverava je da će mi biti drago da je pogledam. Da sam lepo govorila o njoj. Pita da li je premijera dobro prošla.

„Bilo je sjajno“, kaže ona. „Strašno sam bila nervozna, ali prošlo je glatko. Čak sam i dobila dve-tri dobre kritike.“

„To sam video“, kaže Markus. „*Veoma* dobra kritika u *Gardijanu*. 'Nezaboravno', tako su rekli, zar ne? 'Prefinjeno lepo'? Čestitam.“

„Hvala vam“, kaže Ursula i mogu da je zamislim, njen stidljivi, zadovoljni osmeh.

„Grejs je bilo žao što nije mogla da dođe.“

„Znam“, kaže Ursula. „I meni je bilo žao. Volela bih da je bila tamo.“ Glas joj se razvedrio. „Ali došla je moja baka. Čak iz Amerike.“

„Au“, kaže Markus. „To je posvećenost.“

„Zapravo poetično“, kaže Ursula. „Upravo ona me je zainteresovala za tu priču. U daljnjem je srodstvu sa sestrama Hartford. Neka rođaka, mislim. Ona se rodila u Engleskoj, ali njena majka se preselila s njima u Sjedinjene Države kad je bila mala, pošto joj je otac poginuo u Prvom svetskom ratu.“

„Sjajno što je mogla da dođe i da vidi na šta vas je nadahnula."
„Ne bih je mogla sprečiti ni da sam htela", kaže Ursula i smeje se. „Baka Florens nikad nije prihvatala 'ne' kao odgovor."
Ursula prilazi bliže. Osećam je. Podiže fotografiju s mog noćnog stočića. „Nisam ovo videla ranije. Zar nije Grejs divna? Ko je to s njom?"
Markus se osmehnuo, čujem to u njegovom glasu. „To je Alfred."
Nastala je pauza.
„Moja baka nije konvencionalna žena", kaže Markus, s ljubavlju u glasu. „Na veliko neodobravanje moje majke, u poodmaklim godinama, sa šezdeset pet, počela je da živi s ljubavnikom. Očigledno ga je već bila poznavala odranije i nije htela da napravi istu grešku dvaput."
„To liči na Grejs", kaže Ursula.
„Alfred je imao običaj da je zadirkuje: govorio je da je dobro što je Grejs arheolog. Što je stariji, više će ga voleti."
Ursula se smeje. „Šta se desilo s njim?"
„Otišao je u snu", kaže Markus. „Pre devet godina. Tad se Grejs preselila ovamo."

Kroz prozor dopire topli povetarac, preko mojih sklopljenih kapaka. Mislim da je poslepodne.
Markus je ovde. Već neko vreme. Čujem ga, blizu sebe, kako grebe olovkom po papiru. I povremeno uzdiše. Ustane, ode do prozora, do kupatila, do vrata.
Sad je kasnije. Došla je Rut. Pored mene je, miluje me po licu, ljubi me u čelo. Osećam cvetni miris njenog pudera. Sela je.
„Pišeš nešto?", pita Markusa. Obazriva je. Glas joj je napet. Budi velikodušan, Markuse; trudi se.
„Nisam siguran", odgovara on. Pauza. „Razmišljam o tome."
Čujem kako dišu. Recite nešto, jedno od vas.
„Inspektora Adamsa?"

„Ne", odgovara Markus brzo. „Razmišljam o tome da radim nešto novo."

„Oh?"

„Grejs mi je slala neke trake."

„Trake?"

„Kao pisma, samo snimljena."

„Nije mi rekla", kaže Rut tiho. „Šta kaže?"

„Razne stvari."

„Da li... Da li pominje mene?"

„Ponekad. Priča o tome šta radi svakog dana, ali i o prošlosti. Imala je neverovatan život, zar ne?"

„Da", kaže Rut.

„Celo stoleće, od službe u domaćinstvu do doktorata iz arheologije. Voleo bih da pišem o njoj." Pauza. „Nemaš ništa protiv, zar ne?"

„Zašto bih imala išta protiv?", odvratila je Rut. „Naravno da nemam. Zašto bih imala?"

„Ne znam..." Skoro da čujem kako Markus sleže ramenima. „Samo sam imao takav osećaj."

„Volela bih da to pročitam", kaže Rut odlučno. „Treba da napišeš."

„Biće to promena", kaže Markus. „Nešto drugačije."

„Ne misterija."

Markus se smeje. „Ne. Ne misterija. Samo lepa, bezbedna istorija."

Ah, mili moj. Ali tako nešto ne postoji.

Budna sam. Markus je na stolici pored mene, piše u notes. Podigao je pogled.

„Hej, zdravo, Grejs", kaže i osmehuje se. Odlaže notes u stranu. „Drago mi je što si budna. Želim da ti zahvalim."

Da mi zahvali? Podižem obrve.

„Za trake.“ Sad me drži za ruku. „Za priče koje si poslala. Zaboravio sam koliko volim priče. Da ih čitam, da ih slušam. Da ih pišem. Otkad je Rebeka... To je bio takav šok... Jednostavno nisam mogao...“ Duboko je udahnuo, nasmešio mi se. Pa počeo ponovo. „Zaboravio sam koliko su mi potrebne priče.“

Radost – ili je to nada? – toplo bruji ispod mojih rebara. Želim da ga ohrabrim. Da ga navedem da shvati da je vreme gospodar perspektive. Nepristrasan gospodar, uspešan u tome da ostaneš bez daha. Mora da sam pokušala nešto da kažem jer mi on kaže blago: „Ne govori.“ Podigao je ruku i nežno mi miluje čelo palcem. „Samo se odmaraj sad, Grejs.“

Sklopila sam oči. Koliko dugo ležim ovako? Da li spavam?

Kad sam ponovo otvorila oči, kažem: „Ima još jedna.“ Glas mi je promukao od neupotrebe. „Još jedna traka.“ Pokazujem ka komodi i on odlazi da potraži.

Našao je kasetu gurnutu među fotografije. „Ova?“

Klimam glavom.

„Gde ti je kasetofon?“, kaže.

„Ne“, odgovaram brzo, „Ne sad. Za posle.“

U trenutku je iznenađen.

„Za posle“, kažem.

Ne pita za posle čega. Ne mora. Stavio je kasetu u džep košulje i potapšao ga. Osmehnuo mi se i prišao da me pomiluje po obrazu.

„Hvala ti, Grejs“, kaže blago. „Šta ću ja bez tebe?“

„Bićeš dobro“, kažem.

„Obećavaš?“

Ne obećavam, više ne. Ali skupila sam svu snagu da posegnem za njegovom rukom i da je stisnem.

Sumrak je: znam po purpurnoj svetlosti. Rut je na vratima moje sobe, s torbom ispod ruke, očiju raširenih od brige. „Nisam zakasnila?“

Markus ustaje i uzima njenu tašnu, grli je. „Ne", kaže, „nisi zakasnila."

Gledaćemo film, Ursulin film, svi zajedno. Porodično gledanje. Rut i Markus su to organizovali, a kad ih vidim zajedno, da kuju planove, ne mešam se.

Rut je prišla da me poljubi, smestila je stolicu da može da sedne pored kreveta.

Ponovo kucanje na vratima. Ursula.

Još jedan poljubac u moj obraz.

„Uspela si", kaže Markus, zadovoljan.

„Ne bih to propustila", kaže Ursula. „Hvala što ste me pozvali."

Sela je s moje druge strane.

„Samo da spustim roletne", kaže Markus. „Spremne?"

Svetlost je prigušena. Markus dovlači stolicu i seda pored Ursule. Šapnuo je nešto i ona se smeje. Mene obuzima dobrodošao osećaj razrešenja.

Počinje muzika, a onda i film. Rut me hvata za ruku i stiska je. Gledamo kola, iz velike daljine, kako krivudaju seoskim putem. Muškarac i žena sede jedno pored drugog u njima, puše. Žena nosi haljinu sa šljokicama i bou od perja. Stižu na prilaz Rivertonu, kola idu zavojitim putem i evo je. Kuća. Ogromna i hladna. Savršeno je uhvatila njenu veličinu i melanholičnu velelepnost. Lakej prilazi da ih dočeka i sad smo u odaji za poslugu, pa iz nje izlazimo na terasu.

Sablasna je. Scena zabave. Hanini kineski lampioni svetlucaju u mraku. Džez orkestar, cvili klarinet. Srećni ljudi plešu čarlston…

Strašan prasak i budna sam. Na filmu, pucanj pištolja. Zaspala sam i propustila najvažniji trenutak. Nije važno. Znam kako se film završava: na jezeru Riverton menora, u prisustvu dve sestre, ubio se Robi Hanter, veteran rata i pesnik.

I znam, naravno, da se nije tako dogodilo.

Kraj

Konačno. Posle devedeset devet godina, kraj je došao po mene. Popustila je poslednja nit kojom sam bila vezana i oduvao me je severni vetar. Konačno hlapim u ništa.

Još ih čujem. Nejasno sam svesna da su tu. Rut me drži za ruku. Markus leži preko kraja kreveta. Topao na mojim stopalima.

Još neko je u prozoru. Zakoračila je napred, konačno, izašla je iz senke, i ja gledam u prelepo lice. To je majka, to je Hana, a opet i nije.

Smeši se. Pruža ruku. Sušta milost, oproštaj i mir.

Prihvatam je.

Pored prozora sam. Vidim sebe na krevetu: staru i krhku i belu. Tarem prste jedne o druge, mičem usnama, ali ne nalazim reči.

Grudi mi se podižu i spuštaju.

Krkljanje.

Izdah.

Rut ostaje bez daha.

Markus podiže pogled.

Ali ja sam već otišla.

Okrećem se i više se ne osvrćem.

Moj kraj je došao po mene. I to mi uopšte ne smeta.

Traka

Proba. Jedan. Dva. Tri. Traka za Markusa. Broj četiri. Ovo je poslednja traka koju ću snimiti. Gotovo sam na kraju i nema dalje.

Dvadeset prvi jun 1924. Letnja dugodnevica i dan održavanja noćne letnje zabave u Rivertonu.

Dole, u kuhinji, vlada uzbuđenje. Gospođa Taunsend kao luda loži vatru u štednjaku i glasno izdaje naređenja trima seoskim ženama koje su unajmljene da pomognu. Zagladila je kecelju, vezanu oko bujnog struka, i nadgleda svoje podređene dok prelivaju stotine sićušnih prepelica.

„Zabava", kaže i osmehuje mi se dok žurim pored nje. „I bilo je krajnje vreme." Sklonila je ručnim zglobom pramen kose koji joj je pobegao iz punđe navrh glave. „Lord Frederik – pokoj mu jadnoj duši – nije bio za zabave, i imao je svoje razloge za to. Ali po mome skromnom mišljenju, kući povremeno treba zabava; da podseti narod da postoji."

„Je l' tačno", pita najmršavija od one tri žene, „da dolazi princ Edvard?"

„Svi koji nešto znače biće ovde“, kazala je gospođa Taunsend, naglašeno podižući dlaku s pite. „Oni što žive u ovoj kući poznati su kao najbolji.“

Do deset sati Dadli je pokosio i sredio travnjak, i stigli su dekorateri. Gospodin Hamilton je zauzeo položaj nasred terase i mahao rukama kao dirigent orkestra.

„Ne, ne, gospodine Braune“, rekao je i mahao ulevo. „Plesni podijum treba da bude podignut na zapadnoj strani. Uveče se navlači hladna magla s jezera, a na istoku nema zaštite.“ Povukao se nazad, osmotrio, a onda huknuo. „Ne, ne, ne. Ne tamo. To je mesto za skulpturu od leda. To sam jasno rekao onom vašem čoveku.“

Onaj njegov čovek, načvoren navrh merdevina, kačio je kineske lampione od senice obrasle ružama do kuće i nije bio u poziciji da se brani.

Ja sam provela prepodne primajući goste koji će ostati preko vikenda, i nisam se mogla odupreti da me ne zahvati njihovo zarazno uzbuđenje. Džemajma, na odmoru iz Amerike, stigla je rano, s novim mužem i bebom Gitom. Prijao joj je život u Sjedinjenim Državama: koža joj je bila zlatna, a telo punačko. Ledi Klementina i Fani došle su zajedno iz Londona, ova prva sumorno pomirena sa sudbinom da će joj zabava na otvorenom u junu gotovo sigurno doneti napad artritisa.

Emelin je stigla posle ručka, s velikom grupom prijatelja, i izazvala veliki metež. Dovezli su se u koloni iz Londona i svirali sirenama celim putem na prilazu kući, a onda se provezli ukrug oko Erosa i Psihe. Na haubi jednih kola sedela je žena odevena u jarkoružičasti šifon. Za njom je vijorila ešarpa boje slonovače. Na putu do kuhinje, s poslužavnicima od ručka, Nensi se užasnula kad je shvatila da je to Emelin.

Međutim, nije bilo mnogo dragocenog vremena da bi se traćilo na coktanje s neodobravanjem prema propasti omladine. Iz Ipsviča je stigla ledena skulptura, iz Safrona je stigao cvećar, a ledi Klementina je insistirala na kompletnom čaju u jutarnjoj sobi, zarad dobrih starih vremena.

Predveče je stigao orkestar i Nensi ih je provela kroz odaje za poslugu pa na terasu. Šest visokih, vitkih muškaraca sa instrumentima preko ramena i licima za koja je gospođa Taunsend izjavila da su crna kao gar.

„Zamislite“, kazala je, očiju razrogačenih od straha i uzbuđenja, „da takvi budu u Riverton menoru. Ledi Ešberi se prevrće u grobu.“

„Koja ledi Ešberi?“, upitao je gospodin Hamilton dok je vršio inspekciju unajmljene posluge.

„Sve one, ako smem da kažem“, odvratila je gospođa Taunsend.

Konačno, popodne se počelo pretvarati u veče. Vazduh je postao svežiji i gušći, a lampioni su zasijali zeleno i crveno i žuto na pozadini sumraka.

Hanu sam zatekla na prozoru burgundske sobe. Klečala je na sofi i izvirivala dole, ka južnom travnjaku, posmatrala pripreme za zabavu, ili sam bar ja tako mislila.

„Vreme je za oblačenje, gospođo.“

Trgla se. Napeto uzdahnula. Bila je takva celoga dana: nervozna kao mače. Čas je radila jedno, čas drugo ne dovršivši ono prvo.

„Samo malo, Grejs.“ Zadržala se još trenutak, dok joj je zalazeće sunce obasjavalo lice i prosipalo crvenu svetlost po obrazu. „Mislim da nikad nisam primetila koliko je lep pogled odavde“, kazala je. „Je l’ da je lep?“

„Jeste, gospođo.“

„Čudim se što to ranije nisam primetila.“

U njenoj sobi navila sam joj kosu na viklere, što je bilo lakše reći nego učiniti. Odbijala je da sedi mirno dovoljno dugo da ih pričvrstim kako treba, pa sam izgubila dosta vremena na skidanje i ponovno uvijanje.

Kad su vikleri bili na mestu, ili bar približno, pomogla sam joj da se obuče. Srebrna svila, tanke bretele i dubok izrez na leđima. Haljina joj je obavijala figuru i padala do dužine od dva i po centimetra ispod kolena.

Dok je povlačila rub da je ispravi, ja sam joj donela cipele. Najnovije, iz Pariza: poklon od Tedija. Od srebrnog satena s pređicama od fine trake. „Ne“, kazala je. „Ne te. Obuću crne.“

„Ali, gospođo, ove su vam omiljene.“

„Crne su udobnije“, odvratila je i nagla se napred da navuče čarape.

„Ali uz vašu haljinu, šteta je...“

„Rekla sam crne, za ime boga, ne teraj me da ponavljam, Grejs.“

Udahnula sam. Vratila sam srebrne i našla crne.

Hana se odmah izvinila. „Nervozna sam. Nije trebalo da se istresam na tebe. Izvini.“

„U redu je, gospođo“, kazala sam. „Prirodno je da čovek bude uzbuđen.“

Skinula sam viklere i kosa joj je padala u plavim talasima oko ramena. Razdelila sam je sa strane i začešljala preko čela, pa je uhvatila dijamantskom šnalom.

Hana se nagla napred da stavi naušnice od bisera u obliku suze, pa se trgla i opsovala kad joj je kopča uhvatila vrh prsta.

„Žurite, gospođo“, kazala sam blago. „Morate pažljivo s njima.“

Pružila mi ih je. „Danas sam tako nespretna.“

Nameštala sam joj niske bledih bisera oko vrata kad su stigla prva večernja kola i zapucketao pod gumama šljunak dole na prilazu. Namestila sam bisere tako da joj padaju između lopatica, do dna leđa.

„Eto“, kazala sam. „Spremni ste.“

„Nadam se, Grejs.“ Podigla je obrve i osmotrila svoj odraz u ogledalu. „Nadam se da ništa nisam previdela.“

Brzo je namestila obrve vrhovima prstiju. Popravila je jednu nisku bisera, malo je spustila pa opet podigla, glasno uzdahnuvši.

A onda, iznenada, zacvileo je klarinet.

Hana se dah presekao i spustila je ruku na grudi. „Bože!"

„Sigurno ste uzbuđeni, gospođo." Kazala sam obazrivo. „Svi vaši planovi će konačno uroditi plodom."

Oštro me je pogledala u oči. Zaustila je nešto da kaže, ali ipak nije rekla. Stisnula je crveno namazane usne. „Imam nešto za tebe, Grejs. Poklon."

Zbunila sam se. „Nije mi rođendan, gospođo."

Osmehnula se, brzo izvukla malu fioku toaletnog stola. Okrenula se ka meni, s nečim u ruci. Držala ga je na lancu iznad moje ruke i pustila da mi padne na dlan.

„Ali, gospođo", kazala sam, „to je vaš medaljon."

„Bio. Bio je moj medaljon. Sada je tvoj."

Brže-bolje sam ga vratila. Od neočekivanih poklona postanem nervozna. „O, ne, gospođo. Ne hvala."

Odlučno je odgurnula moju ruku. „Insistiram. Da ti zahvalim za sve što si učinila za mene."

Da li sam još tad zapazila notu konačnog?

„Samo radim šta mi je dužnost, gospođo", rekla sam brzo.

„Uzmi medaljon, Grejs", odvratila je. „Molim te."

Pre nego što sam uspela da se dalje raspravljam, na vratima se pojavio Tedi. Visok i elegantan u crnom odelu; s prugama koje je češalj ostavio u nauljenoj kosi, čela nabranog od napetosti.

„Spremna?", rekao je Hani, gladeći krajeve brkova. „Dole je onaj Deborin prijatelj, Sesil kako se zvaše, fotograf. Želi da snimi porodične slike dok ne stigne previše gostiju." Lupio je dvaput dlanom o dovratak i nastavio hodnikom rekavši: „Gde je Emelin?"

Hana je zagladila haljinu oko struka. Primetila sam da joj se ruke tresu. Nasmešila se nervozno. „Poželi mi sreću."

„Srećno, gospođo."

Onda me je iznenadila prišavši i poljubivši me u obraz. „Srećno i tebi, Grejs."

Stisnula je moju ruku oko medaljona i požurila za Tedijem.

Neko vreme sam gledala s prozora na spratu. Gospoda i gospođe – u zelenom, žutom, ružičastom – stizali su na terasu, silazili kamenim stepenicama na travnjak. U vazduhu je lebdeo džez; kineski lampioni su treperili na povetarcu; unajmljeni konobari gospodina Hamiltona balansirali su s velikim srebrnim poslužavnicima sa čašama šampanjca, punim mehurića, na visoko podignutim rukama, krivudajući među okupljenim svetom kog je bilo sve više; Emelin, u svetlucavoj ružičastoj haljini, vodila je nekog nasmejanog momka na plesni podijum, da izvode šimi-šejk.

Okretala sam i prevrtala medaljon u rukama, i svaki čas ga gledala. Jesam li tada zapazila da unutra nešto tiho zvecka? Ili sam bila suviše zaokupljena čuđenjem zbog Hanine napetosti? Dugo je nisam takvu videla, još od prvih dana u Londonu, posle posete spiritistkinji.

„Tu si znači." Na vratima je bila Nensi, zajapurenih obraza, zadihana. „Jedna od žena gospođe Taunsend kolabirala je od iscrpljenosti i nema ko da pospe štrudle šećerom u prahu."

Bila je ponoć kad sam se konačno popela stepenicama u krevet. Zabava je još bila u punom jeku na terasi ispod prozora, ali gospođa Taunsend me je poslala u sobu čim je mogla bez mene. Činilo se da je Hanina nervoza zarazna, a u kuhinji nije bilo mesta nespretnosti.

Penjala sam se stepeništem polako, a stopala su mi pulsirala od bola: omekšala su tokom godina statusa lične damske sobarice. Jedno veče u kuhinji bilo je dovoljno da budu u plikovima.

Gospođa Taunsend mi je dala paketić sode bikarbone pa sam nameravala da ih potopim u toplu vodu.

Nije se moglo pobeći od muzike te noći: prožimala je vazduh, natapala kamene zidove kuće. Postajala je sve bučnija kako je veče odmicalo, prema raspoloženju gostiju. Osećala sam pomamno bubnjanje u stomaku čak i kad sam stigla do potkrovlja. Do dana današnjeg sledi mi se krv u žilama kad čujem džez.

U hodniku potkrovlja razmišljala sam o tome da li da odmah napunim kadu, ali odlučila sam da najpre uzmem spavaćicu i toaletni pribor.

Kad sam otvorila vrata svoje sobe, zapahnuo me je topao vazduh, koji se zagrejao preko dana. Povukla sam prekidač za svetlo i othramala do prozora da ga širom otvorim.

Za trenutak sam stajala i uživala u naletu svežine, udisala slab miris duvanskog dima i parfema. Olako sam izdahnula vazduh. Vreme je za dugu toplu kupku, a onda ću zaspati kao mrtva. Uzela sam sapun s toaletnog stola pored sebe, a onda, šantajući, prišla krevetu da uzmem spavaćicu.

Tad sam ugledala pisma. Dva. Naslonjena na moj jastuk.

Jedno je bilo adresovano na mene, drugo je na prednjoj strani imalo ispisano Emelinino ime.

Rukopis je bio Hanin.

Uhvatilo me je neko predosećanje. Redak trenutak nesvesne jasnoće.

Odmah sam znala da je u pismu odgovor na njeno neobično ponašanje.

Ispustila sam spavaćicu i podigla koverat označen sa *Grejs*. Otvorila sam ga drhtavim prstima. Odmotala sam list papira. Preletela sam pogledom po njemu i srce mi je potonulo.

Bilo je napisano stenografijom.

Sela sam na ivicu kreveta i zurila u hartiju kao da će mi čistom snagom volje poruka na njoj postati jasnija.

Zbog nečitljivosti, bila sam još sigurnija da je sadržaj važan.

Podigla sam drugi koverat. Adresovan na Emelin. Opipala njegovu ivicu. Oklevala sam samo sekundu. Kakav sam drugi izbor imala?

Tako mi Bog pomogao, otvorila sam ga.

Trčala sam – bolna stopala bila su zaboravljena, krv je pulsirala, otkucaji srca su mi tutnjali u glavi, dah je hvatao ritam s muzikom – niz stepenice, kroz kuću, na terasu.

Stala sam, brzo dišući, i pogledom tražila Tedija. Ali on se negde izgubio. Negde među lelujavim senkama i maglovitim licima.

Nije bilo vremena. Moraću sama.

Uronila sam u gomilu, preletala pogledom preko lica – crvene usne, našminkane oči. Široko osmehnuta usta. Izbegavala sam cigarete i čaše sa šampanjcem, saginjala se ispod raznobojnih lampiona, obišla oko ledene skulpture koja je curila, ka plesnom podijumu. Laktovi, kolena, cipele, ručni zglobovi, kovitlali su se oko mene. Boje. Pokreti. Damaranje krvi u mojoj glavi. Dah što mi zastaje u grlu.

A onda – Emelin. Na vrhu kamenih stepenica. S koktelom u ruci, zabačene glave od smeha, niska bisera s njenog vrata omotana kao laso oko vrata njenog pratioca. A njegov sako oko njenih ramena.

Dvoje će imati više šanse od jednoga.

Stala sam. Pokušala da povratim dah.

Ona se uspravila, pogledala me ispod teških kapaka. „Dakle, Grejs“, kazala je, s pažnjom izgovarajući reči, „je li to najlepša haljina koju si mogla da nađeš za zabavu?“ Pa je ponovo zabacila glavu i zasmejala se.

„Moram da razgovaram s vama, gospođice...“

Njen pratilac je nešto šapnuo, ona ga je vragolasto cmoknula u nos.

Pokušavala sam da dišem. „Hitno je...“

„Baš me zanima."

„Molim vas", rekla sam. „Nasamo..."

Uzdahnula je dramatično, skinula bisere s vrata onog momka, uštinula ga za obraze i napućila se. „Ne idi daleko, Hari, dragi."

Spotakla se na štiklama, ciknula, onda se zakikotala i nekako se spustila niz stepenice. „Sve mi ispričaj, Grejs", kazala je frfljajući kad smo stigle dole.

„U pitanju je Hana, gospođice... uradiće nešto... nešto strašno, na jezeru..."

„Ne!", kazala je Emelin i primakla mi se tako blizu da sam osetila džin u njenom dahu. „Neće valjda na noćno kupanje? To je s-s-s-kandalozno!"

„Mislim da hoće da oduzme sebi život, gospođice – odnosno, znam da to namerava..."

Osmeh je nestao, oči su se razrogačile. „A?"

„Našla sam pismo, gospođice." Pružila sam joj ga.

Progutala je knedlu, zaljuljala se, glas joj je skočio za oktavu više. „Ali... Jesi li...Tedi...?"

„Nema vremena, gospođice."

Onda sam je uhvatila za ručni zglob i odvukla na Dugu stazu.

Živica je bila toliko izrasla da se spajala iznad naših glava i bilo je mračno kao u rogu. Trčale smo, spoticale se, posrtale, ispruženim rukama sklanjale lišće da nađemo put. Sa svakim zaokretom, zvuci zabave su bili sve više kao iz sna.

Bile smo u egeskovskom vrtu kad je Emelin zapela potpeticom za nešto i pala.

Umalo se nisam spotakla o nju, stala sam da joj pomognem da ustane.

Odgurnula je moju ruku, podigla se i nastavila da trči.

Onda smo čule neki zvuk u vrtu i činilo se kao da se jedna od skulptura kreće. Kikotala se, stenjala: zapravo ne skulptura već ljubavni par odbeglih gostiju. Ignorisali su nas i mi smo ignorisale njih.

Druga gvozdena kapija bila je odškrinuta i požurile smo na čistinu s fontanom. Pun mesec je bio visoko na nebu i Ikar i nimfe su avetinjski sijali na beloj svetlosti. Pošto više nije bilo žive ograde, muzika orkestra i uzvici sa zabave ponovo su postali glasni. Neobično bliži.

Uz pomoć mesečine kretale smo se brže uskom stazom ka jezeru. Stigle smo do barikade, znaka da je zabranjen prolaz, a onda, konačno, do ivice vode.

Obe smo stale u zaklonu niše na stazi, teško dišući, i osmotrile scenu pred sobom. Jezero se mirno presijavalo pod mesecom. Letnjikovac i stenovita obala bili su obliveni srebrnom svetlošću.

Emelin je oštro udahnula vazduh.

Pogledala sam u pravcu u kom je gledala.

Na šljunkovitoj obali bile su Hanine crne cipele. Iste one koje sam joj pomogla da obuje nekoliko sati pre toga.

Emelin se dah presekao, zateturala se ka njima. Bila je veoma bleda na mesečini, njenu tananu figuru je progutao veliki muški sako koji je imala na sebi.

Zvuk u letnjikovcu. Otvaranje vrata.

Emelin i ja podižemo pogled.

Neko. Hana. Živa.

Emelin se zagrcnula. „Hana“, dozvala ju je, glasom promuklim od mešavine alkohola i panike, koji je odjeknuo na jezeru.

Hana je stala i ukočila se, oklevala; bacila je pogled u letnjikovac pa se okrenula prema Emelin. „Otkud ti ovde?“, doviknula je, napetim glasom.

„Da te spasem“, kazala je Emelin i počela neobuzdano da se smeje. Od olakšanja, naravno.

„Vrati se“, rekla je Hana brzo. „Moraš nazad.“

„I da te ostavim da se udaviš?“

„Neću se udaviti“, odgovorila je Hana. Ponovo je bacila pogled u letnjikovac.

„Pa šta onda radiš? Provetravaš cipele?“ Emelin je visoko podigla cipele pa ih ponovo bacila pored sebe. „Videla sam tvoje pismo.“

„Nisam tako mislila. Pismo je bilo... bilo je šala.“ Hana je progutala knedlu u grlu. „Igra.“

„Igra?“

„Trebalo je da ga vidiš kasnije.“ Hanin glas je bio sve sigurniji. „Isplanirala sam nešto zabavno. Za sutra. Iz šale.“

„Kao lov na blago?“

„Tako nešto.“

Dah mi je zastao u grlu. Ono pisamce nije istinito. Deo je neke složene igre. A ono adresovano na mene? Da li je Hana nameravala da joj pomognem? Da li to objašnjava njeno usplahireno ponašanje? Nije bila nervozna zbog zabave nego zbog igre, htela je da igra dobro prođe?

„To sad radim. Skrivam tragove“, rekla je Hana.

Emelin je stajala trepćući. Telo joj se protreslo od štucanja i kašlja. „Igra“, kazala je polako.

„Da.“

Emelin je počela da se promuklo smeje, ispustila cipele na zemlju. „Zašto tako nisi rekla? Obožavam igre! Baš si pametna, draga.“

„Vrati se na zabavu“, rekla je Hana. „I nikom ne govori da si me videla.“

Emelin je napravila pokret kao da zaključava usta. Okrenula se na peti i pošla, spotičući se o kamenčiće na stazi. Kad je stigla do mog skrovišta, pogledala me je namrgođeno. Šminka joj se razmazala.

„Izvinite, gospođice“, prošaptala sam. „Mislila sam da je stvarno.“

„Imaš sreće što nisi sve upropastila.“ Spustila se na veliki kamen i obavila sako oko sebe. „I sad mi je otekao članak pa ću propustiti zabavu dok se odmaram. Samo da ne propustim vatromet.“

„Sačekaću s vama. Pomoći ću vam da se vratite."

„I treba", odvratila je Emelin.

Sedele smo minut, iz daljine je dopirala muzika sa zabave, povremeno prekidana klicanjem uzbuđenih gostiju. Emelin je protrljala članak, malo-malo pa je pritiskala stopalom o zemlju, oslanjajući se na njega.

U šikari se počela navlačiti jutarnja magla, pa se pomerala ka jezeru. Dolazio je još jedan topao dan, ali noć je bila sveža.

Emelin je zadrhtala, otvorila jednu stranu sakoa svog pratioca, petljala nešto po unutrašnjem džepu. Nešto je zablistalo na mesečini, nešto crno i sjajno. Pričvršćeno za postavu sakoa. Udahnula sam: bio je to pištolj.

Emelin je osetila moju reakciju, okrenula se ka meni, širom otvorenih očiju. „Nemoj mi reći da je ovo prvi pištolj koji si ikada videla. Prava si beba, Grejs." Izvadila ga je iz sakoa, prebacila ga iz ruke u ruku, pružila mi ga. „Evo. Hoćeš da ga držiš?"

Odmahnula sam glavom i ona se nasmejala, a ja sam poželela da nikad nisam našla ona pisma. Poželela da me Hana ovoga puta nije uključila.

„Možda je i najbolje tako", kazala je Emelin pa štucnula i zakašljala se. „Pištolji i zabave. Nije dobra mešavina."

Gurnula je pištolj nazad u džep, nastavila da pretura i traži, konačno našla pljosku. Odvrnula je poklopac, zabacila glavu i dugo pila.

„Dragi Hari", kazala je i mljacnula usnama. „Uvek za sve spreman." Povukla je još jedan gutljaj i vratila pljosku nazad u sako. „Hajdemo onda. Uzela sam lek protiv bolova."

Pomogla sam joj da ustane, pognute glave dok se oslanjala na moje rame. „Ovako je dobro", kazala je. „Kad bi samo..."

Čekala sam. „Gospođo?"

Oštro je udahnula vazduh i ja sam podigla glavu, pratila njen pogled nazad ka jezeru. Kod letnjikovca je bila Hana, i nije bila sama. S njom je bio neki muškarac s cigaretom u ustima. Nosio je mali kofer.

Emelin ga je prepoznala pre mene.

„Robi“, kazala je i zaboravila na članak. „Bože. Pa to je Robi.“

Nespretno hramljući, Emelin se vratila na obalu jezera; ja sam ostala pozadi. U senci. „Robi!“, pozvala ga je, mašući. „Robi, ovde sam.“

Hana i Robi su se sledili. Pogledali jedno u drugo.

„Šta ti radiš ovde?“, rekla je Emelin uzbuđeno. „I zašto si, za ime sveta, došao ovim putem?“

Robi je snažno povukao dim iz cigarete.

„Hajde gore, na zabavu“, rekla je Emelin. „Doneću ti piće.“

Robi je pogledao preko jezera, u daljinu. Pratila sam njegov pogled i zapazila kako se na drugoj strani presijava nešto crno, metalno. Motocikl, shvatila sam, skriven na mestu gde od jezera počinju spoljne livade.

„Znam šta se dešava“, rekla je Emelin iznenada. „Pomažeš Hani sa igrom.“

Hana je zakoračila napred na mesečinu. „Em...“

„Hajde“, kazala je Emelin brzo. „Hajdemo nazad u kuću, da nađemo Robiju sobu. Da nađemo mesta za tvoj kofer.“

„Robi ne ide u kuću“, kazala je Hana.

„Ma daj, naravno da ide. Neće valjda celu noć ostati ovde dole“, rekla je Emelin i zvonko se nasmejala. „Jeste jun, dragi moji, ali prilično je hladno.“

Hana je pogledala u Robija i nešto su razmenili između sebe.

I Emelin je to videla. U tom trenutku, dok joj je mesec obasjavao bledo lice, videla sam kako uzbuđenje prelazi u zbunjenost, a zbunjenost u strašno saznanje. O mesecima u Londonu, Robijevim dolascima u broj sedamnaest, kako je iskorišćena.

„Nema igre, zar ne?“, kazala je blago.

„Ne.“

„A pismo?“

„Greška“, kazala je Hana.

„Zašto si ga napisala?“, upitala je Emelin.

„Nisam želela da se pitaš“, odgovorila je Hana. „Kuda sam otišla.“ Pogledala je u Robija. On je jedva primetno klimnuo glavom. „Kuda smo mi otišli.“

Emelin je ćutala.

„Hajde“, rekao je Robi oprezno, podigavši kofer, i pošao ka jezeru. „Kasno je.“

„Molim te, shvati, Em“, kazala je Hana. „Kao što si rekla, svaka od nas treba da pusti onu drugu da živi kako hoće.“ Oklevala je: Robi joj je dao znak rukom da požuri. Počela je da korača unazad. „Ne mogu sad da objasnim, nema vremena. Pisaću, javiću ti gde smo. Možeš doći u posetu.“ Okrenula se i, poslednji put pogledavši Emelin, pošla za Robijem maglovitom ivicom jezera.

Emelin je ostala da stoji na mestu, s rukama u džepovima sakoa. Zaljuljala se, zadrhtala kao da joj neko prelazi preko groba.

A onda…

„Ne.“ Emelinin glas je bio tako tih da sam ga jedva čula.. „Ne!“, viknula je. „Stanite!“

Hana se okrenula, Robi ju je vukao za ruku, trudila se da održi korak s njim. Kazala je nešto, pošla nazad.

„Neću vas pustiti“, rekla je Emelin.

Hana je sad bila blizu. Glas joj je bio tih, odlučan. „Moraš.“

Emelin je pomerila ruku u džepu. Progutala je suze. „Neću.“

Izvukla je ruku. Blesak metala. Pištolj.

Hani se dah presekao.

Robi je potrčao prema Hani.

Meni je srce tutnjalo u lobanji.

„Neću ti dozvoliti da ga uzmeš“, kazala je Emelin, a glava joj se klimala levo-desno.

Hana su se grudi brzo podizale i spuštale. Bila je bleda na mesečini. „Ne budi glupa, skloni to.“

„Nisam glupa.“

„Skloni to.“

„Ne.“

„Ne želiš to da upotrebiš.“

„Želim.“

„U koga ćeš od nas dvoje da pucaš?“, rekla je Hana.

Robi je sad bio pored Hane i Emelin je prelazila pogledom s jednog na drugo, a donja usna joj je drhtala.

„Nećeš pucati ni u jedno od nas“, kazala je Hana. „Zar ne?“

Emelin se lice zgrčilo i zaplakala je. „Neću.“

„Onda spusti pištolj.“

„Ne.“

Ostala sam bez daha kad je Emelin podigla drhtavu ruku i uperila pištolj sebi u glavu.

„Emelin!“, kazala je Hana.

Emelin je sad jecala. Telo joj se treslo od jecanja.

„Daj mi to“, rekla je Hana. „Razgovaraćemo. Sve ćemo srediti.“

„Kako?“ Emelinin glas je bio natopljen suzama. „Hoćeš li mi ga vratiti? Ili ćeš ga zadržati onako kao što si ih sve zadržala? Tatu, Dejvida, Tedija.“

„Nije tako“, odvratila je Hana.

„Sad je na mene red“, rekla je Emelin.

Iznenada je odjeknuo veliki prasak. Počeo je vatromet. Svi su skočili. Crvena svetlost im je poprskala lica. Milioni crvenih varnica prosuli su se po površini jezera.

Robi je pokrio lice rukama.

Hana je skočila napred, otela pištolj iz Emelininih mlitavih ruku. I požurila nazad.

Tada je Emelin potrčala ka njoj, lica musavog od razmazane šminke i suza. „Daj mi to. Daj ili ću vrištati. Ne odlazi. Svima ću reći. Svima ću reći da si otišla i Tedi će te naći i...“

Bum! Eksplodirala je zelena raketa vatrometa.

„Tedi te neće pustiti da pobegneš, postaraće se da ostaneš, i više nikad nećeš videti Robija i...“

Bum! Srebrna.

Hana se nekako popela na viši deo obale jezera. Emelin je išla za njom, plačući. Rakete su eksplodirale.

Muzika sa zabave vibrirala je i odbijala se o drveće, jezero, zidove letnjikovca.

Robiju su ramena bila pognuta, ruke na ušima. Oči razrogačene, lice bledo.

Isprva ga nisam čula, ali videla sam mu usne. Pokazivao je ka Emelin i nešto vikao Hani.

Bum! Crvena.

Robi se trgao. Lice mu se iskrivilo od panike. Nastavio je da viče.

Hana je oklevala, pogledala ga nesigurno. Ona je čula šta govori. Nešto u njenom držanju je klonulo.

Vatromet je prestao; s neba je padala kiša žeravice.

A onda sam ga i ja čula.

„Pucaj u nju!“, vikao je. „Pucaj u nju!“

Krv mi se sledila u žilama.

Emelin je stala kao ukopana, progutala suze. „Hana?“ Glas joj je bio kao u uplašene devojčice. „Hana?“

„Pucaj u nju“, rekao je ponovo. „Sve će upropastiti.“ Potrčao je prema Hani.

Hana je zurila preda se. Ne shvatajući.

„Ustreli je!“ Pomahnitao je.

Ruke su joj se tresle. „Ne mogu“, kazala je konačno.

„Onda daj meni.“ Sad joj je prilazio sve brže, bio sve bliže. „Ja ću.“

I pucao bi. Znala sam da bi. Na licu su mu se jasno videli očajanje i odlučnost.

Emelin se trgla. Shvatila je. I ona je potrčala ka Hani.

„Ne mogu“, rekla je Hana.

Robi je zgrabio pištolj; Hana je istrgla ruku, pala na leđa, počela da se vuče po zemlji dalje uz nasip.

„Uradi to!“, rekao je Robi. „Ili ću ja.“

Hana je stigla do najviše tačke. Robi i Emelin su joj se približavali. Nije imala kud da potrči. Prelazila je pogledom po njima.

I vreme se zaustavilo.

Dve tačke trougla, odvojene od treće, sve više su se razdvajale, bile su sve dalje i dalje. Elastična struna se jako zategla, dostigla granicu napetosti.

Zaustavila sam dah, ali struna nije pukla.

U tome času se vratila nazad.

Dve tačke su se sudarile, u koliziji lojalnosti i krvi i propasti. Hana je uperila pištolj i povukla okidač.

Posle. Jer, oh, uvek postoji posle. Ljudi na to zaboravljaju. Krv, mnogo krvi. Po njihovim haljinama, po njihovim licima, po njihovoj kosi.

Pištolj je pao. Udario je o kamenje i ostao da leži, nepokretan.

Hana je stajala na nasipu i ljuljala se.

Robijevo telo ležalo je dole, na zemlji. Tamo gde mu je bila glava, sad je bila haotična masa kosti, mozga i krvi.

Sledila sam se, srce mi je tutnjalo u ušima, koža mi je bila vruća i hladna u isto vreme. Iznenada, potreba da povraćam.

Emelin je stajala skamenjena, očiju čvrsto zatvorenih. Nije plakala, ne više. Proizvodila je neki stravičan zvuk, koji nikad nisam zaboravila. Tulila je udišući. Sa svakim dahom, vazduh joj je zastajao u grlu.

Prošli su trenuci, ne znam koliko njih, i iz daljine iza sebe čula sam glasove. Smeh.

„Tu je dole, malo dalje", začuo se glas koji je doneo povetarac. „Videćete, lorde Džiforde. Stepenice nisu dovršene – prokleti Francuzi i njihovo zadržavanje tovara – ali mislim da ćete se složiti da je ostalo prilično impresivno."

Izbrisala sam usta, istrčala iz svog skrovišta na ivicu jezera.

„Dolazi Tedi", kazala sam, ne obraćajući se nikom određeno. Bila sam, naravno, u šoku. Sve smo bile u šoku. „Dolazi Tedi."

„Prekasno", rekla je Hana, mahnito brišući lice, vrat, kosu. „Prekasno."

„Tedi dolazi, gospođo." Tresla sam se.

Emelin je naglo otvorila oči. Blesak srebrnoplave senke na mesečini. Zadrhtala je, uspravila se, pokazala ka Haninom koferu. „Nosi to u kuću", kazala je promuklo. „Idi dužim putem."

Oklevala sam.

„Trči."

Klimnula sam glavom, uzela prtljag i potrčala prema šumi. Nisam bila u stanju da jasno razmišljam. Zaustavila sam se kad me više nisu mogli videti. Zubi su mi cvokotali.

Tedi i lord Džiford su stigli do kraja staze i izašli na obalu jezera.

„Gospode bože", rekao je Tedi i naglo stao. „Šta, za ime sveta...?"

„Tedi, dušo", rekla je Emelin. „Hvala bogu." S trzajem se okrenula da se suoči s Tedijem i glas joj se smirio. „Gospodin Hanter se ubio."

Hanino pismo

Večeras ću umreti i život će mi početi.

Kažem tebi, samo tebi. Bila si dugo uz mene u ovoj avanturi i želim da znaš narednih dana, dok budu pretraživali jezero, u traganju za telom koje neće naći, da sam bezbedna.

Prvo idemo u Francusku, a odande ne znam kuda. Nadam se da ću videti masku Nefertiti!

Ostavila sam ti drugo pismo, adresovano na Emelin. To je pismo samoubice, o samoubistvu koje se nikada neće dogoditi. Mora da ga nađe sutra. Ne ranije. Pazi na nju, Grejs. Biće ona dobro. Ima tako mnogo prijatelja.

Moram da te zamolim za još jednu, poslednju uslugu. Šta god da se desi, drži Emelin daleko od jezera večeras. Robi i ja ćemo odande otići. Ne mogu da rizikujem da Emelin sazna. Neće razumeti. Ne još.

Javiću joj se kasnije. Kad bude bezbedno.

I sad ono poslednje. Možda si već otkrila da medaljon koji sam ti dala nije prazan? U njemu je skriven ključ, tajni ključ za sef kod Dramondsa na Čering krosu. Sef je na tvoje ime, Grejs. I sve u njemu je za tebe. Znam kako se osećaš kad su pokloni u pitanju, ali molim te, uzmi to i ne osvrći se. Jesam li drska ako kažem da je to tvoja karta za novi život?

Zbogom, Grejs. Želim ti dug život, ispunjen avanturom i ljubavlju. Poželi i ti meni isto...

Znam kako dobro čuvaš tajne.

IZJAVE ZAHVALNOSTI

Volela bih da zahvalim sledećim ljudima:

Pre svega i najviše, mojoj najboljoj prijateljici Kim Vilkins, bez čijeg ohrabrivanja nikad ne bih ni počela, a kamoli završila.

Devinu, za njegovu izdržljivost, saosećanje i nepokolebljivu veru.

Oliveru, za širenje emocionalnih granica mog života i za to što me je izlečio od spisateljske blokade.

Mojoj porodici: Vorenu, Dženi, Džuliji i, naročito, mojoj majci Dajani, koja me inspiriše svojom hrabrošću, dobrotom i lepotom.

Herbertu i Riti Dejvis, dragim prijateljima, zbog toga što pripovedaju najbolje priče. Ostanite tako briljantni!

Mojoj čudesnoj agentkinji Selvi Entoni, čije su posvećenost, briga i veština nenadmašne.

Seleni Hanet-Hačins što se toliko trudila oko mene.

Sjajnim, nezavisnim ženama opasnicama iz San Franciska, za spisateljsku podršku.

Svima iz kuće *Allen&Unwin*, naročito Anet Barlou, Ketrin Miln, Kristi Mans, Kristen Kornel, Džuliji Li i Anđeli Namoi.

Svima iz kuće *Pan Macmillan UK*, naročito Mariji Rejl za njene mudre uredničke opaske.

Džuliji Stajls, zato što je sve ono čemu sam se nadala od jednog urednika.

Daleri i Lejni za njihovu pomoć sa Oliverom (da li je ijedan mali dečak ikada bio toliko voljen?) i što su mi pružile dragoceni dar – vreme.

Divnim ljudima kod *Mary Ryan's* zato što obožavaju knjige i spremaju sjajnu kafu.

Za pomoć u nalaženju činjenica: hvala Mirku Rakelsu što mi je odgovarao na pitanja o muzici i operi, Dru Vajthed za priču o Mariji i Aronu, Ilejn Raderford za informacije medicinske prirode, i Dajani Morton za podrobne i pravovremene savete u vezi sa antikvitetima i carini, i za to što je bila arbitar dobrog ukusa.

Konačno, volela bih da zahvalim Beril Pop i Dulsi Koneli. Dve mnogo voljene bake koje nedostaju. Nadam se da je Grejs nasledila pomalo od svake od vas.

AUTORKINA BELEŠKA

Premda su likovi romana *Kuća u Rivertonu* izmišljeni, nije izmišljen milje u kojem se kreću. Društveno-istorijska lokacija romana jeste vreme i prostor koji su me oduvek fascinirali: devetnaesti vek je upravo ustupio mesto dvadesetom i svet je počeo da dobija oblik u kakvom ga danas poznajemo. Kraljica Viktorija je umrla, a sa njom su u grob položene i stare izvesnosti: aristokratski sistem je počeo da se kruni, čovečanstvo je pretrpelo bitku o kakvoj nije moglo ni da sanja, a žene su se unekoliko oslobodile rigidnih očekivanja društva.

Kad pisac želi da evocira istorijsko razdoblje sa kojim nema ličnog iskustva, neophodno je, naravno, da sprovede istraživanje. Nemoguće je da ovde navedem spisak svih izvora koje sam konsultovala; međutim, volela bih da pomenem nekoliko bez kojih bi ova knjiga bila siromašnija: Kresida Konoli (*The Rare and the Beautiful*); En de Korsi (*1939: The Last Season and The Viceroy's Daughters*); Viktorija Glendining (*Vita*); Mari S. Lovel (*The Mitford Girls*), Lora Tompson (*Life in a Cold Climate*) i televizijska serija Kanala 4 *The Edwardian Country House* obezbedile su živopisne ilustracije života na selu početkom dvadesetog veka. Šire, od velike koristi su bili:

Lukasta Miler (*The Brontë Myth*); Noel Kartju (*Voices from the Trenches: Letters to Home*); Torstin Veblen (*The Theory of the Leisure Class*); Margaret Makmilan (*Paris 1919*); Maks Artur (*Forgotten Voices of the Great War*); Stiven Invud (*A History of London*); Alison Adbergam (*A Punch History of Manners and Modes*), Riders dajdžest (*Yesterday's Britain*), V. H. Rivers (*The Repression of War Experience*); Brus Bliven (*Flapper Jane*); F. M. L. Tompson (*Moving Frontiers and the Fortunes of the Aristocratic Townhouse*) i veb-sajt firstworldwar.com Majkla Dafija.

Uz takve sekundarne izvore, bogate i živopisne izveštaje iz prve ruke o književnom životu dvadesetih godina prošlog veka obezbedili su mi: Beverli Nikols (*Sweet and Twenties*); Franses Donaldson (*Child of the Twenties*); Dafne di Morije (*Myself When Young*), časopis *Punch* i *The Letters of Nancy Mitford and Evelyn Waugh* (uredila Šarlota Mozli). Takođe, htela bih da pomenem i izveštaj *Life Below Stairs at Gayhurst House* Ester Vesli, koji se pojavljuje na veb-sajtu udruženja *Stoke Goldington Association*. Za informacije o edvardijanskoj etikeciji okrenula sam se, kao i bezbroj mladih dama pre mene, sledećim izvorima: *The Essential Handbook of Victorian Etiquette* profesora Tomasa I. Hila i *Manners and Rules of Good Society or Solecisms to be Avoided*, koje je objavio „A Member of the Aristocracy" in 1924.

Osim toga, dragocene su mi bile i istorijske informacije sačuvane u romanima i dramama napisanim u tom istorijskom periodu. Naročito bih volela da istaknem sledeće autore: Nensi Mitford, Ivlina Voa, Dafne di Morije, F. Skota Ficdžeralda, Majkla Arlena, Noela Kauarda i H. V. Mortona. Takođe, volela bih da pomenem nekoliko savremenih pripovedača čija su dela u meni pobudila fascinaciju tim društveno-istorijskim periodom: *Ostatke dana* Kazua Išigura, *Gosford park* Roberta Altmana i, naravno, britansku televizijsku seriju *Upstairs Downstairs*. Već dugo me zanimaju, kao čitateljku i istraživačicu, romani, kao što je *Kuća u Rivertonu*, u kojima se koriste tropi književne gotike: sadašnjost opsednuta prošlošću; diktat porodičnih tajni; povratak potisnutog; centralno mesto nasleđa (materijalnog, psihološkog i fizičkog); proklete kuće (naročito prokletstvom metaforičke prirode); podozrivost u pogledu nove tehnologije i promenljivih metoda; uhvaćenost žena u zamku (bilo fizičku ili društvenu) i tome pridružena klaustrofobija; udvajanje likova; nepouzdanost memorije i delimična priroda istorije; misterije i ono što se ne vidi; ispovedno pripovedanje i ugrađeni tekstovi. Ovde prilažem neke primere, za slučaj da ima čitalaca koji su takođe za to zainteresovani i koji bi voleli da čitaju dalje: Tomas H. Kuk (*The Chatham School Affair*); A. S. Bajat (*Zanesenost*); Margaret Atvud (*Slepi ubica*); Morag Džos (*Half Broken Things*) i Barbara Vajn (*A Dark-Adapted Eye*).

I konačno, pošto sam uzela slobodu da pomenem toliko referenci i interesovanja, moram da kažem da sam ja odgovorna za sva iskrivljenja istine i sve greške u činjenicama.

Kejt Morton
KUĆA U RIVERTONU

Za izdavača
Dejan Papić

Lektura i korektura
Silvana Novaković, Dragana Matić Radoavljević

Slog i prelom
Saša Dimitrijević

Dizajn korica
Lidija Šijačić

Tiraž
2000

Beograd, 2022.

Štampa i povez
Grafostil, Kragujevac

Izdavač
Laguna, Beograd
Resavska 33
Klub čitalaca: 011/3341-711
www.laguna.rs
e-mail: info@laguna.rs

CIP – Katalogizacija u publikaciji
Narodna biblioteka Srbije, Beograd

821.111(94)-31

МОРТОН, Кејт, 1976-
Kuća u Rivertonu / Kejt Morton ; prevela Branislava Radević-Stojiljković. - Beograd : Laguna, 2022 (Kragujevac : Grafostil). - 493 str. ; 20 cm

Prevod dela: The House at Riverton / Kate Morton. - Tiraž 2.000. - Od iste autorke: str. 2.

ISBN 978-86-521-4659-8

COBISS.SR-ID 74841865